主　编：黄卓越

编著者（按撰稿顺序排列）：

王　伟　崔秀霞　徐　慧
孟斌斌　陈　娟

李壮鹰 主编
李春青 副主编

中华古文论释林

明代下卷 本卷主编 黄卓越

北京大学出版社
PEKING UNIVERSITY PRESS

图书在版编目(CIP)数据

中华古文论释林.明代下卷/李壮鹰主编;黄卓越分册主编.—北京:北京大学出版社,2011.8

ISBN 978-7-301-19284-9

Ⅰ.①中… Ⅱ.①李…②黄… Ⅲ.①古典文学-文学理论-中国-明代 Ⅳ.①I206.2

中国版本图书馆CIP数据核字(2011)第145832号

书　　　名：	中华古文论释林·明代下卷
著作责任者：	李壮鹰　主编　李春青　副主编　黄卓越　本卷主编
责任编辑：	张　晗
标准书号：	ISBN 978-7-301-19284-9/I·2377
出版发行：	北京大学出版社
地　　　址：	北京市海淀区成府路205号　100871
网　　　址：	http://www.pup.cn　电子邮箱：pkuwsz@yahoo.com.cn
电　　　话：	邮购部62752015　发行部62750672　出版部62754962　编辑部62752025
印　刷　者：	北京中科印刷有限公司
经　销　者：	新华书店
	890mm×1240mm　A5　13.875印张　387千字
	2011年8月第1版　2011年8月第1次印刷
定　　　价：	35.00元

未经许可,不得以任何方式复制或抄袭本书之部分或全部内容。

版权所有,侵权必究

举报电话：010-62752024　电子邮箱：fd@pup.pku.edu.cn

总　　序

李壮鹰

多年以前，我们就曾经发心：在一个较宽的范围内，选取中国文学思想史上发生过影响的一系列重要理论经典，撰成一套大型的古文论选注本。这不仅能为古代文学、古代文论的学习者、研究者提供一个基础性的依据和参考，也可为当今的理论建设总结历史资源。为了实现这一夙愿，我们在2004年申请了此项研究课题。本课题有幸获得了广大学界同仁的认可和教育部社会科学研究领导部门的大力支持，被列为人文社科重点研究基地的重大项目。现在，放在我面前的这套《中华古文论释林》十卷稿本，就是这个项目的最终研究成果。在书稿即付剞劂的前夕，关于本书的指导思想、学术意图和编撰体例，有几句话需要简单地说明一下。

古文论研究，经过几代人的努力，迄今取得了不小的成绩，但与其他学科相比，在整体水平上还存在着差距。尤其是最近一个时期以来，整个研究局面总给人一种声势有余而底气不足的感觉。研究者虽然在方法、视角上力图出新，但在理论发掘上却少有实质性的突破。不少论者醉心于"宏观"的考察、"体系"的营造，他们不肯花些工夫去深入地钻研古人的具体论著，而是浮在空中，手持瞭望筒，这儿瞄一下，那儿瞥一眼，对古文论只得到一些支离破碎、模糊朦胧的印象，便敢以金鸡擘海、气吞山河之势笔扫千年，横发议论。在他们居高临下的"视野"之下，可轻而易举地缔构出一幅幅"概貌"，继而绎出一条条"规律"，最后总结出一套套"理论"。这些论者视物，颇有堂吉诃德骑士的特点：来自客观者少，而出于主观者多。他们的眼睛不管收纳，只管放射，故往往看朱成碧，指鹿为马，甚至于凿空为有，无事生非，鼓怒浪于平流，震惊飚于静树。览其大著，构篇虽颇宏阔，发思不乏杼轴，但论述却总显得浮泛、空疏，缺乏稳固的支撑。原因何在呢？其实说起来很简单：病在不学而已。大抵治学，尤其是治古学,对古人原典的阅读和释义,本应该是所有研究的基础和出发点。但我们的这些研究者却漠视甚至干脆脱离了原典,像明清实学家笔下的心学末流,"束书不观,游谈无根"。也正因为他们的研究不是从研究对象的实际出发,而是从先入为主的某种理论出发,则所著除了以"创作"来代研究,凭想象去"画鬼魅",别无他途,此孔子所谓"思而不学则殆"也。打个比方,古文论研究好比建塔,而对原始文本的准确解读应该是这座塔的根基。可我们的有些研究,"塔"造得很高,但愈来愈觉不稳,摇摇欲坠,最后惊视脚下,才发现原因盖出于塔基之不牢:因为他们的整个研究是构建在对古人文本的误解上的。值得指出的是,在目前的研究中,误解原典并不是个别的现象,而是带有一定的普遍性。从整个学界来讲,此种倾向作为一种学风,其产生的根源是多方面的,但就古文论研究这个特定领域来讲,它与我们长期以来忽略了研究所应凭借的基础建设有直接关系。当然,此种状况,也与古文论这一研究对象的特殊性质有关:古文论所由产生的古代文化背景与现代相异,古人所用的思维方式和阐述方法上与现代不同,而这些都决定了古代的理论与今天的理论话语之间不可能简单地通约。在这种情况下,如不把古人的理论文本放回历史之中去精读、把握,偏差的发生几乎是必然的。

"历史的经验值得注意"。在明清之际的学术史上,为矫正理学、心学的空疏浮泛,曾经有一次规模浩大的实学运动。学者们以回归经典为号召,发扬"言必征实,义必切理"、"实事求是,无征不信"的实证精神,从而有力地矫正了长期的学术积弊,大大深化了对古代文化的研究。现在看来,前代学者的实学路径,对深化今天的学术研究仍然具有现实意义。为了扭转古文论研究的空疏浮泛之风,为研究注入活力,我们认为有必要在学界重新提出"回归原典"的口号。在本项目中,我们力图发扬前辈学者的实证精神,通过对古文论经典文本的仔细考索、认真解读,重新找回被我们忽略或抛弃的古人的"本来的思想"。同时,我们也想通过这个课题研究建立起一种理念,即恢复文本本身在古文论研究中的本体地位。也就是说,所有历史上的文论论著文本,绝不像很多人认为的那样只是古文论研究的

"材料",而是古文论研究之旨归。因为所谓"材料",是可以随意取舍、砍削,用以营构别的建筑的工具。而历史文本却不然,它不能是工具,而应该是我们研究的对象本身。如果说,任何真正的学术研究在本质上都不过是一种文本解读,那么关于中国古代文论的研究就尤其是这样。它所直接面对的,应该是古人关于文学的论著文本,整个研究不但必须以这种文本阐释作为基础,而且应该作为核心。脱离了文本,其研究必将丧失客观性、科学性,从而沦为凌空蹈虚的游戏。

应该说,在重视文本的搜集、整理方面,以往的古文论学者一直有很好的传统。因为古文论相对来讲属于比较新的学科,而我国的文论著作原本又极其零散,故上个世纪学科草创以来,古文论的研究一直伴随着对古代文学批评论著文本的整理。这工作可分为两方面,一是搜集,二是注释。前辈们关于古文论论著的搜集整理,为我们的项目研究提供了珍贵的经验,打下了坚实的基础。但也应该看到,以往的选注本,由于受社会形势、思想认识和文化视角等诸多因素的影响,在选材的范围、理论的辨析、观点的评价等方面还都存在着相当的局限,故已不能很好地适应今天的古文论学习者和研究者的需要。我们亟希望通过我们的努力,在充分吸纳前辈的学术精华的基础上,同时也能弥补以往研究的不足,对当前古文论研究的空疏、浮泛之风有所匡正。

《中华古文论释林》共分十卷。第一卷:先秦两汉文论;第二卷:魏晋南北朝文论;第三卷:隋唐五代文论;第四卷:北宋文论;第五卷:南宋金元文论;第六卷:明代文论上卷;第七卷:明代文论下卷;第八卷:清代文论上卷;第九卷:清代文论下卷;第十卷:近代文论。各卷都按照时代的顺序,精选了本时期具有代表性的古代文学论著文本,对各篇文本给予仔细的考订和阐释。本书选文的标准注重纯文学和美学的角度,突出建设性的理论。不过因为我国传统的文学观念始终较为宽泛,文学思想的表述也往往伴随着具体的作品的评论来进行,故这方面的著作不可能完全剔除。古人的文学观念是逐步清晰的,对文学规律的探讨也是逐步细化、渐渐深入的,这也就决定了选文分量的分配，中古以前选材较少，中古以后选材渐多。而对评注分量的安排，正与此相反：中古以前时代较远，不少的命题和概念又属初次提出，故诠释和辨析需要多费一些笔墨；唐宋以后则诠释从简。《释林》每一卷前都设有前言，概述本时期的社会历史文化背景，介绍文学和文论发展的脉络。每篇文本阐释都分为理论评述、文义疏证、附录文献几方面内容。理论评述一般放在选文的题注中，简要概括本文的文论思想，揭示其社会思想背景，评述其理论价值和历史地位。本书的注释不止于疏通文义，而是在疏通文义的基础上，把力量集中在对理论精神和思想内涵的阐发上。对于文本中提出的一些重要命题和概念，不是简单的今译就能谈清楚的，我们就索性铺开摊子，从文字考源、语义追溯、史实的辩证、论理的剖析等等角度进行较详的阐发，力图把隐于概念之中的深刻的思想、真实的意蕴开掘出来。这一工作，与前文所讲的过度阐释的流行病不同，它是一种必要的解剖或稀释。古文论的有些概念，好比核桃一样的果实，它外边包着坚硬的壳，要吃它，需要费些力气把它剖开，仔细地把嵌在壳里的果仁剥出来。它又像陈年丹药，因为它浓得化不开，故需要注入足够的清水来加以稀释。在这种剖剥和稀释的过程中，我们既立足于文本本身的阐发，又特别突出了注释的开放性。以往的注释，大都只强调对文本的导入，著者多将具体的文本视为一个孤立的、封闭的屋子，故解读和阐释只限于文本之内。而我们则把文本看成是一个窗口，它之中的每一个命题，都是时空经纬复杂关系中的交汇点，它既承接着历史，也反映着现实，又开启着未来。一句话，它连接着许许多多文本之外的东西。因此，对于解读者来说，文本既是一个特定的世界，又是一个四通八达的路口。故对文本的阐释，不能只是导入，也要导出，要使注释具有开放性的特征。基此，我们在注释中，努力做到点、面结合，论、史结合，疏、证结合，文意的释诂与观点的评述结合，集注和新注结合，辑评与新评结合。注意适当运用上挂下联、触类旁通的方式，以使读者通过领略文本而获得一个立体的历史时空感。——这一点，可能算得上是我们在注释思路上对以往的突破。

考虑到我国古代文论在外在理论形态上的零散性，我们在每篇

（或每组）选文后面又选了若干有关的材料作为附录，以供研究者参考。这些材料，有的是同一作者的其他论述，结合选文来读，可窥出作者的思想全貌；有的是历史前后对选文中有关问题的不同论述，可帮助读者把握某种特定理论的发展过程；还有的是后人对选文理论的评论，可帮助读者了解选文的影响和在文论史上的地位。总之，我们通过每篇附录的参考篇目，还是想为读者提供走出文本的链接途径，使人们看到部分之外的整体，零散背后的关联。

原典文本的准确可靠，是正确阐释、科学研究的前提。古代文论的文本与所有的历史典籍一样，在漫长的流布、传写过程中，有版本上的讹误、改窜甚至伪托等等问题。这些情况会严重影响对古人真正思想的把握。过去的选本在这方面多是忽略的。本课题在阐释文本时，首先以文本的考订校勘为基础。尤其对中古以前的论著，我们不仅尽量挑选善本入选，而且在文中列出重要的校记，以帮助读者对文本原义的斟酌揣摩，在审慎的比勘之中求得定谳。

本书各卷的选注工作，是由多位学者分工完成的。选文的篇目、编著的指导原则和大致体例，是经过反复协商而决定的。各卷初稿交来统一协调后又经过分别的修改润色。因每位执笔者的学术品格终有不同，故在原则体例大致相得的前提之下，也保留了每一卷的个性，相信这样做只会加强，而不会破坏全书的整体感。当然，由于编著者水平有限，下的工夫还不够，全书各卷都会有疏漏、失当甚至谬误之处，诚挚地希望广大读者提出宝贵意见。

本书作为北京师范大学文艺学研究中心的课题研究成果，在整个研究和出版过程中都得到了部、校、院、中心等各级领导的大力支持和资金襄助。北京大学出版社也为本书的出版作了辛勤而细致的工作。谨此并致谢忱。

2011 年 4 月 22 日

目　录

茅　坤

与蔡白石太守论文书 ·················· 2
【附录】 ························· 7
八大家文钞总序 ···················· 12
【附录】 ························ 15

归有光

项思尧文集序 ····················· 24
【附录】 ························ 27

李攀龙

送宗子相序 ······················ 33
【附录】 ························ 36

王世贞

艺苑卮言（节选） ··················· 45

【附录】	50
五岳山房文稿	54
【附录】	56

王世懋

| 艺圃撷余（节选） | 64 |
| 【附录】 | 67 |

谢　榛

| 诗家直说 | 74 |
| 【附录】 | 76 |

胡应麟

| 诗薮（节选） | 82 |
| 【附录】 | 86 |

徐师曾

| 文体明辨序 | 93 |
| 【附录】 | 97 |

徐　渭

| 肖甫诗序 | 105 |
| 【附录】 | 106 |

南词叙录(节选)……………………………………… 115
【附录】…………………………………………………… 117

屠　隆

文论………………………………………………………… 121
【附录】…………………………………………………… 126
贝叶斋稿序………………………………………………… 131
【附录】…………………………………………………… 135

李　贽

童心说……………………………………………………… 146
【附录】…………………………………………………… 149
杂说………………………………………………………… 156
【附录】…………………………………………………… 159
忠义水浒传序……………………………………………… 162
【附录】…………………………………………………… 164

焦　竑

与友人论文………………………………………………… 176
【附录】…………………………………………………… 180
刻苏长公集序……………………………………………… 184
【附录】…………………………………………………… 187

汤显祖

张元长嘘云轩文字序 …………………………………… 196
【附录】 …………………………………………………… 198
答吕姜山 …………………………………………………… 208
【附录】 …………………………………………………… 209
点校《虞初志》序 ………………………………………… 214
【附录】 …………………………………………………… 217

沈　璟

二郎神套曲(节选) ……………………………………… 221
【附录】 …………………………………………………… 223

王骥德

曲律自序 …………………………………………………… 240
【附录】 …………………………………………………… 244

臧懋循

元曲选序二 ………………………………………………… 257
【附录】 …………………………………………………… 260

袁于令

西游记题词 ………………………………………………… 263

【附录】 ··· 264

袁宗道

论文 ··· 272
【附录】 ··· 276

袁宏道

雪涛阁集序 ··· 284
【附录】 ··· 287
叙陈正甫会心集 ······································· 293
【附录】 ··· 295
诸大家时文序 ·· 300
【附录】 ··· 303

袁中道

刘玄度集句诗序 ······································· 312
【附录】 ··· 313
蔡不暇诗序 ··· 319
【附录】 ··· 321

钟　惺

诗归序 ··· 329
【附录】 ··· 331

谭元春

诗归序 ·· 341
【附录】 ·· 343

欣欣子

金瓶梅词话序 ·· 352
【附录】 ·· 353

谢肇淛

小草斋诗话（节选） ································ 359
【附录】 ·· 360

祁彪佳

远山堂曲品叙 ·· 365
【附录】 ·· 367

郑元勋

媚幽阁文娱自序 ···································· 370
【附录】 ·· 373

冯梦龙

醒世恒言序 ·· 380

【附录】 ································· 382

凌濛初

拍案惊奇序 ····························· 390
【附录】 ································· 391

李云翔

封神演义序 ····························· 395
【附录】 ································· 397

陈子龙

诗论 ······································· 405
【附录】 ································· 407

艾南英

答陈人中论文书 ························ 415
【附录】 ································· 422

茅 坤

茅坤(1512—1601),字顺甫,号鹿门,浙江归安(今吴兴)人。茅坤为嘉靖十七年进士,历知青阳、丹徒二县,官至大名兵备副使。茅坤致仕后长期家居,至万历二十九年卒,年九十。传见《明史》卷二八七。

茅坤也是唐宋派代表人物之一,擅长古文写作。唐顺之著有《文编》一书,于唐、宋人自韩、柳、欧、三苏、曾、王八家之外,皆不收录。茅坤于当时文人中最推崇唐顺之,遂编选《八大家文钞》一百六十四卷,宣扬唐宋派的散文主张,批驳前七子"文必秦汉"的偏见,纠正文坛的好古模拟之风。《明史》本传称《八大家文钞》"盛行海内,乡里小生无不知茅鹿门者",可见其影响之深远。

就文学主张方面看,茅坤文论与唐顺之、王慎中虽稍有出入,但基本主张仍然是一致的。不过茅坤入道没有唐、王那么深,更多的是一位典型的文人,故在论文、道关系等上也没有唐顺之那么偏激。茅坤认为文章写作的最佳境界应当是"学者苟各得其至,合之于大道而迎之于中,出而肆焉,则物无逆于其心,心无不解于其物",从而达到"其旨远,其辞文,其言曲而中"的圣人境界。

茅坤著述除《八大家文钞》一百六十四卷之外,《四库全书》还著录有:《徐海本末》一卷、《史记钞》六十五卷、《浙省分署纪事本末》六卷、《白华楼藏稿》十一卷、《续稿》十五卷、《吟稿》八卷、《玉芝山房稿》二十二卷、《耄年录》七卷等。近年,以张大芝、张梦新点校,浙江古籍出版社1993年出版的《茅坤集》所收最为完备。

与蔡白石太守论文书①

伏念仆与兄同起湖中②,先后中明天子甲乙之科③。当是时,仆忘其驽劣,而推附于兄;兄亦怜其同声,而好为游扬于缙绅大夫之间。星附泽于月,丘附阜于垄,遂得并声而驰。然尝诵兄之诗,读兄之文章,窃疑官不称其才,位不当其识;兄亦顾仆,时相笑咤,累欷不已也。仆今且操县印绶于江海之间者,十年于此矣④。渔石入为吏部尚书⑤,大鹤为文选郎⑥,偶皆故知,始得解去县印绶,厕名郎署⑦。兄或喜其稍进,而亦未必不怜其晚也。然竟不能一日安于朝廷之上,随被指疴而去。其间事机,固遭时难,然其所阴构力挤,则实起忌于同辈,继怨于显游⑧。彼其创谋,不过欲扼人之吭而去其食也。而其所相与合为菶菲⑨,遂至有耳目心思所不逮者。悲乎!悲乎!仆尝读古《蜀道难》词,以为风人之旨,喑呜涕□,故亡实至是,今何意驱毂结轸游其间哉?虽然,仆何尤也!仆自罪谴以来,以为进不得附当世名公巨人,显扬功名;退亦当如园丘岩壑之吟,自勒一家,以遗于世。即欲亡去,匿身五湖烟雾之间,以从所好也⑩。然或谓今且罪遣,不得遽强而之者,故姑浮湛混浊洺、博、中山之间⑪。然其当昼而思,当寝而梦,已逃人世久矣。

仆尝念:春秋以来,其贤人君子,间遭废斥,未尝不即其穷愁,自著文采以表见于后。何者?耻心有所知与腐草同没也⑫。然技不能两有所精,而学不能两有所建。何者?传不云乎:倕工于为弓,而言天下之善射者,必曰羿也;奚仲工于为车,而言天下之善御者,必曰造父也。⑬盖万物之情,各有其至,而人以聪明、智慧操且习于其间,亦各有所近,必专一以致其至,而后得以偏有所擅而成其名。故世皆随孔氏以非达巷⑭,而仆独谓孔氏之言者,圣学也。今人未能学圣人之道,而轻议达巷者,皆惑也。屈、宋之于赋,李陵、苏武之于五言,马迁、刘向之于文章、传记,皆各擅其长以绝艺后代。然竟不能相兼者,非不欲也,力不足也。故李、杜诗圣,而韩、欧文匠。其间不自量力,扬跋蹲蹲而进者,独魏晋曹、刘、二陆及唐元、白、柳宗元之徒,稍稍侈心焉,然亦疲矣。使宗元独以其文与韩昌黎争雄,当未辨孰刘孰项;

而曹、刘独纵其诗声于武、陵之间,又未必降为黄初之音也。故曰:人各有能,有不能。

仆才乏思涩,于两者俱无能者也,然间尝从兄学为诗,每见兄言笑出金石,喷吐倾珠玑,数年以来,大者王、孟,小者刘、韦矣。而独不能睥睨一二;其中者,不出兄之唾遗;其背而驰者,尾琐猥陋矣⑮。独私扣文章之旨,稍得其堂户扃钥而入。而自罪黜以来,恐一旦露零于茂草之中,谁为吊其衷而悯其知?以是益发愤为文辞,而上采汉马迁、相如、刘向、班固,及唐韩愈、柳宗元,宋欧阳修、曾鞏、苏氏兄弟,与同时附离而起所为诸家之旨,而揣摩之。大略琴、瑟、□、敔,调各不同,而其中律,一也。律者,即仆囊所谓万物之情,各有其至者也。近代以来,学士大夫之操觚为文章,无虑数十百家,其以云吻雾噏、虎啗鸷攫之材扬声艺林者,亦星见踵出,然于其所谓万物之情各有其至者,或在置而未及也。

近独从荆川唐司谏上下其论,稍稍与仆意相合⑯。仆少喜为文,每谓当跌荡激射似司马子长,字而比之,句而亿之⑰;苟一字一句不中其累黍之度⑱,即惨恻悲凄也;唐以后,若薄不足为者。独怪荆川疾呼曰:"唐之韩,犹汉之马迁;宋之欧、曾、二苏,犹唐之韩子。不得致其至而何轻议为也?"⑲仆闻而疑之,疑而不得,又蓄之于心而徐求之,今且三年矣。近乃取百家之文之深者按覆之,卧且吟而餐且噎焉,然后徐得其所谓万物之情自各有其至,而因悟囊之所谓司马子长者,眉也,发也⑳,而唐司谏及仆所自持,始两相印而无复异同。今仆不暇博喻,故取司马子长之大者论之。今人读游侠传即欲轻生,读屈原、贾谊传即欲流涕,读庄周、鲁连传即欲遗世,读李广传即欲力斗,读石建传即欲俯躬,读信陵、平原君传即欲好士。若此者何哉?盖各得其物之情而肆于心故也,而固非区区句字之激射者。昔人尝谓:善诗者画,善画者诗㉑。仆谓其于文也亦然。今夫天地之间,山川之所以寥廓,日月之所以升沉,神鬼之所以幽眇,草木之所以蕃翳,虺鼯之所以悲啸,九州之所以声名,文物四裔之所以椎髻被发,以及圣帝、明王、忠贤、孝子、羁臣、寡妇、逸夫、佞幸、幽人、处士、释友、仙子之异其行,礼乐、律历、兵革、封禅、天官、卜筮、农书、稗史之异其术,宴歌、游览、行旅、蒐狩、问释、讥嘲、咏物、赋情、吊古、伤今、成败、得失之异其感,彼皆各有其至,而非借耳俑目所可紊乱增葺于其间者。学者苟各得其至,合之于大道而迎之于中,出而肆焉,则物无逆于其心,心无不解于其物,而譬释氏之说佛法,种种色色,逾玄逾化矣。呜呼,盛矣!此庖羲氏画卦以来相传之秘②,所谓"其旨远,其辞文,其言曲而中"③,固非专一以致其至者,不可与言也。

近与浔阳书④,亦论文,大较与告兄者互畅其旨;而仆亦未敢遽取然诺于兄,但操金而求酒,不敢不问价于市也。并附与浔阳书及所著文数篇,幸兄悯而裁教之。荷甚荷甚!

《茅坤集·茅鹿门先生文集》卷一　　浙江古籍出版社 1993 年版

【注释】

①蔡白石即蔡汝楠,字子木,号白石,浙江德清人,嘉靖十一年进士。与茅坤束发为文章交,已而又为儿女姻。茅坤《通议大夫南京工部侍郎白石蔡公行状》记其早年与唐、王交,已而又与邹东廓、罗念庵等相与论学,究性命之学,至达泠然物外之心境。其由诗文之兴趣转而热衷心学,经历同于顺之。子木曾撰何大复祠记,以为文章大者在于"为教",即如景明也不例外,以故而"悲世俗不察其意,而猥以词华之士同类"(《创建大复何先生祠记》,《大复集》附录),全篇所用也是文章载道的标准,与王世贞评《大复集》所采取的反道学思路恰相反。世贞《艺苑卮言》卷七记其为比部郎时,子木曾与世贞、子与(徐中行)、明卿(吴国伦)、茂秦游,然因"子与复与子木论文,不合而罢"。可知蔡氏之论文旨归与七子异途。(参见黄卓越《明中后期文学思想研究》)

本文作于嘉靖三十年(1551)。在写作本文之前的几年,茅坤与唐顺之在论文上存在某种程度的歧异,这从两人的书信往还中可以看到。茅坤《复唐荆川司谏书》对唐顺之"唐之韩愈即汉之马迁,宋之欧、曾即唐之韩愈"的说法并不赞同,他认为若以山川喻之,马迁为秦中,韩愈为剑阁,而欧、曾不过是金陵吴会。若沉醉于韩、欧、曾的"浅风乐土之便",则会"不复思履殽函以窥秦中"。唐顺之作《答茅鹿门知县》予以反驳,认为茅坤是以眉发而不是以精神相山川,从而指出"举天下之形胜亦不能尽而卒归之于造化者有之矣"。从唐、茅的论辩可以看出,在唐顺之已经开始注重文章之"真精神与千古不可磨灭之见"时,茅坤尚停留在从外在形式上分别秦汉文与唐宋文的层次上。但到写作本文的时候,经过"从荆川唐司谏上下其论"后,茅坤的观点逐渐发生了转变,以致"唐司谏及仆所自持,始两相印而无复异同",取得了看法上的一致。

茅坤早年学文,与唐顺之一样,也有一个"跌荡激射似司马子长,字而比之,句而亿之;……唐以后,若薄不足为者"的尚秦汉、重模拟的阶段,但经过对汉、唐诸大家之文悉心揣摩之后,才真正悟出了为文的真谛,即"万物之情各有其至"。那么,什么是万物之至情呢?茅坤以乐器作比,认为诸如琴、瑟、□、敔,虽其"调各不同,而其中律,一也。律者,即仆曩所谓万物之情,各有其至者也"。则这里的"律"就是天下形胜之"造化",也就是万物之本质。换句话说,就是"道",就是本色,就是"千古不可磨灭之见"。

与王慎中、唐顺之不同的是,茅坤虽然也谈道,而且主张文道合一,但就其诗文看,载道或曰明道的意识并不是特别明显。谈道,在茅坤这里似乎更像是一个姿态。因为重文,茅坤的至情论就凸显出相当强烈的文学色彩。如在论述"万物之情各有其至"时,他以司马迁的人物传记为喻,以"今人读游侠传即欲轻生,读屈原、贾谊传即欲流涕"等事实来证明,当文章写作臻于万物之至情时,也就摆脱了"区区句字之激射",从而能够"肆于心",最后达到传神的境界,也才能使文章取得感动人心的效果。此外,茅坤还以诗画为喻,认为"善诗者画,善画者诗"同样可以施之于文。

总体上来看,茅坤的"万物之情自各有其至"论是唐宋派诗文观的一个重要组成部分,是茅坤诗文观的一个重要转变。但在重道上,茅坤没有像唐顺之走那么远,由重法而重道,最后弃文入道。茅坤的最佳境界是"学者苟各得其至,合之于大道而迎之于中,出而肆焉,则物无逆于其心,心无不解于其物",最后实现"其旨远,其辞文,其言曲而中"的圣人境界。

② 同起湖中——蔡汝楠为德清人,茅坤为归安人,同属湖州府。

③ 甲乙之科——唐宋进士分甲乙科,明清则通称进士为甲科,举人为乙科。蔡汝楠中嘉靖十一年进士,茅坤中嘉靖十七年进士。

④ 仆今且操县印绶二句——嘉靖十九年茅坤领青阳令,《与蔡白石太守论文书》约作于嘉靖三十年,故曰"十年于此"。

⑤ 渔石——唐龙(1477—1546),字虚佐,号渔石,兰溪人,正德三年进士。

⑥ 大鹤——高简。

⑦ 厕名郎署——茅坤于嘉靖二十四年冬召为礼部仪制司主事,未几,徙吏部司勋司主事。次年,调广平府通判。

⑧ 然其所阴构力挤三句——屠隆《鹿门茅公行状》:"华亭徐公,以词臣出督浙学政。……徐公心欲公执北面为重,公不能曲,意衔之。会徐公居丧,闻公且往吊,大喜,而公行以病返。徐公即惭且恚,曰:'吾不足以辱茅子。'公入吏

部,徐公官少宰,遂中公,谪广平别驾。"同辈,指杨豫孙,时任职吏部。显游,指徐阶。徐阶(1503—1583),字子升,号少湖,松江华亭人,嘉靖二年进士,曾官礼部尚书、东阁大学士。

⑨ 菶菲——即菶斐。本义为文采交错貌,后用以指谗毁。《诗经·小雅·巷伯》:"萋兮斐兮,成是贝锦。彼谮人者,亦已大甚。"

⑩ 以从所好——《论语·述而》:"子曰:'富而可求也,虽执鞭之士,吾亦为之。如不可求,从吾所好。'"

⑪ 浮湛混浊洺、博、中山之间——浮湛,即浮沈。言随波逐流。《史记》卷一百一《袁盎晁错列传第四十一》:"袁盎病免居家,与闾里浮沈,相随行,斗鸡走狗。"洺,古州名。故治所在今河北省永年县。清顾祖禹《读史方舆纪要·直隶六·广平府》:"汉初置广平国……明为广平府。"嘉靖二十五年(1546),茅坤由吏部司勋司主事调广平府通判。博,古州名。在今山东省聊城县西。中山,指安徽地名,唐属宣州。

⑫ 未尝不即其穷愁四句——汉司马迁《报任安书》:"古者富贵而名摩灭,不可胜记,唯俶傥非常之人称焉。盖西伯拘而演《周易》;仲尼厄而作《春秋》;屈原放逐,乃赋《离骚》;左丘失明,厥有《国语》;孙子膑脚,《兵法》修列;不韦迁蜀,世传《吕览》;韩非囚秦,《说难》、《孤愤》。《诗》三百篇,大氐贤圣发愤之所为作也。此人皆意有所郁结,不得通其道,故述往事,思来者。及如左丘明无目,孙子断足,终不可用,退论书策以舒其愤,思垂空文以自见。"

⑬ 传不云乎七句——《荀子·解蔽篇第二十一》:"倕作弓,浮游作矢,而羿精于射;奚仲作车,乘杜作乘马,而造父精于御。自古及今,未尝有两而能精者也。"倕,黄帝(或曰尧)时的巧匠。《庄子·胠箧》:"攦工倕之指,而天下始人有其巧矣。"奚仲,夏代的车正,相传是最初造车的人,春秋时薛国的始祖。造父,周时善御马者。三家注《史记》卷四十三《赵世家第十三》:"造父幸于周缪王。造父取骥之乘匹、皋狼与桃林、盗骊、骅骝、绿耳,献之缪王。缪王使造父御,西巡狩,见西王母,乐之忘归。而徐偃王反,缪王日驰千里马,攻徐偃王,大破之。乃赐造父以赵城,由此为赵氏。"

⑭ 达巷——地名。《论语·子罕第九》:"子罕言利与命与仁。达巷党人曰:'大哉孔子!博学而无所成名。'子闻之,谓门弟子曰:'吾何执?执御乎?执射乎?吾执御矣。'"集解:"郑曰:达巷,党名也,五百家为党。"

⑮ 尾琐——即为猥琐。

⑯ 近独从荆川唐司谏二句——嘉靖二十三年,茅坤有《复唐荆川司谏书》,唐顺之有《答茅鹿门知县书》及《答茅鹿门知县书二》,阐述各自的文学主张。

《答茅鹿门知县二》："熟观鹿门之文及鹿门与人论文之书，门庭路径与鄙意殊有契合；虽中间小小异同，异日当自融释，不待喋喋也。"

⑰ 亿——即乙。字有错漏，从旁勾补。唐韩愈《昌黎集》十一《读鹖冠子》："余三读其辞而悲之。文字脱谬，为之正三十有五字，乙者三。"或曰通"臆"，揣度。《论语·先进第十一》："赐不受命，而货殖焉，亿则屡中。"

⑱ 累黍——指极微小。

⑲ 独怪荆川疾呼曰七句——不见于今《荆川集》。

⑳ 而因悟曩之所谓句——《唐荆川文集·答茅鹿门知县》："仆犹有疑于吾兄之尚以眉发相山川，而未以精神相山川也。"

㉑ 善诗者画二句——宋苏轼《书摩诘蓝田烟雨图》："味摩诘之诗，诗中有画；观摩诘之画，画中有诗。"

㉒ 庖羲氏画卦——见宋濂《文原》注④⑤。

㉓ 其旨远三句——《晋书》卷三十《志第二十·刑法》："欲令提纲而大道清，举略而王法齐，其旨远，其辞文，其言曲而中，其事肆而隐。"

㉔ 浔阳——董份（1510—1595），字用均，号浔阳山人，乌程人，嘉靖二十年进士。

【附录】

向读李历城公与王苏州唱和诗什，盖已巉然如坐身于日观之上，而东望扶桑、北眺碣石者已。独于文章之旨，犹未及扣历城公之深。适过兄，得解囊中之录本读之，内有论次本朝名家，大较首何、李而退唐、王。仆之私，窃以秦汉来文章名世者无虑数十百家，而其传而独振者，惟史迁、刘向、班掾、韩、柳、欧、苏、曾、王数君子为最。何者？以彼独得其解故也。解者，即佛氏传灯之派，彼所谓独见性宗是也。故仆之愚，谓本朝之文崛起门户，何、李诸子亦一时之俊也。若按欧、曾以上之旨，而稍稍揣摩古经术之遗以为折衷者，今之唐、王是也，恐未可尽左祖而弃之。不知然乎？否乎？即如圣学亦然。伊尹相汤伐桀，以创顺天应人之功；伯夷饿死首阳山，《采薇》之歌于今使乱臣贼子闻之而破胆摧气者，何雄也！然颜、闵，一眇然儒者。孟子于此则曰"姑舍是"，于彼则曰"不同道"。曰"姑舍是"者，谓其属正脉而未至也；曰"不同道"者，外之也。故仆之愚，于王未敢论；若唐武进，于文章家之旨，即未得谓之正宗，当亦庶几羽翼也已。历城公其肯以孟氏所以推伯夷、伊尹者与何、李推颜、闵者与武进可乎？兄发舟促，倚席草草。

茅坤《茅坤集·茅鹿门先生文集》卷四《与徐天目宪使论文书》
浙江古籍出版社 1993 年版

仆坐罪废,几二十年于兹,与中朝士大夫绝甘分独。间尝获诵世所传《南北二鸣编》,并及他抄者,窃感明兴以来,诗歌之道,弘治、正德间,何、李为盛;嘉靖以后,唐武进、高苏门诸君,则又稍稍淘洗铅华,独露本色,似窥唐人者之至矣。然皆近体,独二公远溯骚人以后之旨而揣摩之,高者入《雅》《颂》,次者宗汉、魏,下之三谢、颜、陆、江、鲍,无不得其形似。非当刻镂文章之世,而力返之以土簋杯饮之旧?朱冕藻梲之后,而复挽之以毛衣穴寝之古者乎?譬之逆河而航,亦雄也已!即如五七言近体及长歌、绝句诸什,往往斧藻李、杜、鞭挞高、岑,其匠心所至,甚且唐人所不能,而二公时时抽逸响、出别调焉。呜呼盛矣!

仆童子时,少摹章句;释褐以后,绾绶作吏,辄疲不能矣。手二公之什而被发行吟,纵欲效之,何异于东邻之媪衰且白矣,闻西家之娃佩明珰,披雾縠,燕歌赵舞于其堂,而顾令傅粉膏脂,空自咤笑为也?虽然,予湖中,于古亦称故多文献者。公今且按节拥传而过焉,天岂无意其间耶!唐自钱起、孟郊后,而文章中绝矣。二百年而苏公舜钦、滕公甫、苏公轼、孙公莘老辈,并世之名公巨人,代吏兹土,出风入雅,振袂山谷。故其遗标流韵,迄于胡元之季,而赵学士、张羽人诸辈,相继不绝也。今且三百年,然则弁之山、苕之水,能无闻公之过而为之吐奇效灵于其间者乎?公,苏人也,于予湖,古所称东西州者。绵驹处于高唐,而齐右善歌;屈原行吟泽畔,而楚人赋些。倘许侍教,当为匍匐而伏迹于庭矣。

茅坤《茅坤集·茅鹿门先生文集》卷四《与王凤洲大参书》
浙江古籍出版社1993年版

青霞沈君,由锦衣经历上书诋宰执。宰执深疾之,方力构其罪,赖明天子仁圣,特薄其遣,徙之塞上。当是时,君之直谏之名满天下。已而君累然携妻子,出家塞上。会北房数内犯,而帅府以下,束手闭垒,以恣房之出没,不及飞一镞以相抗;甚且房之退,则割中土之战没者与野行者之馘以为功。而父之哭其子,妻之哭其夫,兄之哭其弟者,往往而是,无所控吁。君既上愤疆场之日弛,而又下痛诸将士之日菅刈我人民以蒙国家也,数呜咽唏歔;而以其所饮郁,发之于诗歌文章,以泄其怀,即集中所载诸什是也。君故以直谏为重于时,而其所著为诗歌文章,又多所讥刺;稍稍传播,上下震恐,始出死力相煽构,而君之祸作矣。君既没,而一时阃寄所相与谗君者,寻且坐罪罢去;又未几,故宰执之仇君者亦报罢。而君之门人给谏俞君,于是哀辑其生平所著若干卷,刻而传之;而其子以敬,来请予序之首简。茅子受读而题之曰:若君者,非古之志士之遗乎哉!孔子删《诗》,自《小弁》之怨亲、《巷伯》之刺谗以下,其忠臣、寡妇、幽人、怼士之什,并列之为"风",疏之为"雅",不可胜数。岂皆古之中声也哉!然孔子不遽遗之者,特悯其人,矜其志,犹曰"发乎情,止乎礼义","言之者无罪,闻之者足以为戒"焉耳。予尝按次春秋以来,屈原之"骚"疑于怨,伍胥之谏疑于胁,贾谊之疏疑于激,叔夜之诗疑于愤,刘蕡之对疑于亢。然推孔子删《诗》之旨而哀次之,当亦未必无录之者。君虽没,而海内之荐绅大夫至今言及君,无不酸鼻而流涕。呜呼!集中所载《鸣剑》、《筹边》诸什,试令后之人读之,其足以寒贼臣之胆,而跃塞垣战士之马而作之忾也,固矣!他日国家采风者之使出而览观焉,其能遗之也乎?予谨识之。至于文词之工不工,及当古作者之旨与否,非所以论君之大者也,予故不著。

右予所为青霞序其文章诗歌若干卷,仆盖仅得览睹其所为《小言》、《鸣剑》及《筹边》诸刻而序之者也。已而卒读终袠,中多断简讹字,以之覆青霞所故寄予者,或亡或多不合。予因前扣伯子敬,敬复泣曰:"此特先大夫故帙之十一耳。予少随先大夫几席为文章,先大夫每落纸辄自喜,属敬缮写,累四十卷。而予之从塞上返越也,业已哀次成帙,将携归入刻,而先大夫不可,竟留之箧中。比予归,而先大夫之始发难也,督府以下,故受宰执所嗾,欲构之他罪以为功。而外又以先大夫所从塞垣擘画戎务,一切便宜缓急,类多与诸将帅以下不合;甚且即其闭垒养寇、诈馘奏功者,往往发之篇什。而其所最忌者,方大同右卫之被围也,先大夫数移书促督府乘间勒兵,袭虏破围,督府业已谢如约。已而督府公怯懦,竟不敢出兵。城之围,凡六匝月,几陷者数矣。而三戍卒从围城中突围出走也,其二人名某某者,入以告于督府,督府立答毙杖下,其一人名某,惶怖乘间走,乞食道上。或问之,辄涕告前状。先大夫稍就问之,益愤激呜咽,为书万余言,以告督府。大略并指陈虏之虚实,及纵我兵窃击之概,将以耸踊督府公也;而文词间,又稍稍侵毁督府。督府愈窘不自安,且恐先大夫以其事闻之中朝,因阖某御史互为飞语,上疏以构杀先大夫。而又惧先大夫所著文辞稍及流布,则其中所载情事,多与疏构者不合,它日士大夫或按其事而覆之,祸且不测也。于是即日籍没予家,因发先大夫所箧留故帙,并毁之。而又以先大夫帷中故多弟子,诸弟子必有副本藏于其家,复榜书于市:'凡藏某遗稿片纸只字者,即按捕同罪。'于是先大夫帷中诸弟子,相错愕股慄,辄悉以毁;而今所仅存者,特《小言》、《鸣剑》、《筹边》诸稿,故已入刻者。而《兵说》八十一首,及它所著诗什、与苏司马以下书,则诸弟子间武国忠所独以死抗而私藏者也。然武,亦业已窭,陈所手缮稿欲毁,甫焚香而祷,肠若刃侼者,俄仆地若陨。梦先大夫绯衣而剑,叱曰:'子亦毁我之遗文,以媚帅府也乎?'遂惊寤。于是大怖,即掘地为窟,而以稿藏之。故稍得无毁。然督府又以某持愤咽累欷不自已,恐为先大夫讼其事于朝也,辄移檄过浙,并收捕予。比逮系过督府,予泣诉无他罪状。督府曰:'尔父好著文章,诋诃当世,尔其悉出之,吾犹当尔贷。'予以实闻,督府益发嗔厉声,榜笞不已。明日,送御史台;御史台复如督府状,榜笞不已,诚守狱者三日内以绝状闻。当是时,予亦分死矣。翌日,忽闻给事中吴公时来劾督府及御史罪状,诏收督府及御史台以下,予始获出狱。及出狱,家已散。而因遍从先大夫诸弟子泣请故稿,卒无可得。晚仅得武君所穴地而藏者如此。其中断简脱字,则又武君故稿所不及载,而或他弟子所私相口熟而传之者。其令溧阳、令茌平、令清丰及锦衣诸稿,则又释狱后所遍从先大夫交游中转录之者也。"敬之所口诵本末者如此。予闻而系之以言曰:嗟乎!古之贤人志士,所被谗构而以罪夺其官,或没其身,窘其妻子者,有矣,未闻有并其文章而毁之者。宋欧阳文忠公尝痛苏子美之被宰执击去其官也,序其文章,以为世之忌子美而摈斥摧挫,流离穷厄,其怨家仇人,尝出而挤之死矣;然其文章,已自行于天下,不能少毁而掩蔽之也。呜呼!青霞之所罹,既诛其身,籍其家,系累其妻子,而又举其生平文章而燔之。其惨割独至于此,又安在其不能毁耶?嘻!亦可以觇世变矣。

茅坤《茅坤集·茅鹿门先生文集》卷十二《青霞先生文集序》
浙江古籍出版社 1993 年版

嘉靖甲辰,余结发登朝,始去举业,专意为古文章,力追心惟,冀以挽复典雅,传六经,下且薄秦汉。杜门苦思,而不能自得。因欲游于天下名士,以求其所谓至者。雅闻归安鹿门茅君,明年使道丹徒。而君方为令,相留竟日,似以余为可语者,而余未敢遽请也。又明年,君入为吏部郎,握手都门之外,因得叩。君才倜傥奇峭,固上下古今,饫渥百氏,王伯甲兵之略,撑腹流口,听之令人座上须眉开张,欲起周旋。少选而君以谪去,恨未尽请。庚戌,余视学广右,而君来同官,悉出其平生所作示余。大都鞭霆驾风,如江河万状,不可涯涘;而其反复详略形势,淋漓点缀,悲喜在掌,则出司马迁、班固,而自得陶铸,成一家言。余往所谓欲求其至者,乃始尽得于君。又时适有根穴之寇,万灶比连,积数十年,而君以谈笑挼手芟殄于一夕,捷书昼报,左右皆莫之知。于是,又知君才诚可用,而其所谓者,盖有所本而非偶然,信可见于事,而非徒口语者也。君功既高,用是取忌,排摈还田里。浙抚臣上言君才不当弃,竟不见省。因往来苕霅、西湖之间,益得专其力于文章,而时出为铭、传、序、述,率慨慷悲激以以为壮。盖其倜傥奇峭者,既不得济于世,独敛缩而发于文,宜其有过人者。甲子岁,余谢病归西湖,而君又适来会。因出其子翁积所裒刻《白华楼集》若干卷,曰:"余平尘竭力在此,何如作者?君为我序之。"其良自负也已!嗟夫!君才龃龉不尽展,独以其文垂于后,余方以是悲君,而君顾自负如此。然则君之至者,其颇具于是,而后之读者,其能不以是知君与?凡真才之于世,抑必有所伸。君以郁抑之气发于文,其晚年之作,当如王翦、赵充国,将术老益精。能挤君者,其能掩是,使无传与?君既竭一生为文以传,而欲余为序,岂以余亦尝欲求其至者,能有所会于君?然余多病早衰,于往嗜泊然,驽性柔心,不复以早休能有所激发以毕其志。兹不辞述吾二人者始终周旋,可念之迹如是,良使后之读君文者,庶几惟余为深知君也已!是为序。

茅坤《茅坤集·茅鹿门先生文集》卷首王宗沐《茅鹿门先生文集序》
浙江古籍出版社 1993 年版

《白华楼藏稿》、《续稿》、《吟稿》,鹿门茅先生所著也。先生文章尔雅,雄视宇内,谓余可闻斯旨,曾序其文,先生以全集寄豫章,属余序焉。先生尝谓:"天地万物之情,各有其至。世之能言者,当于六籍中求吾心之至者,而深于其道,然后为文,有物有则是也。屈、宋以来,浑浑噩噩,蕴藉百家,包括万代,有周、秦之遗者,非司马子长乎?闳深典雅若刘向,斟酌经纬若班固,西京之文,犹为近古;累数百年得韩子,而宗元与之名于唐;又三百年得欧阳子,而三苏、曾、王与之名于宋:皆得古六籍之遗而言之者。汉之崔骃、蔡邕;晋之左思、阶士衡;齐、梁、陈、隋以下,非无龙骧虎斗之士:视诸家有间焉。"先生立论,盖自羲、文、周、孔而千载流衍,真文章之统云。

今观先生之作,雄才逸思得于天性勿论矣;而六艺之外,如天文、地考、山经、海图、浮屠、老氏、稗官、方技、汤盘、孔鼎、岐阳、峄山、科斗、漆书、籀篆、分隶之文,深造而自得焉;发之笔端,因物付物,求其所至者而造化焉。摹画古人,潜发巧心,其神气本于龙门令,而恢张变化,莫可窥测。或谓书似昌黎,而不知为《报任少卿》之遗也;记似柳州,而不知为《世家》之遗也;纪战功似子瞻,而不知为《八书》之遗也;赠送似永叔,而不知为《列传》之遗也;杂著似介甫,而不知为《赞词》之遗也。观先生之形者,诸大家;观先生之神者,太史公;而原则六艺,尽之矣。昔人言,文如"万斛之珠,取之不竭","根之茂者,其实遂多;膏之沃者,其光晔",又如"千兵万马,风恬云霁,寂无人声"。此不可品先生哉?往在蜀中,南充任少海以文示余,曰:"此可传后世否?"余曰:"文章如日月,终古常见,而光景常新,驾凌古人,便可传后世矣。"少海首肯焉。茅先生之文,差等千百世之上矣,又何论千百世之下哉!先生近移书言,欲毁平生覆瓿者之稿,而深求六籍以自娱。夫"天行健,君子以自强不息","谦受益",时乃天道。先生老健而谦,其文日益,兹编在天壤,与日月而并远也!

茅坤《茅坤集·茅鹿门先生文集》卷首陈文烛《白华楼稿序》
浙江古籍出版社 1993 年版

八大家文钞总序①

孔子之系《易》,曰:"其旨远,其辞文。"斯固所以教天下后世为文者之至也。然而及门之士,颜渊、子贡以下,并齐、鲁间之秀杰也,或云,身通六艺者七十余人,文学之科,并不得与,而所属者仅子游、子夏两人焉②。何哉?盖天生贤哲,各有独禀,譬则泉之温,火之寒,石之结绿③,金之指南,人于其间,以独禀之气,而又必为之专一,以致其至,伶伦之于音,裨灶之于占,养由基之于射,造父之于御,扁鹊之于医,僚之于丸,秋之于弈,彼皆以天纵之智,加之以专一之学,而独得其解④,斯固以之擅当时而名后世,而非他所得而相雄者。

孔子没而游、夏辈各以其学授之诸侯之国,已而散逸不传。而秦人燔经坑学士,而六艺之旨几辍矣。汉兴,招亡经,求学士,而晁错、贾谊、董仲舒、司马迁、刘向、扬雄、班固辈,始乃稍稍出,而西京之文,号为尔雅。崔、蔡以下⑤,非不矫然龙骧也,然六艺之旨渐流失。魏、晋、宋、齐、梁、陈、隋、唐之间,文日以靡,气日以弱,强弩之末,且不及鲁缟矣,而况于穿札乎⑥?

昌黎韩愈,首出而振之,柳柳州又从而和之,于是始知非六经不以读,非先秦两汉之书不以观。其所著书、论、序、记、碑、铭、颂、辩诸什,故多所独开门户,然大较并寻六艺之遗略,相上下而羽翼之者。贞元以后,唐且中坠,沿及五代,兵戈之际,天下寥寥矣。宋兴百年,文运天启,于是欧阳公修,从隋州故家覆瓿中,偶得韩愈书,手读而好之,而天下之士,始知通经博古为高,而一时文人学士,彬彬然附离而起,苏氏父子兄弟,及曾巩、王安石之徒,其间材旨小大,音响缓亟,虽属不同,而要之于孔子所删六艺之遗,则共为家习而户眇之者也⑦。

由今观之,譬则世之走骥褭骐骥于千里之间,而中及二百里三百里而辍者有之矣,谓涂之蓟而辕之粤则非也。世之操觚者,往往谓文章与时相高下,而唐以后且薄不足为。噫!抑不知文特以道相盛衰,时非所论也。其间工不工,则又系乎斯人者之禀,与其专一之致否何如耳!如所云,则必太羹玄酒之尚⑧,茅茨土簋之陈⑨,而三代而下,明堂玉带、云罍牺樽之设⑩,皆骈枝也已⑪!孔子之所谓"其旨远",

即不诡于道也;"其辞文",即道之燦然,若象纬者之曲而布也。斯固庖牺以来人文不易之统也,而岂世之云乎哉!

我明弘治、正德间,李梦阳崛起北地,豪隽辐辏,已振诗声,复揭文轨,而曰:"吾《左》吾《史》与《汉》矣。"已而又曰:"吾黄初、建安矣。"⑫以予观之,特所谓词林之雄耳,其于古六艺之遗,岂不湛淫涤滥⑬,而互相剽裂已乎!

予于是手掇韩公愈、柳公宗元、欧阳公修、苏公洵、轼、辙、曾公巩、王公安石之文,而稍为批评之,以为操觚者之券,题之曰《八大家文钞》。家各有引,条疏如左。嗟乎!之八君子者,不敢遽谓尽得古六艺之旨,而予所批评,亦不敢自以得八君子者之深,要之大义所揭,指次点缀,或于道不相戾已⑭。谨书之,以质世之知我者。

《茅坤集·茅鹿门先生文集》卷十四　浙江古籍出版社1995年版

【注释】

①《唐宋八大家文钞》,一百六十四卷,明茅坤编选。明初朱右已曾采录韩、柳、欧阳、曾、王、三苏之文为《八先生集》,远在坤前。嘉靖中,王慎中、唐顺之因不满前七子文复秦汉的观点而倡导唐宋作家之文,唐顺之也有《文编》一书付梓。茅坤对待文章的看法有与唐顺之相近之处,遂继续前人之意,编有《唐宋八大家文钞》,径以八大家命名。该书选录韩愈文十六卷、柳宗元文十二卷、欧阳修文三十二卷、附《五代史钞》二十卷、王安石文十六卷、曾巩文十卷、苏洵文十卷、苏轼文二十八卷、苏辙文二十卷,每家之前各有小引。茅坤另有《唐宋八大家文钞论例》对其编纂原则与编辑体例有更详细的补充说明。《四库总目提要》称此书:"所选录尚得烦简之中,集中评语所简未深,而亦足为初学者之门径。以一二百年以来,家弦户诵,固亦有由矣。"当时连学童也知有茅鹿门之名,可知影响之大。

另外在这篇序文中,我们也可窥见茅坤对唐宋古文的态度以及自己的文论观点。首先,他评选唐宋八大家古文,其主要用意在于溯源流以昭文统,主张文道合一。故他以为文章本于六经,古文之所以为古文,主要在于它能够发明儒家的道。具体路径是以八家为宗,以唐宋为派,由八家而上窥西汉作者,由西汉而上窥孔门文学之科,由此,正统的文统说就建立起来了。其次,他对七子宗主秦汉,卑视唐宋的思想予以批评。他针对复古派的"文章与时相高下,而唐以后且薄,不足谓"的文学退化论,提出了"文章以道相减衰,时非所论也"的著名论点,主张

"世之文章家,当于六籍中求其吾心者之至,而深于其道,然后从而发之为文",这种文学发展观和文学创作观,本于他的文道合一的基本观点,也颇为通达。虽不免从道学家立场出发,但对于崇古卑今的七子复古主义,仍然是一种尖锐的批评。

其他值得注意的是茅坤对汉文如《史记》《汉书》的评价,这点在过去的批评史研究中每有忽视。茅坤有专评二家的序文,对司马迁、班固之史著给与了高度的评价,以为"太史公与班掾之材,固各天授,然《史记》以风神胜,而《汉书》以矩矱胜"(《刻汉书评林序》)。其中尤其评《史记》而措出"风神"二字概括其为文风格,从而在明中期文论中补入了十分重要的概念,有超越前人论文之处。而对读《史记》人物传时强调给人带来的情感效果,所谓"所当怒而裂眦、喜而解颐、悲而疾首、思而抚膺,孝子慈孙之所睹而潸然涕洟,骚人墨士之所凭而凄然吊且赋者"(《刻史记钞引》)云云,则与唐顺之以去欲论为前提的所谓"千古之真精神"相比,更偏重于一种古典的情感外放,从而又与前七子论文有某种承接之处。因此,在强调茅坤的唐宋观之余,尚也应看到其论文中存在的其他尺度。

②文学之科三句——《论语·先进》:"文学:子游、子夏。"孔门四科指德行、言语、政事、文学。

③石之结绿——《史记·范雎蔡泽列传》载雎上秦昭王书有"宋有结绿"句。

④伶伦之于音十句——伶伦,传说为黄帝时作律之人。稗灶,春秋时郑国人,主占。养由基,春秋时楚国大夫,以善射闻名。造父,周穆王时人,善御。扁鹊,传说为黄帝时良医名。战国时秦越人与古之扁鹊相类,世以扁鹊号之。僚,弄丸人名,见《庄子》:"市南宜僚弄丸而两家之难解。"秋,善弈人名,见《孟子》。

⑤崔蔡——崔,指崔瑗。蔡,指蔡邕。

⑥穿札——刘向《列女传》:"弓工妻者,晋繁人之女也。当平公之时,使其夫为弓,三年乃成。平公引弓而射,不穿一札。平公怒,将杀弓人。弓人之妻请见,曰:'妾闻射之道,左手如拒石,右手如附枝,右手发之,左手不知,此盖射之道也。'平公以其言为仪,而射穿七札。"《左传》成公十六年亦有"养由基蹲甲而射之,彻七札"的故事。

⑦户眇——眇,细视。

⑧太羹玄酒——太羹,肉汁汤;玄酒,水。

⑨茅茨土簋——茅茨,茅草屋;土簋,土制的盛黍稷之器。

⑩云罍牺樽——罍,酒樽。云罍,上刻云纹。牺樽,酒器,上刻凤凰之形。

⑪骈枝——《庄子·骈拇》:"骈拇枝指。"足大拇指与第二指相合为一称骈拇,手大拇指旁枝生一指为枝指。

⑫黄初——魏文帝年号,自公元220年至226年。
⑬涤滥——放荡。《礼记·乐记》:"流辟、邪散、狄成、涤滥之音作,而民淫乱。"
⑭鳌——乖戾。

【附录】

世之论韩文者,共首称碑志,予独以韩公碑志多奇崛险涵,不得《史》、《汉》序事法,故于风神处或少遒逸,予间亦镌记其旁。至于欧阳公碑志之文,可谓独得司迁之髓矣。王荆公则又别出一调,当细绎之。序、记、书,则韩公崛起门户矣。而论策以下,当属之苏氏父子兄弟。四六文字,予初不欲录,然欧阳公之婉丽,苏子瞻之悲慨,王荆公之深刺于君臣上下之间,似有感动处,故录而存之。予览子厚之文,其议论处多镂画,其纪山水处多幽邃夷旷,至于墓志碑碣,其为御使及礼部员外时所作,多沿六朝之遗,予不录,录其贬永州司马以后稍属隽永者凡若干首,以见其风概云,然不如昌黎多矣。宋诸贤叙事,当以欧阳公为最。何者?以其调自史迁出,一切结构裁减有法,而中多感慨俊逸处,予故往往心醉。曾之大旨近刘向,然逸调少矣。王之结构裁剪极多镂洗苦心处,往往矜而严、洁而则,然较之曾,特属伯仲,须让欧一格。至于苏氏兄弟,大略两公者文才疏爽豪荡处多,而结构裁剪四字,非其所长。诸神道碑多者八九千言,少者亦不下四五千言,所当详略敛散处,殊不得史体。何者?鹤颈不得不长,凫颈不得不短。两公于策论,千年以来绝调矣。故于此或杀一格,亦天限之也。予览欧、苏二家论不同。欧次情事甚曲,故其论多确而不嫌于复;苏氏兄弟则本《战国策》纵横以来之旨而为文,故其论直而畅,而多疏逸遒宕之势。欧则譬引江河之水而穿林麓,灌畎浍;若苏氏兄弟,则譬之引江河之水而一泻千里,湍者萦,逝者注,杳不知其所止者已。诗曰:"同工而异曲。"学者须自得之。苏明允《易》、《诗》、《书》、《礼》、《乐》论未免杂之以曲见,特其文遒劲。子瞻《大悲阁》笔记及赞罗汉等文,似狃于佛氏之言,然亦以其见解超朗;其间又有文旨不远、稍近举子业者,故并录之。曾南丰之文,大较本经术,祖刘向。其湛深之思,严密之法,自足以与古作者相雄长;而其光焰,或不外烁也,故于当时稍为苏氏兄弟所掩。独朱晦庵亟称之,历数百年,而近年王道思始知读而酷好之,如渴者之饮金茎露也。

予尝有文评曰:屈、宋以来浑浑噩噩,如长川大谷,探之不穷,揽之不竭,蕴藉百家,包括万代者,司马子长之文也;闳深典雅,西京之中独冠儒宗者,刘向之文也;斟酌经纬,上摹子长,下采刘向父子,勒成一家之言者,班固也,吞吐骋顿,若千里之驹而走赤电、鞭疾风,常者山立,怪者霆击,韩愈之文也;巉岩崛屼,若游峻壑削壁,而谷风凄雨时至者,柳宗元之文也;遒丽逸宕,若携美人宴游东山,而风流文物照耀江左者,欧阳子之文也,行乎其所当行,止乎其所不得不止,浩浩洋洋,赴千里之河而注之海者,苏长公也。呜呼!七君子者,可谓圣于文矣!其余若贾、董、相如、扬雄诸君子,可谓才问炳然西京矣,而非其至者。曾巩、王安石、苏洵、辙,至矣。巩尤为折衷于大道而不失其正,然其才或疲薾而不能副焉。吾聊次之如左,俟知音者赏之。

八大家而下,予于本朝独爱王文成公论学诸书,及记学记尊经阁等文,程、朱所欲为而不能者。江西辞爵及抚田州等疏,唐陆宣公、宋李忠定公所不逮也。即如□头、桶冈军功等疏,条次兵情如指诸掌,况其设伏出奇、后先本末,多合兵法,人特以其稍属矜功而往往口訾之耳。嗟乎!公固百世殊绝人物,区区文章之工与否所不暇论,予特附揭于此,以见我本朝一代之人豪,而后世之品文者,当自有定议云。

茅坤《茅坤集·茅鹿门先生文集》卷三十一《唐宋八大家文钞论例》
浙江古籍出版社 1993 年版

先生之文,一切缔情结胎,信河流中之逆航矣。然恐不免反之又力,而矫之或过者。尝闻先生谓唐之韩愈,即汉之马迁;宋之欧、曾,即唐之韩愈。某初闻而疑之,又从而思之。其大较虽近,而其中之深入处,窃或以为稍有未尽然者。古来文章家,气轴所结,各自不同。譬如堪舆家所指"龙法",均之荣折起伏,左回右顾,前拱后绕,不致冲射尖斜,斯合"龙法"。然其来龙之祖,及其小大力量,当自有别。窃谓马迁譬之秦中也,韩愈譬之剑阁也,而欧、曾譬之金陵、吴会也。中间神授,迥自不同,有如古人所称百二十二之异。而至于六经,则昆仑也,所谓祖龙是已。故愚窃谓今之有志于为文者,当本之六经,以求其祖龙。而至于马迁,则龙之出游,所谓太行、华阴而之秦中者也。故其气尚雄厚,其规制尚自宏远。若遽因欧、曾以为眼界,是犹入金陵而览吴会,得其江山逶迤之丽、浅风乐土之便,不复思履殽、函以窥秦中者已。

大抵先生诸作,其旨不悖于六经;而其风调,则或不免限于江南之形胜者。故某不肖,妄自引断:为文不必马迁,不必韩愈,亦不必欧、曾;得其神理而随吾所之,譬提兵以捣中原,惟在乎形声相应,缓急相接,得古人操符致用之略耳。而至于伏险出奇,各自有用,何必其尽同哉!不审高明以为何如?

承过爱,敢据案对牍,草草请教,不悉所言。

茅坤《茅坤集·茅鹿门先生文集》卷一《复唐荆川司谏书》
浙江古籍出版社 1993 年版

仆不量，少好著文章。及由吏部左迁，稍益发愤，间陈古六艺及庄、荀、晁、贾百家之言而伏读之。妄谓文以载道，道也者，庖牺氏以来不易之旨也。孔孟没而圣学微，于是六艺之旨散逸不传。汉兴鉴秦，招亡经，求学士，虽不敢望圣学，秦之所燔，始稍稍出，共为因言析义，考究异同。故西京之文，号为尔雅。而晋以还，惟唐韩昌黎愈、柳柳州宗元、宋欧阳学士修，及苏氏父子兄弟、曾巩、王安石辈，之八君子者，赋材不同；然要之，并按古六艺，及西京以来之遗响而揣摩之者。其在孔门，不敢当游、夏列，而大略因文见道，就中擘理。盖尝就世之所称正统者论之。六经者，譬则唐虞三王也；西京而下韩昌黎辈，譬则由汉而唐而宋，间及西蜀、东晋是也。世固有盛衰，文亦有高下；然于国之正统，或为偏安，或为播迁，语所谓"寝微寝昌，不绝如带"是也。其他虽富如崔、蔡，藻如颜、谢，譬则草莽之裂土而王是已，况于近代文人学士乎哉！仆间尝手评次之为"八大家"如别册，妄臆鄙度，已载总序及诸引中，不审公谓然否？仆向尝共公论本朝之文，如王文成公论学诸书，程、朱所欲为而不能者；谏佛、辞爵、江西、田州诸疏，汉、唐以来未之睹也。公独点头，而海内学士大夫之好文而雄者闻予言，颇共非笑，以为无当。予故于《八大家凡例》末，稍为及之。而侄桂读其书，颇笃好而欲梓而传之，欲借公一言冠之首，以为重于世。公倘无拒，非独八君子者大振斯世，予谫陋，或得并附以见。而斯文之未坠于地，亦可猎襟而卜也已！

茅坤《茅坤集·茅鹿门先生文集》卷五《与王敬所少司寇书》
浙江古籍出版社 1993 年版

昨日使来，据案草草。其欲尽所言而不敢卒尽所言者，恐兄以我为迂阔而远于事情，故不敢竭其说也。兄谕似厌世之选者冗杂芜秽，则兄之欲精以严者可知矣。仆昨所云"作者之旨"，盖以古之作者譬之佛氏之禅灯一脉也。本朝诗声自弘治、正德以来，度越宋、元，直逼唐风矣；文章一派，犹未得其至者。仆尝作一《文旨》以贻许海岳、沈虹台二太史，大略以为，文必溯六艺之深而折衷于道，斯则天下者之正统也。其间雄才侠气，姗韩欧、骂苏曾，而不能本之乎六艺者，草莽偏陲，项羽、曹操以下是也。汉以来裒选文章家，独具西山似得其旨；近代如唐司谏所裒《文编》，亦或沿其遗意而为之者。兄之高明，当自有独得深见，以遗于世。而仆所以哎哎焉絮闻于兄者，悯国家二百年而犹未见文之赤帜，且于兄所裒藏，将以卜之也。不尽不尽！

茅坤《茅坤集·茅鹿门先生文集》卷四《与慎山泉侍御论文书》
浙江古籍出版社 1993 年版

林卧中，忽获故人书，并及游金陵诗刻。手而诵之，譬之匡庐之瀑从天而下,飞崖喷壑,令人神解也,欣慰欣慰! 所谕《史记评事》,坤之迟滞之罪殆已十千,然亦有说。仆少尝读其书,辄摹拟为文辞,然不得也。已而忘食饮,废卧寝者久之,稍稍睥睨一二,然又辄罢去。久之,乃私自以或得其解,辄手注之,凡三易帙。最后者一帙,略当仆怀,然亦辄为好事者囊而不归。别公来,数移书,劫而要之,于今犹留故人之篋而未返也。仆当为公特购一部,别行镌题其额,原本姑留之,如何如何? 仆尝妄谓,史迁没且千五百年于兹,读其书而好之者多矣。然据愚所见,即如刘向、班固以下,文章家最著者,亦各自得其解,以雄当时,传后世,恐于史迁所自为解处,抑或难言。非独刘向、班固诸人,即如史迁再出,欲令其自为言之,恐亦酒人从醒说醒也,而况于吾辈乎? 正德间,杨太史所镌旧本,特属毛发耳。近日唐司谏读《平准》、《封禅》及《秦纪》,并《游侠》、《酷吏》诸传,间得其髓矣;然他篇,恐亦箪终不相似。由此言之,则仆他日听请,倘终不免痴人说梦也。秋八月以后,仆当移其书,面为我公质之。

茅坤《茅坤集・茅鹿门先生文集》卷四《酬张王屋书》
浙江古籍出版社 1993 年版

仆少不自量,颇好习为文章诗歌之什,愿附世之腰褱而踸踔千里,鲲鹏而翻飞层屑也,顾以蹄之窘而翩之铩,置之泥淖,困之藩篱久矣。辱公所序拙稿,为褒称而诠次之。且谓或升古作者之堂。何敢当,何敢当!

伏思国朝以来,诗声起自高、徐辈,凌铄宋、元。已而何、李中兴,而边太常、顾中丞、郑继之、薛君采、朱子升、马仲房辈继之。嘉靖间,张子言、高子业、王履吉、黄勉之、唐应德、陈约之、许子春、蔡子木、皇甫兄弟辈,又从而羽翼之。已而,李于鳞辈翱翔郎署,互相标榜,甚且叱咤风霆而喷啸日月也。五七言古诗及近体以下,不敢谓并中律吕,然大较翩翩乎上附六朝,下薄大历矣。独于文章,未敢轻议,宋太史后,寥寥也,王新建《论学》书及《兵略》诸疏,可谓千年绝调矣。而江西以后,猥视末艺;即如唐、王以下,颇厌何、李之抗声藻而略神理也,稍稍于欧阳、曾、王,若将共为翱翔袅娜其间,然抑或疲矣。他操觚者辄呼曰:"某,太史公也! 某,班掾也!"世之借耳佣目者一时不察,共为道听途说而附和之;然要之,去古远矣。何则? 孔氏《易》犹三绝韦编也;达摩西来,犹面壁者十八年,而后折芦东渡,首传宗旨也。文不本之六籍以求圣人之道,而顾沾沾焉,浅心浮气,竞为拮据其间,譬之剪彩而花,其所炫耀熠爚者,若或目眩而心掉,而要之于古作者之旨,或背而驰矣。仆故妄谓,明兴以来二百年,行且有韩、欧者出,风行海流,大阐斯文也。公得无为之欷歔愤咽其间,于以奋袂而横戈者乎?若仆则衰飒矣。公所云云,盖不能不愧于心,而镌于衣带者,谨具书以谢。外刻

《汉书钞》一百卷,班孟坚所共太史旗鼓相当,或得或失处,抑稍为镌评其间。其所横加删削者,特《人物表》而下,及《元后》、《王莽》诸传,大都杂之以曹大家辈所附者耳。倘及尘览,幸为批示。秋深以后,木落霜飞,终拟跨一驴,走候公于牛首燕矶之间,绾带膝席而听公所折衷者,不知其肯许否?

茅坤《茅坤集·茅鹿门先生文集》卷六《谢陈五岳序文刻书》
浙江古籍出版社 1993 年版

孔、孟没而诗、书六艺之学不得其传,秦皇帝又从而燔之,于是文章之旨散逸残缺。汉兴,始诏求亡经,而海内学士稍得以沿六艺之遗,而转相授受。西京之文号为尔雅,其最著者,贾谊、晁错、董仲舒、司马迁、刘向、扬雄、班固是也。魏、晋、宋、齐、梁、陈、隋之间,斯道几绝。唐韩愈氏出,始得上接孟轲,下按扬雄而折衷之。五代之间,寝微寝灭。欧阳修、曾巩及苏氏父子兄弟出,而天下之文复趋于古。数君子者,虽其才之所授小大不同,而于六艺之学,可谓共涉其津而溯其波者也。由此观之,文章之或盛或衰,特于其道何如耳。秦以来,操觚为文章者,无虑数十百家,其间虎步而鸷攫,不可胜数,然皆譬之草莽之雄,项籍、陈胜之乱秦,王郎、隗嚣之奸汉,唐之藩镇,宋之金、辽,特擅兵裂土以相雄于其间而已。而帝王之统卒不外属,区区孱弱之裔,顾得以延其不绝者之如带,躬历数而正名号,高拱而议焉,何哉?得其道而折衷于六艺者,汉、唐、宋是也,虽其衰且弱也,不得而废也。不得其道而外六艺,以兴甲兵割河山,项籍、王郎以下是也,虽其强且悍,不得而与也。本朝刘、宋,尝拓门户。弘治、正德间,北地李梦阳攘袂而呼曰:"文在是矣!"倡者叱咤,听者辟易。于今学者,犹剽而附焉。嗟乎!间以之按六艺之遗,及西京以来作者之旨,然乎?否邪?得非向所谓草莽而窃者邪?传不云乎:"圣人没而微言绝。"此予所以尝私为之累歔而不能已也。友人新安许君海岳、姑苏沈君虹台,并镌志于六艺之道而得其深者也,抱古之文,后先崛起江以南,今且联珮于承明著作之庭,于是作《文旨》以贻。呜呼!世皆以予骏且非笑之矣,独二君子,以古之作者自信而不惑于流俗者也,倘闻予言,得无异同而领之者乎?

茅坤《茅坤集·茅鹿门先生文集》卷十四《文旨赠许海岳
沈虹台二内翰先生》 浙江古籍出版社 1993 年版

春以来,仆病足卧山中,忽得公所遣使携二书至。其一则论文章之旨,而并属仆以记所谓《六羡堂》者;其一则由续得刘生所囊讼冤书,而因以报之者也。仆衰朽,譬则秋江之菱梗,其所汩于流波,没于崩沙,而朝且夕焉,待渔人之拾且爨焉,不可得已;而况辱公之注记乎?又况辱公投之以文章诗歌之什,甚且先大夫苏山先生所从竟陵访陆羽著《茶》故处，而堂且歌之。此一段风流潇宕，古所称物外司马者之流也，并属仆记之，得非公之好士，而不以九九之末遗之者乎？仆窃欲留使者累日，或稍迟足疡之解，且当濡毫记公之堂而以复之也。使求去甚亟，故不及。然公所首谕，仆尝谬论文章之旨，如韩、柳、欧、苏、曾、王辈，固有正统，而献吉，则弘治、正德间所尝擅盟而雄矣，或不免犹属草莽偏陲，项籍以下是也。公又别论近年唐武进、王晋江以下六七公辈，亦足以与韩欧辈并轨而驰者。诚然诚然。然仆之鄙，则少自结发所镌画古作者之旨，而偶有所自好，不敢不吐于长者之侧也。李献吉乐府歌赋与五七言古诗及近体诸什，上摹魏晋，下追大历，一洗宋、元之陋，百世之雄也。独于记序碑志以下，大略其气昂，其声铿金而戛石，特割裂句字之间者；然于古之所谓"文以载道"处，或属有间。文之气与声，固当与时高下；而其道，则六籍以来所不能间者。仆少尝与蔡子木论文书，窃谓天地间方物之情各有其至，而世之文章家，当于六籍中求其吾心者之至，而深于其道，然后从而发之为文，譬则金之在冶，而种种色色，无不得其鼓铸之真。即如仆所顷次韩昌黎辈而属之"八大家"。汉之崔骃、蔡邕，晋之左思、陆士衡，齐、梁、陈、隋以下，非无龙骧虎斗之士；而八君子者之中，曾子固殊属木讷謇涩，嗷之无声，嘘之无欷者，而仆犹取之，以其所序《战国策》诸书，及记筠州宜黄学诸文，盖亦翩然能得古六籍之遗而言之者已。要之，非世所谓翡翠珊瑚，刻镂剽赝之饰而为之文者。故苏长公尝称韩昌黎"文起八代之衰"。其所指者，固在此。公谓然邪？否邪？倘公然苏长公所云昌黎特从唐中叶起八代之衰，则崔、蔡、左、陆以下，并草莽偏陲可知之矣，又何疑于献吉乎？献吉云云，如属非妄，则唐武进以下，又可差其或上或下，或旗鼓相当，或鸿雁相次，当较然矣。任少海所意，不可于世而自负其奇，且谓世无柳宗元，或然或否，公又且一笑而谢之矣。仆非闲文者，第其所自好者在此，故仆几欲毁去生平所为覆瓿者之稿。倘及秘踪石室之深，而囊六籍以深求心之所至，而因自老焉，或庶几其仰窥十一也。今且衰矣，疲苶不相及矣，公得无怜而教之乎？谨于使者之草屏而南，姑复之以所云。而公所属记六羡者之堂，闻令郎大酉行且按湖中，仆当前扣其堂之佳山水所向处，勉为公挂一言于层栏曲槛之间。第恐犹属向之"草莽偏陲"者，所云不足以慰公之深情也。

茅坤《茅坤集·茅鹿门先生文集》卷八《复陈五岳方伯书》
浙江古籍出版社 1993 年版

太史公司马迁之抽石室而次《史记》也，凌轹百代。而西京以下，绝无有闯其室而入其解者，何哉？予尝仰观于天，而次其日月，五星、三垣、二十八宿，古之甘、石二家之所不能易也；俯察于地，而次其名山大川，则壤弱服，古之禹贡、职方氏之所不能越也；中观于人，而次其百官万物，与夫吉凶进退之宜，古之《周官》、《尔雅》、庖牺氏以来诸家之《易》之所不能殚也。盖天地间，万物之情各有其至，而太史公之才，天固纵之以虬龙杳幻之怪、腰裒超逸之姿，于六艺百家之书无所不读，独能抽其隽而得其解。故于三皇五帝，邈矣；次夏、商以来，治乱兴亡、因革损益之大，王侯将相功罪名实之微，律历、天官、封禅、平准之变，逸言冶色、乱臣贼子之详，班氏父子或不能无讥；要之，其所独得其解处，譬之云汉之蔚而为象，风雷之触而成声，天动神解，洞窍擢髓，孔氏没而上下二千年来，此其风骚之极者已。世之读其书而好之者众矣，缙绅学士间出而摹画之者，抑并焦心殚思然矣。譬之奏《钧天》于洞庭之野，而伶人乐工或得其丝，或得其竹，繁文促节之细者尔；求其八音之备，六律之畅，规规于耳所得而闻者，且不能尽也，而况望其马仰秣而鱼出听，天神地祇之翩然乎来而翔也，而耳之所不得而闻者乎？予故谓太史公复出，虽欲自言其至，而亦有所不能者。予乡凌君稚隆氏，少随其父尚书郎藻泉公读诸家之评，辄自喜，稍稍日镌而夕次之，不特《索隐》、《正义》与韦昭、裴骃、服虔、杜预、王肃、贾逵、徐广辈所注而已也。国朝宋文宪而下，名儒硕卿、骚人处士，苟其一言一字之似迂疏荒谬若予者，无不搜罗而标引之；甚且以太史公所本者《左氏》、《国语》、《战国策》及吴越、楚汉、吕不韦《春秋》也，而载之未详者，君并详之。后太史公而《越绝》、《说苑》、《新序》、《论衡》与夫《韩诗外传》、《风俗》、《白虎》二"通"之书所可参互者，君又撮而系之。下之唐宋诸贤之文与《地里指掌图》等书所相折衷处，君皆为之发栉而缙贯焉，可谓勤矣。虽然，耳之所得而闻，世之学士所得手指而口画之者，君能不遗已；而耳之所不得而闻，非独世之学士所不得而指且画，虽太史公之自为至，而自不能言其所至以授之人人者，君得无闻秦青之曲而犹有余憾者乎？刻既成，题之曰《评林》。噫！兹编也，殆亦渡海之筏矣。而后之读其书，想见其至，当必有如古人所称"湘灵鼓瑟于秋江之上，曲终而人不见"者。

茅坤《茅坤集·茅鹿门先生文集》卷十四《史记评林序》
浙江古籍出版社 1993 年版

凌太学曩抱先大夫藻泉公所手次诸家读《史记》者之评，属予序而梓之，已盛行于世矣。世之缙绅先生嘉其梓之工，与其所采诸者之评，或稍稍概于心也，复促之并梓《汉书》为一编。工既竣，复来属予序之。予览而告之曰：太史公与班掾之材，固各天授，然《史记》以风神胜，而《汉书》以矩矱胜。惟其以风神胜，故其遒逸疏宕如餐霞，如啗雪，往往自眉睫之所及，而指次心思之所不及，令人读之解颐不已;惟其以矩矱胜,故其规画布置如绳引,如斧剸,亦往往于其复乱庞杂之间,而有以极其首尾节腠之密,令人读之,鲜不濯筋而洞髓者。予尝譬之治兵者,太史公则韩、白之兵也,批亢捣虚,无留行,无列垒,鼓钲所向,川沸谷夷,乃若班掾,则赵充国之困先零、诸葛武侯之出岐山也,严什伍,饱糇粮,谨间谍,审向导,先为不可胜,以待敌之可胜,故其动如山,其静如阴,攻围击刺,百不失一。两家之文,并千古绝调也。然其间创述难易,复自不同。太史公则劚去史氏编年以来之旧,突起门户,首为传记,且以一人之见而上下数千百年之间,故其文已散亡,而所闻易泪,所自表见者固多,而其所蔽且舛者,亦时有之。班掾则仅起汉氏,非其里巷长老之所习传,即其令甲耳目之所睹记。况武帝以前,则按《史记》故本为之表里,夫既缀其所长,而避其所短,而昭、宣以后,则又有刘向《东观汉书》为之旁佐,羽翼其际,补其阙遗而惩其固陋。此则两家者所值之异也。太学君博搜诸家之说镌引之,间有醇疵,相参于班掾之旨,或合或不合者,君并栉而厘之,故君之所自疏者为独多。予虽不能遍读,以印可否,而抑可谓勤也已。虽然,闻之先辈尝有考《史》《汉》异同者。予窃谓,古之善相马者于牝牡骊黄之外,而善读古传记者,亦不当于其区区句字幅尺之间求之。苟能于其同也,而特察其所以异;于其异也,而又善悟其所以同;而于两家之所为风神、为矩矱,参互而独得其深。斯则谓之之今之九皋氏,亦可也。予独嘉之,以请于世之善读两家之书者。

茅坤《茅坤集·茅鹿门先生文集》卷十四《刻汉书评林序》
浙江古籍出版社 1993 年版

予少好读《史记》,数见缙绅学士摹画《史记》为文辞,往往专求之句字音响之间,而不得其解。譬之写像者,特于须眉颧颊耳目口鼻貌之外见者耳,而其中之神,所当怒而裂眦、喜而解颐、悲而疾首、思而抚膺,孝子慈孙之所睹而潸然涕洟,骚人墨士之所凭而凄然吊且赋者,或耗焉末之及也。予独疑而求之,求之而不得,数手其书而镌注之三四过。已而移官南省时,予颇喜自得其解,稍稍诠次,辄为好事者所携去,遂失故本。顷罢官归,复以督训儿辈为文辞,其所镌注者如此。予按太史公所为《史记》百三十篇,除世所传褚先生别补十一篇外,其他帝王世系或多舛讹,制度沿革或多遗佚,忠贤本末或多放失,其所论大道而折衷于六艺之至,固不能尽如圣人之旨。而要之,指次古今,出入《风》《骚》,譬之韩、白提兵而战河山之间,当其壁垒部曲,旌旗钲鼓,左提右挈,中权后劲,起伏翱翔,倏忽变化,若一夫剑舞于曲旃之上,而无不如意者。西京以来,千年绝调也。即如班掾《汉书》,严密过之,而所当疏宕逋逸,令人读之,杳然神游于云幢羽衣之间,所可望而不可挹者,予窃疑班掾犹不能登其堂而洞其窍也,而况其下者乎?唐以来,独韩昌黎为文极力镌画,不可不谓之同工也。间按《顺宗皇帝实录》与《秦始皇纪》读之,复不相及,抑可概见其微矣。予尝梦共太史公抽书石室中,面为指画,梦中若解。已而梦醒,则亦了无一言于眉睫之间者。予愧今所镌引,殆亦说梦之余者耳!扬子云尝谓颜子苦孔之卓。嗟乎!予于公,欲求其苦之卓也且不可得矣,而敢他望乎?予姑刻而存之斋中,以俟后之好读其书而能求其至者。《钞》凡若干卷,按故本,特十之七。详见凡例中,故不赘。

茅坤《茅坤集·茅鹿门先生文集》卷三十一《刻史记钞引》
浙江古籍出版社 1993 年版

《唐宋文衡》总三百三十篇,天台朱伯贤氏之所选也。文不止于此,而特约之,为学文之法,如物平于衡,有不得而高下云。

呜呼!形气相轧而有声,而声出于人者为言。雷霆之击,非不烈也;海涛之升,非不大也;笙竽琴瑟之奏,非不和也;皆莫过于人之纯。圣人之经,又纯之至也,故历千万世之久,虽善于言者,恶能儗而为之哉?

战国以来,孟轲、扬雄氏发挥大道,以左右六经,然雄之去孟轲,其纯已不及矣。降于六朝之浮华,不论也。昌黎韩子倡于唐,而河东柳氏次之。五季之败腐,不论也。庐陵欧阳子倡于宋,而南丰曾氏、临川王氏,及蜀苏氏父子次之。盖韩之奇、柳之峻、欧阳之粹、曾之严、王之洁、苏之博,各有其体,以成一家之言,固有不可至者,亦不可不求其至也。予尝读之,若《原道》、《原毁》,由孟轲之后,诸子未之能及。至宗元《守原议》、《桐叶封弟辩》,凿凿乎是非之公,使圣人复作,无以易之。其他驰骋上下,先后相发,诚乐之而不厌。信言之异乎雷霆海涛,笙竽琴瑟,气与形之相轧相成者矣!世之狃于所习,苟趋一时之好者,既不足以语此。或知师古为事者,又梏于昏愚怠惰,而不暇进其闽奥焉。此予之所深痛也。

伯贤工文三十余年,寔倍于予,其定六家文衡,因损益东莱吕氏之选,将刻诸梓,使子弟读之,而曾曲阜所作四篇,则采前人所遗,以附南丰之后,其用心可谓勤矣。间尝挟之过予成均,与之商确累日,且俾序其首,予何敢为之妄议邪?

抑尝闻儒先君子之论文者,务合于道,非徒以其词高一世为工也。若六家者,虽于道有浅深,皆本诸经为说,铲驳而复纯。于此求之,其至于古无难者,是伯贤之志也。若夫振起于下,不为蹈袭,固有望于绝人之豪杰,岂专取乎《文衡》也哉!

洪武九年,岁在丙辰春正月七日,将仕佐郎国子助教橋李贝琼序。

贝琼《清江贝先生文集》卷二十八《唐宋六家文衡序》 《四部丛刊》本

归有光

归有光(1507—1571),字熙甫,昆山(今属江苏)人。从学于同邑魏校,九岁能作文,二十岁时已尽通《五经》、《三史》等书。嘉靖十九年举乡试,后八上春官皆不第。移居嘉定安亭江上,读书谈道,从学者常数百人,称为震川先生。嘉靖四十四年举进士,授长兴知县。后调顺德通判,专辖马政。隆庆四年,因大学士高拱、赵贞吉举荐,任南京太仆丞,留掌内阁制敕房,修《世宗实录》,卒于官,年六十五。传见《明史》卷二八七。

归有光深通经术,是当时的八股文大家,与胡友信齐名,世并称"归胡"。时当以王世贞为首的"后七子"再倡复古之说,天下靡然从风,相与剽剟古人,求附坛坫。而归有光独抱唐宋诸家遗集,毅然与之抗衡,斥王世贞为庸妄巨子。钱谦益对归有光甚为推崇,其《列朝诗集小传》评价归有光说:"自明季以来,学者知由韩、柳、欧、苏沿洄以溯秦汉者,有光实有力焉,不但以制艺雄一代也。"虽不乏溢美之辞,但大体上还是符合实际的。

归有光有《震川文集》三十卷、《外集》十卷,乃钱谦益所订正。《四库全书》著录有《易经渊旨》一卷、《三吴水利录》四卷、《诸子汇函》二十六卷、《震川文集》三十卷、《别集》十卷、《震川文集初本》三十二卷、《文章指南》五卷。

项思尧文集序①

永嘉项思尧与余遇京师②,出所为诗文若干卷,使余序之。思尧怀奇未试,而志于古之文,其为书可传诵也。

盖今世之所谓文者难言矣。未始为古人之学,而苟得一二妄庸人为之巨子③,争附和之以诋排前人。韩文公云:"李杜文章在,光焰万丈长。不知群儿愚,那用故谤伤!蚍蜉撼大树,可笑不自量!"④文章至于宋元诸名家,其力足以追数千载之上而与之颉颃,而世直以蚍蜉撼之,可悲也⑤。无乃一二妄庸人为之巨子以倡道之欤?

思尧之文,固无俟于余言,顾今之为思尧者少,而知思尧者尤少。余谓文章天地之元气,得之者直与天地同流。虽彼其权足以荣辱毁誉其人⑥,而不能以与于吾文章之事;而为文章者亦不能自制其荣辱毁誉之权于己,两者背戾而不一也久矣。故人知之过于吾所自知者,不能自得也;己知之过于人之所知,其为自得也,方且追古人于数千载之上。太音之声⑦,何期于《折杨》《皇华》之一笑⑧!

吾与思尧言自得之道如此。思尧果以为然,其造于古也必远矣。

《震川先生集》卷二　上海古籍出版社1981年版

【注释】

① 这篇序文的背景在钱谦益《列朝诗集小传》里有比较完整的记载,现引述如下:

> 熙甫为文,原本六经,而好《太史公书》,能得其风神脉理。其于六大家,自谓可肩随欧、曾,临川则不难抗行。其于诗,似无意求工,滔滔自运,要非流俗可及也。当是时,王弇州踵二李之后,主盟文坛,声华烜赫,奔走四海。熙甫一老举子,独抱遗经于荒江虚市之间,树牙颊相揳拄不少下。尝为人文序,诋排俗学,以为"苟得一二妄庸人为之巨子"。弇州闻之,曰:"妄诚有之,庸则未敢闻命。"熙甫曰:"惟妄故庸,未有妄而不庸则也。"弇州晚岁赞熙甫画像曰:"千载有公,继韩欧阳,余岂异趋,久而自伤。"识者谓先生之文至是始论定,而弇州之迟暮自悔,为不可及也。

文中所谓的"尝为人文序"指的就是《项思尧文集序》。从序文的内容来看,归有光乃有感而发,其议论当是针对王世贞《艺苑卮言》中这样一段话:"西京之文实。东京之文弱,犹未离实也。六朝之文浮,离实矣。唐之文庸,犹未离浮也。宋之文陋,离浮矣,愈下矣。元无文。"据《明史·文苑传》,王世贞少年得志,文名极盛,"与李攀龙狎主文盟,攀龙殁,独操柄二十年。才最高,地望最显,声华意气笼盖海内。一时士大夫及山人、词客、衲子、羽流,莫不奔走门下。

片言褒赏,声价骤起。其持论,文必西汉,诗必盛唐,大历以后书勿读,而藻饰太甚"。"其所与游者,大抵见其集中,各为标目。曰前五子者……后五子……广五子……续五子……末五子……其所去取,颇以好恶为高下。"这一情况也就是归有光在序文中所说的"未始为古人之学,而苟得一二妄庸人为之巨子,争附和之以诋排前人"。

作为与唐宋派成员声气相通者,归有光本人为文也是"原本六经,而好《太史公书》,能得其风神脉理"的,同时,他也倡导唐宋文,于创作上主张"自出胸臆"。他所以反对王世贞,主要针对的还是后者所倡导的文以代降以及创作中产生的模拟剽窃之弊。在批判文以代降一点上,他一方面主张"文章天地之元气,得之者直与天地同流",同时认为,"文章至于宋元诸名家,其力足以追数千载之上而与之颉颃",这就与茅坤所谓"文特以道相盛衰,时非所论也"的主张不谋而合了。此外,归有光尤所耿耿于怀者是"彼其权足以荣辱毁誉其人",以致"未始为古人之学"者"争附和之以诋排前人"。这里有不满,有失落,也有无奈。

归有光认为文章乃"天地之元气,得之者直与天地同流"。这一说法并无新意,但他为衡量文章的优劣确立了一个标准,只有这样,"虽彼其权足以荣辱毁誉其人,而不能以与于吾文章之事"。不过,即使抱着这样的信念,归有光仍然颇不自信,所以有"今世之所谓文者难言矣"这样的感慨。

归有光于文中并没有提出系统、有新意的见解,但他坚守己见的勇气以及对宋、元诸名家文章的看法都是相当有见地的,所以才有王世贞晚年"千载有公,继韩欧阳,余岂异趋,久而自伤"的话。

② 项思尧——1522—1568,名文焕,字文尧,号孤屿山人。

③ 一二妄庸人——指后七子领袖李攀龙、王世贞。李攀龙(1514—1570),字于麟,号沧溟,历城人,嘉靖二十三年进士。有《沧溟集》三十卷。王世贞(1526—1590),字元美,号凤洲,又号弇州山人,太仓人,嘉靖二十六年进士。有《弇州山人四部稿》一七四卷、《续稿》二〇七卷、《续稿附》十一卷。详见本卷有关内容。

④ 韩文公云四句——诗见古诗《调张籍》。

⑤ 文章至于宋元诸名家四句——指王世贞《艺苑卮言》卷三所谓:"西京之文实,东京之文弱,犹未离实也;六朝之文浮,离实矣。唐之文庸,犹未离浮也;宋之文陋,离浮矣,愈下矣。元无文。"颉颃,鸟飞上下貌,引申为抗衡。《诗经·国风·邶·燕燕》:"燕燕于飞,颉之颃之。"

⑥ 彼其权足以荣辱毁誉其人——《明史》卷二八七《列传第一百七十五·

文苑三》:"世贞自号凤洲,又号弇州山人。其所与游者,大抵见其集中,各为标目。……其所去取,颇以好恶为高下。"

⑦ 太音——指微妙、大雅之音。《老子·四十一章》:"大音希声,大象无形。"大,同太。

⑧《折杨》《皇华》之一笑——意为曲高则和寡。《庄子·天地》:"大声不入于里耳,《折杨》、《皇华》,则嗑然而笑。"《折杨》、《皇华》,古俗曲名。

【附录】

余与玉叔别三年矣,读其文,益奇。余固鄙野,不能得古人万分之一,然不喜为今世之文。性独好《史记》,勉而为文,不《史记》若也。玉叔好《史记》,其文即《史记》若也。信夫人之才力有不可强者。

夫西子病心而颦其里,其里之丑人亦捧心而颦其里。其里之富人见之,坚闭门而不出,贫人见之,挈妻子去之而走。余固里之丑人耳,若有如西子者而为西子之颦,顾不益美也耶?故曰:"知美颦而不知颦之所以美。"夫知《史记》之所以为《史记》,则能《史记》矣。故曰:"喙鸣合,与天地为合,其合缗缗。"甚矣,文之难言也。每与玉叔抵掌而谈,相视而笑。今见其烨烨尔,洋洋尔,缅缅尔,别之三年而其文之富如此,能《史记》若也。

荆楚自昔多文人,左氏之传,荀卿之论,屈子之骚,庄周之篇,皆楚人也。试读之,未有不《史记》若也。玉叔生于楚,其才岂异于古耶?先是,以其稿留余者逾月,似以余为知者,而命之题其后。昔韩退之才兼众体,故叙樊绍述则如樊绍述,叙柳子厚则如柳子厚。余不能如玉叔也,况《史记》耶?夫苟能如玉叔,则亦里之捧心者也。

归有光《震川先生集》卷二《五岳山人前集序》
上海古籍出版社 1981 年版

近来颇好剪纸染采之花,遂不知复有树上天生花也。偶见俗子论文,故及之。

文字愈佳,愿益为之。此乘禅也,毋更令外道所胜。幸甚!幸甚!王司马云:"如上甑馒头,一时要发,乃佳。"

又

仆文何能为古人?但今世相尚以琢句为工,自谓欲追秦、汉,然不过剽窃齐、梁之余,而海内宗之,翕然成风,可为悼叹耳。区区里巷童子强作解事者,此诚何足辩也!

又

为文须有出落,从有出落到无出落方妙。敬甫病自在无出落,便似陶者苦窳,非器之美。所以古书不可不看。

又

旋字、枕字,即入杜集中,便称佳,上乘法全在此也。字所以难下者,为出时非从中自然,所以推敲不定耳。余已悉。

归有光《震川先生集·别集》卷九《与沈敬甫》
上海古籍出版社 1981 年版

雍里先生少为南都吏曹,历官两司,职务清简,惟以诗文自娱。平居,言若不能出口,或以不知时务疑之。及考其莅官所至,必以经世为心,殆非碌碌者。嗟夫! 天下之俗,其敝久矣。士大夫以婧婀雷同,无所可否,为识时达变。其间稍自激励,欲举其职事,世共訾笑之,则先生之见谓不知时务也固宜。予读其应诏陈言,所论天下事,是时天子厉志中兴之治,中官镇守历世相承不可除之害,竟从罢去。昔人所谓文帝之于贾生,所陈略见施行矣。当强仕之年,进位牧伯,为外台之极品,亦不为不遇。而遂投劾以归。

家居十余年,闭门读书,恂恂如儒生。考求六经、孔、孟之旨,潜心大业,凡所著述,多儒先之所未究。至自谓甫弱冠入仕,不能讲明实学,区区徒取魏晋诗人之余,摹拟锻炼以为工。少年精力,耗于无用之地,深自追悔,往往见于文字中,不一而足。暇日以其所为文,名之曰《疣赘录》。予得而论序之。

以为文者,道之所形也。道形而为文,其言适与道称,谓之曰:其旨远,其辞文,曲而中,肆而隐,是虽累千万言,皆非所谓出乎形,而多方骈枝于五脏之情者也。故文非圣人之所能废也。虽然,孔子曰:"天下有道,则行有枝叶;天下无道,则言有枝叶。"夫道胜,则文不期少而自少;道不胜,则文不期多而自多。溢于文,非道之赘哉? 于是以知先生之所以日进者,吾不能测矣。录凡若干卷,自举进士至谢事家居之作皆在焉。然存者不能什一,犹自以为疣赘云。

归有光《震川先生集》卷二《雍里先生文集序》
上海古籍出版社 2007 年版

余少不自量,有用世之志。而垂老犹困于闾里,益不喜与世人交,而人亦不复见过。独沈次谷先生数数过予,必以其所为诗见示,而商榷其可否。先生今年七十有八,耳目聪明,筋力强健,时独行道中。人至山麓水涯,及佛、老之宫,往往见之。盖先生同时人多凋谢,兴之所寄,徒独往耳,无与俱也。一日,先生手自编平生所作凡若干卷,俾余序其首。

夫诗之道,岂易言哉！孔子论乐,必放郑、卫之声。今世乃惟追章琢句,模拟剽窃、淫哇浮艳之为工,而不知其所为,敝一生以为之,徒为孔子之所放而已。今先生率口而言,多民俗歌谣,悯时忧世之语,盖大雅君子之所不废者。文中子谓:"诸侯不贡诗,天子不采风,乐官不达雅,国史不明变,斯已久矣,诗可以不续乎?"盖"三百篇"之后,未尝无诗也。不然,则古今人情无不同,而独于诗有异乎？夫诗者,出于情而已矣。

次谷知诗者,敢并以是质之。而其岩处高尚之志,世路艰危之迹,见于其自序者详矣。故不论。

归有光《震川先生集》卷二《沈次谷先生诗序》
上海古籍出版社 2007 年版

有光疏鲁寡闻,艺能无效。诸君不鄙,相从于此。窃以为科举之学,志于得而已矣。然亦无可必得之理。诸君皆禀父兄之命而来,有光固不敢别为高远,以相骇眩。第今所学者虽曰举业,而所读者即圣人之书,所称述者即圣人之道,所推衍论缀者,即圣人之绪言。无非所以明修身、齐家、治国、平天下之事,而出于吾心之理。夫取吾心之理而日夜陈说于吾前,独能顽然无概于中乎？愿诸君相与悉心研究,毋事口耳剽窃。以吾心之理而会书之意,以书之旨而证吾心之理,则本原洞然,意趣融液。举笔为文,辞达义精。去有司之程度亦不远矣。

近来一种俗学,习为记诵套子,往往能取高第。浅中之徒,转相放效,更以通经学古为拙。则区区与诸君论此于荒山寂寞之滨,其不为所嗤笑者几希。然惟此学流传,败坏人材,其于世道,为害不浅。夫终日呻吟,不知圣人之书为何物,明言而公叛之,徒以为攫取荣利之资。要之,穷达有命,又不可必得；其得之者,亦不过酣豢富贵,荡无廉耻之限,虽极显荣,只为父母乡里之羞。愿与诸君深戒之也。

归有光《震川先生集》卷七《山舍示学者》　上海古籍出版社 2007 年版

吴为人材渊薮,文字之盛,甲于天下。其人耻为他业,自髫龀以上,皆能诵习举子应主司之试。居庠校中,有白首不自已者。江以南,其俗尽然。每岁大比,棘围之外林立。京兆裁以解额,隽者百三十五人耳。故虽方州大邑,恒不能三四数。至或连岁无举者,有司以为耻。若吾王子之家,乃岁占其一人。往年,汝钦进士,光州大夫伯仲,相继震耀于闾里,其疏属不论也。斯亦奇矣。初,予与王子居留都下,宾朋环坐,王子每论及试事,辄言文而不言命,以为是举若探诸囊中。予颇怪讶其言,既而服其决也。吾知其进于礼部,亦若是焉耳。

抑吾闻之:君子不颂人以已然,而誉人以所当得。请言服官之道,可乎？夫道之用散于天下,人与己而已。人不知己,不足以行志;己不知人,不足以及物。徇人以通者,其失则流;固己以私者,其失则傲。故君子有忠恕之术,所以一人己广德意,事上泽下,而达其仁于天下也。自科举之学兴,而学与仕为二事。故以得第为士之终,而以服官为学之始。士无贤不肖,由科目而进者,终其身可以无营,而显荣可立望。士亦曰吾事毕矣。故曰士之终。佔毕之事,不可以莅官也;偶俪之词,不可以临民也。士之仕也,犹始入学也。故曰学之始。夫是以不得不预养,而仓卒从其质之所近。其柔者巽懦而不立,而刚者又好愎而自用;佞者浼浼以自谋,而直者矫激而忘物,宽者废弛而自纵,而严者凌谇尽察而无所容:如是而曰古今之变,道之难行,夫岂其然乎?

君子之仕,以任事,必观其势;以达志,必尽其情,以振法,必归于厚。其刚也似柔,其直也近佞,其严也以为宽也。若是所谓忠恕之术,推而行之,无古今也。夫诵诗三百而可以授之政者,非徒以博物洽闻之故也。盖涵濡于三百篇中,而其气味与之相入,则和平之情见,而慈祥恺悌之政流矣。唐、虞知人之目,教胄之方,思欲得而用之,皆取于是也。是以其气长,而其量宏。畀之以富贵,而吾亦有以受之矣。富贵之于人,其不至不能强;其至不能拒,故有以受之。吾见若百川之注大海而不盈也。王子与予有姻哑之亲,予故不觉其言之复云。

归有光《震川先生集》卷九《送王汝康会试序》
上海古籍出版社2007年版

往余笃好震川先生之文,与先生之孙昌世访求遗集,参读是正,始有成编。昌世子庄游于吾门,谓余少知其先学,抠衣咨请,岁必再三至。既而,与其从叔比部君谋重锓先生全集,而比部君以雠勘之役属余。余老而归佛,旧学芜废,辍禅诵之功,绀绎累日,条次其篇目,洮汰其繁芿,排缵整齐,都为一集。既辍简,喟然而叹曰:余服膺先生之书,不为不专且久。丧乱废业,忽忽又二十年,乃今始旋其面目,旷然知先生所以为文之宗要,岂不幸哉!

先生钻研六经,含茹雒、闽之学而追溯其元本。谓秦火已后,儒者专门名家,确有指授,古圣贤之蕴奥,未必久晦于汉、唐,而乍辟于有宋。儒林、道学分为两科,儒林未可以盖道学,新安未可以盖金溪、永嘉,而姚江亦未可以盖新安。真知独信,侧出于千载之下,而未尝标榜为名高也。少年应举,笔放墨饱,一洗熟烂,人惊其颉颃眉山,不知其汪洋跌荡,得之庄周者为多。壮而其学大成,每为文章,一以古人为绳尺。盖柳子厚之论所谓"旁推交通以为之文"者,其他可知也。参之《孟》、《荀》以畅其支,参之《穀梁》以厉其气,参之太史以著其洁。其畅也,其厉也,其洁也,学者举不能知,而先生独深知而自得之。钩摘搜狝,与古人参会于毫芒杪忽之间。旋观裨贩剽贼，掇拾涂泽之流，如秦越人诊病，洞见藏府之症结，辞而辟之，劈肌中理，无所遁隐。以氄毨举子，羁穷单只，提三钱鸡毛笔，当熏灼四战之冲。驯至霜降木落，草枯蘼萎，而其为之渠帅者，卒以吁嗟叹伏，而自悔其降心之不早。呜呼！此岂徒然也哉。

先生以几庶体贰之才，好学深思，跂邪觚伪，刊削芟败，障斯文之末流。铨材小生，谀闻目学，易其文从字顺，妄谓可以几及。家龙门而户昌黎，其伪谬滋甚。先生尝序沔人陈文烛之文，讽其好学《史记》，知美颦而不知颦之所以美。学先生之学者，无为沔人之知美颦，则几矣。先生儒者，曾尽读五千四十八卷之经藏，精求第一义谛，至欲尽废其书。而悼亡礼忏，笃信因果，恍然悟珠宫贝阙生天之处，则其识见盖韩、欧所未逮者。绪言具在，余非敢援儒而入墨也。

余少壮汩没俗学，中年从嘉定二三宿儒游，邮传先生之讲论，幡然易辙，稍知向方，先生实导其前路。启、祯之交，海内望祀先生，如五纬在天，芒寒色正，其端亦自余发之。今又承比部君之命，论次斯集，得以怀铅握椠，效微劳于简牍，有深幸焉。日月逾迈，老将至而耄及，无以昌明先生淑艾之教，譬诸萤火熠熠，欲流照于须弥之顶，亦自愧其微末已矣。而比部君大雅不群，能表章其家学，南丰之瓣香，不远求而有托，斯可喜也。

岁在庚子五月晦日，虞山年家后学钱谦益再拜谨序。

归有光《震川先生集》卷首钱谦益《新刊震川先生文集序》
上海古籍出版社 1981 年版

李攀龙

李攀龙(1514—1570),字于麟,自号沧溟,山东历城人。厌训诂学,日读古书,里人共目为狂生。举嘉靖二十三年进士,候选里居,发愤读书,刺探钩摘,务取人所置不解者。授刑部主事。历员外郎、郎中,官至河南按察,病心痛卒。《明史》卷二八七有传。

攀龙与谢榛、王世贞、宗臣、梁有誉、徐中行、吴国伦称后七子。后七子是继前七子之后明代中叶文学复古思潮的主要代表,在复古倾向上与前七子基本一致。而李攀龙才高气锐,才思劲鸷,名最高,排摈谢榛,为后七子前期的领袖人物,操海内文章之柄垂二十年,与王世贞并称王、李。又与李梦阳、何景明并称何、李、王、李。"高自夸许,诗自天宝以下,文自西京以下,誓不污我毫素也。"(《列朝诗集小传》)王世贞称他为文"无一字作汉以后,亦无一字不出汉以前"(《艺苑卮言》)。作诗亦然,极其推崇古调,以声调胜,作拟乐府,割剥字句,更古数字为己作。朱彝尊云:"于鳞乐府,止规字句,而遗其神明。……五言学步苏、李、曹、刘……差具神理,然新警者寡矣。七古五律绝句,要非作家。惟七律人所共推,心慕手追者,王维、李颀也。合而观之,句重字复,气断续而神孤离,亦非绝品。"(《静志居诗话》)谢肇淛读其诗后云:"于鳞铙歌乐府,掇拾汉人唾余。而谓日新之为盛德也,将谁欺乎!"(《小草斋诗话》)论文主张拟议成变,编纂《古今诗删》,独不取宋诗,认同李梦阳"宋无诗"的主张,选录的失当也颇受时人讥议,七子派的信奉者许学夷也认为"所谓英雄欺人,不可尽信耳!"(《诗源辩体》)攀龙极其推崇前七子领袖李梦阳,复古主张较李梦阳更为激切。李攀龙在李、何之后又一次举起复古旗帜,实有继倡之功,然其不能在新的时代环境下扬长避短,而是过分强调复古,终为万历间公安派及后人以赝古之病诋之。不过李攀龙资质本高,才力富健,虽不免剽窃之讥,仍亦豪杰之士。

其著作有《沧溟集》三十卷、《古今诗删》三十四卷、《白雪楼诗集》十卷。现有上海古籍出版社出版《沧溟先生集》(1992)和齐鲁书社出版《李攀龙集》(1993)。

送宗子相序①

王元美②尝与余论天下士,谓子相于梁生③、徐生④,可谓骐骥少壮,一日千里,何不可为也?久之,梁生往南海,徐子与请金陵不调,元美之吴郡,海内交游且尽矣。乃子相又以疾去,岂诗于人,能使所有不为也?

子相盖尝谓:"朝廷可使无文章之士,则灵鸟不必鸣岐山,而麒麟为梼杌。"⑤知言哉!所论万古一时事者矣。方吾之属模拟类比事,结撰至思,时也倏来忽失,经营于将迎之间,既竭吾才而不得一辞,穷日之力而不得一语,犹且不能自已也,而遑及其它。无论明良喜起⑥,赓歌⑦君臣之盛于唐虞之廷⑧;即其次,朝不坐,燕不与,悯时政得失,主文而谲谏,言之者无罪,闻之者足以戒⑨,达于事变,而怀其旧俗,亦何所不得于我?而况合契古人,明请一朝,实获其心⑩;得意尺牍,千金享之;嗟叹永歌,手舞足蹈⑪;过此以往,莫之或知;不言而信,是委喻于同心;其有不反三隅⑫,则屏息辟之耳。既以强人人愈厌,既以信人人愈疑,其心以为与其以不吾知者尝吾技,则岂不得已其无以尝吾技者乎?则病者乎?是谓我竭才穷日之力而得之,而彼岂辄得闻焉?是则不恭之大有不恤者,何也?立乎百世之上,使百世之下闻风而兴起,是旦暮莫遇之也。四海而一人焉,是比肩而至也,何有于我也?正使不免于好名之嫌,则虽陆沉下僚,亦余此不朽之心。独奈何非义而冀幸不可竢之富贵,以心术之微,精神之所至,而沾沾焉游大人以成名也。诗可以怨⑬,一有嗟叹,即有永歌,言危则性情峻洁,语深则意气激烈,能使人有孤臣孽子摈弃而不容之感,遁世绝俗之悲,泥而不滓,蝉蜕滋垢之外者⑭,诗也。子相之视天下,又何所可为乎？向吴舍人⑮亦为余言子相于是也。不然，以子相之材，在吏部何忧不即至卿相？而委蛇若是！即世俗之见，以竭才穷日之力作无益，安知从吾所好也？独其人实不穷一日之力，谬为诗以窃取誉，不知者受欺而与称列，至为稍黠者所窥，遂太过矫失，不复区别真伪，概天下贤者于是。而子相不免于疑，则有之尔。然岂诗之罪哉？直其去失也，人皆知子相有所不为矣，可以无去也。其尚疑子相也，则人有不可信也，诗难言也。

《沧溟先生集》卷十六　上海古籍出版社1992年版

【注释】

① 宗子相即宗臣（1525—1560），字子相，号方城，扬州人。嘉靖二十九年进士，尚书李默奇之，由吏部考功郎，历稽勋员外郎。文章与李攀龙、王世贞相切磨，为后七子之一，嘉靖三十九年卒，年三十六，有《宗子相集》。

后七子复古主义运动起于在京师的文学结社，但并不限于文学上的倡和，后七子承前七子复古主义之绪，崇仰古典式的豪侠悲壮、激越奋发的人格，因此而在嘉靖朝一直扮演着独特的政治角色，并成为严嵩一派打击的主要对象之一。从该文所述可知，当时后七子的主要成员梁有誉尚在世，宗臣、梁有誉、徐中行、王世贞等流离各地，在时间上当在嘉靖三十一年。而宗臣等的流离与朝廷借诗歌的名义打击后七子有关。为此，虽然背后有更复杂的政治原因，但李攀龙也以诗歌的名义入手，对诗歌的主于情感之激发、诗人的独立性、诗作的怨刺功能等做了较为充分的阐发，表明了后七子诗歌创作的基本态度。

前七子论诗推崇情感论，但并非自适、优雅之情，也非歌颂皇运、黼黻太平之情，而是一种从自我深沉内心出发的有关于风教、怨刺等社会情感，李攀龙此论也大致延此，并有进一步的开掘及结合当时语境的阐扬。首先，他强调的是诗歌的强烈自发性，即所谓"方吾之属模拟类比事，结撰至思，时也倏来忽失，经营于将迎之间，既竭吾才而不得一辞，穷日之力而不得一语，犹且不能自已也，而遑及其它"，从而指出诗歌不是一种政治阿谀的工具。这种独立性在下面的叙述中进而被推到一个傲世不羁的高度，即所谓的"立乎百世之上，使百世之下闻风而兴起，是旦暮莫遇之也。四海而一人焉，是比肩而至也，何有于我也？"以此而言，写诗就更不是得"大人"之欢心，或俟于富贵荣华的活动，因此也不可能以此来要求诗人。在此之后，李攀龙的论述则突出了诗歌的批判与讽喻等的功能，即所谓的"朝不坐，燕不与，悯时政得失，主文而谲谏，言之者无罪，闻之者足以戒",又有所谓"诗可以怨,一有嗟叹,即有永歌,言危则性情峻洁,语深则意气激烈,能使人有孤臣孽子摈弃而不容之感,遁世绝俗之悲,泥而不滓,蝉蜕滋垢之外者"。由此我们可以看出七子派诗论已极大地改变了台阁体甚至于李东阳等的认识,将诗歌活动看做是一种社会批评与政治抗争的手段,进而也是对自我独立强大人格的一种证明。从这个意义上讲,诗人的存在乃是朝廷的一种幸运,也即本篇引宗臣之语所曰:"朝廷可使无文章之士,则灵鸟不必鸣岐山,而麒麟为梼杌。"

王世懋评李攀龙曾称:"于麟辈当嘉靖时,海内稍驰骛于晋江、毗陵之文,而诗或为台阁也者,学或为理窟也者。于麟始以其学力振之。"在这样一种心学家主去欲、销情以获一种超越的心体境界,朝廷中依然流行阿谀媚世、粉饰太平等诗歌创作的背景下,李攀龙等的推崇诗歌的"言危"、"意深"及因此而表现的激烈之情,有其特殊的意义。由此也可得见,对后七子的认识不能单纯限于所谓的模仿、形式等说,而后七子文论在嘉隆之际能长期兴盛与流行,也确有其事实层面上的根据。

② 王元美——即王世贞(1526—1590),号凤洲,又号弇州山人,太仓(今属江苏)人,官至南京刑部尚书,明代嘉靖、隆庆时期"后七子"之一。

③ 梁生——即梁有誉,子公实,号兰汀,顺德人。与欧大任等同学于黄佐,登嘉靖二十九年进士,授刑部主事,与李攀龙等号七才子。严世蕃欲延纳之,有誉耻为所狎,遂谢病归,卒年三十六。有《比部集》。

④ 徐生——即徐中行(1517—1578),字子舆,号龙湾,自称天目山人,长兴人。嘉靖二十九年进士,授刑部主事。入李攀龙、王世贞等诗社,列后七子。累官江西左布政史。中行性好客,卒于官,年六十二,人多哀之。有《青萝》、《天目》两集。

⑤ 朝廷句——灵鸟,凤。灵鸟鸣岐山就是凤鸣岐山,《国语·周语上》有周朝兴起之时,有凤凰一类的鸟在陕西岐山上鸣叫的记载。而西周晚期的《诗经·大雅·卷阿》也有句曰:"凤凰于飞,亦傅于天……凤凰鸣矣,于彼高岗。"也是讲凤鸣岐山之事。麒麟,仁兽。麒麟为瑞兽的一种,古时称为"仁兽"。梼杌:传说中的恶兽,《神异经·西荒经》中有云:"西方荒中有兽焉,其状如虎而大,毛长两尺,人面虎足,猪牙,尾长一丈八尺,扰乱荒中,名梼杌。"另有一说是神名,《国语·周语上》:"商之兴也,梼杌次于丕山。"另战国时有一书名为《梼杌》,是专门记载楚史的史书。后来"梼杌"被用来比喻顽固不化、态度凶恶之人。《左传·文公十八年》有云:"颛顼氏有不才子,不可教训,不知话言,天下谓之梼杌。"这里实指恶兽。

⑥明良喜起——《尚书·益稷》载:舜作歌曰:"股肱喜哉,元首起哉!"皋陶和歌:"元首明哉,股肱良哉!"意谓君臣互相勉励敬重。

⑦赓歌——酬唱和诗。

⑧唐虞——唐尧与虞舜的并称,亦指尧与舜的时代,这里指太平盛世。

⑨主文句——《毛诗序》:"上以风化下,下以风刺上,主文而谲谏,言之者无罪,闻之者足以戒,故曰风。"

⑩实获句——《诗经》卷二《邶风·绿衣》:"绿兮丝兮,女所治兮。我思古人,俾无讹兮!絺兮绤兮,凄其以风。我思古人,实获我心!"意为古人的想法与自己一样。

⑪嗟叹句——《毛诗序》:"言之不足故嗟叹之,嗟叹之不足故永歌之。永歌之不足,不知手之舞之,足之蹈之也。"

⑫其有句——《论语·述而》:"举一隅不以三隅反,则不复也。"

⑬诗可以怨句——《论语·阳货篇》第十七,子曰:"小子!何莫学夫诗?诗可以兴,可以观,可以群,可以怨;迩之事父,远之事君;多识于鸟、兽、草、木之名。"

⑭泥而不滓句——《史记·屈原贾生列传》:"濯淖污泥之中,蝉蜕于浊秽,以浮游尘埃之外,不获世之滋垢,然泥而不滓者也。"意指染而不黑。比喻洁身自好,不受坏的影响。泥,通"涅",染黑。滓,通"缁",黑色。

⑮吴舍人——吴国伦(1524—1593),字明卿,号川楼,亦号南岳山人,湖广兴国人。嘉靖二十九年进士,擢兵科给事中。杨继盛死,倡众赙送,忤严嵩,谪南康推官。嵩败,起建宁同知,累迁河南左参政,大计罢归,卒年七十。国伦才气横放,好客轻财,工于诗,与李攀龙等号后七子,有《甔甀洞稿》及续稿传世。

【附录】

以余观于文章,国朝作者,无虑十数家称于世。即北地李献吉辈,其人也,视古修辞,宁失诸理。今之文章,如晋江、昆陵二三君子,岂不亦家传户诵?而持论太过,动伤气格,惮于修辞,理胜相掩,彼岂以左丘明所载为皆侏离之语,而司马迁叙事不近人情乎?故同一意一事而结撰迥殊者,才有所至不至也。后生学士,乃唯众耳是寄,至不能自发一识,浮沉艺苑,真为相含,遂令古之作者谓千载无知己。此何异涂之群瞽,取道一夫,则相与拍肩随之,累累载路,称陪堧则皆拤足不下,称污邪则皆曳踵不进,而虽有步趋终不自施者乎?语曰:"何知仁义?已响其利者为有德。"世之儒者,苟治赓成一说,不惮俴俗,比之俚言,而布在方策者耳。复以易晓忘其鄙倍,取合流俗,相沿窃誉,不自知其非,及见能为左氏、司马文者,则又狠以不便于时制,徒敝精神,何乃有此不可读之语,且安所用之？又二三君子，家传户诵，则一人又何难焉？诚使元美与二三君子者比名量誉，诚不能以一人一旦遽夺其终生之见，而辄胜天下风靡之士。文章之道，童习白纷，乃欲一朝使舍所学而从我，日莫途远，且彼奚肯苦其心志于不可必致者乎？夜虫传火，不疑于日，非虚语也。

先是濮阳李先芳亟为元美道余，及元美见余时，则稠人广坐之中而已心知其为余。稍益近之，即曰："文章经国大业，不朽盛事，今之作者，论不与李献吉辈者，知其无能为已。且余结发而属辞比事，今乃得一当生。仆顾居前先接旗鼓，必得所欲，与左氏、司马千载而比肩。生岂有意哉？"盖五年于此。少年多时时言余，元美不问也，曰："世贞奈何乃从诸贤大夫知李生乎？"自是之后，少年乃顾愈益知余。齐、鲁之间，其于文学虽天性，然秦、汉以来，素业散失，即关、洛诸世家，亦皆渐由培植唉诸王者，故五百年一名世出，犹为多也。吴、越鲜兵火，诗书藏于阛阓，即后生学士无不操染；然竽滥不可区别，超乘而上是为难尔！故能为献吉辈者，乃能不为献吉辈者乎？

李攀龙《沧溟集》卷十六《送王元美序》　上海古籍出版社1992年版

余观黄生所为诗，其因于贤良文学自伤不遇而不得其说，而将以逸民遗老自解于斯世而非其所安，而遂取裁于宗工巨匠以有事其间而欲之者乎？何辞之屡迁而气变也？拙或合之，工或离之，微不容发，其失岂唉其著哉？故里巷之谣，非缘经术；招隐之篇，无涉玄旨。义各于其所至，是诗之为教也。

魏顺甫曰："生尝以所为诗者属余，归而求之，则既已削所为诸生时槀矣。乃十余年又以属余，归而求之，又削其稿以就今所为诗也。"然则，顺甫使之有所不得，有所不安也。有所不得，有所不安，而后有以欲之，是为诗之教也。故经术所以立雅，而动不能不趋于风；玄旨所以养恬，而发不能不趋于俊。斯生之辞屡迁而气变者邪？

君子曰：惟其有之，是以仰之，即令生百不得，百不安，而非其所欲于顺甫，而有今所为诗乎哉？盖自屈、宋之相师友，而楚人为诗，由来远矣。独异夫栖栖不遇，而徘徊以自解，以求所欲焉。是为可以怨，而犹之楚人之声而已。

李攀龙《沧溟集》卷十五《蒲圻黄生诗集序》　上海古籍出版社1992年版

文，大业也；校文，大役也。秦、汉以后无文矣。今日古今文十卷有之乎？明兴，一二君子天启其衷，辄窥此契。然而一经传诵，动骇耳目，未尝不以为不近人情者。不知千有余岁，精气旋复，遂跨迁、固，势必至尔。滔滔者天下皆是也，而谁以易之哉？

不佞忧居，百凡荒废。箧中集四册，奉塞葑菲之命，虽不敢当作者，然其缔致亦苦矣。

足下秉鉴秋林,持衡词苑,固某所长鸣于伯乐,而一顾自喜之时也。倪辱财幸,斯竢百世无疑焉。唯是涂揭郄示,以匡不逮而劝词请,是同笔研之谊也。近代诸公,无非哲匠,足下当已采录,过此恐难言矣。据所见而次之,何害乎缃缕?不吝寄贶,与闻其政,偷妣何如?

李攀龙《沧溟集》卷二十八《答冯通府》　上海古籍出版社1992年版

曩于张仲子帖中,睹所摹足下者之跋数语也。文翰虽吴人固有乎,而此独不常矣。重玩佳集,则足下以才自雄,洁而弥丰,计且欲立埃壒之表,坐览千里不遏之势,有裕如焉。其于不朽,乃称盛事。

然体裁各率所自至,而风尚不可不一谕。盖曰:"汉魏以逮六朝皆不可废,惟唐中叶,不堪复入耳。"见诚是也,于不佞奚疑哉?佳集取材班、马,气骨卓然。《古乐府》等书,兴寄不浅,固宜一洒凡近。动盈尺牍,乃旁及章篆灵异,自赏不能辄止。岂由质之华易,而由华之质难耶?未闻馨控九折之坂,而失驰康庄者也。要之,才患不自雄耳。以余观于佳集,官知神欲,亦在乎熟之而已。季朗壮丽相敌,唯帝作对,必能悬解。字为句将,句为篇宗。古诗乐府,小而辨物。唐之律绝,瑜瑕较然。务工所明,无渝其似,斯艺苑之致矣。惟是大方,以先固陋,敢借昏焉。庶因驳示,得所适从,不胜大愿于足下也。

以弟妇不淑,匍匐竣役,浃旬病瘳。殊稽报使,不次所言。序文殊秽佳集,幸笑而置之矣。

李攀龙《沧溟集》卷二十六《报刘子威》　上海古籍出版社1992年版

唐无五言古诗,而有其古诗。陈子昂以其古诗为古诗,弗取也。七言古诗,唯杜子美不失初唐气格,而纵横有之。太白纵横,往往强弩之末,间杂长语,英雄欺人耳。至如五、七言绝句,实唐三百年一人,盖以不用意得之,即太白亦不自知其所至,而工者顾失焉。五言律、排律,诸家概多佳句。七言律体,诸家所难,王维、李颀颇臻其妙。即子美篇什虽众,憒焉自放矣。作者自苦,亦惟天实生才不尽,后之君子,乃兹集以尽唐诗,而唐诗尽于此。

李攀龙《沧溟集》卷十五《选唐诗序》　上海古籍出版社1992年版

胡宽营新丰,士女老幼相携路首,各知其室;放犬羊鸡鹜于通涂,亦竞识其家。此善用其拟者也。至伯乐论天下之马,则若灭若没,若亡若失,观天机也;得其精而忘其粗,在其内而忘其外,色物牝牡,一弗敢知,斯又当其无有拟之用矣。古之为乐府者,无虑数百家,各与之争,片语之间,使虽复起,各厌其意,是故必有以当其无有拟之用。有以当其无有拟之用,则虽奇而有所不用也。《易》曰:"拟议以成其变化。""日新之谓盛德。"不可与言诗乎哉!

李攀龙《沧溟集》卷一《古乐府小引》　上海古籍出版社 1992 年版

李于鳞者,讳攀龙。其家近东海,因自号沧溟云。当其业成时,海内学士大夫无不知有沧溟先生者。而自其六七友人居恒相字之,故其为于鳞独著。

于鳞之先世,济南历城人。父宝,以货事德庄王为郎,善酒任侠,不问家人生产,继娶于张,梦日入怀而生于鳞。于鳞生九岁而孤,其母张影相吊也。且辟纩不足以资修脯,而自其挟册请益,塾师为之逊席者数矣。补博士弟子,与今左长史许君邦才、少保殷公士儋结髫龀交。晋江王慎中来督山东学,奇于鳞文,擢诸生冠。然于鳞益厌时师训诂学,间侧弁而哦若古文辞者,诸弟子不晓句语,咸相指于鳞:"狂生,狂生!"于鳞夷然不屑也。曰:"吾而不狂,谁当狂者?"亡何,举其省试第二人。三年始成进士,试政吏部文选司。其明年,移疾归。久之,疾良已。同考顺天试,获奇隽居多,又明年,授刑部广东司主事。

于鳞既以古文辞创起齐鲁间,意不可一世学。而属居曹无事,悉取诸名家言读之。以为纪述之文厄于东京,班氏姑其佼佼者耳。不以规矩、不能方圆;拟议成变,日新富有。今夫《尚书》、庄、左氏、《檀弓》、《考工》、司马,其成言班如也,法则森如也。吾撮其华而裁其衷,琢字成辞,属辞成篇,以求当于古之作者而已。操觚之士不尽见古作者语,谓于鳞师心而务求高,以阴操其胜于人耳目之外而骇之,其骇与尊赏者相半。而至于有韵之文,则心服靡间言。盖于鳞以诗歌自西京逮于唐大历,代有降而体不沿,格有变而才各至,故于法不必有所增损,而能纵其夙授,神解于法之表,句得而为篇,篇得而为句。即所称古作者,其已至之语出入于笔端而不见迹。未发之语为天地所秘者,创出于胸臆而不为异。亡论建安而后诸公有不遍之调,于鳞以全收之。即其偏至而相角者,不啻敌也。

当于鳞之为主事,迁员外郎,以至山西司郎中,曹事浸以剧,守文法无害,而其业日益进。大司寇有著作辄以属于鳞,籍籍公卿间。然于鳞竟无所造请干赘,不为名计,出曹一赢马蹙躄归,杜门手一编矣。其同舍郎徐中行、梁有誉、不佞世贞及吴舍人国伦、宗考功臣相与切劘千古之事,于鳞咸弟蓄之,为社会时有所赋咏,人人意自得,最后于鳞出片语,则人人自失也。

于鳞雅不欲以刀笔见长,然其听谳,最号公平。柄臣子衔边帅不通贿,中以法,欲置之死,于鳞持不可。后其人卒自奋功名致大将。俄出守顺德,问所以守顺德者,于鳞曰:"使吾仆仆途道事严客,希鞲鞠跽,睨上官之色而进之,则俱有所不能。晨兴坐堂皇挢,属吏考计,延见乡老,问疾苦,为兴除,脱若承蜩矣。"于鳞之守顺德,可一载所,不报最。则曰:"君子之至于斯也,吾或未之见也。奏记台使者,手自削牍,牍多古文辞语,为其名高也者而已之。然于鳞皓皓自濯洗,勤于大要,居久之,政声流通三辅,前后尉荐,亡虑数十,邻郡严事于鳞若大府,以故得请白偷志。尝斸马牧地垂三千金,留永济仓粟,毋灌输京师,以饷戍卒。裁将作供,比真定十之二。益永年传于沙河、邯郸界中,宽二邑力。移郡尉置巨鹿官亭,扼盗冲。又移巡司黄榆岭,为晋赵关。前后争得之,台使者毋以难也。于鳞又谓:"京师仰东南饷,不时至,而燕、齐、汴、赵边河百里而近者,毋出赋钱,皆赋菽粟,浮于河,达京师,缓急一策也。"时颇趣之。

满三载,赠郎宝如于鳞官,母张为太恭人。寻擢陕西按察副使,视其学政。于鳞谓:"陕,古西京也。先朝士大夫北地外,多阳浮慕古文词,而时离之。思以实反,其始有机矣。"亡何,其乡人殷中丞来督抚,以檄致于鳞,使属文。于鳞不怿曰:"副使而属视学政非而属也,且文可檄致耶?"会其地多震动,念太恭人老家居,遂上疏乞骸骨,拂衣东归。吏部才于鳞而欲留之,度已发,无可奈何。为特请予告。故事,外臣无予告者,仅于鳞与何仲默二人耳。

于鳞归,则构一楼田居,东眺华不注,西揖鲍山,曰:"它无所溷吾目也。"绣衣直指、郡国二千石,干旄屏息巷左,纳履错于户,奈于鳞高枕何? 去亦毋所报谢,以是得简贵声。而二三友人独殷、许过从靡间。时徐中行亦罢官家居,坐客恒满,二人闻之,交相快也。于鳞乃差次古乐府拟之,又为录别诸篇及它文,益工,不胫而走四裔。然居恒邑邑,思一当世贞兄弟曰:"大儿孔文举,小儿杨德祖,吾其季孟间哉?"而世贞则挹损,不敢以雁行进也。

大司空朱公衡时巡抚,伺于鳞间,迫起之,为置酒,欢甚。自是诸公推毂于鳞者,相踵而会也。今上初大征召耆硕,于鳞复用,荐起浙江按察副使,尝视海道篆,按核军实,一切治办。俄迁布政司左参政,奉万寿表入贺,道拜河南按察使。中州士大夫闻于鳞来,鼓舞相庆。而于鳞亦能摧亢为和,圆方互见,其客稍稍进。无何,而太恭人捐馆,扶服还里,不胜毁,病困久之,小间,寻暴心痛,一日卒,年五十七。所著《白雪楼集》三十卷,行于世。子驹,博学能文章,有父风。

王子曰:世能名于鳞,莫能名于鳞所以。其旁睨千古,欲凌而上之,乃至不得尽废其遗。要之,创获之语,烺烺象表者,不虚负也。或谓其声不畅实,位不配望,寿不竟志,以为恨。夫漆园玄亭,杜门著书,而生寥寥者,岂一于鳞也?藉令台鼎足重李生,彼夫屈、宋、两司马,几先得之矣。无涯之智,结为大年。日月经天,光彩常鲜。呜呼! 何恨哉?

李攀龙《沧溟集》附录二王世贞《李于鳞先生传》
上海古籍出版社 1992 年版

昔在西省东署时,于于鳞诗无所不见,而所见文独赠予两序及颜神城碑之类,不能十余首。当时心服其能,称说古昔,以牛耳归之,众已有葵丘之议,而最后集刻行,则叛者群起。然往往以诘屈聱牙攻之则过矣,于鳞之病在气有窒而辞有蔓,或借长语而演之,使不可了。或以古语而传新事,使不可识,又或心所不许而漫应之,不能伏匿其辞。至于寂寥而不可讽味,此三者诚有之。若乃志传之类,其合作处真周鼎商彝尺牍之所输写,奇辞澹言,纵横溢来而莫能御,恐非北地信阳所办也。徐子言之恶于鳞著之书,吾既不伏,亦不暇辨,为志数语于后。

王世贞《读书后》卷四《书李于鳞集后》 明万历五年世经堂刻本

李生自谓命世才,即子长不啻过之,横驱千古以崛劲,自喜其文,连类广肆,要不出《左》、《语》、《国策》、太史书,属辞缉缀奇隩,靡靡不绝,叙一事,数百言未究,而其意不过尔。斯则一语可了,故为棘涩岨峿,然且使皆自己出,何不可者?必剿袭古语,联贯络绎,以攡摭矜衒为累,百篇如一机构,或援《左》、《国》以入于史,牵经义以附于传,镕铸以巧冶,若泯合无有衅兆者几十二载,可以为难矣,而未可为至也。

夫文者,必引绳墨,随短长,效之即《左》、《语》、即《国策》、即太史,无不各自为一家。譬美好者,其骨法相近,而精彩神色则不可同也。御者轨策虽同,而轮辙驰骤,岂必尽掩前迹哉?今连类为之,固不可即可矣。如牵附何孔子,盖述而不作,然《易》、《诗》、《书》则犁然辨矣,岂必混为一涂哉?至其所自为者,又奚必曰古语有之乎?

且李生自以无一语不范于铏可也,而无所取裁,因其凋几,假其成器,必将至袭累陈厌拾弃,余以为新异即韩愈氏,抑且不为,而能免于后来者诮乎?使李生之才独以意切劖之,尽去其旧,而新是图,划除子史,刊落传记,掊撇往者,不本事,不援迹,不宿构体,不预设变,有谓无谓,有待无待,出意虑之外,游埃溢之表,奚患李生不能哉?

顾使论者推高一代,犹有轨鞅之疑,奇气轶发,而当其无有,则机用可窥也。谓北地始用草昧,本穷情尽势,极滉渺之观,关中湔涤,雕饰而伤直致,率意无宏邃渊蔚之色,且今使蒙庄削牍,则必尽舍《逍遥》,而待议子长当著记之任,未必谓无《世本》《国语》,遂绝简不载笔也,若之何?谓神用而有所藉,患雄才不能自恣也哉!

《明文海》卷二四九刘凤《读李于鳞集》 中华书局1987年版

李观察于鳞 《卮言》云:"五七言律至仲默而畅,献吉而大,于鳞而高。"又云:"古惟子美,今或于鳞。"余观李、何之为诗,如良畯乂田,辟草艺禾,油然生矣。若夫勃然之机,至观察而始化。今督府张公序其诗文,以左、迁、高、岑辈目之,云:"代不数而得之明,人不数而得之李。推是言也,则天宝以还,千载之下,仅得观察一人而已。"其为一时学士大夫所推崇如此,不足以厌服群心邪?余尝品其七言,函思英发,驁调豪迈,如八音风奏,五色龙章,开阖铿锵,纯乎美矣!至五言似有不尽然者,乃稍乏幽逸情性。观察故有《唐选》行于世,五言乃止于刘长卿,自序谓"唐诗尽于是矣"。虽储、韦、钱、郎并削之,其取指颇示严峻。其《送诸光禄》云:"芙蓉天镜晓,风雨石帆秋。"《白云楼》云:"千家寒雨白,双阙晓烟青。"《送张比部》云:"风云千骑动,雨雪二陵寒。"《出郭》云:"溪流萦去马,山路入鸣蝉。"《燕集》云:"酒奈柳花妒,人堪桂树怜。"《天井寺》云:"乔木堪知午,回峰欲隐天。"七言《送人》云:"樽中十日平原酒,袖里三年蓟北书。"《寄王》云:"上书北阙风云变,洒泪西山雪雨寒。"《送卢》云:"书上梁王还寝狱,赋成扬子不过门。"《双塔》云:"双阙星河秋色曙,千家烟雨夕阳沉。"《早春》云:"扬舲巫峡江声合,立马岷峨雪色来。"《梅花》云:"笛里春愁燕塞满,梁间月色汉宫来。"《眺望》云:"汉苑春生多雨雪,蓟门晴色满寒烟。"歌行如《金谷》、《刁斗》、《送谢茂秦》、《击鹿》等篇,一一高唱,足以感荡心灵,岂直气吞储、韦,辉掩钱、郎邪?其集中附载海内名家哭公诗甚富,如张督抚云:"生来语出千人废,死后名从四海知。"王观察云:"文许先秦上,诗卑正始还。"王仪部云:"天地论才尽,文章与数奇。"又:"青山一恸哭,流水若为音。"俞山人云:"句陈耻重袭,文奇秘难通。"张太学云:"齐亡天下士,汉失济南生。"并追宗大雅之句,因并识之。

梁比部公实、宗学宪子相　嘉中,海内崛然奋有七隽,即梁、宗暨李、吴、徐三宪副,张中丞、王廉访七公也。梁与宗相继中折,若夫文麟方角冢而避世,灵鹫既苞彩而阅劫。览兹遗响,未尝不掩帙而吁也!梁之七言云:"天涯尺素经残腊,客里分阴似小年。""云暗故关听角断,日沉残垒见孤鸿。""吴楚地当瓜步折,东南山拥秣陵高。""石楼积翠临沧海,铁柱飞泉落紫虚。""候虫声起灯花落,社燕巢空木叶疏。"宗之五言云:"路迷频勒马,尘起一弹冠。""羊裘宁负汉,龙剑不游秦。"七言云:"昨夜羁縻胡市马,西风萧瑟汉臣缨。""潇湘天阔春归楚,震泽风高晓入吴。""鹦鹉昔悲湘客赋,鹡鸰初典汉臣裘。""锦水即从巫峡去,青山定向剑门开。""骤雷似有蛟龙怒,落日愁闻虎豹喧。"推是句也,才情竞秀,已入开元二李妙乘。宗哭梁云:"形容疑好在,消息竟谁传?"又:"仓皇不可问,陨涕《五噫》篇。"吴哭宗云:"双泪把诗还字字,一樽伤往独时时。由来腐骨无今昔,宿草宁嫌酹墓迟。"又:"金马玉珂俱往事,青门黄土竟斯人。谁堪多病冯唐老,更少平生鲍叔亲。"岘山碑阴,将复识此堕泪语。

卢少楩　晋渡江来,赋几亡矣。自兹而作,有卢生焉,涉屈宋之华津,步班扬之高衢,弘音夕振,恍乎渔阳操挝,渊渊有金石声,眇觌创制,亦一代之赋手也。至所为诗,稍有短长。余尝评之:其古体如寒流出谷,婉若调轸,音随意适;近体如夕禽触林,矫于避缯,象逐思驰。读《蠛蠓集》所载《幽鞠赋》并狱中所上诸书,迹类韩囚,情同魏械,据愤郁之辞于钳赭之顷,号哀迫切,良亦勤矣。竟大因十余年而始脱。斯人也,乃有斯厄。平反甫释,而年算靡永,卒槁槔于空门。此天之未定者也。假令置之金马石渠间,则《上林》、《羽猎》,不足润色鸿业邪!嗟夫!世之不遇者,岂特一卢生哉?余尝一识生于邑之南濠,因详附王元美尝悼其亡之什,生也遗爽,颇复赏此否?王云:"北风吹松柏,下与飞藿会。词人厄阳九,卢生亦长逝。桐棺不敛胫,寄殡空山寺。蝼蚁与乌鸢,眈眈出奇计。酒家惜余负,里社忻安食。孤女空抱影,寡妾将收泪。著书盈万言,一往恐失坠。惟昔黎阳狱,弱羽因毛鸷。幸脱雉经辰,未满鬼薪岁。途穷百熊攻,蛮触新语至。词场四五侠,往往走余锐。大赋少见赏,小文仅易醉。醉后骂坐归,还为室人詈。我昔报生札,高材虚见忌。自取造化余,何关世途事?呜呼卢生晚,竟无戢身地。哭罢重吞声,皇天有深意。"

顾起纶《国雅品》(节选)　《历代诗话续编》下　中华书局1983年版

王世贞

王世贞(1526—1590),字元美,号凤洲,又号弇州山人,太仓人,举嘉靖二十六年进士,授刑部主事,亢直忤严嵩,父丧去官,官至南京刑部尚书。世贞官京师,入王宗沐、李先芳、王维岳等诗社,又与李攀龙、宗臣、梁有誉、徐中行、吴国伦、谢榛辈相倡和,绍述何、李,结为后七子,名日益盛。始与李攀龙狎主文盟,攀龙殁,独操柄二十年。《明史》卷二八七有传。

王世贞好为古文、诗歌,活动于文坛四十余年,著述宏富,是嘉靖后期至万历初年文学复古运动的领袖。其思想、著述分前后两期,变化较明显。前期(四十岁以前)跟李梦阳、李攀龙一样,一味以古相高,主张"文自西京,诗自天宝而下俱无足观"。他自称:"余作《艺苑卮言》时,年未四十,方与于麟辈是古非今,此长彼短,未为定论,至于戏学《世说》,比拟形似,既不切相,又伤儇薄,行世已久,不能复秘,故随事改正,勿令多误后人而已。"(《书西涯乐府后》)《弇州山人四部稿》(收《艺苑卮言》)为四十岁以前作品,《续稿》、《读书后》主要是晚年的作品。他晚年为《归有光集》、《陈献章集》、《李于麟集》所作的跋语中,多有与早期迥然不同的评价,这是文学发展新形势的要求,也是王世贞文学观点自身逐步完善的结果。王世贞是后七子中文论思想最丰富的一位,《艺苑卮言》是其文艺批评专著。他不仅对前后七子派、唐宋派有抑扬褒贬,还提出了才、思、格、调之说。注重崇古尚变,重法而不泥法,能将相互对立的概念协调补充,得到持衡周全的结论,其兼"剂"的态度所反映出来的思想对于调和后七子内部及与唐宋派之间的分歧起到了积极的作用。通过融合当时文学新潮流中的"师心"、"真我"等概念,形成了其后期文学批评及创作的重大变化,也奠定了他在文坛上的崇高地位。《明史·文苑传》称王世贞:"才最高,地望最显,声华意气笼盖海内。一时,士大夫及山人、词客、衲子、羽流,莫不奔走门下。"

所著有《弇州山人四部稿》一百七十四卷、《续稿》二百零七卷、《读书后》八卷。《历代诗话续编》收录《艺苑卮言》。

艺苑卮言①(节选)

七言律不难中二联,难在发端及结句耳。发端盛唐人无不佳者,结颇有之,然亦无转入他调及收顿不住之病。篇法有起有束,有放有敛,有唤有应。大抵一开则一阖,一扬则一抑,一象则一意,无偏用者。句法有直下者,有倒插者,倒插最难,非老杜不能也。字法有虚有实,有沉有响,虚响易工,沉实难至。五十六字如魏明帝②《凌云台》材木,铢两悉配,乃可耳。篇法之妙有不见句法者,句法之妙有不见字法者,此是法极无迹,人能之至,境与天会,未易求也。有俱属象而妙者,有俱属意而妙者,有俱作高调而妙者,有直下不偶对而妙者,皆兴与境诣,神合气完使之。然五言可耳,七言恐未易能也。勿和韵,勿拈险韵,勿傍用韵。起句亦然,勿偏枯,勿求理,勿搜僻,勿用六朝强造语,勿用大历以后事,此诗家魔障,慎之慎之。

首尾开阖,繁简奇正,各极其度,篇法也。抑扬顿挫,长短节奏,各极其致,句法也。点缀关键,金石绮彩,各极其造,字法也。篇有百尺之锦,句有千钧之弩,字有百炼之金。文之与诗,固异象同则,孔门一唯,曹溪③汗下后,信手拈来,无非妙境。

古乐府、《选》体歌行有可入律者,有不可入律者,句法字法皆然。惟近体必不可入古耳。

才生思,思生调,调生格。思即才之用,调即思之境,格即调之界。

诗有常体,工自体中。文无定规,巧运规外。乐《选》律绝,句字夐殊,声韵各协。下迨填词小技,尤为谨严。《过秦论》也,叙事若传。《夷平传》也,指辨若论。至于序、记、志、述、章、令、书、移,眉目小别,大致固同。然《四诗》拟之则佳,《书易》放之则丑。故法合者,必穷力而自运;法离者,必凝神而并归。合而离,离而合,有悟存焉。

呜呼!子长不绝也,其书绝矣。千古而有子长也,亦不能成《史记》,何也?西京以还,封建、宫殿、官师、郡邑,其名不雅驯,不称书矣,一也;其诏令、辞命、奏书、赋颂,鲜古文,不称书矣,二也;其人有籍④、信⑤、荆⑥、聂⑦、原⑧、尝⑨、无忌之流足模写者乎?三也;其诗有《尚书》、《毛诗》、左氏、《战国策》、韩非、吕不韦之书足荟蕞者乎?四也。呜呼!岂惟子长,即尼父亦然,六经无可着手矣。

《子虚》、《上林》⑩材极富,辞极丽,而运笔极古雅,精神极流动,意极高,所以不可及也。长沙⑪有其意而无其材,班、张、潘⑫有其材而无其笔,子云⑬有其笔而不得其精神流动处。

诗旨有极含蓄者、隐恻者、紧切者,法有极婉曲者、清畅者、峻洁者、奇诡者、玄妙者。《骚》赋古选乐府歌行,千变万化,不能出其境界。吾故摘其章语,以见法这所自。其《鹿鸣》、《甫田》、《七月》、《文王》、《大明》、《绵》、《棫朴》、《旱麓》、《思齐》、《皇矣》、《灵台》、《下武》、《文王》、《生民》、《既醉》、《凫鹥》、《假乐》、《公刘》、《卷阿》、《烝民》、《韩奕》、《江汉》、《常武》、《清庙》、《维天》、《烈文》、《昊天》、《我将》、《时迈》、《执竞》、《思文》⑭,无一字不可法,当全读之,不复载。

剽窃模拟,诗之大病。亦有神与境触,师心独造,偶合古语者。如"客从远方来","白杨多悲风","春水船如天上坐",不妨俱美,定非窃也。其次裒览既富,机锋亦圆,古语口吻间,若不自觉。如鲍明远"客行有苦乐,但问客何行"之于王仲宣"从军有苦乐,但问所从谁",陶渊明"鸡鸣桑树颠,狗吠深巷中"之于古乐府"鸡鸣高树颠,狗吠深宫中",王摩诘"白鹭""黄鹂",近世献吉用修亦时失之,然尚可言。又有全取古文,小加裁剪,如黄鲁直宜州用白乐天诸绝句,王半山"山中十日雨,雨晴门始开。坐看苍苔色,欲上人衣来",后二句全用辋川,已是下乘,然犹彼我趣合,未致足厌。乃至割缀古语,用文已陋,痕迹宛然,如"河分冈势""春入烧痕"之类,斯丑方极。模拟之妙者,分岐逗力,穷势尽态,不唯敌手,兼之无迹,方为得耳。若陆机

《辨亡》、傅玄《秋胡》，近日献吉"打鼓鸣锣何处船"语，令人一见匿笑，再见呕哕，皆不免为盗跖优孟所訾。

青莲拟古乐府，以己意己才发之，尚沿六朝旧习，不如少陵以时事创新题也。少陵自是卓识，惜不尽得本来面目耳。

谢氏俳之始也，陈及初唐俳之盛也，盛唐俳之极也。六朝不尽俳，乃不自然，盛唐俳殊自然，未可以时代优劣也。

七言绝句盛唐主气，气完而意不尽工；中晚唐主意，意工而气不甚完。然各有至者，未可以时代优劣也。

李于鳞言唐人绝句当以"秦时明月汉时关"压卷，余始不信，以少伯集中有极工妙者，既而思之，若落意解，当别有所取。若以有意无意可解不可解间求之，不免此诗第一耳。

《历代诗话续编》中　中华书局 1983 版

【注释】

① 作为嘉靖后期至万历初年文学复古运动领袖的后七子之一，王世贞和李梦阳、李攀龙一样，也是主张"文自西京、诗自天宝而下俱无足观"。其诗文理论著作《艺苑卮言》便贯彻了其大部分复古主张。《艺苑卮言·序言》称："余读徐昌国《谈艺录》，尝高其持论矣，独怪不及近体，伏习者之无门也，杨用修搜遗响，钩匿迹，以备览核，如二酉之藏耳，其于雌黄曩哲，橐钥后进，均之乎未暇也。手宋人之陈编，辄自引寐。独严氏一书，差不悖旨，然往往近似而未核，余固少所可。……余所以欲为一家言者，以补三氏之未备者而已。"王世贞认为前人的理论著作中，徐祯卿《谈艺录》持论虽高，但不及近体；杨慎《升庵诗话》搜罗宏富，却偏于典故史实；唯有严羽《沧浪诗话》"差不悖旨"，但是评论又过于朦胧含糊。于是王世贞欲以"一家言"而"补三氏之未备者"。此即《艺苑卮言》之所由出也。

复古派都奢谈法度，因为既要复古，就要避免复古但不得其门而入。复古派内部之争也多围绕对法的认识和态度，如李梦阳主张尺寸古法，何景明则是主张达岸舍筏。《艺苑卮言》卷一为全书总论，前半罗列魏晋以来诸家论述，后半专谈诗文之法。如论诗法："篇法有起有束，有放有敛，有唤有应，大抵一开则一阖，一扬则一抑，一象则一意，无偏用者。句法有直下者，有倒插者，倒插最难，非老杜不能也。字法有虚有实，有沉有响，虚响易工，沉实难至。"再如论文章之法："首尾开阖，繁简奇正，各极其度，篇法也。抑扬顿挫，长短节奏，各极其致,句法也。点缀关键,金石绮彩,各极其造,字法也。篇有百尺之锦,句有千钧之弩,字有百炼之金。文之与诗,固异象同则,孔门一唯,曹溪汗下后,信手拈来,无非妙境。"由此而对各体诗文法度包括字法、句法、声律、结构、风格等作了详细的总结,相比较于李、何在宏观上的论述路径,王世贞之论法更为具体,已经深入到了文本的细微之处,这也是后七子对前七子法度说的一种推进。

从基本的取向来看,在李、何之争中,王世贞论法则偏向于何景明,但也已做进一步深入,体现了对法的灵活运用。另外,针对复古派后学一味从辞句上追摹古人格调,王世贞提出了"才思格调"之说。他认为格调产生于才思之中,格调是才思的境界,同时也是才思的规范:"才生思,思生调,调生格。思即才之用,调即思之境,格即调之界。"而要达到才思与格调的和谐,又必须"以纯灰三斛细涤其肠"。除了强调格调对才思的规范之外,王世贞还在其他文章中提出格调主于情实之说,对格调说带来的剽拟流弊起到一定的补救作用。

《艺苑卮言》探讨诗文法度之外,还全面评价古今作家。如对李梦阳、何景明的评价:"一扫叔季之风,遂窥正始之途,天地再辟,日月为朗,讵不媺哉!"对唐宋派的批评:"惮于修辞,理胜相掩。"对李梦阳、李攀龙的评价:"若以献吉并论,于鳞高,献吉大;于鳞英,献吉雄;于鳞洁,献吉冗;于鳞艰,献吉率。令具眼者左右袒,必有归也。"都表现出了有别于七子恪守复古的通达之处。

② 魏明帝——当为魏文帝曹丕。曹丕,三国时魏国的建立者、文学家。字子桓,谯县(今安徽亳州)人。曹操次子。曹操死后袭为魏王。推行九品中正制,确立和巩固士族门阀在政治上的特权。公元220年代汉称帝,都洛阳(今属河南),国号魏。爱好文学,诗歌创作和文学理论都有成就。见《三国志·文帝纪》。

③ 曹溪——禅宗南宗别号。以六祖慧能在曹溪宝林寺演法而得名。

④ 籍——项羽(前232—前202),秦下相(今江苏宿迁西南)人,名籍,字羽,楚国贵族出身。列《史记》卷七本纪第七。秦二世元年(前209年)从叔父项梁在吴中(今江苏苏州)起义,项梁战死后他杀宋义,率军渡河救赵,巨鹿一战摧毁章邯的秦军主力。秦亡后称西楚霸王,实行分封制,封六国贵族为王。后与刘邦争做帝王,进行了四年的楚汉战争,公元前202年兵败,在垓下(今安徽灵璧南)乌江边自杀。

⑤ 信——韩信,西汉军事家,淮阴人。《史记》卷九十二有《淮阴侯列传》。早年家贫,常从人寄食,曾受胯下之辱。秦末参加项羽部队,因不受重用,改投刘邦,被拜为大将军。楚汉战争中,刘邦采纳他的建议,攻占关中。刘邦、项羽在荥阳相持时,他率军袭击项羽侧翼,占据黄河下游地区。后被刘邦封为齐王。

公元前 202 年于垓下（今安徽灵璧南）击灭项羽。楚汉战争结束后，被解除兵权。后被吕后设计诱杀。

⑥荆——荆轲（？—前 227 年），战国末年刺客，卫国人。好读书击剑，结交名人。至燕国后，由田光介绍，被燕国太子丹拜为上卿。当时，秦军来攻韩国，赵国兵临燕国南境，燕太子丹十分恐惧，决定派他去秦国，以进献燕国督亢（今河北涿县、定兴、新城、固安一带）地图和秦逃将樊于期人头晋见秦王嬴政。秦王命令在咸阳举行隆重接见仪式。献图时，图穷而匕首见，他行刺秦王不中，被当场杀死。列《史记》卷八十六列传第二十六《刺客列传》中。

⑦聂——聂政，《史记·刺客列传》："聂政者，轵深井里（怀州济源县南三十里）人也。"

⑧原——平原君，战国赵武灵王子、惠文王弟，名胜，封于平原，故号平原君。相惠文王及孝成王。秦围邯郸，危急，用毛遂计，与楚定纵约，又求救于魏信陵君，使赵转危为安。喜宾客，食客多至数千人，太史公称为"翩翩浊世之佳公子"。《史记》卷七十六有《平原君虞卿列传》。

⑨尝——孟尝君，即田文，战国四公子之一，齐国贵族，门下有食客数千，曾为齐、秦、魏国之相。《史记》卷七十五有传。

⑩《子虚》、《上林》——司马相如赋，汉司马相如假托子虚、乌有先生、亡是公三人为辞。《子虚》作于相如为梁孝王宾客时，《上林》作于武帝召见之际，前后相去十年。文见《史记》、《汉书》本传、《文选》。

⑪长沙——贾谊（前 200—前 168），西汉文学家。文帝时贾谊被谪为长沙王太傅，故称。

⑫班张潘——班，班固（32—92），字孟坚，东汉史学家、文学家，扶风安陵（今陕西咸阳东北）人。张，张衡（78—139），字平子，东汉科学家、文学家，河南南阳西鄂（今河南南阳县石桥镇）人。潘，潘岳（247—300），字安仁，西晋文学家，荥阳中牟（今属河南）人。

⑬子云——扬雄（前 53—18），字子云，西汉文学家、哲学家、语言学家，蜀郡成都（今属四川）人。

⑭《鹿鸣》、《甫田》句——《诗经》篇名，《鹿鸣》选自《小雅·鹿鸣之什》，《甫田》选自《小雅·北山之什》，《七月》选自《国风·豳风》，《文王》、《大明》、《绵》、《棫朴》、《思齐》、《皇矣》、《旱麓》、《灵台》、《下武》选自《大雅·文王之什》，《生民》、《既醉》、《凫鹥》、《假乐》、《公刘》、《卷阿》选自《大雅·生民之什》，《烝民》、《韩奕》、《江汉》、《常武》选自《大雅·荡之什》，《清庙》、《维天》、《烈文》、《昊天》、《我将》、《时迈》、《执竞》、《思文》选自《颂·周颂清庙之什》。

【附录】

自叙曰：王氏世以政术显，余龀时业好闻人名卿大夫之业云。弱冠举进士，京师且十载所目睹，乃大谬不然者。夫武吏以力进，而文吏䉳经治。此非其人独身于世，致赫赫也，殆亦数会尔。退而自唯疏节骨体，不能为歃䩕脂软，舍其故以媚一切之功名。家故江南人，筋力柔脆不耐刀槊，佐马上之治，而又不欲掇伊洛之遗详，缓其步速，化苟就而已。而是时有濮阳李先芳者，雅善余，然又善济南李攀龙也，因见攀龙于余，余二人者相得甚欢，间来约曰：夫文章者，天地之精而不朽之盛举也。今世所慕说贵人沾沾自喜，夸诩其粗而龇吾精，以为无益世治乱，即季札所陈兴衰大端，又曷故焉？夫君子得志，则精涣而为功，不得志则精敛而为言，此屈信之大变通于微权者也。诗书吾窃有志焉，而未之逮也；诗变而屈氏之骚出，靡丽乎长卿圣矣；乐府三诗之余也，五言古苏李其风乎，而法极黄初矣；七言畅于燕歌乎，而法极杜李矣；律畅于唐乎，而法极大历矣；书变而左氏战国乎，而法极司马史矣。生亦有意乎哉！于是吾二人者，益日切劘为古文辞，众大欢呶詈之。虽濮阳亦稍稍自疑，引辟去。而徐中行、梁有誉来已，宗臣来已，吴国伦来，其人咸慷慨自信于海内，亡所许可，独称吾二人者千古耳。故语于文章之际，能使亲疏而疏亲，语于其效，复能使远迩而迩远，俱非已也。然余往者，则已有一时名，既名日以削，而宦日以薄，守尚书郎满九岁，仅得迁为按察治青齐兵。此其将困余以所不习，故于乎即令，余未见，意嫉司命，削其官，与田父猎徒角寸阴于南山之下，又不可，而使之御魑魅，咏山鬼，亦有以自乐也，乌在其为困哉！

独念天下事未可知，岳中揭河陆，浮寇盗猬发，感子卿、任安之答，陈王敬礼之对，因取旧所著，撰次而书之以俟他日删定，凡赋哀一卷，四言古诗一卷，古乐府三卷，五言古三卷，七言古二卷，五言律四卷，七言律三卷，五六七言排律二卷，五六言绝一卷，七言绝一卷，传一卷，序记五卷，志铭行状一卷，书赞谏祭杂著一卷，赤牍三卷，题曰《金虎集》。金虎，西方之精也。于时为秋，余郎秋官时署治西，其著述咸在焉。取而冠之，亦以拂欝挈敛之业，居多乎哉！则春华而灼然油然者左矣。

王世贞《弇州山人四部稿》卷七十一《王氏金虎集序》
明万历五年世经堂刻本

海内称文章家不相下，更齮龅胜己者，此其常云。日吾之使而南也，于鳞辱之言，计于鳞所许，亡过北地李生矣，其次为仲默，又次昌穀，而其微词多讥切某郡某郡二君子。二君子固蠖伏林野，其声方握柄，所褒诛足浮沉天下士，而其徒某某诸贵人日相与尊，明其道，引绳批根，生平慕之，后弃之者，而一旦睹于鳞所非是,宁不侧目怪且指訾哉?吾归,不能持于鳞言示人,即示人而读者不能句。若爱居之骇钟鼓,未有卒其乱者,即有能读一二语,而二君子之声固已中人膏肓,而易其视听,将无难于鳞哉!嗟乎!吾以为千古所独喻者此耳,子不能得之于父仇者,无以夺而恩者,无以致其效,且使所为争者必欲求胜,而驱相易,则可不然蓬累而行乎宇宙之间,洸洋自恣,适已并足,其又何难焉?夫于鳞之不胜二君子固当,仲默沾沾,气弗克充,志所长诗耳;昌毂修靡丽弱,不习古文辞;北地生,习古文辞,而自张大语,错出不雅驯,二君子卑卑成章也。度北地生诸公,才未易当于鳞,而于鳞名位肖貌,少足以动人。鄙语云天下熙熙,皆为利来,又云利令智昏,世阔希心,好间一趋于鳞,不如于鳞,固无论,遂如于鳞,而睹其所鼓动,而传响寥寥如也,又焉易其利二子者乎?吾闻之,君子不得志于今,则欲信之后。既不得志于今,庸冀后哉?则又欲徵之古。所谓古者,独其言在耳,其人与骨皆已朽矣,奈之何其恃而胜之?

吾复游京师,属于鳞已出守顺德,吴兴蔡某从西来,过于鳞而论文。某者,故二君子友也,其所持议与识,亡以长于鳞,则谓吾李守文大小出司马氏,司马氏不六经隶人乎哉?士于文当根极道理亡所蹈,奈何屈曲逐事变模写相役也。吾笑不答。于乎!古之为辞者,理苞塞不喻叚之辞;今之为辞者,辞不胜跳而匿诸理。六经固理区薮也,已尽不复措语矣。繇秦、汉而下二千年,事之变何可穷也?代不乏司马氏,当令人举遗编而跃如,胡至今竟泯泯哉?蔡子无称六经乃已,蔡子而称六经具在,又宁作录中语喋喋而占占,繁固奚当也?世之文行者曰:碑志、序记、论辩,固皆史变体也,冒其名不曙所繇,苦而要之,理亦冤矣!或更谓:如君言,于鳞诚文人。文人者,易事自喜。宜不称为守,今诸生相聚而訾易太史氏者,非货殖游侠耶?乃其辨方俗,要塞纤侈,其民人羯羠,与物土膏瘠所宜否,介若指掌然,令他书生周行人间,白首奚晢也。而班氏稍能密于文,叙循吏所以状委致,如其自叙亡憾,此岂龌龊工纸上言者?汉时君臣小用之,为郡国守相,彼其所因利巧中,肯出吴公赵张下哉?天地之精英发之于文章,而粗迹及政事亡二也,子何以一时而骄吾千万年,吾故举之遗于鳞,即二君子之徒移目吾,吾且甘之矣!

王世贞《弇州山人四部稿》卷五十七《赠李于鳞序》
明万历五年世经堂刻本

自昔人谓言为心之声,而诗又其精者。予窃以诗而得其人,若靖节之言,澹雅而超诣;青莲之言,豪逸而自喜;少陵之言,宏奇而饶境;左司之言,幽冲而偏造;香山之言,浅率而尚达,是无论其张门户树颐颏,以高下为境,然要自心而声之,即其人亦不必徵之史,而十已得其八九矣。后之人好剽写余似,以苟猎一时之好,思踔而格杂,无取于性情之真,得其言而不得其人,与得其集而不得其时者,相比比也。

当余成进士时,与同舍郎李伯承为诗,颇有声。而章君景南为行人,出从一苍头,羸马敝衣,骤而见之,不知其为官人,与之语,亦不知其能诗者。间一过从,章君陋巷席扉,香一缕出其虢,而始知有君。煮茗匡坐,徵其诗数篇,相与吟咀,怳然而若置身于陶、韦之间,而厌吾曹之工于藻也已,稍与深语,则无非诗也者,徐而察其眉宇,则亦无非诗也者。然章君既用郎高第补给事,时上讳言立太子,而君首上章立太子,忤旨几中奇祸。少解,引疾归卧金华山中。予既骤得君而骤失之,日夕复望其起,而报君逝矣。君之卒,其乡之搢绅先生,惜其人,相与请而祠之学宫;惜其诗,相与梓而行之世。又二十年,而其子某属余叙,而余始尽读之,然后知君之诗非君之诗,而陶与韦之诗也。有所取至于篇,则无问句;有所取至于句,则无问韵。意出于有而入于无,景在浓淡之表,而格在离合之际,其所以合于陶与韦者,虽君之苦心,君亦自不得而知也。陶、韦之言潇洒物外,若与世事复相左者,然陶之壮志不能雠,发之于《咏荆轲》;韦之壮迹不能掩,纪之于《逢杨开府》,彼虽仅有以自见,要之皆非其得已者。而君之壮,独能用之于《立太子疏》,天下不以空言少君,则尤可重也。余故备著之,欲使后世知有能以心之声而为诗者,章君其人哉!章君其人哉!

王世贞《弇州山人四部稿》卷六十九《章给事诗集序》
明万历五年世经堂刻本

　　数承饷湘藤,最后最佳,知足下旦夕属我体也,秋气滋峻,不免箧笥,然无异中心之藏耳。武昌瑰奇之政当自越,凡文人无行,赖于鳞一吐气,文人无用,须足下洗之。不佞寄理吴兴仅五月,幸不为吏民所厌恶,中豪而上荆棘,亦自不少,水灾一事极意区处,聊有次第,月俸悉送官助赈,不免资家庾矣。近为台檄入省,猥用巡务相苦,觉少妨吟啸,归兴郁浡,足下过采舆人之言,而从叟我,是欲我车生耳也。日来不睹足下诗,长江大别,吞吐天地,秀气胸中久矣。何时一发,破我磊块?家弟亦不寄诗来,乃寄诗足下耶?想近益有致。足下言当不浮,仆于诗,格气比旧似少减,文小纵出入,然差有真得以告足下。大江而上,自楚、蜀以至中原,山川莽苍浑浑,江左雅秀郁郁,咏歌描写,须各极其致。吾辈篇什既富,又须穷态极变,光景长新,序论奏札,亦微异传志,务使旨恒达而气恒贯。时名易袭,身后可念,与足下共勉之。时见邸报足下,寂寂除目明卿,婆娑瘴乡,于鳞小畅,又以太夫人忧归,文章憎命,似无复开济理,抚公颇怜,后一月为处,便归襄,事毕,竟坚卧矣。此生尚可得半完不尔,必有悔也,余具别纸。

王世贞《弇州山人四部稿》卷一百一十八《与徐子与书之十四》
明万历五年世经堂刻本

　　昨盛兄来,赍致足下手教及诸诗,殊多铿铿之致。家伯父高年,病后赖足下清谈,忻以送日。闻欲北游燕中,羽书旁午,桂玉未易。且诸贵嗫嚅,以文章为疫。恐足下致狐白于炎洲,裹酪奴于伦父。虽极清珍,不与好会,仆切虑之。向者偶以著述相勉陆师,粗及归生,非欲雌黄令哲,有所上下也。足下不察,以为仆见归文不多,辄便诬诋,使仆衔后生轻薄之愧。吴中阛阓,诗书人人大将,岂令阿蒙得置一喙?然于私心少所降服。足下既以启之,不宜默矣。震泽以前,存而弗论。足下远不见杨仪部、祝京兆、徐迪功,近不见黄勉之、王履吉、袁永之、皇甫伯仲耶?不亦咸彬彬有声哉?然或曼衍而绵力,或迫诘而艰思,或清微而类促,或铺缀而无经,或蹈袭而鲜致,或率意而乏情,或闲丽而近弱,所见唯有陆浚明差强人耳。陆之叙事颇亦典则,往往未极而尽,当是才短。归生笔力小,竟胜之,而规格旁离,操纵唯意,单辞甚工,边幅不足。每得其文,读之未竟辄解,随解辄竭。若欲含至法于辞中,吐余劲于言外,虽复累车,殆难其选。仆不恨足下称归文,恨足下不见李于鳞文耳。于鳞生平胸中无唐以后书,停蓄古始,无往不造,至于叙致宛转,穷极苦心。然仆犹以为顾、陆、张、王之肖物,神色态度,了无小憾,比之化工,尚隔一尘。海内故自有人,足下未悉耳。昔有问王北中郎、谢仆射优劣,桓公临欲答,复停曰:"卿好传人语,不能复语卿。"仆偶然之谈,足下得无示人乎?

王世贞《弇州山人四部稿》卷一百二十八《答陆汝陈》
明万历五年世经堂刻本

　　梓金台十八子诗曰:金台者,志燕旧也。十八子者,其人非金台人也,胡以称金台十八子?集于燕而作者也。刻既成,属予序。读之咸铿铿中金石矣。作而曰:呜呼!诗其可以已哉!夫诗,心之精神发而声者也。其精神发于协气,而天地之和应焉。其精神发于噫气,而天地之变悉焉。故诗和于《雅》《颂》,变于《风》也。《风》至于变而极矣。虞始之殷、周,邕之列国,备以极之,然其功于天地一也。王子曰:余尝游金台从诸大夫士诗,其时盖多风云,天子沛然,易鼎铉,征用俊义,嘉隆之际蒸蒸!几和矣,是十八子之声所以谐也。梓者谁某人也,其言曰:明兴无虑二百年,鸿昌茂明之化积于今,诸大夫士儒其衣冠,高视迁武,究性命,旁采政术,足显矣。语云:天下有道,行有枝叶。余小子何述哉!夫十八子者,其人皆贤者也。则何所事余而传,余为余之志而已。王子曰:善。子毋以十八子之言为十八子重,子毋以十八子为子重,子为子之志而已矣。

王世贞《弇州山人四部稿》卷六十五《金台十八子诗选序》
明万历五年世经堂刻本

五岳山房文稿①

　　王子曰:盖隆庆间,有淮阳守陈君玉叔②云。余不识玉叔,识玉叔之父宪大夫公③,博雅长者也。已,玉叔与余仲懋④游,稍得其为人。已,又从仲所得其诗。最后玉叔以其文来,余读之,盖三得而三为心折也。

　　明兴,世世右垂绅委蛇之业⑤,士大夫作为歌诗,以绍明正始⑥之音,雍如矣。至于文,而各持其门户以相轧,卒胜卒负,而莫有竟者。其故何也?尚法则为法用,裁而伤乎气;达意则为意用,纵而其津筏。畏于思之难,信心而成之。苟取其近者,嚣嚣然而自足;耻于名之易,钩棘以探之,务剽其异者,沾沾然以为非常。夫其各相轧,而卒莫相竟也,彼各有以持其角之负,然而不善所以为胜者,故弗胜也。吾来自意而往之法,意至而法偕至,法就而意融乎其间矣。夫意无方而法有体也,意来甚难,而出之若易;法往甚易,而窥之若难,此所谓相为用也。左氏法先意者也,司马氏意先法者也,然而未有不相为用者也。夫不睹夫造物者之于兆类乎?走飞夭乔⑦各有则,而不失真,迨乎风容精彩流动,而为生气者,不乏也。彼见夫剽拟而少获其似以为真,曰:吾司马、左氏矣。所谓生气安在哉?任于才之近,一发而自以为生色,曰:何所用司马、左氏为?不知其于走飞夭乔之则何如也。

　　玉叔文亡论,所究极庶几司马、左氏哉!不屈阏其意以媚法,不骫骳⑧其法以殉意,裁有扩而纵有操,则既亦彬彬君子矣⑨。盖玉叔三十而其业成,终不以自安,走一介不佞曰:将就正也,非以游扬大人也。呜呼!后玉叔而相继为是业者,守此明文可以竟矣。玉叔故蚤贵,居恒自称五岳山人,以见志焉,是故曰《五岳山房文稿》,凡十一卷。

《弇州山人四部稿》卷六十七　明万历五年世经堂刻本

【注释】

① 《五岳山房文稿》为明陈文烛撰,文烛字玉叔,号五岳山人,沔阳人,嘉靖乙丑进士,官至南京大理寺卿。《四库全书总目提要》记陈文烛有《二酉园诗集》十二卷、《文集》十四卷、《续集》二十三卷。陈思育、王乔桂、皇甫汸、袁福征、黄省曾等十九人序其诗。文曰《五岳山人前集》、《五岳山人后集》,王世贞、归有光、汪道昆、茅坤序之,后总编为《二酉园文集》。道昆、世贞又序之。另文又编为《续集》。本文为王世贞为《二酉园文集》所作之序,又名《五岳山房文稿序》。

法度说是复古主义的理论要点之一,提出法度问题,是为强调诗文的内部规律,重视诗文写作的文学性与审美性,而不是单纯依附于以义以理为主的内容表达。然对法度的过度强执也有后弊。王世贞所著《艺苑卮言》循前七子思路对法度有更深入的探索,同时也试图提出一些融通的主张以克服法度之弊,如论法度的"离合"问题、"境与天会"的问题等。本篇也谈法的问题,但思路上有更进一步的展开,即将"法"与"意"的关系结合论述,试图在补充"意"的基础上,使法有更灵活的理解与运用。文章首先提到了将法与意割裂开来所造成的不足,即"尚法则为法用,裁而伤乎气;达意则为意用,纵而failed津筏"。从其表述看,似有直接针对李、何之处,即李梦阳之尚法与何景明之尚意("津筏"之论),都会带来一定的偏向。又谓"其各相轧,而卒莫相竟也,彼各有以持其角之负",也是指李、何之争造成的意气相伤。当然,王世贞并不是停留在一般批评的角度,同时也指出了在写作实践中存在的困难,举例而论,即便如复古派所崇尚的《左传》与《史记》,也有"左氏法先意者也,司马氏意先法者也"的迹象。但并非因此而就不可兼容,因此还是在相对倾斜的实际可能性中,要使二者交融于一体。这正如自然万物的情形,"走飞夭乔各有则,而不失真,迨乎风容精彩流动,而为生气者不乏也",一切的事物皆需要合乎其则,否则即无此本质,这也是李梦阳所述"如方圆之于规矩,古人用之,非自作之,实天生之也;今人法式古人,非法式古人也,实物之自则也"(《答周子书》),或其所引"有物有则"的另一种表达;但另一方面,如欲使物有生气,能"风容精彩流动",则其中必含有意趣与精神。如此,便可摆脱各执己偏的困境,也可超越于前期的李、何之争。既然如此,这个"意"也就被理解成是自出其意,是一种心理上的真实,即文中所谓的"真",也由此而可纠正"剽拟"古人之嫌。该文显示了后七子对前七子在继承之中形成的一种修正,也显示了后七子向晚明主流文论过渡的意识。

② 玉叔——即陈文烛,字玉叔。

③ 宪大夫公——陈柏(1506—1580),字子坚,一字宪卿,号苏山,沔阳人,嘉靖二十九年进士,与程德、邹守益倡明正学,信从者众。选兵部职方司主事,以忤严嵩外补井陉兵备副使。丁母忧归,优游于夏沔之间,年七十五卒。工诗,有《苏山集》、《见南山集》、《兼山集》。

④ 仲懋——王世懋(1536—1588),字敬美,号麟洲,世贞弟。嘉靖三十八年进士,累官太常少卿,好学,善诗文。名亚其兄,先世贞二年卒,年五十三,著有《王奉常集》、《艺圃撷余》、《窥天外乘》、《学圃杂疏》、《闽部疏》、《三郡图说》、《名山游记》等。

⑤ 垂绅——大带下垂。《礼记·玉藻》:"凡侍于君,绅垂。"孔颖达疏:"绅,大带也。身直则带倚,盘折则带垂。"言臣下侍君必恭。这里借指在朝为臣。

⑥ 正始——240—249,三国齐王曹芳年号。

⑦ 走飞夭乔——走飞,指走兽飞禽。夭乔,草木茁壮生长。语本《书·禹贡》:"厥草惟夭,厥木惟乔。"孔传:"少长曰夭,乔,高也。"

⑧ 觙觙——曲折委婉,屈曲。

⑨ 彬彬君子——《论语·雍也》:"质胜文则野,文胜质则史,文质彬彬,然后君子。"

【附录】

自杨、刘作而有西昆体,永叔、圣俞思以淡易裁之。鲁直出而又有江西派,眉山氏睥睨其间,最号为雄豪,而不能无利钝。南渡而后,务观、万里辈亦遂彬彬矣。去宋而为元,稍以轻俊易之。明兴,而诸先大夫之作,不能无兼采二季之业,而自北地、信阳显、弘、正间,古体乐府非东京而下至三谢,近体非显庆而下至大历,俱亡论也。二季繇是屈矣。

吴兴慎侍御子正,顾独取《宋诗选》而梓之,以序属余。余故尝从二三君子后抑宋者也,子正何以梓之,余何以从子正之请而序之?余所以抑宋者为惜格也。然而代不能废人,人不能废篇,篇不能废句,盖不止前数公而已。此语于格之外者也。今夫取食色之重者与礼之轻者比之,奚啻食色重?夫医师不以人参而捐溲勃,大官不以八珍而捐胡禄障泥,为能善用之也。虽然以彼为我则可,以我为彼则不可。子正非求为伸宋者也,将善用宋者也。然则何以不梓元,子正将有待耶?抑以其轻俊饶声泽,不能当宋实故耶?乃信阳之评之然矣。曰:"宋人似苍老而实疏卤,元人似秀峻而实浅俗"之二语也,其二季之定裁乎?后之览者,将以子正用宋、元,抑以信阳不为宋、元人,斯可耳。

　　王世贞《弇州山人四部稿》卷四十一《宋诗选序》　明万历五年世经堂刻本

周衰,天子之统散而列国,经统散而诸子家言,各持其疆以相角,其民人日龁于干戚,而为士者日欲于觚舌,然大要以颛析厉害,竞长短于蛮触而已。独庄周、列御寇者出而跳于一切之外。庄生之为辞,洸洋焱忽,权谲万变;列氏时出入而稍加栽。至汉而《淮南子》出,其言不尽繇一人,其所著载,兼括道术,事情最号总杂。而文最雄乃左氏,则采辑鲁史,而自属以己法,以为《春秋》翼。盖天下之称事辞者宗焉。汉又衰,浸淫而为六代。彼六代者,见以为舍璞而露琢,不知其气益漓而益就衰。昌黎、河东氏之所谓振起六代之衰,欲以追四子而犹未逮也。宋则庐陵、临川、南丰、眉山者稍又变之,彼见以为舍筏而竟津,不知其造益易而益就下。明兴,弘正间,学士先生稍又变之,非先秦、西京弗述,彼见以为溯流而获源,不知其犹堕于蹼也。夫所为古者,不能据上游以厌群志,而一时轻敏之士,乐于宋之易构而名易猎,群然而趣之,其在嘉靖间,而晋陵为尤甚。

闽人施君某,来莅郡,即出其手所纂庄、列、左氏、淮南四家语之犹精者,以属诸生华露而梓之,曰:"吾敢谓足以蔽先秦、西京乎哉?谓足以例也,敢以是而废宋乎哉?欲习宋者知宋所繇来也。夫习宋者,以易而猎易。思易而不得于旨,极必厌;名易而无当于实,极必败。未有不自悔者也。夫宋所繇来者,非它也,是四子之遗法也。"则又曰:"夫习耳者,其以左之诬,庄、列之诞、淮南之驳讥余哉?余非龌龊为理道设也。其以余之删,而谓余割裂哉?余不欲以其瑕受摘也。"华生既梓,而将施君之命,而问叙于予。夫施君惠政著晋陵,不易屈指数,窃以为无大之举,能使习宋者进而求之古,晋陵学士大夫将尸而祝之矣。

王世贞《弇州山人四部稿》卷六十八《古四大家摘言序》
明万历五年世经堂刻本

始余罢青州而北别汝思平原,汝思前为祖念予,语甚怆,已顾循其弁曰:"乃使我介而谈兵乎?"居无何,竟以议兵事忤台旨,得娄劾去。盖海内言文章者,颇籍籍推汝思,汝思亦雅自负,以一生当树赤帜艺苑中。即所莅治,汛有能吏声,殊不屑也。汝思既不得志文章,乃数提兵北扼虏,遂慨然有封狼居胥意。大司马第功籍当封,而会忌汝思者,难其材高而易其不善护形迹,以故稍乘间萋斐之,汝思竟用是诎以死。汝思且死,属其家大人曰:"儿诗遂不幸中道矣,度无能传我者,是必北走齐谒于鳞,东走吴谒元美乎。吴差近,其且先元美。"于是其家大人哀汝思遣诗凡四百余首,书谓予:"幸无忘延陵之义。"予逊谢不获,则为汝别其猥杂者,仅得百五十余首付梓人。

汝思多五、七言近体,予故不别论,论其近体曰:于乎!诗之变古而近也,则风气使之。虽然,《诗》不云乎"有物有则",夫近体为律。夫律,法也,法家严而寡恩。又于乐亦为律,律亦乐法也,其禽纯皦绎,秩然而不可乱也,是故推盛唐。盛唐之于诗也,其气完,其声铿以平,其色丽以雅,其力沉而雄,其意融而无迹,故曰:盛唐其则也。今之操觚者,日哓哓焉窃元和、长庆之余似而祖述之,气则漓矣,意纵然露矣。歌之无声也,目之无色也,按之无力也,彼犹不自悟悔,而且高举而阔视曰:"吾何以盛唐为哉?至少陵氏直土苴耳。"汝思往与余论诗,固其恨之。度汝思之所撰者,亡用句攻而字摘,业非盛唐弗述矣。予尝谓汝思:"子越人也,欲之秦,则必渡大江,道汴、洛,扣关而西,有江而止者,汴而止者,洛而止者。谓之秦不可,谓之非秦之道尤不可,子诚欲之秦,而东南其首,凋轮楣,竭橐装,度五岭八桂,而踯躅于牂牁雕提之间,其道途也益深,其去秦也益远矣。"汝思击节称善,语曰:"宁玉而瑕,毋石而璠。"今汝思诗具在,如《登岱》、《云门》、《汎海》诸篇,渢渢乎有古遗响焉,殆欲超大历而上之。嘻!固无论汝思秦也,谓汝思而非秦之道也耶?

王世贞《弇州山人四部稿》卷六十五《徐汝思诗集序》
明万历五年世经堂刻本

敬皇帝朝,化休而融昌。异时,诸先生业文章显甚重矣,学士大夫固欣然称说耳,相慕也。而独北地李子,以非心所好谢去之。亡何,而又有信阳何子者。何子虽稍晚出,其材质敏秀瑰丽,各以长相当,然而李子得何子为益雄也。鄙人之言何知仁义,向利则德。是二君子挟草莽倡微言,非有父兄师友之素,而夺天下已向之利而自为德,于乎难哉!去其始可一甲子,诗而亡举大历下者,文亡举东京下者,即谁力也?然二君子之徒,不能长缘其师所繇,得毛举论难之语,以为好胜,而他工易者,恶津筏者,往往左袒何子而龁李子,则又似非何子意也。

夫百羽集于词林,而二子雄飞,或撇捩逆羊角而横举,或顺飔而肆翔其九万里,同也。李源《风》,何源《雅》。《风》故长变以明志耳,且夫睹其沉深莽宕,激叩鼓壮,喑呜幨凄,忽正而奇,正若岳厉,奇若海飓,则李子哉。是固少孙。要之其缘情即象,触物比类,靡所不遂,璧坐玑驰,文霞沦漪,绪飙摇曳,春华徐发,骤而如浅,复而弥深,疑无能喻何子而上者。何子为文,刻工左、史、韩非、刘向家言,大抵于诗雁行云。而关中康氏、乔氏,其乡人樊、孟氏,则盛惜何子志,业屈于年未竟,世之谈说经纶、抵掌事勋者,其敦何子以不及如耶?令何子不死而称为名公卿已耳,所以削涤卑琐、振颓习、扶昌运、开中兴者何物也,于经纶孰多于是。何子之甥衮灿来,谓王生:"若为何子叙其遗言。"王生曰:何子彬彬大家也。《易》言之:"有亲则可久。"李得助而久,何子之功,李子伟矣,夫二子之功天下,则伟矣夫!

王世贞《弇州山人四部稿》卷六十四《何大复集序》
明万历五年世经堂刻本

伯承自燕中手一编遗世贞曰：余所拟古乐府上下卷凡二，铙歌至谚语凡若干，自余咏诗，即他诗人人言之矣，度毋及乐府者，而独公择见而亟称，且请受木书焉，天下安能人人公择也。余所面质，百而不能一二，举则乐府汶汶久矣，又焉为令人意操丹铅而难我，毋已，吾子叙之哉。然伯承业已叙竟，其旨甚详，毋庸世贞。

世贞独记举进士时，从伯承游，好伯承五七言近体也。久之，益好伯承五七言古。别去又久之，乃伯承进我以乐府矣。历下于鳞妙其事，数要世贞更和，其高下、情浊、长短、徐疾，靡不宛然肖协也，而伯承稍稍先意象于调，时一离去之，然而其构合也。夫合而离也者，毋宁离而合也者，此伯承旨也。伯承叙称近代名公，取古人行事，注议辑韵，类成断案，所愿舍是伯承哉？有味吾言也。又云鼓吹、铙歌，聱牙刺龃不足读，则世贞响者，固疑之以错简耳。或谓妃豨节铙鼓之声混存焉。虽然，"巫山高"非三言之精乎？"蒲苇冥冥"，非四言之变乎？"驽马徘徊鸣"、"临高台以轩"、桂树青丝、双珠玳瑁，非五言之幼耿乎？"驾六飞龙四时和"、"江有香草目以兰"、"黄鹄高飞离哉翻"，非七言之雄飞乎？而奈何厌其筌以聱牙刺龃病为也，至訾昭明所遗舍善矣，独不举庐江小妇相逢艳歌，而举《木兰》，《木兰》廋语耳，非不佞所素习也，姑以报伯承其更进我乎哉！人所知伯承他诗绝类王、孟，间有入延清、长清者。伯承李氏，名先芳，濮人。公择王氏，名遴，渤海人。于鳞李氏，名攀龙。世贞为吴人。

王世贞《弇州山人四部稿》卷六十四《李氏拟古乐府序》
明万历五年世经堂刻本

邹黄州者，吾中表彦吉氏也，自尚书工部郎出守黄，而其于郎时，尝赍所撰诗数十百篇示余，曰："请洗心以受弹射焉。"当是时，余甚困于赘诗者，如雷同而不可择，几令余目逃。而得彦吉诗，骤若豁而朗者。业以苦采薪，不能为彦吉效雌黄而姑缀数卮语报，虽往往出心赏污，不至阿而实，未有以中窾也。不三载，而黄之属令沈黄冈，请彦吉诗而尽梓之。彦吉乃故抑之名之曰《鹡鸰集》，而示余曰："先生而忘不榖向之请，受弹射乎哉？"余读而笑曰："余之枯杨产余肘矣，而何以能弹射为？且夫所可得效者璞也，今子玉也，而何所效也。"余束发而游于秋园，获窃寓目作者于今，垂四十年矣。大约无盛于隆庆、万历间，南戒而南稍一具眉目，称男子从事觚管，即仰面而视天，诧以隋珠和璧之在我，而其雄举者,建牙树帜,张茅劲表,表成一家言,苟其力足以矩矱往昔与近季。北地历下之遗,则皆俨然若有当焉。其不为捧心,而为抵掌者多矣。不佞故不之敢许,以为此曹子方寸间,先有它人,而后有我,是用于格者也,非能用格者也。

彦吉之所为诗,诸体不易指屈,然大要皆和平粹夷,悠深隽远,铉然之音与渊然之色不可求之耳目之蹊,而至味出于齿舌流羨之外。盖有真我而后有真诗,其习之者不以为达,夫摩诘则亦钱刘,然执是而欲以一家言,目彦吉不可得也。夫古之善治诗者莫若钟嵘,严仪谓某诗某格某代某人诗出某人法,乃今而悟其不尽然,以为治诗者,毋如《乐记》云:治世之音安以乐,乱世之音怨以怒,亡国之音哀以思,如是三者以观世足矣。亡已,而又有文中子,出于魏晋六季之撰,辨其深而典者,君子激而冶者、小人碎者、纤诞者、夸淫者、鄙繁者、贪捷者、残虚者,诡急以怨者、狷怪以怒者、狂若饮上池,而后脉之十不失一焉。今试即彦吉集,掩其名而号之识者,其不以为君子鲜也。毋论彦吉,今黄州守以世叩之识者,其不以为治鲜也。盖彦吉所与石友周氏为叙,致甚悉,而谬以善治诗推不佞,虽然不佞,言止此矣。苟以千载之业而归一人,以一人抨驾而轩轾一代之作者,广用其抑以示扬,巧伸其爱以逞抨,则非不佞所敢任也。其名集以鹔鹴,有吴明卿氏阐之,故不别赘厥。

王世贞《弇州山人四部稿》卷五十《邹黄州鹔鹴集序》
明万历五年世经堂刻本

夫言,人心之声,而诗文,乃其精者。韵而诗,匪韵而文,其用本不相远,而其究乃不能相通,以故攻之者不能兼造其奥而发其枢。自西京以还至于今千余载,体日益广,而格则日以卑。前者毋以尽其变,而后者毋以返其始。呜呼!古之不得尽变,宁古罪哉?今之不能返始,其又何辞也已?明兴操瓠而树门户者,非一家而称能返古者,北地之后毋如历下生,历下之于变,小有所未尽,而北地之所谓尽,则大有所未满者。

独吾吴刘侍御子威,自其成进士而入侍中秘,历内外台,所至无不立办。然其意不欲屑屑一世循吏,声固已俯视千古,而时自夺于晷,未获竟,一旦意有所不可,遂拂衣归卧吴闾间。子威材甚高,于子史百家言无所不治,独不喜习大历以后语。天假之日俾与才合,负相如之慢世,而毋色瘤爱子云之沉深,而鲜酒嗜等玄晏之书,淫而不癖动,以故其于骚赋、五七言古、近体、序记、志传、赞颂、哀诔,微而极至于俳戏、引喻、连珠之类,无不研精,其思以求与作者合。子威既以文自娱,毋所托于名,而世之好简者疑其蔓,尚率者苦其深,彼不自愧其目之浅,而一览辄推去,谓此何物语,或稍稍就读,嗫嚅相耳,曰:吾固能成诵矣。所谓骤即之难,而訾之易也,问其所以难易不能对也。自是子威之名益不副实,子威始虽不欲托之,终不能无动意。乃至念得如虞仲翔,后世有一人知我者死不恨,夫桓君山故通士也,知杨氏玄必传,而其时神人则已语之,毋自苦玄,故难传,自今而视玄,其犹在传不传间也。子威所推许独历下,次乃北地,而刊削弹擿之甚苦,此其托指,故有在,且业以今之天下无能一人知子威者,即后之天下风益靡靡,安所冀哉?然子威幸而不甚为人知,其文亦不受人役,得自致。其拟议外足于象,而内足于意兴,而言尽而止。其贤于余远矣,余固不如子威,亦能知子威一二,故不辞其请而叙之。

王世贞《弇州山人续稿》卷四十《刘侍御集序》
明万历五年世经堂刻本

嘉则渡江访予山中,出一编见授曰:"吾后先歌诗为篇者七千矣,而今仅四百,吾不欲以武夫累玉也。今夫非诗之难,而知诗之难,非知人诗之难,而自知之难,非自知之难,而割爱之难,吾不能割吾之爱于七千篇者,而以属吾犹子九畴而删之,知不必尽贤于我,为其无爱也。所谓四百者,不必尽贤于六千六百,而是六千六百者不必不尽贤于四百,其大较异也且也,吾前诗成而见子,子读之瞿然赏矣。然穷子以诣,而子不答,其故何也,今亦可以答也夫?"予笑而应曰:"向者问我,而吾不答也,固尔。夫格者,才之御也;调者,气之规也。子之向者,遇境而必触,蓄意而必达。夫是以格不能御才,而气恒溢于调之外,故其合者追建安、武开元,凌厉乎贞元、长庆诸君而无愧色,即小不合而不免于武库之利钝。今子能抑才以就格,完气以成调,几于纯矣。而子之犹子九畴,复为群之玉而府之,夫何虞于武夫之累也耶?虽然,亦有以子之试诸生事告者乎?始而得其文,以为鲜不可取者,则多取之,既而厌其同虞,其溢额以为鲜可取者,则少取之。又既毕而衡其所弃者,未必远所取者也,始不胜爱而后不胜厌也,然则子之所余六千六百篇者,其遂已耶?其将授我而更衡之耶?"嘉则曰:"吾固言之,以大较异也。"嘉则名明臣,别号勾章山人,其于文益奇,有秦汉风。

王世贞《弇州山人续稿》卷四十《沈嘉则诗选序》
明万历五年世经堂刻本

吾向者妄谓乐府发自性情,规沿《风雅》,大篇贵朴,天然浑成;小语虽巧,勿离本色,以故于李宾之拟古乐府,病其太涉论议,过尔抑剪,以为十不得一。自今观之,亦何可少?夫其奇旨创造,名语迭出,纵不可被之管弦,自是天地间一种文字。若使字字求谐于房中、铙吹之调,取其声语断烂者而模仿之,以为乐府在是,毋亦西子之颦,邯郸之步而已。

王世贞《读书后》卷四《书李西涯古乐府后》
顾氏校刊本

余始读谢灵运诗,初甚不能入,既入而渐爱之以至于不能释手。其体虽或近俳,而其意有似合掌者,然至秾丽之极,而反若平淡;琢磨之极,而更似天然,则非余子所可及也。鲍照对颜延之之请鹜,而谓谢如初发芙蓉,自然可爱,君若铺锦列绣,亦复雕缋满眼也,自有定论。而王仲淹乃谓灵运小人哉,其文傲,君子则谦,颜延之有君子之心焉,其文约以则,此何说也?灵运之傲不可知,若延之之病,正坐于不能约以则也。余谓仲淹非能知诗者,殆以成败论耳。

王世贞《读书后》卷三《书谢灵运集后》　顾氏校刊本

王世懋

　　王世懋(1536—1588),字敬美,号麟洲,太仓人,王世贞之弟。嘉靖乙未进士,官至太常寺少卿。好学善诗文,名亚其兄,世贞极力推引敬美,以为"不穀虚得名耳,实不如吾弟"(王世贞《亡弟中顺大夫太常寺少卿敬美行状》)。李攀龙、汪道昆辈因称其弟为少美。《四库全书总目提要》认为"世懋名亚于其兄世贞,而澹于声气,持论较世贞为谨严,厥后《艺苑卮言》为世口实,而《艺圃撷余》,论者乃无异议,高明沉潜之别也。但天姿学力皆不及世贞,故所作未能相抗耳,朱彝尊《静志居诗话》云敬美才虽不逮哲昆,习气犹未陷溺,斯持平之论也"。先世贞两年卒,传附《明史》卷二八七其兄世贞传后。

　　王世懋生而秀颖,早年事举子业,精治四子及《周易》,不专训诂,皆能以独会之趣撮其大要,晚视学政,傍通诸经,亦喜读释老氏言,初以资翰墨,后从衲子游,对佛释往往有所发明。学诗自李攀龙始,然于汉魏晋宋以至盛唐诸大家又多所涵咏,不规模形拟,而以神诣之境为胜,七言律尤其卓绝。陈文烛《王奉常集序》评价其诗:"古体风骨本子建,藻绩原于三谢,响逸而调远,兴高而采烈,可方驾古人也。至于律细天巧,秀色如春云秋水,难以名状,似王孟者十之五,似钱刘者十之二。意极变化,语鲜雷同,大自惊人。"文出入西京韩欧诸大家间,采刘义庆《世说新语》,自以为得其三昧,而其《游名山记》详婉有力,善持论。性嗜山水,游迹遍及东西南北,凡意与境会处,辄为诗、文以纪。尤好栽花果,晚年治一圃,悉购闽岭奇异花卉如牡丹、芍药、莲菊等种之,《学圃杂疏》、《艺圃撷余》等书名由此而来。《艺圃撷余》为其论诗专著,杂论诗格大旨,宗世贞《艺苑卮言》而成,然作为后七子派成员年岁较小者,包括屠隆、李维桢等其他末五子成员在内，论诗已不再拘守七子派主张，而表现出一些反格调说的转向，开始使用"性灵"一词论诗，在扬弃格调说的同时表现出格调说到性灵说的过渡，开启了晚明文论的先声。

撰述有《王奉常集》六十九卷，论诗专著《艺圃撷余》一卷，其他杂著有如《学圃杂疏》、《名山游记》、《望崖录》、《二酉委谈》等。

艺圃撷余①（节选）

作古诗先须辨体，无论两汉难至，苦心模仿，时隔一尘。即为建安②，不可堕落六朝一语。为三谢③，纵极排丽，不可杂入唐音。小诗欲作王、韦④，长篇欲作老、杜，便应全用其体。第不可羊质虎皮，虎头蛇尾。词曲家非当家本色，虽丽语博学无用，况此道乎？

诗四始之体，惟《颂》专为郊庙颂述功德而作。其它率因触物比类，宜其性情，恍惚游衍，往往无定，以故说诗者，人自为说。若孟轲、荀卿之徒，及汉韩婴⑤、刘向⑥等，或因事传会，或旁解曲引，而春秋时王公大夫赋诗，以昭俭汰，亦各以其意为之，盖诗之来故如此。后世惟《十九首》犹存此意，使人击节咏叹，而未能尽究指归。次则阮公⑦《咏怀》，亦自深于寄托。潘、陆⑧而后，虽为四言诗，聊比牵合，荡然无情。盖至于今，钱送投赠之作，七言四韵，援引故事，丽以姓名，象以品地，而拘挛极矣。岂所谓诗之极变乎？故余谓《十九首》，五言之《诗经》也。潘、陆而后，四言之排律也，当以质之识者。

今人作诗，必入故事。有持清虚之说者，谓盛唐诗即景造意，何尝有此？是则然矣。然以一家言，未尽古今之变也。古诗，两汉以来，曹子建⑨出而始为宏肆，多生情态，此一变也。自此作者多入史语，然不能入经语。谢灵运出而《易》辞、《庄》语，无所不为用矣。剪裁之妙，千古为宗，又一变也。中间何、庾⑩加工，沈、宋⑪增丽，而变态未极。七言犹以娴雅为致，杜子美出而百家稗官，都作雅音，马浡牛溲，咸成郁致，于是诗之变极矣。子美之后，而欲令人毁靓妆，张空拳，以当市肆万人之观，必不能也。其援引不得不日加而繁。然病不在故事，顾所以用之何如耳？善使故事者，勿为故事所使。如禅家云:"转《法华》⑫勿为《法华》转。"使事之妙,在有而若无,实而若虚,可意悟不可言传,可力学得不可仓卒得也。宋人使事最多,而最不善使,故诗道衰。我朝越宋继唐,正以有豪杰数辈,得使事三昧耳。第恐数十年后,必有厌而扫除者,则其滥觞末弩为之也。

诗有古人所不忌,而今人以为病者。摘瑕者因而酷病之,将并古人无所容,非也。然今古宽严不同,作诗者既知是瑕,不妨并去。

李于鳞⑬七言律,俊洁响亮,余兄极推毂之。海内为诗者,争事剽窃,纷纷刻鹜,至使人厌。予谓学于鳞不如学老杜,学老杜不如学盛唐。何者?老杜结构自为一家言,盛唐散漫无宗,各自以意象声响得之。正如韩柳之文,何有不从左史来?彼学而成,为韩为柳。我却又从韩柳学,便落一尘矣。轻薄子遽笑韩柳非古,与夫一字一语必步趋二家者,皆非也。

谈艺者有谓七言律一句不可两入故事,一篇中不可有重犯故事。此病犯者故少,能拈出亦见精严。然我以为皆非妙悟也。作诗到神情传处,随分自佳,下得不觉痕迹,纵使一句两入,两句重犯,亦自无伤。

《历代诗话》下　中华书局 1981 年版

【注释】

①《艺圃撷余》一卷为王世懋论诗专著。王世懋生活的隆、万之际,后七子派文学活动已渐趋衰微。是时,李攀龙已卒,王世贞主持文坛,然王世贞晚年所持之论已大异早年,对早年是古非今、此长彼短的过激之论已多有认识,而多采取折中兼"剂"的态度。世贞弟世懋是后七子派中年岁较小者,此时,包括胡应麟、屠隆、李维桢、王世懋等在内的大多数人都已察觉摹古之流弊,故王世懋《艺圃撷余》虽盛推何、李,宗格调说,然也有反格调说和接近性灵说的论诗主张。

《艺圃撷余》实体现出后七子派发展转折的迹象,对后七子派论说有较为明显的背离之处,相对于七子派其他成员党同伐异的作风,提出了更为公允的论诗主张,如曰"李于鳞七律俊杰响亮,余兄推毂之,海内为诗者争事剽窃,纷纷刻鹜,至使人厌"。另如曰"我朝越宋继唐,正以豪杰数辈得使事三昧,第恐数十年后必有厌而扫除者,则其滥觞末弩为之也"。而其他论说还有接近性灵说之处,如曰"徐昌毂、高子业皆巧于用短,徐能以高韵胜,高能以深情胜,更千百年李何尚有废兴,二君必无绝响"。这些论诗主张,已开晚明性灵说的端倪,体现出格调说到性灵说的过渡。王世懋论诗在继承七子派主张的基础上,注意到了文学的发展和渐变的过程,文学的古今之变、由简至繁是不可逆转的客观规律,由此而言,仅以汉魏之高古的格调为宗必然会犯削足适履的错误。而且,文学的发展变化是渐变而非突变,初盛中晚的划分也过为绝对化,独宗盛唐更加漠视了盛唐之前、之后的渐变过程,"唐律由初而盛,由盛而中,由中而晚,时代声调故自必不可同,然亦有初而逗盛,盛而逗中,中而逗晚者,何则? 逗者,变之渐也,非逗故无骤变"。"逗"这一概念的提出也直接反对了一味标举汉魏盛唐格调的七子派主张,表现出对七子派流弊较为客观和清醒的认识。

此外,王世懋《艺圃撷余》及其诗文集中还有一部分性灵说的萌芽,在内容上,主张"本性求情,且莫理论格调"。在形式上,认为"诗有必不能废者,虽众体未备,而独擅一家之长"。这与不拘格套、独抒性灵的性灵说已相当接近。又其赞曾应元:"善诗酒、慕侠游,于道似远。然君顾舍彼而趋此,何也?丈夫要在行己意为真耳。得之非真,即近,远也;得之真,即远,近也。"《曾应元诗画册小序》"行己意为真"的见解也与前七子派有异而与性灵派接近。王世懋作为后七子派成员之一,其论诗主张与格调说仍有联系,但与传统诗论已表现出某种背离,实开性灵说的先声。

②建安——本为东汉献帝刘协的年号(196—220),实指汉魏之际曹氏父子(曹操、曹植、曹丕)、建安七子(孔融、陈琳、王粲、徐干、阮瑀、应玚、刘桢)等人诗文的骏爽刚健的风格。

③三谢——南朝宋诗人谢灵运、谢惠连及南朝齐诗人谢朓的合称。

④王韦——王,王维。韦,韦应物。均为唐朝诗人。

⑤韩婴——其生卒年月已难详考,约前200—前130,涿郡鄚(今任丘市人)人,西汉文、景、武三帝时为官,文帝时任博士,景帝时官至常山太傅,后人又称他韩太傅。西汉前期儒家学者、经学家,西汉今文《诗》学中"韩诗学"之开创者。

⑥刘向——约前77—前8,本名更生,字子政,西汉沛(现在江苏省沛县)人,经学家、目录学家、文学家,著有《新序》、《说苑》等。

⑦阮公——阮籍(210—263),三国魏文学家、思想家。字嗣宗,陈留尉氏(属今河南)人。曾为步兵校尉,世称阮步兵。

⑧潘陆——潘岳(247—300),字安仁,荥阳中牟(今属河南)人,西晋诗人,明人辑有《潘黄门集》。陆机(261—303),字士衡,吴郡华亭(今上海市松江县)

人,西晋诗人,有《陆士衡集》,中华书局刊有点校本《陆机集》。

⑨ 曹子建——曹植,字子建,谯县(今安徽亳州)人。曹操子。封陈王,谥思,世称陈思王。三国魏诗人。

⑩ 何庾——何逊、庾信。何逊(？—约518),字仲言,东海郯(今山东省郯城县)人,梁朝文学家,有《何记室集》。庾信(513—581),字子山,南阳新野(今属河南)人,北周文学家。世称"庾开府",有《庾子山集》。

⑪ 沈宋——沈佺期、宋之问。沈佺期,字云卿,唐代诗人。宋之问,唐代诗人。一名少连,字延清。汾州(今山西汾阳)人,一说虢州弘农(今河南灵宝)人。

⑫ 法华——佛教典籍,《法华经》全名为《妙法莲华经》,共七卷,后秦鸠摩罗什大师译,收录于《大正藏》第九册。

⑬ 李于麟——明代文学家李攀龙,字于鳞,号沧溟,历城(今山东济南)人,"后七子"之一,有《沧溟集》。

【附录】

唐律由初而盛,由盛而中,由中而晚,时代声调故自必不可同,然亦有初而逗盛,盛而逗中,中而逗晚者,何则? 逗者变之渐也,非逗故无繇变。如四诗之有变风变雅,便是离骚远祖,子美七言律之有拗体,其犹变风变雅乎? 唐律之由盛而中,极是盛衰之介。然王维、钱起实相倡酬,子美全集半是。大历以后,其间逗漏实有可言,聊指一二。如右丞明到衡山篇,嘉州函谷磻溪句,隐隐钱刘卢李间矣。至于大历十才子,其间岂无盛唐之句? 盖声气犹未相隔也。学者固当严于格调,然必谓盛唐人无一语落中,中唐人无一语入盛,则亦固哉。其言诗矣,少陵故多变态,其诗有深句,有雄句,有老句,有秀句,有丽句,有险句,有拙句,有累句,后世别为大家,特高于盛唐者,以其有深句、雄句、老句也。而终不失为盛唐者,以其有秀句、丽句也。轻浅子弟往往有薄之者,则以其有险句、拙句、累句也。不知其愈险愈老,正是此老独得处,故不足难之,独拙累之句吾不能为掩瑕。虽然,更千百世无能胜之者。何要曰无露句耳? 其意何尝不自高自任,然其诗曰文章千古事,得失寸心知。曰新诗句句好,应任老夫传。温然其辞,而隐然言外。何尝有所谓吾道主盟代兴哉? 自少陵逗漏此趣,而大智大力者发挥毕尽,至使吠声之徒,群肆捋遏哉。唐音永不可复,噫嘻,慎之。

今世五尺之童,才拈声律,便能薄弃晚唐,自传初盛,有称大历以下,色便赧然。然使诵其诗,果为初邪、盛邪、中邪、晚邪? 大都取法固当上宗,论诗亦莫轻道。诗必自运,而后可以辨体;诗必成家,而后可以言格。晚唐诗人,如温庭筠之才,许浑之致,见岂五尺之童下,直风会使然耳。览者悲其衰运可也。故予谓今之作者,但须真才实学。本性求情,且莫理论格调。

诗有必不能废者,虽众体未备,而独擅一家之长,如孟浩然洮洮易尽止以五言隽永千载,并称王孟。我明其徐昌榖、高子业乎?二君诗大不同,而皆巧于用短。徐能以高韵胜,有蝉蜕轩举之风,高能以深情胜,有秋闺愁妇之态,更千百年,李何尚有废兴,二君必无绝响。所谓成一家言,断在君采稚钦之上,庭实而下,益无论矣。高季迪才情有余,使生弘正李何之间,绝尘破的,未知鹿死谁手,杨张徐故是草昧之雄,胜国余业,不中与高作仆。

王世懋《艺圃撷余》 《历代诗话》下 中华书局1981年版

王子曰:余官江右,盖屡过新淦,云新淦池滨漳多斥卤,而邑称饶。问之,其民盖善贾四方也。江右之俗,大都言性命,好节俭,贵其乡人,不好非其乡者。至为贾,则益事纤啬,而讳言侠。独所闻曾应元者不然,家仅千金产,而好游海内诸名人间。诗酒翩翩,为豪自喜,诸名人亦争爱礼之,余以为绝不类其俗。已乃知其父贾金坛,交于曹太史。应元三岁而孤,为太史所子,因冒曹姓,久之,始复为曾。由斯而观,自君父客金坛久已,稍稍变其俗矣。君孤而能立,则太史拥护之功。其始能识贤士大夫,亦多繇太史传客,然能使人人倾倒。自以为交君晚,则非太史力能得之也。君始游吴中,得诗甚夥,已又乞诗于余兄,而最厚者为汝南张助甫。助甫,余尔汝交也。助甫臬三晋,君将杖策访之,吴中善画者为君图辋川八景,而君独以为未得余言,介其友陆汝陈而请。

余谓君之故俗言性命、好节俭,于道似近,而君善诗酒、慕侠游,于道似远。然君顾舍彼而趋此,何也?丈夫要在行己意为真耳。得之非真,即近,远也;得之真,即远,近也。太史公称剧孟母死,远方送葬千乘,及孟死,而家无余十金之财,又曰天下骚动,宰相得之,若一敌国云。孟行事不著一匹夫,所以风动天下,当必有真矣。若曾君应元岂吾所谓得其真者耶?不然,余友取甫海内豪人也,岂其以千金之士为欢,而见出条侯下哉!傥君之乡有谓君不善变者,则非余所知也。

王世懋《王奉常集》卷七《曾应元诗画册小序》 《四库存目丛书》本

唯寅与余交在庄皇帝初,而唯寅时为小侯,诗筒盈寓内矣。其为诗迄今凡三变云,年少气盛,有触易形意,恒在多。既得于麟诗,习之,乃捃括为深沉之思,刻摘引徵,宛似其家言已。稍稍,纵其性灵,时复倏然自得,博采旁引,未见其止,此唯寅诗大较也。唯寅间尝问余为诗家言者,其人类鲜险侧,何居?余喟然应之,顾贤于立德立功之士也。譬诸繁英妍卉,点缀化工,游人士觌而醉心,以为少有,所利之不可,夫诗于道未尊。国家不以程士,乡州不以充赋仕,而谈者罪讳,而触者祸然,且士争趣之,何则?其情近之也。如今海内有钓奇托捷诡,故不情之士安所取是乎?始唯寅大然余言,余乃今于唯寅十之也。

夫士于诗,诚无所利之,乃其性灵所托,或缘畸于世,意不自得,而一以宣其湮郁于诗,即当世无当焉,而思垂之来,世以自见,若然者,犹有待也。国家重世勋,诸功臣带砺遍天下,百七十年来,拖绅横玉亡虑百千辈,间有能刻意为诗者,谁乎?盖其人既席世封,时从韶龀间起,奉朝请玉帛子女狗马之养,靡所不快意,稍持缓步,饰容止,即坐而拥节旄、握金印,是安所事诗乎?非有深解笃好者,不能沾沾于是。余所闻诗名世者,郭定襄其人,定襄起将校,得之身,披坚执锐于边云塞草间已。复谪戍老困思归而后,诗益工,则其诗要为有所助之,非诸彻侯比也。

唯寅自为儿时,心好其说,际盛世极人伦之幸,非有牢骚仳离之感,迫而动乎其中,乃其所旦暮是营者,一切寄情于诗,既已折节,下韦布之士,不惮数盟会,而诗成所托之乎?为名者高斋贝经,西方空寂之教也。视其身,若萍寄于旄金印之中,而其志乃轩举于玉帛子女狗马之外。明兴以来,彻侯中一人而已,是其于好无所待也,其于工无所助也。故余于唯寅谓吾党士难之也。

于戏!闻余言者宁独与唯寅诗得之,乃并其人可窥矣。始唯寅最好余诗,为捐俸梓其□集,及是《贝叶编》成,而朱生来,以序属余,余不文于唯寅,谊雅不得辞,报施道也。不然,以唯寅才地长安,故不乏操觚客木天贵人,片语连城,是宁无当唯寅,而必以南州计吏之藉手哉!然唯寅春秋方鼎盛,其诗将益工,要以信于后世,故余所敢任矣。

王世懋《王奉常集》卷六《李唯寅贝叶斋诗集序》 《四库存目丛书》本

左少司马汪公伯玉有介弟曰仲淹,少以文章名,诸为司马公客者争愿识之。乃岁甲戌,仲淹以兄命奉丘嫂来京师,而其始以司马公识仲淹,当是时司马公考三载满,最,天子覃恩,得任子一人,司马公不以与子而与弟,天下高司马公之举,能行古人谊也,又以贤仲淹之足以当是举也。仲淹留一岁,卒业成均,且告归,而会司马公上疏陈情,天子听归省二亲,于是仲淹复举其兄贵。

仲淹生有异质,自其举子业外,特工古今诗,旁及篆、籀、真、行,诸家法多所通解。既以负其跌宕,耻为蹊町之行,好从酒人游,意豁如也。不知者至目为游闲公子,而仲淹亦时时自谓狂生。孔子不云乎狂者进取?迹仲淹所自称,殆合乎古之所谓狂者。虽然,岂与其终为狂而已?大都豪杰之士,其始意有所激于中,而气常溢乎其外,则往往有托而类狂。逮夫春华敛于秋实,一往纡于百炼,壮志抑于苦心,妙识生于倦境,法网之所绳,事功之所驱,玄解澹寂之所入,有一于此,而向之。傲然自足者,忽不觉,而至于无。故夫有托,而狂者豪杰之士所不能无,而亦其所不终有也。夫唯其始之有也,而后其终之不有为,为真金之在矿也,或溶之明玉之在璞也,或琢之温汗血之驹之奔踶也,或衔勒之而千里。其成在琢磨衔勒之时,而其所以成,故有在也。假令龌龊其实,而冒以恂恂之名,若顽石弩骀,其人即无所复之耳。是安可与跅弛伟崛之士同年而语哉?仲淹行未几,即二改火,且以试事,来复成游矣。云蒸龙变,还天子恩于司马公,而告成事时将裹以冠裳而维系之。尚安得昔时所谓狂生者而与之游乎?即所就最次,未可知,要以其为,不有今日必也,某请拭目而俟。

王世懋《王奉常集》卷二《赠汪仲淹序》 《四库存目丛书》本

韩非子有言:儒以文乱法,而侠以武犯禁。夫诗人沿四始之义以咏歌性情,亦儒家者流也,其为道,疑与豪侠之伦有大径庭焉。而太史公津津于朱家、郭解之徒,以为设取予然诺,千里诵义,其行有足多者。至后世文人墨卿意不自得,辄为奔放沉郁之辞以寄其感慨不平。若唐所称诗豪李白、张佑辈,至今读其诗想见其为人,乃知韩非子所刺其末流。然即舞文之罪,儒者犹然蹈之;椎埋剽奸,亦侠客所羞道也。而缙绅先生意气中讧,则或吐而诗,或负而侠,又乌在其为殊趣哉?

始与世懋游者曰朱君在明,少以赀雄静江里中,性跅弛,不治生产,而慕为游闲公子之行与名,里中人目之为侠,以不能守章句,稍入赀为郎,乃更折节读书,尤好为歌诗,其言缅缅有新致。诗名动公卿间,而自喜为侠益甚,既已,倾肝膈之好赴其急难,略不自顾惜,又时时为具,召海内知名士酒酣悲歌,国士自许而感遇迅发,一寄之于诗。三迁为大官丞,其长曾大夫亦知朱丞非凡士也,折行辈交之,君亦竭职事以报,乃竟为忌者所中,出补诸侯王吏。君始不能平已,乃叹曰:千载之下岂以一丞荣朱生哉?顾吾所不朽者在。竟拂衣归。于是,世懋偕同志之士,执醪与脯追而送之,曰:"君归将为侠里中乎?将为诗人以寄吾侠乎?"吾窃悲夫原巨先之志也,其始立名义报其家仇,岂出鲁朱家下哉?一不自检束,至比败节之妇为汉僇民,则以不能克于文而武之用也。若李白、张佑之于诗,非不隐然侠矣。乌睹夫所谓侠之犯哉?白与佑其浅者也,陶彭泽之《咏荆轲》,千载余情,其为侠深耶?浅耶?悠然南山,浊酒自得,徜徉乎?与道游矣。姑夫原生之徒败于侠者也,李白、张佑侠于诗者也,若彭泽深乎侠者也,其于诗则几乎道而忘乎侠者也。在明年未强仕而归,自力于诗,其以陶物情而咏圣化,吾未见其止矣。异日者归而从君游也,向之所见,以自喜为侠者,将无自匿于亡何有之乡,深乎?在明于是尽醑与脯,颓然而别。

王世懋《王奉常集》卷一《送朱在明序》 《四库存目丛书》本

　　《奉常集》者,王敬美作也。少游京师,会于吴明卿席上,各有旗鼓中原之志,浚先成进士。敬美以家难归,起补礼曹,与余结长安社,欢甚无厌也,督学关中,归再起,督闽学,而余入闽,倡和无虚日,客有梓《双龙编》者。转南,奉常以病归,而敬美长逝矣。余入南中,元美大司寇乎其集属余序之。且曰:"亡弟之意也。"敬礼定赏之交,彦升笔札之托,不佞何辞焉?

　　夫诗与文,天地自然之声气也。觇二京之遗者,北或失之豪,沿六朝之习者,南或失之靡,崆峒大复起而振之。凤观虎视,迪功复膺扬江左。国朝文体一时丕变,然献吉之沉雄,仲默之隽永,昌榖虽号鼎吴,而南音不无少逊也。嘉靖间,李于麟起历下,元美起姑苏,而徐子与、吴明卿、宗子相、张肖甫起吴楚巴蜀,独张取甫起河洛,敬美浚出,诸公异之,谓王氏二难,云中原正声翕然海内,皆在大江以南,较北地时差胜矣。

　　敬美谈艺以专诣为境,饶美为林,师匠宜高,缀拾宜博。子建出而宏丽多态,此一变也。灵运出而裁剪为工,又一变也。变而初唐,变而晚唐,时使然也。由盛而中,极盛衰之木,然王维、钱起实相倡酬,子美多变态。其句有雄而深者,秀而丽者,亦有险而累者。汉魏与唐,其语不相入也。今观敬美古体,风骨本子建,藻缋原于三谢,响逸而调远,兴高而采烈,可方驾古人也。至于律细天巧,秀色如春云秋水,难以名状,似王、孟者十之五,似钱、刘者十之二。意极变化,语鲜雷同,大自惊人。歌行丽而婉,排律整而健,未若近体之擅长也。乃其文章服膺汪伯玉,以为秦汉间人,李本宁笔亦奇特。书记之文翩翩自运,而铿锵陶冶,时见古人情状,乘兴题跋,咄咄有生气。诸名家退舍,品鉴精而书法工,不佞心折焉。

　　善乎!于麟曰:"敬美视耳甫辈,自先驱视元美雁行也。"壮哉!包宗含吴之志矣,大都李原风,元美似之,何原雅,敬美似之。元美谓李子得何子而雄也,余谓于麟得元美而彰也,元美得敬美而畅也。盖代之才并出一时,而萃于一家,顾不伟与?或言敬美抱经济,而忧时艰,使究其用,当与公家两司马争烈,山居日久,天不假年,有是悲悼者,忆登闽山绝顶,执余手曰:"异时陵谷变迁,有啧啧吾两人所作者,恨不从旁听之。"果尔,敬美有不朽者在,庶几哉慰九京矣。万历己丑冬日,五岳山人沔阳陈文烛撰。

王世懋《王奉常集》卷首陈文烛《王奉常集序》 《四库存目丛书》本

　　昔徐昌榖谈艺谓萧统简辑冗而不精,刘勰绪论略而未备,故所著多标准的,几于钟嵘之品矣。其后杨用修有《丹铅录》,王元美有《艺苑卮言》,博雅并称,中多诗话。今敬美有《艺圃撷余》,专为诗而发也。哲匠鸿才,巧心独运,皆古人所未道,今人所难言者。窃谓《卮言》所纪如长江大河无所不有,兹编所载如中冷惠泉尤足快心,高言绝识,真足羽翼。徐氏云敬美比才子于佳人,叹绝代之难,平原清河一时,并秀公家兄弟,似之乎?乃叙而传焉,千载诵之,可餐秀色也夫?

陈文烛《二酉园续集》卷一《艺圃撷余序》 《四库存目丛书》本

谢 榛

谢榛(1495—1575),字茂秦,自号四溟山人,又号脱屣山人,临清人,自幼一目失明,人称眇一目。终生布衣。年十六,作乐府商调,少年争歌之,有闻于时,诸王争宾礼之。嘉靖间游京师,脱昌黎卢柟于狱,赢得朝士敬重。时李攀龙、王世贞等结社燕市,榛以布衣为之长,遂居七子之首。及攀龙声名日显,榛与攀龙性情均狂傲,二人议论颇相镌责,遂交恶,攀龙遗书绝交。王世贞等亦支持攀龙,力相排挤,削谢榛名于七子之列。然榛游道日广,秦晋诸王争延致之,名重一时。《明史》卷二八七有传。

谢榛一生笔耕不辍,是明中期后七子诗派的中坚人物。《列朝诗集小传》记"茂秦今体,工力深厚,句响而字稳,七子、五子之流,皆不及也。茂秦诗有两种:其声律圆稳持择矜慎者,弘、正之遗响也;其应酬率率排比支缀者,嘉、隆之前茅也"。后茂秦虽然被合力排摈,但后七子论诗尚唐,称诗"三要",实自谢榛:"取李、杜十四家最胜者,熟读之以会神气,歌咏之以求声调,玩味之以裒精华。得此三要,则造乎浑沦,不必塑谪仙而画少陵也。"(谢榛《诗家直说》)后七子诸人均心师其言,该派论诗主张也多自谢榛。谢榛论诗细辨音声格律,提倡"逐句入神","工则浑然",发挥了李东阳及前七子的格调说,后人也多宗奉。然朱彝尊对此评价却并不高,认为茂秦论诗"斤斤局守格律,尺寸不逾,有隽句而乏远神,有雄句而无生气。或谓胜弇州之汗漫。然弇州才大如曹孟德,放荡无威仪,笑时头没杯案,不失为英雄。四溟謦折虽工,特公孙子阳之修饰边幅,仅堪作清水令耳。"(《静志居诗话》)另外茂秦在以盛唐为法的前提下,反对摹拟蹈袭,追求"造乎浑沦",并称"万物一我也,千古一心也",在格调说的基础上开了神韵说的境界,并带有一些性灵说的端倪。

《四库全书总目提要》载谢榛有《四溟集》十卷,论诗著作《诗家直说》(又称《四溟诗话》)两卷,齐鲁书社2000出版《谢榛全集》收录二书,共辑为二十四卷,末四卷为《诗家直说》,另《历代诗话续编》亦收《诗家直说》。

诗家直说①

诗以汉、魏并言,魏不逮汉也。建安之作率多平仄稳帖,此声律之渐。而后流于六朝,千变万化,至盛唐极矣。

律诗虽宜颜色,两联贵乎一浓一淡。若两联浓,前后四句淡,则可;若前后四句浓,中间两联淡,则不可。亦有八句皆浓者,唐四杰有之;八句皆淡者,孟浩然、韦应物有之。非笔力纯粹,必有偏枯之病。

李空同评孟浩然《送朱二》诗曰:"不是长篇手段。"浩然五言古诗、近体,清新高妙,不下李、杜;但七言长篇,语平气缓,若曲涧流泉,而无风卷江河之势。空同之评是矣。

诗无神气,犹绘日月而无光彩。学李、杜者,勿执于字句之间,当率意熟读,久而得之。此提魂摄魄之法也。

学诗者当如临字之法。若子美"日出东篱水",则曰"月堕竹西峰";若"云生舍北泥",则曰"云起屋西山"。久而入悟,不假临矣。

熟读初唐盛唐诸家所作,有雄浑如大海奔涛,秀拔如孤峰峭壁,壮丽如层搂叠阁,古雅如瑶瑟朱弦,老健如朔漠横雕,清逸如九皋鸣鹤,明净如乱山积雪,高远如长空片云,芳润如露蕙春兰,奇绝如鲸波蜃气,此见诸家所养之不同也。

历观李、杜十四家最胜者,熟读之以会神气,歌咏之以求声调,玩味之以哀精华。得此三要,则造乎浑沦,不必塑谪仙②而画少陵③也。

作诗本乎情景,孤不自成,两不相背。凡登高致思,则神交古人,穷乎遐迩,系乎忧乐,此相因偶然,著形于绝迹,振响于无声也。夫情景有异同,模写有难易,诗有二要,莫切于斯者。观则同于外,感则异于内,当自用其力,使内外如一,出入此心而无间也。景乃诗之媒,情乃诗之胚,合而为诗,以数言而统万形,元气浑成,其浩无涯矣。同而不流于俗,异而不失其正,岂徒丽藻炫人而已。然才亦有异同,同者得其貌,异者得其骨。人但能同其同,而莫能异其异。吾见异其同者,代不数人尔。

诗有不立意造句,以兴为主,漫然成篇,此诗之入化也。

诗有天机,待时而发,触物而成,虽幽寻苦索,不易得也。

或以起句为主,此顺流之势,兴在一时。

此语宛然入画,情景适会,与造物同其妙,非沉思苦索而得之也。

凡作文,静室隐几,冥搜邈然,不期诗思遽生,妙句萌心,且含毫咀味,两事兼举,以就兴之缓急也。

走笔成诗,兴也;逐句入神,工也。

凡作诗,悲欢皆由乎兴,非兴则造语弗工。

或造句弗就,勿令疲其神思,且阅书醒心,忽然有得,意随笔生,而兴不可遏,入乎神化,殊非思虑所及。

江淹④拟刘琨⑤,用韵整齐,造语沉着,不如越石吐出心肺。

谢灵运⑥"池塘生春草",造语天然,清景可画,有声有色……

盛唐诗人突然而起,以韵为主,意到辞工,不假雕饰;或命意得句,以韵发端,浑成无迹,此所以为盛唐也。宋人专重转合,刻意精炼,或难于起句,借用旁韵,牵强成章,此所以为宋也。

《古诗十九首》,平平道出,且无用工字面,若秀才对朋友说家常话,略不作意。……官话勉然,家常话自然。

《历代诗话续编》下　中华书局1983年版

【注释】

①《诗家直说》两卷是后七子之一谢榛的论诗著作。李攀龙、王世贞早期均极力称颂李梦阳,并标榜汉魏高古格调,而相较之下,谢榛则偏好唐诗,主张兼取唐十四家诗,熟读、歌咏、玩味,以造浑沦之作;论诗重音声格律之学,近体、古体均重声律。在批评标准上,谢榛认为浑沦、含蓄、蕴藉的诗是上乘之作,"凡作诗不宜逼真……远近所见不同,妙在含糊,方见作手"。"诗有可解、不可解、不必解,若镜花水月,勿泥其迹可也。"之所以诗妙在含糊、似与不似之间是因为其可"以数言统万形,元气混成,其浩无涯"。这样,在谢榛格调说基础上便有了神

韵说的端倪。在作诗方法上,谢榛并举"走笔成诗"和"逐句入神",但从整个诗话内容来看,他更偏爱漫然天成的即兴之作。谢榛论诗多处提到"兴"和"天然"、"自然"等语。作诗触物而成、意随笔生,则自然可爱;幽思冥想、搜肠刮肚,则造语弗工。所以作诗常常是偶然性随机性的活动。他还说诗有辞前意、辞后意,反对立意造句,重辞轻意,唐人多漫然成诗,宋人则多先命意,涉理路,无思致。同时谢榛也反对拘泥于一家一人,以为"学之者不必专一而逼真也,专于陶者失之浅易,专于谢者失之恒饤"。即使他好盛唐诗,也是要"历观十四家","不必塑谪仙而画少陵"。另外,除走笔成诗之外,还有逐句入神的作诗方式,这样的方式则需要"勤以尽力"、"悟而且精"。与其他七子论诗一样,谢榛诗话里也有大量论法文字。如"作诗有'缩银法'","作诗先以一联为主,更思一联配之","作诗有相因之法,出于偶然"……这些诗法无疑可以帮助学古者更好地模仿古作,若作者不能别出新意,抒写己情,难免又走上蹈袭之路。谢榛也意识到模拟太甚,将失去性情之真,但诗话中却未能真正突破复古,提出救弊模拟蹈袭的良方。

②谪仙——指李白。

③少陵——唐诗人杜甫。杜甫常以"杜陵"表示其祖籍郡望,自号少陵野老,世称杜少陵。

④江淹——南朝梁文学家,字文通,济阳考城(今河南兰考)人。历仕宋、齐、梁,官至金紫光禄大夫,封醴陵伯。诗、赋、文兼长,以抒情小赋《恨赋》、《别赋》最为著名。晚年所作诗文不及前期,人称"江郎才尽"。有《江文通集》。

⑤刘琨——西晋诗人,字越石,中山魏昌(今河北无极)人。官至并州刺史,长期与匈奴贵族刘曜、刘聪对抗。后兵败,投奔鲜卑贵族,被杀。代表作《重赠卢谌》及《扶风歌》、《答卢谌》等诗,慷慨悲凉。明人辑有《刘越石集》。

⑥谢灵运——385—433,南朝宋诗人,曾任永嘉(现在浙江省永嘉县)太守,喜欢游览,擅长写山水诗,有《谢康乐集》。

【附录】

草堂细雨茶烟迟,远来客子爱吟诗。一朝变化悟是主,悟到无形偏有为。天设织机夺众巧,扶桑茧缫五色丝。金茎甘露浮清气,半空吸彻了仙味。但爽词人藜藿肠,汉家仙基竟入魏。太白少陵两诗豪,探奇不尽登临费。暗谷顿使魑魅藏,阴崖宁无神明卫。苦心须求格调工,寄兴莫与凡流同。峨眉峰头弄片月,羊肠路口追长风。平顺却难险巇易,含毫垂首沉思中。圣代无媒自萧散,杖挂百钱步可缓。出门游眺欲忘归,天际好山青不断。

谢榛《谢榛全集》卷三《江南李秀才过敝庐因言及
诗法赋此长歌用答来意》 齐鲁书社 2000 年版

黔南词人吾旧识,吟成不下千金璧,调如白雪郢中才,响如倚楼吹铁笛。力如夸娥移二山,神如骤雨走霹雳。势如昆仑周万里,气如战胜开边鄙。老如篯铿三代仙,古如夏鼎出地底。丽如丛桃蒸晓霞,清如片月蘸秋水。奇如侠士慨谈兵,深如沧海没长鲸。高如鸿鹄碧空尽,远如葱岭细烟横。君家流风自孙绰,赋就天台掷地声。忆昔琐闱夜直向,北斗先朝谏草不。复有旌旄过鄣访,衡门应记垂杨夹,巷口磨崖独步太和巅,托彼山灵护悠久。

谢榛《谢榛全集》卷三《诵孙中丞山甫全集赋得长歌寄赠》
齐鲁书社 2000 年版

茂秦既已白卢柟事出狱,则士大夫争愿识之,河朔少年家传说矣,而茂秦亦时时好举其事。又《游燕》诸篇多从历下生更定有名,坐色怦,辄背去。以故前少年心怪之,毋论鲁朱家、郭解不如,则褚鹜之贾人非夫也夫。然茂秦既老,贫不能别治生,稍讳言侠,而其自喜为诗愈甚。余他无所论次,论其诗云。

古之诗称布衣者,即无过襄阳孟浩然、郊也。浩然才不足以半摩诘,特善用短耳。其景色恒傅情而发,故小胜也;其气先志而索,故大不胜也。然偏师而出者,犹轻当于众志而脍炙艺林,至于今诵之不衰。夫郊乃其琐琐者,明兴而后可指数也,世所言孙山人之流,其文辞概一二见焉,此岂诚当于作者哉!荐绅先生雅好饰岩穴、自贵重,响附景逐,而其辞又以近俗得卒然解,袭誉耳目之所及,足矣。谚曰:人貌荣名,岂有既乎!夫谢生,眇而伧父状也,又习见其本末,骤而语之古之人,众且大骇,以为欺我。假令袭古衣冠或浩然辈非古,而与之篇角字批于丛台之下,知必毋以下驷走也。茂秦故有集行于邺,七言古多散缓,可商者又称人间贵人甚著。吾厌之,为去其十七,乃所存则咸讽讽然鸿爽比密,宫商协应,意象衡当者。盖吾尝为之评曰:茂秦诗,长乐卫尉之兵乎?击刁斗,明斥堠,幕府上事车旌秩然也,而已矣,亦可以无败矣。

王世贞《弇州山人四部稿》卷六十四《谢茂秦集序》
明万历五年世经堂刻本

谢山人者,余郡人茂秦也。尝客于赵,赵即建安七子西园倡和地。王嗜文翰,喜通宾客,每以邹、枚、司马之礼礼茂秦,故茂秦诗多存于赵。先是有《游燕集》、《适晋稿》,不闻有全集,有之自观察张公始。观察故蒲州文毅公嗣君,而茂秦则文毅门下士，与观察为文字友。及观察建牙河北，茂秦殁已久矣。一夕，从客以其夙谊，言与王，因出其全集寿诸梓。王曰："诺。"维时余舅氏苏公为史，余往省焉。舅氏欲款余之行，乘间请于王，以醴酒醉余，俾任雠校之役，并属以序。亡何，余促装归，未及竣厥事，而舅氏犹弗余忘也，勒余名于旁，而复标其意于末管。嗟乎！余小子恶足为茂秦玄晏哉。甲辰，余始成进士，司理于宛。戊申，以钱谷复至邺，舅氏不可复起，业数年所。王仍以其集示余，申前约，余敢终以不文辞？窃惟唐失其律而风雅亡，大历以后，浸淫及宋元，四五百年来漫漫长夜矣。明兴，文治丕新，阳光渐复，虽作者递有，而廓落若辰星。迨北地崛起，信阳继作，先后登坛建旗鼓，披除氛雾，驱扫搀抢，而阳谷之光始耀，其犹昧旦乎！自后琅琊称大，济南擅奇，广陵、吴郡、南海、武昌相与狎主词盟，互执牛耳，一时诗赋，津津乎贞观、开元之盛。庶几大明中天，片云无翳矣。茂秦以一介士耶，不佩半通之纶，辄操三寸管舆之结社订盟，刻烛分韵，即元美、于鳞罔弗，奉为畏友，而诸君子类可推也。尝考世庙时，以布衣称雄草莽，惟西秦东商，百二迭霸。然太初操秦声而击缶革，能虎视函关。茂秦歇商右，而一禀商、唐，遂称节制之阿于海内。故世谓六子，得茂秦而比太初，得茂秦而两顾不伟与！然茂秦匪独以诗雄也。彼其身与王公大人游，而抗颜砥节，肮脏不肯少下，所至贵介有倒屣而迎。或出白金为茂秦寿，茂秦遇故识贫乏，悉散给之，未尝自腻。虽以于鳞之契，二千石之尊，稍稍相忤，辄效叔夜绝交，拒之甚峻。元美、明卿诸君子，皆越在千里外，投书呈闻，竟不能得。及读卢次楩《放招赋》，知为烦冤，匹马走京阿，絮泣诸贵人前，谓："公求往往哀湘吊贾，公目睹一卢生冤，不以时白之可乎！"遂出之图圄，起白骨而加之肉。夫贫贱而好行其惠，慷慨而能急人之难，茂秦固不可以朽矣。迄今取其诗而读之，音韵铿锵，若出金石，而又勃勃然有古豪侠气也，盖亦有所本哉。乃若次楩之事，则尤有可异者。次楩以茂秦厚援，得白其冤，而张大司马肖甫，旧令滑邑，雅重其才，亦极力怂恿，十余年成狱，一旦曳解。次楩入见，囚首械足，俨然抗礼。肖甫叹曰："公锒铛桎梏尚未脱体，遽言主宾礼邪！"次楩怒以越石父、晏婴之言为对，谓："知己而无礼，固不如在缧绁中。"肖甫改容，揖就上客位。大都士君子韫藉既闳，方将以千秋之业自命，视百年若旦暮也，视权势之赫奕若飞烟浮雾也，视利害死生一切可骇可怖之变若水之流而电之光也，岂其少自贬抑，俛仰于时。夫以茂秦之行若彼，而次楩之行又若此，较彼婢膝胁肩，赵趄嗫唲，骫骳他诟而取世资者，不可同日语矣。乃世之病诗者，率訾文人无行、文士无用，又称引雕虫小技、壮夫不为。总之皆妫媪语，非通论也。余终不敢信"三百篇"为赘疣，而士之雅志传世者无裨于世，因偶及之。时万历戊申孟夏哉生明,东郡张季彦撰。

谢榛《谢榛全集》卷首张季彦《谢山人诗序》　齐鲁书社 2000 年版

惟我赵国睿主,雅重谢山人诗。命潢,潢时承乏,偕陈右史养才、乡进士张季彦等捡其全稿,重加辑校。日给廪饩笔札。自乙未季夏,历丙申仲夏,杀青事竣。复命潢言於末简。嘻嘻!潢故习山人。山人同东郡也,以邺下故建安才子之地,遂乐而侨居焉。先康主固大雅,馆谷山人甚殷,不啻邺下之曹、刘云。嘉靖庚戌,临漳李给谏东冈公,爱山人才而促人长安,复寓书于先大司马,而山人誉闻,勃勃乎缙绅口吻矣。若潢乡李于鳞、李伯承,吴下王元美诸名公,悉为结社,先大司马时过之。执中原牛耳,迭唱互唫,翩翩壮也。潢昆季以乡土意气,尤多亲洽。比潢就禄赵藩,则山人旧游地也。燕市社谊,悉化为乌有矣。即先大司马辱先康主文字之雅,今且俱成陈迹,每每令人扼腕长叹。尝对人谭燕市事,以为山人化且久,无可问焉。今蒙睿主命,得阅山人诸什,低徊瞩目:读五七言古,兀突崒崒,昔年之豪宕如见也;读五七言律,清澹潇疏,昔年之夷旷如见也;读五七言绝句,铦利晓畅,昔年之捷敏如见也。嗟哉!山人化矣,昔之交也以诗,今读其诗,复神交其人,讵谓幽明隔耶?审是,昔年燕市社中事,阒隔遐渺,直一大昕夕视之,而奚用是扼腕长叹为哉!乃若山人之文行,则有先康主与今睿主之藻翰,暨张方岳、邢观察之二序,与王明府伯固传播扬殆尽,何俟潢言?长史司右长史东郡苏潢。

谢榛《谢榛全集》附录苏潢《谢山人全集跋》　齐鲁书社 2000 年版

李白《塞下曲》、《温泉宫》、《别宋之悌》、《南阳送客》、《度荆门》,孟浩然《岳阳楼》,王维《岐山应教》、《秋宵寓直》、《观猎》,岑参《送李大仆》,王湾《北固山下》,崔颢《潼关》,祖咏《江南旅情》,张均《岳阳晚眺》,俱盛唐绝作。视初唐格调如一,而神韵超玄,气概闳逸,时获过之。

审言"风光新柳报,宴赏落花催",摩诘"兴阑啼鸟换,坐久落花多",皆佳句也。然报与催字极精工,而意尽语中;换与多字觉散缓,而韵在言外。观此可以知初、盛次第矣。

太白"人分千里外,兴在一杯中",达夫"功名万里外,心事一杯中",甚类。然高虽浑厚易到,李则超逸入神。

李才高气逸而调雄,杜体大思精而格浑。超出唐人而不离唐人者,李也;不尽唐调而兼得唐调者,杜也。

三代以前,五言非不创见,而体制未纯;六朝以后,五言非不迭兴,而格调弥下,故两汉诸篇出而古今废也。

初唐七言律缛靡,多谓应制使然,非也,时为之耳。此后若早朝及王、岑、杜诸作,往往言宫掖事,而气象神韵,迥自不同。

王、岑、高、李,世称正鹄,嘉州词胜意,句格壮丽而神韵未扬;情致缠绵而筋骨不逮。王、李二家和平不累气,深厚而不伤格,浓丽而不乏情,几于色相俱空,风雅备极,然制作不多,未足以尽其变。

诗之勋骨,犹木之根干;肌肉,犹枝叶也;色泽神韵,犹花蕊也。勋骨立于中,肌肉荣于外,色泽神韵充溢其间,而后诗之美善备。犹木之根干苍然,枝叶蔚然,花蕊烂然,而后木之生意完。斯义也,盛唐诸子庶几近之。宋人专用意而废词,若枯枿槁梧,虽根干屈盘,而绝无畅茂之象。元人专务华而离实,若落花坠蕊,虽红紫嫣爢,而大都衰谢之风。故观古诗于六代、李唐,而知古之无出汉也;观律体于五季、宋、元,而知律体之无出唐也。

胡应麟《诗薮》(节选)　上海古籍出版社 1979 年版

唐律元和后卑,卑甚矣,韩、柳、元、白振代之才弗能挽颓波,而力溯之古。而贾簿姚监辈实始以清新奇僻阐别派于五言,咸通以降,历世相沿,上自宋初,下迨元末,凡诗家者流。律有唐韵者,率是物也,舍是,则又自为宋元本调,乃初、盛、中三唐自沈、宋、孟、王、韦、柳外,大都高阁束之。明弘正诸先辈出,有事扫除,即李唐中叶,剔去齿牙,晚季奚有?乃余绝长絜短,笃而论之。气骨雄高,声调鸿硕,当特属之初盛诸家。至抒情难言,铸景难状,形神涌出,诵者跃如,则晚唐独造偏长,亦间有足采者,其格姑舍旃,弗论可也。余弱冠谈秋中原,匠心曩哲,至于斯义久畜胸中,严羽卿氏所谓作法于凉,俱籙隗始,己亥北上,卧痾清源禅寺,放弃群典,偶目僧房中,支枕数轴,首尾漶灭,皆晚唐诸人诗,因戏步其遗韵,为五言律三十余章,匪曰亡羊于多岐,抑亦求马于全体云尔。

胡应麟《少室山房集》卷四十一《清源寺中戏效晚唐人五言
近体二十首有序》　明万历四十六年江湛然刻本

胡应麟

胡应麟(1551—1602),字符瑞,又字明瑞,号少室山人,更号石羊生,兰溪人。幼时读古文《尚书》、《周易》、《国风》、《雅》、《颂》、《檀弓》、左氏、庄、列、屈原、两司马、杜甫等诸家言。十五补博士弟子员,后随父渡钱塘,过吴阊,泛扬子,北历齐、鲁、赵、魏、燕之墟。所经之处常吊古即事,发为诗歌。举万历四年乡荐,久不登第,筑室二酉山房于兰溪山中,勤于读书著述,以诗称。购书四万余卷,手自编次。曾携诗谒王世贞,世贞喜而激赏之,藉王世贞而得名,与李维桢、屠隆、魏允中、赵用贤称末五子。《明史》卷二八七将胡应麟传附于王世贞传中。王世贞也曾作《石羊生传》,收于《少室山房类稿》里。

万历年间,兴起于弘治朝风行百年的前后七子复古运动渐趋衰落,其盟主所倡复古之主张而带来的模拟剽窃之病遂为天下所诟病,尤其末流,因才气不如王、李,又空疏不学,只能由复古而变为模拟秦汉进而模拟剽窃王、李,陈陈相因,千篇一律,创作与主张严重脱节。胡应麟虽属末五子,仰承七子余脉,沿袭颓波,但他学问渊通,长于记诵,于心学横流、儒风大坏、文人不复稽古之极,独研索旧文,参校疑义,考据文人生平杂说,成著述多种,捃摭既博,征引极富,《四库全书总目提要》称:"所作芜杂之内,尚具菁华","虽利钝互陈,而可资考证者亦不少,朱彝尊称其不失读书种子,诚公论也"。后人诋诃七子时并斥胡应麟,然其著作虽难免舛讹、抵牾之处,其人实仍在隆万诸家文人之上。另有论诗著作《诗薮》,多称奉王世贞《艺苑卮言》为律令并敷衍而成,实多有发明。《诗薮》系统地评论了历代诗歌的发展,也发表了对诗歌创作的许多重要理论见解。以体格声调、兴象风神论诗,继承并发展了后七子派主张,进一步补充了格调说,成为格调说之集大成者。其提出的"兴象风神"概念,重视诗歌审美意象的神韵之美,革新了前后七子复古思想,与公安派思想和明中后期"神韵说"接近,开始了从格调说向神韵说的转变。

其著作有《少室山房笔丛正集》、《续集》四十六卷,《少室山房类稿》一百二十卷,《少室山房续稿》十五卷,论诗著作《诗薮》二十卷,上海古籍出版社1979年出版《诗薮》单行本。

诗薮①(节选)

初唐七言古以才藻胜,盛唐以风神胜;李、杜以气概胜,而才藻风神称之,加以变化灵异,遂为大家。宋人非无气概,而变化风神,邈不复视睹。固时代之盛衰,亦人事之工拙耶?

四言变而《离骚》,《离骚》变而五言,五言变而七言,七言变而律师,律师变而绝句,诗之体以代变继;"三百篇"降而"骚","骚"降而汉,汉降而魏,魏降而六朝,六朝降而唐,诗之格以代降也。

古诗窘于格调,近体束于声律,惟歌行大小短长,错综阖辟,素无定体,故极能发人才思。李、杜之才,不尽于古诗而尽于歌行。孟襄阳②辈才短,故歌行无复佳者。

宋人学杜得其骨,不得其肉;得其气,不得其韵;得其意,不得其象,至声与色并亡之矣。如无己③《哭司马相公》三首,其瘦劲精深,亦皆得之百炼,而神韵遂无毫厘。他可例见。

世谓三代④无文人,"六经"⑤无文法。吾以为文人无出三代,文法无大"六经"。《彖》⑥、《象》⑦、《大传》⑧,一何幽也;《诰》⑨、《颂》⑩、《典》⑪、《谟》⑫,一何雅也。《春秋》高古简严,《礼》、《乐》⑬宏肆浩博。谓圣人无意于文乎,胡不示人以璞也?夫周之所尚,孔子所修,四教⑭所先,四科⑮所列,何物哉!

齐、梁、陈、隋五言古,唐律诗之未成者;七言古,唐歌行之未成者。王、卢⑯出,而歌行咸中矩度矣;沈、宋⑰出,而近体悉协宫商⑱矣。至高、岑⑲而后有气,王、孟⑳而后有韵,李、杜而后入化。

子建㉑华瞻精工类《左》、《国》㉒,步兵㉓虚无恬澹类《庄》、

《列》㉔,太冲㉕纵横豪逸类子长㉖。

诗五言古、七言律至难外,则五言长律、七言长歌。非博大雄深,横逸浩瀚之才,鲜克办此。盖歌行不难于师匠,而难于赋授;不难于挥洒,而难于蕴藉;不难于气概,而难于神情;不难于音节,而难于步骤;不难于胸腹,而难于首尾。又古风近体,黄初㉗、大历㉘而下,无可着眼。惟歌行则晚唐、宋、元,时亦有之,故径路丛杂尤甚。学者务须寻其本色,即千言巨什,亦不使有一字离去,乃为善耳。

六朝句于唐人,调不同而语相似者:"余霞散成绮,澄江净如练",初唐也;"金波丽鳷鹊,玉绳低建章",盛唐也;"天际识归舟,云中辨江树",中唐也;"鱼戏新荷动,鸟散余花落",晚唐也。俱谢玄晖诗也。

宋之为律者,吾得二人:梅尧臣㉙之五言,淡而浓,平而远;陈去非㉚之七言,浑而丽,壮而和。梅多得右丞㉛意,陈多得工部㉜句。

《诗薮》 上海古籍出版社 1979 年版

【注释】

① 明中叶隆庆、万历之后,针对复古之风所带来的弊病,出现了两种文艺新思潮,一是以李贽和袁宏道为代表的公安派的崛起,一是复古主义思想内部的革新变化,即由提倡格调而逐渐向提倡神韵转化,胡应麟即后一思潮的代表人物之一。胡应麟《诗薮》分内、外、杂、续四编共二十卷,内编六卷分论古、近体诗;外编六卷,历评周、汉、六朝、唐、宋、元各代诗歌;杂编六卷,谈亡佚篇章、载论及三国、五代、南宋、金代诗;续编二卷,论明洪武至嘉靖诗。汪道昆《诗薮序》云:"明瑞出《诗薮》三编凡若干卷,盖将轶《谈艺》,衍《卮言》,廓虚心,采独见,凡诸耄倪妍丑,无不镜诸灵台。其世,则自商、周、汉、魏、六代、三唐以迄于今;其体,则自四言、五言、七言、杂言、乐府、歌行以迄律绝;其人,则自李陵、枚叔、曹、刘、李、杜以迄于元美、献吉、于鳞:发其椟藏,瑕瑜不掩。即晚唐弱宋胜朝之籍吾不欲观,虽在糠秕,不遗余粒。其持衡,如汉三尺;其握算,如周九章;其中肯綮,如庖丁解牛。"

胡应麟尝拜谒王世贞,受王世贞推挹,置末五子之列,论诗仍不出复古派格调说之列,且多依附王世贞。《诗薮》内编卷一对各体诗歌的承递嬗变作了交代,以为"体以代变","格以代降","四言不能不变而五言,古风不能不变而近体,势也,亦时也"。这种诗歌流变观把词、曲等纳入衍变的历史进程中有一定的合理性。但在对各体诗歌源流、盛衰的探索中,胡氏以递降论评价各代诗格,以为诗歌由古至今而呈递降趋势。胡氏以汉魏诗格为尚,并以为"唐之律远不若汉之古",认为汉魏诗格"直抒胸臆"、"浑朴真至"的论述频频在《诗薮》里出现。胡应麟对"浑朴真至"的汉魏古意的推崇与李梦阳"真诗乃在民间"的重视自然的精神是一致的。复古派对模仿汉魏古人体格声调的强调,必然会带来肤廓剽拟的流弊,复古主将们也尽力挽救,李梦阳强调"情",徐祯卿提出"因情立格","由质开文",王世贞提出"才思格调"等,胡应麟则提出"兴象风神"。他说:"作诗大要不过二端,体格声调、兴象风神而已。"因物起兴,兴然后作诗,先言物象,以引起所咏之辞。这样的诗歌便富有兴象,浑然天成。"风神"多被胡氏用来评论盛唐诗歌,"盛唐以风神胜","绝句之构,独主风神"。富于比兴的作品,想象丰富,境界辽阔清空,便具有一种神韵、风韵。可见,胡应麟"风神"的提法与神韵说已比较接近,并从作诗方法上弥补了格调说的缺陷,进一步充实了格调说。

② 孟襄阳——即孟浩然(689—740),唐代诗人,本名浩,字浩然,襄州襄阳(今湖北襄樊)人,世称孟襄阳。

③ 无己——陈师道(1053—1102),北宋诗人,字履常,一字无己,号后山居士,彭城(今江苏徐州)人。

④ 三代——指古代夏、商、周三个朝代。

⑤ 六经——也称"六艺"。指《诗》、《书》、《礼》、《乐》、《易》、《春秋》六部儒家经典。

⑥ 《彖》——《易经》中解释卦义的文字。

⑦ 《象》——《周易》十翼之一,为解释爻象之辞,亦称《易大传》。

⑧ 《大传》——《周易》中解释经(卦辞、爻辞)的传,凡七种,即《彖》、《象》、《文言》、《系辞》、《说卦》、《序卦》和《杂卦》。也称大传。

⑨ 《诰》——《尚书》篇名。帝王任命或封赠的文书。古者上下有诰,秦废古制称制、诏。唐称制不称诰。宋始以诰命庶官,凡追赠大臣、贬谪有罪、赠封其祖父妻室,皆用诰,通谓之制。一品至五品,皆授以诰命,六品至九品,皆授以敕命。

⑩ 《颂》——《诗经》的六义之一。与风、雅、赋、比、兴合称六义。又指《诗经》中三种诗歌类型之一,即收集在《周颂》、《鲁颂》、《商颂》中的祭祀时用的舞曲歌辞。

⑪ 《典》——《尚书》篇名,《尧典》、《舜典》等篇的并称。

⑫《谟》——《尚书》篇名,《大禹谟》、《皋陶谟》等篇的并称。
⑬《礼》、《乐》——《礼记》、《乐记》。
⑭ 四教——孔子以文、行、忠、信为教人的四要目。《论语·述而》:"子以四教:文、行、忠、信。"《旧唐书·杨绾传》:"文、行、忠、信,弘于四教。"
⑮ 四科——指儒家所传授的四门学科:诗、书、礼、乐。《礼记·王制》:"乐正崇四术,立四教,顺先王诗、书、礼、乐以造士。春秋教以礼乐,冬夏教以诗书。"唐王维《京兆尹张公德政碑》:"心在四教,语称七德,目视六籍,口诵九歌。"
⑯ 王、卢——指"初唐四杰"中的王勃、卢照邻。
⑰ 沈、宋——唐诗人沈佺期、宋之问的并称。
⑱ 宫商——本义为五音中的宫音与商音。此借指诗律中的平仄和声韵中的四声。
⑲ 高、岑——唐诗人高适、岑参的并称。
⑳ 王、孟——唐诗人王维、孟浩然的并称。
㉑ 子建——三国魏诗人。字子建,谯县(今安徽亳州)人。曹操子。封陈王,谥思,世称陈思王。
㉒ 左、国——《左传》、《国语》、《战国策》的并称。
㉓ 步兵——阮籍(210—263)。三国魏尉氏人,字嗣宗,阮瑀之子。曾为步兵校尉,世称阮步兵。
㉔ 庄、列——庄子和列子。亦指庄列的学说:《庄子》、《列御寇》。
㉕ 太冲——左思(约250—约305),西晋文学家。字太冲,齐国临淄(今属山东)人。
㉖ 子长——司马迁(前145—?),西汉著名史学家、文学家和思想家。字子长。夏阳(今陕西韩城南)人。
㉗ 黄初——三国魏曹丕(文帝)年号(220—226)。
㉘ 大历——唐代宗(李豫)年号(766—779)。
㉙ 梅尧臣——1002—1060,北宋诗人。字圣俞,宣州宣城(古名宛陵,今属安徽)人。
㉚ 陈去非——陈与义(1090—1138),南宋诗人,字去非,号简斋,洛阳(今属河南)人。
㉛ 右丞——王维(701—761),唐代诗人、画家。字摩诘,祖籍祁(今山西祁县东南),开元中进士,累官至给事中,后官至尚书右丞。
㉜ 工部——杜甫(712—770),唐代著名诗人,祖籍襄阳,生于河南巩县,字

子美,自号少陵野老,世称杜少陵,曾任检校工部员外郎,依其官职,称杜拾遗、杜工部。

【附录】

自仲尼出而六籍传,自六籍湮而诸子作。不佞幼则沈酣四部,博考古今,窃谓子书之变,大概有三,春秋战国文不在经而在子,子不在儒术而在百家;汉晋而下文不在子而在史,子不在百家而在二氏;唐宋而下文不在子而在集,子不在二氏而在诸儒。故夫战国而上之为子者子以文,唐宋而下之为子者子以理。盖文与世污隆,而理弗以代为升降,故也。明兴而子以文著,则刘青田之郁离,崔相台之士翼,以理显,则薛河汾之日录,罗豫章之困知,自余彬彬未易指屈。庆历以还,谈文者盛,纪述谈理者眇,见闻著作既诎焉。

乃今读羲苍先生之为漫语也,庶几乎剂文与理有之矣。先生英质绝人,弱冠颖脱,举乙丑上第,出宰吾兰,治平之绩,为一时最。中扬历清,显车辙所轥,颂声塞途,一旦移疾山中,却扫闭关,盈十余载。既以朝命强起,分部岭南署,面挹罗浮,背枕大庾,烟云万变,吞吐胸中,默照静观,神动天解。凡宇宙之穷际,元会之运行,阴阳之屈伸,以及圣真贤喆之吁谟,皇王帝霸之经略,极而草木昆虫,勾萌蠕动之微琐,鬼神仙释之怪迂,亡弗洞极。其要归而烛鉴,其情状随所得而笔之,书而未尝以示人也。盖先生中岁好道,绝去一切骛名之念,渊通综练不沾沾为博,闳深瑰杰不岳岳为高。故其为漫语也,文不必战国诸子,而有今之人所难及者,理不必赵宋诸子,而有昔之人所难言者。其传而之于后世也,断乎其亡惑也。是书业已为倪司,理强而出诸帐中,属之剖氏矣。郭生时腾复谓余鬈卯时先生所识拔士,亡一言跋诸末简,弗可也,辄因其请,而以鄙说敬质之先生。

胡应麟《少室山房集》卷八十三《羲苍漫语序》
明万历四十六年江湛然刻本

古今人之材,果弗相及乎哉!古之世之称材者,词章问学出于一,而今之世之称材者,词章问学出于二。夫诗而枚曹也,杜李也,古之人有不必文兼也者,乃其诗藻绘蕃葩,故未尝废问学也。自南渡严氏之说兴,而诗自三唐外汰百家矣。文而左马也,扬韩也,古之人有不必诗兼也者,乃其文渊综富硕,故未尝废问学也。自北郡李氏之说兴,而文自两汉外屏百代矣。夫汰百家而一于唐,以为诗似也。顾百家汰而后世之诗卒,无能登枚曹杜李之坛,而夺其帜,屏百代而一于汉,以为文似也。顾百代屏而后世之文卒,亡能驰左马扬韩之全,而角其锋,而徒俾词章问学判为两途,而整整乎!其弗相入,是何古之立言者,为术之工,而今之立言,其为计若是左也。余不敏,结发操觚,辄秉斯谈,以谂诸同志,而二氏之指,举世靡然,即有喙三尺鸣将畴和,盖自丙子之夏,晤琅琊长公而入可知也。乃今于闽而得黄子尧衢若而人者,岂亦所谓旦暮遇之者耶!

尧衢故文献世家,弱冠雕龙,英英汗血,当世所称,贤豪匠哲,靡不控橐,鞬辀鞭弭,逡巡退舍以避前茅,而尧衢雅不以自足益,虚怀励往,追逐古初。诗则祢枚曹、祢杜李,如洛阳少年、汉滨游女,风流格致婉约靡加,望而知其诗唐也,而诗匪足以竟尧衢也。文则享左马、配扬韩,如幽燕老将、河朔名流,气韵襟灵,逸宕自恣,望而知其文汉也,而文匪足以竟尧衢也。乃至搜罗二酉,绀绎五车,大而天地日月之不废不坠,远而元会运世之无始无终,显而皇王帝霸之衰盛废兴,幽而神鬼仙释之推迁变互,微而昆虫卉木之蠕动发生,靡不总统其要归,而是正其庞谬,今勒成黄氏之言,区分畛列,亡虑百卷。

藉非其才轶人,其识旷世,竭乙夜而殚三余,胡以萃体制之全,穷淹贯之实之若是也。盖尧衢所为诗,若文法唐,非不犹严氏,而未始竟焉。若严氏之于唐法汉,非不犹李氏,而未始局焉,若李氏之于汉。故诸所结撰,驰百家、骤百代,即以追曩时名世巨公。吾见其进而未止,厥今所诣,固已起弇州之廊庑,而直闯其堂皇矣。以彼其才,究竟业成,而论定身后,夫孰谓古之人果弗可及而今也?词章问学之并擅者,或是之亡也,尧衢都盛年,负盛气,顾独以三都前导谬属于余,亦越五载,而余未有以应,迺复悉索箧中,浮双鱼东海上,曰:履康生不幸,禀赋孱弱,且方罹幽忧,一旦卒然冒霜露,君虽恨于臣将,若之何?

噫!余之发已种种矣,经国大业不朽盛事,皆尧衢所自有,余何能为尧衢役,尧衢勉矣。格有所必程,法有所必比,辞有所必炼,思有所必抽,入之九渊而毋堕于魔,放之八极而毋荡于幻,举之千仞而毋激于峭,按之万钧而毋滞于粗,博而核之,精而莹之,俾异日为子云氏者。后之视今,亦犹今之视古也。此余所谓古今人材未尝果不相及者也,亦尧衢之所为属序,与余序尧衢意也。

胡应麟《少室山房集》卷八十六《黄尧衢诗文序》
明万历四十六年江湛然刻本

素轩先生诗一卷,古体若干首,五七言律绝若干首,洎诗余若干首。邦相明府既以属不佞校之矣,则复命不佞为之叙。

素轩先生者,邦相尊人,封缮部公也。先生少习举子业,稍不售,辄弃去,筑文室龙沙上,命曰素轩。朝夕卧其中,取古今名能诗家语,恣读之。凡境有所会,情有所钟,遇有所触,以至牢骚、愁怨、燕游、赏适、寄忆、酬赠,一一而鸣之于诗。既邦相成进士,先生沐贶封膺,宠命显重矣。而其好为吟,顾愈益甚。时时出游西山南浦间,分樵青牧子半席,骤而遇之,一翁苍颜野服,跨蹇驴,执鞭策,作推敲状,童子操几杖其后,大类深山穷谷有道者,不知其贵人父也。先生质力材具于诗,故足跻上乘,方极轨,而其大旨要在陶写性灵,标举兴象,以自愉快。不欲以矫峻刻厉自见,故其为诗冲和恬泊,优游雅适,宛然太古康衢角里之遗。即伟词奇句时出间发,而卒归之用意忠厚。其于诗家者流,盖粹乎!根极情性之正,非世称述文人墨客可比迹上下也。

明诗之盛盛于弘正,李何一倡,诸君子从而和之,声调未舒异者,辄议其后。嘉靖中,李于鳞氏出,而献吉复尊,至王长公勃兴江左,遂操百代风雅柄次。公继起齐驱,竞爽一时,周旋中原,肩荷大业者,亡虑数家。而嘉隆之际,几轶唐汉,若邦相,其最著者也。邦相雅善两王先生,顾以其余谬推毂不佞。不佞既素习邦相,而于其来令吾邑也,益相与提挈,为不朽计,恒意其文辞得于天挺独诣,乃今而得之素轩先生。

夫江出岷岭,其始滥觞;河流之发昆仑,涉者可褰裳渡,及其排砥柱,绝吕梁,汇为洞庭彭蠡云梦之泽,浩瀁濒洞,滔滔日夜以赴之乎!尾闾之壑,而后江河之大,观斯极乃以穷其源,则谓非出岷岭昆仑不可。故夫读诗者,读素轩先生,而邦相概可见矣。先生于词尤工,是岁,以邦相迎养来兰,不佞获以通家子谒庭下,不阅月,辄促驾,曰:吾以返初服也,讵以吾一人故,且夕旷子百里任,吾得归卧故素轩中足矣。既抵家,则以一奚囊贮诗若词,谓邦相:善为而翁论次,付之梓,庶几俟他日扬子云者,毋令而翁今世藉而爵位重,而后世复藉而文辞以重也。盖先生所为自期待者如此。

胡应麟《少室山房集》卷八十一《素轩吟稿序》
明万历四十六年江湛然刻本

鹿城雁荡之区,奇秀甲天下。故生长其间者,率清远夷旷,爵然埃壒之表。至发为诗歌,亦往往与其人类,盖山川之助云?余所知者,布衣康裕卿。裕卿以诗名家,隆万间,余与交最久且善。裕卿下世,余亦谢病溪上,杜门高枕,不复通一客。壬午之岁,忽有投刺称永嘉林山人者,余倒屣揖进与语,睹其状,翩翩野鹤然,居数日,辄别去。是岁,山人再过溪上,手一编谒余。余亟取读之,则山人近游武夷泊关中诸作也。山人于诗偏好王维、孟浩然,故不为刻酷雄深莽宕语,而兴象萧疏,神情玄畅,如藉茂草荫,长松临水。登山嗒然竟日,每一诵之,辄使人有轻世遗累蜉蝣方外意,即亡论其格,极其才,穷其致,摩诘、襄阳门户无难入也。谈者以为山人家雁宕,而客武夷,奄有二方之胜,宜所为诗,宛类其人若此。

今秋,山人益谋泛舟下钱塘,并四明,遍走吴闽白下,赞其诗以谒海内作者,因固请一言,为临歧之赠。余辞弗获,则进山人谓曰:"子游方之外者也,吾何以赠子?虽然,子今橐中装,亦仅一武夷耳。夫会稽秦望、天目之山、大禹之穴、洞庭七十有二之峰、金陵石城,龙盘虎踞之气,浸以具区,汇以长江,控以大海,其胜不知视武夷何如?其巨丽瑰玮,什伯武夷不啻,然皆余囊昔杖履间物也。今于子之行,尽辍以赠子,异时再过溪上,手一编以示我,更有进于是者,庶子之游为不负,而吾之赠为不虚哉!"山人曰:"诺,敬奉胡先生之教以行。"

胡应麟《少室山房集》卷八十一《方外吟序》 明万历四十六年江湛然刻本

应麟海滨之下走也,倥侗颛蒙于人间。世百无一解,独自燥发以还,即知慕好古文词。每揽观典坟丘索,虞夏商周而上,倚相之所诵,读尼父之所删修,浑浑噩噩,蔑以尚已。至先秦、盛汉、黄初、开元诸大家遗言,若孟、庄、若屈、宋,若左丘、两司马、陈思、李、杜十数公,辄废书太息曰:"伟哉!六经而后,文不在兹乎?"俾今之世也,而有十数公,其人终吾身执鞭其侧,何憾哉!弱冠从家大人宦游长安,业闻执事以文词起海上,靡然群一代而奔走之,中山之毫横骛于千秋,雒阳之楮腾踊于四境,鸡林之金络绎于上国,昆丘之璧飞照于大荒,承云之乐高张于洞庭,春雪之音绝和于郢里。而且天函地苞,河茹海纳,士无贱而弗下,才无下而弗怜。即崇伯子据馈什起,姬文公沐发三握,武乡侯集思广益,昌黎氏济溺振顽,弗云过也。于时应麟方龀发盛强,沾沾自喜,天幸一当,大君子于吾世庶几者,其以臭味之末卵翼青云乎?乃执事甫以克壮之猷,为圣朝所响注,建高牙、拥大纛,镇抚一方,纤朱拖墨之吏,辟易前旄,韦布贱儒欲以长揖,为大将军重而无其自。顷者,伏闻执事拂衣东归,逍遥海上,既切愤叔孙、桓魋、臧仓、郄虑、皇甫鏄、魏泰、李定、杨畏之属,无世无之。又窃沾沾自喜执事之谢人言也,天将以为木铎乎?悬慧曰以遍照群,迷澍法雨,以普施来学,大千微尘,悉属弘济。岂其余小子而独靳焉?则复以严君匍匐于炎徼,慈母委顿于高堂。窜身药物,削足庭户,侧身东望,奋飞莫能。嗟嗟,执事语不云乎?百世一贤,接踵而兴,千里一士,比肩而立今者,不肖之于执事,嘉隆相迹,匪有古初挽近之殊也。吴越为邻,匪有关塞胡秦之隔也,道术同方,声气傅合,匪有儒墨杨秉之辨,熏莸泾渭之差也。然而怀中之刺,漶灭澌尽,迄今念载而竟弗获,贽姓名达,謦欬于龙门之下,河清难俟,人寿几何?彼访道崆峒,问途大隗,立雪少林,传衣岭表,独何人斯哉!若高文巨册,奉以周旋,藉之卧起,则受执事之教,世固未有如不佞之最深者。

尝试论之,古今制作同委异流,体既旁分,帜亦各树,故或娴于辞令,而声音之妙未谙；或邃彼风谣，而著述之功罕奏；或兼资谟雅，而学问之阃罔窥；或综洽简编，而占缀之能弥劣。历参载籍，专门匠哲，代不乏贤，惟是总挈之才胡寥寥希觏也。明兴，庆阳李氏崛起八代之衰，希踪三古之上，经秦纬汉，亘谓不赏之鸿勋，无前之杰思，而运属蓁芜骄骊，草创议之则滞焉，弗镕采蓄之程隘焉。弗广两都而外，诵法麏征六季以还，见闻旋废，以致缘情者病其剽敓，多识者陋其拘挛。嗟嗟，执事岂大统之集天意，固有待于今日耶？乡者遍窥四部，全草浩瀚洸洋，莫知底止，错综神化，无所成名。左逸诸篇，则鲁史雍容之度也；短长诸策，则横人倜傥之风也；记传碑志，则太史孟坚之雄也；赋颂箴铭，则中郎文考之蔚也；序论之闳深奥衍，则韩苏四子竞出其长；书牍之俊逸诙奇，则晋宋九朝互标其胜。而四言斟酌，风雅杂些，驰骤离骚，乐府比节，三曹郊祀，联镳二京，古风枚蔡，雁行歌行，李杜返轨，近体拾遗之造极，绝句龙标之轶尘。自昔名流，有从事弱龄望洋白首者，执事率谈笑道之间，用其一，以与孟、庄、屈、宋十数公，方驾长驱，曾未既其畴捷，而况乎总统百家，镕铸万品，条理始终，一以贯之，而各臻其极哉！且也，卮言笔记，宛委诸编，巨而须弥，细而芥子，玄言奥旨，迥猎穷搜，瓛说稗官，旁引曲畅，粤若丘明、太史、曹、杜诸君，咸以文词取称，博极未闻，有兼攻尔雅，别擅凡将与？东方中垒，角异拔新，茂先广微，拈深竞僻，如执事所撰述夐乎？毫发无遗憾者也，然则奚论明兴即穹古以来，六经而降，文章大统，匪执事集之而谁耶？猗与执事，是岂人力，实曰天授，令后世言，材越汉唐，而推明代断可识矣。今宇内词人，骈首北面，视献吉成弘之际，倍屣什百，孰使然哉？不佞跧伏穷乡，微吟土窟，虽瓮天蠡海，无异醃鸡，实于词坛，鲜所降伏，惟一当执事，则心醉神驰，魂悸精夺，犹李邢国见唐文皇，英雄气概都尽。然又不屑为延陀之倔强，扶余之攘据，敢徼惠次公世及之雅驰，献五言十章、七言百韵，皈正大方，伏愿因缘钝根，广说妙法，屈金色臂，指授菩提，不佞幸甚，天下幸甚，千百世幸甚。

胡应麟《少室山房集》卷一一〇《与王长公第一书》
明万历四十六年江湛然刻本

此张孟孺《两都游草》也。先是，尊人佐虞以诗名鹊起，介青司寇王公盖尝上客客之，而沦踬中道，余每读《伐檀》诸集，辄恨与若人并世，而不获把臂于东西双弇间。比入都，晤俞羡长，亟称佐虞伯子孟孺，其材诣亡谢乃翁，余私衷愈益向往焉。顾一水盈盈，即奇伟菰芦，亡从物色。是秋，始遘伯子湖上，未及问姓名，别去。去明日而羡长以八行来，谓乍所邂逅，即孟孺其人，今且持所业谒门下矣。余倒屣出，迓视，其状孤云野鹤翩翩然，亟拂席命坐，坐定命酒，酒至命酌,微醺抵掌,扬扢古今,语语埃壒之表。余倾耳侧听,不自知膝之前于席,而席之前于宾也。已,孟孺袖中出一编长跽进余,曰:"惟先君子之臭味门下也,敢介俞君而以蝇附请。"余展卷疾读之,韵高而旷,思沉而澹,调逸而新,如片石孤峰,清池皓月,兴象泠泠,标揭人外,即骤见似坦易无奇也者,而微词隽致,引之弥长,而绎之弥远,达其材竟。其诣亡论跨灶,异时以较孙仲谋氏之于破虏坚,庸讵难于步伐也?

嗟乎!诗自"三百"下,迨弘嘉汉唐以还,于斯为盛。顷者仪璘匿景,磷爝当空,裒诡尖纤之态,沁人心目。孟孺方考业,兹时而亭亭独上,一举而尽前之非,诚所谓颖脱于尘垒,而轩举于阛阓者哉!忆琅琊次公疏世说,谓玄晏文匪三都亡传理,余绝叹为名通,兹孟孺两都,虽寸胬片戴,居然有振衣千仞意,而余言谬以糠核,抗颜前导,而弗辞者,知孟孺之必传于是编,而不佞且并传于孟孺也。

胡应麟《少室山房集》卷八十一《两都游草序》
明万历四十六年江湛然刻本

夫诗难言哉!摽拔艺苑,掩罩人群。盖搦管者率多雄心,然定精而索之,必有所不探,毕力而趋,必有所不至。览观古今,学士大夫之作,事胜则伤致,情胜则伤裁,理胜则伤韵,气胜则伤格,浮艳则伤骨,紧迫则伤神,是诗家之魔事也。世有小才猎得一体,辄自斐然,骤之鼓吹而徐之音死,揽之誉华而味之嚼蜡,黳岂不力,天则刑之。夫夜郎王恶知汉大哉?

余友胡元瑞束发治诗,骎骎高步,阔视比于蒲,稍蹑浮云而上,其气盛,其才丰也,十九首如洞庭云门,千秋寥寥,用其语则袭,不用其语则远,作者为短气罢尔。元瑞独奋而嗣响,不袭不远,庶几古人典刑,曹氏父子以下,取法而裁,匠心而运,诣妙境矣。而尤长于五七言近体,无音不亮,无思不沉,无体不厚,无骨不劲,无韵不飘,无法不比,其雄大而峭,峨眉剑阁之秀;其纵横而整,混阳巨鹿之师。人曰:于麟不死,固诚知言。然其离合变化,则不尽出于于麟也。弇州兄弟泛爱兼容,为世溟渤,一至此道,便持不下,而独盛推元瑞,海鱼龙鲊,非司空畴赏哉!

余与元瑞同举于乡,兄弟之义甚好,知元瑞诗自两王公外,宜无如余者,虽令元瑞自言之,大都若此矣。盖自余为吏,与元瑞不相闻者六年,癸未握手都门,数从海内诸名士游,余两人遂盖骊,元瑞谓余曰:"子修辞海上,士争执牛耳而盟子。家藏灵蛇,人厌鼎胬,独胡生眇,不闻謦欬之声久矣。子且悬书以诧海内,海内冠带同盟之士载书登藉,累累如云,而独寂然于金华牧羊儿。余则不遭,亦子他日千秋之恨也。家有山房敝帚,徼享千金,子盍图之?"余曰:"子诗业乞言两琅琊,其为千金大矣,余奈何复为冲风之末乎?"乃元瑞请不已,而余之车马复有行色,于是勉尔抽豪,面目沙土,口吻烟霞。余则愧之,顾余两人之好与余之知元瑞诗若此其深也,非是言,则天下不得闻,余恶能已哉?

屠隆《白榆集》文集卷二《少室山房稿序》　明万历二十八年刻本

徐师曾

徐师曾(1510—1573?),字伯鲁,号鲁庵,吴江人。嘉靖三十二年举进士,选庶吉士,官至吏科给事中。严嵩用事,世宗杀戮谏臣,言官缄口,师曾遂五疏乞休,屡诏不起,潜心著述,年六十四卒。

王世贞曾评曰:"公生而亡他嗜,顾独嗜书,于书嗜六经、子、史,而尤邃于《易》及三礼,诸圣贤精神心术之微,公皆为能探隐破的,而后笔之于书。"(王世贞《徐鲁庵先生湖上集序》)王世懋也称:"(公)自《易》外旁逮诸经,下至洪范、皇极、数法、阴阳、历律、医卜、籀篆、诸家之言皆能通,其说亡论经生,即世称巨儒弗过矣。"(《徐鲁庵先生墓表》)徐师曾编有《文体明辨》,大抵取同郡吴讷《文章辨体》损益而成,但却贯穿了前后七子复古主义的辨体思想,尤其罗举之广,辨类之细,成为明后期文体学上具有代表性的著述。然《四库全书总目提要》对《文体明辨》也有批评,以为其:"莫不忽分忽合,忽彼忽此,或标类于题前,或标类于题下,千条万绪,无复体例可求,所谓治丝而棼者欤。"

徐师曾著述甚富,有《周易演义》、《礼记集注》、《正蒙章句》、《世统纪年》、《湖上集》等,人民文学出版社于1962年出版罗根泽校点的《文体明辨序说》。

文体明辨序①

《文体明辨》六十一卷,《纲领》一卷,《目录》一卷,《附录》十四卷,《目录》二卷,通八十四卷。撰述始嘉靖②三十三年甲寅春,迄隆庆③四年庚午秋,凡十有七年而后成其书。大抵以同郡常熟吴文恪公讷④所纂《文章辨体》⑤为主而损益之。《辨体》为类五十,今《明辨》百有十;《辨体外集》为类五,今《明辨附录》二十有六;进《律赋》、《律诗》为《正编》⑥,赋以类从,诗以近正也。辑既成,缮写贮藏,以俟正于君子,乃原撰述之故而序之曰:

夫文章之有体裁,犹宫室之有制度,器皿之有法式也。为堂必敞,为室必奥,为台必四方而高,为楼必陕而修曲,为筥必圆,为筐必方,为簠必外方而内圆,为簋必外圆而内方,夫固各有当也。苟舍制度法式而率意为之,其不见笑于识者鲜矣,况文章乎?

夫文章之体,起于《诗》、《书》。《诗》三百十一篇,其经纬各三⑦;《书》体六,今存者三⑧。厥后颜氏⑨推论,凡文各本《五经》,良有见也。

或谓文本无体,亦无正变古今之异,而援周孔以为证。殊不知《无逸》、《周官》⑩,训⑪也,不可混于诰⑫;《多士》、《多方》⑬,诰也,不可同于训:此文之体也。其文或平正而易解,或佶屈而难读;平正者经史官之润色,佶屈者记矢口之本文:乃文之辞,非文之体也。"十翼"⑭皆孔子手笔,《序卦》⑮虽云夹杂,要亦圣人之精蕴存焉:此释经之体,非属文之体也。其答齐景公问政止于二语,答鲁哀则七百五十余言⑯:此随宜应对之辞,而门人记之,非若后世文人秉笔缔思而作者也。至如以叙事为议论者,乃议论之变;以议论为叙事者,乃叙事之变。谓无正变不可也。又如诏⑰、诰⑱、表、笺⑲诸类,古以散文,深纯温厚;今以俪语,秾鲜稳顺,谓无古今不可也。盖自秦汉而下,文愈盛;文愈盛,故类愈增;类愈增,故体愈众,故辩当愈严:此吴公《辨体》所欲作也。

曾成童时即好古文,及叨馆选⑳,以文字为职业,私心甚喜,然未有进也。幸承师授,指示真诠,谓文章必先体裁,而后可论工拙;苟失其体,吾何以观? 亟称前书,尊为准则。曾退而玩索焉。久之,而知属体之要领在是也。第其书品类多阙,取舍失衷,或合两类为一,或混正变而未分,于愚意未有当也。窃不自量,方更编摩,而以庸劣绌居琐垣;然退食之余,至不沮丧,盖忘其非吾职也。已而谢病家居,积累成袠,更以今名,聊毕前志。虽于先王述作之意,不无异同;然明义理,抒性情,达意欲,应世用,上赞文治,中翼经传,下综艺林,要其大旨故无戾也。初拟上进,故注中先儒并称姓名,后虽莫遂,不及修改,览者勿以罪予则幸矣。

是编所录,唯假文以辨体,非立体而选文,故所取容有未尽者。亦有题异体同,而文不工者。复有别为一格,如六朝、唐初文,陆宣公㉑奏议,今并弗录,博雅君子,当自求之。

至于附录。则闾巷家人之事,俳优方外之语,本吾儒所不道,然知而不作,乃有辞于世,若乃内不能办,而外为大言以欺人,则儒者之耻也,故亦录而附焉。

万历改元岁在癸酉三月朔旦,吴江徐师曾序。

《文体明辨序说》卷首　人民文学出版社1998年版

【注释】

① 明中后期,前后七子派复古运动风靡,复古派力追汉魏高格,提倡格调说,言格调必落实于诗法,言诗法必言及诗体。徐师曾生活时代与后七子同时,必然受此影响。《文体明辨》便是一本文体学文论的著作,以辨明体制为宗旨。

明初,先是吴讷提出"文辞以体制为先",之后李东阳作诗话称"予辈留心体制",再是李梦阳称"追古者,未有不先其体者也",徐祯卿称"诗贵先合度而后工拙"。其书《序说》开宗明义:"夫文章之有体裁,犹宫室之有制度,器皿之有法式也。"可看做是对其以前文体思想的一种承续,并将之做了专门化的强调。该书纲领一卷,诗文六十一卷,目录六卷,附录十四卷,附录目录二卷。取明初吴讷《文章辨体》而损益之。《文章辨体》分内外编,内编仅分五十四体,外编仅分五体,实已将前代文体基本囊括。但徐师曾《文体明辨》又增益之,正集之目为一百零一体,附录之目为二十六体,各体前有小序,陈述其源流体用,所增文体有新例,也有细分之例。如表细分为"上书"、"章"、"表"、"笺"。而其所录诗文,则是"唯假文以辨体,非立体而选文,故所取容有未尽者,亦有题异体同而文不工者"。与一般选本"立体选文"不同,该书主要以辨体为目的,非工而有文体价值的作品亦在所选之例。从其所选之作也可看出其受复古派影响的痕迹,尊古卑今,是唐非宋,"诗,取《文选》门类稍增之,所录止于晚唐,宋以后无一字;次诏诰诸文;次为书表,诸表则古体之外添唐体宋体"。其批评观点论诗主七子派,论文主唐宋派。较吴讷选诗将近体置于外编不同,徐师曾不仅将律赋、律诗、排律、绝句置于内编,还新增了"和韵诗"、"集句"、"国书"等诗文体裁,但同时这些世俗化、实用化的诗体都得以列为正体,而宋金元以来的词、曲、民歌则不得列于正体,体现出徐师曾鲜明的古今雅俗观念。

② 嘉靖——明世宗年号(1522—1566)。

③ 隆庆——明穆宗年号(1567—1572)。

④ 吴讷——1372—1457,字敏德,号思庵,常熟人。永乐中以知医荐至京,累官南京左副都御史。天顺八年卒,年八十六,谥号文恪。有《删补棠阴比事》、《祥刑要览》、《文章辨体》、《思庵文粹》。

⑤ 《文章辨体》——据《四库全书总目提要》,为明吴讷编。采辑前代至明初诗文,分体编录,各为之说。内集凡四十九体,大体以真德秀《文章正宗》为蓝本。外集凡五体,则皆骈偶之词也。程敏政作《明文衡》,特录其叙录诸体,盖意颇重之。然《四库全书总目提要》对该书评价颇低:"今观所论,大抵剽掇旧文,罕能考核源委,即文体亦未能甚辨","直本末倒置,其余去取,亦漫无别裁,不过取盈卷帙耳,不足尚也。"

⑥ 大抵以句——《四库全书总目提要》称:"讷书内编仅分体五十四,外编仅分体五。前代文格,约略已备。师曾欲以繁复胜之,乃广正集之母为一百有一,广附录之目为二十有六"。

⑦ 《诗》三百句——《御纂朱子全书》卷三十五:"或问诗六义注三经三纬之说,曰三经是赋比兴,是做诗底骨子,无诗不有才,无则不成诗,盖不是赋,便是比,不是比,便是兴。如风雅颂却是里面横串底,都有赋比兴,故谓之三纬。"

⑧ 《书》体六句——尚书文体有典、谟、训、诰、誓、命六种。《尚书注疏·尚书序》:"孔子生于周末,睹史籍之烦文,惧览之者不一,遂乃定《礼》、《乐》……讨论坟、典,断自唐虞以下,迄于周,芟夷烦乱,剪截浮辞,举其宏纲,撮其机要,足以垂世立教,典谟训诰誓命之文,凡百篇音义。"

⑨ 颜氏——颜之推(公元531—?),字介,北齐文学家,琅邪临沂(今属山东)人,有《颜氏家训》。《颜氏家训·文章篇》:"夫文章者,原出五经,诏命策檄生于书者也;序述论议生于易者也;歌咏赋颂生于诗者也;祭祀哀诔生于礼者也;书奏箴铭生于春秋者也。"

⑩ 《无逸》、《周官》——《尚书》篇名。

⑪ 训——教导之辞。汉孔安国《尚书序》:"典、谟、训、诰、誓、命之文凡百篇。"

⑫ 诰——诏书或告诫之文。

⑬ 《多士》、《多方》——《尚书》篇名。

⑭ 十翼——旧时把《易》的《上象》、《下象》、《上象》、《下象》、《上系》、《下

系》《文言》《说卦》《序卦》《杂卦》称为十翼。传说是孔子赞《易》所写。《易干凿度》:"仲尼五十究《易》,作十翼。"

⑮《序卦》——《易》篇名。

⑯ 其答齐景句——春秋齐庄公弟,名杵臼。鲁哀——春秋鲁定公子,名蒋。齐景公问政于孔子见于《论语·颜渊》篇:"齐景公问政于孔子,孔子对曰:'君君,臣臣,父父,子子。'公曰:'善哉!信如君不君,臣不臣,父不父,子不子,虽有粟,吾得而食诸?'"哀公问孔子见于《礼记·哀公问》:"哀公问于孔子曰:'大礼何如君子之言?礼何其尊也?'孔子曰:'丘也小人,不足以知礼。'君曰:'否,吾子言之也。'……孔子对曰:'君之及此言也,是臣之福也。'"

⑰ 诏——诏书,古时上级给下级的命令文告。

⑱ 表——汉制,下言于上,分章、奏、表、驳议四种。表多用于陈述衷情,后来应用渐广,有贺表、谢表等。

⑲ 笺——文体。对上级或尊长者的书札。

⑳ 馆选——谓被选任馆职。馆职,唐宋时凡在史馆、昭文馆、集贤馆等处供职,自直馆至校勘,都称馆职,明清沿用。此处具体指选入翰林为庶吉士。

㉑ 陆宣公——陆贽(754—805),嘉兴人,字敬舆,谥号宣,唐代大历进士,官至中书待郎、门下同平章事。

【附录】

一、文辞以体制为先。古文类集今行世者,惟梁昭明《文选》六十卷、姚铉《唐文粹》一百卷、东莱《宋文鉴》之作;《文选》编次无序,如第一卷古赋以《两都》为首,而《离骚》反置于后,甚至扬雄《美新》、曹操《九锡文》亦皆收载,不足为法。独《文章正宗》义例精密,其类目有四:曰辞命,曰议论,曰叙事,曰诗赋。古今文辞,固无出此四类之外者。然每类之中,众体并出,欲识体而卒难考。故今所编,始于古歌谣辞,终于祭文,每类自为一类,各以时世为先后,共为五十卷。仍宋先儒成说,足以鄙意,著为序题,录于每类之首,庶几少见制作之意云。

一、作文以观世教为主。上虞刘氏有云:"《诗》三百篇,有没有刺,圣人固已垂戒于前矣。后人纂辑,当本《二南》《雅》《颂》为则。"今依其言。凡文辞必择辞理兼备、切于世用者取之;其有可为发戒而辞未精,或辞甚工而理未莹,然无害于世教者,间亦收入;至若悖理伤教、及涉淫放怪癖者,虽工弗录。

一、命辞固以明理为本,然自濂洛关闽诸子阐明理学之后,凡性命道德之言,虽孔门弟子所未闻者,后生学子,皆得颂习;若不顾文辞题意,概以场屋经训性理之说,施诸诗赋及赠送杂作之中,是岂谓之善学也哉?故西山真氏前后《文章正宗》,凡《太极图说》及《易传序》、《东西铭》、《击壤诗》等作,皆不复录。今亦尊其意云。

一、古人文辞,多有辞意重复或方言难晓。晦翁《纲目》及迂斋、叠山古文,若贾生《政事书》之类,皆节取要语。今亦从之。

一、历代制册诏诰,盖皆五言。《文选》、《文章正宗》止书时代而已。至《文鉴》、《文类》始列代言名氏。今依前例,悉皆不书。若夫天朝诏诰,岂敢与臣庶文辞同录,今亦弗载。

一、洪武之初,作者辈出,区区孤陋,弗能博访尽载。考之《文章正宗》,凡同时及年近诸大老之作,皆不敢录,以避去取之嫌。今循其例,以俟后之君子。

一、卷中文辞,凡古帝王所作,则称谥号;余则称字称号。若于表奏之下及不知其字者,则复称名,非敢有所优劣也。

一、四六为古文之变;律赋为古赋之变;律诗杂体为古诗之变;词曲为古乐府之变。西山《文章正宗》,凡变体文辞,皆不收录;东莱《文鉴》,则并载焉,今尊其意。复辑四六对偶及律诗、歌曲共五卷,名曰《外集》,附于五十卷之后,以备众体,且以著文辞世变云。

吴讷《文章辨体序说》卷首《文章辨体凡例》 人民文学出版社1998年版

天地之精英之气赋于人,而人钟是气也,养之全,充之盛,至于彪炳宏肆而不可遏,往往因感而发,以宣造化之机,述人情物理之宜,达礼乐刑政之具,而文章兴焉。

三代以下,名能文章者众矣。其有补于世教可与天地同悠久者,代不数人,人不数篇,可不精择而慎传之与!今传于世,若梁昭明《文选》、《唐文萃》、《宋文鉴》,固已号为掇其英、拔其粹矣。然《文萃》、《文鉴》,止录一代之作;《文选》虽兼备历代,而去取欠精,识者犹有憾焉。至宋西山真先生集为《文章正宗》,其目凡四:曰辞命,曰议论,曰叙事,曰诗赋。天下之文,诚无出此四者,可谓备且精矣;然众体互出,学者卒难考见,岂非精之中犹有未精者耶?

海虞吴先生有见于此,谓文辞宜以体制为先。因录古今之文入正体者,始于古歌谣辞,终于祭文,厘为五十卷;其有变体若四六、律诗、词曲者,别为《外集》五卷附其后;名曰《文章辨体》。辨体云者,每体自为一类,每类各著序题,原制作之意而辨析精确,一本于先儒成说,使数千载文体之正变高下,一览可以具见,是盖有以备《正宗》之所未备而益加精焉者也。非先生学之博、识之正、用心之勤且密,宁有是哉?先生之孙淳为监察御史,尝携是编至京。今都宪万安刘公显孜,昔与淳同官,获一见焉,而爱好之不忘。至是奉命巡抚南畿,访求于先生仲子铨、曾孙木得之，亲为校正讹谬，将刻诸梓，以广其传。于是邑人之尚义者，争捐赀为助，而刻板遂成。刑部员外昶，于先生为邑后进，乐闻其书得传，属予为之序。

嗟呼！文章，天下公器也。自昔志勤于集录者，孰不欲名当时而传后世？然有不幸或湮没焉者，殆未遇知而好之者公其传于众也。今先生是编，家藏之久，乃得都宪刘公笃好而表章之，岂非幸与！抑非独先生之幸，实学者之幸也。继自今，学者得而诵之，具见诸家之体而力追古作，于以黼黻皇猷，恢弘治理，使斯文超两汉而追三代之盛，端自此始，岂不尤为世道幸哉？然则先生是编，虽幸赖公以传，而公之名亦将与先生并传于无穷也。

先生名讷，字敏德。学行淳正，可方古人。著书续文，老而不倦。官终副都御史。所著有《小学集解》、《性理补注》、《晦庵文钞诗钞》、《草庐文萃》、《祥刑要览》，与此并行于世云。

天顺八年求，九月既望，赐进士及第、嘉议大夫、吏部右侍郎兼翰林院学士、知制诰、同知经筵事、国史总裁，安成彭时序。

吴讷《文章辨体序说》卷首彭时《文章辨体序》
人民文学出版社 1998 年版

夫文以道其心之所欲言，曷为而有体也？文之有体，夫即乐之有伦乎？乐之为音，起于蒉桴土鼓，成于大章云门，而疏于流商刻羽。究其指极，则曰无相夺伦。声者不得振，振者不得声，何其犂然辨耶？

今夫道以丽事，言以因时，载在往籍，如画卦叙畴亡论已。自朝廷矢谟间巷托咏与？夫勒之彝鼎，陈之讽谕，以极于儒生墨卿之所属词，而引类为赋、为序、为赞、为书，诸不可枚举。总之，则出乎至情而发之当物，皆文也。刘勰氏曰：表章序记则羽仪乎典，雅赞颂歌诗则楷式于清丽。岂所谓体固然耶？古之作者言人殊，然选义按部，考辞就班，大都各率其体。是乐之声者，声振者振晳乎？不可紊凿乎？不可废也。晚近世操觚濡藻之士，非不群然踵接，顾师心自用，斤斤不喜剿说，而摛埴冥行，去先王仁义礼乐之道，且诡而远，非夫文辞多变，不识其体乎？奈何鼓宫以角应，叩角以宫应也，鲜不悖矣。

嗟嗟，文胡可以无体，抑胡可以弗辨也？海虞吴公讷慨文体之不端，后学者靡所考镜，乃取古今之文编为一书。上下数千载，其人无虑数百家，凡古歌赋以及铭檄为类数十余种，厘正体为五十卷，而附以变体五卷，彼其无关世教者并置不录，名曰《文章辨体》。扬扢微深，劈析疑豫，发令囊之蕴，校华质之规，良以观象乎古人，而贻则于来叶也。往有刻本，其传不广，兹重为缮梓，以公惠于人人。

刊既成，予览其书而序之曰：射御直艺耳，非得其道不精。予观善其事者，省释于括度，先后于驰驱，若饮食被服，然终其身而不厌，而卫鞘之工苦，弓矢之端衺，不劳揣逆而知此，其法也。至其总骖骓，而中侯鹄随所试而无不当，则得之于心，而应之于手，非法也，道也，惟精者自得之耳。故曰：齐扁之斫轮也，进乎道矣。是书所具故法耳。学者由其法而精之参伍，夫历代之变而仰溯乎？先王仁义礼乐之训，其于道殆几矣。

《明文海》卷二一五余孟麟《文章辨体序》　中华书局1987年版

盖古所称经国大业、不朽盛事也者，其推文章乎？故机设于龟马，基造于《坟索》，此语文章之始也。而未及其体。今夫治室者，庙与寝异，寝与堂异，而庙寝堂之中，桷与榱异，节与棁异，彼各有体焉。梓人固不得匠意以运也，而矧夫所称经国大业、不朽盛事也者乎？

吾姑置庖牺以前弗论，论章章较著者，则莫如《诗》、《书》，乃骚赋乐府古歌行近体之类，则源于《诗》，诏檄笺疏状之类，则源于《书》。源于《诗》者，不得类《书》。源于《书》者，不得类《诗》。此犹庙之异寝，寝之异堂，其体相离，尚易辨也。至于骚赋不得类乐府，歌行不得类近体，诏不得类檄，笺不得类疏，状不得类志，此犹桷之异榱，棁之异节也。其体相离亦相近，不可不辨也。至若诸体之中，尊卑殊分，禧浸殊情，朝野殊态，遐迩殊用，疏类烦简异宜，此犹桷榱节棁之因时修短狭广也，其体最相近，最易失真，不可不辨也。故夫不深惟其体，而以臆为之，则《渔父》、《卜居》之精远，《阿房》、《赤壁》之雄奇，见为失骚赋体，落霞孤鹜之篇，见为伤俳，黄鹤白云之句，见为似古，而况夫他之朴檄者乎！今天下人握夜光，家抱连城，类惮于结撰，传景辄鸣，日凿一堂，猥云独喻千古，全舍津筏，猥云凭陵百代，而古人体裁，一切弁髦，而不知破规非圆，削矩非方，即令沉思出寰宇之外，酝酿在象数之先，终属师心，愈远本色矣。则吴公《文章辨体》之刻也。乌可以已哉！抑不佞闻之，朝艾营新丰，至鸡犬各识其家，而终非真新丰也；优人效孙叔敖，抵掌惊楚王，而终非真叔敖也。岂非抱影似而失真境，泥皮相而远神情者乎？兹集所编言人人殊，莫不有古人不可湮灭之精神在，岂徒具体者，后之人有能绍明作者之意修古人之体，而务自发其精神，勿离勿合，亦近亦远，庶几哉深于文体，而亦雅不悖辑者本旨，是在来者矣！是在来者矣！编起古歌谣至祭文凡五十卷，外集起连珠至辞典共五卷。

袁宗道《白苏斋类集》卷七《刻文章辨体序》　上海古籍出版社1989年版

吴江鲁庵先生，读中秘书，出列谏垣，言事剀切，当肃皇帝旨，悉见采纳，直声在先朝籍甚。性不嗜仕，无何，退耕其邑之郭外，筑一室，充左右图书，潜心大业,力希不朽,屡诏起用,竟不就。巍台鼎若弃,甘穷若饴,彼其意有所属,固不以此易彼也。

先生多著述行于世,《文体明辨》一书,则准吴文恪公《文章辨体》,加益而手编之,上采黄虞,下及近代,文各标其体,体各归其类,条分缕析,凡若干卷云。疏奏章札,以宣朝廷;教令词册,以达宗庙;论说诗赋序记箴铭杂著,以昭媺慝,而诏后世,洋洋乎、缅缅乎,讵非文章家之极观、而不朽之盛事哉!尝谓陶者尚型,冶者尚范,方者尚矩,圆者尚规,文章之有体也,此陶冶之型范,而方圆之规矩也。是故敷奏以婉切胜,叙事以约畅胜,纪载以该核胜,美刺以微中胜:体所从来,非一日矣。吊诡之士,妄意高刻;骛博之士,私拟牵合。代降风漓,莫可穷诘。虽力追古哲,号称雅训,而终不免浸淫也。体既溺矣,乌用文之?是编出而堂寝殊构,宫商异调,判若苍白,剖若玄黄,回狂澜于既倒,指斗极于方中,先生惠来学,岂浅鲜乎?

虽然,文有体,亦有用。体欲其辨,师心而匠意,则逸辔之御也。用欲其神,拘挛而执泥,则胶柱之瑟也。《易》曰:"拟议以成其变化"。得其变化,将神而明之,会而通之,体不诡用,用不离体,作者之意在我,而先生是编为不孤矣。不然,而徒曰某体某体,摹仿虽工,情神未得,是父老之拟新丰,而优孟之效叔敖也,奚裨哉?奚裨哉?

是编为先生藏本,余舅氏鹿门茅公雅慕之,以活字传学士大夫间,一时争购,至令楮贵。前令仁宇徐公击节而叹曰:"是吾邑先贤手泽也,盍梓乎?"请于直指知吾邢公,捐赎佐工,工甫半而以赴召行。广武赵公来令,首先教化,亟谋毕梓。会直指雍野李公行部下檄,遂告竣焉。

先生伯子询、仲子论,能读父书,丐一言于余,余敢以不文辞?用叙其本末如此。

徐师曾《文体明辨序说》卷首顾尔行《刻文体明辨序》
人民文学出版社1998年版

仲尼曰:"中庸其至矣乎!民鲜能久矣。"后进诗,上述齐梁,下称晚季,于道为不及;昌穀诸子,首推《郊祀》,次举《铙歌》,于道为过;近袁氏钟氏出,欲背古师心,诡诞相尚,于道为离。予《辨体》之作也,实有所惩云。尝谓:诗有源流,体有正变,于篇首既论其要矣,就过不及而揆之,斯得其中。独袁氏、钟氏之说倡,而趋异厌常者不能无惑。汉魏六朝,体有未备,而境有未臻,于法宜广;自唐而后,体无弗备,而境无弗臻,于法宜守。论者谓"汉魏不能为'三百',唐人不能为汉魏",既不识通变之道,谓我明诸公"多法古人,不能自创自立",此又论高而见浅,志远而识疏耳。今观夫百卉之荣也,华萼有常,而观者无厌,然今之华萼,非惜之华萼也,使百卉幻形而为荣,则其妖也甚矣。《易》曰:"拟议以成其变化,神而明之,存乎其人。"呜呼!安得起元瑞于地下而证予言乎!夫体制、声调,诗之矩也,曰词与意,贵作者自运焉。窃词与意,斯谓之袭;法其体制,仿其声调,未可谓之袭也。今凡体制、声调类古者谓非真诗,将必俚语童言、纤思诡调而反为真耳。且二氏既以师心为尚矣,然于学汉魏、学初盛唐则力诋毁,学齐梁晚季,又深喜之。唐世修谓:"拾古人久弃之唾余,眩今人厌常之耳目,又未见其能师心也。"夫举业求售于一时,而诗文定论于后世。历考宋、元、国初,于长吉、张、王,盖多有学之者,而后世泯焉无闻。即今日之所尚,而他日之定论可知。

是书起于万历癸巳,迄壬子,凡二十年稍成,计小论若干则,自"三百篇"至五季诗若干首。畏逸张上舍、味辛顾聘君见而惜之,为予倡梓,一时诸友咸乐助之,乃先梓小论七百五十则。时湖海诸公已有窃为己说者。后二十年,修饰者十之五,增益者十之三,诸家之诗,既先以体分,而又各以调相附,详其音切,正其讹谬,而予之精力实尽于此。兹者馆甥陈君俞为予谋梓全集,而未有以继之。昔虞仲翔言:"使天下有一人知己,足以无恨。"今诸君知我,所得多于仲翔,予复何恨焉。倘予不即就木,庶几复有所遇,使兹集全行,则风雅永存,千古是赖,岂直予一人之私德哉!

崇祯五年壬申,许学夷伯清更定,时年七十。

许学夷《诗源辩体》卷首《诗源辩体自序》　人民文学出版社 1987 年版

诗自"三百篇"以迄于唐,其源流可寻而正变可考也。学者审其源流,识其正变,始可与言诗矣。古今说诗者无虑数百家,然实悟者少,疑似者多。钟嵘述源流而恒谬,高棅序正变而屡淆,予甚惑焉。于是"三百篇"而下,博访古今作者凡若干人,诗凡数千卷,搜阅探讨,历四十年。统而论之,以"三百篇"为源,汉、魏、六朝、唐人为流,至元和而其派各出。析而论之:古诗以汉魏为正,太康、元嘉、永明为变,至梁、陈而古诗尽亡;律师以初、盛唐为正,大历、元和、开成为变,至唐末而律师尽敝。

诗与文章不同,文显而直,诗曲而隐。风人之诗,不落言筌,风人有寄意于咏叹之余者,《关雎》、《汉广》、《麟之趾》、《何彼秾矣》、《驺虞》、《简兮》、《缁衣》、《蒹葭》是也。有意全隐而不露者,《凯风》、《匏有苦叶》、《硕人》、《河广》、《清人》、《载驱》、《猗嗟》、《株林》、《隰有苌楚》、《蜉蝣》是也。有反言以见意者,《陟岵》是也。有似怨而实否者,《载驰》是也。有似疑而实信者,《二子乘舟》是也。有似好而实恶者,《狡童》是也。有似嘲而实誉者,《简兮》是也。有似谑而实刺者,《新台》是也。此皆所谓不落言筌者也。孟子谓"以意逆志,得之。"

元美、元瑞论诗,于正虽有所得,于变者则不能知;袁中郎于正者虽不能知,于变者实有所得。中郎云:"至李杜而诗道始大,韩柳元白诗之圣也,苏诗之神也。"以李杜柳与四家并言,固不识正变之体,以韩白欧为圣,苏为神,则得变之实也。

古今诗赋文章代日益降,而识见议论则代日益精。诗赋文章代日益降,人自易晓,识见议论代日益精,则人未易知也。试观六朝人论诗,多浮泛迂远,精切肯綮者十得其一,而晚唐宋元则又穿凿浅稚矣。沧浪号为卓识,而其说浑沦,至元美始为详悉。逮乎元瑞,则发窾中窍,十得其七。继元瑞而起者,合古今而一贯之,当必有在也。盖风气日衰,故代日益降,研究日深,故代日益精,亦理势之自然耳。

古今人论诗,论字不如论句,论句不如论篇,论篇不如论人,论人不如论代。晚唐宋元诸人论诗多论字论句。至论篇论人者寡矣,况论代乎。予之论诗多论代、论人,至论篇论句者寡矣,况论字乎。

予尝谓选诗者须以李选李,以杜选杜,至于高岑王孟莫不皆然。若以己意选诗,则失所长矣。

许学夷《诗源辩体》(节选)　人民文学出版社 1987 年版

徐 渭

徐渭(1521—1593),字文长,一字文清,自号青藤道士、天池山人,别署田水月,山阴(今浙江绍兴)人。年二十为诸生,屡试不第。浙江总督胡宗宪慕其名,聘为幕府书记,知兵好计,于抗倭军事多所策划。后胡因罪下狱,他也一度得狂疾,并因杀妻罪入狱当死。里人张元忭力救始得免,乃游金陵,并北上遂游。晚年以卖书画为生,潦倒终生。诗文戏曲书画皆工。《明史》卷二八八有传。

徐渭天才超逸,诗、文、戏曲、书、画皆工,性情狂放不羁,重节义,轻理法,声言"不为儒缚",对朱熹等正统理学持明显批评态度。他生当复古之风炽盛之际,"王、李倡七子社",他"誓不入二人党",对前后七子所倡导的模拟复古有所指斥,以为"动言宗汉西京",却不写其胸膈。在《胡公文集序》等序文中,他认为文学创作应有独创性,应以"己之所自得"出之,表现人之真"情",因此而倡导文学的"坦情以真"等。徐渭作为一乡村野老,其思想在当时并未受到关注,直到袁宏道、陶望龄共游会稽,在陈编中发现其所著文集,并视为同类、极力推奖之后,才引起文坛的高度重视,由此可见他的思想对公安派的兴起也有一定的影响。除了诗文论方面的主张以外,徐渭另有戏曲论著《南词叙录》,是专论南戏的第一部著作,内容广泛,思想颖敏,在戏曲理论批评史上占有重要的地位。

他的著作,诗文集有《徐文长集》三十卷,《逸稿》二十四卷;戏曲有杂剧《四声猿》和戏曲理论著作《南词叙录》。另尚有《青藤山人路史》、《文长杂记》等。今有中华书局1983年的标点整理本《徐渭集》四册。

肖甫诗序①

古人之诗本乎情,非设以为之者也,是以有诗而无诗人。迨于后世,则有诗人矣,乞诗之目多至不可胜应,而诗之格亦多至不可胜品,然其于诗,类皆本无是情,而设情以为之。夫设情以为之者,其趋在于干诗之名,干诗之名,其势必至于袭诗之格而剿其华词,审如是,则诗之实亡矣,是之谓有诗人而无诗。有穷理者起而救之,以为词有限而理无穷,格之华词有限而理之生议无穷也,于是其所为诗悉出乎理而主乎义。而性畅者其词亮,性郁者其词沈,理深而义高者人难知,理通而议平者人易知。夫是两诗家者均之为俳②,然谓彼之有限而此之无穷,则无穷者信乎在此而不在彼也。

肖甫与吾结发而同师,至十六七而始分,又六七年而复合,合而复同师也。始同师时,同学为干禄文字③,既而分则同有事于词家,又既而合,则同有事于道。于是肖甫者为诗始入理而主议,然其性也郁,而其所造之理,与所主之议,深而高,故其为诗也沈,而为人所难知。夫两诗家者,各是其是,如聚讼然,即使亮而易知,犹不相入也,况沈而难知乎?而余独私好之,某氏善肖甫,亦好之,将稍出其藏匦者梓以布,而试其果投于人否也,而谋于余,余故略道其所以然。谚有云,鼠不容穴,衔蒌数也④。乃余之评其亦果容于人否耶?

《徐渭集·徐文长三集》卷十九　中华书局 1983 年版

【注释】

①肖甫,即丁肖甫,徐渭同窗好友。《徐渭集·徐文长三集》卷二十八《告丁母》有云:"某结发同母叔子三为学,至于四十有二年。中间母与某母同舍者三年,而清益亲,亲如娣姒,若然,宜无事不相周旋也,竟病死丧葬乎?当某囚时,某母死,叔子能出我于狱,而周旋我母之丧。……"可见二人友情甚笃。徐渭曾作《元旦与肖甫较射》、《肖甫病目三年始愈》等诗。徐渭入狱期间,一家老少都曾得到肖甫的照顾。

明中叶,前后七子执掌文坛,复古之风流行一时。嘉靖年间,王慎中、唐顺之受到当时理学尤其是心学兴起的影响,主张"文特以道相盛衰",从"道"与"心性"的角度倡导文贵"自得"。徐渭身处当时王学繁盛的浙中,对王学中坚人物如同里王畿、季本等的思想深有所谙，与心学家及佛学人物等有较广泛接触，并以唐顺之、王慎中等为自己的精神导师，因此论文也主心性，并以此反观复古主义的创作，对复古与模仿之说颇持异议，后人梳理其文学思想时一般都将之归于师心派文论家中。如《明史·文苑传》曰："归有光稍后出，以司马、欧阳自命，力排李、何、王、李，而徐渭、汤显祖、袁宏道、钟惺之属，亦各争鸣一时，于是宗李、何、王、李者稍衰。"

在这篇《肖甫诗序》里，徐渭将明中期以来的诗坛潮流归为两类，一是设情为诗者，另一是穷理为诗者，两派之间因观念上的差异而诉讼不已。复古主义论诗主张从情感而出，但因涉于模仿，因此徐渭以为他们的情感是虚设的，而不是真实的，这一观点未必会为七子派所认可，但也切中了七子派后学的一些弊端。很明显，徐渭表明自己是站在穷理派一边的，这在某些方面也点明了唐宋派等的特点，这个特点原来是为七子派所批评的，而徐渭并不回避自己的对理的归属，由此而论，徐渭对自己的立场有一较为明确的认识，也是将之作为文学更新的一种途径来看待的。虽然该文主于穷理，对"心"与"理"的关系似未有清晰论述，但在其他的论文中却偏向于从心性自得出发要求文学，并将这种心性解释为真"情"，由此可见，这在某种意义上依然与前七子的情感论有较深的关联。

② 俳——滑稽，诙谐。

③ 干禄——干，求也。禄，禄位也。干禄，就是做官，担当社会上的职务。《论语讲要·为政》："子张学干禄。子曰：'多闻阙疑，慎言其余，则寡尤。多见阙殆，慎行其余，则寡悔。言寡尤，行寡悔，禄在其中矣。'"

④ 菱薮——青草。

【附录】

人有学为鸟言者，其音则鸟也，而性则人也。鸟有学为人言者，其音则人也，而性则鸟也。此可以定人与鸟之衡哉？今之为诗者，何以异于是。不出于己之所自得，而徒窃于人之所尝言，曰，某篇是某体，某篇则否；某句似某人，某句则否；此虽极工逼肖，而已不免于鸟之为人言矣。

若吾友子肃之诗则不然，其情坦以直，故语无晦，其情散以博，故语无拘，其情多喜而少忧，故语虽苦而能遣其情，好高而耻下，故语虽俭而实丰，盖所谓出于己之所自得，而不窃于人之所尝言者也。就其所自得，以论其所自鸣，规其微疵而约于至纯，此则渭之所献于子肃者也。若曰某篇不似某体，某句不似某人，是乌知子肃者哉！

徐渭《徐渭集·徐文长三集》卷十九《叶子肃诗序》 中华书局 1983 年版

渭读昌黎《与冯宿论文书》，谓己所为文，意中以为好，则人必以为恶，小称意，人小怪之，大称意，即人必大怪之。至于应事作俗下文字，下笔令人惭，小惭者人以为小好，大惭者郎必以为大好。盖始而疑其言，其后渭颇学为古文词，亦辄稍应事，则见其书于手者，类不出于其心，盖所谓人以为好而己惭之者时有焉。复归罪于身之微而势不可直，然考昌黎与冯宿论文时，亦既取科第为官人矣。文之难，人知之，而应俗之文之难，人其知之哉？往渭冠时，得见今右布政使胡公边事疏于师季长沙公所，盖读之累日夜，即仰而叹曰，是古晁错、赵充国之流欤？恨不得一见其人，尽读其平生所作，而并窥其所谓应俗者。后十八年，公自家起为浙江按察使。按察使，持宪尊官也，渭虽欲见不敢。而公固偶见渭所为文于师所，赏之，令渭来见，乃得尽读其平生所作，而应俗者固十居六七，大率皆秦、汉名家所为文，而其随事与人而各赋之，直不伤时，而婉不失已，求昌黎之所惭而人以为好者盖寡矣。渭更仰而叹曰，有德者之言固如此夫。盖渭始谒公时，亲见公束带阶迎，同食饮，从容谈说，退必导于其衙之门，若不知渭为一贱士。身为钜公以临之者，而其所操持，则固有千万人必往之意，以形于文为婉与直，皆其理宜也，胡所挠于心而惭？一日，师谓渭曰，公尝与余言，似欲子叙其集。渭曰：是小子之志也，请不获，其敢以辞，乃谨因论文而发其志如此。

徐渭《徐渭集·徐文长三集》卷十九《胡公文集序》　中华书局1983年版

夫子不与怪，亦未尝指之无怪。《史记》所称秦穆、赵简事，未可为无。文公件件要中鹄，把定执板，只是要人说他是个圣人，并无一些破绽，所以做别人着人人不中他意，世间事事不称他心，无过中必求有过，谷里拣米，米里拣虫，只是张汤、赵禹伎俩。此不解东坡深。吹毛求疵，苛刻之吏；无过中求有过，暗昧之吏。极有布置而了无布置痕迹者，东坡千古一人而已。朱老议论乃是盲者摸索，拗者品评，酷者苛断。

徐渭《徐渭集·徐文长佚草》卷二《评朱子论东坡文》
中华书局1983年版

前日承夫子赐书之后，即有长启奉献赴尊门，云待钱信去便，故尚未得达函丈，其中有不尽者，则以诗之兴体起句，绝无意味。自古乐府亦已然，乐府盖取民俗之谣，正与古国风一类。今之南北东西虽殊方，而妇女儿童，耕夫舟子，塞曲征吟，市歌巷引，若所谓竹枝词，无不皆然。此真天机自动，触物发声，以启其下段欲写之情，默会亦自有妙处，决不可以意义说者，不知夫子以为如何？渭极欲恭诣函丈,以闻新解,兼得尽其微愚。家事草草,遂绊此行。俟函丈脱稿后,或可得卒业也。不一。

徐渭《徐渭集·徐文长三集》卷十六《奉师季先生书》
中华书局 1983 年版

曩者嘉靖丙辰,余奉命校诸道乡贡士,晚得今参政公胡君而喜曰:"是非近世举子辈中人也,盖熟读西汉人文字而有得者。"及拆名,君为楚人,以问于楚之先达果然。予益喜。其后君以令召人,历礼曹郎大夫,又出而按察闽、晋间,并提督学校事,所至靡不以文显。而其故所列高等建阳李生曰有秋者,一旦抱君所为古文若诗篇凡十卷来,以序请曰:"将以付诸梓。"予读之,则见其文犹故所品汉西京物也,而诗又不落近代,往往为晋、魏间语。余又益喜曰:"苟梓之,真足以名于一时,而传后世矣。"然予窃怪之,今世为文章,动言宗汉西京,负董、贾、刘、杨者满天下,至于词,非屈、宋、唐、景,则掩卷而不顾。及扣其所极致,其于文也,求如贾生之通达国体,一疏万言,无一字不写其胸臆者,果满天下矣乎?或未必然也。于词也,求如宋玉之辨、其风于兰台,以感悟其主,使异代之人听之,犹足以兴,亦果满天下矣乎?或未必然也。夫言非身有,则未免列其近似以要君,孟子谓"言生于心而发于政",苟无害于政,则亦任其列且要而已矣。唯其害也,故不可以不辨。吾向也窥君之言,以至于今久矣。君盖身有之者也,其两有事于学也,又率人者也。率人而卒收其效,若李生固其一也。自李生之外,又复得数辈,若李生者否耶?诚有之,他日可以言政矣。

徐渭《徐渭集·徐文长逸稿》卷十四《胡大参集序》
中华书局 1983 年版

公之选诗,可谓一归于正,复得其大矣。此事更无他端,即公所谓可兴、可观、可群、可怨,一诀尽之矣。试取所选者读之,果能如冷水浇背,陡然一惊,便是兴、观、群、怨之品;如其不然,便不是矣。然有一种直展横铺,粗而似豪,质而似雅,可动俗眼,如顽块大窝,入嘉筵责斥,在屠手则取者,不可不慎之也。鄙本盲于诗,偶去取,无甚异同于公,然有异同,亦恃公之知,不敢诡随也,不妨更尔。为子安《采莲》、《长安》等篇,涉艳者,愚意在所必选,比之真西山《文章正宗》,附李斯《逐客书》可也。如何如何?

徐渭《徐渭集·徐文长三集》卷十六《答许□北》　中华书局 1983 年版

韩愈、孟郊、卢仝、李贺诗,近颇阅之,乃知李、杜之外,复有如此奇种,眼界始稍宽阔。不知近日学王、孟人,何故伎俩如此狭小,在他面前说李、杜不得,何况此四家耶,殊可怪叹!菽粟虽常嗜,不信有却龙肝凤髓都不理耶?

徐渭《徐渭集·徐文长三集》卷十六《与季友》 中华书局1983年版

始女子之来嫁塯家也,朱之粉之,倩倩鬘鬘,步不敢越裾,语不敢见齿,不如是,则以为非女子之态也。追数十年,长子孙而近妪姥,于是黜朱粉,罢倩鬘,横步之所加,莫非问耕织于奴婢,横口之所语,莫非呼鸡豕于圈槽,甚至龋齿而笑,蓬首而搔,盖回视向之所谓态者,真赧然以为妆缀取怜,矫真饰伪之物。而娣姒者犹望其宛宛婴婴也,不亦可叹也哉?渭之学为诗也,矜于昔而颓且放于今也,颇有类于是,其为娣姒哂也多矣。今校丽君之诗,而恍然契,肃然敛容焉,盖真得先我而老之娣姒矣。

徐渭《徐渭集·徐文长三集》卷二十《书草玄堂稿后》
中华书局1983年版

田生之文,稍融会"六经",及先秦诸子诸史,尤契者蒙叟、贾长沙也。姑为近格,乃兼并昌黎、大苏,亦用其髓,弃其皮耳。师心横从,不傍门户,故了无痕凿可指。诗亦无不可模者,而亦无一模也。此语良不诳。以世无知者,故其语亢而自高,犯贤人之病。噫,无怪也。

徐渭《徐渭集·徐文长逸稿》卷十六《书田生诗文后》
中华书局1983年版

或问于予曰:"诗可以尽儒乎"予曰:"古则然,今则否。"曰:"然则儒可以尽诗乎?"予曰:"今则否,古则然。"请益,予曰:"古者儒与诗一,是故谈理则为儒,谐声则为诗。今者儒与诗二,是故谈理者未必谐声,谐声者未必得于理。盖自汉魏以来,至于唐之晚,而其轨自别于古儒者之所谓诗矣。曰:"然则孰优乎?"曰:"理优。"调理可以兼诗,徒轨于诗者,未可以言理也。予为是说久矣,暨之玉仲郦君、始见于于蓟门邸中,则以理,卫道诸篇是也;既而见以,则以诗,此稿是也。予两取而揆之,君非不足于诗者,而顾独有余于理。苟世之评君之诗者,徒律之以汉魏,则似不能无遗论于君。有深于儒与诗者,别作一观,独遡君于无声之前,若所谓"天籁自鸣"之际,则汉、魏、唐季诸公,方将自失其轨,而视君之驰骤奔腾,盖瞠乎其若后矣。君诚儒者也,而非区区诗人之流也。予先为彼说以答或人,既为此说以质于君,君呀然曰:"吾师某某也,而私淑于新建之教者,公其知我哉!"予亦呀然相视而笑。会有梓君主稿,合予序诸首,遂书之。

徐渭《徐渭集·徐文长逸稿》卷十四《草玄堂稿序》 中华书局1983年版

以某所观，释氏之道，如《首楞严》所云，大约谓色身之外皆己，色身之内皆物，亦无己与物，亦无无己与物，其道甚闳眇而难名，所谓无欲而无无欲者也。若吾儒以喜怒哀乐为情，则有欲以中其节，为无过不及，则无欲者其旨自不相入。而今之诋佛者，动以吾儒律之，甚至于不究其宗祖之要眇，而责诸其髡缁之末流，则是据今之高冠务干禄之徒，而谓尧舜执中以治天下者教之也，其可乎？其或有好之者，则又阴取其精微之说以自用，而阳暴其阙漏，以附党于中正，谓佛遗人伦非常道，将以变天下为可忧。嗟夫，吾儒之所谓常道者，非以其有欲而中节者乎？今有欲者满天下，而求一人之几于中节，不可得也，是其于常道亦甚难矣，况欲求其为非常之道，如佛氏之无欲而无无欲者耶？奈之何忧其变天下也？凡此者皆稍论其微旨，至其神通应现，广大奇怪而不可究诘者，姑不论。夫己茹荤而强餐霞者以肉食，睹川泽之产而不知其海之藏，此犹可诿曰各据其所见也。彼所谓高冠务于禄之徒，其至涸而无比，块然略无所见者，亦顾呢呢于闳眇而难名之道，又何为者耶？此云藏公之所以逃焉，而不能已于言也。

徐渭《徐渭集·徐文长三集》卷十九《逃禅集序》　中华书局 1983 年版

　　嘉靖甲寅，先生始周七十，适远游同门某等谓长侍者或有所见闻于师，则使渭叙言以祝于家。渭亦长侍耳，何见闻哉？先生论学本新建宗，讲良知者盈海内，人人得而闻也。后生者起，不以良知无不知，而以所知无不良，或有杂于见，起随便之心而概以为天则。先生则作《龙惕书》，大约论佛子以水镜喻心，圣人以龙德象乾，龙体警惕，天命健行，君子戒惧。是以惟圣学为精，察于欲与理。若水鉴，无主宰，任物形，使人习懒偷安，或放肆而不可收拾。移书江西之邹聂，及吾乡钱王诸老先生，再三反而不置，于是学者则见以为依据，而诸老先生亦取之以精其说，而其说遂明。新建宗谓俗儒析经，言语支离，以为理障，人人得而闻也。后生者起，不知支离之心足以障理，而谓经之理足以障心，或有特为弃蔑典训，自以独往来于一真，其拘陋者溺旧闻，视附会溃烂之谈，辄摇手不敢出一语。先生则取六经，独以其心之所得，以一路竟往其奥，而悉摧破之。又上自隆古，下迄今日，帝王、圣贤、诸儒，理气、经术、德政，工夫实践，以至异端、佛老、百家、技术之流，莫不穷极邪正，辨其指归，言数十万。于是诸老方且废食于言语之戒，而学者亦骇于破旧之新，独武晋唐先生游会稽时，取一经去。答书称先生决古人未决之疑，而开今人不敢开之口，以为世未之有。以渭所见闻若此，岂诸子之所不见不闻者哉？即使举是见闻也，又何以为祝？盖闻之昔之师有画龙者，以其法传之人，人画之肖，众以为是即师也。又有画成而遗其睛，阅数年点之而龙遂飞去，此何说耶？画龙之精神不传于人，则传于纸上，固无穷也。先生结发问学,其仕于内外升沉者余二十年,历南北闽楚江广之间而始老于家,门士随处而满,而诸嗣中或才有志,传之而肖者,岂无其人耶?纵无其人,则著述之精既已若此矣,岂非阙其睛而有待者耶?然川先生之精神,不在于人,则在于纸上之言语,其为寿有穷乎?夫闻见不足为先生祝,而求之闻见之精者以祝先生,先生其谓我何?虽然,世谓有德者寿,先生固敏决坦爽,居家临政,置心人人腹中。遇大事,胆魄益张,乃善容人之短,及经纶古今,真王佐才也,此非德耶?然又谓阔远未必尽应。至其前年,涉淮泗,穷漕河百泉胶水之利害,拜孔孟董刘之遗,辩滕薛邾莒诸列国《春秋》所载道里之谬,遂上太山,憩日观,盖徘徊而始去。去年泛长江,由金焦以纵观高皇帝之所经略,而今夏则又出武夷,共所登涉盖少壮者所不能。然则不求于闻见之精,而先生之寿,其又有穷乎?

徐渭《徐渭集·徐文长三集》卷十九《奉赠师季先生序》
中华书局 1983 年版

昌黎之文,余凤诵好之。至其论道,则稍疵,及攻佛,又攻其粗者也。余观其送文畅者,谓畅欲闻浮屠之说,当就其师而问之,不当从吾徒而请,从吾徒而请,乃羡吾君臣父子之懿,文物事为之盛而然耳。此岂足以攻佛哉?大约佛之精,有学佛者所不知,而吾儒知之。吾儒之粗,有吾儒自不能全,而学佛者反全之者。夫所谓君臣父子之懿,文物事为之盛,非吾儒之粗者耶?不然,将学佛者,始祝发而髡之,以为绝父子蔑君臣矣,既畜发而冠之,拥笄堕珥,忽焉长儿女,干禄而饔,将无所不至,谓足以全父子而完君臣,贱文物而履事为之盛耶?某师自幼去俗为僧大善寺中,腊若干年,衣衣食饭,付应以给,初无事于禅讲,盖所谓不求佛之精者。而心行直平,绝去势利,祖其祖而父其父,子其子而孙其孙,真若俗之伦理然,盖所谓得吾儒之粗者,未可以其髡而少之也。计腊若年今总之得六十,某月日其生也。其徒名浩者,与余凤为诗酒交,来乞余言以寿。余惟佛氏论心,诸所证悟即寿,命相者悉扫抹之。而其告波斯匿王又引见恒河性以觉之,云此身变灭之后,乃有不变不灭者存,此皆彼教中精微之旨,师既无所事事矣,而何庸于吾说?至吾儒之粗,若所谓君臣父子云者,则师既以事事矣,而又何庸于吾说哉?于是合掌作礼,而持偈以颂之云尔。

徐渭《徐渭集·徐文长三集》卷十九《赠礼师序》
中华书局 1983 年版

非特字也,世间诸有为事,凡临摹直寄兴耳,铢而较,寸而合,岂真我面目哉?临摹《兰亭》本者多矣,然时时露己笔意者,始称高手。余阅兹本,虽不能必知其为何人,然窥其露己笔意,必高手也。优孟之似孙叔敖,岂并其须眉躯干而似之耶？亦取诸其意气而已矣。

徐渭《徐渭集·徐文长三集》卷二十《书季子微所藏摹本兰亭》
中华书局1983年版

徐渭，字文长，山阴人。幼孤，性绝警敏，九岁能属文。年十余，仿扬雄《解嘲》作《释毁》。二十焉邑诸生，试辄隽。胡少保宗宪总督浙江，或荐渭善古文词者，招致幕府，笺书记。时方获白鹿海上，表以献。表成，召渭视之，渭览罢，瞠视不答。胡公曰："生有不足耶？试为之。"退具藁进。公故豪武，不甚能别识，乃写为两函，戒使者以视所善诸学士董公份等，谓孰优者即上之。至都，诸学士见之，果赏渭作。表进，上大嘉悦。其文旬月间遍诵人口。公以是始重渭，宠礼独甚。时都御史武进唐公顺之，以古文负重名。胡公尝袖出渭所代，谬之曰："公谓予文若何？"唐公惊曰："此文殆辈吾！"后又出他人文，唐公曰："向固谓非公作，然其人谁耶？愿一见之。"公乃呼渭偕饮，唐公深奖叹，舆结骥而去。归安茅副使坤时游于军府，素重唐公。尝大酒会，文士毕集，胡公又隐渭文语曰："能识是为谁笔乎？"茅公读未半，遽曰："此非吾荆川必不能。"胡公笑谓渭："茅公雅意师荆川，今北面于子矣。"茅公惭愠面赤，勉卒读，谬曰："惜后不逮耳。"其为名辈所赏服如此。渭性通脱，多与群少年昵饮市肆。幕中有急需，召渭不得，夜深，开戟门以待之。侦者得状，报曰："徐秀才方大醉嚎嚣，不可致也。"公闻，反称甚善。时督府势严重，文武将吏庭见，惧诛责无敢仰者，而渭戴敝乌巾，衣白布浣衣，直闯门人，示无忌讳。公常优容之，而渭亦矫节自好，无所顾请；然性豪恣，间或藉气势以酬所不快，人亦畏而怨焉。及宗宪被逮，渭虑祸及，遂发狂，引巨锥剚耳，刺深数寸，流血几殆。又以椎击肾囊碎之，不死。渭为人猜而妒，妻死后有所娶，辄以嫌弃，至是又击杀其后妇，遂坐法系狱中，愤懑欲自决。为文自铭其墓曰："山阴徐渭者，少学古文词，及长益力。既而有慕于道，往从前长沙守季先生究王氏宗旨，谓道类禅。又去扣于禅，久之，人稍许之，然文与道终两无得也。贱而惰且直，故惮贵交似傲，与众处不浼，袒裸似玩，人或病之，然傲与玩，亦终两不得其情也。举于乡者八而不一售，倣数椽，储瓶粟者十年。一旦客于幕府，典文章，数赴而数辞，投笔出门，人争愚而危之，而己深以为安。其后公愈折节，等布衣，留者两期，赠金以数百计，人争荣而安之，而己深以为危。至是忽自觅死，人曰：'渭文士，且操洁，可无死。'不知古文士以入幕操洁而死者众矣，乃渭则自死，孰与人死之。渭为人，度于义无所关时，辄疏纵不为儒缚，一涉义所否，虽断头不可夺。故其死也，亲莫制，友莫解焉。平生有过不肯掩，有不知耻以为知，斯言盖不妄者。"其自名如此。然卒以援者力获免。

既出狱,纵游金陵,比客于上谷,居京师者数年。狱事之解,张宫谕元忭力为多,渭心德之,馆其舍旁,甚骦好。然性纵诞,而所与处者颇引礼法,久之,心不乐,时大言曰:"吾杀人当死,颈一茹刃耳,今乃碎磔吾肉!"遂病发,弃归。既归,病时作时止,日闭门舆狎者数人饮噱,而深恶诸富贵人,自郡守丞以下求与见者,皆不得也。尝有诣者伺便排户半入,渭遽手拒扉,口应曰某不在,人多以是怪恨之。晚绝谷食者十余岁,人问何居,曰:"吾啖之久,偶厌不食耳,无他也。"尤不事生业,客幕时,有馈之洮绒十许匹者,遂大制衣被,下及所劈私亵之服,靡不备者,一日都尽。及老贫甚,鬻手自给,然人操金请诗文书绘者,值其稍裕,即百方不得,遇窘时乃肯为之。所受物人人题识,必偿已乃以给费,不即馁饿,不妄用也。有书数千卷,后斥卖殆尽,帱莞破弊,不能再易,至藉藁寝。年七十三卒。渭为诸生时,提学副使薛公应旂阅所试论,异之,置第一,判牍尾曰:"句句鬼语,李长吉之流也。"及被遇胡公,值比岁,公思为渭地,诸帘官入谒,属之曰:"徐渭,异才也,诸君校士而得渭者,吾为报之。"时胡公权震天下,所出口无不欲争得以媚者,而偶一令晚谒,其人贡士也,公心轻之,忘不与语。及试,渭牍适属令,事将竣,诸人乃大索获之,则弹摘遍纸矣。人以是叹渭无命,而服薛公知人焉。渭于行草书尤精奇伟杰,尝言吾书第一,诗二,文三,画四,识者许之。其论书主于运笔,大溉防诸米氏云。所著《文长集》、《阙篇》、《樱桃馆集》各若干卷,今合刻之。注《庄子》内篇、《参同契》、黄帝《素问》、郭璞《葬书》各若干卷,《四书解》、《首楞严经解》各数篇,皆有新意。渭父鏓以龙里卫戍籍领贵州乡荐。始至龙里也,土人哗之。鏓以教读自晦,授童子《孝经》,故谬其读,土人笑曰:"是不足逐也。"已而得荐,仕至夔州府同知。渭貌修伟肥白,音朗然如唳鹤,常中夜呼啸,有群鹤应焉。二子曰枚、积。

陶忘龄曰:越之文士著名者,前惟陆务观最善,后则文长。自古业盛行,操翰者羞言唐宋,知务观者鲜矣,况文长乎?文长负才,性不能谨饰节目,然迹其初终,盖有处士之气,其诗与文亦然,虽未免瑕纇,咸以成其为文长者而已。中被诟辱,老而病废,名不出于乡党,然其才力所诣,质诸古人,傅于来禩,有必不可废者。秋潦缩,原泉见,彼㕧喧泛溢者须臾耳,安能舆文长道修短哉!文长没数载,有楚人袁宏道中郎者来会稽,于忘龄斋中见所刻初集,称为奇绝,谓有明一人,闻者骇之。若中郎者,其亦渭之桓谭乎!

徐胃《徐渭集》附录陶望龄《徐文长传》　中华书局 1983 年版

余少时过里肆中,见北杂剧有《四声猿》,意气豪达,与近时书生所演传奇绝异,题曰天池生,疑为元人作。后适越,见人家单幅上有署田水月者,强心铁骨,与夫一种磊块不平之气,字画之中宛宛可见。意甚骇之,而不知田水月为何人。一夕坐陶编修楼,随意抽架上书,得《阙编》诗一帙,恶楮毛书,烟煤败黑,微有字形。稍就灯间读之,读未数首,不觉惊跃,急呼石篑:"《阙编》何人作者?今耶古耶?"石篑曰:"此余乡先辈徐天池先生书也。先生名渭,字文长,嘉隆间人,前五六年方卒。今卷轴题额上有田水月者,即其人也。"余始悟前后所疑,皆即文长一人。又当诗道荒秽之时,获此奇秘,如魇得醒。两人跃起,灯影下,读复叫,叫复读,僮仆睡者皆惊起。余自是或向人或作书,皆首称文长先生。有来看余者,即出诗与之读。一时名公巨匠,浸浸知向慕云。文长为山阴秀才,大试辄不利,豪荡不羁。总督胡梅林公知之,聘为幕客。文长与胡公约:"若欲客某者,当具宾礼,非时辄得出入。"胡公皆许之。文长乃葛衣乌巾,长揖就坐,纵谈天下事,旁若无人。胡公大喜。是时公督数边兵,威振东南,介胄之士膝语蛇行,不敢举头;而文长以部下一诸生傲之,信心而行,恣臆谈谑,了无忌惮。会得白鹿,属文长代作表,表上,永陵喜甚。公以是益重之,一切疏记,皆出其手。文长自负才略,好奇计,谈兵多中,凡公所以饵汪徐诸虏者,皆密相议然后行。尝饮一酒楼,有数健儿亦饮其下,不肯留钱。文长密以数字驰公,公立命缚健儿至麾下,皆斩之,一军股慄。有沙门负资而秽,酒间偶言于公,公后以他事杖杀之。其信任多此类。胡公既怜文长之才,哀其数困,时方省试,凡入帘者,公密属曰:"徐子天下才,若在本房,幸勿脱失。"皆曰如命。一知县以他羁后至,至期方谒,公偶忘属,卷适在其房,遂不偶。文长既已不得志于有司,遂乃放浪曲蘖,恣情山水,走齐鲁燕赵之地,穷览朔漠,其所见山奔海立,沙起云行,风鸣树偃,幽谷大都,人物鱼鸟,一切可惊可愕之状,一一皆达之于诗。其胸中又有一段不可磨灭之气,英雄失路托足无门之悲,故其为诗,如嗔如笑,如水鸣峡,如种出土,如寡妇之夜哭,羁人之寒起。当其放意,平畴千里,偶尔幽峭,鬼语秋坟。文长眼空千古,独立一时。当时所谓达官贵人,骚士墨客,文长皆叱而奴之,耻不与交,故其名不出于越。悲夫!一日饮其乡大夫家,乡大夫指筵上一小物求赋,阴令童仆续纸丈余进,欲以苦之。文长援笔立成,竟满其纸,气韵遒逸,物无遁情,一座大惊。文长喜作书,笔意奔放如其诗,苍劲中姿媚跃出。余不能书,而谬谓文长书决当在王雅宜、文徵仲之上。不论书法而论书神,先生者诚八法之散圣,字林之侠客也。间以其余旁溢为花草竹石,皆超逸有致。卒以疑杀其继室,下狱论死。张阳和力解,乃得出。既出,倔强如初。晚年愤益深,佯狂益甚,显者至门,皆距不纳。当道官至,求一字不可得。时携钱至酒肆,呼下隶与饮。或自持斧击破其头,血流被面,头骨皆折,揉之有声,或槌其囊,或以利锥锥其两耳,深入寸余,竟不得死。石篑言晚岁诗文益奇,无刻本,集藏于家,予所见者,《徐文长集》、《阙编》二种而已。然文长竟以不得志于时,抱愤而卒。石公曰：先生数奇不已，遂为狂疾，狂疾不已，遂为囹圄。古今文人，牢骚困苦，未有若先生者也。虽然，胡公间世豪杰，永陵英主，幕中礼数异等，是胡公知有先生矣；表上，人主悦，是人主知有先生矣，独身未贵耳。先生诗文崛起，一扫近代芜秽之习，百世而下，自有定论，胡为不遇哉？梅客生尝寄余书曰："文长吾老友，病奇于人，人奇于诗，诗奇于字，字奇于文，文奇于画。"余谓文长无之而不奇者也，无之而不奇，斯无之而不奇也哉，悲夫！

徐渭《徐渭集》附录袁宏道《徐文长传》 中华书局 1983 年版

南词叙录①（节选）

今南九宫②不知出于何人，意亦国初教坊人③所为，最为无稽可笑。夫古之乐府，皆叶宫调④；唐之律诗、绝句，悉可弦咏，如"渭城朝雨"演为三叠⑤是也。至唐末，患其间有虚声难寻，遂实之以字，号长短句⑥，如李太白《忆秦娥》《清平乐》，白乐天《长相思》，已开其端矣；五代转繁，考之《尊前》《花间》⑦诸集可见；逮宋，则又引而伸之，至一腔数十百字，而古意颇微。徽宗朝，周、柳⑧诸子，以此贯彼，号曰"侧犯"、"二犯"、"三犯"、"四犯"⑨，转辗波荡，非复唐人之旧。晚宋而时文、叫吼，尽入宫调，益为可厌。"永嘉杂剧"⑩兴，则又即村坊小曲而为之，本无宫调，亦罕节奏，徒取其畸农、市女顺口可歌而已，谚所谓"随心令"者，即其技欤？间有一二叶音律，终不可以例其余，乌有所谓九宫？必欲穷其宫调，则当自唐、宋词中别出十二律、二十一调⑪，方合古意。是九宫者，亦乌足以尽之？多见其无知妄作也。

以时文为南曲，元末、国初未有也，其弊起于《香囊记》⑫。《香囊》乃宜兴老生员邵文明作，习《诗经》，专学杜诗，遂以二书语句匀入曲中，宾白亦是文语，又好用故事作对子，最为害事。夫曲本取于感发人心，歌之使奴、童、妇、女皆喻，乃为得体；经、子之谈，以之为诗且不可，况此等耶？直以才情欠少，未免挦撦成篇。吾意与其文而晦，曷若俗而鄙之易晓也。

填词如作唐诗，文既不可，俗又不可，自有一种妙处，要在人领解妙悟,未可言传。名士中有作者,为予诵之,予曰:齐、梁长短句诗,非曲子。何也? 其词丽而晦。

《中国古典戏曲论著集成·南词叙录》 中国戏剧出版社1989年版

【注释】

①《南词叙录》成书于嘉靖二十三年(1539),是已知最早专门研究宋元南戏和明初戏文的著作。南戏,按照徐渭的考证"始于宋光宗朝,永嘉人所作《赵贞女》《王魁》二种实首之……其曲,则宋人词而益以里巷歌谣"。到了明代中叶,南戏经过三百余年的发展,在创作和演出等方面都已成熟,并出现了"荆"、"刘"、"拜"、"杀"以及《琵琶记》等优秀曲目。但是,对北曲的热衷却一直占据着戏曲理论界的主流,南戏则被视为"徒取其畸农、市女顺口可歌而已",出现了"重北轻南"的观念。徐渭对这种现象的出现颇为不满,他说:"北杂剧有《点鬼簿》,院本有《乐府杂录》,曲选有《太平乐府》,记载详也。惟南戏无人选集,亦无表其名目者,予尝惜之。"徐渭为此而撰写了《南词叙录》这部书,专门研究南戏理论及作品批评的问题。全书主要由"叙"和"录"两部分组成,"叙"主要论及南戏产生的源流发展、风格特征、音律声韵、作家作品、方言俚语等多方面的问题。"录"则记录了当时徐渭所能见到的宋元南戏剧目(也包括由南戏演变而来的传奇剧目)。

在以上《南词叙录》的选文中徐渭批评了明代中叶以来,在南戏的创作中出现的"以时文为南曲"的弊端,他指出:"其弊起于《香囊记》。《香囊》乃宜兴老生员邵文明作,习《诗经》,专学杜诗,遂以二书语句匀入曲中,宾白亦是文语,又好用故事作对子,最为害事。"由此产生出诸如语言上注重文采词华、多用掌故对句、人物宾白也远离日常语言等诸多问题。而在徐渭看来,南戏起于民间,以"村坊小曲而为之"、"句句是本色语",清新自然、不拘泥于声调是南戏自诞生以来固有的优势。若片面地追求文辞声腔,字句晦涩,"才情欠少"、"辏辅成篇",则等于是放弃了南戏固有的传统和其赖以存在的特征。因此,在戏曲的创作中,应该以本色为先,即"夫曲本取于感发人心,歌之使奴、童、妇、女皆喻",才算是优秀的作品。

②南九宫——仙侣宫、南吕宫、中吕宫、黄钟宫、正宫、大石调、双调、商调和越调等九个宫调,通称为九宫或南北九宫。

③教坊——古代管理宫廷音乐的官署始置于唐代,至清代雍正朝废。

④宫调——我国历代称宫、商、角、变徵、徵、羽、变羽为七声以宫为主的调

式称"宫",以其他各声为主的则称"调"。

⑤"渭城朝雨"演为三叠——唐王维《送元二使安西》"渭城朝雨浥轻尘,客舍青青柳色新,劝君更尽一杯酒,西出阳关无故人。"《东坡志林》:"旧传《阳关》三叠。……余在密州,有文勋长官以事至密,自云得古本《阳关》,其声宛转凄断,不类向之所闻,每句再唱,而第一句不叠,乃知唐本三叠盖如此。及在黄州,偶得乐天《对酒》诗云:'相逢且莫推辞醉,听唱《阳关》第四声。'注云:'第四声,劝君更尽一杯酒是也。'以此验之,若一句再叠,则此句为第五声,今为第四声,则第一句不叠审矣。"

⑥长短句——宋胡元任《苕溪渔隐丛话》:"唐初歌辞,多是五言诗,或七言诗,初无长短句。自中叶后,至五代,渐变成长短句。及本朝,则尽为此体。"同整饬的五言、七言入乐相比,句式参差错落的长短句更适合入乐演唱,由此在五代时期产生了有长短不等的句子入乐的作品——"曲子词",它成为宋"词"之始。

⑦《尊前》《花间》——《尊前》,词总集名,凡二卷,五代或宋初人所编辑,选录唐五代作家三十余人,词二百余首。《花间》,词总集名,凡十卷,五代后蜀赵崇祚编,选录晚唐五代作家十八人,词五百首,是最早的一部词集。

⑧周、柳——周,即周邦彦(1057—1120),字美成,钱塘人。精通音律,有《清真集》。柳,即柳永,原名三变,字耆卿,崇安人,景祐进士,官屯田员外郎,有《乐章集》。创作长调甚多,惯以旧曲翻新调。

⑨"侧犯"、"二犯"、"三犯"、"四犯"——明东山钓史《九宫谱定总论》:"犯者割此曲而合于彼之谓也。"清周祥钰《大成曲谱论例》:"词家标新领异,以各宫牌名汇而成曲,俗称犯调。"

⑩"永嘉杂剧"——即温州杂剧。明祝允明《猥谈》:"南戏出于宣和之后,南渡之际,谓之'温州杂剧'。"

⑪则当自唐、宋词中别出十二律、二十一调——古代乐律分十二律以应十二月。杨缵《作词五要》说"律不应月则不美,如十、十一月调须用正宫,元宵词必用仙侣宫为宜也"。十二律又分阳六为律,阴六为吕。刘瑾《律吕成书》:"十二律八十四声。"姜夔《大乐议》:"八十四调者,其实则有黄钟、大吕、夹钟、仲吕、林钟、夷则、无射七律之宫、商、羽而已。"七律乘三声,恰为二十一调,故称二十一调。

⑫《香囊记》——传奇剧本,明邵璨所作。

【附录】

人生堕地,便为情使。聚沙作戏,拈叶止啼,情昉此已。迨终身涉境触事,夷拂悲愉，发为诗文骚赋，璀璨伟丽，令人读之喜而颐解，愤而眥裂，哀而鼻酸，恍若与其人郎席挥麈，嬉笑悼唁于数千百载之上者，无他，摹情弥真则动人弥易，传世亦弥远，而南北剧为甚。渔猎之暇，曾评订崔、张传奇，予差快心，亦差挂好事者齿颊。已而旁及诸家，随手札录，都无标目，亦无诠次，间忘所自出。总之此技唯元人擅场，故予所取十七八，而近代十二三。非昭阳纨扇，即滴博征衣，非愁玉怨香，即驿梅河柳，余并桂风萝月，岫晃云关，邯郸枕畔，婺州角上语，实炎燠中一服清凉散也。日久渐次成帙，酒酣耳热，辄取如意打唾壶，呜呜而歌，少抒胸中忧生失路之感。聊便抽阅，犹贤博弈，非欲传之词林，乃余岑寂时良友云尔。嗟嗟！《回文锦》、《白头吟》、《断肠诗》、《胡笳十八拍》，未易更仆数。情之所钟，宁独在我辈！且孟才人歌《何满子》罢，脉者谓肠已断不可复药。情之于人甚矣哉！颠毛种种，尚作有情痴，大方之家能无揶揄？爰缀数语，以志予过。秦田水月谩题。

徐渭《徐渭集》补编《选古今南北剧序》　中华书局 1983 年版

世事莫不有本色，有相色。本色犹俗言正身也，相色，替身也。替身者，即书评中婢作夫人终觉羞涩之谓也。婢作夫人者，欲涂抹成主母而多插带，反掩其素之谓也。故余于此本中贱相色，贵本色，众人啧啧者我响响也。岂唯剧者，凡作者莫不如此也。嗟哉，吾谁与语！众人所忽，余独详，众人所旨，余独唾。嗟哉，吾谁与语！

徐渭《徐渭集·徐文长佚草》卷一《西厢序》　中华书局 1983 年版

徐文长牢骚肮脏士，当其喜怒窘穷，怨恨思慕，酣醉无聊，有动于中，一一于诗文发之。第文规诗律，终不可逸訾旁出，于是调谑亵慢之词，入乐府而始尽。所为《四声猿》:《渔阳》鼓快吻于九泉，《翠乡》淫毒愤于再世，《木兰》《春桃》以一女子而铭绝塞、标金闺，皆人生至奇至快之事，使世界骇咤震动者也。文长终老缝掖，蹈死狱，负奇穷，不可遏灭之气，得此四剧而少舒。所谓峡猿啼夜、声寒神泣。嬉笑怒骂也，歌舞战斗也，僚之丸、旭之书也，腐史之列传、放臣之《离骚》也。顾其词风流则脱巾啸傲，感慨则登楼怅望，幽幻则冢土荒魂，刻画则地狱变相，较之汉卿、实甫作喁喁儿女语者，何啻千里？袁中郎先生未识文长名，见四剧惊叹以为异人，海内始知有文长，此《太玄》之于桓谭也。余因得中郎所点评者图而行之，或谓点评词受其妍媸，不碍板乎？图奚为？围以发剧之意气也，北拍在弦而不在板，余固审所从矣。钱塘钟人杰瑞先撰。

徐渭《徐渭集》附录钟人杰《四声猿引》　中华书局 1983 年版

袁石公曰:唐诗外即宋词、元曲绝今古,而双文一剧,尤推胜国冠军。要其妙只在流丽晓畅,使观之目与听之耳、歌若诵之口,俱作欢喜缘。此便出人多多许。耳食者数以骈缛相求,如艺苑所称举已尽,而淡黄嫩绿等业久载诗余,何如影郎画宠之为风流本色也?《歌代啸》不知谁作,大率描景十七,摛词十三,而呼照曲折,字无虚设,又一一本地风光,似欲直问王关之鼎。说者谓出自文长。昔梅禹金谱《昆仑奴》,称典丽矣,徐犹议其白为未窥元人藩篱,谓其用南曲《浣纱》体也。据此前说亦近似,而按以《四声猿》,尚觉彼如王丞相谈玄,未免时作吴语,此岂身富者后出愈奇,抑讽时者之偶有所托耶?石篑云:"姑另刻单行之,无深求。"哑如议,俟知音者。

徐渭《徐渭集》附录脱士《歌代啸序》 中华书局1983年版

《九宫十三调》者,南词谱也。《国风》郑卫之变,而南宫北里,竞为靡曼。开元天宝之刚,妙选梨园法曲,温李之徒,始著《金筌》等集。至宋,则欧苏大儒,每每留意声律,而行家所推词手,独云黄九秦七。是则,声乐之难久矣。完颜之世,有董解元者以北曲擅场,骚人墨客,一时宗尚。类能抒思发声,下至蒙瞍贱工,亦皆通晓其义。于是乐府之家,有门户、有体式、有格势、有剧科、有声调、有引序,作者非是不取。以故音韵之学,行于中州。南人善为艳词,如花底黄鹂等曲,皆与古昔媲美。然崇尚源流,不如北词之盛。故人各以耳目所见,妄有述作。遂使宫徵乖误,不能比诸管弦,而谐声依永之义远矣。余当铅椠之暇,因思大雅不作,而乐之所生,皆由人心。古之声诗,即今之歌曲也。昔二南国风,出于民俗歌谣。而《南风》《击壤》之咏,实彰《韶濩》之治,是乌可以下里淫艳废哉!适陈氏白氏出其所藏《九宫十三调》谱,余遂辑南人所度曲数十家,其调典谱合,及乐府所载南小令者汇成一书,以备词林之阙。呜呼!世无伦旷,则古乐之兴废不可知。苟得其人,则由粗及精,固可以上求声气之元。又安知不有神解心悟,因牛铎而得黄钟者耶?是集也,余实有俟于陈采,以充清庙明堂之荐。彼訾以为惛湮心耳之具者,斯下矣。嘉靖己酉,毗陵蒋孝著。

蔡毅《中国古典戏曲序跋汇编》卷一 蒋孝《九宫十三调序》
齐鲁书社1989年版

屠 隆

屠隆(1542—1605),字长卿,又字纬真,号赤水,又号鸿苞居士,浙江鄞县(今浙江宁波)人。万历五年(1577)进士,官至礼部主事。钱谦益《历朝诗集小传》言其:"在郎署,益放诗酒,西宁宋少侯少年好声诗,相得欢甚。两家肆筵曲宴,男女杂坐,绝缨灭烛之语,喧传部下,中白简罢官。"后遂不复为仕,嗜喜佛道、纵情山水声乐,潦倒终身。屠隆才思敏捷,诗文皆有名,亦工戏曲。《明史》卷二八八有传,附《徐渭传》后。

屠隆文学活动初期,正是后七子运动末期,所以他虽与李维桢、魏允中、胡应麟、赵用贤同列"末五子",其诗文创作的理论和主张,总体而言没有摆脱前后七子的影响,但由于接受佛教、心学的性灵观,从而有向后期性灵文学过渡的趋势。

七子论文,有古今成见,而屠隆也还是为这种成见所囿;然而他之所以卑视韩、欧散文和宋诗,其着眼点却和七子有所不同;这是因为其内心存在着矛盾,他认为"诗之变随世逸迁",因此,"论汉、魏者……不必责其不如'三百篇';论六朝者……不必责其不如汉、魏;论唐人者……不必责其不如六朝",而"如必相袭而后为佳",那么,历代的文学也就一纸空白了。从而提出,评价文学"不必区区以古绳今,各求其至可也"。"至"就是"自得",这一提法与唐顺之、茅坤等的思想也有相近之处。他分析明代诗文,"至我明之诗……患其鲜自得也,则不至也。夫鲜自得,则不至也"。在他看来,宋诗不如唐诗,是因为唐诗"主吟咏,抒性情",故多"自得","而宋人多好以诗议论……又好用故实",丧失了诗的特点和本色。由此观之,屠隆虽然还未摆脱前后七子的理论,但在某些问题上,则与公安派有共通之处,因此成为迈向公安派文论的一个重要先声。

所著《由拳集》,有万历八年刻本;《栖真集》,有万历十八年刻本;《白榆集》,有万历龚尧惠刻本。戏曲有《彩毫记》等。

文 论①

世人谈六经者,率谓六经写圣人之心,圣人所称道术,醇粹洁白,晓告天下,万世粲然,如揭日月而行②,是以天下万世贵之也。夫六经之所贵者道术固也,吾知之,即其文字奚不盛哉!《易》之冲玄,《诗》之和婉,《书》之庄雅,《春秋》之简严,绝无后世文人学士纤秾佻巧之态,而风格骨力,高视千古,若《礼·檀弓》《周礼·考工记》等篇③,则又峰峦峭拔,波涛层起,而姿态横出,信文章之大观也。

六经而下,《左》《国》之文,高峻严整,古雅藻丽,而浑朴未散,含光醖灵,如江海之波,汪洋浩森,非有跳沫摇荡之势,而千灵万怪,渊乎深藏。明月照之,则天高气清;长风荡之,则排空动地。可喜可愕哉左氏之为文矣!贾、马④之文,疏朗豪宕,雄健隽古,其苍雅也如公孤大臣,庞眉华美,峨冠大带,鹄立殿庭之上,而非若山夫野老之儵然清枯也;其葩艳也,如王公后妃,珠冠绣服,华轩翠羽,光采射人,而非若妖姬艳倡之翩翩轻妙也。其他若屈大夫之词赋,才情傅合,纵横璀璨,盖词赋之盛哉!庄、列之文,播弄恣肆,鼓舞六合,如列缺乘跻⑤焉,光怪变幻,能使人骨惊神悚,亦天下之奇作矣。譬之大造⑥,寥廓清旷,风日熙明,时固然也。而飘风震雷,扬沙走石,以动威万物,亦岂可少哉!诸子之风骨格力,即言人人殊;其道术之醇粹洁白,皆不敢望六经,乃其为古文辞一也。

由建安下逮六朝,鲍、谢、颜、沈之流,盛粉泽而掩质素,绘面目而失神情,繁枝叶而离本根,周汉之声,荡焉尽矣,然而秾华色泽,比物连汇,亦种种动人。譬之南威⑦、西子,丽服靓妆,虽非姜、姒⑧之雅,端人庄士,或弃而不睨,其实天下之丽,洵美且都⑨矣!八珍醇醴,以视之古者太羹玄酒⑩之风,则愧矣!

盖太上不贵而后世争驰,天下之甘旨也。郑、卫之声,拟之咸池、六英[11],奚翅霄壤?不可奏诸宗庙朝廷,然而悦耳快心,别天下之繁音也。

诗自"三百篇"而下,有汉、魏古乐府。汉、魏而下,有六朝《选》诗。《选》诗而下,有唐音。唐音去"三百篇"最远,然山林宴游之篇,则寄兴清远;宫闱应制之什,则体存富丽;述边塞征戍之情,则凄婉悲壮;畅离别羁旅之怀,则沉痛感慨;即非古诗之流,其于诗人之兴趣则未失也。

文体靡于六朝,而唐昌黎氏反之,然而文至于昌黎氏大坏焉[12]。诗教变于唐人,而宋诸公反之,然而诗至于宋诸公大坏焉[13]。昌黎氏盖所谓文起八代之衰[14]者,今读其文,仅能摧骈俪为散文耳。妍华虽去,而淡乎无采也;酴腴虽除,然索乎无味也;繁音虽削,而喑乎无声也。其气弱,其格卑,其情缓,其法疏,求之六经、诸子,是遵何以哉?世人厌六朝之骈俪,而乐昌黎之疏散,翕然[15]相与宗师之,是以韩氏之文,遂为后世之楷模,建标艺坛之上,而群趋旌干之下,一夫奋臂,六合同声,斯不亦任耳而不任目之过乎?六经而下,古文辞咸在,正变离合,总总[16]伙矣,然未有若昌黎氏者。昌黎氏之文,果何法也?藉令昌黎氏之文出于周、汉,则不得传。何者?周汉之文无此者,周汉诚无用此文为也。昌黎氏之所以为当时宗师而名后世者,徒散文耳。今姑无论其他,即如西汉制诰,谁非散文?冲夷平淡,都无波峭[17]之气,而朴茂深严,远而望之,则穆然光沉,迫而视之,则神采隐隐,风骨格力,往往而在。昌黎氏之文若是邪?论者谓善绘者传其神,善画者模其意。昌黎氏之文盖传先哲之神,而脱其躯壳,模古人之意,而遗其形画者也,奚必六经,必诸子哉?且风骨格力,韩子焉不有也?嗟乎!令韩子不屑屑于拟古而古意矫然具存,即奚必如六经如诸子,而自为韩子一家之言可也;今第观其文,卑者单弱而不振,高者诘屈而聱牙,多者装缀而繁芜,寡者率略而简易,虽有他美,吾不得而知之矣,尚焉取风骨格力于其间哉?

厥后欧、苏、曾、王之文,大都出于韩子,读之可一气尽也,而玩之则使人意消。余每读诸子之文,盖几不能终篇也。标而趋之者,非韩子欤?

宋人之诗,尤愚之所未解。古诗多在兴趣,微辞隐意,有足感人。而宋人多好以诗议论[18],夫以诗议论,即奚不为文而为诗哉?《诗》三百篇,多出于忠臣孝子之什,及闾阎匹夫匹妇童子之歌谣,大意主吟咏,抒性情,以风也,故非传综诠次以为篇章者也,是诗之教也。唐人诗虽非"三百篇"之音,其为主吟咏,抒性情,则均焉而已。宋人又好用故实,组织成诗[19],夫"三百篇"亦何故实之有?用故实组织成诗,即奚不为文而为诗哉?甚而叫啸怒张以为高厉,俚俗猥下以为自然,之数者,苏、王诸君子皆不免焉,而又往往自谓能入诗人之室,命令当世,则吾不知其何说也。

明兴,北地李献吉、信阳何仲默、姑苏徐昌谷[20],始力兴周汉之文,诗自"三百篇"而下,则主初唐。厥后诸公继起,气昌而才雄,徒众而力倍,古道遂以大兴,可谓盛矣。然学士大夫之奋起其间者,或抱长才而乏远识,踔厉之气盛,而陶熔之力浅,学《左》《国》者得其高峻而遗其平和,学《史》《汉》者得其豪宕而遗其浑博,模辞拟法,拘而不化。独观其一,则古色苍然;总而读之,则千篇一律也。余尝取以自谂,盖亦时时有之。有之而思变之,犹未得其要领焉。嗟乎!文难言哉!愚意作者必取材于经史,而镕意于心神,借声于周汉,而命辞于今日,不必字字而琢之,句句而拟之,而浩博雄浑,识者自知其为周汉之文,不作昌黎以下语,斯其至乎?今文章家独有周汉之句法耳,而其宏博之体未备也,变化之机未熟也,超妙之理未臻也。故吾愿与海内诸君子勉之矣。

夫文不程古,则不登于上品;见非超妙,则傍古人之藩篱而已。壮夫者禀灵异之气,挺秀拔之姿,竭生平才智以从事文章家,乃不能高足远览,洞幽极玄,以特立千百载之下,与古人并驱而前,分道而抗旌,而徒傍人藩篱,拾人咳唾,以为生活。彼古人且奴视之曰:是为我负担而割裂我者。传之后世,以为如何?又非所以令韩、欧诸子见也,令韩、欧见如是之文,彼且得而藉口曰:始二三君子姗笑我,将谓二三君子之文心标异而出之,立于太古之上也,奈何影响古人,以诧古为如是,不于我可稍宽乎?吾文即非古,然何者非自得?而徒咕咕傲古自喜也！若然，则二三君子苟非得之超妙，无轻议古；苟非深于古，无轻訾韩、欧也。夫挟天子以令诸侯，诸侯将奔走焉；麋而虎皮，人得而寝处之矣。深于古以訾韩、欧，是挟天子以令诸侯者也；影响古人而求胜之，则麋而虎皮矣。诸君子其无为韩、欧寝处哉！

《由拳集》卷二十三　万历八年刻本

【注释】

①《文论》为屠隆早期之作，通过对历代诗文发展情况的概览与评述，阐述自己的诗文理念。文中指出六经固然是"文章之大观"，然而《左》《国》《庄》《列》的文章，屈原的词赋，"言人人殊"，各有特色。他把周、秦、两汉不同风格的文章，概括为两种类型，一是"寥廓清旷，风日熙朗"的意境，凡"冲玄""和婉""庄雅""简严"等皆属之；一是"飘风震雷，扬沙走石"，"播弄恣肆，鼓舞六合"，"光怪变幻，能使人骨惊神悚"的"奇作"。这两种文章，风格虽不相同，"其为古文辞一也"，同样是不可缺少的。建安而下，以至六朝，虽有"盛粉泽而掩素质"的缺点，"然而秾华色泽，比物连汇，亦种种动人"，还是能够自成风格的。从以上见解中，我们可以看出屠隆文学观的一些基本取向，一是主张风格的多样化，而不是以一种固定的标准否定文学史上的多样化呈现；二是不以文采、文词废人，而是肯定了"文"的意义，尤其是对六朝之文取相当的保留态度。这些都与前七子以来诗文观的进展有密切的关系，并有更进一步的推进。屠隆在《文论》中引用何景明"古文之法亡于韩"的说法，极力攻击韩文，理由是"气弱""格卑""情缓""法疏"。大概他所向往的是周、汉文章中秾郁瑰丽的词采；而不满于韩文的，则是昌黎一变成法而为"疏散""波峭"的散文，因此在他看来，韩欧之文就有些"淡乎无采"，"索乎无味"，"喑乎无声"了，或说是"文"的匮乏。

在贬抑韩欧的同时，屠隆对前七子如李何等极尽推崇，以为七子之出，"气昌而才雄，徒众而力倍，古道遂以大兴，可谓盛矣"。但屠隆的设论又不完全同于复古主义，这主要表现在他对"自得"之说的重视上，如谓："古诗多在兴趣，微辞隐意，有足感人。"他之所以尊唐抑宋，因为唐诗"主吟咏，抒性情"，虽然唐诗的风格和"三百篇"不同，但于精神上则是一致的；"而宋人多好以诗议论……又好用故实"，由此失去了本色，这种论调，尽管有张戒、严羽说诗的痕迹，就宋诗的流弊来说，却也不为无见，这就不是格调说所能限制的了。他在《鸿苞集·论诗文》里，主张论诗"各求其至"，反对"以古绳今"，指出"我明之诗，则不患其不雅，而患其太袭；不患其无词采，而患其鲜自得"，更可看出他虽不废文词,而更重视的则是"自得",是"各求其至";"各求其至",也就不会沿袭古人的体貌,而能自成风格了。由此可以见出,屠隆的文学思想,大体处于七子派与反复古之间,从而成为由复古向性灵的转型时期的代表性人物。

②如揭日月而行——《庄子·达生》:"昭昭乎若揭日月而行也。"成玄英疏:"担揭日月而行于世也。"

③《礼·檀弓》《周礼·考工记》等篇——《礼·檀弓》,孔颖达《礼记正义》:"案《郑目录》云:名曰《檀弓》者,以其记人善于礼,故著姓名以显之。姓檀名弓,今山阳有檀氏。此于《别录》属通论。此檀弓在六国之时,知者以仲梁子是六国时人,此篇载仲梁子,故知也。"《周礼·考工记》,贾公彦《周礼注疏》:"《冬官》一篇,其亡已久。有人尊重旧典,录此三十二工,以为《考工记》,虽不知其人,又不知作在何日,要知在于秦前。"

④贾、马——贾谊、司马迁、司马相如。

⑤列缺乘铲——列缺,电光。铲,山行所乘,以铁如锥,施之屐下。《抱朴子·杂应》:"乘铲可以周流天下。"

⑥大造——指天。

⑦南威——春秋时晋国的美女。

⑧姜、姒——姜,太姜,周太王之妃,文王之祖母。姒,太姒,周文王之妃,武王之母。

⑨洵美且都——《诗·郑风·有女同车》句,都,美盛。

⑩太羹玄酒——太羹,不合五味之羹。玄酒,水。意为清淡、朴实。

⑪咸池、六英——古乐名,咸池传说为黄帝所作,六英传说为帝喾之乐。

⑫文至于昌黎氏大坏焉——何景明《与李空同论诗书》:"夫文靡于隋,韩力振之,然古文之法亡于韩。"这是前七子的一个著名论断。

⑬诗至于宋诸公大坏焉——即元好问《论诗三十首》所谓:"只知诗到苏、黄尽,沧海横流却是谁"之意。前七子也持此观点。

⑭文起八代之衰——苏轼《潮州韩文公庙碑》句。

⑮翕然——统一、协调之意。

⑯总总——众多貌。

⑰波峭——同逋峭。本为山岩屋势倾斜屈折貌,转以形容人物或文笔有风致。《魏书·温子升传》:"诗文易作,逋峭难焉。"

⑱宋人多好以诗议论——张戒《岁寒堂诗话》:"子瞻以议论作诗。"严羽《沧浪诗话》:"近代诸公……以议论为诗。"

⑲宋人又好用故实,组织成诗——魏泰《临汉隐居诗话》:"黄庭坚好用南

朝人语，专求古人未使之事，又一二奇字缀葺成诗。"张戒《岁寒堂诗话》："苏、黄用事押韵之工，至矣尽矣，然究其实，乃诗人中一害。"

⑳姑苏徐昌谷——徐祯卿（1479—1511），字昌谷，吴县人。少与祝允明、唐寅、文徵明齐名，号吴中四才子，后为前七子之一。有《迪功集》六卷，《谈艺录》一卷。《明史》卷二八六《文苑二》有传。

【附录】

　　里中有友人见过，与仆抵掌谈诗文。自"三百篇"下逮唐人，若李、杜，若高、岑、王、孟，以及我朝李献吉、李于鳞、王元美诸公，率置喙焉。而独推宋人诗，若苏长公辈，及我朝杨用脩，及一不知名某孝廉。谓周、汉间文字不可学，独昌黎氏可学。唐人惟杜少陵兼雅俗文质，无所不有，比物连汇，字句皆凿凿有据，景与意会，情缘事起，随地布语，不执一途。其最可喜者，不避粗硬，不讳朴野，若无意为诗者。李太白凌空驾语，务言言潇洒，都不切事情，如诗何？杜万景皆实，而李万景皆虚；杜深于赋，而李独长于兴。然杜犹恨其时有诗人之态耳。

　　仆谓老杜大家，言其兼雅俗文质，无所不有，是矣。乃其所以擅场当时，称雄百代者，则多得之悲壮瑰丽沉郁顿挫，至其不避粗硬，不讳朴野，固云无所不有，亦其资性则然。老杜所称擅场在此不在彼，明矣。而谓杜之妙在粗朴，何也？且杜亦自云："平生性僻耽佳句，语不惊人死不休。"良工苦心，往往形神为索，而谓杜无意于诗，且不击登闻鼓讼冤乎？李、杜品格，诚有辩矣。顾诗有虚，有实，有虚虚，有实实，有虚而实，有实而虚，并行错出，何可端倪。乃右实而左虚，而谓李、杜优劣在虚实之辩，何与？且杜若《秋兴》诸篇，托意深远；《画马行》诸作，神情横逸；直将播弄三才，鼓铸群品，安在其万景皆实。而李如《古风》数十首，感时托物，慷慨沉着，安在其万景皆虚。夫品格既高，风韵自远，凌空驾语，何害大雅。屈大夫伤时眷主，见诸篇什，诚然实景。至其《远游》等篇，凌虚径度，岂不高哉！大人凌云，畴非佳境；游仙招隐，亦是美谈。今夫登阆风，坐天姥，傍日月，挟飞仙，即不能至，言以快心，思之神王，岂必据寸壤，处蓬茨，盘跚蹩蹙，食饮而已，然后为实景可贵哉？赋之与兴，六义所该，诗人何可不有。而谓杜深于赋，李独长于兴，且以此置雌黄焉何居？杜如《垂老》、《新婚》、《潼关》、《石壕》、《兵车》、《出塞》、《悲陈陶》、《哀江头》，赋也。纪行怀古，赤霄朱凤，秋风佳人，何谓无兴也？李如飞龙、怀仙、天姥、太白，兴也。大雅、蟾蜍、南箕、北斗，兴也，何非赋也？

　　客曰：李杜之诗之美尤可识。李杜而下，无论其他，即如世称王、杨、沈、宋、高、岑、王、孟，其美安在？藉令诸公得意之诗，为后人所递相脍炙者，尝试存其篇什,掩其姓名,而谓为近世之作,人奈何能知其美也?仆曰:人奈何能不知其美也!于此不知,安用诗为。又云:唐人安得有诗。夫天下事物无尽,情景累移。唐人都不能随事触景,刱出胸臆,或博搜古今奇文奥义,多所铺陈,而徒以天地山川风云草木数字,递相祖述,稍变换而为之,盖千篇一什也,而且自谓能发抒性灵,长于兴趣,安在其为诗?且诗道大矣!鸿钜者,纤细者,雄伟者,尖新者,雅者,俗者,虚者,实者,轻而清者,重而浊者,华而缛者,朴而野者,流利而俊响者,艰深而诘屈者,景之所触,质直可;情之所向,俚下亦可;才之所极,博综猥琐亦可;如是乃称无所不有。兹老杜之所用擅场也。而唐人徒用丽字秀语为声后,取其鼓吹铿然,如出一口,今之王、李,如足下,往往诵法唐人,务为工致而已。于鳞既已若此,足下何不广心自纵,搜隐博古,标异出奇,旁通俚俗,自为一家言,以杰然特立诸公之上,而徒沾沾工致自喜,学唐人不成,即文为于鳞而已。

仆谓:何言之易也。唐人长于兴趣,兴趣所到,固非拘挛一途。且天地山川风云草木止数字耳,陶铸既深,变化若鬼,即不出此数字,而起伏顿挫,迥合正变,万状错出,悲壮沉郁,清空流利,迥乎不齐,而总之协于宫商,娴于音节,固琅然可诵也。子徒以其琅然可诵也,而谓一切工致已尔,唐人不又称大冤乎?诚如子云,诗道不已杂乎?诗者非他,人声韵而成诗,以吟咏写性情者也。固非搜隐博古,标异出奇,旁通俚俗,以炫耀恢诡者也。即俗搜隐博古,标异出奇,旁通俚俗,以炫耀恢诡,曷不为汲冢《竹书》、《广成》、《素问》、《山海经》、《尔雅》、《本草》、《水经》、《齐谐》、《博物》、《淮南》、《吕览》诸书,何诗之为也?且诗出于"三百篇","三百篇"诚多识鸟兽草木,然不过就其所见,触物而为之,何尝炫奇标异。试取"三百篇"而读之,大率闲雅且都,出于田夫里妇之口,何者不委宛曲折,琅然可诵,而乃务以朴野质直,为能自脱笔墨蹊径,不落藩篱乎?老杜语多质朴,滥觞苏黄诸君,不知老杜之所以高妙特立,正不在此矣。如"落日照大旗,马鸣风萧萧",如"阴房鬼火青,坏道哀湍泻",如"青眼高歌望吾子,眼中之人吾老矣",如"万里悲秋长作客,百年多病独登台",如"江间波浪兼天涌,塞上风烟接地阴",如"三年笛里关山月,万国兵前草木风",如"五更鼓角声悲壮,三峡星河影动摇",如"永夜角声非自语,中天月色好谁看",如"金粟堆前松柏里,龙媒去尽鸟呼风",如"斯须九重真龙出,一洗万古凡马空",不大悲壮乎!如"岱宗夫如何,齐鲁青未了",如"公主歌黄鹄,君王指白日",如"中宵驱车去,饮马寒塘流",如"俯视但一气,焉能辨皇州",如"云气生虚壁,江声走白沙",如"吴楚东南坼,乾坤日夜浮",如"星随平野阔,月涌大江流",如"诏从二殿去,碑到百蛮开",如"山河扶绣户,日月近雕梁",如"楼雪融城湿,宫云去殿低",如

"浮云连海岱,平野入青徐",如"锦江春色来天地,玉垒浮云变古今",如"织女机丝虚夜月,石鲸鳞甲动秋风",如"江光隐见鼋鼍窟,石势参差乌鹊桥",不大瑰丽乎!如"落月满屋梁,犹疑照颜色",如"天寒翠袖薄,日暮倚修竹",如"勿为新婚念,努力事戎行",如"妾身未分明,何以拜姑嫜",如"信美无与适,侧身望川梁",如"孰知是死别,且复伤其寒",如"少壮几时奈老何,问来哀乐何其多",如"古人白骨生青苔,如何不饮令人哀",如"青丝络头为君老,何由却出横门道",如"君王旧迹今人赏,转见千秋万古情",如"野馆浓花发,春帆细雨来",如"暗水流花径,春星带草堂",如"露从今夜白,月是故乡明",如"亲朋尽一哭,鞍马去孤城",如"江清歌扇底,野旷舞衣前",如"龙武新军深驻辇,芙蓉别殿谩焚香",如"疏灯自照孤帆宿,新月犹悬双杵鸣",如"画图省识春风面,环珮空归月夜魂",不大宛转流利乎!老杜之美,其大者灼灼若是,乃一切置不论,而独取其粗朴以为擅场,老杜有灵,不胡卢地下乎!

又云:今人文章,往往好学周汉,周汉之文,非不美,故何可学?学而不成,只增丑耳。余曰:韩昌黎何如?曰:昌黎盖文章家之武库也,何所不有矣。且其文大抵雅驯,不诡于大道。然则朱仲晦之注疏可学与?曰:彼盖无意为文者也,何论工拙。六经之文何如?曰:彼盖有意为文者也,美宜矣。余曰:不然。周汉之文,与昌黎文具在。业已有定品,无庸短长。且人亦何学也?脱人能立剖判之先,出六合之外,从前人之所不道,而高自出奇,又何学也?即学矣,独奈何能舍周汉而学昌黎氏也。谓昌黎无所不有,周汉独何所无邪?谓昌黎不诡于大道,周汉独于大道诡也?仲晦无意为文,即无论工拙。六经独有意为邪?无论无不有也,无有也,周汉之文美也,无论美也,周汉也,无论不美也,昌黎也,无论有意为也,无意为也。六经之文,合大道也,无论大道合不合。六经美也。无论美也。六经也,仲晦氏也,不同日语矣。

屠隆《由拳集》卷二十三《与友人论诗文》 万历八年刻本

大真宰握权铲锤铸物,不假雕刻,万象森然,形随性别,状以情殊,散万于一,总一于万,前者推荡,后者滞迁,然而无弗肖也。故曰:化工棼而不杂,成而不变,运而不劳,是天下之绝巧也。偃师之为木偶也,鲁班之为飞鸢也,宋人之为玉楮也,楚人之为棘猴也,工巧之极,至于乱真。然竭其神而役之,则神弗胜役也;假其物而造之,则物弗胜造也,是大冶所笑也。张僧繇之写龙,三年而不点睛,点即飞去,可谓手夺造化,然而龙也乎哉!又九河四渎之乘云蹈空而吞江蹴海者,弗可胜写也,而骚人墨卿,乃欲收罗抉剔,穷妙极玄,操三寸之管城,而尽万物之情状,上发天机,下抽地轴,大畅灵气,细极蠑螈,精极情识,粗掩芳薤,一篇之善,万物不能逃其形,一语之工,大化不能争其巧,故有巧匠之所莫雕,良工之所莫绘者,一览其文,宛然在目,非其胸罗真宰笔含元气者,不与焉。

大禹铸鼎,而神奸遁逃;仓颉造书,而山鬼夜哭,则其效也。藻不之士握管吐奇,枯毫断须,动而盈箧,每至体物,辄阁不敢下,得非以中鲜妙思,手乏玄颖耶?且也抒心而妙者,十常八九;体物而工者,丁不二三。盖古今难之矣!故雨昏青草,花落黄陵,则都官以"鹧鸪"为号;舞人梨花,飞归杨柳,则谢公以"蝴蝶"得名。物多则见贱,少见则珍,若使体物易工,则两君之诗,何以独标嘉誉?使少不足贵,则二子之号,何以流照后来?李、杜登坛称诗家大将,凡所吟讽,揭雷霆而吼风雨,乃求斯什,不亦寥寥乎?则又其效也。

云间张君博搜古今咏物篇什,上自六代,下及国朝,汇为一编,属不佞选之,更为之序。夫总千古之精英,抉万品之情态,皇皇造物,庸无妒乎?予盖窃恐张君为丁甲所收,而其以波及不佞也邪?

屠隆《白榆集·文集》卷一《咏物诗序》 《四库存目丛书》本

夫今世修文之士满宇内,用力勤矣,或不自得;自得矣,或不见大;见大矣,或不致精;致精矣,或才情不传合,薄收须臾之誉,而终灭万世之名,天刑之安可解也,乃同志之。夫文法司马子长,诗法汉、魏乐府,乐府而下法盛唐,以是古卑今,则人人能矣。乃取之博大,而出之无穷,挹之流长,而运之神应,所谓一代总统之才,窃以谓先生是耶非耶?今人学子长,尺尺寸寸求之,字模句仿,唯恐弗肖,循墙而走,踽踽不得展步,而先生独从容出之若不经意,即言言皆若出自太史公口吻中,譬如庖丁之技,提刀而立,踌躇四顾,何勇也。今之拟乐府者,徒得古乐府之字句耳。先生不屑屑于拟古,而春容璀璨,即言言无不作汉、魏声。五言古诗亦出自机杼,而富才劲力,自令鲍、谢却走,若先生之于唐音,犹伛偻丈人之承蜩,掇之而已矣。

屠隆《由拳集》卷十二《沈嘉则先生诗选序》(节选) 万历八年刻本

夫砰砰訇訇者,雷霆之声也;浩浩湃湃者,沧溟之声也;蓬蓬勃勃者,土囊之声也;泠泠淙淙者,山溜之声也;械械浙浙者,䏶膞之声也;萧萧飒飒者,松篁之声也;咆咆哮哮者,虎狼之声也;嚘嚘喑喑者,蛇鼠之声也;啁啁噍噍者,燕雀之声也;噰噰喈喈者,凤鸾之声也。响随乎形,形出乎气,气有清浊,而声因之,斯自然之籁,不可强也。粗器必无清声,秀形必无浊韵,寸管必无洪音,巨钟必无细响,其窍以天,其发以机也。虞、夏之书浑浑尔,商书灏灏尔,周书噩噩尔。汉文典厚,唐文俊亮,宋文质木,元文轻佻,斯声以代变者也。孔、孟雅正,老氏深含,庄、列玄虚,佛氏闳奥,左氏庄严,屈、贾凄怨,班、马雄裁,刘、扬奇衍,崔、蔡平实,曹、刘绮缛,潘、陆富丽,江、鲍、徐、庾工妍,李、杜极才,韩、柳禀法,元、白尽情,王、孟得趣,庐陵体洁,眉山气昌,斯声以人殊者也。周风美盛,则《关雎》《大雅》;郑、卫风淫,则《桑中》《溱洧》;秦风雄劲,则《车邻》《驷驖》;陈、曹风奢,则《宛邱》《蜉蝣》;燕、赵尚气,则荆高悲歌;楚人多怨,则屈《骚》凄愤;斯声以俗移者也。夏侯孝弟,故其言温润;息夫险谲,故其言怨怼;南华放达,故其言汪洋;东方幻化,故其言怪奇;蔚宗轻慓,故其言躁竞;渊明恬淡,故其言冲愉;李白超旷,故其言飘洒;王维空寂,故其言幽远;斯声以情迁也。造物有元气,亦有元声,钟为性情,畅为音吐,苟不本之性情而欲强作,假设如楚学齐语、燕操南音、梵作华言,鸦为鹊鸣,其何能肖乎?故君子不务饰其声,而务养其气,不务工其文字,而务陶其性情,古之人所以藏之京师,副在名山,金函玉簏,日月齐光者,非其文传,其性情传也。

屠隆《鸿苞》卷十八《诗文》 《四库存目丛书》本

  文章止要有妙趣,不必责其何出;止要有古法,不必拘其何体。语新而妙,虽出己意自可,文袭而庸,即字句古人亦不佳。杜撰而都无意趣,乃忌自创;摹古而不损神采,乃贵古法。元美每以体格卑山人孙太初,不知孙风致自翩翩可喜。

  诗道有法,昔人贵在妙悟,新人不欲杜撰,旧不欲抄袭,实不欲粘带,虚不欲空疏,浓不欲脂粉,淡不欲干枯,深不欲艰涩,浅不欲率易,奇不欲谲怪,平不欲凡陋,沈不欲黯惨,响不欲叫啸,华不欲轻艳,质不欲俚野,如禅门之作三观,如元门之练九还,观熟斯现,新珠炼久,斯结黍米,岂易臻化境哉?

  秦、汉、六朝、唐文有致,理不足称也。宋文有理,致不足称也。秦、汉、六朝、唐文近杂而令人爱,宋文近醇而令人不爱。秦、汉、六朝、唐文有瑕之玉,宋文无瑕之石。

  文莫古于《左》、《国》、秦、汉,而韩、柳、大苏之得意者,亦自不可废。莫质于西京,而丽如六朝者,亦自不可废。莫峭于《左》《史》,而平雅如二班者,亦自不可废。莫简于《道德》,而宏肆如《南华》、《鸿烈》者,亦自不可废。诗莫温厚于"三百篇",而怨悱如《离骚》者,亦自不可废。赋莫壮于扬、马,而绮艳如江鲍者,亦自不可废。诗莫天然于《十九首》,而雕饰如三谢者,亦自不可废。莫雄大于李、杜,而幽适如韦、储者,亦自不可废。唐七言绝莫妙于初盛,而妍媚如晚唐者,亦自不可废。至于不可废而轩轾,难论矣。人亦求其不可废,而何以袭为也?今人自李、何之后,文章字句,模仿史、汉,即令逼真,此子长之美,而非斯人之美也。子长美而传矣,何必复有我文章?至韩、苏而不古,至唐宋而萎弱,今欲返之,亦求其古劲耳。"六经"而外,《汲冢竹书》、《山海》、《尔雅》、《穆天子传》、《老》、《庄》、《管》、《韩》、《左》、《国》、《越绝》、《淮南》、刘向、扬雄并不相沿袭,而皆谓之古文,何必《史》、《汉》也。即如书法,钟元常之后有二王、二王之后有欧虞,欧虞之后有颜、柳,颜、柳之后有苏、米,苏、米之后有虞、赵,彼皆法度师古,神采匠心,然后各成一家,名世不朽,若人钟繇家二王,字摹笔临,守而不化,则古今书家止钟、王传耳,何有诸家纷纷哉?余少时亦尺寸《史》、《汉》,今每临文,欲用太史公字句,不胜羞缩,不为《史》、《汉》,亦不为韩、苏,而古法苍然,而神采煜然,是所望于今之操觚者也。

诗非博学不工,而所以工非学;诗非高才不妙,而所以妙非才。杜撰则离,离非超脱之谓,格虽自创,神契古人,则体离而意未尝不合;程古则合,合非摹拟之谓,字句虽因,神情不传,则体合而意未尝不离。

诗之变随世递迁,天地有劫,沧桑有改,而况诗乎?善论诗者,政不必区区以古绳今,各求其至可也。论汉、魏者,当就汉魏求其至处,不必责其不如"三百篇";论六朝者,当就六朝求其至处,不必责其不如汉、魏;论唐人者,当就唐人求其至处,不必责其不如六朝;汉、魏凄婉如苏、李,沉至如《十九首》,高华如曹氏父子,何必"三百篇"?六朝冲玄如嗣宗,清奥如景纯,深秀如康乐,平淡如光禄,婉壮如明远,何必汉、魏?唐人清绮如沈、宋,雄大如子美,超逸如太白,闲适如右丞,幽雅如襄阳,简质如韦、储,俊丽如龙标,劲响如高、岑,何必鲍、谢?宋诗河汉不入品裁,非谓其不如唐,谓其不至也。如必相袭而后为佳,诗止"三百篇",删后果然诗矣?至我明之诗,则不患其不雅,而患其太袭;不患其无词采,而患其鲜自得也。夫鲜自得,则不至也。即文章亦然,操觚者不可不虑也。

屠隆《鸿苞》卷十七《论诗文》(节选) 《四库存目丛书》本

贝叶斋稿序^①

余友李惟寅氏,以贝叶名稿。贝叶者,禅家言^②,惟寅曷为而以名其稿,盖自贝叶斋所诠次而名也。然诗道大都与禅家之言通矣。夫禅者,明寂照之理,修止观之义,言必寂而后照,必止而后观也。兀然枯坐,阒然冥心,空而不空,不空而空,住而不住,不住而住,无见而无所不见,而卒归之乎无见,而又不以无见名;无解而无所不解,而卒归之乎无解,而又不以无解名。一旦言下照了,乃彻真境。夫诗道亦类是矣。语云:"用志不分,乃凝于神。"③夫天下之物,何者非神所到?天下之事,何者非神所办哉?方其凝神此道,万境俱失;及其忽而解悟,万境俱真,则诗道成矣。古今能言者不少,往往以才溢格,以格掩才,体局于资,情伤于气,作如牛毛,合如麟角,杀青之业,及身而止,非必尽由天赋,则其凝神之不至也。神潜九天,则操蛇之神下④;神潜九渊,则象罔之珠出⑤,而况声诗之道哉!

惟寅之于诗,凝神可谓至矣。盖自总角为小侯⑥,辄喜哦诗,辄与四方之名贤才士上下其议论。夫朱第门中多侠公子,平居所事事或直以贵侈相高,乃惟寅一无所好,好为诗文,又故席家世得弛于负担,谢博士业⑦,不分于估仳,而以其少年英爽沈毅之力,一用之于诗,上而块圠,下而莽苍,无不赞也;巨而鲲鹏,细而蠕蠓⑧,无不博也。远而坟索、骚赋、汉、魏、齐梁以至正始、大历,无不习也。近而学士大夫、山人布衣,以至闾巷夫妇伊吾惕咏,无不察也。其力倍,故其气足;其气足,故其神凝,卓哉此道!则几于化矣。盖余始读惟寅诗,为鸿响亮节,砰訇合沓,咄咄逼历下生⑨。今则加以湛思绵密,标韵宛至,才情错出,气格相参。其色泽如绿水芙蕖,映以秋月。其声响如云房清磬,间以松风。骤而读之,如丹霞之出于石洞,索而味之,如山泉之入于齿牙,其庄严整丽,犹列侯之故,其潇洒冲淡,居然布衣之风,则几于化矣。如严维以禅家三乘品诗⑩,惟寅之诗其最上一乘也耶?余于此道亦童而习之,故其禀之天者既不厚,而又牵于估仳,分于饥寒,故其道亦止而不进,今则化为车下尘。去此道且日益千里,奈何复与惟寅抵掌而谈风人之致,而惟寅故时时向余抵掌不休也,其亦文王昌歜之嗜⑪邪?余睹古之为声诗者,卒高彭泽、右丞、襄阳、苏州诸公,则以其人俱耽玄味道,标格轶尘,发为韵语,亦翛然清远如其人,故足贵也。余闻惟寅筑贝叶斋,日跏趺蒲团之上而诵西方圣人书,与衲子伍,则惟寅之性灵见解何如哉!宜其诗之精诣至此,老氏有言:"虽有拱璧以先驷马,不如坐进此道。"⑫余于惟寅之诗,亦云:彼淮南非鸿烈则刘安一侠公子耳⑬!

《白榆集·文集》卷一　《四库存目丛书》本

【注释】

①《贝叶斋稿》,李言恭(?—1599)作。言恭字惟寅,号秀岩,盱眙(今属江苏)人。明开国功臣、太祖外甥曹国公李文忠八世孙。万历三年袭封临淮侯,以勋戚留守南京。工诗,有《贝叶斋稿》。此外还有《青莲阁集》和《日本考》等作品传世。

屠隆在《贝叶斋稿序》篇首说:"余友李惟寅氏,以贝叶名稿。贝叶者,禅家言,惟寅曷为而以名其稿,盖自贝叶斋所诠次而名世。然诗道大都与禅家之言通矣。"以禅论诗,历代即有,至宋严羽而最为卓著。明以来诗坛虽以严羽《沧浪诗话》为尊,宗唐之风甚盛,无论馆阁,复古派之前七子都是如此,但却无一例外地剔除了严羽诗学中的禅学要素,这与馆阁及复古主义均属儒家诗学一脉有直接的关系。晚明以来,从思想界到文学界,对待佛禅的态度已经发生了很大的变化,由理学领域而言,有阳明一派的援佛入儒,而佛学也渐次处于其中兴阶段,在文学界稍前的如徐渭、李贽、汤显祖、冯梦祯等,稍后的如公安三袁、陶望龄兄弟等,也包括选文中提到的贝叶斋主人李惟寅,皆有嗜佛习禅的经历,并将之引入到对文学活动的认识中,由此也影响了这一时期文学思想的变化。

屠隆在该文中,以禅家所谓"止观"与"寂照"之义发论,而集中于对"凝神"这一现象或说是概念的阐论。其要点有二:一是禅学与诗学是相通的,都不离止观、寂照与凝神的过程。这个设论看似平常,但如将之置于明代诗学的历程上看的话,则有其特殊的意义,其既不同于儒家诗学的主于涵养与载道,也不同于形式论诗学的注重格调于体式,而是偏重于一种心灵的内在体验,这与晚明心性论的取向是一致的,因此而也必然会导致论诗方式的重新选择。二是其集中阐述的"凝神"一说,是与"兀然枯坐,阒然冥心,空而不空,不空而空,住而不住,不住而住,无见而无所不见","筑贝叶斋,日跏趺蒲团之上而诵西方圣人书,与衲子伍"等行为联系在一起的,因此诗道的实现首先依赖于坐禅、习静等过程,也就是佛法在前,然后有相应的诗道,至少需要依赖于一个相似的心理准备过程,而这个过程造致的首先便是"空"却万物,然后由空生有等,其中当然也会空却掉所有的所谓"道学"与各种形式规则等,因此由之所生的也必然是一个全然不同的诗学境界。凝神,从而将诗道的追求集中在了精神的体悟,这样也就克服了七子派诗论中经常涉及的"以才溢格,以格掩才,体局于资,情伤于气"等的困境,以凝神的"一旦言下照了,乃彻真境"等看,对诗的通达也就是一个"妙悟"的问题。

其次,本文中涉及的另一个概念也十分重要,即其所云的"性灵"。就思想的来源上看,晚明性灵说有两个最明显的来源,一是佛教的心性论,二是心学的理论,而后者又一定程度上受前者的影响。从屠隆表述的这段文字看,"性灵"概念直接与佛道及坐禅有关,也正是通过坐禅或静习从而有一去蔽的过程,人才能重新发现自体固有却被长期遮蔽的性灵。这一性灵与李贽的"童心"已经很接近,但李贽是通过心学的理解方式来达及的,屠隆则是通过佛学的理解方式来达及的。在晚明文论史中屠隆是比较早地频繁使用"性灵"(及相关概念)的人,屠隆《行戍集序》云:"实写性灵,寄之笔墨,即文字可灭,性灵不可灭也。"《抱侗集序》云:"道足以淑身心,教足以泽万物,材足以应世故,词足以陶性灵,故可贵也。"《寿黄翁七十序》云:"诗取适性灵而止。"然屠隆有时又粘滞于以"情"论述,难以守定二者各自的边界,由此又显示出其与复古主义前辈思想上的深刻牵连。性灵说的产生标志着晚明文学思想进入一个新的阶段,而屠隆可说是在这一过渡中扮演了一个中介性的角色。

②贝叶者,禅家言——贝叶是取自一种叫贝叶棕,又名贝多罗树的植物的叶片,经一套特殊的制作工艺制作而成,所刻写的经文用绳子穿成册,可保存数百年之久。贝叶经最早出现在印度,后随佛教传入中国。

③用志不分,乃凝于神——出自《庄子·达生》。用心不分散,才能使精神集中在一处。

④神潜九天,则操蛇之神下——九天,高不可测的天空,极言其高。关于"九天"还有其他的说法。古人认为"九"为阳数,天属阳,九天就是指上天。《淮阳子》则将天空分为九方,称"九天"。操蛇之神,出自《列子·汤问》第五《愚公移山》。

⑤神潜九渊,则象罔之珠出——九渊,深渊,语出《庄子·列御寇》,"夫千金之珠,必在九重之渊,而骊龙颔下";一为古乐歌名,《周礼·春官·大司乐》"以乐舞教国子",唐贾公彦疏:"少昊之乐曰《九渊》。"象罔之珠,典故出自《庄子·天地》。黄帝在赤水昆仑之间遗其玄珠,在赤水昆仑之间索而得之。玄珠(道)在山水(自然)之中,象罔在赤水昆仑之间索而得之是"自然"的"自然性",前者是后者的本真性存在,后者则是前者的本质性内涵,二者整体性地融合于老庄的自然之道。

⑥盖自总角为小侯——李惟寅万历三年(1575)袭封临淮侯。

⑦谢博士业——唐以后称科举生员为博士弟子,此指辞去科试。

⑧巨而鲲鹏,细而蠕蠛——鲲鹏原指一种大鸟,《庄子·逍遥游》中最重要的就是鲲鹏意象。蠕蠛,飞翔、爬行的昆虫。《淮南子·本经训》:"覆露照导,普汜无私,蠛飞蠕动,莫不仰德而生。"

⑨呫呫逼历下生——历下生,即李攀龙。李攀龙(1514—1570),明代著名诗人,字于鳞,自号沧溟。

⑩如严维句——宋严羽有以禅喻诗说,即以上乘、下乘、声闻辟支果喻诗之三境。

⑪文王昌歜——昌歜,用蒲根切制成的盐菜,《左传》僖公三十年:"王使周公阅来聘,飨有昌歜……"一说为周文王所嗜之物,孔子慕文王而食之以取味。另说为楚文王所嗜之物。皆可喻人之癖好。

⑫虽有拱璧,以先驷马——见老子《道德经》语。拱璧,古代一种圆形大玉。驷马:四匹马驾的车。古代只有天子,大臣才能乘坐。以拱璧在先,驷马在后,是古代献奉的隆重仪式。

⑬彼淮南非鸿烈则刘安一侠公子也——《淮南鸿烈》是西汉刘安主持撰写的一部书,又名《淮南子》。刘安好黄白之术,事载《汉书》等。

【附录】

夫道之菁英为文,文之有韵为诗,盖不知何所自始,古今人物靡弗驰焉。大道默默,乌取硁訇,凿破混沌,磔裂元气,以雕大素而变希声,则其敝也。而至人不废老氏,糠粃一世,翻然以西,灭迹销声,黯尔冥寄,宁复驰神雕绘者,乃因文始而留五千言,五千言庸讵非文邪?而《白云谣》、《千金母》、《青裙歌》、《于玉童》,即玄圣灵人谓至,亦语语至,亦语语韵也,仰而睇之,夫云蓊然,而霞烂然,而雷电霍然,亦文也。夫调调寥寥,飕飗谷谺,触穴为啸,遇松而簧,亦韵也。故鸿藻之士,气韵清疏,萧旷之夫,神情朗畅,必发而为文采,郁而为声歌,譬如根之有华,谷之有响,天动神来,恶得禁诸?然其浅深工拙,往往千里,岂惟格以代降,抑亦才缘质殊。

舍文而独称诗,"三百"之降而两汉也,晋、魏之降而六朝也,隋、陈之降而李唐也,如西日不返,东流靡回,虽有神功,莫之挽也。孟德、子桓之质,而东阿之华也;彭泽之冲,而江、鲍、徐、庾之绮也;沈、宋之功,而储、韦之象也;元、白之纤,而李、杜之大也,如鹤长凫短,乌黔鹄白,虽有智巧,莫之齐也。

我高皇帝取天下于胡雏之手,南北王气笼罩,今占风雨,岳渎尽吐厥灵,以故雕龙之业,亦光起前人,爰出异代。李、何、边、徐诸君导其巨波,济南、琅琊诸君扬其洪流。于时子威先生则独运灵匠,自铸伟辞,有物必博,有玄必钩,有思必湛,有语必瑰,若太和玄岳,独立夭峤,跋扈齐州,而不肯为五岳下。大海茫茫,日月涌起,雷霆下击,钜灵走死,造物不惜簸弄,若兹亦绝奇矣。琅琊棂心玄真,业焚笔研,先生深契要眇,常恐不前,而犹有斯集者何则?至人不废也。先生思穷垓北,语驾鸿蒙,奇古则神奸之鼎,雄爽则风胡之剑,险峭则悬崖之溜,深窅则颍洞之穴,乘蹻流电,不可端倪,亦既培塿子云,觳觫崔、蔡,融屈、贾而诣化,驱班、马以入深。逮其为诗,又何独到也,程古则苏、李抗旌,三谢陪乘,体近则正史命格,大历取材。当其得意,便闯古赋之场,至其幽遐,居然真诰之语。可谓思苦志劳,力劲神王,沉渊无底,排云直上,披靡前后,自建一麾,良非偶也。

某少有虫鱼之癖,岁月既迈,厄焉告罢,偶闻淡漠之旨,不啻渴夫之饮财露,琅琊、太原复时以鏧帨见规,稍思沉默以学希夷,恬愉以养丹元,墨卿之役,废置久矣,而今乃为先生所挑也。故菩提上果,犹有声闻,大道神来,未除狡狯,结习之不易划如此哉!夫综物写象,述事宣情,则此道为胜,若求之性命,则此特其皮毛耳。至宝不曜,真人舍光,三叹斯语,愿与先生共勖之。

屠隆《白榆集·文集》卷二《刘子威先生澹思集序》 《四库存目丛书》本

夫道生天地,天地生万物。道者,天地万物之所以生也。万物灵矣,人于万物尤灵矣。夫万物之灵,人于万物之为尤灵者,道也。非道则块然之形也。物之无情者,则无灵道不在乎?无情而有主,则其所以生者,道也。孔子之道为万世师讼者,多归功于其六经。六经者,孔子所以载道者也。非孔子之所以为道者也,譬之藏珠于椟,道则珠也,六经则椟也。道生天地,天地生万物,而孔子畅明之所以开万世,使不失其所以生者也。而又取而笔之六经,使其所以生生者不磨灭也。孔子而后,秦、汉、六朝、李唐、五代,天地之气运趋而日下,人物之学术驳而不醇。若论其世,大都去道差近则小康,去道弥远则大乱。而孔子之道卒不可得而磨灭。至于有宋,真儒辈出,此道遂以大明。然有宋以前多大乱,极敝,而人类不殄者,道固不可磨灭也。大乱之世,必有端士至,不肖之人必有良心,道何尝灭哉!使道有时而灭,则人类殄矣。由宋而后,天下不幸经胡元之乱,中国之统移于殊丑,腥秽之气遍于神州,孔子之道卒不灭,有若许衡氏者,尚以性命之讼倡于腥秽之朝,衡之学诚不足龚墙仲尼,而要之天固令斯人存。其所以生,生者之一脉。譬之风霾蔽天,曜灵受障,而云雾稍薄时,漏其光芒,则知曜灵固在也。我高皇帝扫除胡元,还我中国之正统,列圣灵之辅以真儒,此道复大明。余姚王先生则揭良知以示学者,学者有如披云雾而睹青天。夫良知者,人心之灵明也。立于清虚之境,而非实,而滞迹运于事物之表,而非虚,而沉空。人之所以藏感于其寂,缘寂以起,感综事物,操纲常铲锤天地,宰制六合,无巨无细,何者?而非灵明之所为也。固致良知,则大道毕矣。良知二字,孰不知之?至王先生揭出之,而人斯恍然觉悟,而寂感巨细不必他务远索。而惟反而求之,吾心之灵明如夜行者,朗月在天而操炬而行,试语以朗月,则炬可立废。

而不知朗月固在天也,岂寻幽摘新以害耳目,而夺心神者哉?楚刘鲁桥先生早岁闻阳明良知之于毛道峰,精诣超悟,布加之以反躬实践,内存炯照,外务暗然,荐实辉光,表里莹彻,为海内学者所师。嗟夫!陆子以虚灵为宗,而未尝不体验于事物;朱子以笃实为事,而未始不关照于此心。阳明之致良知,得之象山,而其通于寂,感巨细,则本之朱子何尝有二哉。当其时,鹅湖之辩不过参考互订,以求信乎此心,而信天下。后世初,非各立门户以自为矛盾。各立门户而自为矛盾,则后世之私,而非儒先之意也。刘先生居尝论著,深明其不然者,以此,某少事雕虫终岁犹不闻道。闻究心于天地万物之理,则又杂取三教而泛滥求之,以故所见驳而不醇。先生不以某为不肖,尝进而与之语。见先生德性天成,温然凝然,洵任道之器,使其得志,其于世道讵小补哉。世固知先生而未能大用,而令先生俯仰尝格,时怀退志,此大易,所以有所不汲之嗟也。

屠隆《白榆集·文集》卷一《刘鲁桥先生文集序》
《四库存目丛书》本

家司马天才豪逸,凌轹当代,自其少时落笔吐语,光芒乱射,如乘跻列缺,闪烁变幻,不可逼视。慨然有志于作者。及释褐服官,出入中外,遂讲古豪杰经济大业,耻攻雕虫,徒空文自见。及秉钺于楚,奉诏修玄岳,谒玉虚师,相探金箱宝笈下,而遇异人青羊桥上,恍焉有悟,则又冥心至道栖神。清虚不欲以罄帨之。文自取销精耗气也,故其为诗,贵跌宕而黜纤细,尚雄浑而薄雕镂,务兴趣而略声律,其间有语直而意婉,体质而色华,句淡而味浓,调险而气适。或情境所到,顷刻千言;或累月沉冥,不哦一字。是雄豪大人巨丽之章,固非隅曲之士所为,呕心枯形而得之者也。公晚年摆落事务,不以一物经心,时拈枯棋,时衔浊醪,罢则终日危坐,兴至矢口偶成一诗,取适而已,了不求工,而天机流畅,固有非呕心枯形者所能到。呕心枯形者务以死,求其惊人而索之味短;公了不求工,矢口取适,而往往神来,则存乎养也。司马少负奇颖,中岁奋于勋烈,脱杜德机,舍光塞兑俍,所谓古之有道喆人者非邪?若而人者,即不留一语,不垂一文,其神气固足不灭,而况名章大篇累累若此,何忧不传?余与公为诸父行,而少于公甚,总角相眷,受公国士之知三十年。公年八十化去,余时作《由拳》,长闻计。为位而哭公,极哀。白日为余惨淡匿光。道路闻之,至哀恸。父老云,盖至今公与张司马同一尸祝。而公子田叔,有俊才淑质,清真好道,与余为同心交。即余不手定公遗文以传后世,谁当定者?嗟嗟,子期亡,余琴可破矣!临文三叹,心折于兹。

屠隆《白榆集·文集》卷二《屠司马诗集序》 《四库存目丛书》本

夫水之触石也，遇风也，泠泠萧萧、嘹烈而清远，出而土囊，吹而为映，胡其忧乎？则其所计者然也。骚人墨卿，无代无之，后人乃往往好读仲长统、梁鸿、郑子真、尚平、韩伯休、陶靖节、王无功、孟襄阳诸家言，岂非以其抱幽贞之操，达柔澹之趣，寥廓散朗，以气韵胜哉！孙公和独处石室，嗒然而已。嗣宗对之长啸，意尽而退，至牛岭间啸声振崖谷，若数部鼓吹，顾视，乃向人啸也。而嗣宗辄用自失。高韵胜气，一啸而足，即安所事謦欬之言。故诗不论才而论性情，亦存乎养已。世有心溺珪组口胃烟霞，其言虽佳，其味必短，何者？为其非真也。吾友李山人宾甫，少而辞荣，中岁石隐，家幸不乏负郭，弛于负担。所居有林皋泉石之胜，灌园垂钓，与禽鱼亲，发为诗歌，力去雕饰天然冲夷，语必与情冥，意必与境会，音必与格调，文必与质比。非独其材过人，盖根之性情者深哉。则其所得于泉壑之助不小也。少室终南讵不儵然，一纴时荣，体气遂别，虽复津津云林，如嚼蜡何？惟其有之，是以似之。此山人之所以幽绝足赏也。余少家罨罿之窟，野性其习，盖庶几有山人之心，不幸为世网所罗，幽人之致灭矣。而犹复与山人津津不已，是天台子微之所以笑卢公也。虽然，神游八极，青莲庸讵非常在供奉之班者邪？

屠隆《白榆集·文集》卷三《李山人诗集序》 《四库存目丛书》本

夫"贪夫殉财，烈士殉名"，古今以为名言，余独曰不。财最秽浊、故溺贪夫；名近清虚，故动烈士。语是矣，而非其至。何以故？夫金可镕而不可改其刚，兰可焚而不可易其香。隼在鷇，猛气具；虎方乳，雄心存。彼且然，而彼亦不自知其所以然，此天性也。藤萝善附，松柏独秀，庸夫选愞，壮士义烈，亦犹汪罔之不为僬侥，嫫母之不为夷光也哉。聂政刺客之雄耳，意气所激，犹蒙面抉眼，自灭其名，非其姊以殁白之，后世谁当知者？而况卓落大贤，英伟沉毅，夫既天植其性，而又佐以古今，博以义理。彼其胸中之跌宕，方且糠粃六合，浮沤天地，乌睹千秋小名乎？夫万乘在前，斧钺在后，直钩推之，曲钩引之，自非百炼之钢，瞀乱战陨，五色无主，何暇修名？修名者，曲士之规，非卓落大贤之操也。故相江陵阴贼鸷刻，操下如束湿，暴而宣欲，睚眦杀人，多布腹心中外，伺察采访，凡侵及江陵者，即片言细事，亡不以闻，立得奇祸，中外道路以目。会江陵父死，惧一旦大权去已，人乘其后，且获罪叵测，谋夺情不奔，大小臣僚其俾不畜愤而就？李沈君纯父时为比部郎，与同舍郎艾君辈四三君子先后上疏争之。江陵大怒，上疏者并得重遣，沉君廷杖至八十，谪戍南海。逾四年江陵死，沈君等皆赐环，当其裹创，慷慨出都门，都人士女无不苏苏泣数行下，而君故豁如此。之南海，蛮烟瘴雾之与俱，狐狸山鬼之为友，奸人伺影，凶类含沙，当其时，命何止一椰叶哉！而君又豁如,日提一壶,寻野人山客,相与啖荔枝而听莺声,桃榔树下快然自适,颓然自放,又安知其身为迁人？远在瘴海时与比邻哉。以故发为诗文,沉雄俊爽,镇压百代,何则？其神完,其气定也。夫苏属国十九年,雪誓所当万以自分此身终胡地灰耳,讵能料其白首归国乎？沈君南戍,伺影含沙者满前后,令江陵缓数年,不以君之为岭徼游魂必矣。生还何望焉？此非来以生为旦昼,以四大为幻妄者不能辨,而谓其持七尺博千秋小名乎？纯父在南中所为诗文,名曰《行戍集》。新都理龙君善遇纯父燕邸,欢若平生,读其集叹赏不已,携之箧中,将命工劂于官舍,而沈君则以叙见属。夫桑阴杵臼片语即合,风期同也。君善少年挺洗马之姿,兼平原之藻,翩翩气侠,雅擅南国俊流,宜其与纯父一见,相赏辄忘形骸也。而不佞某并得幸于两君子,愉快矣。虽然,纯父业耻殉君,而君善复传其集,无奈非烈士意乎？夫纯父,有道者,视荼如荠。齐夷险以生,而特写性灵,寄之笔墨,即文字可灭,性灵不可灭也。老氏西出关,涉流沙,有身之累意遣矣。而犹为尹喜留五千言,彼岂以名故哉！

屠隆《白榆集·文集》卷三《行戍集序》《四库存目丛书》本

　　世之推英雄率卑诗曰,士挟日月,提雷霆,鼓铸六合而成巨人名,则有山河大业在,安事诗？诗即工如李杜,高阳徒尔。余谓推英雄言良是,而未尽也。夫诗者,技也。技,故其道不尊,令明王在宥,以斗大印置豪杰将相。仲尼南面,颜曾列坐,而进退两庑下贤人。黄帝巨鹿之战,光武昆阳之师,两军相持,长戈互云,急矢如雨。当其时,诗固无毛发用,措大持一诗,向者沽儿市杯醪片脔,辄唾之不顾,何如阿堵？乃济日用夫诗,安能与死龟之壳败鼓之皮同价哉？而学士大夫往往不废者何？夫天地之生物,用风雷雨露尔,而不废云霞。夫云霞何用之？有万物之生,本牛马鸡狗尔,而不废麟凤。夫麟凤何用之？有醍醐、甘露、雪藕、交梨,无疗饥之益,而有消烦之功,世并珍之。诗于道不尊,于间无当,而千秋万岁不废,故不尊之尊茂伦,无用之用滋大。市杯脔,则不如阿堵;济日用,则不如皮壳。而舒畅性灵,描写万象,感通神人,或有取焉。昔者,赵简子梦之帝所,听钧天广乐,李王孙才鬼耳,帝且召而赋玉楼焉。故知帝亦贵诗也。仲尼手删"三百篇",鼓吹人代矣。而又自为猗兰龟山诸操,金石其声,故知仲尼亦贵诗也。西王垂白云之谣,真浩著云林之什,伯阳平叔谈金丹大道,何兴于诗？而语语节奏,故知列真亦贵诗也。大觉金仙修无上了义,即山河大地无所不空,乃其所为偈赞,居然诗也,故知竺乾先生亦贵诗也。泗上亭长生平以马上自雄,拔山扛鼎之夫,即剑术且薄而不为,而为诗,大风之歌跌宕哉,虞兮虞兮又何悲凉也。隆中人抱王霸之姿,于世固不屑屑,而犹托之《梁甫》,以吐其风云之气,古壮士英物何尝不贵此道。独所谓推英雄者贱焉,渠亦无乃度才量力,而曲护其短邪?夫诚自掩也,何贱之有?诚贱也,又何掩为?学士大夫之贱诗者,代不乏;而其称诗者,亦代不乏。乃诗自"三百篇"、汉魏而下,独推唐。唐以诗登士,士弗工诗,则弗登。故合山川之灵,而毕其力以趋之。有林卧读书数十年,而后发之为诗者,取之千秋而收之于语,索之人外而得之目前,构之累月而成之晷刻。当其思涩,呕血刳心,玄鬓早白;当其神来,心旷气爽,凡骨立仙。略而读之,则山川花月,机杼有限;徐而味之,则飞云流霞,意象无穷。故语山川则躁竞之意烟消,谈放旷则郁结之胸雾散。洒以清凉,则内热者饮水;煦以氾辞,则苦寒者挟纩;赋边霜,则征夫流涕;咏闺月,则思妇动魂。烟疾雄深,则风雨骤至。妙诣玄解,则神物下来。是唐人之所长也。后世毕一生之精神于帖括,以应有司,何暇诗?及吾成名,为之未晚,一旦进贤加首,辄抗颜而称诗一篇,甫出,赞者已在旁,何其速肖也!虽有瑕瑜,曷由知乎?古人读书数十年,以全力而凝神于千秋。今人生平未尝从事,以枵腹而求肖于一旦,又何怪诗之不古也?唐人诗,如"明月松间照,清泉石上流","野旷天低树,江清月近人","雨中山果落,灯下草虫鸣","夜静江水白,路回山月斜",此似常境常谈,究其所以,非腹有万卷、胸无一尘者不能办,奈何轻议诗哉!楚高以达先生,所选唐诗祭得而卒业焉,精且备矣。昔高廷礼氏选《唐诗品汇》备矣,而太滥,约而《正声》精矣,而多遗。至李于麟选,更加精爲。然取悲壮而去清远,采峭直而舍婉丽,重气骨而略性情,犹不无遗恨焉。先生所选精且备矣,譬如鲛人入海,所得皆珊瑚木,难洞英灵之府哉!先生为人耿介,高旷风尘,表物于世,无所好而好诗,宜其鉴裁,玄朗若是。后之学诗者,请以兹选为宝筏,可乎?

屠隆《白榆集·文集》卷三《高以达少参选唐诗序》《四库存目丛书》本

先生习静调心,闻大有得,每自观中来者,无不心醉。仆日恩尘劳,几成虚度,长恐辜负师真接引为门下知人之累。二六时中,无论广堂屋漏,薄书清燕,车中枕上,朝夕不忘提醒此心,而名障、欲根苦不肯断,世上万缘,独此二物为难除。隆自学道以来,凡可以去此二贼者,真惟力是视。隐而不发,直以经岁。隆方私自喜念已遂降此魔,偶有所感,蹩然动念,乃之病根尚在,特潜隐不发尔。夫澄流不如清源,治末不如芟本,先生加功当进于此。神秀云,时拂尘埃;六祖云,本来无物。菩提正觉,必归六祖,然神秀之旨何可废也?恐当以神秀为筏,六祖为岸矣,必以筏然后及岸,必及岸然后舍筏,不拂尘埃而直求无物,有是理乎?我闻有缚斯有解,无缚何解?今隆解而缚,缚而解,解而旋缚,安在无缚无解?一着于有,即为有所缚;一着于空,即为空所缚。不有不空之间,又将何归?学道者所以成仙作佛也,成仙作佛在去相也。有之于世缘，则世缘为相；有意于成仙作佛，则仙佛亦为相。然不仙不佛而都忘之，即又易牵于世缘。故功亦大难，云何而可？先生业逃于空谷，万缘尽屏。隆方多历外境，日与万缘涉，奈何加功？空谷易定而难于试，外境易试而难于定，苟身动而心静，则市廛亦深山；身静而心动，则深山亦市廛。今先生身心俱静矣，不知暗警默省万缘之中，尚有一二足动念者。不若非稍从境上一试过，恐未可的然自信。昔栖霞大师之所以论坐圜者，可念也。隆于种种尘恩中求清静，其功难于克大敌。力去病根，时时扑灭，时时动念，旋灭旋动，旋动旋灭，渐次降服者，往往有之。此都自境，上试觉其然，独无如名障、欲根之难去矣。欲根是众人所同，名障是吾辈之重。若先生于此二者脱然，道更何属？夫圆寂照了，割水吹光尽废。拟度经、悟心性者，圣贤居士之根也。勤心苦行，研磨煎涤，系牛毛计日，计功者下劣，凡夫之事也。隆今退处于凡夫，不敢径希乎解脱，如此不已，倘微有进处以不负长者，诚灰灭无恨。昨于范府公所见师真遗言，不胜悚异，中有昙氏再兴之说，为是师真乎？为是他人乎？涅槃之日恨不得一顶礼佛足，倘此时幸面授片语，今日信心成就或庶几可望。咫尺灵山，不见世尊，不肖机缘可知矣。而又不得时时侍两先生函丈下。嗟天乎，何绝我宵人之甚也！夫三十二相不可以见如来，即心是佛，仆当自勉。然俯伏参承，从古不废。仆今得数侍迦叶阿难，即如奉世尊，奈何天复间之，适自郡城回舟中兀坐，一念起处，无非两先生所不能已已。遂作一笺，投之门下，敬以所疑求印善知识，幸不悋德音，师真遗言已惠二册，不敢数以竿牍溷荆老，幸道问讯。

屠隆《白榆集·文集》卷七《与王无美先生》　《四库存目丛书》本

吾浙名山，以雁荡为最胜。大龙湫洞窅深黑，虬螭屈盘不见底止。群峰崒岭峭拔，蓝碧刺天，石壁瀑布，春粉霏雪，回薄激射，日光荡之，作青红万虹霓状，山川奇特雄秀若此，其下盖必有灵喆异人焉。则复阳先生其一，足当之。复阳先生为诸生，顾洞晓天文、星历、风角、遁甲、六壬、阴符、韬钤。尝参谈二华，大司马军幕深见眷，遇行间机略，多所采纳。谭公戡定东南，先生之劳十九。公欲荐先生起家兜鍪，开府挂印，可旦晚取之，非其好也。无何，遍游天下，访道羽流，每遇黄冠方外之客，无问真赝，咸膝行向风，不难以其身充牮，除守鼎之役劳。若积岁，遂感至人，授以性命双修，内外大丹道诀，顷以不佞至心向道，数百里来访，得闻先生要眇，果然证圣宝祕升天霭梯。不佞与结刼外交，探环中奥，至幸矣！先生间以暇日为诗歌，亦朗畅沉蔚，尤长拟古，杖写所至，辄有篇章，岁久成帙，属余叙之。夫复阳，抱道人，诗歌何以云？然古鹤上仙，往往不废吟咏，语常烟霞，字挟星虹，陶写性灵，剔抉万象，金台宫中，人人辨之，即如都水监诠次真诰，如云林右英青童，方诸辈锵金曳玉，诗道何尊乎？复阳诸稿惜不遇通明公,今遇通明公,云笈霞签矣。

屠隆《栖真集》卷十二《王复阳诗稿叙》 《续修四库全书》本

余读《古高士传》、《逸民传》、《襄阳耆旧传》,韬光保真,含灵抱一,鸿庞敦愿之风,穆哉邈矣!乃考镜古今文苑,挽星虹之彩,辔龙鸾之章,刻画万形,炜擘千古,搜剔玄宰,舒布性灵,洵娴且都。夫冲素独存,则文心宜乏,丽藻太盛,则醇德必漓。斯两者若缁白泾渭,莫或兼之。吾明州沈氏自嘉则,挺绝丽之姿,飘英猎藻,一麾先登而箕仲肩,吾长孺诸君子继之姓起,连蜷并操,不律埒西京而表东海,阿咸清真何减嗣宗,小谢秀发不逊康乐,曹家七子,颜公丘君,近不出沈氏阶庭间,可不谓近代之特盛者哉!乃观其诸父,若稷丘慕闲及影泉三数,公抑何静?嘿,宠厚也。影泉公者,长孺尊人,齿差稚于两公,而耆旧名德与两公同,里人署嘉则而下为四俊,慕闲公而下为三寿,非此三寿,不有四俊。四俊各驰文誉,掩时菁华,三寿并宝,素心肩古,高逸斯至,所难至无所难兼,盖自织帘居士、八咏隐候以来所未睹见。吾明大海滈渤,颃洞之气,宁渠有私于沈邪?万历十六年某月,是为影泉公八十,大司马东沙翁仲子高州守孺觉新,与长孺有连。十七年,高州至自入觐,将登公堂,休觞酌之礼而徵言于道民。道民与诸沈尝有文社之盟,而事影泉公为丈人,行于是,不辞而为之言,夫余言几足为沈谱哉!

屠隆《栖真集》卷十二《寿沈影泉封公八十序》 《续修四库全书》本

文章之道,为物钜,而厥理细得之,有分合之,有神收之,欲传裁之,欲精模古,欲法自铸,欲心程体,欲整尽变,欲化金石。宫羽不必合,而期于谐。栌梨橘柚不必同,而期于美。决鸿蒙之盘,步泰媪之外,闯虚无之窟,集毫芒之端,神凝精注,久而混冥。岁炼月磨,忽而莹徹。其难若此,讵佻薄之,夫可以率易徵取焉也。不佞得此道甚易,涉此道甚浅,陂塘之潦尔。足下其溟浡乎?沉雄旁塘,漓屈深靓,苞含意象,吐呷精华,当其磔裂而播之,其气飚出块圠。当其潜,精而研之,其神透入灵壳,贯风承蜩,亡不超矣。半豹全牛,亡不诣矣。梁萧统上下千余年间来,撷英爽,悉贵胄,其胸臆奔走,其笔端颃洞高深哉。而足下亦自以为空前绝地,只古单今,意气栩栩,盛也。乃求之当世,实有如足下者几人?足下意不可一代,似不为过。仆则愿足下之益自冲挹也。足下方以盛名房都会,猎缨飘组,挥麈抽毫,人望光尘,家传欬唾,登高而呼顺风。南国之彦如云,咸来登龙门、盟牛耳。文人得时,而驾茂以加兹。仆自中含沙以来性灵无恙,皮毛损伤,仕学两违,身名俱废。虽复鸡肋此艺,勉试操觚,而下流难居,末路多窘。识不为时采,语不为世珍。当时且然,后代何望?终恐狐狸猫貉啖尽,方之足下为龙为蛇,夫复何言?虽然,士托天壤亦多途矣。桓荣井丹,显晦异轨,子鱼幼安,静躁殊操。不闻云鸿下幕泽雉,不闻野麋乃羡槛猿。安身立命,仆盖别有所得。固将毁弃荣华,灭裂文藻,跳尘中而立霞外,今便难与足下竟谈。数十年后,足下终当入我窠臼来,海内好刻画不佞,多失其实。仆少无佻达之性,长有臃肿之形,此中颇真风调,绝少酒德。既浅胜,具更微。远游以伧父不收,伯伦以俗物见斥,唯是坚心苦行,可随雪山老头陀执爨扫除,则仆所自亮世人皮相长卿,足下当别开慧眼,何如?何如赵先生,直如汲长孺,清如胡威父子,淹雅多闻,一代名德也。慕足下才品,不趋调饥相见,便当作椒兰契。王元美司马入山不深,为时戈出可得,免小草之诮,不涂文。沈君典殁,故海内山人游客无王。今遂当奔走司马门乎?恐司马业在山中,久倦于延接矣。两贤同栖政,不妨朝夕。把臂四海,名不易得。若元美者,词林宿将,皮骨即差,老弱犹堪,开五石弓,先登陷阵。愿足下无易廉将军,海堧侵札,万室仳离。虽不佞入口,未免嗷嗷枵腹,日采橡子杂野荄以充粮,今且幸及食新。而仆犹无新可食,为吏若此,而世人往往以不肯见目。世有朝绾铜墨、暮作陶朱者,皆大贤耶。吾乡一老山人,仆北面而奉之,逞宰《由拳》,过为折节,如临邛令之遇相如,刘京尹之下玄度,又为悉力游杨诸公间,声誉赖仆而起,买山隐具赖仆而给,至以此招物,忌来妒口,此吴越人士所尽闻也。此人使气好骂,有灌夫之病,向以仆头上有进贤冠,缓急可倚,稍戢锋锷,一旦摧废,归来渠谓,无所复望于陈人,便相陵轹,假陈人以恐动里中诸少年。仆念夫夫薄行者,浮云苍狗何尝之有?逊谢而谨避之,以托于古人交绝不出恶声之义。夫夫不自反顾,大以为望实肆,妻菲于白下吴门。赖足下力持公论,谗口噤不得张叽叽,张耳抽戈到溉,抵几三峡九曲,人情有之,非所望于夫夫也。人将不食其余;昔以昭明之贤,不免地狱。庾信之才,沦为恶趣。乃公多欲而险中,窃恐十地阎君不爱辞赋也。仆业学于陵仲子,闭户灌园实无可摛。有听之,耳闻白下诸公颇有入此人之谗者,以仆生平与此人若何,而今日忍下石如此,其口宁既足信乎?足下居六朝佳丽地,山川诸胜尽入品,题新篇寄示,勿以陈人也。而土苴之。

屠隆《栖真集》卷十六《与汤义仍奉常》 《续修四库全书》本

除夕别先生郭门归,而犹及奉老亲椒觞也。岁之不登,道殣相望,继以疫疠。吴越之间,井径萧条矣。太平日久,生齿日繁,劫浊众生作过,种种疹气酝酿,上干天和。玄宰主于上帝,劫运敧于九皇,魔王厉鬼、五行败气乘之,为侵笃札,此讵天心之不慈,实乃众生皋业之自取也。众生以业取祸,如波因水,如影随形,虽上帝不得自王,虽至人不能挽回。中间有善根,众生清虚恬淡,大则跳出阴阳,直与祖位分座;小则超越厄运,不被五行牵缠。我能寡欲清心,参奉道,纵饥寒难逃疫疠,知其必不能及也。公不见玄象乎?天下事大可忧,今震旦国中,独先生高朗超诣,为世间明眼人。漆室之虑,愿与共之,中流砥柱,拿云攫日之手,今有公在耳,胡得偷逸烟萝,养高林壑,独觉自利,作声闻辟支禅,非所望于至人也?乃如不佞则宜已矣。败石窳行既弃世人,巨手灵心复输时匠。逼之牛角,挤之崖颠,计无复之,奋而一跳,遂了出世大事。世人之所为挤排,明眼所谓陶铸也。他日,眼有碧瞳,身生绿毛,遇先生名山洞府,尚是故人相见,依言知识巾瓶,提醒昏沉约束掉举,真人生大达。奈何山川深阻,难可数数往来,而舌端之人,举动更大不易。每从蒲团念到大函,辄恍与先生晤。对道民所著三教书,持论太多,恐不尽合祖师本意。自取泥犁罪过,梦寐时或惊汗簌簌,便欲急取而焚之。日向旦,又复津津自宝其康瓠,以是故,不敢遂行要领,以他日死,茶毗而舌不化为验耳。覆瓿旧业,俞山人竟曾勾当否,今第得山人原稿无恙,足矣。道民静作观无常世法,不独身外富贵浮荣,空花露电,即天禄文章,云台事业,亦物属幻相,与性灵了不相关。貒貉狐狸何尝惜与人皮骨,罗刹鬼使不解慕贤豪姓名,若说此事便堪痛惋。仆愿与先生努力灵修,早脱生死。人命在呼吸之间,过眼空尘,上床鞋履,截自今日,下手亦已晚矣。何如?何如程生相如久客远乡,其人雅士,幸达之门墙。仲淹病体若何,仲嘉眠食佳否?并此致声。

屠隆《栖真集》卷十七《与汪伯玉司马》《续修四库全书》本

李 贽

李贽(1527—1602),原姓林,名载贽,号卓吾,又号宏甫,别号温陵居士,福建晋江(今福建泉州)人。嘉靖三十一年(1552)授河南辉县教谕,迁南京、北京国子监博士,南京刑部员外郎等职。五十岁出任云南姚安知府。越三年,辞官至湖北黄安讲学,公然以"异端"自居,并终以"敢倡乱道"入狱,于万历三十年被害致死。传附《明史》卷一〇九《耿定向传》后。

李贽是泰州学派的后期代表人物,也是明中叶后最杰出的思想家和文艺理论家,在中国思想史居有崇高的地位。嘉靖年间,后七子兴起,李攀龙、王世贞主盟文坛,持论"诗知大历以前,文知西京而上"(王世贞《艺苑卮言》),讲究"才、思、格、调"。李贽反对以时论文、崇古薄今,指出古今至文有同一的评判标准"童心",并把童心的保持与"道理闻见"对立,以童心之真对道学之假,强调创作主体在诗文创作中的决定作用。又提出文学审美标准"化工"说,即天然之美,而这种非人为的自然美在行迹法度之外,不在"字句"、"结构"、"偶对"之间,这也是针对王世贞之"格调"说而言的。他的思想与文学主张具有开启人心的作用,并影响了一代新的思想与文学。李贽还是将评点用于评论小说的开创者之一,积极为小说、戏曲等非正统文学样式争取生存空间,"在批评儒家经典,批判复古主义思潮的大氛围里,高屋建瓴地肯定戏曲小说的文学地位,确是李贽的一大贡献",他"提出著名的'童心'说和'以自然为美'的'化工'说,对戏曲理论批评产生了极其深远的影响"(《明代文学批评史》)。

李贽著述甚丰,涉及哲学、历史、文学诸领域。著有《焚书》六卷、《续焚书》五卷、《藏书》六十八卷、《续藏书》二十七卷等。《四库全书》未录其书而存其目,今有张建业编《李贽文集》(社会科学文献出版社,2000),收其著作16种。

童心说①

龙洞山农叙《西厢》②,末语云:"知者勿谓我尚有童心可也。"夫童心者,真心也;若以童心为不可,是以真心为不可也。夫童心者,绝假纯真,最初一念之本心也③。若夫失却童心,便失却真心;失却真心,便失却真人。人而非真,全不复有初矣。

童子者,人之初也;童心者,心之初也。夫心之初,曷可失也,然童心胡然而遽失也④?盖方其始也,有闻见从耳目而入,而以为主于其内而童心失。其长也,有道理从闻见而入,而以为主于其内而童心失。其久也,道理闻见日以益多,则所知所觉日以益广,于是焉又知美名之可好也,而务欲以扬之而童心失;知不美之名之可丑也,而务欲以掩之而童心失。夫道理闻见,皆自多读书识义理而来也。古之圣人,曷尝不读书哉!然纵不读书,童心固自在也;纵多读书,亦以护此童心而使之勿失焉耳,非若学者反以多读书识义理而反障之也。夫学者既以多读书识义理障其童心矣,圣人又何用多著书立言,以障学人为耶?童心既障,于是发而为言语,则言语不由衷;见而为政事,则政事无根柢;著而为文辞,则文辞不能达。非内含以章美也,非笃实生辉光也⑤,欲求一句有德之言,卒不可得,所以者何?以童心既障,而以从外入者闻见道理为之心也。

夫既以闻见道理为心矣,则所言者,皆闻见道理之言,非童心自出之言也,言虽工,于我何与!岂非以假人言假言,而事假事,文假文乎!盖其人既假,则无所不假矣。由是而以假言与假人言,则假人喜;以假事与假人道,则假人喜;以假文与假人谈,则假人喜。无所不假,则无所不喜。满场是假,矮人何辩也⑥?虽有天下之至文,其湮灭于假人而不尽见于后世者,又岂少哉!何也?天下之至文,未有不出于童心焉者也。苟童心常存,则道理不行,闻见不立,无时不文,无人不文,无一样创制体格文字而非文者。诗何必古《选》⑦,文何必先秦,降而为六朝,变而为近体⑧,又变而为传奇,变而为院本⑨,为杂剧,为《西厢曲》,为《水浒传》,为今之举子业,大贤言圣人之道皆古今至文,不可得而时势先后论也,故吾因是有感于童心者之自文也,更说什么六经,更说什么《语》、《孟》乎!

夫六经、《语》、《孟》,非其史官过为褒崇之词,则其臣子极为赞美之语,又不然则其迂腐门徒、懵懂弟子,记忆师说,有头无尾,得后遗前,随其所见,笔之于书,后学不察,便谓出自圣人之口也,决定目之为经矣,孰知其大半非圣人之言乎!纵出自圣人,要亦有为而发,不过因病发药,随时处方,以救此一等懵懂弟子、迂腐门徒云耳。药医假病,方难定执,是岂可遽以为万世之论乎!然则六经、《语》、《孟》,乃道学之口实,假人之渊薮也⑩,断断乎其不可以语于童心之言明矣。呜呼!吾又安得真正大圣人之童心未曾失者,而与之一言文哉!

《焚书》卷三 中华书局1975年版

【注释】

①本篇选自《焚书》。该书是李贽的主要著作之一,收录了他万历十八年(1590)以前所写的书信、杂著、史论、诗歌等,其中不少篇幅是谈佛理的,多数内容表现出离经叛道的异端色彩和与正统理学抗争的精神,这种精神也延伸到对哲学、史学、文学等的看法中,《童心说》就是李贽对明代官方推行的理学思想的批判在文学领域的体现。

《童心说》首先是从哲学上对人的心性作了新的探讨。依据程朱理学的解释,人的心性本体是"性理",人也可以通过多读孔孟等经书等而识得义理,从而培育此心性,即所谓的格物致知。李贽反其道而行之,以为人的心性天然就在,也就是最初而在的童心。童心的丧失恰恰就在于有了过多的"道理闻见",因此重要的是要破除这个沉重的知识与文化积累,而使童心能够于去蔽之后重新显现。以此推论,李贽甚至直接将批评的锋芒对准了圣人圣经,呼出了中国思想史上的一个极端之论:"然则六经、《语》、《孟》,乃道学之口实,假人之渊薮也。"

推之于其他方面,李贽以为"童心既障,于是发而为言语,则言语不由衷;见而为政事,则政事无根柢;著而为文辞,则文辞不能达。"言语、文辞之失去真实、无法达意,恰恰在于童心的丧失与遮蔽。就这点而言,李贽便将矛头指向了当时甚为流行的复古主义,如他文中所说的"诗何必古《选》,文何必先秦",明显是有确定指向的。在李贽看来,他与复古主义之间存在着一个标准上的差异,即复古主义是以规定性的历史文本即某种确定的经典为标准的,而他则是以心性与时变为标准的。以前者为标准,造成的必然是模仿与虚假,真心的遮蔽;以后者为标准,则无文不真,无文不新。进而,李贽以"童心说"批判了历来轻视通俗文学的偏见,肯定了传奇、院本、杂剧的价值,因为它们都是与时俱来的,而《西厢记》、《水浒传》则可看做是"古今之至文"。《童心说》强烈地反对道学教育及封建名教的束缚,反对权威和僵化,追求个性自由和解放的特征,具有近代启蒙思想的色彩;同时,它也包含对文学发展与创新的一种人本主义呼唤。但这并不等于说,他所批评的复古主义就是没有价值的,毋宁将二者之争看成是一种语境变迁与问题视野上存在着的差异。

考察李贽"童心"的来源,其在本质上既近阳明又近佛。王阳明道:"性无不善,故知无不良。良知即是未发之中,即是廓然大公,寂然不动之本体,人人之所同具也。但不能不昏蔽于物欲,故须学以去其昏蔽,然于良知之本体,不能加损于毫末也。"以之与李贽的"童心"做一比较即可看到,李贽所谓"童心",也是一种绝假纯真,未受到外来的闻见、道理、名誉等诱引与遮蔽的"本来面目",即阳明所谓"良知"之在"昏蔽于物欲"之前的特征;李贽所谓"古之圣人曷尝不读书哉,然纵不读书,童心固自在也,纵多读书,亦以护此童心而使之勿失焉耳",也即是王阳明所谓:"学以去其昏蔽,然于良知之本体,不能加损于毫末也。"此文从创作主体层面谈诗文必须具备的条件,具有高屋建瓴的性质,把当时文学观念的探寻引导至一个主体自觉的方向,具有拨云见日的功效,也正是在其前导之下,晚明时期著名的"性灵"说方趁势而出。

② 龙洞山农叙《西厢》——龙洞山农为《西厢记》作序。龙洞山农,当为李贽别号。

③ 夫童心者,绝假纯真,最初一念之本心也——童心,没有丝毫的虚假,只有纯粹的真实,是人与生俱来的最原始最自然的本性所固有的情感状态。童心的概念很显然与孟子的"赤子之心"有关联,但更有区别。孟子"赤子之心"强调真实无伪,李贽的"童心"更强调人心最真实无伪的时间只能是人诞生之初始,其后人在社会化的过程中逐渐失去本真,强调社会特别是官方文化对人心最初状态的掩埋和腐蚀,所以"童心"这一概念更具有社会批判性。

④ 夫心之初,曷可失也?然童心胡然而遽失也——心最开始的状态,为什么会失去呢?童心到底是怎样突然就丧失的呢?曷,怎样,为什么。胡然,怎么

样。遽,匆忙,急促。

⑤ 非内含以章美也,非笃实生辉光也——章,通"彰"。不是由内在真情表现出来的美,不是由敦厚诚实的本性发出来的光辉。

⑥ 满场是假,矮人何辩也——用矮人观场的典故作比,说明到处充斥假人假事假文的时候,一般的人要分辨真假就相当困难了。

⑦诗何必古《选》——《选》,指南朝梁萧统所编的《文选》。

⑧变而为近体——近体,指隋唐之际出现并定型的格律诗。

⑨变而为院本——院本,金元时行院演出所依据的戏曲脚本。这里泛指元杂剧成熟前的早期戏剧作品。

⑩道学之口实,假人之渊薮也——口实,谈话的资料。渊薮,鱼和兽类聚居的地方,比喻人或物类聚集的处所。

【附录】

朱文公谈道著书,百世宗之。然观其评论古今人品,诚有达公是而远人情者:王安石引用奸邪,倾覆宗社也,乃列之《名臣录》而称其道德文章;苏文忠道德文章,古今所共仰也,乃力诋之,谓得行其志,其祸又甚于安石。夫以安石之奸,则未减其已著之罪;以苏子之贤,则巧索其未形之短。此何心哉?"卓吾子曰:文公非不知坡公也。坡公好笑道学,文公恨之,直欲为洛党出气耳,岂其真无人心哉!若安石自宜取。先生又曰:"秦桧之奸,人皆欲食其肉,文公乃称其有骨力;岳飞之死,今古人心何如也,文公乃讥其横,讥其直向前厮杀。汉儒如董如贾,皆一一议其言之疵。诸葛孔明名之为盗,又议其为申、韩;韩文公则文致其大颠往来之书,亹亹千余言,必使之不为全人而已。盖自周、孔而下,无一人得免者。忆文公注《毁誉章》云:"圣人善善速,而恶恶则已缓矣。"又曰:"但有先褒之善,而无预抵之恶。"信斯言也,文公于此,恶得为缓乎?无乃自蹈于预诋人之恶也?"卓吾子曰:此俱不妨,但要说得是耳。一苏文忠尚不知,而何以议天下之士乎?文忠困阨一生,尽心尽力干办国家事一生。据其生平,了无不干之事,亦了不见其有干事之名,但见其嬉笑游戏,翰墨满人间耳。而文公不识,则文公亦不必论人矣。

李贽《焚书》卷五《文公著书》　中华书局1975年版

凡人作文皆从外边攻进里去,我为文章只就裹面攻打出来,就他城池,食他粮草,统率他兵马,直冲横撞;搅得他粉碎,故不费一毫气力而自然有余也。凡事皆然,宁独为文章哉!只自各人自有各人之事,各人题目不同,各人只就题目里滚出去,无不妙者。如该终养者只宜就终养作题目,便是切题,便就是得意好文字。若舍却正经题目不做,却去别寻题目做,人便理会不得,有识者却反生厌矣。此数语比《易》说是何如?

李贽《续焚书》卷一《与友人论文》　中华书局 1975 年版

　　淡则无味,直则无情。宛转有态,则容冶而不雅;沉着可思,则神伤而易弱。欲浅不得,欲深不得。拘于律则为律所制,是诗奴也,其失也卑,而五音不克谐;不受律则不成律,是诗魔也,其失也亢,而五音相夺伦。不克谐则无色,相夺伦则无声。盖声色之来,发于情性,由乎自然,是可以牵合矫强而致乎?故自然发于情性,则自然止乎礼义,非情性之外复有礼义可止也。惟矫强乃失之,故以自然之为美耳,又非于情性之外复有所谓自然而然也。故性格清彻者音调自然宣畅,性格舒徐者音调自然疏缓,旷达者自然浩荡,雄迈者自然壮烈,沉郁者自然悲酸,古怪者自然奇绝。有是格,便有是调,皆情性自然之谓也。莫不有情,莫不有性,而可以一律求之哉?然则所谓自然者,非有意为自然而遂以为自然也。若有意为自然,则与矫强何异?故自然之道,未易言也。

李贽《焚书》卷三《读律肤说》　中华书局 1975 年版

　　人犹水也,豪杰犹巨鱼也。欲求巨鱼,必须异水;欲求豪杰,必须异人。此的然之理也。今夫井,非不清洁也,味非不甘美也,日用饮食非不切切于人,若不可缺以旦夕也。然持任公之钓者,则未尝井焉之矣。何也?以井不生鱼也。欲求三寸之鱼,亦了不可得矣。

　　今夫海,未尝清洁也,未尝甘旨也。然非万斛之舟不可入,非生长于海者不可以履于海。盖能活人,亦能杀人,能富人,亦能贫人。其不可恃之以为安,倚之以为常也明矣。然而鲲鹏化焉,蛟龙藏焉,万宝之都,而吞舟之鱼所乐而游邀也。彼但一开口,而百丈风帆并流以入,曾无所于碍;则其腹中固已江、汉若矣。此其为物,岂豫且之所能制,网罟之所能牵耶?自生自死,自去自来,水族千亿,惟有惊怪长太息而已,而况人未之见乎!

　　余家泉海,海边人谓余言:"有大鱼入港,潮去不得去。呼集数十百人,持刀斧,直上鱼背,恣意砍割,连数十百石,是鱼犹恬然如故也。俄而潮至,复乘之而去矣。"然此犹其小者也。乘潮入港,港可容身,则兹鱼亦苦不大也。余有友莫姓者,住雷海之滨,同官滇中,亲为我言:"有大鱼如山,初视,犹以为云若雾也。中午雾尽收,果见一山在海中,连亘若太行,自东徙西,直至半月日乃休。"则是鱼也,其长又奚啻三千余里者哉!

　　嗟乎!豪杰之士,亦若此焉尔矣。今若索豪士于乡人皆好之中,是犹钓鱼于井也,胡可得也!则其人可谓智者欤!何出?豪杰之士决非乡人之所好,而乡人之中亦决不生豪杰。古今贤圣皆豪杰为之,非豪杰而能为圣贤者,自古无之矣。今日夜汲汲,欲与天下之豪杰共为贤圣,而乃索豪杰于乡人,则非但失却豪杰,亦且失却贤圣之路矣。所谓北辕而南其辙,亦又安可得也,吾见其人决非豪杰,亦决非有为圣贤之真志者。何也?若是真豪杰,决无有不识豪杰之人;若是真志要为圣贤,决无有不知贤圣之路者。尚安有坐井钓鱼之理也!

李贽《焚书》卷一《与焦弱侯》　中华书局1975年版

余读先生文集,有感焉。夫古之圣贤,其生也不易,其死也不易。生不易,故生而人皆仰;死不易,故死而人尔思。于是乎前而生者,犹冀有待于后世;后而生者,又每叹恨于后时;同时而生者,又每每比之如附骥,比之如附青云。则圣贤之生死固大矣。

余读先生文集,欲求其生卒之年月而不得也。遍阅诸序文,而序文又不载。彼盖以为序人之文,只宜称赞其文云耳,亦犹序学道者必大其道,叙功业者必大其功,叙人品者必表扬其梗概,而岂知其不然乎?盖所谓文集者,谓其人之文的然必可传于后世,然后集而传之也。则其人之文当皎然如日星之炳焕,凡有目者能睹之矣,而又何藉于叙赞乎?彼叙赞不已赘乎?况其人或未必能文,则又何以知其文之必可传,而遂赞而序之以传也?故愚尝谓世之叙文者多,其无识孙子欲借他人位望以光显其父祖耳。不然,则其势之不容以不请,而又不容以不文辞者也。夫文而待人以传,则其文可知也,将谁传之也?若其不敢不请,又不敢辞,则叙文者亦只宜直述其生卒之日,与生平之次第,使读者有考焉,斯善矣。

吁!先生人品如此,道德如此,才望如此,而终身不得一试,故发之于文,无一体不备,亦无备不造,虽游其门者尚不能赞一辞,况后人哉!余是以窃附景仰之私,欲考其生卒始末,履历之详,如昔人所谓年谱者,时时置几案间,俨然如游其门,蹑而从之。而序集皆不载,以故恨也。况复有矮子者从风吷声,以先生但可谓之博学人焉,尤可笑矣。

李贽《焚书》卷五《杨升庵集》　中华书局1975年版

东坡先生曰:"论画以形似,见与儿童邻。作诗必此诗,定知非诗人。"升庵曰:"此言画贵神,诗贵韵也。然其言偏,未是至者。晁以道和之云;'画写物外形,要物形不改。诗传画外意,贵有画中态。'其论始定。"卓吾子谓改形不成画,得意非画外,因复和之曰:"画不徒写形,正要形神在。诗不在画外,正写画中态。"杜子美云:"花远重重树,云轻处处山。"此诗中画也,可以作画本矣。唐人画《桃源图》，舒元舆为之记云："烟岚草木，如带香气。熟视详玩，自觉骨戛青玉，身入境中。"此画中诗也，绝艺入神矣。吴道子始见张僧繇画，曰："浪得名耳。"已而坐卧其下，三日不能去。庾翼初不服逸少，有家鸡野鹜之论，后乃以为伯英再生。然则入眼便称好者，决非好也，决非物色之人也，况未必是吴之与庾，而何可以易识？噫！千百世之人物，其不易识，总若此矣。

李贽《焚书》卷五《诗画》 中华书局 1975 年版

朱子曰："雄少好辞赋，慕司马相如之作，怪屈原文过相如，至不容，作《离骚》，自投江而死，悲其文，读之未常不流涕焉。以为君子得时则大行，不得则龙蛇，遇不遇命也，何必湛身哉！乃作书往往摭《骚》文而反之，自岷山投诸江以吊屈原云。"李生曰：《离骚》，离忧也；《反骚》，反其辞，以甚忧也，正为屈子翻愁结耳。彼以世不足愤，其愤世也益甚；以俗为不足嫉，其嫉俗愈深。以神龙之渊潜为懿，则其卑鄙世人，驴骡下上，视屈子为何物，而视世为何等乎？盖深以为可惜，又深以为可怜，痛原转加，而哭世转剧也。夫有伯夷之行，则以饿死为快；有士师之冲，则以不见羞污为德：各从所好而已。若执夷之清而欲兼柳之和，有惠之和又欲并夷之清，则惠个成惠，夷不成夷，皆假焉耳。屈子者夷之伦；杨雄者惠之类，虽相反而实相知也，实未常不相痛念也。彼假人者岂但不知雄，而亦岂知屈乎？唐柳柳州有云："委故都以从利兮，吾知先生之不忍。立而视其颠覆兮，又岂先生之所志？穷与达其不渝兮，夫唯服道而守义。吁嗟先生之貌不可得兮，犹仿佛其文章。托遗编而叹唱兮，涣余涕其盈眶。哀今之人兮，庸有虑时之否臧？退默默以自服兮，曰吾言之而不行！"其伤今念古，亦可威也！独太史公《屈原传》最得之。

李贽《焚书》卷五《反骚》 中华书局 1975 年版

向秀《思旧赋》，只说康高才妙技而已。夫康之才之技，亦今古所有；但其人品气骨，则古今所希也。岂秀方图自全，不敢尽耶？则此赋可无作也，旧亦可无尔思矣。秀后康死，不知复活几年，今日俱安在也？康犹为千古人豪所叹，而秀则已矣，谁复更思秀者，而乃为此无尽算计也耶！且李斯叹东门，比拟亦大下伦。"竹林七贤"，此为最无骨头者，莫曰先辈初无臧贬"七贤"者也。

李贽《焚书》卷五《思旧赋》 中华书局 1975 年版

昔苏子瞻为人，性无忮害，乐道人善，宜无轧于世矣。而当时恶之者，直若甘心焉而无罪。其后萍飘岭海，仅得生还。讯所以致祸之故，多不可解，岂亦命数适与之会欤？龙湖先生，今之子瞻也，才与趣不及子瞻，而识力胆力，不啻过之。其性无忮害处,大约与子瞻等,而得祸亦依稀相似。或云二公舌端笔端,真有以触世之大忌者。然欤,否欤?然子瞻生平所著作,自宿州符下之后,半入蛟宫。其临池挥洒之余,为人藏于复壁者,犹不能保。直至宣和之世,上章道士指为奎宿,然后始弛苏文之禁。当龙湖被逮后,稍稍禁锢其书,不数年盛传于世,若揭日月而行。则本朝之宽大,与士大夫之淳厚,其过宋朝也远矣。诸刻之余,其随意游戏楮墨间,往往秘藏于小友之箧,若夏道甫所贮种种,尚未经人耳目者,真可宝也。

道甫客西陵,与龙湖来往最久。此老以嗔为佛事,少不受其诃斥者;而待道甫温然,惟恐伤之,则道甫为人可知。盖龙性虽不可驯,而见人一长,即抽扬不容自已。如予之麄疏,尚怜而以国士遇之,况道甫乎!昔子瞻集行,而巢元修、王子立、子敏、潘邠老辈,皆得托以有闻于后世。如道甫能自致不朽者无论,若予之名姓,且将附此老诸刻以传,则予亦不可谓不幸也。因喜而为之引。

袁中道《珂雪斋集》卷十《龙湖遗墨小序》 上海古籍出版社 1989年版

李温陵者,名载贽。少举孝廉,以道远不再上公车。为校官,徘徊郎署间,后为姚安太守。公为人中燠外冷,丰骨棱棱。性甚卞急,好面折人过。土非参其神契者,不与言。强力任性,不强其意之所不欲。初未知学,有道学先生语之曰:"公怖死否?"公曰:"死矣,安得不怖!"曰:"公既怖死,何不学道?学道所以免生死也。"公曰:"有是哉?"遂潜心道妙,久之自有所契,超于语言文字之表。诸执筌蹄者,了不能及。为守,法令清简,不言而治。每至伽蓝,判了公事,坐堂皇上,或寘名僧其间。簿书有隙,即与参论虚玄。人皆怪之,公亦不顾。禄俸之外,了无长物。久之厌圭组,遂入鸡足山,阅《龙藏》不出。御史刘维奇其节,疏令致仕以归。

初与楚黄安耿子庸善,罢郡,遂不归,曰:"我老矣,得一二胜友,终日晤言,以遗余日,即为至快,何必故乡也!"遂携妻女客黄安。中年得数男,皆不育。体素癯,澹于声色;又癖洁,恶近妇人。故虽无子,不寘妾婢。后妻女欲归,趣归之。自称"流寓客子"。既无家累,又断俗缘,参求乘理,极其超悟。剔肤见骨,迥绝理路。出为议论,皆为剑刀上事。狮子送乳,香象绝流,发咏孤高,少有酬其机者。子庸死,子庸之兄天台公,惜其超脱,恐子侄效之,有遗弃之病,数致箴切。公遂至麻城龙潭湖上,与僧无念、周友山、丘坦之、杨定见聚。闭门下楗,日以读书为事。性爱扫地,数人缚帚不给。衿裙浣洗,极其鲜洁。拭面扫身,有同水淫。不喜俗客,客不获辞而至,但一交手,即令之远坐,嫌其臭秽。其忻赏者,镇日言笑;意所不契,寂无一语。滑稽排调,冲口而发;既能解颐,亦可刺骨。所读书,皆抄写为善本。东国之秘语,西方之灵文,《离骚》、马班之篇,陶、谢、柳、杜之诗,下至稗官小说之奇,宋元名人之曲,雪藤丹笔,逐字雠校。肌擘理分,时出新意。其为文不阡不陌,抒其胸中之独见,精光凛凛,不可逼视。诗不多作,大有神境。亦喜作书,每研墨伸纸,则解衣大叫,作兔起鹘落之状。其得意者,亦甚可爱,瘦劲险绝,铁腕万钧,骨棱棱纸上。一日,恶头痒,倦于梳栉,遂去其发,独存鬓须。

公气既激昂,行复诡异。斥异端者,日益侧目。与耿公往复辨论,每一札累累万言,发道学之隐情,风雨江波,读之者高其识,钦其才,畏其笔。始有以幻语闻当事。当事者逐之。于时左辖刘公东星,迎公武昌,舍盖公之堂。自后屡归屡游。刘公迎之沁水,梅中丞迎之云中,而焦公弱侯迎之秣陵。无何,复归麻城。时又有以幻语闻当事。当事者又误信而逐之,火其兰若。而马御史经纶遂躬迎之于北通州。又会当事者欲刊异端,以正文体,疏论之,遣金吾缇骑逮公。初,公病。病中复定所作《易因》,其名曰《九正易因》。常曰:"我得《九正易因》成,死快矣!"《易因》成,病转甚。至是逮者至邸舍,匆匆公以问马公。马公曰:"卫士至。"公力疾起,行数步,大声曰:"是为我也!为我取门片来!"遂卧其上,疾呼曰:"速行,我罪人也,不宜留!"马公愿从。公曰:"逐臣不入城,制也。且君有老父在。"马公曰:"朝廷以先生为妖人,我藏妖人者也,死则俱死耳,终不令先生往,而己独留。"马公卒同行。至通州城外,都门之胠尼马公行者纷至。其仆数十人,奉其父命泣留之。马公不听,竟与公偕。

明日,大金吾真讯。侍者掖而入,卧于阶上。金吾曰:"若何以妄著书?"公曰:"罪人著书甚多,具在,于圣教有益无损。"大金吾笑其倔强,狱竟无所真词,大略止回籍耳。久之,旨不下,公于狱舍中作诗读书自如。一日,呼侍者薙发。侍者去,遂持刀自割其喉,气不绝者两日。侍者问:"和尚痛否?"以指书其手曰:"不痛。"又问曰:"和尚何自割?"书曰:"七十老翁何所求?"遂绝。时马公以事缓,归觐其父。至是,闻而伤之曰:"吾护持不谨,以致于斯也,伤哉!"乃归其骸于通,为之大治冢墓,营佛刹云。

公素不爱著书,初与耿公辨论之语,多为掌记者所录,遂裒之为《焚书》。后以时义诠圣贤深旨为《说书》;最后理其先所诠次之史,焦公等刻之于南京,是为《藏书》。盖公于诵读之暇,尤爱读史,于古人作用之妙,大有所窥。以为世道安危治乱之机,捷于呼吸,微于缕黍。世之小人,既侥幸丧人之国;而世之君子,理障太多,名心太重,护惜太甚,为格套局面所拘,不知古人清净无为,行所无事之旨,与藏身忍垢,委曲周旋之用。使君子不能以用小人,而小人得以制君子。故往往明而不晦,激而不平,以至于乱。而世儒观古人之迹,又概绳以一切之法,不能虚心平气,求短于长,见瑕于瑜。好不知恶,恶不知美。至于今接响传声,其观场逐块之见,已入人之骨髓,而不可破。于是上下数千年之间,别出手限。

凡古所称为大君子者,有时攻其所短;而所称为小人不足齿者,有时不没其所长。其意大都在于黜虚文,求实用;舍皮毛,见神骨;去浮理,揣人情。即矫枉之过,不无偏有重轻;而舍其批驳谑笑之语,细心读之,其破的中窾之处,大有补于世道人心。而人遂以为得罪于名教,此之毁圣叛道,则已过矣。

昔马迁、班固,各以意见为史。马迁先黄老,后六经;退处士,进游侠。当时非之。而班固亦排守节,鄙正直。后世鉴二史之弊,汰其意见,一一归之醇正。然二家之书,若揭日月;而唐宋之史,读不终篇,而已兀然作欠伸状,何也?岂非以独见之处,即其精光之不可磨灭者欤?且夫今之言汪洋自恣,莫如庄子,然未有因读《庄子》而汪洋自恣者也。即汪洋自恣之人,又未必读《庄子》也。今之言天性刻薄,莫如韩子;然未有因读《韩子》而天性刻薄者也。即天性刻薄之人,亦未读《韩子》也。自有此二书以来,读《庄子》者,撮其胜韵,超然名利之外者,代不乏人;而申韩之书,得其信赏必罚者,亦足以强主而尊朝廷,即醇正如诸葛,亦手写之以进后主,何尝以意见少驳遂尽废之哉?夫六经、洙泗之书,粱肉也;世之食粱肉太多者,亦能留滞而成痞。故医者以大黄蜀豆泻其积秽,然后脾胃复而无病。九宾之筵,鸡豚羊鱼,相继而进;至于海错,若江瑶柱之属,弊吻裂舌,而人思一朵颐。则谓公之书为消积导滞之书可;谓是世间一种珍奇,不可无一,不可有二之书亦可。特其出之也太早,故观者之成心不化,而指摘生焉。

然而穷公之所以罹祸,又不自书中来也。大都公之为人。真有不可知者。本绝意仕进人也,而专谈用世之略,谓天下事决非好名小儒之所能为。本狷洁自厉,操若冰霜人也,而深恶枯清自矜、刻薄琐细者,谓其害必在子孙。本屏绝声色,视情欲如粪土人也,而爱怜光景,于花月儿女之情状,亦极其赏玩,若借以文其寂寞。本多怪少可,与物不和人也,而于士之有一长一能者,倾注爱慕,自以为不如。本息机忘世,槁木死灰人也,而于古之忠臣义士,侠儿剑客,存亡雅谊,生死交情,读其遗事,为之咋指研案,投袂而起,泣泪横流,痛哭滂沱,而不自禁。若夫骨坚金石,气薄云天,言有触而必吐,意无往而不伸。排榻胜己,跌宕王公。孔文举调魏武若稚子,嵇叔夜视钟会如奴隶。鸟巢可覆,不改其风味;鸾翮可杀,不驯其龙性。斯所由焚芝锄蕙,衔刀若卢者也。嗟乎!才太高,气太豪,不能埋照溷俗,卒就囹圄,惭柳下而愧孙登,可惜也夫!可戒也夫!公晚年读《易》,著书曰《九正易因》。意者公于《易》大有得,舍亢入谦,而公遂老矣,逝矣。公所表章之书,若《阳明先生年谱》及《龙溪语录》,其类多不可悉记云。

或问袁中道曰:"公之于温陵也,学之否?"予曰:"虽好之,不学之也。其人不能学者有五,不愿学者有三。公为士居官,清节凛凛;而吾辈随来辄受,操同中人,一不能学也。公不入季女之室,不登冶童之床;而吾辈不断情欲,未绝嬖宠,二不能学也。公深入至道,见其大者;而吾辈株守文字,不得玄旨,三不能学也。公自少至老,惟知读书;而吾辈汩没尘缘,不亲韦编,四不能学也。公直气劲节,不为人屈;而吾辈怯弱,随人俯仰,五不能学也。若好刚使气,快意恩仇,意所不可,动笔之书,不愿学者一矣。既已离仕而隐,即宜遁迹名山,而乃徘徊人世,祸逐名起,不愿学者二矣。急乘缓戒,细行不修,任情适口,脔刀狼藉,不愿学者三矣。夫其所不能学者,将终身不能学;而其不愿学者,断断乎其不学之也。故曰:虽好之,不学之也。若夫幻人之谈,谓其既已髡发,仍冠进贤;八十之年,不忘欲想者,有是哉?所谓蟾蜍掷粪,自其口出者也。

袁中道《珂雪斋集》卷十七《李温陵传》 上海古籍出版社 1989 年版

杂　说①

《拜月》、《西厢》,化工也;《琵琶》,画工也②。夫所谓画工者,以其能夺天地之化工,而其孰知天地之无工乎!今夫天之所生,地之所长,百卉具在,人见而爱之矣。至觅其工,了不可得,岂其智固不能得之欤?要知造化无工,虽有神圣,亦不能识知化工之所在,而其谁能得之?由此观之,画工虽巧,已落二义矣。文章之事,寸心千古,可悲也夫!

且吾闻之,追风逐电之足,决不在于牝牡骊黄之间;声应气求之夫,决不在于寻行数墨之士;风行水上之文,决不在于一字一句之奇③。若夫结构之密,偶对之切;依于理道,合乎法度;首尾相应,虚实相生,种种禅病,皆所以语文,而皆不可以语于天下之至文也。杂剧院本,游戏之上乘也。《西厢》、《拜月》,何工之有?盖工莫工于《琵琶》矣。彼高生者④,固已殚其力之所能工,而极吾才于既竭。惟作者穷巧极工,不遗余力,是故语尽而意亦尽,词竭而味索然亦随以竭。吾尝览《琵琶》而弹之矣,一弹而叹,再弹而怨,三弹而向之怨叹无复存者。此其故何邪?岂其似真非真,所以入人之心者不深邪?盖虽工巧之极,其气力限量,只可达于皮肤骨血之间,则其感人仅仅如是,何足怪哉!《西厢》、《拜月》,乃不如是。意者宇宙之内,本自有如此可喜之人,如化工之于物,其工巧自不可思议尔。

且夫世之真能文者，比其初皆非有意于为文也。其胸中有如许无状可怪之事，其喉间有如许欲吐而不敢吐之物，其口头又时时有许多欲语而莫可所以告语之处，蓄极积久，势不能遏。一旦见景生情，触目兴叹；夺他人之酒杯，浇自己之垒块⑤；诉心中之不平，感数奇于千载。既已喷玉唾珠，昭回云汉⑥，为章于天矣，遂亦自负，发狂大叫，流涕恸哭，不能自止。宁使见者闻者，切齿咬牙，欲杀欲割，而终不忍藏于名山，投之水火。予览斯记，想见其为人，当其时必有大不得意于君臣朋友之间者，故借夫妇离合因缘以发其端。于是焉喜佳人之难得，羡张生之奇遇，比云雨之翻覆，叹今人之如土。其尤可笑者，小小风流一事耳，至比之张旭、张颠、羲之、献之⑦，而又过之。尧夫云："唐虞揖让三杯酒，汤武征诛一局棋。"⑧夫征诛揖让何等也，而以一杯一局觑之，至眇小矣！

呜呼！今古豪杰，大抵皆然。小中见大，大中见小；举一毛端，建宝王刹；坐微尘里，转大法轮⑨。此自至理，非干戏论。倘尔不信，中庭月下，木落秋空，寂寞书斋，独自无赖，试取《琴心》，一弹再鼓，其无尽藏不可思议，工巧固可思也。呜呼！若彼作者，吾安能见之欤！

《焚书》卷三　中华书局1975年版

【注释】

①此篇出自《焚书》，是一篇专论戏曲的文章，并延伸至对其他写作的认识。此文也主真实的心性，与"童心"说有一脉相承之处，但又有所发展和延伸。论述着重在"化工"与"画工"的区别，推崇自然美，强调情感真实，反对人为造作，否定单纯形式上的工巧完美，并结合元代优秀剧作《西厢记》、《拜月记》和《琵琶记》，就这两个不同的境界做了很有说服力的比较。具体而言，从作品的产生看，"画工"是苦思的结果，即"殚其力之所能工，而极吾才于既竭"，而"化工"是真情实感极度充沛时的自然喷发流露，即"其初皆非有意为文"，是内心情志"蓄极积久，势不能遏。一旦见景生情，触目兴叹"的产物。从作品的效果看，"画工"缺少感发人心的艺术魅力，亦少回味无穷的美感韵味，即"语尽而意亦尽，词竭而味索然亦随以竭"，"似真非真，所以入人之心者不深"；"化工"则具有"无尽藏不可思议"，感发人心既深且久。

由本文看，李贽认为文学创作的核心是人的情感，这从思想来源看，与前后七子的情感论有内在的渊源关系,可以看做是明中期情感论思想在晚明时期的一种回响。但其中也有所区别,一是李贽将这种情感描述为是一种更为个体化的内容,甚至于达到了一种激情狂放的地步,如曰"蓄极积久,势不能遏","夺他人之酒杯,浇自己之垒块","发狂大叫,流涕恸哭,不能自止"云云,此与前七子如李梦阳、徐祯卿等在主张情感论时相对更偏向于一种历史社会的感情还不完全一样,也反映了情感论至晚明发生的一些新变。其次,前七子在讨论情感论时更多考虑到文学作为一种表达样式的内在规定性,比如以为需要通过一定的样式如"格调"等表现出来,而李贽则反对对这种样式的关注(这当然也与复古的流弊有关),而提倡一种直泻之情、没有文学过程性的情感表露,这一方面当然与其更加彻底的自由主义思想有关,另一方面则如果完全不兼顾"成章"的过程,或者完全舍弃形式的延续性,也不一定符合一般创作的规律。

《杂说》的写作也表明了李贽对过去文人不屑的戏曲创作现象的重视,这与晚明时期文学观念的下移有密切的关系,其论点对后来的戏曲评论有较大的影响。文中所提倡的"非有意于为文"而成"天下之至文"的思想,即所谓的"直泻"说,也对晚明其他文论家有一定影响,如陈继儒《小窗幽记》即重申了李贽的主张:"声应气求之夫,决不在于寻行数墨之士;风行水上之文,决不在于一字一句之奇。"钟惺《〈董崇相诗〉序》也云:"古诗人曰风人,风之为言无意也,性情所至,作者不自知其工。"(《隐秀轩集》卷十七)袁宏道也一再强调"不拘格套",任性随意,率尔漫笔,"信心而出,信口而谈"(《袁宏道集笺校》卷十一《张幼于》),其中的思想的承续性非常明显。

②《拜月》、《西厢》,化工也;《琵琶》,画工也——《拜月》,即《拜月亭记》,元代四大南戏之一,相传为施惠所作;《西厢》,即王实甫所作杂剧《西厢记》;《琵琶》,即被称为南戏之祖的《琵琶记》,作者高明。化工,天工,指大自然创造或生长万物的功能。画工,人在创作中刻意追求的细致巧妙。

③追风逐电之足,决不在于牝牡骊黄之间;声应气求之夫,决不在于寻行数墨之士;风行水上之文,决不在于一字一句之奇——牝牡,即雌雄;骊,黑色马;黄,黄色马;牝牡骊黄比喻事物的表面现象。《列子·说符》载:伯乐把九方皋荐给秦穆公去访求骏马,三月后回来复命,穆公曰:"何马也?"对曰:"牝而黄。"使人取回来,却说此马"牡而骊"。穆公责备伯乐,伯乐喟然叹息曰:"若皋之所观,天机也。得其精而忘其粗,在其内而忘其外;见其所见,不见其所不见;视其所视,而遗其所不视。若皋之相马,乃有贵乎马者也。"意谓观察事物要注重其本质,而不在于表面现象。声应气求,《易·乾》"同声相应,同气相求",比喻朋友意气相投意见相合。寻行数墨,犹言咬文嚼字,指专在文字上下功夫。这三

句从物到人到文,说明事物内在的美质并不在外表的工巧。

④彼高生者——高生,指《琵琶记》的作者高明。高明(1305?—1359),字则诚,温州瑞安人,至正五年(1345)中进士,在浙江处州、杭州等地做过几任小官,后隐居著书。他所作戏曲除《琵琶记》外,尚有《闵子骞单衣记》,已亡佚。诗文经近人收辑,尚存五十多篇。

⑤浇自己之垒块——垒块,比喻郁积在心中的不平之气。

⑥既已喷玉唾珠,昭回云汉——喷玉唾珠,亦作"咳珠唾玉"、"咳唾成珠"。《庄子·秋水》:"子不见夫唾者乎?喷则大者如珠,小者如雾。"后以"咳唾成珠"比喻言语不凡或诗文优美。《诗经·大雅·云汉》"倬彼云汉,昭回于天"。昭回云汉,谓星辰光耀回转;亦借指日月的光辉。

⑦至比之张旭、张颠、羲之、献之——张旭,唐代书法家,他的草书与当时李白的诗、裴旻的剑舞并称"三绝"。此处疑为张昶之误。张昶,西晋"草圣"张芝之弟,人称"亚圣"。张颠,相传唐代书法家张旭醉后往往有颠狂之态,故人称"张颠"。《旧唐书·文苑传·贺知章》:"旭善草书,而好酒,每醉后号呼狂走,索笔挥洒,变化无穷,若有神助,时人号为'张颠'。"羲之,东晋书法家王羲之,有"书圣"称,王献之是其最小的儿子,继承父学,人称"二王"。

⑧尧夫云:"唐虞揖让三杯酒,汤武征诛一局棋"——揖让,即禅让;征诛,征讨诛杀。尧夫,邵雍(1011—1077),字尧夫,谥康节,北宋哲学家。隐居苏门山百源之上,后人称他为百源先生。"唐虞揖让三杯酒,汤武征诛一局棋",语见邵雍《首尾吟》:"尧夫非是爱吟诗,诗是尧夫可叹时。只被人间多用诈,遂令天下尽生疑。唐虞揖让三杯酒,汤武交争一局棋。小大不同而已矣,尧夫非是爱吟诗。"意为唐虞揖让、汤武征诛等改朝换代之大事在诗人看来不过三杯酒、一局棋而已。

⑨举一毛端,建宝王刹;坐微尘里,转大法轮——出自《指月录》。举,擎起、抬起。毛端,毛发的顶端,代指微小之物。刹,梵文 Ksetra 的音译,佛塔顶部的装饰,即相轮;亦指佛塔、佛寺。尘,佛教谓色、声、香、味、触、法为六尘,引申为尘世。微尘,佛教用语,即尘世。《华严经》卷五十五:"刹海微尘等,一切诸劫中。"法,佛教名词,梵文 Dharma(达摩)的意译,通指一切事物及其现象,也特指佛教教义。法轮,以轮喻法,转法轮,指佛宣说佛法,佛的法轮一转,世上一切不正确的见解、不善的法都将被碾碎无余。举一毛端,建宝王刹;坐微尘里,转大法轮,四句以禅家语说明以小见大的道理。

【附录】

此记亦有许多曲折,但当要紧处却缓慢,却泛散,是以未尽其美,然亦不可不谓之不知趣矣。韩君平之遇柳姬,其事甚奇,设使不遇两奇人,虽曰奇,亦徒然耳。此昔人所以叹恨于无缘也。方君平之未得柳姬也,乃不费一毫力气而遂得之,则李王孙之奇,千载无其匹也。迨君平之既失柳姬也,乃不费一时力气而遂复得之,则许中丞之奇,唯有昆仑奴千载可相伯仲也。呜呼!世之遭遇奇事如君平者,亦岂少哉!唯不遇奇人,卒致两地含冤,抱恨以死,悲矣!然君平者唯得之太易,故失之亦易,非许俊奇杰,安得复哉?此许中丞所以更奇也。

李贽《焚书》卷四《玉合》　中华书局1975年版

　　许中丞片时计取柳姬,使玉合重圆;昆仑奴当时力取红绡,使重关不阻。是皆天地间缓急有用人也,是以谓之侠耳。忠臣侠忠,则扶颠持危,九死不悔;志士侠义,则临难自奋,之死靡他。古今天下,苟不遇侠而妄委之,终不可用也。或不知其为侠而轻置之,则亦不肯为我死,为我用也。

　　侠士之所以贵者,才智兼资,不难于死事,而在于成事也。使死而可以成事,则死真无难矣;使死而不足以成事,则亦岂肯以轻死哉!贯高之必出张王,审出张王而后绝吭以死者是也。若昆仑奴既能成主之事,又能完主之身,则奴愿毕矣,纵死以有何难?但郭家自无奈昆仑奴何耳。剑术纵精,初何足恃。设使无剑术,郭家四五十人亦能奈之何乎?观其酬对之语可见矣。况彼五十人者自谓囊中之物,不料其能出此网矣。一夫敢死,千夫莫当,况仅仅五十人,而肯以活命换死命乎?直溃围出,本自无阻,而奈何以剑术目之!谓之剑术且不可,而乃谓之剑侠,不益伤乎!剑安得有侠也?人能侠剑,剑又安能侠人?人而侠剑,直匹夫之雄耳。西楚霸王所谓"学剑不成,去,学万人敌"者是也。夫万人之敌,岂一剑之任耶?彼以剑侠称烈士者,真可谓不识侠者矣。呜呼!侠之一字,岂易言哉!自古忠臣孝子,义夫节妇,同一侠耳。夫剑之有术,亦非真英雄者之所愿也。何也?天下无不破之术也。我以术为圣,彼亦必以术自神,术而逢术,则术穷矣。曾谓荆卿而未尝闻此乎?张良之击秦皇也,时无术士,故子房得以身免。使遇术者,立为齑粉矣。故黄石老大嗔怪于圯桥之下也。嗣后不用一术,只以无穷神妙不可测识之术应之。灭秦兴汉,灭项兴刘,韩、彭之俎醢不及,萧何之械系不及,吕后之妒悍不及,功成名遂而身退。堂堂大道,何神之有,何术之有,况剑术耶?吾是以深悲鲁勾践之陋也。彼其区区,又何足以知荆卿哉!荆卿者,盖真侠者也,非以剑术侠也。

李贽《焚书》卷四《昆仑奴》　中华书局1975年版

　　此记关目极好,说得好,曲亦好,真元人手笔也。首似散漫,终致奇绝,以配《西厢》,不妨相追逐也。自当与天地相终始,有此世界,即离不得此传奇。肯以为然否?纵不以为然,吾当自然而然。详试读之,当使人有兄兄妹妹、义夫节妇之思焉。兰比崔重名,尤为闲雅,事出无奈,犹必对天盟誓,愿终始不相背负,可谓贞正之极矣。兴福为妹丈,世隆为妻兄,无德不酬,无恩不答。天之报施善人,又何其巧欤!

李贽《焚书》卷四《拜月》　中华书局1975年版

此记关目好,曲好,白好,事好。乐昌破镜重合,红拂智眼无双,虬髯弃家入海,越公并遣双妓,皆可师可法,可敬可羡。孰谓传奇不可以兴,不可以观,不可以群,不可以怨乎?饮食宴乐之间,起义动慨多矣。今之乐犹古之乐,幸无差别视之其可!

李贽《焚书》卷四《红拂》　中华书局1975年版

《白虎通》曰:"琴者禁也。禁人邪恶,归于正道,故谓之琴。"余谓琴者心也,琴者吟也,所以吟其心也。人知口之吟,不知手之吟;知口之有声,而不知手亦有声也。如风撼树,但见树鸣,谓树不鸣不可也,谓树能鸣亦不可。此可以知手之有声矣。听者指谓琴声,是犹指树鸣也,不亦泥欤!

《尸子》曰:"舜作五弦之琴,以歌南风,曰:'南风之熏兮,可以解吾民之愠兮。'"因风而思民愠,此舜心也,舜之吟也。微子伤殷之将亡,见鸿雁高飞,援琴作操,不敢鸣之于口,而但鸣之于手,此微子心也,微子之吟也。文王既得后妃,则琴瑟以友之,钟鼓以乐之,向之展转反侧,寤寐思服者,遂不复有,故其琴有《关雎》。而孔子读而赞之曰:"《关雎》乐而不淫。"言虽乐之过矣,而不可以为过也。此非文王之心乎?非文王其谁能吟之?汉高祖以雄才大略取天下,喜仁柔之太子既有羽翼,可以安汉,又悲赵王母子属在吕后,无以自全,故其倚瑟而歌鸿鹄,虽泣下沾襟,而其声慷慨,实有慰藉之色,非汉高之心乎?非汉高又孰能吟之?

由此观之,同一心也,同一吟也,乃谓"丝不如竹,竹不如肉"何也?夫心同吟同,则自然亦同,乃又谓"渐近自然",又何也?岂非叔夜所谓未远礼乐之情者耶!故曰:"言之不足,故歌咏之;歌咏之不足,故不知手之舞之。"康亦曰:"复之不足,则吟咏以肆志,吟咏之不足,则寄言以广意。"傅仲武《舞赋》云:"歌以咏言,舞以尽意。论其诗不如听其声,听其声不如察其形。"以意尽于舞,形察于声也。由此言之,有声之不如无声也审矣,尽言之不如尽意又审矣。然则谓手为无声,谓手为不能吟亦可。唯不能吟,故善听者独得而其心而知其深也,其为自然何可加者,而孰云其不如肉也耶!

吾又以是观之,同一琴也,以之弹于袁孝尼之前,声何夸也?以之弹于临绝之际,声何惨也?琴自一耳,心固殊也。心殊则手殊,手殊则声殊,何莫非自然者,而谓手不能二声可乎?而谓彼声自然,此声不出于自然可乎?故蔡邕闻弦而知杀心,锺子听弦而知流水,师旷听弦而识南风之不竞,盖自然之道,得手应心,其妙固若此也。

李贽《焚书》卷五《琴赋》　中华书局1975年版

忠义水浒传序[①]

太史公曰:"《说难》、《孤愤》,圣贤发愤之所作也。"[②]由此观之,古之圣贤,不愤则不作矣。不愤而作,譬如不寒而栗,不病而呻吟也,虽作何观乎?《水浒传》者,发愤之所作也。盖自宋室不竞,冠履倒施[③],大贤处下,不肖处上。驯致夷狄处上,中原处下,一时君相犹然处堂燕鹊[④],纳币称臣,甘心屈膝于犬羊已矣。施、罗二公身在元[⑤],心在宋;虽生元日,实愤宋事。是故愤二帝之北狩[⑥],则称大破辽以泄其愤;愤南渡之苟安,则称灭方腊以泄其愤。敢问泄愤者谁乎?则前日啸聚水浒之强人也,欲不谓之忠义不可也。是故施、罗二公传《水浒》而复以忠义名其传焉。

夫忠义何以归于水浒也?其故可知也。夫水浒之众何以一一皆忠义也?所以致之者可知也。今夫小德役大德,小贤役大贤,理也。若以小贤役人,而以大贤役于人,其肯甘心服役而不耻乎?是犹以小力缚人,而使大力者缚于人,其肯束手就缚而不辞乎?其势必至驱天下大力大贤而尽纳之水浒矣。则谓水浒之众,皆大力大贤有忠有义之人可也,然未有忠义如宋公明者也。今观一百单八人者,同功同过,同死同生,其忠义之心,犹之乎宋公明。独宋公明者身居水浒之中,心在朝廷之上,一意招安,专图报国,卒至于犯大难,成大功,服毒自缢,同死而不辞,则忠义之烈也!真足以服一百单八人者之心,故能结义梁山,为一百单八人之主。最后南征方腊,一百单八人者阵亡已过半矣;又智深坐化于六和,燕青涕泣而辞主,二童就计于"混江"。宋公明非不知也,以为见机明哲,不过小丈夫自完之计,决非忠于君义于友者所忍屑矣。是之谓宋公明也,是以谓之忠义也,传其可无作欤？传其可不读欤？

故有国者不可以不读，一读此传，则忠义不在水浒而皆在于君侧矣。贤宰相不可以不读，一读此传，则忠义不在水浒，而皆在于朝廷矣。兵部掌军国之枢，督府专阃外之寄⑦，是又不可以不读也，苟一日而读此传，则忠义不在水浒，而皆为干城心腹之选矣⑧。否则不在朝廷，不在君侧，不在干城腹心，乌乎在？在水浒。此传之所为发愤矣。若夫好事者资其谈柄，用兵者藉其谋画，要以各见所长，乌睹所谓忠义者哉！

《焚书》卷三　中华书局1975年版

【注释】

①《水浒传》自诞生以来在文坛的地位一直低下，有两个原因：一是自古以来小说这种文体在古代文人传统观念中本不能登大雅之堂，二是《水浒传》所讲述的故事在统治者看来是鼓动造反，因此也是要严格禁毁的。李贽之前有李开先将《水浒》与《史记》同等看待，天都外臣的《水浒传序》则围绕《水浒》的历史地位和审美价值进行辩解，高度评价了其艺术成就，但依然不脱诗文为正宗的传统思维。李贽在其《童心说》一文已肯定了《水浒》、《西厢》为"天下之至文"，在《杂说》一文中，李贽也曾以《西厢》等为例，阐发自己对待通俗文学的观点，试图提高戏剧文学的地位，而该篇则特意为小说作序，鼓吹小说的文学地位，并欲为《水浒传》平反，称《水浒传》是忠义之书，故此而有特殊的文论史价值。

此序主要表达了下述观点：（一）朝廷专用昏庸之辈，致使国家有难而无人"料理"，而"举世颠倒"、"冠履倒施"的社会现实，终使英雄豪杰、梁山好汉怀抱不平之恨而"为盗"、并"尽纳之水浒"；（二）水浒英雄是有识有才而有胆的忠义之士；（三）为社稷着想，这些英雄好汉应该成为国家的"虎臣武将"，使国家无"四顾之忧"；（四）热情鼓励、称赞了宋公明统率水浒一百八人归顺朝廷，为国效力，以成"忠义之烈"。这些见解的确有别于正统的价值观念，对那些被视为"流寇"的起义之士做了高度的评价，并将他们落草的原因归为朝廷的腐败。

序文也揭示了通俗文学可能造成的巨大社会与政治影响，即其所谓"故有国者不可以不读，一读此传，则忠义不在水浒而皆在于君侧矣……"等思想，较之于李贽在他文中对儒家经籍的贬抑，其在晚明社会与文化变迁中所取的姿态便一望可知，即代表了一种从边缘而对中心的抗争与冲击。

此外，正如一些学者注意到的，他的容与堂本《水浒传》评点，高度肯定了

《水浒传》塑造人物形象的艺术成就,总结了《水浒传》的艺术经验,并触及小说人物塑造中个性与共性统一的问题,在中国古代小说理论发展进程中,具有特殊的时代意义,对于明清小说理论批评有较大的影响。

②太史公曰:"《说难》、《孤愤》,圣贤发愤之所作也"——太史公,本为古代职官名,这里指司马迁。《说难》、《孤愤》,《韩非子》书中篇名,为韩非所作。

③盖自宋室不竞,冠履倒施——竞,强劲。冠履倒施,帽子穿在脚下,鞋子戴在头上,比喻上下颠倒。

④处堂燕鹊——处堂燕鹊,也作处堂燕雀,比喻处境极危险而不自知。《孔丛子·论势》:"燕雀处屋,子母相哺,煦煦焉其相乐也,自以为安矣;灶突炎上,栋宇将焚,燕雀颜色不变,不知祸之将及己也。"

⑤施、罗二公身在元——施、罗,指《水浒传》的最终写定者施耐庵和罗贯中。

⑥是故愤二帝之北狩——二帝,指宋徽宗赵佶和宋钦宗赵桓。北狩,指徽、钦二宗于靖康二年为金军所掳事。

⑦兵部掌军国之枢,督府专阃外之寄——阃,郭门的门槛。阃外,郭门以外,代指军事。《史记·张释之冯唐列传》:"臣闻上古王者之遣将也,跪而推毂,曰阃以内者,寡人制之;阃以外者,将军制之。"

⑧而皆为干城心腹之选矣——干城指防御用的城墙,比喻捍卫者。

【附录】

一、传始于左氏,论者犹谓其失之诬,况稗说乎!顾意主劝惩,虽诬而不为罪。今世小说家杂出,多离经叛道,不可为训。间有借题说法,以杀盗淫妄,行警醒之意者,或钉拾而非全书,或捏饰而非习见;虽动喜新之目,实伤雅道之亡,何若此书之为正耶?昔贤比于班马,余谓进于丘明,殆有《春秋》之遗意焉,故允宜称传。

一、梁山泊属山东兖州府,《志》作泺,称八百里,张之也。然昔人欲平此泊,而难于贮水,则亦不小矣。传不言梁山,不言宋江,以非贼地,非贼人,故仅以"水浒"名之。浒,水涯也,虚其辞也。盖明率土王臣,江非敢据有此泊也。其居海滨之思乎?罗氏之命名微矣!

一、忠义者,事君处友之善物也。不忠不义,其人虽生已朽,而其言虽美弗传。此一百八人者,忠义之聚于山林者也;此百廿回者,忠义之见于笔墨者也。失之于正史,求之于稗官;失之于衣冠,求之于草野。盖欲以动君子,而使小人亦不得借以行其私,故李氏复加"忠义"二字,有以也夫。

李贽

一、书尚评点，以能通作者之意，开览者之心也。得则如着毛点睛，毕露神采；失则如批颊涂面，污辱本来，非可苟而已也。今于一部之旨趣，一回之警策，一句一字之精神，无不拈出，使人知此为稗家史笔，有关于世道，有益于文章，与向来坊刻，夐乎不同。如按曲谱而中节，针铜人而中穴，笔头有舌有眼，使人可见可闻，斯评点所最贵者耳。

一、此书曲尽情状，已为写生，而复益之以绘事，不几赘乎？虽然，于琴见文，于墙见尧，几人哉？是以云台凌烟之画，豳风流民之图，能使观者感奋悲思，神情如对，则象固不可以已也。今别出新裁，不依旧样，或特标于目外，或叠彩于回中，但拔其尤，不以多为贵也。

一、古本有罗氏"致语"，相传《灯花婆婆》等事，既不可复见；乃后人有因四大寇之拘而酌损之者，有嫌一百廿回之繁而淘汰之者，皆失。郭武定本，即旧本移置阎婆事，甚善；其于寇中去王、田而加辽国，犹是小家照应之法。不知大手笔者，正不尔尔，如本内王进开章而不复收缴，此所以异于诸小说，而为小说之圣也欤！

一、旧本去诗词之繁芜，一虑事绪之断，一虑眼路之迷，颇直截清明。第有得此以形容人态，顿挫文情者，又未可尽除，兹复为增定，或窜原本而进所有，或逆古意而益所无。惟用劝惩，兼善戏谑，要使览者动心解颐，不乏咏叹深长之致耳。

一、订文音字，旧本亦具有功力，然淆讹舛驳处尚多。如首引一词，便有四谬。试以此刻对勘旧本，可知其余。至如"耐"之为"奈"，"躁"之为"燥"，犹云书错。若涧"戴"作"带"、涧"煞"作"杀"、涧"闩"作"拴"；"冲""衢"之无分，"迻""竟"之莫辨，遂属义乖。如此者更难枚举，今悉校改。其音缀字下，虽便寓目；然大小断续，通人所嫌，故总次回尾，以便翻查。回远者例观，音异者别出，若半字可读，俗义可通者，或用略焉。

一、立言者必有所本，是书盖本情以造事者也，原不必取证他书。况《宋鉴》及《宣和遗事》姓名人数，实有可微，又《七修类稿》亦载姓名，述贯中三十六天罡，七十二地煞。今以二文弁简，并列一百八人之里籍出身，亦便览记，以助谈资。

一、纪事者提要，纂言者钩玄，传中李逵已有提为《寿张传》者矣。如鲁达、林冲、武松、石秀、张顺、李俊、燕青等，俱可别作一传，以见始末。至字句之隽好，即方言谑詈，足动人心，今特揭出，见此书碎金，拾之不尽。坡翁谓"读书之法，当每次作一意求之"。小说尚有如此之美，况正史乎！

《水浒传资料汇编》袁无涯《出像评点忠义水浒全传发凡》
南开大学出版社 2002 年版

小说之兴,始于宋仁宗。于时天下小康,边衅未动。人主垂衣之暇,命教坊乐部,纂取野记,按以歌词,与秘戏优工,相杂而奏。是后盛行,遍于朝野。盖虽不经,亦太平乐事,含哺击壤之遗也。其书无虑数百十家,而《水浒传》称为行中第一。

故老传闻:洪武初,越人罗氏,诙诡多智,为此书共一百回,各以妖异之语引于其首,以为之艳。嘉靖时,郭武定重刻其书,削去致语,独存本传。余犹及见《灯花婆婆》数种,极其蒜酪,余皆散佚,既已可恨。自此版者渐多,复为村学究所损益。盖损其科诨形容之妙,而益以淮西、河北二事。赭豹之文,而画蛇之足,岂非此书之再厄乎!近有好事者,憾致语不能复收,乃求本传善本校之,一从其旧,而以付梓,则有正襟而语者曰:"十三经二十一史,不以是图,奈何亟亟齐东氏之言而为木灾也?"余谓诸君得无以为贼智而少之耶?《经》曰:"窃钩者诛,窃国者侯。侯之门,仁义存。"若辈俱以匹夫亡命,千里横行,焚杵叫嚣,揭竿响应,此不过窃钩者耳。夷考当时,上有秕政,下有菜色。而蔡京、童贯、高俅之徒,壅蔽主聪,操弄神器,卒使宋室之元气索然,厌厌不振,以就夷房之手。此诚窃国之大盗也。有王者作,何者当诛?彼不得沾一命为县官出死力,而此则析圭儋爵,拖紫纡青。道君为国,一至于此,北辕之辱,固自贻哉!如传所称吴军师善运筹,公孙道人明占候,柴王孙广结纳,三妇能擐甲胄作娘子军,卢俊义以下,俱鸷发枭雄,跳梁跋扈。而江以一人主之,终始如一。夫以一人而能主众人,此一人者,必非庸众人也。使国家募之而起,令当七校之队,受偏师之寄,纵不敢望髦将军,韩忠武、梁夫人,刘、岳二武穆,何渠不若李全、杨氏辈乎?余原其初,不过以小罪犯有司,为庸吏所迫,无以自明。既蒿目君侧之奸,拊膺以愤,而又审华夷之分,不肯右绂辽而左绂金,如郦琼、王性之逆。遂啸聚山林,凭陵郡邑。虽掠金帛,而不虏子女。唯翦薆墨,而不戕善良。诵义负气,百人一心。有侠客之风,无暴客之恶。是亦有足嘉者。盖诚如侯蒙之言,惜蒙未行而卒,终不得其用耳。后乃降张叔夜。史与《宣和遗事》俱不载所终。《夷坚志》乃有张叔夜杀降之说。叔夜儒将,余不之信。史又言淮南,不言山东,言三十六人,不言一百八人。此其虚实,不必深辨。要自可喜。

载观此书,其地则秦、晋、燕、赵、齐、楚、吴、越,名都荒落,绝塞遐方,无所不通;其人则王侯将相,官师士农,工贾方技,吏胥厮养,驵侩舆台,粉黛缁黄,赭衣左衽,无所不有;其事则天地时令,山川草木,鸟兽虫鱼,刑名法律,韬略甲兵,支干风角,图书珍玩,市语方言,无所不解;其情则上下同异,欣戚合离,捭阖纵横,揣摩挥霍,寒暄嚬笑,谑浪排调,行役献酬,歌舞谲怪,以至大乘之偈,真诰之文,少年之场,宵人之态,无所不该。纪载有章,烦简有则。发凡起例,不杂易于。

如良史善绘,浓淡远近,点染尽工;又如百尺之锦,玄黄经纬,一丝不纰。此可与雅士道,不可与俗士谈也。视之《三国演义》,雅俗相牵,有妨正史,固大不侔。而俗士偏赏之,坐暗无识耳。雅士之赏此书者,甚以为太史公演义。夫《史记》上国武库,甲仗森然,安可枚举。而其所最称犀利者,则无如巨鹿破秦,鸿门张楚,高祖还沛,长卿如邛,范蔡之倾,仪秦之辩,张陈之隙,田窦之争,卫霍之勋,朱郭之侠,与夫四豪之交,三杰之算,十吏之酷,诸吕七国之乱亡,《货殖》《滑稽》之琐屑,真千秋绝调矣!传中警策,往往似之。《艺苑》以高则诚"蔡中郎传奇"比杜文贞,关汉卿"崔张杂剧"比李长庚,甚者以施君美《幽闺记》比汉魏诗。盖非敢以婢作夫人,政许其中作大家婢耳。然则,即谓此书乃牛马走之下走,亦奚不可!

或曰:子叙此书,近于诲盗矣。余曰:息庵居士叙《艳异编》,岂为诲淫乎?《庄子·盗跖》,愤俗之情;仲尼删诗,偏存郑、卫。有世思者,固以正训,亦以权教。如国医然,但能起疾,即乌喙亦可,无须参苓也。罗氏又有《三遂平妖传》,亦皆系风捕影之谈。盖荒野鬼才,惯作此伎俩也。三世子孙俱喑,当亦是口业报耳。余又惜夫人有才,上之不能著作金马之庭,润色鸿业;下之不能起名山之草,成一家言,乃折而作此,为迂腐骂端,若罗氏者可鉴也。钱塘郎仁宝载三十六人,有李英,非李应;有孙立,无林冲。田叔禾《西湖游览志》,又云出宋人笔。二公罗氏同邑人,别有所据,今并及之,以俟再考。

万历己丑孟冬天都外臣撰。

《水浒传资料汇编》天都外臣《水浒传序》 南开大学出版社 2002 年版

少年工谐谑,颇溺《滑稽传》。后来读《水浒》,文字益奇变。"六经"非至文,马迁失组练。一雨快西风,听君酣舌战。

袁宏道《袁宏道集笺校》卷九《听朱生说水浒传》
上海古籍出版社 1981 年版

《水浒》余尝戏以拟《琵琶》,谓皆不事文饰,而曲尽人情耳。然《琵琶》自本色外,《和空万里》等篇,即词人中不妨翘举。而《水浒》所撰语稍涉声偶者,辄呕哕不足观,信其伎俩易尽;第述情叙事,针工密致,亦滑稽之雄也。

今世人耽嗜《水浒传》,至缙绅文士亦间有好之者。第此书中间用意,非仓卒可窥。世但知其形容曲尽而已;至其排比一百八人,分量轻重,纤毫不爽,而中间抑扬映带,回护咏叹之工,真有超出语言之外者。余每惜斯人以如是心,用于至下之技。然自是其偏长,政使读书执笔,未必成章也。

此书所载四六语甚厌观,盖主为俗人说,不得不尔。余二十年前所见《水浒传》本,尚极足寻味,十数载来,为闽中坊贾刊落,止录事实,中间游词余韵,神情寄寓处,一概删之,遂几不堪覆瓿。复数十年,无原本印证,此书将永废。余因叹是编初出之日,不知当更何如也。

宋郑叔厚以《孙武子》配《论语》、《易传》,明韩苑洛以关汉卿配司马子长,皆大是词场猛诨。因论《水浒传》,得二事绝可作对:嘉隆间,一巨公案头无他书,仅左置《南华经》,右置《水浒传》各一部;又近一名士听人说《水浒》,作歌谓奄有丘明、太史之长。二语本滑稽,与前意稍不同,然词若符节,信宇宙间未尝无对也。

《水浒传资料汇编》胡应麟《庄乐委谈下》　南开大学出版社2002年版

太守李载贽,字宏甫,号卓吾,闽人。在刑部时,已好为奇论,尚未甚怪癖。常云:"宇宙内有五大部文章:汉有司马字长《史记》,唐有《杜子美集》,宋有《苏子瞻集》,元有施耐庵《水浒传》,明有《李献吉集》。"余谓弇州山人《四部稿》更较弘博,卓吾曰:"不如献吉之古。"

《水浒传资料汇编》周晖《五大部文章》　南开大学出版社2002年版

和尚自入龙湖以来,口不停诵,手不停披者三十年,而《水浒传》、《西厢曲》尤其所不释手者也。盖和尚一肚皮不合时宜,而独《水浒传》足以发抒其愤懑,故评之为尤详。

据和尚所评《水浒传》,玩世之词十七,持世之语十三。然玩世处亦俱持世心肠也,但以戏言出之耳。高明者自能得之语言文字之外。

《水浒传》讹字极多,和尚谓不必改正,原以通俗与经史不同故耳,故一切如"代"为"带"、"的"为"得"之类,俱照原本不改一字。

和尚评语中亦有数字不可解,意和尚必自有见,故一如原本云。

和尚又有《清风史》一部。此则和尚手自删削而成文者也,与原本《水浒传》绝不同矣。所谓太史公之豆腐帐非乎?

和尚读《水浒传》,第一当意黑旋风李逵,谓为梁山泊第一尊活佛,特为手订《寿张县令黑旋风集》。此则令人绝倒者也,不让《世说》诸书矣。艺林中亦似少此一段公案不得。小沙弥怀林谨述。(本衙已精刻《黑旋风集》,《清风史》将成矣,不日即公海内。附告)

《明容与堂刻水浒传》卷首怀林《批评水浒传述语》
上海人民出版社1975年版

汉家擅一代奇绝文字,当最《史记》。一部《史记》中极奇绝者,却不在帝纪、年表、八书、诸列传,只在货殖、滑稽、游侠、刺客四作。政惟世先有殖货蠢夫,走死地如鹜五什,秦宫夜狗,函谷晓鸡,迁乃提游侠高义,笑杀此辈。已又觉此辈只扮一场优孱戏局,为淳于赘婿拍掌挪揄,恨无荆、聂、舞阳儿挟徐夫人匕以泄其愤者,盖寓言此、托意彼,玩世丑世,复用悲世,寸寸热肠,几乎欲笑不能,欲哭不敢矣。脉脉此情谁识?越数百年,乃又劈空有一部《水浒》传奇,啸傲于浊世云。而《水浒》中极奇绝者,又不在逢人便拜、翘然为梁山泊之主,而在锄奸斩淫,杀恶人如麻,吐世不平之气于一百单八人。总之,世人先有《水浒传》中几番行径,然后施耐庵、罗贯中借笔墨拈出,与迁史同千古之恨。世上先有淫妇人,然后以杨雄之妻、武松之嫂实之;世上先有马泊六,然后以王婆实之;世上先有家奴与主母通奸,然后以卢俊义之妻贾氏、李固实之。若管营、若差拨、若董超、若薛霸、若富安、若陆谦,情状逼真,笑语欲活,非世人先有是事,即令文人面壁九年,呕血十石,安能有此笔舌耶!予谓《水浒传》明是画出一幅英雄面孔,装成个漆城葬马笑谭,堪与货殖、刺客诸丑世语并垂勿朽也。李卓吾复恐读者草草看过,又为点定,作艺林一段佳话,仍以鲁智深临化数言,揭内典之精微,唤醒一世沉梦。若罗真人、清道人、戴院长,又极道家变幻,为渡世津筏,撑死(原字难以辨认,疑为"死"字)睡不醒汉于彼岸乎!伟哉!宋公明乱世奸雄,治世能臣,收方腊如拉朽摧枯,能已见于天下矣。最奇者,气岸如黑旋风,靴尖可踢倒一世,惜代无此人。何怪卓吾氏以《水浒》为绝世奇文也者,非其文奇,其人奇耳。噫!世无李逵、吴用,令哈赤猖獗辽东。每诵《秋风》思猛士,为之狂呼叫绝,安得张、韩、岳、刘五六辈,扫清辽蜀妖氛,剪灭此而后朝食也!

钟惺《水浒传序》 据曦钟《关于〈钟伯敬先生批评水浒忠义传〉》转录,《文献》第15辑 书目文献出版社 1983年版

夫天地间真人不易得,而真书亦不易数觏。有真人而后一时有真面目,真知己;有真书而后千载有真事业,真文章。虽然,其人不必尽皆文、周、孔、孟也,即好勇斗狠之辈,皆含真气;其书亦不必尽皆二典、三谟、周诰、殷盘也,即嬉笑怒骂之顷,俱成真境。故真莫真于孩提,乃不转瞬而真已变,惟终不失此孩提之性则真矣。真又莫真于山川之流峙,烟云之变化,乃一经渲染而真已失。惟能得而至者,皆天下有心汉,娘子军是。计亏时,不无以干戈始,以玉帛终,不谓真相知,乃从干戈中得耶?试稽施、罗两君所著,凡传中诸人,其须眉眼耳鼻,写照毕肖,不独当年之卢面蒙愧,李笑口丑,苏舌受惭,即以较今日之伪道学,假名士、虚节侠,妆丑抹净,不羞莫夜泣而甘东郭餍者,万万迥别,而谓此辈可易及乎!兹余于梁山公明等,不胜神往其血性。总血性发忠义事,而其人足不朽。

至如血性不朽矣,而须眉眼耳鼻,或不经于著述,如是者易湮。尝见夫《西洋》、《平妖》及《痴婆子》、《双双小传》,甚者《浪史》诸书,非不纷借其名,人函户缄,滋读而味说之为愉快,不知滥觞启窦,只导人怊淫耳。兹余于《水浒》一编,而深赏其血性,总血性有忠义名,而其传亦足不朽。何者?此传一日留宇宙间,即公明辈一日不死宇宙间,披借而得其如虬如戟之须;似蛾似黛之眉;或青白,或慈或慧,或逃之眼;若傝若白,若瞡垣之耳;为隆准、为截筒之鼻。读半则而笑骂声宛然,读全则而怒痴状宛然,及读上下相关处,而细作者冠冕其胸,奴隶者英雄其胆,仆人渔老,贩子舆夫,每每潜天潜地,忽鬼忽蜮者,又狂豪情烈其肝膈,寓于编不少遗焉。嗟嗟!恨不亲炙公明辈,犹喜神遇公明辈也。今天下何人不拟道学,不扮名士,不矜节侠,久之而借排解以润私橐,逞羽翼以剪善类,贤有司惑其公道,仁乡友信其义举,茫茫世界,竟成极龌龊极污蔑乾坤。此辈血性何往,而忠义何归?必其人直未尝读《水浒》者也。倘公明辈有灵,即读亦不解,况原不会读也。何其悲哉?何其悲哉?虽然,与其为伪道学,假名士,虚节侠,不若尚友公明辈矣。与其为哦《西洋》,咏《平妖》,览《双双》、《浪史》,不若羹墙《梁山传》矣。且以罡人煞人,天地之生畸才不数;罡传煞传,古今之成异集亦不数,甚矣此传须慧心人参读,而徒口者则以为死人之糟粕矣夫。余近岁得《水浒》正本一集,较旧刻颇精简可嗜;而其映合关生,倍有深情,开示良剂。因与同社略商其丹铅,而佐以评语,淘名山久藏之书,尚与宇宙共之。今而后安知全本显而赝本不晦,全本行而繁本不止乎?果尔,则余之诠次有功,而纸贵决翘俟,庶不负耐庵、贯中良意。如曰什袭亦可,则罪同怀璧。

《文杏堂批评水浒传》卷首五湖老人《忠义水浒全书序》　明宝翰楼刻本

吾之事卓吾先生也,貌之承而心之委,无非卓吾先生者:非先生之言弗言,非先生之阅弗阅。或曰狂,或曰癖,吾忘吾也,知有卓吾先生而已矣。先生殁而名益尊,道益广,书益播传。即片牍单词,留向人间者,靡不珍为瑶草,俨然欲倾宇内,猗欤盛哉!不朽可卜已。然而奇其文者十七,奇其人者十三,叩尔胸中,则皆未有卓吾先生者也。自吾游吴,访陈无异使君,而得袁无涯氏。揖未竟,辄首问先生。私淑之诚,溢于眉宇,其胸中殆如有卓吾者。嗣是数过从语,语辄及卓老,求卓老遗言甚力,求卓老所批阅之遗书又甚力,无涯氏岂狂耶癖耶?吾探吾行笥,而卓吾先生所批定《忠义水浒传》及《杨升庵集》二书与俱,挈以付之。无涯欣然如获至宝,愿公诸世。吾问二书孰先?无涯曰:"《水浒》而忠义也,忠义而《水浒》也,知我罪我,卓老之《春秋》近是。其先《水浒》哉!其先《水浒》哉!"吾笑曰:"唯,唯!非卓老不能发《水浒》之精神,非无涯不能发卓老之精神。吾之事卓吾先生最久,而无涯之得卓吾先生乃最深,吾愧无涯矣!然无涯非吾,亦谁能发无涯之精神者?吾不负卓吾先生,无涯亦不负吾兹游也。"于是相视而笑,煮茶共啜,取卓吾先生叙《忠义水浒传》同声读之。胥江怒涛,若或应答。吾忘无涯矣,无涯忘吾矣,知有卓吾先生而已矣。

楚人凤里杨定见书于胥江舟次。

《李卓吾评忠义水浒全传》卷首杨定见《忠义水浒全书小引》
明袁无涯刻本

吴郡钱功甫曰:"《水浒传》,成于南宋遗民杭人罗本贯中,以后罗氏三世俱哑,则天之不欲露奸伪谲诈于世可知矣。其书,上自名士大夫,下至厮养隶卒,通都大郡,穷乡小邑,罔不目览耳听,口诵舌翻,与纸牌同行。吁!可怪已!然雕刻颇广,传写易讹,中间不无画蛇添足,为妄人增损。至我朝惟郭武定家刻称精,未易得也。"余惟此书,多与史传不合,如《宋史》宣和三年二月,淮南盗宋江寇京东州郡,至海州,知州张叔夜败之,江乃降,未尝命高太尉童大王也;而《水浒传》系于四年。惟《宋史》宣和二年,方腊陷建德军歙衢杭州,以童贯为江淮荆浙宁抚使,师师讨之,三年四月,贯执方腊,八月伏诛,差后于三年二月;或者因知亳州侯蒙上书,有赦江罪命讨方腊之言,疑江降后,贯调其兵,随军至帮源洞乎?然腊未尝陷苏常等州也。若政和五年,女真完颜阿骨打已称帝,国号金,改元收国,至七年,又改天辅,大败契丹兵,收其五京。至宣和四年三月,宋以童贯为河北河东路宣抚使,师师巡北边应金,而五月伐辽,贯败绩于白沟,退保雄州。十月,贯使刘延庆、郭药师伐辽,败绩于燕山,延庆退保雄州。宋江何尝从军也?宋师何尝胜辽也?余藏《癸辛杂志》、《宣和遗事》,所载详略不同,若田虎王庆,归功水浒,固不足辨,如蓟州五台,此时正属契丹,宋人岂能掉臂出入耶?又瓦子团头,杭州市井,岂出于杭人之笔,不免夹带乡谈耶?而《黄花峪》、《花和尚》二杂剧,不见本传,何耶?愚意宋江自在山东,而《宋史》书淮南,已可笑,其金华将军事,又可笑,金华令曹杲,真定人,仕吴越,有功杭州,庙食涌金门内,载在祀典,与张顺何预耶?又金铃钓挂,系之华山,益可笑,盖江未尝越开封而至陕西明矣,抑讹泰山作华山,蔡衙内作任原耶?余闻贯中酷嗜《水浒》事,凡客自北来者,无不延请于家,咨其称述,各笔之于椠,箧笥充满,积有岁年,于是会萃纂葺,不论事之有无,只即其可骇可愕者,联而络之,贯而通之,呕心刻肝,雕肾刳肠,机械变诈,种种泄露,天不三世其哑而何哉?

顷闽有李卓吾名贽者,从事竺乾之教,一切绮语,扫而空之,将谓作《水浒传》者必堕地狱当犁舌之报,屏斥不观久矣。乃愤世疾时,亦好此书,章为之批,句为之点,如须溪沧溪何欤?岂其悖本教而逞机心,故后掇奇祸欤?

李有门人,携至吴中,吴土人袁无涯、冯犹龙等,酷嗜李氏之学,奉为蓍蔡,见而爱之,相与校对再三,删削讹缪,附以余所示《杂志》、《遗事》,精书妙刻,费凡不赀,开卷琅然,心目沁爽,即此刻也。其大旨具李公序中,余屑屑辨驳,亦痴人前说梦云尔。

许自昌《樗斋漫录》卷六(节选)　明刻本

袁无涯来,以新刻卓吾批点《水浒传》见遗。予病中草草视之。记万历壬辰夏中,李龙湖方居武昌朱邸。予往访之,正命僧常志抄写此书,逐字批点。常志者,乃赵瀼阳门下一书史,后出家,礼无念为师。龙湖悦其善书,以为侍者,常称其有志,数加赞叹鼓舞之,使抄《水浒传》。每见龙湖称说《水浒》诸人为豪杰,且以鲁智深为真修行,而笑不吃狗肉诸长老为迂腐,一一作实法会。初尚恂恂不觉,久之,与其侪伍有小忿,遂欲放火烧屋。龙湖闻之大骇,微数之,即叹曰:"李老子不如五台山智证长老远矣!智证长老能容鲁智深,老子独不能容我乎?"时时欲学智深行径。龙湖性褊多嗔,见其如此,恨甚,乃令人往麻城招杨凤里,至右辖处,乞一邮符,押送之归湖上。道中见邮卒牵马少迟,怒目大骂曰:"汝有几颗头?"其可笑如此。后龙湖恶之甚,遂不能安于湖上,北走长安,竟流落不振以死。痴人前不得说梦,此其一徵也。今日偶见此书,诸处与昔无大异,稍有增加耳。大都此等书,是天地间一种闲花野草,即不可无,然过为尊荣,可以不必。往晤董太史思白,共说诸小说之佳者,思白曰:"近有一小说,名《金瓶梅》,极佳。"予私识之。后从中郎真州,见此书之半,大约模写儿女情态具备,乃从《水浒传》潘金莲演出一支,所云金者,即金莲也;瓶者,李瓶儿也;梅者,春梅婢也。旧时京师,有一西门千户,延一绍兴老儒于家。老儒无事,逐日记其家淫荡风月之事,以门庆影其主人,以余影其诸姬,琐碎中有无限烟波,亦非慧人不能。追忆思白言及此书曰:"决当焚之。"以今思之,不必焚,不必崇,听之而已。焚之亦自有存之者,非人之力所能消除。但《水浒》,崇之则诲盗,此书诲淫。有名教之思者,何必务为新奇,以惊愚而蠹俗乎?

袁中道《珂雪斋集·游居柿录》卷九(节选)　上海古籍出版社 1989 年版

尝论:夫水发源之时,仅可滥觞;渐而为溪,为涧,为江,为湖,汪洋巨浸而放乎四海。当其冲决,怀山襄陵,莫可御遏,真为至神至勇也!及其恬静,浴日沐月,澄霞吹练,鸥凫浮于上,鱼龙潜其中,渔歌拥枻,越女采莲,又为至文至弱矣!

文章亦然。苏端明云:我文如万斛泉是也。《水浒》更似之。其序英雄,举事实,有排山倒海之势;曲画细微,亦见安澜文漪之容;故垂四百余年,耳目常新,流览不废。

若近世之稗官野乘,黄茅白苇,一览而尽,不可咀嚼。岂意复有《后传》,机局更翻,章句不袭;大而图王定霸,小而巷事里谈,文人之舌,慧而不穷,世道之隆替,人心之险易,靡不各极其致,绘云汉觉热,图峨嵋则寒,非一味铜将军、铁绰板,提唱梁山泊人物已也!

嗟乎!我知古宋遗民之心矣。穷愁潦倒,满眼牢骚,胸中块磊,无酒可浇,故借此残局而著成之也。然肝肠如雪,意气如云,秉志忠贞,不甘阿附,傲嫚寓谦和,隐讽兼规正;名言成串,触处为奇:又非漫然如许伯哭世、刘四骂人而已。

昔人云:《南华》是一部怒书,《西厢》是一部想书,《楞严》是一部悟书,《离骚》是一部哀书。今观《后传》之群雄激变而起,是得《南华》之怒;妇女之含愁敛怨,是得《西厢》之想;中原陆沉,海外流放,是得《离骚》之哀;牡蛎滩、丹霞宫之警喻,是得《楞严》之悟。不谓是传而兼四大奇书之长也!

虽然,更为古宋遗民惜。浑沌世界,何用穿凿?使物无遁形,宁不畏为造化小儿所忌?必其垂老奇穷,颠连踬疾,孤茕绝后,而短褐不完,藜藿不继,屡憎于人,思沉湘蹈海而死;必非纡青拖紫,策坚乘肥,左娥右绿,阿堵堆塞,饱餍酒肉之徒,能措一辞也!安得一识其人,以验予言之不谬哉?

万历戊申秋杪雁宕山樵撰。

《水浒后传》卷首陈忱《水浒后传序》 清绍裕堂刻本

《水浒》,愤书也。宋鼎既迁,高贤遗老,实切于中,假宋江之纵横,而成此书,盖多寓言也。愤大臣之覆悚,而许宋江之忠;愤群工之阴狡,而许宋江之义;愤世风之贪,而许宋江之疏财;愤人情之悍,而许宋江之谦和;愤强邻之启疆,而许宋江之征辽;愤潢池之弄兵,而许宋江之灭方腊也。

《后传》为泄愤之书:愤宋江之忠义,而见鸩于奸党,故复聚余人,而救驾立功,开基创业;愤六贼之误国,而加之以流贬诛戮;愤诸贵幸之全身远害,而特表草野孤臣,重围冒险;愤官宦之噆民饱壑,而故使其倾倒宦囊,倍偿民利;愤释道之淫奢诞诞,而有万庆寺之烧,还道村之斩也。

有一人一传者,有一人附见数传者,有数人并见一传者,映带有情,转折不测,深得太史公笔法。头绪如乱丝,终于不紊,循环无端,五花八阵,纵横错见,真奇书也。

传中福善祸淫,尽寓劝惩意,不可以事出无稽,草草放过。天下事至赜至诡,不伦不理,凿凿有之。如《西游》之说鬼说魔,皆日用平常之道,特诡其名,一新世人耳目。

或言海外之人,而声口皆是中华,疑为纰戾,此可以理悟,可以情孚也。如闽中漳泉人,几于言语不通,嗜欲不同矣。而笑则色喜,哭则声哀,仕于四方,民情土俗,皆能洞悉,岂以带水为限,膜外视之!

《后传》有难于《前传》处。《前传》镂空画影,增减自如;《后传》按谱填词,高下不得;《前传》写第一流人,分外出色;《后传》为中材以下,苦心表微。有高于《前传》处。读《前传》者、少年子弟,易入任侠一流;读《后传》者,名教中人,不敢道豪杰二字。

并有胜《前传》处,如李应、柴进、关胜等受害,偏有许多机关作用,从万死一生救出。人嗤《西游记》唐僧有难,便求南海大士,我亦嫌《前传》中好汉被陷,除梁山泊救兵,更无别法也。

有大段转换处,置却梁山,重创登云饮马。有毫发不漏处,人如郓哥、唐牛儿,地如东溪、还道村,马如乌骓、玉狮,物如雁翎甲、松纹剑也。

樵余偶识。

《水浒后传》卷首陈忱《水浒后传论略》(节选)　清绍裕堂刻本

焦 竑

焦竑(1540—1619),字弱侯,又字从吾、叔度,号澹园,著文常署名漪南生、澹园子、澹园居士、澹园老人、太史氏、秘石渠旧史等。籍贯为南京应天府旗手卫,上世为山东日照人。万历十七年五十岁时以殿试一甲一名成为明代第七十二名状元,官翰林修撰,万历二十五年谪福宁州同知,二十七年弃官归隐。四十七年卒,年八十。传载《明史》卷一七六。

焦竑博极群书,自经史至稗官杂说,无不淹贯。治学师从耿定向,究心性之学,深得耿之赏识。此后又曾师事王襞及泰州学派著名学者王襞、罗汝芳等人,并崇尚李贽的学说,《四库提要》评曰:"竑师耿定向而友李贽,于贽之习气沾染尤深。二人相率而为狂禅。贽至于诋孔子,而竑亦至尊崇杨、墨,与孟子为难。"《明儒学案》将焦竑归入泰州学案。竑交游甚广,皆为一时俊彦,中第之前其名已蜚声文坛,是江南地区的文坛领袖人物之一。其门生著名政治家、科学家徐光启有云:"吾师澹园先生,粤自早岁,则以道德、经术标表海内,巨儒宿学,北面大宗,余言绪论,流传人间,无不视为冠冕舟航矣。"(《澹园续集序》)罢官之后声名愈盛,时人尊为"士林祭酒",成为当时学术界、思想界、文化界的盟主之一。

焦竑善为古文,典正雅训,卓然名家。其文结构谨严,句法严密,以论说文及传记文最有功力,诗赋小词也清新可读。当时后七子主宰文坛,焦竑论文重"性命、事功"之实,讲究经世致用;又以悟论文,重视心领神会;提出"法法"之说,倡学古人之神。反对"前后七子"的复古主义、形式主义倾向,标榜性灵之说,倡导率性自然的文风,与公安派作家的观念不谋而合。其文论有三教合一的倾向,但更偏向于儒,并也主经世致用之学。

其著述有《易签》六卷、《献征录》一百二十卷、《熙朝名臣实录》二十七卷、《国史经籍志》六卷、《焦氏笔乘》八卷、《焦氏类林》八卷、《玉堂丛语》八卷等达三十余种。今有中华书局李剑雄点校本《澹园集》(1999)。

与友人论文[①]

窃谓君子之学,凡以致道也。道致矣,而性命之深窅与事功之曲折,无不了然于中者,此岂待索之外哉。吾取其了然者,而抒写之文从生焉。故性命事功其实也,而文特所以文之而已。惟文以文之,则意不能无首尾,语不能无呼应,格不能无结构者,词与法也,而不能离实以为词与法也。"六经"、四子无论已,即庄、老、申、韩、管、晏之书[②],岂至如后世之空言哉?庄、老之于道,申、韩、管、晏之于事功,皆心之所契,身之所履,无丝粟之疑[③]。而其为言也,如倒囊出物,借书于手,而天下之至文在焉,其实胜也。

汉世蒯通、随何、郦生、陆贾,游说之文也,而宗《战国》[④];晁错、贾谊,经济之文也[⑤],而宗申、韩、管、晏;司马相如、东方朔、吾丘寿王,谲谏之文也[⑥],而宗"楚词";董仲舒、匡衡、扬雄、刘向,说理之文也[⑦],而宗"六经";司马迁、班固、荀悦,纪载之文也[⑧],而宗《春秋左氏》:其词与法可谓盛矣,而华实相副,犹为近古,至于今称焉。唐之文,实不胜法;宋之文,法不胜词,盖去古远矣,而总之实未澌尽也。

近世之文,吾不知之矣。彼其所有者,道耶? 德耶? 事功耶? 蔑其实而欲妄为之词,身居一室而指顾寰海之图,家盖屡空而侈谈崇高之响,非独实不中窾,乃其中疑似影响方不自快,又安能了然于口与手乎[⑨]?

夫词非文之急也,而古之词又不以相袭为美,《书》不借采于《易》,《诗》非假途于《春秋》也。至于马、班、韩、柳,乃不能无本祖。顾如花在蜜,糵在酒[⑩],始也不能不藉二物以胎之,而脱弃陈骸,自标灵采,实者虚之,死者活之,臭腐者神奇之,如光弼入子仪之军[⑪],而旌旗壁垒皆为变色,斯不谓善法古者哉。近世不求其先于文者,而独词之知,乃曰"以古之词属今之事,此为古文云尔"。韩子不云乎⑫:"惟古于词必己出,降而不能乃剽贼。"夫古以为贼今以为程,故学者类取残膏剩馥,以相鳞次,天吴紫凤,颠倒短褐⑬,而以炫盲者之观,可不见也。苏子云:"锦绣绮縠,服之美者也,然尺寸而割之,错杂而纽之,则绨缯之不若。"⑭今之敝何以异此!以一二陋者为之,不足怪也,乃悉群盲以趋之,谬种流传,浸以成习。至有作者当其前,反忽视而不顾,斯可怪矣。学古者知有道而已,道之能致,文不文皆无意也,而况苟以冀人之知乎?

仆雅不能文,又力薄涂远,方图其大者,而奚暇于此!辄因执事之论⑮,一出其狂言,惟有以教之,幸甚!

《澹园集》卷十二　中华书局1999年版

【注释】

① 焦竑和李贽、公安三袁交往颇深,性情相投,文学观念亦多相合,均以反对复古主义为己任,本文即针对前后七子的复古主张而发表自己的意见。复古派论文推崇法式法度,李梦阳提出"文必有法式,然后中谐音度",而后王世贞进一步强化,并具体到文章的辞采、句子和结构上,"篇法有起有束,有放有敛,有唤有应","句法有直下者,有倒插者","字法有虚有实,有沉有响"云云(《艺苑卮言》一)。焦竑认为即使学习古人,也不是沿袭字词,而需要学习其内在的精神。在这篇文章中,焦竑通过对华实相符、重实尚用观点的阐述,批评了七子派的文法论与师古论。

首先,焦竑承认文学表现形式是不可或缺的基本要素,曰:"惟文以文之,则意不能无首尾,语不能无呼应,格不能无结构者,词与法也。"但是词与法是以表现内容为目的的,因此,"不能离实以为词法",这样也就确定了"实"的主要地位。

其次,与公安派所谓"古何必高,今何必卑"(袁宏道《与丘长孺》)的观念不同,焦竑则历数了古代成功的作品华实相副、以实取胜的事例,对七子派进行了抨击。焦竑认为汉代以前文之发展,是在借鉴、汲取的基础上不断发生嬗变的。表面看来,这与七子派同而与唐宋派异,但其所论与七子派仍有根本上的差异。第一,学习前人的方法不同。李攀龙等人学习古人以拟古为要,直接取拟于古人。而焦竑则认为学习古人应该是"脱其陈骸,自标灵采"的重新创造,这种创造,如"花在蜜,蘖在酒",使"实者虚之,死者活之,自腐者神奇之",如同李光弼入郭子仪军中,而使旌旗壁垒皆为变色。第二,学习前人内容不同。七子派学习古人很重视格调,重在词采,而焦竑则认为"古之词又不以相袭为美",应当"词必己出",由此而走向实的道路。焦竑华实相副的理论,其实是对孔门文学观的继承和发挥。焦竑曾引述孔子"词达而已矣",并且解释道:"世有心知之,而不能传之以言,口言之而不能应之以手,心能知之,口能传之,而手又能应之,夫是之谓词达。"(《刻苏长公外集序》)这与公安派所谓"信心而出,信口而谈"(袁宏道《与张幼于书》)的文学主张又是相契合的。

宗道在《文论上》中也提出了与焦竑类似的主张,即所谓"口舌代心","文章又代口舌者也。"又云:"夫时有古今,语言亦有古今",并同样引述孔子"辞达而已"为理论根据。宗道有得于焦竑,昭然可见。"华实相副"旨在论文,这里的"实",既包括"曲折"之"事功",又包括"深窅"之"性命"。尚用、辞达等观念,都是对孔门文学观的继承和发挥,虽然有人以为焦竑"以西来之意,密证《六经》"(蒋国榜《澹园续集跋》),出入于佛禅,但其并没有深溺于其中,儒学思想依然是焦竑最根本的思想基础。

②"六经"、"四子"无论已,即庄、老、申、韩、管、晏之书——"六经",指《易》、《礼》、《乐》、《诗》、《书》、《春秋》。"四子",也称为"四书",即《大学》、《中庸》、《论语》、《孟子》四部著作的总称,又称为"四子书"。庄、老、申、韩、管、晏,指庄周、李耳、申不害、韩非、管仲、晏婴。

③丝粟之疑——丝,计算长度、容量和重量的微小单位。丝粟,形容细微之极。

④汉世蒯通、随何、郦生、陆贾,游说之文也,而宗《战国》——蒯通,汉末谋士,曾说韩信叛刘邦自立为王,著有《隽永》八十一篇,今佚。随何,西汉初人,以辩士称于时,曾成功游说英布叛楚归汉。郦生,郦食其,为刘邦说客,出使齐国说齐王田广归汉时,韩信突袭齐,齐王将郦烹死。陆贾,西汉初楚人,以客从刘邦定天下,有辩才,成功游说南越王赵佗称臣。《战国》,即《战国策》。

⑤晁错、贾谊,经济之文也——晁错,汉文帝时任太常掌故,迁太子家令,中大夫,景帝时任内史,迁御史大夫,景帝采纳其意见,削弱诸侯王权,以固朝廷。有《晁错》,已佚。贾谊,西汉人,年十八即以文才出名,文帝召为博士,迁太中大夫,后被谗,贬为长沙王太傅。有《新书》、《贾长沙集》。

⑥司马相如、东方朔、吾丘寿王,谲谏之文也——司马相如,西汉人,字长卿,工辞赋,有《上林》、《大人》、《子虚》等赋。东方朔,西汉人,字曼倩,滑稽有急智,武帝时任常侍郎、太中大夫。辞赋以《答客难》、《非有先生论》为著,有

《东方朔》二十篇,今佚。吾丘寿王,西汉人,字子赣,善辞赋,今仅存文两篇。谲谏,谏劝时不直言过失,隐约其词,使之自悟。

⑦董仲舒、匡衡、扬雄、刘向,说理之文也——董仲舒,西汉人,武帝采纳其罢黜百家、独尊儒术的主张,其学以天道与人事相比附,有《春秋繁露》、《举贤良对策》等。匡衡,西汉人,字稚圭,元帝时封安乐侯,能文学,善说《诗》。扬雄,西汉人,字子云,长于辞赋,著有《太玄》、《法言》、《方言》、《训纂篇》,赋有《甘泉》、《河东》、《羽猎》、《长杨》等。刘向,西汉人,本名更生,字子政,校阅群书,整理《战国策》,撰有《别录》,为我国目录学之祖,著有《新序》、《说苑》、《列女传》等。

⑧荀悦——荀悦,东汉人,字仲豫,著有《汉纪》、《申鉴》、《崇德》、《正论》等。

⑨蔑其实而欲妄为之词,身居一室而指顾寰海之图,家盖屡空而侈谈崇高之响,非独实不中窾,乃其中疑似影响方不自快,又安能了然于口与手乎——屡空,常常贫困。《论语·先进》:"回也,其庶乎!屡空。"中,合适,适于。窾,空处,中空。疑似,近似得难以分辨。《吕氏春秋·疑似》:"疑似之迹,不可不察,察之必于其人也。"这句话意思是,轻视实际却想做超出自己本领和身份的事,不出家门却纵谈天下事,穷困潦倒却奢侈地谈论高尚,这样的人写出来的文章不仅有模拟之迹,心中不快,而且又怎能表达得清楚明白呢?

⑩蘖在酒——蘖,通"糵",曲糵,酿酒用的发酵剂。

⑪如光弼入子仪之军——光弼、子仪,即唐朝李光弼、郭子仪,二人为平"安史之乱"的名将,世称"李郭"。

⑫韩子不云乎——韩子,指韩愈。

⑬天吴紫凤,颠倒短褐——天吴,传说中的水神。《山海经·海外东经》:"朝阳之谷,神曰天吴,是为水伯。……其为兽也,八首八面,八足八尾,皆青黄。"紫凤,传说中的神鸟,《山海经·大荒北经》:"大荒之中有山,名曰北极天柜,海水北注焉。有神九首,人面鸟身,名曰九凤。"又云:"丹穴之山,有鸾鹭,凤之属也。五色而多紫。"亦指衣上的凤鸟花纹。南朝齐谢朓《隋王鼓吹曲·钧天曲》:"紫凤来参差,玄鹤起凌乱。"短褐,古时贫苦人穿的粗布衣服,亦作"竖褐。"唐杜甫《北征》诗:"天吴及紫凤,颠倒在裋褐。"

⑭苏子云:"锦绣绮縠,服之美者也,然尺寸而割之,错杂而纽之,则绨缯之不若。"——苏子,这里指苏洵。语见苏洵《嘉祐集·史论(下)》。缯,古代丝织品的总称。绨,厚缯之滑泽者。

⑮执事之论——执事,古时指侍从左右供使令的人,书信中用以称对方,谓

不敢直陈,故向执事者陈述,表示尊敬。

【附录】

客岁不揆以竿牍自通,甚愧率略。顾蒙辱赐报言,奖借逾溢,非不佞某所敢承也。捧读刻卷,言人人殊。总之雅淳清妙,不诡于正,为之叹服。盖文敝久矣,后生小子未暇穷经晰理,辄取古文奇字,鳞次为文,因之取上第者纍纍而是。当事者至奉诏条,三令五申之,不能止也。门下岁比,既以此黜最之,而又明示之鹄如此,士习其有瘳乎?昔欧阳子痛排轧茁之陋,时得士如曾苏,而物论哗然,未能遽服。盖久之而庆历之文追还古始,谁之力也?惟门下坚持之而已。"夜气"二字,孟子发千古之所未发,此真前人所云"梦觉关"也。门下于此提撕,可谓得其肯綮。盖如此即为知,存此即为致,非有二理,所从言之异耳。仆性寡昧,即师友渐摩最深且久,而欲策高足,一涉道津,未之能焉。门下其不鄙而教之,至望。未间,惟为斯文自重。不宣。

焦竑《澹园集》卷十三《答柯学台》 中华书局 1999 年版

古之称诗者,率羁人怨士不得志之人,以通其郁结,而抒其不平,盖《离骚》所从来矣。岂诗非在势处显之事,而常与穷愁困悴者直邪?诗非他,人之性灵之所寄也。苟其感不至,则情不深;情不深,则无以惊心而动魄,垂世而行远。吾观尼父所删,非无显融肬厚者厝乎其间,而讽之令人低徊而不能去,必于变风、变雅归焉,则诗道可知也。

焦竑《澹园集》卷十五《雅娱阁集序》(节录) 中华书局 1999 年版

扬子有言:"断木为棋,梡革为鞠,莫不有法,而况于诗乎。"古至屈、宋、汉、魏、六朝,律至三唐,而法具矣。金陵之诗,陈、顾为称首,东桥先生批点唐音,自言为用力工程,业盛行于时。顷余姻欧阳惟礼复得石亭先生《古律手抄》若干卷,隐括千百年之诗,以为学者楷法,精且博矣。惟礼既宝藏之,而手录其副以传,且属余为序。

窃谓善学者不师其同,而师其所以同。同者,法也;所以同者,法法者也。蒲且子善弋,詹何闻而悦之,受其术而以钓名于楚。吴道子师张颠笔法,其画特为天下妙。学弋而得鱼,临书而悟画,岂不相辽绝哉?彼得其所以法,而法固存也。夫神定者天驰,气完者材放。时一法不立而众歧随之,不落世检而天度自全。譬之云烟出没,忽乎满前,虽旁歧诘曲,不可以为方,卒其所以为法者,丙丙如丹。噫,此善学者也。如吮豪而勘笔之丰省,蹲矶以廉饵之浮湛,詹、吴且不为,况不为詹、吴者乎?读《手抄》者,尝以此求之,斯无负先生,与无负惟礼也已。惟礼能诗,精篆籀,见于此编者,规放欧书,亦足见其绪云。

焦竑《澹园集》卷十五《陈右亭翰林古律手抄序》 中华书局1999年版

夫诗以微言通讽谕,以温柔敦厚为教。不通于微,不底于温厚,不可以言诗。古十五《国风》,而《鲁诗》者独参周、殷而列于《颂》,盖齐鲁娴文学,而周、孔之风教其渐被者,所从来矣。

明兴,作者如边廷实、殷近夫、李伯承、冯汝言、李于鳞辈,先后鹊起,家有其书。以古若彼,以今若此;其烜奕也,以观念东于公,讵不信然。

公英名楸实,为士品规跡,其回翔中外,余二十年,淹抑之叹,略无干其虑者。顾日与白足赤髭之侣,牢骚历落之士,提唱宗风,扬榷雅道。经史之外,茗椀炉熏,法书名画,位置雅洁,入其室者,萧然如睹云林海岳之风。盖公标格令上,天宇清真,雍容谦和,声华自远,故其诗不激而高,不刻而工,隽永藏于温醇,纤浓寓之雅澹,所称治世之音者,非耶?昔李白有诗人之材而无其识,杜甫有诗人之识而无其度,故言非世法,动于于时。輓近世家相凌竞,斌斌盛矣,乃炙輠以艸经,诘曲而寡适者,往往有之。公刮抉浮华,独妙间旷,其原本山川、极命草木者,既与边、李诸公相雁行,而升歌庙堂、和情理俗,尤足与奚斯、史克相始终。然则少昊之墟,蒙羽之野,终不夷于邶鄘曹卫者,非鲁能重公,公诚足重鲁也已。

焦竑《澹园集》卷十六《弗告堂诗集序》(节选) 中华书局1999年版

诗也者,率其自道所欲言而已。以彼体物指事,发乎自然,悼逝伤离,本之襟度。盖悲喜在内,啸歌以宣,非强而自鸣也。以故二南无分音,列国无辨体;两《雅》可小大,而不可上下;三《颂》可今古,而不可选择。异调同声,异声同趣,遏哉旨矣。岂可谓瑟愈于琴,琴愈于磬,磬愈于枕圈,而辄差等之哉!古贤豪者流,隐显殊致,必欲洩千年之灵气,勒一家之奥言,错综《雅》《颂》,出入古今,光不灭之名,扬未显之蕴,乃其志也。倘如世论,于唐则推初、盛而薄中、晚,于宋又执李杜而绳苏黄,植木索涂,缩缩焉循而无敢失,此儿童之见,何以伏元和、庆历之强魄也。

金陵故文献之渊薮,以诗名者代不乏人,即文学茂才,在所有之。以余所知,如金子有之高名,盛仲交之渊博,以及子坤、伯年,世擅其长。近日周吉甫、陈延之、顾孝直、陈荩卿、叶循甫诸人,彬彬盛矣,李君象先最晚出,而相为方驾大都,如李之郁,桃之夭,兰之芳,菊之秀,人有其美,咸自名家。余谓能道所欲言,则一而已。顷象先衷先后诗草,名《竹浪斋集》以示余。象先质隽而功深,词义茂美,所交皆一时名士。凡栖霞、燕矶、西湖、虎丘诸名胜处,湍流喷薄,阳崖回抱,绿莎盈尺,群花盛开,辄藉草而坐,啸咏弥日,油油然不能舍去,故所得之多,至于如此。

象先年方甚盛,诗已可传,极他日之所至,穷高诣微,当于古人中求之,岂独与流辈相雄长而已哉!诗凡若干卷,余得而叙之,藏于其家。

焦竑《澹园集》续集卷二《竹浪斋诗集序》　中华书局1999年版

古者贤士之咏叹,思妇之悲吟,莫不为诗情动于中,而言以导之,所谓"诗言志"也。后世摘词者,离其性而自托于人伪,以争须臾之誉,于是诗道日微。余观汉魏,以逮六朝,作者蝟起,能道其中之所欲言者,阮步兵、左太冲、张景阳、陶靖节四人而已。靖节学生人品最高,平生任真推分,忘怀得失。每念其人,辄慨然有天际真人之想。若夫微衷雅抱,触而成言,或因拙以得工,或发奇而似易,譬之岭玉渊珠,光采自露,先生不知也。其与华疏彩会无关胸臆者,当异日谈矣。

焦竑《澹园集》卷十六《陶靖节先生集序》(节选)　中华书局1999年版

古之艺,一道也。神定者天驰,气全者调逸,致一于中,而化形自出,此天机所开,不可得而留也。勃勃乎乘云雾而迅起,踔厉风辉,惊雷激电,披拂霍靡,倏忽万变,则放乎前者皆诗也,岂尝有见于豪素哉!古作者流,或以散郁结之怀,或以抒经远之致,触遇成言,飞动增势,此物此志也。世人把三寸柔翰,铅摘缇油,心量而手追,随步武之后,蹑其遗尘,此宁复有诗也耶!

刘君元定,产自卿门,升于文陛,风尘独出,贵富不缁,每有篇章,直取胸臆。盖藻绘未施,而神情自迈,与夫立木置涂,望洋向若者,当异日谈矣。以彼生三楚,历二京,徵造化之程,考文章之跡,卷有万览之半于袁豹,州有九游之类于李固,用能根柢文律,荡涤词源,将见习于通方,岂相沿于踽步。是故神淡而气藏,语出而机溢。等诸王勃,无假片词,方之扬云,何惭少作。彬彬然见于此编,可讽也。自是襟灵弥启,日新其业,变化成一家之体,鼓动包四海之名。当令白傅逊其步骤,玄晏相为题品。余之授简,愧为先鞭云尔。

焦竑《澹园集》卷十六《刘元定诗集序》　中华书局1999年版

滇南唐君廷俊,以诗名,一时篇什出,人争传之。是岁,长公郡丞楸德过金陵,持其《三秀亭草》问序于余。

夫诗出于乐,一以声为主。孔子论《关雎》无淫与伤,而于《郑》声则直斥之。故曰"《关雎》之乱,洋洋盈耳"也。后世不得其声,而独辞之知。毛、韩诸家,于虫鱼鸟兽之细,竭力以争,而至其音节,未尝过而问焉。逮宋人竞以意见相高,古之审声以知治者,几于绝矣。余尝论宋诗主义,于性离;唐诗主调,于性近,盖以此也。君为诗,取材效法,非《选》则唐,虽春容寂寥,赋咏不一,于古之声调悉与悬合。譬之型范既正,金锡不耗,一脱于硎,辄与干将肖也,岂不宜哉!观其意在溟涬之表,天机开阖,自我而得者,盖多有之。若夫置涂立木,幸其或至,缩缩而求循者,非君志也。盖君积好在心,久而能化,见万象之横于前者纍纍而出,直托之诗以寄焉耳,殆所称进于技者,非耶?

长公言,近世孝廉称诗者,孙宜、黄省曾及君三人最著,君语性命如勉之,谭经济如仲可,差可相上下。然勉之一见文成,幡然有少作之悔,与仲可皆壮耳自废,不难与世绝。以彼离文字,求解脱,视岩廊为桎梏,犹边见也。君自举首以来,文学新新不穷,其润色国猷,黼黻大业之意,方进而未已,岂其味道湌风,精思出要,羊鹿小机,有不得而锢之然者乎?余盖杓之人也,而恶足以明之。

焦竑《澹园集》续集卷二《三秀亭诗草序》　中华书局1999年版

苏叔大,岭以南人也。岭表犀兕、玳瑁、海错、蜫珠,行于四方,而以文学著者,始曲江张公,至国朝,彬彬称极盛已,以余所睹记,叔大其一也。

窃惟元季以来,词学纤靡,迨弘、德间,李、何辈出力振古风,学士大夫非马《记》杜诗不以谈。第传同耳食,作匪神解,共者粗厉阐缓,扣之而不成声,识者又厌弃之,而冲夷雅澹之音,乃稍稍出焉。余观岭南自五先生而下,言人人殊,而尔雅有则,温和甚美,诚艺苑之先鞭,词林之正轨也。叔大年逾弱冠,绍为箕之业,韫席珍之宝,抗迹紫宫,策奇清汉,在旦晚间耳。而材能高世,志在藏山,词文藻缋,情致颛笃,一何工也。今读其集,登高览胜,穷二都之壮丽;伤离喜遘,尽群英而梯接。每有缀属,靡不涉其源委,寄之衷素,故能剔抉浮华,直举胸臆,铲削奇诡,独妙闲旷。岂其和声顺气,邕浃心膂,缁磷迁染,不得而施者邪!抑亦岭南诸君子风流具存,譬之庄岳而齐语者也。

余每晤叔大,循循文弱,如不胜衣。而语及当世,扶义疾邪,皎然有不可回夺之气。异日者,功名节概,当趾美曲江,不独以文学名而已。因书其简端以俟。

焦竑《澹园集》卷十六《苏叔大集序》　中华书局1999年版

孔子曰:"夫言岂一端而已。"言者心之变,而文其精者也。文而一端,则鼓舞不足以尽神,而言将有时而穷。易有之:"物相杂曰文。"相杂则错之综之,而不穷之用出焉。宋王介甫守其一家之说,群天下而宗之,子瞻讥为黄茅白苇,弥望如一,斯亦不足贵已。近代李氏倡为古文,学者靡然从之,不得其意,而第以剽略相高;非是族也,摈为非文。噫,何其狭也!譬之富人鼎俎,山贡其奇,海效其错,四善八珍,三臡七菹,切如绣集,累如雾杂,而又陆杜隰黍,嘉鲂美蚶,魏国之杏,巨野之菱,衡曲之黄黎,汶垂之苍粟,三雅百味,叠陈而递进,乃有娄人子者,得一味以自多,忘百羞之足御,不亦悲乎。

新安汪昌朝氏,幼而绩学,读书之暇,纂集是编,自《经翼》以逮《诗概》,凡为十卷。君之言曰:"涂有殊而一致,学虽博而归约。"以故冥搜经子,捃撦玄释;衷达人之短章,采英儒之鸿撰。汉、宋毕收,古今咸载,斯亦六谷九鼎,千珍百叶,总而为宾筵之献也。擅文苑之大观,极词人之巨丽,名曰《列俎》,讵不信然!君博雅多通,著作甚富,曰《无如子》,曰《人镜阳秋》,创述区分,皆行于世,而此编为尤要云。

焦竑《澹园集》续集卷二《文坛列俎序》　中华书局 1999 年版

刻苏长公集序[①]

古之立言者,皆卓然有所自见,不苟同于人,而惟道之合,故能成一家之言,而有所托以不朽。夫道莫深于《易》,所谓洗心以退藏于密,而吉凶与民同患者也[②]。圣人殁,其吉凶同民者故在,而退藏之义隐矣。学者不得其退藏者,而取已陈之刍狗当之,故识凿之而贼,才荡之而浮,学对之而塞,名锢之而死[③]。其言语文章非不工且博也,然械用中存,神者不受[④],以视夫妙解投机,精潜应感者,当异日谈矣。

苏子瞻氏少而能文,以贾谊、陆贽自命[⑤]。已从武人王彭游,得竺乾语而好之,久之心凝神释,悟无思无为之宗,[⑥]慨然叹曰:"三藏十二部之文,皆《易》理也。"[⑦]自是横口所发,皆为文章;肆笔而书,无非道妙。神奇出之浅易,纤浓寓于澹泊。读者人人以为己之所欲言,而人人之所不能言也。才美学识方为吾用之不暇,微独不为病而已。盖其心游乎六通四辟之途,标的不立,而物无留镞焉,迨感有众,至文动形生,役使万景,而靡所穷尽。非形生有异,使形者异也,譬之嗜音者必尊信古,始寻声布爪,唯谱之归,而又得硕师焉以指授之。乃成连于伯牙[⑧],犹必徙之岑寂之滨,及夫山林杳冥,海水洞涌,然后恍有得于丝桐之表,而水山之操,为天下妙。若矇者偶触于琴而有声[⑨],辄曰:"音在是矣。"遂以谓仰不必师于古,俯不必悟于心,而敖然可自信也,岂理也哉!

公著作凡几所,所谓有所自见而惟道之合者也,而于《易》、《论语》二传,自喜为甚。此公所以为文者,而世未尽知也。《经解》,余向刻于沧州。茅君孝若⑩复取公诸集合为此编,而属余为序。为书此简端,令学者知循其本云。

《澹园集》续集卷一 中华书局1999年版

【注释】

① 这是为唐宋派代表人物茅坤之子茅维编纂的苏轼文集所作的序言。苏轼与白居易为晚明时期心性派文论家最为推崇的两个话题人物,又尤以苏轼为重。李卓吾、焦竑、公安三袁,甚至稍后的钟惺与谭元春皆对之有赞述,而尤以焦竑、袁宗道所论最为著称。袁宗道曾以"白苏斋"作为其书斋名,也作为其文集名,可知崇拜之深,而焦竑集中另有《刻苏长公集序》、《刻苏长公外集序》,及《刻两苏经解序》,对苏轼的为人、为文与为学做了充分的阐扬。李贽有《书苏文忠公外纪后》,直曰:"焦弱侯,今之长公也",是将焦竑比作当代苏轼,寄意甚重。苏、白在晚明时期受到的高度重视,自然与二者的经历有关,但更重要的是,在这象征性的符号背后蕴含着与晚明文人思想倾向相一致的丰富的解释性资源,是为借此而阐发自己的人生观与文学观。

在该文中,焦竑对苏轼为文的特征做了阐释,然起笔则曰道在于"洗心以退藏于密",而将"吉凶与民同患者"置于其次,从当时的学术潮流来看,这与心学、佛学的思想有密切的关系。因此焦竑论苏轼之文的魅力正在于"得竺乾语而好之,久之心凝神释,悟无思无为之宗",由佛学而入手,排除一切先有的知识闻见之后,方能"横口所发,皆为文章;肆笔而书,无非道妙"。由此看来,好的文章不在于从文章本身入手,而在于一个人的心性状态,李贽也为此而云:"苏长公何如人,故其文章自然惊天动地。世人不知,只以文章称之,不知文章直彼余事耳!世未有其人不能卓立,而能文章垂不朽者。"(《复焦弱侯书》)在晚明的语境中,这种看法具有很大的代表性,焦竑在此亦通过苏轼的事例表达了这一观点。文中的再一个观点就是为文要有卓然之见,独到之见,这与心学所主张的"自得"及佛学所主张的"独悟"也是相通的,即所谓自性的壁立万仞,由此才能言他人所不能言,心性在这样的时刻具有驱逐万象的作用,即所谓"非形生有异,使形者异也",因此主体之"心"在写作中起到了一个核心的作用。

当然,细读此文,也能发现焦竑与公安派同仁之间存在的一些差异。公安派前期主张"独抒性灵,不拘格套",完全反对师法前人,而焦竑却在师法前人方面有兼融复古与革新的倾向。如他主张作家应"错综雅颂,出入古今,光不灭之名,扬未显之蕴"(《竹浪斋诗集序》)。其推崇东坡,则是"洞览流略,于濠上竺乾之趣,贯穿驰骋,而得精微,以故得心应手,落笔千言,坌然溢出,若有所相"(《刻苏长公外集序》),即得心应手之前依然有一洞览流略的前提,正如本篇所云:"譬之嗜音者必尊信古始,寻声布爪,唯谱之归,而又得硕师焉以指授之。乃成连于伯牙,犹必徙之岑寂之滨,及夫山林杳冥,海水洞涌,然后恍有得于丝桐之表,而水山之操为天下妙。若矇者偶触于琴而有声,辄曰音在是矣;遂以为仰不必师于古,俯不必悟于心,而傲然可自信也。岂理也哉!"意即惟知师古而尺尺寸寸以求之,这叫做不悟于心;惟知师心而以本色独造为高,这叫做不师于古。他认为从师古以求悟于心,才算四面八方都打得通。由此可见,焦竑在对待师法前人问题上头脑比公安派冷静,主张更为合理。后竟陵派意欲矫七子与公安二者之弊,在此问题上采取的姿态也有与焦竑一致之处。

②所谓洗心以退藏于密,而吉凶与民同患者也——洗心,涤除心中的杂念。密,隐蔽之处。语见《易·系辞上》:"六爻之义易以贡,圣人以此洗心,退藏于密。"《疏》:"行善得吉,行恶遇凶,是荡其恶心也。"

③学者不得其退藏者,而取已陈之刍狗当之,故识凿之而贼,才荡之而浮,学对之而塞,名锢之而死——刍狗,草和狗,比喻轻贱无用的东西。凿,打孔,引申为改造。这句话意思是,学习《易经》的人不懂得隐藏在背后的深刻涵义,反倒把表陈出来的无用的东西当成它,所以以知识去改造这些表面的东西往往伤害了其真正涵义,以才能去疏通它们则空虚不实,以学识比照它们则堵塞不通,以指称禁锢它们更加不通达。

④械用中存,神者不受——械用,原指器物,《荀子·王制》:"农夫不斲削,不陶冶,而足械用。"

⑤以贾谊、陆贽自命——陆贽,唐苏州人,字敬舆,代宗大历进士,有《翰苑集》,文章文笔流畅,条理精密。

⑥已从武人王彭游,得竺乾语而好之,久之心凝神释,悟无思无为之宗——王彭,生平不祥。竺乾,即天竺,古印度之别称,也指佛法。

⑦三藏十二部之文,皆《易》理也——藏,佛教道教经典的总称,三藏即经、律、论。十二部,佛说经分为十二类,亦称十二分教。

⑧乃成连于伯牙——成连,春秋时人,传说伯牙从之学琴,三年伯牙艺成而情志未专,成连携伯牙至蓬莱山,使独留旬日,使伯牙闻海水汩没、群鸟悲号之声而移其情,伯牙遂为天下妙手。伯牙又有与钟子期事,见《吕氏春秋·本味》。

⑨若矇者偶触于琴而有声——矇,睁眼瞎子,有眸子而无见曰矇。

⑩茅君孝若——茅孝若,茅维,字孝若,浙江归安人,茅坤子,工诗,亦善作杂剧,有《嘉靖大政记》、《十赉堂集》等。

【附录】

余髫年读书,伯兄授之程课,即以经学为务,于古注疏,有闻必购读。闻宋两苏氏分释经、子,甚慕之,未获也。弱冠得子由《老子解》,奇之。寻于荆溪唐中丞得子瞻《易》、《书》二解。己丑,检中秘书,始获《论孟拾遗》。壬辰奉使大梁,于中尉西亭所获子由《诗》与《春秋解》。丁酉,侍御毕公哀而刻之,而子瞻《论语解》卒轶不传。刻成,而予为之序。

序曰:六经者,先儒以为载道之文也,而文之致极于经。何也?世无舍道而能为文者也。无论言必称先王,学必窥原本,即巧如承蜩,捷如转丸,甘苦徐疾,如斫轮运斤,亦必有进于技者。技岂能自神哉?技进于道,道载于经。而谓舍经术而能文,是舍泉而能水,舍燧而能火,舍日月而能明,无是理也。两苏氏以绝人之资,刻心经术,沈浸涵泳之余,妙契其微旨,若见夫六通四辟,无之而非是者。故发之为文,如江河滔滔汩汩,日夜不已,冲砥柱,绝吕梁,历数千里而放之于海,虽舒为安流,激为怒涛,变幻百出,要以道其所欲言而止。故世代递更,好憎屡变,而二子之文卒与六经为不朽。何者,彼诚有所自得也。不然,操觚之士,代不乏人,而灰飞烟灭,随影响而尽,此其故可知已。二子既以文章显于世,及其老而多难也,思深见定,始徘徊而诠次先圣之文。尝伏而读之,古之微言渺论,班班具在,盖浮华剥而真实见,斯二子之至者也。世方守一家言,目为文人之经而绌之,而传者稀矣。夫道非一圣人所能究,前者开之,后者推之,略者广之,微者阐之,而其理始著,故经累而为六也。乃谈经者欲暖暖姝姝于一先生之言,而以为经尽在是也,岂不谬哉!此不知二子之文,又不知二子有进于文者故也。

毕公视蓰之暇,建精庐瀛海间,简燕赵之隽而造之,而兼刻是书以行,岂第使燕魁多文士乎?余意通经学古以绍明先圣之道,必是编为嚆矢矣。

焦竑《澹园集》续集卷一《刻两苏经解序》 中华书局1999年版

苏长公集行世者,有洪熙御府本、江西本而已。顷学者崇尚苏学,梓行寝多,或乱以他人之作,如老苏《水官》、《九日上魏公》、《送僧智能》三诗,叔党《飓风》、《思子》台二赋,人知其谬。至《和陶拟古九首》、《大悲圆通阁记》,本子由作,见《栾城》;"遗言虚飘飘"三首,公与黄、康倡和,见《少游集》;《睡乡记》,拟无功醉乡记而作,今并属子瞻。《代胜甫辨谤》,王铚谓是其父作,四六话备载其文,与公集小异耳。此或子瞻所润色,非尽出其手也。大率纪次无伦,真赝相杂如此类,往往有之。盖长公之存,尝叹息于此矣。最后得外集读之,多前所未载,既无舛误,而卷帙有序,如题跋一部,游行诗文书画等以类相从,而尽去志林、仇池笔记之目,最为精窍。其本传自秘闻,世所罕睹。侍御康公以鹾使至,章纪肃法,敝革利舆,以其暇铨叙艺文,嘉舆士类,乃出是集,属别驾毛君某校而传之,而命余序于简端。

孔子曰:"词达而已矣。"世有心知之而不能传之以言,口言之而不能应之以手。心能知之,口能传之,而手又能应之,夫是之谓词达。唐、宋以来,如韩、欧、曾之于法至矣,而中靡独见。是非议论,或依傍前人,子厚习之,子由乃有窥焉,于言有所郁渤而未畅。独长公洞览流略,于濠上、竺乾之趣,贯穿驰骋,而得其精微,以故得心应手,落笔千言,垒然溢出,若有所相。至于忠国惠民,凿凿可见之实用,绝非词人哆口无当者之所及。使竟其用,其功名当与韩、范诸公相竞美。而卒中于逸以没,何欤?岂其才太高,锋太隽,而不能委蛇以至是欤?抑予角拔齿,天之赋材亦有不能两全者欤?然能锢其身而不能掩抑其言,能遏于一时而不能不彰显于后世。至今奸邪谄谀,如蛆虫粪壤,影响销灭,而公文与日月争光,令读之者快然,如醉而醒,喑而鸣,萎而起行,可谓盛矣。侍御公于是又表章其遗轶,于后人见闻所不及,而令览其文、慕其迹者,低徊仰思先贤之风声气烈,如亲见其人,则侍御公之传于世亦岂有既乎。故余乐为之书。别驾君博雅而文,校雠审谛,于此编尤勤,因得附著之。

焦竑《澹园集》续集卷一《刻苏长公外集序》　中华书局1999年版

余少读尧夫先生《击壤集》,甚爱之,意其蝉蜕诗人之群,创为一格。久之,览乐天《长庆集》,始知其词格所从出,虽其胸怀透脱,与夫笔端变化,不可方物,而权舆概可见矣。乐天见地故高,又博综内典,时有独悟,宜其自运于手,不为词家蹊径所束缚如此。近世宗尚子美,往往卑其音节不复数。第肤革稍近,而神情邈若燕越,非但不知乐天,亦非所以学杜也。曩钞其警策若干篇,冀晓世之冥贪封执,以庶几乎诗之用,而岂以为今谭艺者道哉!霍丘李君近仁见而悦之,谓雅道眩瞀之中,刻而传之,当必有助,而属余题其简端。噫,世且以余为不知诗也已!

焦竑《澹园集》卷十五《刻白氏长庆集钞序》　中华书局1999年版

卓吾曰:苏长公以文字故获罪当时,亦以文字故取信于朋友,流声于后世,若黄、秦、晁、张皆是也。略考仁、英、神、哲之朝,其中心悦而诚服公者,盖不止此,盖已尽一世之杰矣,黄、秦、晁、张特其最著者也。然则为黄、秦、晁、张者,不亦幸乎！虽其品格文章足以成立，不待长公而后著，然亦未必灼然光显以至于斯也。

余老且拙，自度无以表见于世，势必有长公者然后可托以不朽。焦弱侯，今之长公也，天下士愿藉弱侯以为重久矣。尝一日顾谓弱侯曰："公能容我作一老门生乎？"弱侯笑曰："我愿以公为老先生也。"余谓："余实老矣，公年又少余十五岁，则余实先公而生，其为老先生无疑。但有其实无其名，我不愿也。唯愿以老先生之实托老门生之名，而恒念无四子之才之学，即欲冒托门下以成其名，又安可得耶？"时有从旁赞曰："黄山谷有云：'管城子无食肉相，孔方兄有绝交书。'今公管城如之，孔方如之，正今之山谷老人矣。"余喜而揖曰："有是哉，幸然为我授记也！"遂记其语于此。

李贽《续焚书》卷二《书苏文忠公外纪后》　中华书局 1975 年版

……有《出门如见大宾篇说书》，附往请教。大抵圣言切实有用，不是空头，若如说者，则安用圣言为邪！世间讲学诸书，明快透髓，自古至今未有如龙豀先生者。弟旧收得颇全，今俱为人取去。诸朋友中读经既难，读大慧《法语》又难，惟读龙豀先生书无不喜者。以此知先生之功在天下后世不浅矣。杨复所《心如谷种论》，及《惠迪从逆》作，是大作家，论首三五翻，透彻明甚，可惜末后作道理不称耳。然今人要未能作此。今之学者，官重于名，名重于学，以学起名，以名起官，循环相生，而卒归重于官。使学不足以起名，名不足以起官，则视弃名如敝帚矣。无怪乎有志者多不肯学，多以我辈为真光棍也。于此有耻，则羞恶之心自在。今于言不顾行处不知羞恶，而恶人作耍，所谓不能三年丧而小功是察是也。悲夫！

近有《不患人之不己知患不知人说书》一篇。世间人谁不说我能知人，然夫子独以为患，而帝尧独以为难，则世间自说能知人者，皆妄也。于问学上亲切，则能知人，能知人则能自知。是知人为自知之要务，故曰"我知言"，又曰"不知言，无以知人"也。于用世上亲切不虚，则自能知人，能知人则由于能自知。是自知为知人之要务，故曰："知人则哲，能官人。"尧、舜之知而不遍物，急先务也。先务者，亲贤之谓也。亲贤者，知贤之谓也。自古明君贤相，孰不欲得贤而亲之，而卒所亲者皆不贤，则以不知其人之为不贤而妄以为贤而亲之也。故又曰："不知其人可乎。"知人则不失人，不失人则天下安矣。此尧之所难，夫子大圣人之所深患者，而世人乃易视之。呜呼！亦何其猖狂不思之甚也！况乎以一时之喜怒，一人之爱憎，而欲视天下高蹈远引之士，混俗和光之徒，皮毛臭秽之夫，如周丘其人者哉！故得位非难，立位最难。若但取一概顺己之侣，尊己之辈，则天下之士不来矣。今诵诗读书者有矣，果知人论世否也！平日视孟轲若不足心服，及至临时，恐未能如彼"尚论"切实可用也。极知世之学者以我此言为妄诞逆耳，然逆耳不受，将未免复蹈同心商证故辙矣，则亦安用此大官以诳朝廷，欺天下士为哉？毒药利病，刮骨刺血，非大勇如关云长者不能受也，不可以自负孔子、孟轲者而顾不如一关义勇武安王者也。

　　苏长公何如人，故其文章自然惊天动地。世人不知，祗以文章称之，不知文章直彼余事耳，世未有其人不能卓立而能文章垂不朽者。弟于全刻抄出作四册，俱世人所未取。世人所取者，世人所知耳，亦长公俯就世人而作也。至其真洪钟大吕，大扣大鸣，小扣小应，俱系精神髓骨所在，弟今尽数录出，时一披阅，心事宛然，如对长公披襟面语。憾不得再写一部，呈去请教尔。倘印出，令学生子置在案头，初场二场三场毕具矣。

　　龙溪先生全刻，千万记心遗我！若近溪先生刻，不足观也。盖《近溪语录》须领悟者乃能观于言语之外，不然，未免反加绳束，非如王先生字字皆解脱门，既得者读之足以印心，未得者读之足以证入也。

李贽《焚书》增补二《复焦弱侯》(节选)　中华书局1975年版

　　小修帖来，知翁在栖霞，彼中有何人士可与语者？生在此甚闲适，得一意观书。学中又有廿一史及古名人集可读，穷官不须借书，尤是快事。近日最得意，无如批点欧、苏二公文集。欧公文之佳无论，其诗如倾江倒海，直欲伯仲少陵，宇宙间自有此一种奇观，但恨今人为先入恶诗所障难，不能虚心尽读耳。苏公诗高古不如老杜，而超脱变怪过之，有天地来，一人而已。仆尝谓六朝无诗，陶公有诗趣，谢公有诗料，余子碌碌，无足观者。至李、杜而诗道始大。韩、柳、元、白、欧，诗之圣也；苏，诗之神也。彼谓宋不如唐者，观场之见耳，岂直真知诗何物哉？

袁宏道《袁宏道集笺校》卷二十一《与李龙湖》
上海古籍出版社1979年版

　　东坡，戒公后身也。戒倚柱谭笑而化，当时以为异。而其得法上首某者，初时以戒行藏落人疑似，遂不复执弟子礼，是其人岂知戒老者邪？然坡公答参寥，以为诸佛知其难化，故以万里之行相调伏，则戒公因地似亦有招之矣。坡公作文如舞女走竿，如市儿弄丸，横心所出，腕无不受者。公尝评道子画，谓如以灯取影，横见侧出，逆来顺往，各相乘除。余谓公文亦然。其至者如晴空鸟迹，如水面风痕，有天地来，一人而已。而其说禅说道理处，往往以作意失之，所谓吴兴小儿，语语便态出，他文无是也。

明教愕然起曰:"世谓坡公谭理,明彻极矣,公何忽有此论?"适《游山记》在案,澄公方读两《赤壁赋》。余曰:"前赋为禅法道理所障,如老学究着深衣,通体是板。后赋直平叙去,有无量光景,只似人家小集,偶尔钉铛,欢笑自发,比特地排当者其乐十倍。至末一段,即子瞻亦不知其所以妙,语言道绝,默契而已。故余尝谓坡公一切杂文,活祖师也,其说禅说道理,世谛流布而已。"明教曰:"然则老僧谓公为坡后身云何?"余曰:"有之,尝闻教典云:'前因富奢极者,今生得贫困身。'坡公奢于慧极矣,今来报得鲁钝憨滞,固其宜也。"名教目雪照,照抚几久之。

袁宏道《袁宏道集笺校》卷四十一《识雪照澄卷末》
上海古籍出版社 1979 年版

伯修酷爱白、苏二公,而嗜长公尤甚。每下直,辄焚香静坐,命小奴伸纸,书二公闲适诗,或小文,或诗余一二幅,倦则手一编而卧,皆山林会心语,近懒近放者也。余每过抱瓮亭,即笑之曰:"兄与长公,真是一种气味。"伯修曰:"何故?"余曰:"长公能言,吾兄能嗜,然长公垂老玉局,吾兄直东华,事业方始,其不能行一也。"伯修大笑,且曰:"吾年止是东坡守高密时,已约寅年入山,彼时才得四十三岁,去坡翁玉局尚二十余年,未可谓不能行也。昔乐天七十致仕,尚自以为达,故其诗云'达哉达哉白乐天',此犹白头老寡妇,以贞骄人,吾不学也。"因相与大笑。

未几而伯修下世。嗟乎!坡公坎坷岭外,犹得老归阳羡;乐天七十罢分司,优游履道尚十余年。使吾兄幸而跻上寿,长林之下,兄倡弟和,岂二公所得比哉?弟自壬辰得第,宦辙已十三年,然计居官之日,仅得五年,山林花鸟,大约倍之。视兄去世之年,仅余四载。夫兄以二老为例,故以四十归田为早,若弟以兄为例,虽即今不山,犹恨其迟也。世间第一等便宜事,真无过闲适者。白、苏言之,兄嗜之,弟行之,皆奇人也。甲辰闰九月九日,弟宏道于栀子楼。

袁宏道《袁宏道集笺校》卷二十五《识伯修遗墨后》
上海古籍出版社 1979 年版

伯修赋性整洁,所之必葺一室,扫地焚香宴坐;而所居之室,必以"白苏"名。去年买一宅长安,堵上竹柏森疏,香藤怪石,大有幽意。乃于抱瓮亭后,洁治静室。室虽易,而其名不改,其尚友乐天、子瞻之意。固有不能一刻忘者。《诗》云:"惟其有之,是以似之。"予谓惟其似之,是以好之也。夫不能似之而好之,则其好之也为浮。盖予少而侍伯修山中,长而依于宦邸,历求其生平,与两公真有大同焉者。吾观乐天、子瞻为人,大约皆真实淳笃,不立城府。而伯修亦温良重厚,胸中无半毫鳞甲,是其心同也。乐天典大郡,所携不过天斋石、华亭鹤、折腰菱;晚年买履道里宅,至鬻驼马。子瞻虽处颠沛,不轻受人丝毫,无田可归,竟至流落。而伯修赋性梗介,泊然自守,虽居官十余年,无异寒士,终不以只字干人,是其操同也。若夫醉墨淋漓于湖山,闲情寄托于花月,借声歌以写心,取文酒以自适,则乐天、子瞻萧然皆尘外人。而伯修少有逸兴,爱念光景,就情水石;尘鞅之暇,招携二三隽人,或高斋听雨,或射堂看月;城内外刹庵,远自西山,以至上方、小西天诸处,鼓舞同侣,遍往登临,是其趣同也。乐天、子瞻,其文词皆为一代宗匠;而伯修少时,操笔便有新意。予游天下多矣,若诗律之脱而当,文字之简而有致,亦未能有胜伯修者。过此以往,又焉可量,是其才同也。乐天、子瞻,虽现宰官之身,皆契无生之理;而伯修参访既久,偷心久绝,是其学同也。其不同者,两公矫矫谏诤,觉风节外见耳。然是时,乐天身为谏官,子瞻起家制科,皆有议论之责。今伯修方侍春宫,育养元良,且暮陶铸天下,养其身以大有所用;岂其出位而言,效制科人之习气,以为极则乎?假使伯修为谏官,其又肯默然耶?是亦未尝不同也。昔子瞻亦自以为出处老少,同于乐天,盖庶几此翁晚年闲适之乐,而老与逐人,卒漂泊于蜒坞僚洞之中,竟不得与乐天同乐,盖有故矣。乐天当朋党荷动时,即奉身而退,为散官,为分司;而子瞻自元祐以后,徘徊公卿间,如食蔗然,曾不为引决之计,故宜未几而祸生也。乐天怀知足之情,子瞻多干世之意,然而祸福之几,亦可畏矣。今伯修官渐高,禄渐厚,然每见必屈指谓予曰:"吾数年内归矣。"嗟乎,伯修今日所欲同,而吾辈亦必欲其同之者,其尤在白乎,其尤在白乎!

袁中道《珂雪斋集》卷十二《白苏斋记》　上海古籍出版社 1989 年版

或曰:"东坡之文似战国。"予曰:"有东坡文,而战国之文可废也。"何以明之?战国之言,非纵横则名法,于先王之仁义道德、礼乐刑政无当焉。而其文终古不可废者,以其雄博高逸之气,纡回峭拔之情,常存于天地之间也。使战国人舍其所为纵横名法,而以为仁义道德、礼乐刑政之言;则其心手不相习,志气不相随,必不能如是雄博,如是高逸,如是纡回峭拔,以成其为战国之文。故文之存,理之亡也。夫必亡理而后文存,则是理者,事词之祟,而文之贼也,岂有是哉?今且有文于此,能全持其雄博高逸之气,纡回峭拔之情,以出入于仁义道德、礼乐刑政之中,取不穷而用不敝,体屡迁而物多姿,则吾必舍战国之文从之,其惟东坡乎?

今之选东坡文者多矣。不察其本末,漫然以趣之一字尽之。故读其序记论策奏议,则勉卒业而恐卧。及其小牍小文,则捐寝食狥之。以李温陵心眼,未免此累,况其下此者乎?夫文之于趣,无之而无之者也。譬之人,趣其所以生也,趣死则死。人之能知觉运动以生者,趣所为也。能知觉运动以生,而为圣贤为豪杰者,非尽趣所为也。故趣者,止于其足以生而已。今取其止于足以生者,以尽东坡之文,可乎哉?

是故老庄者,出世之文之妙者也,毅然斥之不疑。商韩者,经世之文之妙者也,竟鄙其人陋其说而已。夫东坡而非文人也则可,东坡而文人也,岂有不知其文之妙者哉?以为吾舍此自有真学问、真文章,理义足乎中,而气达乎外,胆与识谡谡然于笔墨之下。取战国之风调,易以己所欲言,而其渊源相去远矣。世有病战国之文无当于道,而爱其文终不能废者,吾请以东坡之文代之。

昔铜台妓有妙于音而性恶者,魏武帝欲杀之而难其才。乃选数十百人,一时俱教。久之,有一人音与之齐,即杀性恶者。此所谓有东坡之文,而战国之文可废之说也。且夫战国之文,亦自有等焉。人但知《国策》为战国之文,而不知《孟子》亦战国之文也。老泉好《孟子》,此苏家文出战国之原也。

钟惺《隐秀轩集》卷十六《东坡文选序》 上海古籍出版社 1992 版

选东坡文者,更十余家而始定焉。独其诗尚无选。非无选也,人之言曰:"东坡诗不如文。文通而诗窒,文空而诗积,文净而诗芜,文千变不穷,而诗固一法,足以泥人。"夫如是,是其诗岂特不如其文而已也?虽然,有东坡之文,亦可以不为诗,然有东坡之文而不得不见于诗者,势也。诗或以文为委,文或以诗为委,问其原何如耳。东坡之诗,则其文之委也。

吾尝思之:使东坡之文而一人之文,则可东坡,而古今之全力也,虽欲执人从来之言,与信己一时之目,而将有所不敢,则其重东坡之文而不敢不求之于诗者,亦势也。故沦其窒而通自见,芟其积而空自生,约其芜而净自出。日出没于千变之中,而后穷者乃我之目,固者乃人之言,而东坡不存焉,惟求其东坡之所存,为古今之所共存者而已。

然则不自知其窒与?不自知其积与芜与?曰:奚而不知也?"六经"成而《诗》为一体,《诗》之处经中也,大地山岳之有水也。水以妙大地山岳,而摇大地山岳,碎之以为水,吾知其不能。有古文于此,截其字句,变其音节,而谓之诗,可乎?然以此而冀其诗文之为二事,工诗文之为两人,又不可。江海之内,冰水之间,呜呼!难言之矣。唯东坡知诗文之所以异,唯东坡知其异而异之,而几于累其同。则文中所不用者,诗有时乎或用;文中所以余于味者,或有时不足于诗。亦似东坡之欲其如是,而后之人不必深求者也。

盖尝为之说曰:文如万斛泉,不择地而出,诗如泉源焉,出择地矣;文行乎不得不行,止乎不得不止,诗则行之时即止,虽止矣,其行未已也;文了然于心,又了然于手口,诗则了然于心,犹不敢了然于口,了然于口,犹不敢于手者也。请以是而求东坡之诗文,庶几焉。

斯选也,袁中郎先生有阅本存于家,予得之其子述之,而合诸夙昔之所见增减焉。述之奇士,吾友也,知不罪我矣。

谭元春《谭元春集》卷二十二《东坡诗选序》　上海古籍出版社 1998 年版

汤显祖

汤显祖(1550—1616),字义仍,号海若、若士,江西临川人,所居名"玉茗堂"。汤氏为万历十一年进士,官至浙江遂昌知县。谪官后归临川,家居二十年卒。汤显祖在明时即享有很高的声誉,时称他的制义、传奇、诗赋为"昭代三异",其成就还应包括文章、批评与政治活动等。所作传奇共有五种,即《紫箫记》、《紫钗记》、《还魂记》(《牡丹亭》)、《南柯记》、《邯郸记》,后四种又合称"临川四梦"或"玉茗堂四梦"。有诗文集《红泉逸草》、《问棘邮草》、《玉茗堂集》等。传载《明史》卷二三〇。

汤显祖思想的形成过程与其交游经历有关,他年轻时即从著名思想家罗汝芳学,不久遇晚明四大高僧之一的达观真可,对其佛学至为倾心,自谓:"吾师明德夫子而友达观。"(《李超无问剑集序》)在南都时,又遇李贽与真可双双开设讲席,汤显祖有幸赴会,"见以可上人之雄,听以李百泉之杰,寻其吐属,如获美剑"(《答管东溟》),可见其受当时新思想的影响甚深。由此出发,他主张心性的自发,并要求于诗文创作"以意、趣、神、色为主",这一观点也可视为其对中晚明以来文论观念所做的一种综合。其文学批评活动涵盖多个方面,如诗文、戏曲、制义、传奇小说等,反映出广阔的兴趣与视野。

其文学批评的核心即围绕着"情"与"灵性"而展开,相对而言,前期更多偏向于情的追求,而此至其创作《牡丹亭》一剧时达到高峰,试图以此颠覆传统儒教的性情本体论;而后则又偏向于对"灵性"的阐发,力主心学与佛学的超越性心性,从而与屠隆、王世懋、李维桢等的"性灵说"思想汇合,并成为晚明性灵说的重要先声。其评点唐人传奇小说:"以奇辟怪诞,若灭若没,可喜可愕之事,读之使人心开神释,骨飞眉舞。……婉缛流利,洵小说家之珍珠船也。"也意在强调情感在其中的作用,反映了晚明时期俗文学发展的观念趋势。

汤显祖的诗文与戏曲在万历年间有帅机、韩敬编印本。1961年中华书局上海编辑所出版钱南扬校点的戏曲、徐朔芳校点的诗文合刊本《汤显祖集》。后上海古籍出版社又将两部分单辟为《汤显祖诗文集》与《汤显祖戏曲集》出版。

张元长嘘云轩文字序①

天下大致,十人中三四有灵性。能为伎巧文章,竟伯什人乃至千人无名能为者。则乃其性少灵者欤？老师云,性近而习远②。今之为仕者,习为试墨之文,久之,无往而非墨也。尤为词臣者习为试程,久之,无往而非程也。宁惟制举之文,令勉强为古文词诗歌,亦无往而非墨程也者。则岂习是者比无灵性欤,何离其习而不能言也。夫不能其性而第言习,则必有所有余。余而不鲜,故不足陈也。犹将有所不足,所不足者又必不能取引而致也。盖十余年间,而天下始好为才士之文。然恒为世所疑异。曰,乌用是决裂为,文故有体。嗟,谁谓文无体耶。观物之动者,自龙至极微,莫不有体。文之大小类是。独有灵性者自为龙耳。

近吴之文得为龙者二。龙有醇灏丰烨云气从翁郁而兴,幽毓横薄,不可穷施者,钱受之③之文也。有英秀蜷媚,云气从之,夭矫而舒,凌深倾洗,不可测执者,张元长之文也。受之之文已贵。独元长废然家居,尚未有贵而独行之者。山东王公又新④为常郡理,得其文,爱重之。驰以示予。读之既,叹曰,所为文目天下之至杂而不可厌也。出入元长指吻间,而天地古今人理物情之变几尽。大小隐显,开塞断续,径廷而行,离致独绝,咸以成乎自然。读之者若疑若忘,恍然与之同情矣。亦不知其所以然。然则元长不尝试为墨程习乎。曰,彼以灵性习之者也。度其十余年中,习气殆尽。故伎巧至于斯。善乎王公题其文曰"嘘云"。言嘘气成云也,龙也。龙何习哉。

《汤显祖诗文集》卷三十二　上海古籍出版社1982年版

【注释】

①汤显祖《玉茗堂集·张氏记略序笺》载:"张元长,讳大复,字元长,世家苏之昆山。君生三岁,能以指画腹作字,既长,文益奇,名益噪,家亦益落,晚而病废,自号病居士,名其庵曰息。其为古文,曲折倾写,有得于苏长公,而取法于同县归熙甫。非如世之作者,佣耳剽目,苟然而已。撰《昆山人物志》、《记容城屠者》、《济上老人》及《东征献俘》诸篇,杂之熙甫集中,不能辨也。君未殁,其书已行于世,人但喜其琐语小言,为之解颐捧腹,未有能知其古文者也。卒于崇祯三年七月廿九日,年七十有七。"汤显祖同情张元长的身世,欣赏张元长的文章,并借为其文集序之时,阐发了自己的文学观。

明代文章的写作为科举时文所限,已为前代文士所激烈批评,但到汤显祖的时代,这个问题并没有解决,因此,在本文中,汤氏对科举程试之文的影响又做了反顾,即其所谓"今之为士者,习为试墨之文,久之,无往而非墨也"。但问题是,如何才能真正找到摆脱旧习、写好文章的途径。就此而言,汤显祖提出了自己的"灵性"观,灵性问题是汤显祖这篇文章讨论的核心,也是汤显祖最有标志性的一个文论观点。就灵性与文章的关系而言,汤显祖以为如果从心性学的角度而言,许多人都有灵性,那么为什么一经做文,灵性遂隐蔽不见了呢?其原因还在于为科试之文所限,长此以往,程墨代替灵性。其中固然也会有人提出,文章的写作是不能没有"体"的,这又进一步提出了一个文体与心性的关系,但汤显祖在此的回答是,所有事物都会有体,因而是否能写为好文,关键不在文体,依然取决于能否由灵性而出,即所谓:"独有灵性者子为龙也。"龙是万物中的佼佼者,其脱俗而出,在于是否具有灵性。从晚明思想变迁的方面来看,汤显祖的这一灵性观明显受到当时兴起的心学与佛学的影响,这与汤显祖的为学经历有密切关系。从这一灵性观出发,汤显祖在明代文学思想的争论中,便属于师心的一脉,从而反对模拟,主张独创。

当然如果总体上看待汤显祖的文论观,其事实上在心性与情感、性与情之间长期处于一种矛盾的理解状态。心性说或性灵说与前后七子的主情论都主张文学写作要出于真心,但他们各自所谓的"真心"是不一样的。心性说主张去欲、去情之后的灵性显现,这样的话,情感的价值便是负面的。然而汤显祖似乎两个方面都想兼有,如其谓"世总为情"(《耳伯麻姑游诗序》)、"人生而有情"(《宜黄县戏神清源师庙记》),"万物之情,各有其志"(《董解元西厢记题词》)等,认为世界是有情世界,人生是有情人生,"情"与生俱来并始终伴随着生命进程,而且,各有其秉性和追求,"思欢怒愁"等表象、感伤宣泄等渠道,都是情感流程中的不同环节,世间之事,非理所能尽释,但一定都伴随着情感的旋律。他还认为,有情人生的最高境界是"至情",如《牡丹亭》便是"至情"的演绎。汤显祖在该剧《题词》中说:"情不知所起,一往而深。生者可以死,死可以生。生而不可与死,死而不可复生者,皆非情之至也。"这种贯通于生死虚实之间、如影随形的"至情",呼唤着精神的自由与个性的解放,对理学家所主张的"理"构成了巨大的冲击。也正因此,如他的师友达观真可曾经希望他能够克服情的溺陷而返回到性与理的指引之下,但汤显祖的回答是这是很困难的。当然这篇选文主要还是从灵性角度来阐发问题的,还未涉及其思想的复杂一面。

②性近而习远——出自《论语》,意思是说人的本性一样,都是好的,但是后天的习气却相差很远。

③钱受之——钱受之,名谦益,常熟人。万历三十八年(1610)第三名进士,授编修。有《初学集》、《有学集》。

④王公又新——王象蒙,山东新城人。万历三十八年(1610),以四川巡按御史谪授常州推官。未之任,次年改户部主事。见《常州府志》。

【附录】

万物当气厚材猛之时,奇迫怪窘,不获急与时舍,则必溃而有所出,遁而有所之。常务以快其情憺结。过当而后止,久而徐以平。其势然也。是故冲孔动楔而有厉风,破隘蹈决而有潼河。已而其音泠泠,其流纡纡。气往而旋,才距而安。亦人情之大致也。情致所极,可以事道,可以忘言。而终有所不可忘者,存乎诗歌序记词辩之间。固圣贤之所不能遗,而英雄之所不能晦也。

东吴邹公彦吉,著《调象庵集》数十卷。以余所好,急取其诗而讽之。已异焉。当其兴属而起,颎洞合沓,勃聿璀璨,可使霆发电闪,鱼跳鸟澜,猝不可得而当也。逮其法至而行,则复倚俪澹淡,切迭稽诣,若晴云穆雨,坚车良驷,逝不可得而厌也。文则皆名岳广川之环其前,而通人选宾主骈其后。彪炳涣汗,要于足博。而大致有动于余衷者,盖公才具高伟于世,故矗矗之业,开济有余;而心目太明,神骨太峻。于贵倨无所可下,于夷伍无所可偕。用此率意而酬,殆非频频所了。盖自是公之进退无恒,而天山有筮矣。嗟夫,有高才而鲜贵仕,其与能靖者与。折节抵巇,非公所习,则其郁触喷迸而杂出于诗歌文记之间,虽谈世十一,谭趣十九,而终焉英英泛云,有所不能忘者,盖其情也。至于今,四海人士鲜不引重公者。然犹大其才而高其气。则当时之岳岳一世何如矣。虽然,世人为其不可传者,而公为其可传者。噫而风飞,怒而河奔,世能陑之于彼,而不能不纵之于此。

然公复自号愚公。而谓余曰,平生此道,恒以酒废病废游废,顷更以事佛废。此殆不然。公文字言酒言病言游言佛者,累累而是。公之废,无乃其所为兴者与。声音出乎虚,意象生于神。固有迫之而不能亲,远之而不能去者。

闻元成本宁二公当过公所,其亦以是谂之尔。

汤显祖《汤显祖诗文集》卷三十《调象庵集序》
上海古籍出版社 1982 年版

世总为情,情生诗歌,而行于神。天下之声音笑貌大小生死,不出乎是。因以憺荡人意,欢乐舞蹈,悲壮哀感鬼神风雨鸟兽,摇动草木,洞裂金石。其诗之传者,神情合至,或一至焉;一无所至,而必曰传者,亦世所不许也。

予常以此定文章之变,无解者。卧疴罢客,忽传绥安谢耳伯游麻姑诗数叶。讽之。古汉、魏久无属者,耳伯始属之。溶溶英英,旁魄阴烟,有骀荡游夷之思。可谓足音空谷。循后有《诗导》一章,亹亹自言其致。亦神情之论也。嘻,耳伯其知之矣。中复有记盱江夫子升遐数语。若以生死为大事。嘻,呼,此亦神情所得用耶。水月疾枯,宗复何在?唐人所云"万层山上一秋毫"也。偶为耳伯叙此。

汤显祖《汤显祖诗文集》卷三十一《耳伯麻姑游诗序》
上海古籍出版社 1982 年版

通人之言曰,善观人者,不观其人,而观其人之天;相千里马者,取其精,遗其粗。见其内,而忘其外,以此谓之天机。子言之矣,富贵贫贱,不以其道得之,君子有所不去不处,以成名于其仁。盖造次必于是,而颠沛必于是。是不有天机存焉者乎。不然而曰必于是,是固有不可得而必者。何也?其外而粗焉者耳。故曰,言语者仁之文也,行事者仁之施也。行莫大乎节行,而言莫大乎文章。二者皆所以显仁而藏其用,于世固非以成名也。而名不厌成。

国朝制天下,常以此厉臣子忠孝之节。吉之罗公彝正,论大臣起复非是。后百余年,而瞻邹公继之。罗公止于贱贫,公颠沛殆甚。前后公而必于是者,固亦有人焉。而公之名以成。何也?天下国家可均也,爵禄可辞而白刃可蹈,中庸不可能。申庸者,天机也,仁也。去仁则其智不清,智不清则天机不神。乃至有颠沛可必,造次不可必。贫贱富贵之际,终其身有可以为名,不可得而虚名者。公于其际固屡矣。仁存其心,如将造次而弗离。然则公其天机胜与。何以知之,以其文知之。公所为奏议传赞书论诗歌,无虑若干卷。大抵皆言均天下国家蹈白刃辞爵禄之事,而未尝不出乎道中庸之意。正而不羁,旁而不离。发愤讥切大臣之事,诎然而止。余多以大雅宽然之思感动主上。所传记悲美,多以表发道术，感慨烈行，幽忧所不能平。盖学道人酬答，常治其偏至。言修，曰必有以悟；言悟，曰必有以修；言悟修，曰必其中有真而后可。盖学道人言多出乎是。独公言之，如冰玉之清以明，如芝兰之馨，如英英乎其出云，而昭昭乎其发春也。令人抱而爱之不可忘，受而体之不可易。绪为诗歌，瀏然以和。公其天机胜者与。

盖予童子时从明德夫子游，或穆然而咨嗟，或熏然而与言，或歌诗，或鼓琴。予天机泠如也。后乃畔去，为激发推荡歌舞诵数自娱。积数十年，中庸绝而天机死。盖晚而得见公文，乃始憬然叹曰，是何仁者之心而智者之言。如相马者，吾今犹未能定其色，知其人之天而已。公固谓余曰："非子莫为序吾文者。"因为欣言之如此。固将有事乎此而就正焉，非如世所云以托公千秋之名而已也。

汤显祖《汤显祖诗文集》卷三十《太平山房集选序》
上海古籍出版社 1982 年版

天下文章所以有生气者，全在奇士。士奇则心灵，心灵则能飞动，能飞动则下上天地，来去古今，可以屈伸长短生灭如意，如意则可以无所不可。彼言天地古今之义而不能皆如者，不能自如其意者也。不能如意者，意有所滞，常人也。蛾，伏也。伏而飞焉，可以无所不至。当其蠕蠕时，不知其能至此极也。是故善画者观猛士舞剑，善书者观担夫争道，善琴者听淋雨崩山。彼其意诚欲愤积决裂，挚戾关接，尽其意势之所必极，以开发于一时。耳目不可及而怪也。

吾乡丘毛伯文颇类乎是。其人心灵能出入于微眇，故其变动有象。常鼓舞而尽其词。词以立意为宗。其所立者常，若非经生之常。意崿然而可喜，徐理之，固应如是也。迫促劫牾，案衍固获，咸其自取。力足以遂之，机足以转之。如毛伯者，世之奇异人也。

传曰："同明相照，同气相求，圣人作而万物睹。"盖闻世有霍林先生者，其人正而通于大道，善为典则之文。天下人士苟有意乎言者，以其文为圣而师之。然莫敢自名为高弟子者。而吾乡毛伯在焉。遗其灭没之形，收其灵异之气。士多疑霍林先生好奇士，乃不类其所自为。嗟夫，虽先生亦安得以其所自为率天下士哉。顾士所谓奇者，必如吾乡毛伯焉其可也。

汤显祖《汤显祖诗文集》卷三十二《序丘毛伯稿》
上海古籍出版社 1982 年版

"欲杀众何意，千秋某在斯。"此非霍林前时过江之句乎。去予数千里，不见其人，而壮其心。时有所不怡，亦复吟此自壮。故岁，则其门人旌德刘生敦复、崇仁王生士烺先后从予游。问霍林容貌言笑,在长安安否,皆言吾师清颜美髭,与诸生谈,常极夜旦。游日益广,而貌故加肥。予喟然而止之,曰:以予所闻,霍林,道心人也。道心之人,必具智骨;具智骨者,必有深情。所与子墨流连,相为绰约耳。虽然,亦非世人之所欲得也。已而以南祭酒出,书谓予题其《睡庵文咏》。予为拊几回翔,慨然有东下意。盖前闻李公本宁不以有所不嗛,留寓东间,霍林复尔。皆予所未见,莫由梦寐者。逾年春,而霍林复为世人所疑,罢官矣。于是天下有识之士起为不平,而予特甚。何也,霍林者,道心人也。孝友廉贞,足世师表,而当何疑于世乎。

虽然,吾有以语此。予前在长安,尝谓词林袁董二君曰:君等苦道心不善坚固,文趣不过奇拔。黄阁有何重慕哉。世之疑霍林者,吝其黄阁耳。亦太早计。予以霍林文字推之,其福德常在乎彼人者。何以明之?见其初第时数作,攸如也。至为其里人作难,脱刺客于枯庐破衲之中,幽思显词,迸然而通。濒沓捷疾,历砾暗忽。可啼可笑,若出若没。大非前馆阁中常设者矣。予犹意其翩连而贵,世乐所诱,或忘其智骨焉。已乃读其文咏,种种异之。笃于功名世法之外,有以秀郁而苍发,或千余言旆如其舒,或数十言棿如其诎。如雾流烟,如云漏月,如洗峰岳,如抉块圠。虽其蓄积衍按,尚未极其晓世之情。其必不为世人,而为道人文人也决矣。至于韵语短长,率意受律,气力沉厚,班驳萧瑟,成其家言。方前过江时,复已度越矣。大致羞富贵而尊贱贫,悦阜壤而愁观阙。此其人胸怀喉吻中,殊有巨物。岂区区待一黄阁而后能与世吐咽者与。至其沉冥病中,诗犹有可举似者。"平生事仓卒,黑白不成校。一死终无辞,安得朝闻道。"夫以欲闻道而伤其平生,此予所谓有深情,又非世人所能得者也。嗟夫,霍林之于道于文何如也。

发端未识,得其里人与之患难而迫之起;功力未竟,得朝贵者与以贱贫而恣之成。彼人者,无乃过为福德与。是睡庵可以恢然逌然,以山川为气质,以烟霞为想似,以玄释为饮食,以笑叹为事业。纵横俯仰,概不由人。道与文新,文随道真。情智所发,旁薄独绝,肆入微妙,有永废而常存者。然则所谓"千秋某在斯"者,彼人何歉耶。然彼人者必曰:"子何以知其必千秋也。"又曰:"即其饶为千秋,吾且困以今日之事。"嗟夫,以此相难者往往而然,又非予所得而言也。姑言之以为睡庵文字序。

汤显祖《汤显祖诗文集》卷二十九《睡庵文集序》
上海古籍出版社 1982 年版

太史公以屈平"正直忠智以事其君,信而见疑,忠而被谤,能无怨乎。离骚之作,盖自怨生也。国风好色而不淫,小雅怨诽而不乱,若离骚者,可谓兼之矣"。嗟夫,此有道者之言也。天下英豪奇魂之士,苟有意乎世容,非好色者乎。君父不见知,而有不怨其君父者乎。彼夫好色而至于淫,怨其君父而至于乱者,则有意乎世之极,而不得夫道者也。至于宋玉景差之招魂,贾谊之吊屈,虽兴废异时,有所愤恻,追发于其中,一耳。厥后招隐哀时,思沉调急。先汉之人,能为楚声。余则赋而可矣。故赋者,骚之流而微异者也。

榆林杜君韬武,以武爵贵介公子,躬上将之姿,而好左徒之业。为五岳游楚词山中吟数卷,名之曰骚苑笙簧。其自序,则以屈原离放,伤悼家国,有所不平。而身当国家盛际,信而蒙信,忠而见忠,无牢骚伊郁之思,有潇洒优悠之致。引类比义,宜与骚远。原其摅怀述志,时而放言独往,亦未有远殊也。诚有然者。羽人乘游,则阆风昆仑之轨也;餐霞兰生,则云中堂下之思也。次第有作,靡不流离炫烂,宵寐偃蹇。就中辞义曲致,宛为正则之遗。盖无所好而自不至于淫,无所怨而自不至于乱。至其音清节和,无携无逼,真有气逐指而成笙,思在口而为簧者。殆非悲笳横吹之助欤。

予有概乎此。风雅之道息,声貌流绝。屈大夫独与其弟子,依诗人之义,陨源发波,崩烟决云,为千秋赋头弘丽之祖。文则盛矣。当其时,尧舜道德之纯粹,未得为怀襄用也。言杀张仪,止王无西而止。顾是时楚独无将。其将唐昧景铁辈战死,武安君且来。屈子之材诚用,固亦未能当也。盖文盛,武不能无衰。赖封疆之灵,韬武从容词旨,有邑墨卿文士所逊避者,至其登坛秉麾,镇房禽敌,居然宿将风。以一少年公子,而文武兼盛,谅非有殊绝于人者不能。将万里一疆,神明倍强,古之所难,今之所易与。夫战,怨事也。昔人有临阵必先被发叫天,抗音而歌,左右应之,歌毕,然后进战。其气然也。诚得骚之意而行之,悲恻排荡,愤悄喷薄,驰而入三军之中"援玉枹兮击鸣鼓,诚既勇兮又以武",要未足为儿女子道也。或曰,蹈武积精于道,于骚所为托远游而含朝霞者,如将遇之。若然,则韬武固异日之庄骚也。兹之笙簧,殆剑首之一映也。予何足以称之。

汤显祖《汤显祖诗文集》卷二十九《骚苑笙簧序》
上海古籍出版社 1982 年版

天下之物,最大者无如道与法。希微渊沦,憭恍浡郁,道之存也。刻错莹荡,方俨员幅,法之持也。法与道际,可以言心,可以言天下。心与天下,道法之所营也。性命功实节烈名誉之士,无一不在乎是。时一意之,时一至之,皆足以有言于时。而况其存与持焉者哉。余从丁紫崖明府燕言,得读张文石先生《云声阁》诸作,有当乎心与天下者耶。耄为诗歌,光怪流离,块圠旁薄。子墨之徒习之,不可能也。名理在宣尼文释之间,其不一而一,不入而入,非知之所得言,非言之所得知也。言事大者,乃为许相国语定太子宗社至计,为郡国谈丘赋关泽之政。著系记里闺阁家巷之行,杂写钟剑优冶之奇。靡不骋古今之倪略,扬雅俗之趣会。盘纡而英,抗跞而夷。其所为心与天下者,殆有以存有以持,非恢然言之一致而无余者也。盖先生为郎著节,归与吴越间诸君子讲性命学。本乎无欲,归乎无极;本乎无极,归乎无欲。嗟夫,其于道法之际久矣。容容冥冥,吾且听云之为声。

汤显祖《汤显祖诗文集》卷二十九《云声阁草序》
上海古籍出版社 1982 年版

陆平原山海异才,为河间嬖人谗死。兄弟叹曰:"欲听华亭鹤唳,其可得耶!"赵仲一如相如抱璧睨柱,幸不碎。问道而西归,陶穴躬耕,黄冠草服。犹得听山河鹤唳,饮灵湫,嚼金丝草。平原有是乎!

赵君伟容颜,性孤郂雄迈。然好礼下士,与人呕呕如也。故其去国,朝士悲焉,道侣疑焉,诸生野老,苟有识者,咸用唶焉。牢骚于书疏,回翔乎咏歌。秦夏殊诡,玄释增异。得若干篇。门人总之为《鹤唳草》。言嘹唳也,其悲如唳焉。白露警而鹤唳清,知霜雪之将至也。

虽然,亦顾其地与时。吾当受选吏部,旅立轩墀之上,有白鹤焉,引吭而鸣,疏翎而舞,高趾远听,修然百禽之外。已而倾之以稻粱,注之以潢潦,未尝不昧之而就视也。孰与夫不好鹤者,放之嵩华江海之间乎。朱冠缟衣,绝尘滓之色;良宵清昼,发清迥之音。若斯者,固亦俗士之所不能有,而逺人之所不可无也。恶知鹤唳之不为凤歌也乎。

闻之,鹤,仙禽也。异焉者以胎化。君尝坦腹示予曰:"吾结胎久,觉五内如玉。鼻尝闻异香,暗室瞳子有光若萤雪。"然则君之为羽衣也,其亦近欤。顾书示予,为取值家所苦,须发尽白,面目焦黑,懊丧呻吟,不能自休者,何也?嘻,此其所为鹤唳也欤。

汤显祖《汤显祖诗文集》卷三十《赵仲一鹤唳草序》
上海古籍出版社 1982 年版

显祖得为祠官南来。客言山林游适读书之美。此皆非显祖所以喜也。而喜得堂上二老先生。《记》曰:"君子尊德性而道问学。""温柔敦厚,《诗》教也;洁静精微,《易》教也。"二老先生之德性问学,非末学所能遂窥。亦可谓之尊而道矣。以语吾乡讲学之士邹比部等,因问曰:"尔何以窥二公之能尊且道乎?"显祖曰："观其容，读其言。其容皆温良恭俭让者也。此易识耳。其言则方公之诗敦乎《诗》，周公之文精乎《易》。"众多以为然。

然方公之诗，已有《息机堂集》行于世为徵；而周公之文，未为世所窥。显祖虽记其论说数条传于人，而平生雅不能言，口旨未畅。乃时时谒周公，乞梓之。亦私欲以信吾言也。而今果有《光霁亭集》行于世。捧而读之，乃私叹曰，吾乃今知周公之所以为文也。恨吾齿之已壮，材之已固，无由进于此道也。童子之心，虚明可化。乃实以俗师之讲说，薄士之制义。一入其中，不可复出。使人不见泠泠之适，不听纯纯之音。是故为诸生八年而后乃举于乡，又十三年而后乃进于庭。素学迂而大义不明也。因思世人受此病者甚众，独无秦越人之术，剚其内，药而洗之，令别生美气也。虽然，读周公之文，亦可以知治本之技矣。知文者当亦有以信斯言也夫。

汤显祖《汤显祖诗文集》卷三十《光霁亭草叙》
上海古籍出版社 1982 年版

汉儒疏五事，以水为貌，而属火于言。诚不能无概乎是。今夫木之生，其所以长润森好恢瑰曲折者，大氐水之为也。极焉而措之为薪火。以传火者，木之神明也。而言者，人之神明。言而有以传，传以久。则神明之所际也。虽然，顾可以忽貌乎哉。人之貌也，明暗刚柔，成然而具。文亦宜然。位局有所，不可以反置；脉理有隧，不可以臆属。藉其神明，有至不至。其于貌也，无不可望而知焉。

国初大儒彝鼎之文，无所敢论。迨夫李献吉、何仲默二公，轩然世所谓传者也。大致李气刚而色不能无晦，何色明而气不能无柔。神明之际，未有能兼者。要其于文也，瑰如曲如，亦可谓有其貌矣。世宜有传者焉。间者文士好以神明自擅，忽其貌而不修，驰趣险仄，驱使秽杂。以是为可传。视其中，所谓反置而臆属者，尚多有之。乱而靡幅，尽而寡蕴。则之以李何，其于所谓传者何如也。然而世有悦之者焉。华容孙公鹏初忧之。叹曰："何李于斯文，为有起衰振溺功。王元美七子，已开弱宋之路。日已流遁，长此安极。且吾先公四世文林，剂量二公为法已久，不可以失。"而公又蚤负才志。入读秘籍，出视省奏，淹于今昔之故。隐而益文。尝欲总史传，聚往略，起唐虞以来至胜国，效迁史体为纪传之书；而因以隐括十三经疏义，订窍收采，号曰"儒藏"。嗟夫，公盖通博伟丽之儒矣。至其为文，封奏志序记牍歌咏，引绳步尺，取衷厥体。勃溢者势而延豫者情，叩切者声而流苴者致。赅此五者，故幅裕而蕴深。

公之所以为文也，盖江漠洞庭，为水渊巨，足以滋演文貌；而鹑首祝融，为火雄精,足以显发神明。然则公之文为必传,传而必久。李何七子之间,有以处公矣。

汤显祖《汤显祖诗文集》卷三十一《孙鹏初遂初堂集序》
上海古籍出版社 1982 年版

诗乎,机与禅言通,趣与游道合。禅在根尘之外,游在伶党之中。要皆以若有若无为美。通乎此者,风雅之事可得而言。余宦游倦,而禅寂意多。渐致枯槁。于四方人士所作,时一过留,弗好也。而东莞钟君宗望游越中,来临,偶以所自为诗质焉。殆雅与游道合者。

凡游,游于声实之际而止。宗望秀于才,常为广州诸文学冠。以其先人乐华君起名进士,出馆阁,能读父书。足可优游待举。睠此长游者,何也。将江岭间人士多其家门生义故,公子微以是游耶？其友帅生从升从龙知之。曰:"今宗望之游若尔,则世之游闲公子耳。似殆有不然者。其为人貌沉而气疏,幽然颓然,好欲与天下山川人物相驰荡。当其所慑,布衣虾菜,可以夷犹岁时。其所不欲,非中饵而止也。盖宗望之见趣有殊绝世之声实者。"予闻而笑曰,深于游道也乎,诗道也。悟言一室之内,旬日不出;映心千里之外,累月忘归。通之若有若无,都无迟疾欣厌之累。于以眷节怀交,必有不推排而齐,一雕饰而秀者。南中之美,何必翡翠明珠。兹且以巴丘小华山存王子晋笙鹤遗迹,欣然慕之。此其为诗兴游也,殆益仙仙矣。

汤显祖《汤显祖诗文集》卷三十一《如兰一集序》
上海古籍出版社 1982 年版

长儒僧儒兄弟似无着天亲,不绮语人也。一夕,作花溪诸诗百余首,刻烛而就。予经时闭门致思,不能如其绮也。长儒故美容仪少年,几为道旁人看煞。妙于才情,万卷目数行下。加以精心海藏,世所云千偈澜番者,其无足异。独僧儒如愚,未尝读书。忽忽狂走。已而若有所会,洛诵成河,子墨成雾。横口横笔,无所留难。此独未宜异也。僧儒故拙于姿,然非根力不具者。以学佛故,早断婚触,殆欲不知天壤间乃有妇人矣。而诸诗长短中所为形写幽微,更极其致。如《溪上落花》诗:"芳心都欲尽,微波更不通。""有艳都成错,无情乍可依。"不妨作道人语。至如《春日独当垆》:"卓女盈盈亦酒家,数钱未惯半羞花。"僧儒不近垆头,何知羞态？《七宝避风台》:"翠缨裙带愁牵断,锁得斜风燕子来。"僧儒未亲裙带,何知可以锁燕？《燕姬堕马》:"一道香尘出马头,金莲银凳紧相钩。"僧儒未曾秣马,何识香尖？《春闺怨》:"乳燕春归玳瑁梁,无心颠倒绣鸳鸯。"僧儒未经催绣,安识倒针？当是从声闻中闻,缘觉中觉耶？无亦定中慧耳。

然予览二音,有私喜焉。世云,学佛人作绮语业,当入无间狱。如此,喜二虞入地当在我先。又云,慧业文人,应生天上。则我生天亦在二虞之后矣。

汤显祖《汤显祖诗文集》卷三十三《溪上落花诗题词》
上海古籍出版社 1982 年版

弟少年无识,尝与友人论文,以为汉宋文章,各极其趣者,非可易而学也。学宋文不成,不失类鹜;学汉文不成,不止不成虎也。因于蔽乡帅膳郎合论李献吉,于历城赵仪郎舍论李于鳞,于金坛邓孺孝馆中论元美,各标其文赋中用事出处,及增减汉史唐诗字面处,见此道神情声色,已尽于昔人,今人更无可雄。妙者称能而已。然此其大致,未能深论文心之一二。而已有传于司寇公之座者。公微笑曰:"随之。汤生标涂吾文,他日有涂汤生文者。"弟闻之,怃然曰:"王公达人,吾愧之矣。"而当其时,门下于弟则有所谓心与而目成者。人谁无情,而忍不报施乎?

客曰:吴士文而吾乡质。文常有余,质常不足。以不足交有余,辩给固不能相当,精微亦不能相致。无所相益,有以相损。因自引避,不敢再谒尚书之门,一参公子之席,其风性然也。又时知公子之意,雅在气节,不在文章。文章已矣。而窃观其时所号气节诸君者,弟亦未敢深附。《易》不云乎:"定其交而后求,平其心而后语,安其身而后动。"不然,"莫益之,或击之"矣。迨其击之也,而悔其交,容有及乎!且门下人地才美,固与弟江外枯槁之士去就不同。何也?今之执政者非异人,固门下之父行也。执政尚将择疏鄙有才之士而近之,况如通家之子也。才而好,远之,岂人情乎?夫以门下之才且亲,尚负意气不肯自近,其疏鄙有才之士负意气者,固益以远矣。然则肯自近于执政,执政因而近之者,其人又多非负意气而才者。彼其时政公论,安得不两。而执政者之无所远闻,殆非疏鄙寒士之过,皆通家戚里子弟,高者引嫌,卑者昵附,无有与言之过也。以愚计之,门下幸及此时强起除一闲署郎,得从容间见言事。执政有当,骍然承之;误则愀然而献疑。入则尽规,出不以语人。此亦事父执者礼然。而因以阴就天下之大计,亦不可谓非名节事也。且执政所以不受言事者,以为此毁人以自为名,莫爱己也。若门下以戚里晚进,而规随其间,又自匿不夺其名,执政必以为爱己,而不听其言者,非人情也。然惟门下可以就此。正以门下有美才而负意气,执政所重。重之而不亲,此必门下负其人地才美,不思以用之。或意他有所在,先其疑形。如此而言不听,交不成,此如学汉文者讥学宋文者,皆未有以极其趣,不足相短长也。

偶感门下推引过至,及欲移病塞门,似伤于怼世,故不惜謇謇言之。以门下昔日之心与而目成,庶有当于斯言也。

汤显祖《汤显祖诗文集》卷四十四《答王澹生》
上海古籍出版社 1982 年版

仆少读西山《正宗》,因好为古文诗,未知其法。弱冠,始读《文选》。辄以六朝情寄声色为好,亦无从受其法也。规模步趋,久而思路若有通焉。年已三十四十矣。前以数不第,展转顿挫,气力已减,乃求为南署郎,得稍读二氏之书,从方外游。因取六大家文更读之,宋文则汉文也。气骨代降,而精气满劲。行其法而通其机,一也。则益好而规模步趋之,思路益若有通焉。亦已五十矣。学道无成,而学为文。学文无成,而学诗赋。学诗赋无成,而学小词。学小词无成,且转而学道。犹未能忘情于所习也。思顾彦升托契之咏,子美同游之思,谓四方之大,必有旷然此路,精其法而深其机者。庶几及老而得窥其制作,发鄙质所未逮,则亦足以满志而无恨矣。既自俛循,孟子论友乡国之士,载得以乡国士相友,或未敢与论天下之士,论诗书行事也。仆即有所通,其乡而已耳。偶一愤愤,欲出于其乡,承下风于四方之殊才。而疵贱已久,羸蹶日增。行路之难,今世为甚。安得四出而望见其人,其人又安肯坐而为某来者?日者忽拜良书,大雅之辱,烂焉千言。大抵引重弥至。猝而受之,面泚发赤。已复惊喜自疑,岂天下士亦可以一乡之士友耶?游未能出其乡,而天下士乃肯为我先而至,古诚有之,何以得此于今也!把玩数四,乃始知陆君盖有意乎古人,非今人之为文而已者。《诗》不云乎:"乐彼有檀,其下维谷。他山之石,可以攻玉。"夫檀之可乐,得谷其下,以丛翠焉,谷之愿也。玉在受攻,得他山而错焉,亦玉之所不辞也。仆其谷与石乎?乐能于仆,而治不能于门下,何也。书所谕为文之善与病,盖已精其法而深其机者。谈文字之病,非于有余,而于不足。地有所不足,在其东南;天有所不足,在其西北。天地有然,而况人乎!病而阴,不足于阳;病而阳,不足于阴。亦其势然也。古文赋,秦西汉而下,率以不足病,无有余者。诗,唐四杰子美而外,亦无有余。从其不足而足焉,斯已几矣。宗元之论为文,子瞻之《说稼》,裁以求其足而止。至于文之质,生而已成。虎豹之皮,虹霞之色,不借质于犬羊霾噎必矣。陆君体能文之质,了然于后人之所不足,必旷然于前人之所有余。其为美檀之可乐,而攻玉之有成也已谂。倘得时窥制作,以发衰羸之思,幸矣。他日更有请也。

汤显祖《汤显祖诗文集》卷四十七《与陆景业》
上海古籍出版社 1982 年版

情有者理必无,理有者情必无。真是一刀两断语。使我奉教以来,神气顿王。谛视久之,并理亦无,世界身器,且奈之何。以达观而有痴人之疑,疟鬼之困,况在区区,大细都无别趣。时念达师不止,梦中一见师,突兀笠杖而来。忽忽某子至,知在云阳。东西南北,何必师在云阳也?迩来情事,达师应怜我。白太傅、苏长公终是为情使耳。

汤显祖《汤显祖诗文集》卷四十五《寄达观》　上海古籍出版社 1982 年版

答吕姜山①

寄吴中曲论良是。"唱曲当知,作曲不尽当知也",此语大可轩渠②。凡文以意、趣、神、色为主,四者到时,或有丽词俊音可用,尔时能一一顾九宫四声③否?如必按字摸声,即有室滞迸拽之苦,恐不能成句矣。弟虽郡住,一岁不再谒有司。异地同心,惟与儿辈时作磠溪④之想。

《汤显祖诗文集》卷四十七　上海古籍出版社 1982 年版

【注释】

① 吕姜山,名胤昌,号玉绳,浙江余姚人。汤显祖同年进士,《曲品》作者吕天成之父,曾改编《牡丹亭》,为此汤显祖曾在《答凌初成》一信中曰:"不佞《牡丹亭》记,大受吕玉绳改窜,云便吴歌。不佞哑然笑曰:昔有人嫌摩诘之冬景芭蕉,割蕉加梅,冬则冬矣,然非王摩诘冬景也。其中骀荡淫夷,转在笔墨之外耳。"这封给吕姜山的信也是与谈改编问题有关的,并借此而阐述了他关于戏曲理论的主要观点。

汤显祖不仅是晚明时期诗文理论与创作的代表人物,也是这一时期戏曲创作的大家,其"临川四梦"创造了戏曲史上的一个奇迹,并引起了所谓临川派与吴江派之争。所谓吴江派如果从泛义上来看,并不限于沈璟等吴江曲家,而指称当时主张以音律、本色等"场上之曲"为主的一个戏曲观念的潮流。《答吕姜山》即反映了他与吴江派之间于思想上的隔阂与差异,其一是戏剧创作不能单纯强调作曲的格律,因而其反对以按字摸声来损害作者表情的表现,也否定拘泥于寻宫数调以损害丽词俊音的运用。但是,汤显祖并不如沈璟派所说的是曲律的反对者。他的作品本身不乏音律之美可以说明这一点。在这里,他同意对于音律,"唱曲当知,作曲不尽当知也",也反映了他的一个基本观点:对于一个作者来说,作品的内在意趣比形式更为重要。

本文另一个基本观点,即认为一个剧本应该包括意、趣、神、色四个方面。汤显祖在《与宜伶罗章二》中说:"《牡丹亭》记,要依我原本,其吕家改的,切不可从。虽是增减一二字以便俗唱,却与我原做的意趣大不相同了。"由此可见,他所谓意趣,指的是作者的意旨和风趣。意、趣、神、色,是超越于格律、宫调等而更高层次的东西。沈际飞在《玉茗堂文集题词》中说:"言一事,极一事之意趣神色而止;言一人,极一人之意趣神色为止。何必汉宋,亦何必不汉宋",就指出了汤显祖提倡意趣神色以反对复古主义的特点,因此与他在诗文上的见解也是一致的。汤显祖也通过大量书札和对董解元的《西厢记》、王玉峰的《焚香记》等剧作的眉批和总评,发表了对戏剧创作的新见解。他的《宜黄县戏神清源师庙记》一文,不仅记述了弋阴腔的演唱情况,为我国戏曲史留下了珍贵资料,而且对表演、导演艺术发表了精辟见解,强调演员要体验生活,体验角色,领会曲意,在生活上和艺术上严以律己,以人物的感情去感染观众。同时,汤显祖勤于艺术实践,"为情作使,劬于伎剧",同临川一带上千名演唱海盐腔的宜黄班艺人保持着广泛的联系,实际上成了地方戏曲运动的领袖。他还亲自为演员解释曲意,指导排练,"自踏新词教歌舞","自掐檀痕教小伶"。

在戏曲理论上,汤显祖另有主情一说,如于《董解元西厢题记》中所曰:"万物之情,各有其志"等,这与其诗文观上的理论是一致的,从而突破了儒家"性情"说的限定性框架,反映了晚明戏曲创作中的人性论取向。

②轩渠——渠通举,轩渠谓儿童举手耸肩欲就父母。《后汉书·蓟子训传》有"轩渠笑悦"句,后转为形容笑悦貌。

③九宫四声——宫,我国古代所称宫、商、角、徵、羽五声(加变徵、变商则为七声)之一。在元明戏曲中,凡以宫声为主的曲牌总称"宫",有仙侣宫、南吕宫、中吕宫、黄钟宫、正宫之别;以其他各声为主的曲牌则总称"调",如商调、角调等。九宫是明代常用的仙侣宫、南吕宫、中吕宫、黄钟宫、正宫等五宫,以及大石调、变调、商调和越调等四调的合称。后来又成为对各种宫调的泛称。四声,指字的平、上、去、入四声。

④磻溪——一名磺河,在今陕西宝鸡东南,源出南山兹谷,北流入于渭。相传吕尚(姜太公)曾垂钓于此,而遇文王。

【附录】

天下女子有情宁有如杜丽娘者乎。梦其人即病,病即弥连,至手画形容传于世而后死。死三年矣,复能溟莫中求得其所梦者而生。如丽娘者,乃可谓之有情人耳。情不知所起,一往而深,生者可以死,死可以生。生而不可与死,死而不可复生者,皆非情之所至也。梦中之情,何必非真。天下岂少梦中之人耶。必因荐枕而成亲,待挂冠而为密者,皆形骸之论也。

　　传杜太守事者,仿佛晋武都守李仲文、广州守冯孝将儿女事。予稍为更而演之。至于杜守收考柳生,亦如汉睢阳王收考谈生也。

　　嗟夫!人世之事,非人世所可尽。自非通人,恒以理相格耳。第云理之所必无,安知情之所必有耶。

汤显祖《汤显祖诗文集》卷三十二《牡丹亭记题词》
上海古籍出版社 1982 年版

　　天下忽然而有唐,有淮南郡。槐之中忽然而有国,有南柯。此何异天下之中有魏,魏之中有王也。李肇赞云:"贵极禄位,权倾国都。达人视此,蚁聚何殊!"嗟夫,人之视蚁,细碎营营,去不知所为,行不知所往,意之皆为居食耳。见其怒而酣斗,岂不映然而笑曰:"何为者耶!"天上有人焉,其视下而笑也,亦若是而已矣。白舍人之诗曰:"蚁王乞食为臣妾,螺母偷虫作子孙。彼此假名非本物,其间何怨复何恩。"世人妄以眷属富贵影像执为吾想,不知虚室中一大穴也。倏来而去,有何家之可到哉。

　　吾所微恨者,田子华处士能文,周弁能武,一旦无病而死,其骨肉必下为蝼蚁食无疑矣。又从而役属其魂气以为臣,蝼蚁之威,乃甚于虎狼。此犹死者耳。淳于固俨然人也,靡然而就其徵,假以肺腑之亲,藉其枝干之任。昔人云:"梦未有乘车入鼠穴者",此岂不然耶。一往之情,则为所摄。人处六道中,嚬笑不可失也。

　　客曰:"人则情耳,玄象何得为彼示徵。"此殆不然。凡所书禯象不应人国者,世儒即疑之。不知其亦为诸虫等国也。盖知因天立地,非偶然者。客曰:"所云情摄,微见本传语中。不得有生天成佛之事。"予曰:"谓蚁不当上天耶?经云,天中有两足多足等虫。世传活万蚁可得及第,何得度多蚁生天而不作佛。梦了为觉,情了为佛。境有广狭,力有强劣而已。"

汤显祖《汤显祖诗文集》卷三十二《南柯梦记题词》
上海古籍出版社 1982 年版

　　此传大略近于《荆钗》,而小景布置,间仿《琵琶》、《香囊》诸种。所奇者,妓女有心;尤奇者,龟儿有眼;若谢妈妈者盖世皆是,何况老鸨!此虽极其描画,不足奇也。作者精神命脉,全在桂英冥诉几折,摹写得九死一生光景,宛转激烈。其填词皆尚真色,所以入人最深,遂令后世之听者泪,读者颦,无情者心动,有情者肠裂。何物情种,具此传神手!独金垒换书,及登程,及招姐,及传报王魁凶信,颇类常套,而星相占祷之事亦多。然此等波澜,又觑觎上不可少者。此独妙于串插结构,便不觉文法沓拖,真寻常院本中不可多得。

汤显祖《汤显祖诗文集》卷五十《焚香记总评》
上海古籍出版社 1982 年版

不佞生非吴越通,智意短陋,加以举业之耗,道学之牵,不得一意横绝流畅于文赋律吕之事。独以单慧涉猎,妄意诵记操作。层积有窥,如暗中索路,闯入堂序,忽然溜光得自转折,始知上自葛天,下至胡元,皆是歌曲。曲者,句字转声而已。葛天短而胡元长,时势使然。总之,偶方奇圆,节数随异。四六之言,二字而节,五言三,七言四,歌诗者自然而然。乃至唱曲,三言四言,一字一节,故为缓音,以舒上下长句,使然而自然也。独想休文声病浮切,发乎旷聪,伯琦四声无入,通乎朔响。安诗填词,率履无越。不佞少而习之,衰而未融。乃辱足下流赏,重以大制五种,缓隐浓淡,大合家门。至于才情,烂漫陆离,叹时道古,可笑可悲,定时名手。不佞《牡丹亭》记,大受吕玉绳改窜,云便吴歌。不佞哑然笑曰:昔有人嫌摩诘之冬景芭蕉,割蕉加梅,冬则冬矣,然非王摩诘冬景也。其中骀荡淫夷,转在笔墨之外耳。若夫北地之于文,尤新都之于曲。余子何道哉。

汤显祖《汤显祖诗文集》卷四十七《答凌初成》
上海古籍出版社 1982 年版

余于声律之道,瞠乎未入其室也。《书》曰:"诗言志,歌永言,声依永,律和声。"志也者,情也。先民所谓发乎情,止乎体意者,是也。嗟乎,万物之情,各有其志。董以董之情而索崔、张之情于花月徘徊之间,余亦以余之情而索董之情于笔墨烟波之际。董之发乎情也,锵金曳石,可以如抗而如坠。余之发乎情也,宴酣啸傲,可以以翱而以翔。然则余于定律和声处,虽于古人未之逮焉,而至如《书》之所称为言为永者,殆庶几其近之矣。清远道人书于玉茗堂。

汤显祖《汤显祖诗文集》卷五十《董解元西厢题解》
上海古籍出版社 1982 年版

予读小史氏宋靖康间董元卿事,伉俪之义甚奇。元卿能不忘其君,隐于仳离。某氏能归其夫,且自归也。最所奇者,以豪鸷之兄,而一女子能再用之以济。却金示衣,转变轻微。立侠节于闺阁嫌疑之间,完大义于山河乱绝之际。其事可歌可舞。常以语好事者。而友人郑君豹先遂以浃日成之。其词南北交参,才情并越。千秋之下,某氏一戎马间妇人,时勃勃有生气。亦词人之笔机也。嗟夫,董生得反南冠矣。独恨在宋无所短长于时,有以自见,使某氏之侠烈不获登于正史,而旁落于传奇。虽然,世之男子不能如奇妇人者,亦何止一董元卿也。

汤显祖《汤显祖诗文集》卷三十三《旗亭记题词》
上海古籍出版社 1982 年版

余往春客宛陵,殊阙如邛之遇。犹忆水西官柳,苏苏可人。时送我者姜令、沈君典、梅禹金宾从十数人。去今十年矣。八月太常斋出,宛然梅生造焉。为问故所游,长者俱销亡,在者亦多流泊。余泫然久之。为问水西官柳,生曰,所谓"纵使君来不堪折"也。因出其所为《章台柳记》若干章示余。曰:"人生若朝暮,聚散喧悲,常杂其半。奈何忘鼓缶之骧,阙遇旬之宴乎。"予观其词,视予所为《霍小玉传》,并其沉丽之思,减其秾长之累。且予曲中乃有讥托,为部长吏抑止不行。多半《韩蕲王传》中矣。梅生传事而止,足传于时。

第予昔时一曲才就,辄为玉云生夜舞朝歌而去。生故修筎,其音若丝,辽彻青云,莫不言好。观者万人。乃至九紫君之酬对悍捷,灵昌子之供顿清饶,各极一时之致也。梅生工曲,独不获此二三君相为赏度,增其华畅耳。九紫玉云先尝题书问梅生,梅生因问三君者一来游江东乎。予曰:"自我来斯,风流顿尽。玉云生容华亦长矣。"嗟夫,事如章台柳者,可胜道哉。为之倚风增叹。

汤显祖《汤显祖诗文集》卷三十三《玉合记题词》
上海古籍出版社 1982 年版

士方穷苦无聊,倏然而与语出将入相之事,未尝不忾然太息,庶几一遇之也。及夫身都将相,饱厌浓醒之奉,迫束形势之务,倏然而语以神仙之道,清微闲旷,又未尝不欣然而叹,惝然若有遗,暂若清泉之活其目,而凉风之拂其躯也。又况乎有不意之忧,难言之事者乎。回首神仙,盖亦英雄之大致矣。

《邯郸梦》记卢生遇仙旅舍,授枕而得妇遇主,因入以开元时人物事势,通漕于陕,拓地于番,谗构而流,谗亡而相,于中宠辱得丧生死之情甚具。大率推广焦湖祝枕事为之耳。世传李邺侯泌作,不可知。然史传泌少好神仙之学,不屑昏宦,为世主所强,颇有干济之业。观察郑虢,凿山开道,至三门集,以便饷漕。又数经理吐番西事。元载疾其宠,天子至不能庇之,为匿泌于魏少游所。载诛,召泌。懒残所谓"勿多言,领取十年宰相"是也。《枕中》所记,殆泌自谓乎。唐人高泌于鲁连范蠡,非止其功,亦有其意焉。

独叹《枕中》生于世法影中,沈酣唫呓,以至于死,一哭而醒。梦死可醒,真死何及。或曰,按记,则边功河功,盖古今取奇之二窍矣。谈者殆不必了人。至乃山河影路,万古历然,未应悉成梦具。曰,既云影迹,何容历然。岸谷沧桑,亦岂常醒之物耶。第概云如梦,则醒复何存。所知者,知梦游醒,必非枕孔中所能辩耳。

汤显祖《汤显祖诗文集》卷三十三《邯郸梦记题词》
上海古籍出版社 1982 年版

　　人生而有情。思欢怒愁,感于幽微,流乎啸歌,形诸动摇。或一往而尽,或积日而不能自休。盖自凤凰鸟兽以至巴渝夷鬼,无不能舞能歌,以灵机自相转活,而况吾人。奇哉清源师,演古先神圣八能千唱之节,而为此道。初止爨弄参鹘,后稍为末泥三姑旦等杂剧传奇。长者折至半百,短者折才四耳。生天生地生鬼生神,极人物之万途,攒古今之千变。一勾栏之上,几色目之中,无不纡徐焕眩,顿挫徘徊。恍然如见千秋之人,发梦中之事。使天下之人无故而喜,无故而悲。或语或嘿,或鼓或疲,或端冕而听,或侧弁而咍,或窥观而笑,或市涌而排。乃至贵倨弛傲,贫啬争施。瞽者欲玩,聋者欲听,哑者欲叹,跛者欲起。无情者可使有情,无声者可使有声。寂可使喧,喧可使寂,饥可使饱,醉可使醒,行可以留,卧可以兴。鄙者欲艳,顽者欲灵。可以合君臣之节,可以浃父子之恩,可以增长幼之睦,可以动夫妇之欢,可以发宾友之仪,可以释怨毒之结,可以已愁愤之疾,可以浑庸鄙之好。然则斯道也,孝子以事其亲,敬长而娱死;仁人以此奉其尊,享帝而事鬼;老者以此终,少者以此长。外户可以不闭,嗜欲可以少营。人有此声,家有此道,疫疠不作,天下和平。岂非以人情之大窦,为名教之至乐也哉。

　　予闻清源,西川灌口神也。为人美好,以游戏而得道,流此教于人间。讫无祠者。子弟开呵时一醪之,唱啰哩嗻而已。予每为恨。诸生诵法孔子,所在有祠;佛老氏弟子各有其祠。清源师号为得道,弟子盈天下,不减二氏,而无祠者。岂非非乐之徒,以其道为戏相诟病耶。此道有南北。南则昆山之次为海盐,吴浙音也。其体局静好,以拍为之节。江以西弋阳,其节以鼓。其调喧。至嘉靖而弋阳之调绝,变为乐平,为徽青阳。我宜黄谭大司马纶闻而恶之。自喜得治兵于浙,以浙人归教其乡子弟,能为海盐声。大司马死二十余年矣,食其技者殆千余人。聚而谂于予曰:"吾属以此养老长幼长世,而清源祖师无祠,不可。"予问倘以大司马从祀乎。曰:"不敢。止以田窦二将军配食也。"予额之,而进诸弟子语之曰:"汝知所以为清源祖师之道乎?一汝神,端而虚。择良师妙侣,博解其词,而通领其意。动则观天地人鬼世器之变,静则思之。绝父母骨肉之累,忘寝与食。少者守精魂以修容，长者食恬淡以修声。为旦者常自作女想，为男者常欲如其人。其奏之也，抗之入青云，抑之如绝丝，圆好如珠环，不竭如清泉。微妙之极，乃至有闻而无声，目击而道存。使舞蹈者不知情之所自来，赏叹者不知神之所自止。若观幻人者之欲杀偃师而奏咸池者之无怠也。若然者，乃可为清源祖师之弟子。进于道矣。诸生且其勉之，无令大司马长叹于夜台，曰，奈何我死而此道绝也。"乃为序之以记。

汤显祖《汤显祖诗文集》卷三十四《宜黄县戏神清源师庙记》
上海古籍出版社 1982 年版

点校《虞初志》序①

昔李太白不读非圣之书②，国朝李献吉亦劝人弗读唐以后书③。语非不高，然未足以绳旷览之士也。何者？盖神丘火穴④，无害山川岳渎之大观；飞墓秀萼⑤，无害豫章竹箭之美殖⑥；飞鹰立鹘，无害祥麟威凤之游栖⑦。然则稗官小说⑧，奚害于经传子史？游戏墨花⑨，又奚害于涵养性情耶？东方曼倩以岁星入汉⑩，当其极谏，时杂滑稽⑪；马季长不拘儒者之节，鼓琴吹笛，设绛纱帐，前授生徒，后列女乐⑫；石曼卿野饮狂呼，巫医皂隶徒之游⑬。之三子，曷尝以调笑损气节，奢乐堕儒行，任诞妨贤达哉！读书可譬已。太白故颓然自放，有而不取，此天授，无假人力；若献吉者，诚陋矣！《虞初》一书，罗唐人传记百十家，中略引梁沈约十数则，以奇僻荒诞，若灭若没，可喜可愕之事，读之使人心开神释，骨飞眉舞。虽雄高不如《史》《汉》，简淡不如《世说》⑭，而婉缛流丽，洵小说家之珍珠船⑮也。其述飞仙盗贼，则曼倩之滑稽；志佳冶窈窕，则季长之绛纱；一切花妖木魅，牛鬼蛇神，则曼卿之野饮。意有所荡激，语有所托归，律之风流之罪人，彼固欺然不辞矣。使咄咄读古，而不知此味，即日垂衣执笏，陈宝列俎，终是三馆画手⑯，一堂木偶耳。何所讨真趣哉！余暇日特为点校之，以借世之奇隽沈丽者。

《汤显祖诗文集》卷五十　上海古籍出版社 1982 年版

【注释】

①《虞初志》,短篇小说集,编者不详。虞初为西汉小说家,作有《周说》九百四十三篇,称为小说家之祖,因取以为书名。今流行本为十二卷,所收为唐人《李娃传》、《莺莺传》、《虬髯客传》等篇。

《点校虞初志序》是一篇为传奇小说立言的文章,一开始就把矛头对准复古派:"国朝李献吉亦劝人弗读唐以后书。语非不高,然未足以绳旷览之士也。"文学上的复古派如李梦阳的确提出过不读唐以后书,但主要是针对宋代理学而言的。但由于对唐以后书没有更多的分辨,所以也易导致对唐以后文化全面遗弃的嫌疑,正是基于此,汤显祖之论,目的是表彰诗文以外的通俗文学。由这段话的持论看,汤显祖以为不能单纯从文体样式出发判断其价值,只要不妨碍性情的"涵养"等,就应当有存在的理由,给予积极的评价。汤显祖的这一论述为道德论以外的多元文化、民间文化做了有力的辩护,反映了晚明思想发展的一种新趋势。在这篇序文中他还指出,唐传奇"以奇僻荒诞,若灭若没,可喜可愕之事,读之使人心开神释,骨飞眉舞……其述飞仙盗贼,则曼倩之滑稽;志佳冶窈窕,则季长之姜纱;一切花妖木魅,牛鬼蛇神,则曼卿之野饮",肯定了奇幻手法在小说创作中的地位。这种奇幻的艺术传统,随着小说文体的形成,便也成为小说的一大美学传统。

至于文学创作中的浪漫主义,更是为"咄咄读古"的人所不可解。汤显祖则认为,其中有"真趣","其述飞仙盗贼"、"花妖木魅""牛鬼蛇神",皆"意有所荡激,语有所托归"。它们包含了作者的感情和寄托。因此,"以奇僻荒诞,若灭若没,可喜可愕之事,读之使人心开神释,骨飞眉舞",能激起人们强烈的审美感情。他把这种传奇小说称之为"小说家之珍珠船";而把那些拟古之作称之为"三馆画手","一堂木偶",来讽刺明代朝廷史馆、昭文馆、集贤院中书院气极重的艺术家,以及在复古主义指导下缺乏"真趣"、以理入诗的概念化、形式化的作品。一褒一贬,态度十分明朗。

重视稗官小说,提倡浪漫主义,是这篇《点校虞初志序》的主要内容。同样的观点,也存在于《艳异编序》里。那篇有疑问的《艳异编序》(汤显祖死于1616年,《艳异编序》尾署写于戊午即1618年)也可能出自汤显祖的手笔,而问题或出自年代误置。

②李太白不读非圣之书——李阳冰《草堂集序》:"不读非圣之书,耻为郑卫之作,故其言多似天仙之辞,凡所著述,言多讽兴。"

③李献吉亦劝人弗读唐以后书——李献吉,即李梦阳(1473—1530),字献

吉,自号空同子,前七子领袖之一。有《空同集》六十六卷。《明史》卷二八六《文苑》二有传。李梦阳作品的风格重气骨与模拟。陈田《明诗纪事》丁签卷一引《国宝新编》:"李献吉朗畅玉立,傲睨当世,读书断自汉魏以上。"

④神丘火穴——《佩文韵府》卷二十六下引《括地图》:"神丘有火穴,光照千里。"

⑤飞墓秀萼——疑墓为木之误。飞木秀萼喻异木奇花。

⑥豫章竹箭之美殖——《史记·司马相如列传》:"其北则有阴林巨树,梗柟豫章。"张守节正义:"按:温活人云:'豫,今之枕木也;章,今之樟木也。二木生至七年,枕、樟乃可分别。'《尔雅·释地》:"东南之美者,有会稽之竹箭焉。"郭璞注:"竹箭,筱也。"

⑦祥麟威凤之游栖——《玉海》:"兴国九年十月癸巳,岚州献牝兽一角,角端有肉。诏群臣参验,徐铉等以为祥麟。"《宋书·符瑞志》:"元康四年,南郡获威凤。"

⑧稗官小说——《汉书·艺文志》:"小说家者流,盖出于稗官,街谈巷语、道听途说者之所造也。"

⑨墨花——李贺《杨生青花紫石砚歌》:"沙帷尽暖墨花春,轻沤漂沫松麝薰。"

⑩东方曼倩以岁星入汉——东方朔,字曼倩。《初学记》引《汉武帝内传》:"西王母使者至,东方朔死。上以问使者。对曰:'朔是木帝精,为岁星,下游人中,以观天下,非陛下之臣。'"按:《太平御览》引作《汉武故事》。

⑪当其极谏,时难滑稽——东方朔以滑稽谏汉武帝,事详《汉书·东方朔传》。

⑫马季长不拘儒者之节,鼓琴吹笛,设绛纱帐,前授生徒,后列女乐——马融,字季长。《后汉书·马融传》:"常坐高堂,施绛纱帐,前授生徒,后列女乐。"

⑬石曼卿野饮狂呼,巫医皂隶徒之游——石延年,字曼卿。欧阳修《释密演诗集序》:"其后得吾亡友石曼卿。曼卿为人,廓然有大志,时人不能用其材,曼卿亦不屈以求合,无所放其意,则往往从布衣野老,酣嬉淋漓,颠倒而不厌。……当其饮大醉,歌吟笑呼,以适天下之乐,何其壮也。"

⑭《世说》——南朝宋临川王刘义庆撰。八卷,梁刘孝标注之为十卷,见《隋书·经籍志》。今存者三卷,凡三十八篇,题曰《世说新语》,为宋人晏殊所删并,不知何人加新语二字。

⑮珍珠船——王应麟《困学纪闻》:"观书每得一意,如得一真珠船。"

⑯三馆画手——宋代以史馆、昭文馆、集贤院为三馆。三馆画手,指供奉御

前的画人。

【附录】

尝闻宇宙大矣,何所不有？宜、尼不语怪,非无怪之可语也。乃龌龊老儒辄云,目不观非圣之书。抑何坐井观天邪？泥丸封口当在斯辈。而独不观乎天之风月,地之花鸟,人之歌舞,非此不成其为三才乎？从来可欣可羡可骇可愕之事,自曲士观之,甚奇;自达人观之,甚平。吾尝浮沉八股道中,无一生趣。月之夕,花之晨,衔觞赋诗之余,登山临水之际,稗官野史,时一展玩,诸凡神仙妖怪,国士名姝,风流得意,慷慨情深,语千转万变,靡不错陈于前,亦足以送居诸而破岑寂,岂其詹詹学一先生之言而以号于人曰,此夫出自《齐谐》之口也者,而摈不复道邪？虽然,《诗》三百篇,不废郑、卫,要以无邪为归。假令不善读《诗》者,而徒侈淫哇之词,顿忘惩创之旨,虽多亦奚以为！是集也,奇而法,正而葩,秋纤合度,修短中程,才情妙敏,踪迹幽玄。其为物也多姿,其为态也屡迁,斯亦小言中之白眉者矣。昔人云,我能转法华,不为法华转。得其说而并得其所以说,则乐而不淫,哀而不伤,纵横流漫而不纳于邪,诡谲浮夸而不离于正。不然,始而惑,既而溺,终而荡。"尽信书则不如无书",有味乎子舆氏之言哉。不佞懒如嵇,狂如阮,慢如长卿,迂如元稹,一世不可余,余亦不可一世。萧萧此君而外,更无知己。啸咏时每手一编,未尝不临文感慨,不能喻之于人。窃谓开卷有益,夫固善取益者自为益耳。戊午天孙渡河后三日,晏坐南窗,凉风飒至,绿筠弄影,左蟹螯,右酒杯,拍浮大呼漫兴书此,以告夫世之读《艳异编》者。玉茗居士汤显祖题。

汤显祖《汤显祖诗文集》卷五十《艳异编序》
上海古籍出版社1982年版

客谓中郎曰:"大丈夫处则泥蟠,出则雄飞,方将图不朽之业,藏之名山,乃调脂弄粉,耽恋簪珥,殊非冠冕态度。"中郎曰:"不然。人当礼法冠裳之会,谨倾咳,肃容止,尧趋而禹步,苟男女错杂,杯盘狼藉,珠翠委地,酒后而唱金缕,独于中作老先生措大举止,人必交口厌之矣。是编也,或神随目注,意马先驰;或情引眉梢,心猿不锁;或怀春来诱,词恋恋于蹇裳;或冗隙相窥,愁萦萦于多露。丽词绮言,种种魂销。暇日抽一卷,佐一觞,其胜三坟五典,秦碑汉篆,何啻万万？"客曰:"以佐杯酌则可,或以导淫也。"嗟嗟！卓氏琴心,宫人题叶,诸凡传诗寄柬,迄今犹自动人,而不删郑卫,即尼父犹然,何必如槁木死灰,乃称口教也！

昔王平甫云:"闭目不窥,已是一重公案"。吁!此《绮言》之所由刻矣。

楚江仙叟石公《花阵绮言》卷首袁宏道《花阵绮言题词》 清初刻本

汉家四百余年天下,其间主之圣愚,臣之贤奸,载在正史及杂见于稗官小说者详矣,兹《演义》一书胡为而刻?又胡为而评?中郎氏曰:"是未明于通俗之义者也。"里中有好读书者,缄嘿十年,忽一日拍案狂叫曰:"异哉!卓吾老子吾师乎?"客惊问其故。曰:"人言《水浒传》奇,果奇,予每撿十三经或二十一史,一展卷即忽忽欲睡去,未有若《水浒》之明白晓畅,语语家常,使我捧玩不能释手者也。"若无卓老揭出一段精神,则作者与读者千古俱成梦境。今天下自衣冠以至村哥里妇,自七十老翁以至三尺童子,谈及刘季起丰、沛,项羽不渡乌江,王莽篡位,光武中兴等事,无不能悉数颠末,详其姓氏里居,自朝至暮,自昏彻旦,几忘食忘寝,聚讼言之不倦,及举《汉书》、《汉史》示人,毋论不能解,即解亦多不能竟,几使听者垂头,见者却步。噫,今古茫茫,大率尔尔,真可怪也,可痛也!则《两汉演义》之所为继《水浒》而刻也。文不能通而俗可通,则又通俗演义之所由名也。虽然,吾安得起龙湖老子于九原,借彼舌根,通人慧性,假彼手腕,开人心胸,使天下共以信卓老者信演义,爱卓老者爱演义也。不得已聊为拈出,以供天下之好读书者。公安袁宏道题。

袁宏道《袁宏道集笺校》附录《东西汉通俗演义序》
上海古籍出版社 1979 年版

余至齐云,闻道士有言鬼朝奉者。问其故,道士云:"某乡某孕妇死,埋某处。每夕抱一儿向市上乞食,有识之者曰:'此某人妇,死半岁矣。'以故语夫,夫随开棺验之,见一儿卧妇旁,气息微温,因取养之。今年四十余,家累万金。"余问徽人,徽人皆曰:"此近事,其人可召而致。"此与《汴京勾异》所载绝相类。乃知古今怪事,亦有同者,天下事安可尽与儒者道哉!

袁宏道《袁宏道集笺校》卷十《纪异》 上海古籍出版社 1979 年版

昔子羔为卫士师,刖人之足。俄而卫有乱,子羔违之;至郭门,刖者门焉。谓子羔曰:"彼有缺。"子羔曰:"君子不逾。"又曰:"彼有窦。"子羔曰:"君子不隧。"又曰:"于此有空焉。"乃入,门启而出。子羔将去,谓刖者曰:"吾不能亏主之法,而刖子之足;今我在难,正子报怨之时,而逃我者三,何也?"门者曰:"断足,吾罪也。昔君之治臣也以法,临之论,为臣恻然,岂私臣哉?天生君子,其道固然,此臣之所以脱君也。"予在九江,有捍男子孙庭秀者,为里中横,余痛惩之。迨余被逭,庭秀鸣金揭竿,大号于市,以白予枉。一城汹汹,几至不测。予盖甚愧子羔,而庭秀实刖者之流也。谁谓民心真不古耶？庭秀又偕郡父老四十余辈,涉鄱湖,往谒宪台讼冤。追回,值月黑夜,风雨骤作,船不得泊,飘摇欲覆,一舟俱惶怖丧气。一老父刘姓者,独倡众跪祝云："吾辈非犯险觅利之商,结讼构争之竖,以廉官被污,特往省谒告于上,冀为地方留贤耳。神如果有灵,岂忍鱼腹我乎？"祝毕,帆端有火,忽如流电,谛视,三灯也,二小而一大,照舟洞明,风雨顿息。众皆骇愕知神意,咸曰："得泊跎鹅洲足矣。"及抵岸,问之,果跎鹅也。随风涛如故矣。营生光宇者,为余作《神灯传》梓行。余自揣薄德,岂足上动神鉴？当是赤子号呼,一念吁天之诚,有以致之也。

李日华《紫桃轩杂缀》卷一（节选）　《四库存目丛书》本

　　丈夫龊龊自靡刚肠劲骨,反多见笑于女子。盖丈夫习优孟衣冠,借他人色笑,以取媚于世,不若女子本色天真,自然露一种妙相。故或歌或舞,或悲或笑,或柔肠欲醉,或坚心欲死。是以古来英雄都颠倒于妇人手中。恁他汉高、楚项,终移情于戚姬、虞美。英雄痴情,当不起泪痕三点。予有《女丈夫》小说,将欲行世。适见《绣谷春容》,装点最工,写照最巧,摹拟最肖。绝不以女子柔肠弱态,遂认为没气骨辈也。观者倘亦有读未竟而想见如怨如诉,如泣如慕之真情,不独以绣谷繁华,春容婉丽,作三弄琵琶,杨柳风吹晓笛。庶曲终歌舞散,作彩云自片片飞人锦绣肝肠。阅者当作是观否？鲁连居士题。

赤心子《绣谷春容》卷首鲁连居士《绣谷春容序》　明建业世德堂刻本

沈　璟

沈璟(1553—1610),字伯英,一字聃和,号宁庵,别号词隐,江苏吴江人。万历二年进士,历任兵部职方司主事、考功员外郎、光禄寺丞等职。万历十七年称病辞官回乡,家居达三十年。璟工诗文书法,精通音律,善于南曲。曲论著作有《南曲全谱》,又别题《南九宫十三调曲谱》、《新定九宫词谱》、《增定南九宫曲谱》。戏曲有《属玉堂传奇》十七种,今存《义侠记》、《红渠记》等七种。

在明代戏曲史上,一般将沈璟与汤显祖并称,并将二人所辟流脉称为"吴江派"与"临川派",均有颇多从者。沈璟针对万历时因传奇兴盛而产生的卖弄学问、搬用典故、不谙格律等现象,提出"合律依腔"和"僻好本色"的主张,并编纂《南曲全谱》以为规范。该谱以蒋孝《南九宫谱》和《十三调谱》为基础,增补新调,添加曲牌,注明平仄,分别正衬,考订讹谬,是一部集南曲传统曲调大成、格式律法详备、音韵平仄详明、作法与唱法相兼的曲学文献。此外,沈璟又有《唱曲当知》、《论词六则》和《遵制正吴编》等曲论(今佚)。除对格调的强调,沈璟还与何良骏、徐渭、臧懋循、王骥德、吕天成、凌濛初、冯梦龙等一起力倡"本色论",以之作为对案头之曲风气的抑制,尽管各家所述本色并非一致。沈璟甚至自己亲自创作剧本,以示场上之曲的特征,借此推动明代传奇的发展。然从其剧作主旨看则多偏向于以传统伦理思想组织题材,以致人物塑造多存有概念化的弊病。由此可见,其与临川之争,并不仅仅限于格律与演唱的方面。

沈璟所著今存有《属玉堂传奇》七种、《南曲全谱》等。《南曲全谱》可见的版本有三种,即明文治堂刻本、明永新龙骧刻本、明末程明善《啸余曲谱》本。

二郎神套曲①（节选）

　　[二郎神]何元朗②，一言儿启词宗宝藏③，道欲度新声④休走样，名为乐府⑤，须教合律依腔。宁使时人不鉴赏，无使人挠喉捩嗓⑥。说不得才长，越有才越当着意斟量。

　　　…………

　　[金衣公子]奈独立怎提防，讲得口唇干空闹攘，当筵几度添惆怅。怎得词人当行，歌客守腔⑦，大家细把音律讲。自心伤，萧萧白发，谁与共雌黄⑧。

　　[前腔]曾记少陵狂，道细论诗晚节详⑨，论词亦岂容疏放。纵使词出绣肠，歌称绕梁⑩，倘不谐律吕⑪，也难褒奖。耳边厢讹音俗调，羞问短和长。

　　[尾声]吾言料没知音赏，这《流水》《高山》逸响，直待后世钟期也不妨⑫。

　　　　　　《博笑记》附录　《古本戏曲丛刊》初集影明天启三年刻本

【注释】

①《二郎神套曲》见于《博笑记》附录，是沈璟现存最著名的戏剧理论篇什，他把自己的一整套观点化为一套合律依腔的南曲来完成。从文中所看，沈璟主要是针对当时流行的"案头之曲"，而提出"场上之曲"的一些基本原则，也就是戏曲不是仅供看的，而是要符合场上之唱的要求，因此，他而提出"合律依腔"的观点，即所谓"怎得词人当行，歌客守腔，大家细把音律讲"，在整个戏剧活动中，无论是剧作者还是演员，都要仔细讲究音律。也正因此，沈璟进一步提出了，"纵使词出绣肠，歌称绕梁，倘不谐律吕，也难褒奖"，"名为乐府，须教合律依腔。宁使时人不鉴赏，无使人挠喉捩嗓"等观点，即文辞再好，才情再高，不谐音律就不能首肯赞扬，真正有才情，就应该在音律的运用上特别斟量，为此，宁肯让人们不欣赏本子，也不能让本子唱起来别扭，即使时人不理解这样的主张也不在乎，今后总会有知音的。

在"合律依腔"的基本原则下，《二郎神套曲》还提出了一些更具体的主张，如关于平仄阴阳的问题，这也包括入可代平等方式，由此而可扩大字词的使用范围；其次就是用韵上应当遵守周德清《中原音韵》的内容，因为其韵部规则基本上是适合于南曲之用的;再次是句法的使用,以为"用律诗句法当审详,不可厮混词场","厮混"实际就是针对案头之曲而言的,将诗与曲的句法混为一体了,从而违背了曲创作的规律。除了这些以外,沈璟还积极倡导"本色"论,他的这一主张与晚明时期其他一些曲作者或戏曲理论家如何良俊、徐渭、臧懋循、王骥德、吕天成等的看法是一致的,由此而构成了一个曲论系列。

沈璟所著《南曲全谱》为明代戏曲研究的力作,这一著作的完成,为南戏传奇建立了一套较为完备的曲牌格律体系,设定了后世唱腔的一个基本标准,由此而产生了主要的影响。

②何元朗——即明何良俊,字元朗,松江人,著有《何氏语林》等。

③一言儿启词宗宝藏——词宗,见王勃《滕王阁序》:"腾蛟起凤,孟学士之词宗",原意为词章之宗匠,这里指戏曲填词的巨子。此句意谓一言道出了戏曲家的宝贵秘密。

④欲度新声——谓欲作新曲词。《汉书·元帝纪赞》:"自度曲,被歌声。"应劭注:"自隐度作新曲,因持新曲以为歌诗声也。"

⑤名为乐府——《汉书·礼乐志》:"汉武帝定郊祀之礼,乃立乐府。以李延年为协律都尉。"乐府之名始此。其后歌曲被于弦管者,皆称乐府。戏曲也被视为乐府的变体,所以说"名为乐府"。

⑥挠喉捩嗓——挠,屈。捩,拗。挠喉捩嗓指违反音律的曲词歌唱时发生困难。

⑦词人当行,歌客守腔——词人当行指必须注重戏曲的声律。歌客守腔指必须依腔合调。

⑧雌黄——古人写字用黄纸,如发现有误,则涂以雌黄。颜之推曰:读天下书未遍,不得妄下雌黄。谓不得随意改窜也。晋王衍善谈论,错举经籍,辄随口改易,时谓之口中雌黄。此后引申为妄加议论。

⑨曾记少陵狂,道细论诗晚节详——少陵狂,见杜甫《壮游》:"归帆拂天姥,中岁贡旧乡。……裘马颇轻狂,春歌丛台上。"道细论诗晚节详,见杜甫《遣闷戏呈路十九曹长》:"晚节渐于诗律细。"

⑩绕梁——《列子·汤问》:"昔韩娥……过雍门,鬻歌假食,既去而余音绕梁欐,三日不绝。"

⑪律吕——指六律六吕。六律指黄钟、太簇、姑洗、蕤宾、夷则、无射。六吕指大吕、应钟、南吕、林钟、仲吕、夹钟。

⑫吾言料没知音赏,这《流水》《高山》逸响,直待后世钟期也不妨——《列子·汤问》:"伯牙鼓琴,志在高山,钟子期曰:'善哉,峨峨兮若泰山';志在流

水,曰:'善哉,洋洋兮若江河'。子期死,伯牙绝弦,以无知音者。"此三句谓自己的主张难以得到别人的赞赏,不妨留待以后的知音。

【附录】

金、元人呼北戏为杂剧,南戏为戏文。近代人杂剧以王实甫之《西厢记》,戏文以高则诚之《琵琶记》为绝唱,大不然。夫诗变而为词,词变而为歌曲,则歌曲乃诗之流别。今二家之辞,即譬之李、杜。若谓李、杜之诗为不工,固不可。苟以为诗必以李、杜为极致,亦岂然哉。祖宗开国,尊崇儒术。士大夫耻留心辞曲,杂剧与旧戏文本皆不传,世人不得尽见。虽教坊有能搬演者,然古调既不谐于俗耳,南又不知北音。听者即不喜,则习者亦渐少。而《西厢》《琵琶记》传刻偶多,世皆快观。故其所知者独此二家。余所藏杂剧本几三百种。旧戏文虽无刻本,然每见于词家之书。乃知今元人之词,往往有出于二家之上者。盖《西厢》全带脂粉,《琵琶》专弄学问,其本色语少。盖填词须用本色语,方是作家。苟诗家独取李、杜,则沈、宋、王、孟、韦、柳、元、白,将尽废之耶?

元人乐府称马东篱、郑德辉、关汉卿、白仁甫为四大家。马之词老健而乏姿媚,关之词激厉而少蕴藉,白颇简淡,所欠者俊语,当以郑为第一。郑德辉杂剧,《太和正音谱》所载总十八本,然入弦索者惟《㑳梅香》、《倩女离魂》、《王粲登楼》三本。今教坊所唱,率多时曲,此等杂剧古词,皆不传诵,三本中独《㑳梅香》头一折《点绛唇》尚有人会唱,至第二折"惊飞幽鸟",与《倩女幽魂》内"人去阳台"、《王粲登楼》内"尘满征衣",人久不闻,不知弦索中有此曲矣。

大抵情辞易工。盖人生于情,所谓"愚夫愚妇可以与知者"。观十五国风,大半皆发于情,可以知矣。是以作者既易工,闻者亦易动听。即《西厢记》与今所唱时曲,大率皆情词也。至如《王粲登楼》第二折,摹写羁怀壮志,语多慷慨,而气亦爽烈。至后《尧民歌》、《十二月》,托物寓意,尤为妙绝,岂作调脂弄粉语者可得窥其堂庑哉!

郑德辉所作情词,亦自与人不同。如《㑳梅香》头一折《寄生草》"不争琴操中单诉你飘零,却不道窗儿外更有个人孤零"。《六幺序》"却原来群花弄影,将我来唬一惊"。此语何等蕴藉有趣。大石调《初开口》内"又不曾荐枕席,便指望同棺椁。只想夜偷期,不记朝闻道"。《好观音》内"上覆你个气咽声丝张京兆,本待要填还你枕剩衾薄"。语不着色相,情意独至,真得词家三昧者也。

郑德辉《倩女幽魂》越调《圣药王》内:"近蓼花,缆钓槎,有折蒲衰草绿兼葭。过水洼,傍浅沙,遥望见烟笼寒水月笼纱,我只见茅舍两三家。"如此等语,清丽流便,语入本色;然殊不秾郁,宜不谐于俗耳也。

高则诚才藻富丽，如《琵琶记》"长空万里"，是一篇好赋，岂词曲能尽之！然既谓之曲，须要有蒜酪，而此曲全无，正如王公大人之席，驼峰、熊掌，肥脂盈前，而无蔬、笋、蚬、蛤，所欠者，风味耳。

《拜月亭》是元人施君美所撰，《太和正音谱》"乐府群英姓氏"亦载此人，余谓其高出于《琵琶记》远甚。盖其才藻虽不及高，然终是当行。其"拜新月"二折，乃隐括关汉卿杂剧语。他如《走雨》、《错认》、《上路》、馆驿中相逢数折，彼此问答，皆不须宾白，而叙说情事，宛转详尽，全不费词，可谓妙绝。《拜月亭·赏春·惜奴娇》如"香闺掩珠帘镇垂，不肯放燕双飞"，《走雨》内"绣鞋儿分不得帮底，一步步提，百忙里褪了根"，正词家所谓"本色语"。

南戏自《拜月亭》之外，如《吕蒙正》"红妆艳质，喜得功名遂"，《王祥》内"夏日炎炎，今日个最关情处，路远迢遥"，《杀狗》内"千红百翠"，《江流儿》内"崎岖去路赊"，《南西厢》内"团团咬咬"、"巴到西厢"，《玩江楼》内"花底黄鹂"，《子母冤家》内"东野翠烟消"，《诈妮子》内"春来丽日长"，皆上弦索。此九种，即所谓戏文，金、元人之笔也，词虽不能尽工，然皆入律，正以其声之和也。夫既谓之辞，宁声叶而辞不工，无宁辞工而声不叶。

《中国古典戏曲论著集成》第四集何良俊《曲论》（节选）
中国戏剧出版社 1959 年版

文之善达性情者无如诗，三百篇之可以兴人者，唯其发于中情，自然而然故也。自唐人用以取士，而诗入于套；六朝用以见才，而诗入于艰；宋人用以讲学，而诗入于腐。而从来性情之郁，不得不变而之词曲，胜国尚北，皇明专尚南，盖易弦索而箫管，陶激烈于和柔。令听者解烦释滞，油然觉化日之悠长，此亦太平鸣豫之一征矣。

先辈巨儒文匠，无不兼通词学者，而法门大启，实始于沈铨部《九宫谱》之一修。于是海内才人，思联臂而游宫商之林。然传奇就事敷演，易于转换，散套推陈致新，夐夐乎难之。当行也，语或近于学究；本色也，腔或近于打油。又或运笔不灵，而故事填塞，侈多闻以示博；章法不讲，而饾饤拾凑，摘片语以夸工，此皆世俗之通病也。

作者不能歌，每袭前人之舛谬，而莫察其腔之忤合；歌者不能作，但尊世俗之流传，而孰辨其词之美丑。自非知音人，亟为提其耳而开其矇。则今日之曲，又将为昔日之诗。词肤调乱，而不足以达人之性情，势必再变而之《粉红莲》、《打枣竿》矣，不亦伤乎！余扼揽此道，间取近日名家散曲，择其娴于词，而复不诡于律者，题曰"新奏"，而冠以"太霞"。

太霞者，太极真人命青童所歌曲名也。唐时庐江崔氏女，梦中受新曲于菹姨，姨言穆宗尤爱《榭林叹》《红窗影》等曲，敕修文舍人元稹撰其词数十首，宴酺令宫人歌之，帝王执玉如意，击节而和。以地下推之天上，亦犹是矣。呜呼！此曲应从天上有，人间能得几回闻？世有知音者，或知余苦心哉！天启丁卯仲冬顾曲散人题于香月居。

冯梦龙《冯梦龙集笺校》卷五《太霞新奏序》 天津古籍出版社 2006 年版

或问琵琶，曰：高明则诚者，温之永嘉人，以春秋中元至正乙酉榜，授处州录事，调浙江阃目都事，转江西行台掾，又转福建行省都事。方国珍聘置幕下，不行。旅寓明州，以词曲自娱，因感刘后村之诗"死后是非谁管得，满村争唱蔡中郎"之句，乃作琵琶记。有王四者，以学闻，则诚与之友善，劝之仕，登第，及弃其妻而赘于不花太师家，则诚恶之，故作此记以讽谏。名之曰《琵琶》者，取其头上四"王"为王四云尔；元人呼牛为"不花"，故谓之牛太师；而伯嚭曾附董卓，乃以之托名也。高皇帝微时，尝奇此传；及登极时，召则诚，以疾辞。使者以传进，上览之，曰："五经、四书，在民间譬诸五谷，不可无；此传乃珍馐之属，俎豆之间亦不可少也。"及卒，陆德阳以诗吊之曰："乱离遭世变，出处叹才难。坠地文将丧，忧天寝不安。名提前进士，爵署旧郎官。一代儒林传，真堪入史刊。"又陶南村《说郛》载唐人小说，牛相国僧孺之子毓与同人蔡生邂逅文字交，寻同举进士，才蔡生，欲以女弟适之。蔡已有妻赵矣，力辞不得。后牛氏与赵处，能卑顺自将。后蔡仕至节度副使。牛同，蔡同，赵同，而牛能卑顺又同，南村又与东嘉同时，会稽、温州又同省，则《琵琶》之作，必是为毓；王四云云，以其有四王而揣摩之也。要之传奇皆是寓言，未有无所为者，正不必求其人与事以实之也。即今《琵琶》之传，岂传其事与人哉？传其词耳。词如《庆寿》之《锦堂月》、《赏月》之《本序》、《剪发》之《香罗带》、《吃糠》之《孝顺儿》、《写真》之《三仙桥》、《看真》之《太师引》、《赐燕》之《山花子》、《成亲》之《画眉序》，富艳则春花馥郁，目眩神惊，凄楚则啸月孤猿，肠催肝裂，高华则太华峰顶，晴霞结绮，变幻则蜃楼海市，顷刻万态。他如《四朝元》、《雁鱼锦》、《二郎神》等折，委婉笃至，信口说出，略无扭捏，文章至此，真如九天咳唾，非食烟火人所能辨矣！然白璧微瑕，岂能尽掩？寻宫数调，东嘉已自拈出，无庸再议。但诗有诗韵，曲有曲韵：诗韵则沈隐侯之四声，自唐至今，学人韵士兢兢守如三尺，罔敢逾越；曲韵则周德清之《中原音韵》，元人无不宗之。曲之不可用诗韵，亦犹诗之不敢用曲韵也。假如今有诗人于此，取上平十三元一韵，以元、轩、冕等字与先韵叶，以昆、温、门、孙等字与真韵叶，以烦、幡、潘、藩等字与寒、删二韵叶，不几笑破人口乎？何至于曲，而犹可通融假借也？且不用韵，又奚难作焉？今以东嘉瑞鹤仙一阕言之：首句火字，又下和字，歌麻韵也；中间马、化、下三字，家麻韵也；日字，齐微韵也；旨字，支思韵也；也字，车遮韵也；一阕通只八句，而用五韵。假如今人作一律诗而用此五韵，成何格律乎？吟咀在口，堪听乎？不堪听乎？通本不出韵乎，寂寂不可多得，"飞絮沾衣"外，"帘幕风柔"止出一韵（末句"谋"字），"绿成阴"、"玳筵开处"，"思量那日"，四五套而已矣。若其使事，大有谬处，《叨叨令》末句云"好一似小秦王三跳涧"，《鲍老催》句"画堂中富贵如金谷"，不应伯喈时已有唐文皇、石季伦也。《赏荷》出内《烧夜香》末句云"卷起帘儿，明月正上"，明明是夜景矣，何以下《梁州序》云"昼长人静好清闲，忽被棋声惊昼眠"？又第四阕内"柳阴中忽噪新蝉，见流萤飞来庭院"，蝉声不应与萤火并出。或人曲抒其短，乃曰："此通一日而言。"此大不通之论。一日之间，自有定序，从早而午，从午而暮，未有早而倏暮，暮又午也。或又以《赏荷》、《赏月》俱非东嘉作，乃朱教谕增入。朱教谕，吾不知其人；《赏荷》之出其手，有之。《赏荷》之"楚天过雨"，雄奇艳丽，千古杰作，非东嘉谁能办此？《埽松》而后，粗鄙不足观，岂强弩之末力耶？抑真朱教谕所补耶？真狗尾矣！内有伯喈奔丧《朝元令》四阕。调颇叶，吴江沈先生已辨其非矣。故余以为东嘉之作，断断自《埽松》折止，后俱不似其笔。王弇州一代宗匠，文章之无定品者，经其品题，便可折衷，于词曲不甚当行。其谕《琵琶》也，曰："则诚所以冠绝诸剧者，不惟琢句之工，使事之美而已。其体贴人情，委曲必尽；描写物态，仿佛如生；问答之际，了无捏造；所以佳耳。至于腔调微有未谐，譬如见钟、王迹，不得其合处，当精思以求旨，不当执末以议本也。"夫"作曲先要明腔，后要识谱，切记忌有伤于音律"，此丹丘先生之言也。腔调未谐，音律何在？若谓不当执末以议本，则将抹杀谱板，全取词华而已乎？

何元朗良俊谓施君美《拜月亭》胜于《琵琶》，未为无见。《拜月亭》宫调极明，平仄极叶，自始至终，无一板一折非当行本色语，此非深于是道者不能解也，弇州乃以"无大学问"为一短，不知生律家正不取于弘词博学也；又以"无风情、无裨风教"为二短，不知《拜月》风情本自不乏，而风教当就道学先生讲求，不当责之骚人墨士也。用修之锦心绣肠，果不如白沙鸢飞鱼跃乎？又以"歌演终场不能使人堕泪"为三短，不知酒以合欢，歌演以佐酒，必堕泪以为佳，将《薤歌》、《蒿里》尽侑觞具乎？

《琵琶》、《拜月》而下，《荆钗》以情节关目胜，然纯是倭巷俚语，粗鄙之极；而用韵却严，本色当行，时离时合。

《香囊》以诗语作曲处处如烟花风柳。如"花边柳边"、"黄昏古驿"、"残星破暝"、"红入仙桃"等大套，丽语藻句，刺眼夺魄。然愈藻丽，愈远本色。《龙泉记》、《五伦全备》,纯是措大书袋子语,陈腐臭烂,令人呕秽,一蟹不如一蟹矣。

此后作者辈起,坊刻冲栋,而佳者绝无。

徐髯仙霖《柳仙记》,事见幽怪录,词亦古质,然寂寥践浅,斤两不足。谷子敬先已有《度城南柳》,不堪并观。

李伯华开先《林冲宝剑记》,"按龙泉"阕亦好,余只平平。《韩信登坛记》,即《千金记》,本元金志甫《追韩信》来,今似追《点将》全用之。

郑虚州若庸,余见其所作《玉玦记》手笔,凡用僻事,往往自为拈出,今在其从侄学训继学处。此记极为学士所赏,佳句故自不乏,如"翠被拥鸡声,梨花月痕冷"等,堪与《香囊》伯仲。《赏荷》、《看潮》二大套,亦佳。独其好填塞故事,未免开饤饾之门,辟堆垛之境,不复知词中本色为何物,是虚舟实为之滥觞也矣;乃其用韵,未尝不守德清之约。虚舟尚有《四节记》,不足观已。

张伯起先生,余内子世父也,所作传奇有《红拂》、《窃符》、《虎符》、《戾廖》、《灌园》、《祝发》诸种,而《红拂》最先,本《虬髯客传》而作,惜其增出徐德言合镜一段,遂成两家门,头脑太多。佳曲甚多,骨肉匀称,但用吴音,先天、帘纤随口乱押,开闭罔辨,不复知有周韵矣。最可笑者,弇州先生之许《红拂》也,曰:"《红拂》有一佳句,曰'爱他风雪耐他寒',不知其为朱希真词也"云云。余一日过伯起斋中。谈次问:"此句用在何处?觅之不得。"伯起笑曰:"王大自看朱希真红拂耳,似未尝看张伯起《红拂》也。"相与一笑。近见方刻李卓吾批点《红拂》,大要谓:"红拂一妇人耳,而能物色英雄于尘埃中。"是赞《虬髯传》中红拂耳,亦未尝赞张伯起红拂也。知音之难如此。此外《灌园》亦俊洁,《窃符》亦豪迈,余不甚行。

自此吴江顾大典有《义乳》、《青衫》、《葛衣》等记,皆起流派,操吴音以乱押者;清峭拔处,各自有可观,不必求其本色也。

梅禹金,宣城人,作为《玉合记》,士林争购之,纸为之贵。曾寄余,余读之,不解也。传奇之体,要在使田畯红女闻之而趯然喜,悚然惧,若徒逞其博洽,使闻者不解为何语,何异对驴而弹琴乎?昔翟资政巽喜作才语,虽对使令亦然。有庖者艺颇精,翟每向同官称之。后稍懈,众以嘲翟,翟呼使数之曰:"汝以刀匕微能,数见称赏,而疎嫚若此,使众人以责膳夫之罪,还责汝主,于汝安乎?"左右皆匿笑,而庖者竟不解作何语。余谓:若歌《玉合》于筵前台畔,无论田畯红女,即学士大夫,能解作何语者几人哉!徐彦伯为文,以风格为"鸥门",龙门为"虬户"当时号"涩体"。樊宗师《绛州记》,至不可句读。文章且不可涩,况乐府出于优伶之口,入于当筵之耳,不遑使反,何暇思维,而可涩乎哉?滥觞于虚舟,决堤于禹金,至近日之《筌筷》而滔滔及矣。禹金旋亦自悔,作《长命缕》,自谓:

"调归宫矣,韵谐音矣,意不必使老妪都解,而亦不必傲士大夫所不知。"余犹以为未尽然也。《玉合记》《榴花涕》第二阕内有句云:"离肠抪触断无些。"自音云:"抪,音橙。"不知所出,亦不能解。一日观山谷诗云:"莫若嚣号惊四邻,推床破面抪触人。"然后知抪当作"抪",从手,不从木,音撑。抪触,见《涅槃经》,山谷用之诗,已自僻涩,禹金乃用之作曲。然则三藐、三菩提,尽曲料耶?此体最易惊俗眼,亦最坏曲体,必不可学。

《题红》,王伯良骥德作。伯良,屠长卿之友,长卿深许可之,谓:"事故奇矣,词亦斐然。"今观其词,使事向于禹金,风格不及伯起,其在季、孟之间乎?独其结构如抟沙,开阖照应,了无线索,每于紧处散缓,是又大不如伯起者也。至其自序《题红》,则曰:"周德清《中原音韵》,元人用之甚严,自《拜月》、《伯喈》始决其藩。传中唯齐微之于支思,先天之于寒山、桓欢,沿习已久,聊复通用,庚青之于真文,廉纤之于先天间借一二字偶用;他韵不敢混用一字。至北调诸曲,不敢借用,以北体更严,存古典刑也。"夫《琵琶》出韵,是诚有之,《拜月》何尝出韵?且二传佳处不学,独学其出韵,此何说也?此何说也?若曰严于北而宽于南,尤属可笑。曲有南北,韵亦有南北乎?袁西野有一《清江引》,专诮不用韵作曲者,云:"沈约近来憔悴损,打不开糊涂阵。五言一小词,四句押三韵。提来到口边头煞力子忍。"

邑人孙梅锡柚作《琴心记》,亦有纤句。

王禹州改北《王允连环记》为南,佳;李日华改北《西厢》为南,不佳,然其《四景记》亦可观。陆天池亦有《南西厢》,亦不佳;《明珠》却绝有丽句,闻非一手所成,乃兄给事粲亦助之,当不谬,其声价当在《玉玦》上。沈涅川《双珠》、《分鞋》,小儿号嘎。

梁伯龙辰鱼作《浣纱记》,无论其关目散缓、无骨无筋、全无收摄,即其词亦出口便俗,一过后便不耐再咀,然其所长,亦自有在:不用春秋以后事,不装八宝,不多出韵,平仄甚谐,宫调不失,亦近来词家所难。独一最可笑,而人不知:吴、越之在当时,称王久矣,王则车马、服饰、位号、称呼俨然一天子矣,故有郊台,有柴望,夫差、勾践亦偃然不复知有周天王矣,而胥、蠡、种、蠡称曰"主公",何也?孟子在梁,称惠王曰"王好战",不闻主公惠王也,在齐称宣王曰"今王发政施仁",不闻主公宣王也,此何异三家村童子不知厥父称呼,而曰"我家老子"也,陋甚矣!

沈光禄璟著作极富,有《双鱼》、《埋剑》、《金钱》、《鸳被》、《义侠》、《红蕖》等十数种,无不当行。《红蕖》词极赡,才极富,然于本色不能不让他作。盖先生严于法,《红蕖》时时为法所拘,遂不复条畅,然自是词家宗匠,不可轻议。至其所著《南曲全谱》、《唱曲当知》,订世人沿袭之非,铲俗师扭捏之腔,令作曲者知其所向往,皎然词林指南车也,我辈循之以为式,庶几可不失队耳。

《昙花》、《彩毫》,屠长卿隆先生笔,肥肠满脑,莽莽滔滔,有资深逢源之趣,无捉襟露肘之失,染又不得以浓盐、赤酱訾之,惜未守沈先生三章耳。

玉茗堂四传,临川汤若士显祖先生作也。其《南柯》、《邯郸》二传,本若士臧晋叔懋循先生所作元人弹词来。晋叔既以弹词造其端,复为改正四传以订其讹,若士忠臣哉!晋叔最爱余诸传,逢人便说,且托友人相邀过彼,而余贫老不能往。未几而晋叔物化,负此知己,痛哉!晋叔不闻有所构撰,然其刻元人杂剧多至百种,一一手自删定,功亦不在沈先生下矣。

近日袁晋作为《西楼记》,调唇弄舌,骤听之亦堪解颐,一过而嚼然矣,音韵宫商,当行本色,了不知为何物矣。

《彩霞》出一优师所作,曲虽俚,然间架步骤,亦自可观,较之《西楼》,虽为彼善。此外非复知矣。

若夫散词、小令,则家和璧而人隋珠,未易枚举。试数其人,则周宪王、赵□□王、刘诚意、王威宁、杨遂菶、顾未斋、陈大声、祝希哲、唐伯虎、张伯起、沈青门、王稚钦、李空同、杨用修、王敬夫、康德涵、韩苑洛、金白屿、杨君谦、常明卿、谷继宗、何粹夫、王舜井、王渼陂、王浚川、谢茂秦、陆之裘、陈石亭、何太华、许少华、王辰玉,彼皆海岳英灵,文章巨擘,羽翼大雅,黼黻王猷,正业之外,游戏为此,或滔滔大篇,或寥寥小令,含金跨元,真所谓种种殊别,新新无已矣。

北词,晋叔所刻元人百剧及我朝谷子敬《三度城南柳》、《闹阴司》,贾仲名度《金童玉女》,王子一《刘阮天台》,刘东生《月下老世间配偶》,丹丘先生《燕莺蜂蝶》、《复落娼》、《烟花判》,俱曾一一勘过。

马东篱、张小山自应首冠,而王实甫之《西厢》,直欲超而上之。盖诸公所作,止于四折,而西厢则十六折,多寡不同,骨力更陡,此其所以胜也。昔人评者,谓"玉环之出浴华清,绿珠之采莲洛浦",信不诬也。实甫之传,本于董解元,解元为说唱本,与实甫本可称双璧。实甫《丽春堂》剧,不及西厢。

《西厢》后四出,定为关汉卿所补,其笔力迥出二手,且雅语、俗语、措大语、白撰语层见叠出,至于"马户"、"尸巾"云云,则真马户尸巾矣!且《西厢》之妙,正在于《草桥》一梦,以假疑真,乍离乍合,情尽而意无穷,何必金榜题名、洞房花烛而后乃愉快也?丹丘评汉卿曰:"观其词语,乃在可上可下之间,盖所以取者,初为杂剧之始,故卓以前列。"则王、关之声价,在当时已自有低昂矣。王弇州取《西厢》"雪浪拍长空"诸语,亦直取其华艳耳,神髓不在是也。语其神,则字字当行,言言本色,可为南北之冠。王渼陂句"望东华人乱拥,紫罗襕老尽英雄"。

此《水仙子》也,弇州题作《折桂令》,卤莽可知矣。至于实甫之意,谓元微之通于姑之子而托名张生,是不必核。

《中国古典戏曲论著集成》第四集徐复祚《曲论》(节选)
中国戏剧出版社 1959 年版

词隐先生少仕于朝,尝从礼官侍祠典乐,慨然有意于古明堂之奏。而自以居恒善病去,而隐于震泽之滨,息轨杜门,独寄情于声韵。常以为吴歈即一方之音,故当自为律度。岂其矢口而成,漫然无当,而徒取要眇之悦里耳者!性虽不食酒,乎然间从高阳之侣出入酒社间。闻有善讴,众所属和,未尝不倾耳而注听也。乃淫蛙充耳,习以成非,纵令遏行云绕梁欐,非共伤于趋数,则已溺于啴缓。比之丝竹,终不足以谐五音而调律吕。果信《阳春》之难,而叹世之为下里巴人者众也。于是,始益采摭新旧诸曲,不龂以词为工,凡合于四声、中于七始,虽俚必录。大要本毗陵蒋氏旧刻而益广之。俗所名为板眼,亦必寻声校定。一人倡,万人和,可使如出一辙。是盖有数存焉,亦人所胥习而不察者也。此书既成,微独歌工杜口,亦几令文人辍翰。如规矩之设而不可欺以方员,讵不为词海之伟观乎?有可可生前而称曰:"先生真苦心哉!然是吴歈也,不越方数百里,辄不能相通。又近而娄江,相去一衣带水耳。其东,则主于婉转,故其音率多缭绕,而訾合拍者之粗;其西,则主于投节,故其音率多迅直,而毁弄声者之拙。彼惟不知不可废一,犹然是其所非而非其所是。划欲令作者引商刻羽,尽弃其学。而是谱之从,彼不怛然而惊,则且嗑然而笑,何也?烦奏之溺人已深,追趋逐嗜,靡靡成风,有未可骤然使之易听而约之于度者。先生上之不能跻虞庭,赓喜起于明良;次之不能为牧守,宣中和于职事。而乃与瞽工矇瞍议工拙于唇吻之间,犹恐知音者未可冀一遇于且莫也。"先生逌尔而笑曰:"吾固知吾之落落难合。然惟子舆吾应答如响,世之所称同调,岂必取材异世?苟非漫然无当,自可悬书以俟知者。夫《高山流水》,岂为子期发奏?《苏门长啸》,岂为步兵遗响哉!吾与子不暇扣角以干时,亦和歌以拾穗,聊共适其适耳。又何虑之深耶!"顾曲散人闻之,疾言可可生曰:"先生善寓意,子亦善寓言哉。请载之于编。以俟世之善赏音者。吴郡李鸿书于红牙馆。

蒋毅《中国古典戏曲序跋汇编》卷一李鸿《南词全谱原叙》
齐鲁书社 1989 年版

自乐府诗余递变而为杂剧、为戏文,而南北体遂分。北多弦唱,词不甚繁;南曲则所谓"丝不如竹,竹不如肉",所谓其声啴以缓,和以柔,所谓吴音妖冶者。套出累数十,须尽日申旦方竟。后进好事竞为新奇,有借有犯,而糅杂乖越多矣。沈光禄伯英，辑陈、白两家《九宫十三调谱》，以南人度曲、小令合者为《南曲全谱》，而永新龙太学仲房稍补缀而版行之，以视余。余于此殊未通晓。昔宋武帝不解音乐，殷仲文言，屡听自然解。曰："正以解则好之故，不习余每持此论自愬，独异夫大江以西儒者薄视艺文，况花间草堂，出雕虫小技之下，岂所屑哉！惟永叔、介甫、鲁直诸君子饶为之，故不妨作。名臣仲房，少年复精此，其风致超越，可为江国吐气矣。余又观陶九成论南人不唱，北人不歌，有格调节奏，一曲中各有声，一声有四节，一句有声韵，一曲有数调，与夫三巡变件，唱声添字诸病，一串骊珠，杀唱剑子之说。是时，南曲未大行，皆专为北声而发，以北度南，亦当如是。似有出于谱外者，而应律吕，分六宫十一调，共十七宫调，与今谱不尽同，未审何如。夫不知声，不可与言音，不知而妄谈，第为大方家供诨噱耳。

蒋毅《中国古典戏曲序跋汇编》卷一李维桢《南曲全谱题辞》
齐鲁书社1989年版

岁乙酉之孟春，冯子犹龙氏过垂虹，造吾伯氏君善之庐，执手言曰："词隐先生为海内填词祖，而君家家学之渊源也。《九宫曲谱》，今兹数十年耳。词人辈出，新调剧兴。幸长康作手与君在不及，今订而增益之，子岂无意先业乎？余即不敏，容作老蠹鱼，其问敢为笔墨佐。兹有雪川之役，返则聚首留侯斋，以卒斯业。"于时梅蕚未舒，春盘初荐，弟侍坐侧，喜谢幸甚。方谓士衡茅屋，可代西园之榻；渊明斗酒，聊当北海之尊。按红牙、歌《白雪》，数墨分筹，盖有待也。而云间范子树锬闻之，悉出家藏香令先生秘帙，来正宫商，相与窃弄遗珠，歌呼永目，心醉笔花，淋漓襟袖。一时乐府之盛，虽曲度《霓裳》，歌传天马，斯无逾矣。无何，而鼎沸尘飞，人鸟兽散。言念胜友，桃源已迷，回首故居，松径遂芜。已而，冯子溘先朝露，而善兄亦骑尾不回。曾几何时，玉折星颓，翰藻靡属，岿然灵光，独吾长康兄一人耳。羊昙西州之恸，子期山阳之思。抚弄遗编，悲感交集。而康兄曰："吾舌在，必不使人琴俱没。"乃搜罗雅什，咨访骚坛。采华挹秀，片羽不遗。按节寻声，真珠莫混。凡用若干载，录成若干卷。忆抢攘时，鹑衣芒屦，每坐不暖席。而吾兄丹黄一束，虽仓皇朝夕，未尝离手。及今，抚新编、奏新声，使染翰者流芳，登歌者不咽。系谁之力欤？虽缅彼芝兰，堪凄神于往事，而播兹金石，每志喜于他年。若地下有知，善兄冯子亦当击节于词隐先生之侧也。弟愧疏庸，无能评骘，聊述所由，以志谱刻缘艰如此。乙未菊月，弟自南述。

蒋毅《中国古典戏曲序跋汇编》卷一沈自南《重定南九宫新谱序》
齐鲁书社1989年版

上篇

　　我词隐先生，宦荣九馆大夫，籍富九天材料。词扩蒋生《南谱》，解愠襄九叙《九歌》；韵严周子《中州》，反骚夺九怀《九辩》。若吾辈胎藏九鹤，虽惭母梦佳儿；齿列九龙，却喜兄矜难弟。窃叨九代卿族，滥游九老仙都。间避俗而独作九吟，每呼朋而共成九弄。联套数宛线通蚁，巧旋九曲之珠；割牌名恍剑分蛇，利切九华之玉。其奈衰相百年而九退，柔肠一刻而九回。琴九引渐叹人亡，墓九原频嗟地裂。爰思借九孔针穿去，泣收遗稿内新声；假九环带围来，饱编戏文中别调。庶几采芝含紫，编可备九茎荐庙之章；摘李喷黄，帙堪资九影居城之句云尔。

下篇

　　盖自王伯良节协象车，更参十三人以鼓吹；范香令馥凝鸡舌，还添十三种而坛严。珍断简如十三行之写洛神，购遥篇似十三尊之觅罗汉。顾忽遇耿恭所击之十三降而俱叛，文升所救之十三战而齐奔。壑委十三棺，畴扶吴毙；狱埋十三剑，孰拄梁倾？余与家鞠通，逃十三日外而津迷，渴杀刘晨阮肇；痞十三世前而刲换，唤醒苏轼邹阳。十三之徒死，十三之徒生，豹变宜乎隐矣；十三之斋硬，十三之斋软，狼贪或者消焉。悔年十三而未学书，今始叩养朔之兄嫂，幸诗十三而辄预数，后终噬贻潞之耆英。提正腔于十三圣师，核傍犯于十三相法。将见风散牡丹十三瓣，疑传骊曲紫盘；月笼百合十三重，俨睹粉优临镜。抑且响溺河之悲于丽玉，奚耆箜篌十三弦？鸣缢蜀之痛于肥环，岂但《霓裳》十三叠也耶！弟自继敬题。

　　蒋毅《中国古典戏曲序跋汇编》卷一沈自继《重辑南九宫十三调词谱述》

齐鲁书社1989年版

一、遵旧式

　　先吏部隐于词而圣于词，词家奉为律令，岂惟家法宜然！是谱凡正书，衬字标注旁。音悉从遣遗教，但于曲中，字之平可用仄，仄可用平。而另标上者，即去本字之旁音，而竟填可平可仄于左。则对谱调声一览而悉，殊觉简便。其旁音四声，知音家已不烦悉注。但正音转音，及作某音等字，一寓目亦即了然。皆从省文，自足取认。

　　凡曲，每句有韵有不韵，即于句读点断处为别。其用韵者从白点，不用韵者从黑点。间有不韵而亦可用韵者，即随填"可叶"二字于旁，皆不烦另标。其有字之不可用韵，及偶用韵而云"不韵亦可"。则仍细标于上，不相混也。

　　夫字有开阖，凡寻侵合口三韵，原谱以大围别之。今予止于用韵处，仍加圈别,余不复遵此例以炫目。是在知音,当解之早矣。

曲之次阕,每称二、"前腔",但换头体格不同。有第二即换者,有第二如前,至第三始换。更有三四各自换头,又与前调不同者。今以"前腔"更作其二、其三四,即分注"换头"二字于下,反觉直捷,更似雅正。意义本同,非辄改弦也。

一、禀先程

先词隐三尺既悬,吾辈寻常足守,倘一字一句,轻易动摇,将变乱而无底止,作聪明以紊旧章,予则何敢,偶或一二疏略,尤在善为调剂。勿自矜窥豹,而任意吹毛也。(见他集中,有苛求词曙先生者,故论及之。)

友人谓予:先生之谱,虽本于毗陵,然出自手笔,损益任情。子于今日,岂不能与时更新,随俗冶化,乃拘拘宫调而苦守旧腔,为刻舟胶柱之见乎?予曰,先生既以作为述,予何不以述述之?所谓鲁男子善学柳下惠者也。

一、重原词

原谱考订精确,所录旧曲,义取不祧。(传奇,如永嘉、武林;散曲,如金陵、吴郡诸名家。)近来诸作,纵能新藻出蓝,毋得先采后素。盖谱原以律重.不以词夸。况旧所录词,自是浑金璞玉,古色暗然。知音者当不必以彼易此。

或曰:谱之从旧是矣。然中间古词若干,于新查补板之外,余腔板无传者,既不能悉经手裁,以佐其所不逮,乃复存敝帚何?予谓:先生既以无传阙疑,予敢强不知为知乎?间有不去者,譬若希奇骨董、虽不适用,置案头时一摩挲,亦复不俗。

一、参增注

先词隐以精思妙裁,成一代之乐府。予则何能而妄增论注?然一得之愚,未必无补于前哲。凡先生意所未及,或意所已及,而语尚未及者,辄敢以肤见一二附于书注中,以俟知音者参考。

各曲,有初未及细考而今始查出者,或出自己见,或参诸友生,须确有成说,乃敢注明。然必以先生原注为准,而以己见附之,不敢毅然去其所疑,而竟从予之所信也。

凡所发明,于旧注中,作一小尖圈以别之。似此,庶不混于原注,敢自表其寸长。若于新入之词,则不复加圈别。

一、严律韵

语曲以律,其在天人相与之际乎?长短未匀,则红牙莫按;高下未节,则丝竹谁调?夫泛言平仄易易,而深求微妙实难。精之在上去去上之发于恰当,更精之尤在阳舒阴敛之合于自然。此词家三昧。所谓诗言歌永,声依律和,千载如是,非臆说也。予不敢责备作者,亦无取贻讥大方。凡遇诸名家合律之词,亟录取为法以备新体。或全瑜稍玷,郎摘取二一字之失,随标注之。他如词采可观,而律法未合者,概不及混入。

夫律固难言之。曰韵,则一览而得,何多愦愦也。《葩经》二百篇,何字不叶? 试观其清浊不混,开阖必分可知。(清浊,如诜诜叶振振,薨薨叶绳绳。开阖,如□只有与心叶,其下章薪与人叶之类。)非宽于古,而严于今也。厥后,四声以诗韵唐矣,中原以曲韵北矣。夫曲也,有不奉中原为指南者哉? 奈何南词之草草若是! 原本所载旧词,古朴多杂韵,今所收则多叶矣。然尚有传奇家,好新制曲名,而目不识《中原音韵》为何物者,殊可笑。然亦间取其曲名颇佳,曲律不拗,或稍借一二字者收之。随标注其讹,弗误后学。(止从周氏旧韵,未及会稽新编。)

一、慎更删

是集既仍旧贯,何以复有改削? 不知原本亦有曲同而并载,及调冗而多讹者,可删也。亦有律拗而尚存,及韵杂而难法者,可更也。(并见原注。)此亦百中之二三,亦必明注其说,而删且更之。不一擅改而顿忘其旧。

谱中旧曲其删者甚少。即所当更,大都取先辈名词,及先词隐传奇中曲补之。因先生属玉堂诸本,未遍流传,尚有藏稿几种未刻,特表见其一二云。

一、采新声

先生定谱以来,又经四十余载,而新词日繁矣。搦管从事,安得不肆情搜讨哉? 然恐一涉滥觞便成跃冶,寝失先进遗矩,则弃置非苟也。夫是以取舍各求其当,而宽严适得其中。

前辈诸贤,不暇论,新词家诸名笔(如临川、云间、会稽诸家),古所未有。真似宝光陆离,奇彩腾跃。及吾苏同调(如剑啸、墨憨以下),皆表表一时,先生亦让头筹。(见《坠钗记》《西江月》词中,推称临川云。)予敢不称膺服? 凡有新声,已采取什九。其它伪文采而为学究,假本色而为张打油,诚如伯良氏所讥,亦或时有。特取共调不强入。音不拗嗓,可存以备一体者,悉参览而酌收之。

人文日灵,变化何极? 感情触物,而歌咏益多。所采新声,几愈出愈奇。然一曲,每从各曲相凑而成。其间,情有苦乐,调有正变,拍有缓急,声有疾徐,必于斗笋合缝之无迹,过腔接脉之有伦,乃称当行手笔。若夫勉强凑插,声情乖互,即或牌名巧合,勿取滥收。

一、稽作手

词何以必表姓字,盖声音之道通乎微,一人有一人手笔,一时有一时风气,历历尽然。昔维先词隐《南词韵选》,近则犹龙氏《太霞新奏》,所录姓字为确。其它诸集,不过草草从坊本传讹,总属乌有。即如先词隐《绣带引》一套,谁不知之,而漫书他人姓字,更可笑。予兹集,乃博访诸词家,实核其作手,可一览而知其人,论其世,非止浪传姓字已也。

词家作曲,而每讳之。或曰"无名氏",或称别号某以当之。嗟乎!曲则何罪而讳之若是?试思新声一传,群响百和,维时授以清歌,则娇喉吐珠,协比丝竹,飞花逗月,震坐倾怀。更令习而登毯,则镞缘在握,递笑传觯,骨节寸灵,雅俗心醉。夫以雕虫薄技,乃能博此荣施。正如唐诸伎上酒楼,争歌怨柳,何必李青莲逼御座,欢对名花?曲何负于我,而藐忽视之也哉?然则先词隐于诸集中,每称"无名氏"以相掩覆,亦复未能免俗耳。今悉改正,而表其姓氏云。(即原谱初刻,止称词隐;至龙氏翻板,而先吏部之名始着。)

一、从诠次

凡曲之序,当从鳞次,无取积薪。每调各以旧曲主盟,而佐以新声,无容搀越。或为全套所牵,或为二三搭曲所带。间有参差,亦各从其类以便查阅。

一、俟补遗

是集,于兵燹之余,勉尔成帙,残阙颇多,未免挂漏。于诸名家著作,尚有闻而未及见,见而未及录,更有备诸案头,仓惶携走而失却者。复种种再期广求,为续编之计。岁丙戌小至日寓吴山,沈自晋漫书于卢氏园亭。侄永馨较录。

蒋毅《中国古典戏曲序跋汇编》卷一沈自晋《重定南词全谱凡例》

齐鲁书社 1989 年版

重修词谱之役,肪于乙酉仲春。而烽火须臾,狂奔未有宁趾。丙戌夏,始得侨寓山居。犹然旦则摊书搜辑,夕则卷束置床头,以防宵遁也。渐尔编次,乃成帙焉。春来病躯,未遑展卷。拟于长夏,将细订之。适顾甥来屏寄语:曾入郡,访冯子犹先生令嗣赞明,出其先人易箦时手书致嘱,将所辑《墨憨词谱》未完之稿,及他词若干,畀我卒业。六月初,始携书并其遗笔相示。翰墨淋漓,手泽可挹。展玩怆然,不胜人琴之感。虽遗编失次,而典型具存,其所发明者多矣。先是甲申冬杪,子犹送安抚祁公。至江城,(祁公前来巡按时,托子犹遍索先词隐传奇,及余拙刻,并吾家诸弟侄辈诸词殆尽,向以知音特善。子犹是日送及平川而别)即谆谆以修谱促予,予唯唯。越春初,子犹为苕溪武林游。道经垂虹言别,杯酒盘桓,连宵话榻,寅夜不知倦也。别时,与予为十旬之约。不意鼙鼓动地,逃窜经年,想望故人,鳞鸿杳绝。迨至山头,友人为余言,冯先生已骑□尾去,予大惊惋。即欲一致生刍哭,而以展转流离,时作獐狂鼠窜,未能行也。予忘故人乎?而故人乃以临死未竟之业相授。乃不潜心探索寻其遗绪,而更进竿头,不几幽冥中负我良友!于是即予所裒辑,印(或为即)合于墨憨。凡论列未备者,时从其说,且捐己见而裁注之。必另注冯稿云何,非予见所及也。(附和子犹《辞世》原韵二律:忆昔离筵思黯然，别君犹是太平年。杯深吐胆频忘醉，漏尽论词剧未眠。计日幸瞻行旆返，跄期惊听讣音传。生刍一束烽烟阻，肠断苍茫山水边。一。感托遗编倍怆然，填修乐府已经年。豕讹几字疑成梦，枣到三更喜不眠。词隐琴亡凭汝寄，墨憨薪尽问谁传？芳魂逝矣犹相傍，如在长歌短叹边。二。）

　　阅来稿，自《荆》《刘》《拜》《杀》迄元剧古曲若干，无不旁引而曲证。及所收新传奇，止其手笔《万事足》，并袁作《真珠衫》、李作《永团圆》几曲而已。余无论诸家种种新裁，即玉茗博山传奇，方诸乐府，竟一词未及。岂独沉酣于古，而未遑寄兴于今耶？抑何轻置名流也！子犹尝语予云："人言香令词佳，我不耐看。传奇曲，只明白条畅，说却事情出便觳，何必雕镂如是？"噫，此亦从肤浅言之，要非定论。愚谓以临川之才，而时越于幅，且勿论，乃如范如王，以巧笔出新裁，纵横百变，而无逾先词隐之三尺。固当多取芳模。为词坛鼓吹。染指斯道者，其舍诸？今既从冯参旧，且不惜以所收新曲，时取证墨憨。仍恐作者趋今忘古，失我友遗意耳。（来籍中，得华亭徐君所录古曲若干，辨论颇析，予虽不甚解徐君论古意义，然亦间取其合格而可备用者，入谱以资今云）。

　　大抵冯则详于古而忽于今，子则备于今而略于古。考古者谓：不如是则法不备，无以尽其旨而析其疑。从今者谓：不如是则调不传，无以通其变而广其教。两人意不相若，实相济以有成也。虽然，先词隐传流此书以来，填词家近守规绳，尚忧荡简；歌曲家人传画一，犹恐逾腔。至文士不知音律，漫以词理朴塞为根者有之。乃今复如冯，以拙调相错论驳太苛，令作者歌者，益觉对之悯然，绝不拣取新词一二，点缀其间，为词林生色。吾恐此书即付梨枣，不几乎爱者束之高阁，否则置之覆瓿也。敢以是质诸知音。

　　因忆乙酉春，予承子犹委托，而从弟君善实怂恿焉。知云间荀鸭多佳词，访其两公子于金阊旅舍，以倾盖交，得出其尊人遗稿相示。其刻本，为《花筵赚》、《鸳鸯棒》、《梦花酣》；录本，为《勘皮靴》、《生死夫妻》；稿本，为《花眉旦》、《雌雄旦》、《金明池》、《欢喜冤家》。及阅其目录，尚有《闹樊楼》、《金凤钗》、《晚香亭》、《绿衣人》等记数种未见。乃悉简诸稿，得曲样新奇者，誊及百余阕，珍重而归。君善谓予："顷不见《勘皮靴》及《生死夫妻》末出卷场诗乎，云：'曲学年来久已荒，新推袁沈擅词场。'又云：'幸有锺期沈衮在，何须摔碎伯牙琴？'以知音似此推许，而兄不早继词隐芳规，缵成一代之乐府，复因循岁月何？"乃急取新词，幸填谱稿，其迟回未入者，尚存种种。不意转盼狂奔，付之乌有矣。惜哉！时丁亥秋七月既望，吴江沈自晋重书于越溪小隐。

　　　　蒋毅《中国古典戏曲序跋汇编》卷一沈自晋《重定南词全谱凡例续记》

　　　　　　　　齐鲁书社 1989 年版

《南九宫谱》，谱南人之曲也，曷言乎？南异北也，何异乎北？盖自我明祖回百六，跻三五，始风吴会，嗣格幽燕。以故播诸诗歌，奏诸明堂清庙，咸取南词以裁赓明德。顾其流及下，声律允和，去抗激趋，婉柔卑疎，莽崇绵丽。诚犹江汉化美，歌始二南也。暨我郅隆惠风，融畅人乐，管弦学士大夫，窃从烟云花月之间舒写情思。于是旗鼓骚坛，如临川先生时方诸李供奉，我先词隐时比诸杜少陵，两家意不相侔，盖两相胜也。豪俊之彦，高步临川，则不敢畔松陵三尺；精研之士，刻意松陵，而必希获临川片语。亦见夫合则双美，离则两伤矣。迨乎郑卫风滛，丽则乖雅，巴人高唱，郢客响沉。家君于是奋然以厘定乐章，用为继美。时惟云间荀鸭，雅推家君汉大而自号夜郎（见《博山堂传奇》《勘皮靴》卷场诗句）。然两人并沾沾以各得锺期，无惭鼓吹。不若临川与先词隐，私心犹共轩轾也。于是决筴鸠编，广罗诸名咏，而删繁留当，十不二三。适范公令子以尊人秘稿见遗，词态欲仙，应声而舞，家君藉是以益励丹黄。所谓见西施之容，归而众饰其妆者也。顾集来半而烽烟飙起，鼠窜狼奔。从叔君善，冒锋镝走书家君，以促令卒业。颇乃挟此而夙兴夜寐，于茆店孤舟，啼风号雨之下，秃笔枯拈，残芸碎点，盖两阅寒暑而始告成。嗟乎！南国鼎移，东迁祸烈，太史洒泪于陈编，国人吞声于间谚。一代鸿章，数王休问，不滋惧流风歇绝哉！夫子反鲁正乐，其在迹熄诗亡之后乎？家君亦犹是志也。谱既成，乃呼隆而命之曰："向者，若肄举子时，是谱也吾不若见。妄意若之异日，隶太常诏雅乐，当进而洞析黄钟，肇明律历，庶几煌煌烨炜以勿坠。我十五帝风，安用此游人冶女之什，唱和花问耶？不谓转眼沧桑，功名灰冷，秦淮明月与烟雾同销，玉树清歌并悲笳互奏，能不顾怀周道伤心昔游也？而今而后，若姑从事此，以卒我志。"言未既泪且交下，隆亦不敢仰视。第勉草数章，用附入谱，聊见我南人歌南之意，且以当莱舞高堂，咏言卒岁云尔。若乃风情轶宕，奇藻遐标，为家君之左文举而右德祖，则有杨子景夏与顾子来屏，在隆何敢望焉？男永隆谨识。

蔡毅《中国古典戏曲序跋汇编》卷一沈永隆《南词全谱后叙》
齐鲁书社 1989 年版

"三百篇"亡而后有骚、赋，骚、赋难入乐而后有古乐府，古乐府不入俗而后以唐绝句为乐府，绝句少婉转而后有词，词不快北耳而后有北曲，北曲不谐南耳而后有南曲。

凡曲：北字多而调促，促处见筋；南字少而调缓，缓处见眼。北则辞情多而声情少，南则辞情少而声情多。北力在弦，南力在板；北宜和歌，南宜独奏；北气易粗，南气易弱。此吾论曲三昧语。

作词十法,亦出德清。稍删其不切者。一、造语。谓可作者:乐府语、经史语、天下通语。予谓经史语亦有可用不可用。不可作者:俗语、蛮语、谑语、嗑语、市语、方语、书生语、讥诮语。愚谓谑、市、讥诮,亦不尽然,顾用之何如耳。又语病、语涩、语粗、语嫩,皆所当避。二、用事。明事隐使,隐事明使。三、用字。生硬字、太文字、太俗字及衬垫字太长者,皆所当避。四、阴阳。如同一东韵也,轻如东、钟、松、冲之类为阴,重如同、戎、龙、穷之类为阳。唤押转点,各有宜用。五、务头。要知某调某句某字是务头,可施俊语于上。杨用修乃谓务头是部头,可发一笑。六、对偶。有扇面对、重叠对、救尾对。七、末句。八、去上。九、定格。如仙侣、南吕、中吕、正……有子母,谓字少声多者,声多字少者。

则诚所以冠绝诸剧者,不唯其琢句之工,使事之美而已,其体贴人情,委曲必尽;描写物态,仿佛如生;问答之际,了不见扭造;所以佳耳。至于腔调微有未谐,譬如见钟、王迹,不得其合处,当精思以求诣,不当执末以议本也。

《琵琶记》之下,《拜月亭》是元人施君美撰,亦佳。元朗谓胜《琵琶》,则大谬也。中间虽有一二佳曲,然无词家大学问,一短也;既无风情,又无裨风教,二短也;歌演终场,不能使人堕泪,三短也。

《拜月亭》之下,《荆钗》近俗而时动人,《香囊》近雅而不动人,《五伦全备》是文庄元老大儒之作,不免腐烂。何元朗极称郑德辉《㑇梅香》、《倩女离魂》、《王粲登楼》,以为出《西厢》之上。《㑇梅香》虽有佳处,而中多陈腐措大语,且套数、出没、宾白,全剽《西厢》。《王粲登楼》事实可笑,毋亦厌常喜新之病欤?

《中国古典戏曲论著集成》第四集王世贞《曲藻》(节选)
中国戏剧出版社 1959 年版

曲者,词之变。自金、元入主中国,所用胡乐,嘈杂凄紧,缓急之同,词不能按,乃更为新声以媚之。而诸君如贯酸斋、马东篱、王实甫、关汉卿、张可久、乔梦符、郑德辉、宫大用、白仁甫辈,咸富有才情,兼喜声律,以故遂擅一代之长。所谓"宋词、元曲",殆不虚也。但大江以北,渐染胡语,时时采入,而沈约四声遂阙其一。东南之士未尽顾曲之周郎,逢掖之间,又稀辨捋之王应。稍稍复变新体,号为"南曲"。高拭则成,遂掩前後。大抵北主劲切雄丽,南主清峭柔远,虽本才情,务谐俚俗。譬之同一师承,而顿、渐分教,俱为国臣,而文、武异科。今谈曲者往往合而举之,良可笑也。弇州山人王世贞著。

《中国古典戏曲序跋汇编》卷一王世贞《曲藻自序》
齐鲁书社 1989 年版

夫一代之兴,必生妙才;一代之才,必有绝艺:春秋之辞命,战国之纵横,以至汉之文,晋之字,唐之诗,宋之词,元之曲,是皆独擅其美丽而不得相兼,垂之千古而不可泯灭者。虽然,即是数者,惟词曲之品稍劣,而风月烟花之间,一语一调,能令人酸鼻而刺心,神飞而魄绝,亦惟词曲为然耳。大都二氏之学,贵情语不贵雅歌,贵婉声不贵劲气,夫各有其至焉。览是编者,可以参二氏之三昧矣。

蔡毅《中国古典戏曲序跋汇编》卷一茅一相《题词评曲藻后》
齐鲁书社1989年版

王骥德

王骥德(?—1623),字伯良,一字伯俊,号方诸生,又号秦楼外史。会稽(今浙江绍兴)人。著有诗文集《方诸馆集》、散曲《方诸馆乐府》二卷、传奇《题红记》、杂剧《男王后》等五种。论曲有《曲律》四卷,历时十几年方成书,涉及曲学的各个方面,如作曲、音韵、法度、结构、宾白等,也是最早的一部关于南北曲作曲的著作,在明代戏曲论著中最具代表性。

王骥德曾师事徐渭习曲,颇受徐渭赏识。在当时江浙的戏曲交际圈中,与越地孙铲、孙如法、叶宪祖、吕天成,吴中沈璟、冯梦龙等皆有交游,虽与汤显祖未有谋面,但也甚为仰慕。由此而使其具有相当开阔的眼界及包容诸家的心怀,对吴江派领袖沈璟和临川派领袖汤显祖都有公正而较为中肯的评价,并且同时指出了各自的优点与不足。这使他能不囿门户,兼采众家之长,在词曲理论上比沈璟更有推进。王骥德对自己的曲论自视甚高,企图借此而能有所突破,填补以前曲论的不足。王骥德论剧尤推《西厢》与《琵琶》,似受到李贽的影响,但又站在保守的立场上,对李贽的反礼教倾向做了激烈的批评。对于王骥德提出的"本色论",沈璟也有不同的意见,由此可见二者于此的一些分歧。

《曲律》现存版本有多种,较早的有明天启四年的原刻本,清康熙间苏州绿荫堂重印明方诸馆刻本。《中国古典戏曲论著集成》载有重新整理与标点的刊本。

曲律自序[①]

曲何以言律也?以律谱音,六乐之成文不乱;以律绳曲,七均之从调不奸。方伶伦吹竹②之初,迨后夔拊石③之始,为声仅五,为律仅十有二,何约也?至《房中》肇于唐山④,水尺奏于宝常⑤,于是布法益密,演数愈繁,调至八十有四,律至百四十有四,声至一千有八,其变不胜穷焉。变极必反之元,数穷必趋于约,于是唐之孝孙、宋之刘几以暨完颜之金⑥、蒙古之元渐省之,以止于六宫十一调。是六宫十一调者,第语被弦应索之词,非概宫悬⑦庙假之奏也。然《康衢》之歌,兴自野老,《关雎》之咏,采之《国风》,不曰"今之曲即古之乐"哉。粤自北词变为南曲,易慷慨为风流,更雄劲为柔曼,所谓"地气自北而南",亦云"人声繇健而顺"。吹万之衡⑧,握之造化;狎主之执,成之贤豪。唯是元周高安氏有《中原音韵》之创⑨,明涵虚子有《太和词谱》之编⑩,北士恃为指南,北词禀为令甲,厥功伟矣。至于南曲,鹅鹳之陈⑪久废,刁斗之设不闲。彩笔如林,尽是呜呜之调;红牙迭响,秪为靡靡之音。俾太古之典刑,斩于一旦;旧法之澌灭,怅在千秋。猥当髫龀之年⑫,辄有丝肉之嗜。萧斋读罢,或辨吹缇;芸馆文闲,时供击节。浸淫岁月,稍窃涓埃,讵敢谓荀勖之多谐⑬,庶几徼周郎之一顾⑭。友人孙比部⑮凤传家学,同舍郁蓝生⑯早擅慧肠,并工《风》、《雅》之修,兼妙声律之度。埙篪谬合⑰,臭味略同。日于坐间,举白谈词,明星错于尊爼;抽黄指疵,清吹发于楹楹。曰:"与其秘为帐中,毋宁公之海内。曷其制律,用作悬书。"余且抱疴,遂疏握椠。既屡折简,亟趋报成,余乃左持药碗,右趋管城,日疏数行,积盈卷帙。布之小史,辄自为嘲:"今之为词曲者,上无犴狴之悬,下鲜棘木之听,解发而往,脱衔以快,游于葛天之途⑱,适于华胥之圃久矣⑲,奈何一旦闲之科条,束之钳钛,俾高者驾言为小乘之缚,卑者贯词为拘士之谈,夫有不披卷而姗,绝影而走者哉?"嗟呼!创法贵严,沿流多窳。画象之后,不啻三千;挂网于今,乃至七八。以是知画一非苛,深文犹晚。宇壤寥廓,宁乏蜀钟相应之大贤⑳?兰茝熏蒸,傥值《高山》为赏之同调㉑。人持三尺,家作五申㉒,还其古初,起兹流靡。不将引商刻羽,独雄寡和之场;《渌水》、《玄云》㉓,仍作《大雅》之观哉。客曰:"子言诚辩,亦为道殊卑,如壮夫羞称,小技可唾何?"余谢:"否,否,驹隙易驰,河清难俟。世路莽荡,英雄逗留,吾藉以消吾壮心;酒后击缶,镫下缺壶,若不自知其为过也。"

万历庚戌冬长至后四日,琅琊方诸生书于朱鹭斋。

《中国古典戏曲论著集成》第四集《曲律》 中国戏剧出版社 1959 年版

【注释】

①《曲律》全书 4 卷 40 节,涉及曲的源流、特征、调名、宫调、平仄等诸多戏曲技术理论的问题,书中同时还包括了对元明戏曲作家、作品的评价和论断。王骥德在音律上基本继承了沈璟"合律依腔"的观点,强调音声叶律、平仄规矩,由此王骥德也被划入沈璟吴江派一系。其实就王骥德个人而言,他在肯定沈璟"其于曲学,法律甚精"的同时,也同样指出了吴江对声律亦步亦趋的弊病。在吴江、临川之争中,王骥德也肯定了汤显祖"直是横行,组织之工,几与天孙争巧"的才华,并且同样也看到了临川"案头剧"本身所存在的"屈曲聱牙,多令歌者口舌"之缺欠。可以说,王骥德的理论是吴江、临川两派争论中,采众家之长的做法。

在王骥德看来,验证一部戏曲是否是优秀要看它是否能够打动观众,即"能令听者色飞"、"令观者藉为劝惩兴起"。而取得这一效果的关键则在于作品能否恰如其分地将"本色"与"文调"有机地融合在一起。所谓"本色"有三个主要的含义,其一,戏曲作品要能够适合演出,即为"场上之曲",而非只可供文人阅读的案头之作;其二,本色亦指演唱效果,即"词人当行,歌客守腔,大家细把音律讲",要符合音律声腔;其三,要求语言通俗显浅、质朴易懂,符合人物性格。但是,单纯注重"本色"也有一个危险,即"本色之弊,易流俚腐",因此,还需要"文调"(文词)来补救,而这两者结合的关键点则在于恰到好处,即"作曲者用绮丽字面,亦须下得恰好,全不见痕迹碍眼,方为合作",对于一部作品最理想的境界是达到"浅深、浓淡、雅俗之间"的浑然天成的效果。只有这样的作品,才能和谐声律、朗朗上口,适合于舞台演唱,同时又文采出众、情节动人、"可演可传"。

②伶伦吹竹——《吕氏春秋·古乐》:"黄帝使伶伦伐竹于昆谷溪,斩而做笛,恰五凤飞鸣,合其音而定律。"

③夔拊石——《吕氏春秋·仲夏纪》:"尧命夔拊石击石,以象上帝玉磬之音,以舞百兽。"

④《房中》肇于唐山——《汉书·礼乐志》:"汉《房中祠乐》,高祖唐山夫人所作。凡乐,乐其所生,礼不忘其本。高祖乐楚声,故《房中乐》,楚声也。孝惠

二年,使乐府令夏侯宽备其箫管,更名《安世乐》。"

⑤水尺奏于宝常——《隋书·律历志上》:"开皇初,沛国公郑译等知乐,初为黄钟调。宝常虽为伶人,译等每召与议,然言多不用。后译乐成奏之,上召宝常,问其可不,宝常曰:'此亡国之音,岂陛下之所宜闻!'上不悦。宝常因极言乐声哀怨淫放,非雅正之音,请以水尺为律,以调乐器。上从之。宝常奉诏,遂造诸乐器,其声率下郑译调二律。"

⑥唐之孝孙、宋之刘几——《旧唐书·乐志一》:"高祖受禅,擢祖孝孙为吏部郎中,转太常少卿,渐见亲委。孝孙由是奏请作乐。时军国多务,未遑改创,乐府尚用隋氏旧文。武德九年,始命孝孙修定雅乐,至贞观二年六月奏之。"《宋史·乐志三》:"元丰三年五月,诏秘书监致仕刘几赴详定所议乐。"

⑦宫悬——雅乐。

⑧吹万之衡——《庄子.齐物论》:"夫吹万不同,而使其自己也。"

⑨元周高安氏有《中原音韵》之创——高安氏,即周德清(1277—1365),字挺斋,江西高安人,有《中原音韵》。《中原音韵》(1324)为北曲定音所作,周德清针对当时语音的变化,对韵书进行了修改。全书分为《韵谱》和《正语作词起例》两部分。《韵谱》按照北曲实际用韵情况和大都(即今北京)的实际语音系统建立了新的19个韵部,又打破平、上、去、入四声,将"平分阴阳,入派三声",每个韵部再分为阴平、阳平、上声、去声等类;《正语作词起例》则用各种实例来说明韵谱的使用方法及创作规范等问题。

⑩涵虚子有《太和词谱》之编——涵虚子,即朱权(1378—1448),明太祖朱元璋之第十七子,封宁王,有"太和正音谱"。

⑪鹅鹳之陈——《左传.昭公二十一年》:"丙戌,与华氏战于赭丘。郑翩愿为鹳,其御愿为鹅。"杜预注:"鹳、鹅皆陈名。"后以"鹅鹳"并举指军阵。

⑫龆龀——龆龀,亦作"龆齓",指儿童换牙之时。

⑬讵敢谓荀勖之多谐——荀勖(?—289),字公曾,颍阳(今河南许昌)人。"既掌乐事,又修律吕"。事见《晋书》卷三十九《荀勖传》。

⑭庶几徼周郎之一顾——《三国志·吴志·周瑜传》:"瑜少精意于音乐,虽三爵之后,其有阙误,瑜必知之,知之必顾。故时人谣曰:'曲有误,周郎顾。'"

⑮友人孙比部——孙比部,其人不详,《曲律·论阴阳第六》亦称:"古之论曲者曰:声分平、仄,字别阴、阳。阴、阳之说,北曲《中原音韵》论之甚详;南曲则久废不讲,其法亦淹没不传矣。近孙比部始发其义,盖得之其诸父大司马月峰先生者。"孙月峰(1543—1613),名矿,字文融,号月峰,又号湖上散人,余姚人。

万历间任南京右都御史,进兵部尚书,并加太子太保,有《姚江孙月峰先生全集》十二卷等传世。孙比部应为孙月峰同宗后辈。

⑯同舍郁蓝生——吕天成(1580—1618)名文,字天成,又字勤之,号棘津,别号郁蓝生,余姚人,吕本曾孙,明代著名剧作家、戏曲理论家。师从沈璟,宫调平仄守家法甚严,有理论著作《曲品》。

⑰埙箎谬合——埙、箎皆古代乐器,二者合奏时声音相应和。比喻和睦。

⑱葛天之途——司马相如《上林赋》:"奏陶唐之舞,听葛天之歌,千人唱,万人和。"

⑲华胥之圃——指梦中仙境,据说"(黄帝)昼寝而梦,游于华胥之国"。事见《列子·黄帝》。

⑳宁乏蜀钟相应之大贤——蜀钟,南朝宋刘敬叔《异苑》卷二:"魏时殿前大钟无故大鸣,人皆异之,以问张华。华曰:'此蜀郡铜山崩,故钟鸣应之耳。'寻蜀郡上其事,果如华言。"后以"山崩钟应"比喻事物相感应。

㉑傥值《高山》为赏之同调——《高山》,琴曲,传说系春秋时期俞伯牙所作。民间常以《高山》《流水》喻为知音同调。

㉒家作五申——五申,出自《史记》卷六五《孙子吴起列传》:"约束既布,乃设铁钺,即三令五申之。"

㉓《渌水》、《玄云》——《渌水》,古琴曲。《玄云》,汉代仪式乐。

【附录】

总论南北曲第二

曲之有南、北,非始今日也。关西胡鸿胪侍《珍珠船》(其所著书名)引刘勰《文心雕龙》,谓:涂山歌于"候人",始为南音;《有娀》谣于"飞燕",始为北声;及夏甲为东,殷整为西。古四方皆有音,而今歌曲但统为南、北。如《击壤》、《康衢》、《卿云》《南风》,《诗》之二南,汉之乐府,下逮关、郑、白、马之撰,词有雅、郑,皆北音也;《孺子》《接舆》《越人》《紫玉》,吴歈、楚艳,以及今之戏文,皆南音也。豫章左克明《古乐府》载:晋马南渡,音乐散亡,仅存江南吴歌,荆楚西声。自陈及隋,皆以《子夜》《欢闻》《前溪》《阿子》等曲属吴。盖吴音故统东南,而西曲则后之,人概目为北音矣。以辞而论,则宋胡翰所谓:"晋之东,其辞变为南、北;南音多艳曲,北俗杂胡夜。"以地而论,则吴莱氏所谓:"晋、宋,六代以降,南朝之乐,多用吴音;北国之乐,仅袭夷虏。"以声而论,则关中康德涵所谓:"南词主激越,其变也为流丽;北曲主慷慨,其变也为朴实。惟朴实故声有矩度而难借,惟流丽故唱得宛转而易调。"吴郡王元美谓:南、北二曲,"譬之同一师承,而顿、渐分教;俱为国臣,而文武异科"。"北主劲切雄丽,南主清峭柔远。""北字多而调促,促处见筋;南字少而调缓,缓处见眼。北辞情少而声情多,南声情少而辞情多。北力在弦,南力在板。北宜和歌,南宜独奏。北气易粗,南气易弱。"此其大较。康北人,故差易南调,似不如王论为确。然阴阳、平仄之用,南、北故绝不同,详见后说。

论须读书第十三

词曲虽小道哉,然非多读书,以博其见闻,发其旨趣,终非大雅。须自《国风》《离骚》、古乐府及汉、魏、六朝、三唐诸诗,下迨《花间》《草堂》诸词,金、元杂剧诸曲,及至古今诸部类书,俱博搜精采,蓄之胸中,于抽毫时,掇取其神情标韵,写之律吕,令声乐自肥肠满脑中流出,自然纵横该洽,与剽袭口耳者不同。胜国诸贤及实甫、则诚辈,皆读书人,其下笔有许多典故,许多好语衬副,所以其制作千古不磨。至卖弄学问,堆垛陈腐,以吓三家村人,又是种种恶道。古云:"作诗原是读书人,不用书中一个字。"吾于词曲亦云。

论家数第十四

曲之始,止本色一家,观元剧及《琵琶》《拜月》二记可见。自《香囊记》以儒门手脚为之,遂滥觞而有文词家一体。近郑若庸《玉玦记》作,而益工修词,质几尽掩。夫曲以模写物情,体贴人理,所取委曲宛转,以代说词,一涉藻缋,便蔽本来。然文人学士,积习未忘,不胜其靡,此体遂不能废,犹古文六朝之于秦、汉也。大抵纯用本色,易觉寂寥;纯用文调,复伤雕镂。《拜月》质之尤者,《琵琶》兼而用之,如小曲语语本色,大曲引子如"翠减祥鸾罗幌"、"梦绕春闱",过曲如"新篁池阁"、"长空万里"等调,未尝不绮绣满眼,故是正体。《玉玦》大曲,非无佳处;至小曲亦复填垛学问,则第令听者愦愦矣!故作曲者须先认其路头,然后可徐议工拙。至本色之弊,易流俚腐;文词之病,每苦太文。雅俗浅深之辨,介在微茫,又在善用才者酌之而已。

论章法第十六

作曲,犹造宫室者然。工师之作室也,必先定规式,自前门而厅、而堂、而楼,或三进、或五进、或七进,又自两厢而及轩寮,以至廪庾、庖湢、藩垣、苑榭之类,前后、左右、高低、远近,尺寸无不了然胸中,而后可施斤斲。作曲者,亦必先分段数,以何意起,何意接,何意作中段敷衍,何意作后段收煞,整整在目,而后可施结撰。此法,从古之为文,为辞赋,为歌诗者皆然。于曲,则在剧戏,其事头原有步骤,作套数曲,遂绝不闻有知此窍者,只漫然随调,逐句凑泊,掇拾为之,非不闻得一二好语,颠倒零碎,终是不成格局。古曲如《题柳》"窥青眼",久脍炙人口,然弇州亦訾为牵强而寡次序,他可知矣。至闺怨、丽情等曲,益纷错乖迕,如理乱丝,不见头绪,无一可当合作者。是故修辞,当自炼格始。

论句法第十七

句法,宜婉曲不宜直致,宜藻艳不宜枯瘁,宜溜亮不宜艰涩,宜轻俊不宜重滞,宜新采不宜陈腐,宜摆脱不宜堆垛,宜温雅不宜激烈,宜细腻不宜粗率,宜芳润不宜噍杀。又总之,宜自然不宜生造。意常则造语贵新,语常则倒换须奇。他人所道,我则引避;他人用拙,我独用巧。平仄调停,阴阳谐叶,上下引带,减一句不得,增一句不得。我本新语,而使人闻之,若是旧句,言机熟也;我本生曲,而使人歌之,容易上口,言音调也。一调之中,句句琢炼,毋令有败笔语,毋令有欺嗓音,积以成章,无遗恨矣。

论字法第十八

下字为句中之眼,古谓百炼成字,千炼成句,又谓前有浮声,后须切响。要极新,又要极熟;要极奇,又要极稳。虚句用实字铺衬,实字用虚字点缀。务头须下响字,勿令提挈不起。押韵处,要妥帖天成,换不得他韵。照管上下文,恐有重字,须逐一点勘换去。又闭口字少用,恐唱时费力。今人好奇,将戏剧标目,一一用经、史隐晦字代之。夫列标目,欲令人开卷一览,便见卷中大义,亦且便翻阅,却用隐晦字样,彼庸众人何以易解!此等奇字,何不用作古文?而施之剧戏,可付一笑也。

论用事第二十一(节选)

曲之佳处,不在用事,亦不在不用事。好用事,失之堆积;无事可用,失之枯寂。要在多读书,多识故实,引得的确,用得恰好,明事暗使,隐事显使,务使唱去人人都晓,不须解说。又有一等事,用在句中,令人不觉,如禅家所谓撮盐水中,饮水乃知咸味,方是妙手。《西厢》《琵琶》用事甚富,然无不恰好,所以动人。《玉玦》句句用事,如盛书柜子,翻使人厌恶,故不如《拜月》一味清空,自成一家之为愈也。

论戏剧第三十

剧之与戏,南北故自异体。北剧仅一人唱,南戏则各唱。一人唱则意可舒展,而有才者得尽其春容之致;各人唱则格有所拘,律有所限,即有才者,不能恣肆于三尺之外也。于是,贵剪裁,贵锻炼,以全帙为大间架,以每折为折落,以曲白为粉垩、为丹雘;勿落套,勿不经,勿太蔓,蔓则局懈,而优人多删削;勿太促,促则气迫,而节奏不畅达;毋令一人无着落,毋令一折不照应。传中紧要处,须重著精神,极力发挥使透。如《浣纱》遗了越王尝胆及夫人采葛事,红拂私奔,如姬窃符,皆本传大头脑,如何草草放过？若无紧要处,只管敷演,又多惹人厌憎:皆不审轻重之故也。又用宫调,须称事之悲欢苦乐,如游赏则用仙吕、双调等类,哀怨则用商调、越调等类,以调合情,容易感动得人。其词格俱妙,大雅与当行参间,可演可传,上之上也;词藻工,句意妙,如不谐里耳,为案头之书,已落第二义;既非雅调,又非本色,掇拾陈言,凑插俚语,为学究,为张打油,勿作可也。

论宾白第三十四

宾白,亦曰"说白"。有"定场白",初出场时,以四六饰句者是也。有"对口白",各人散语是也。"定场白"稍才华,然不可深晦。《紫箫》诸白,皆绝好四六,惜人不能识;《琵琶》黄门白,只是寻常话头,略加贯串,人人晓得,所以至今不废。"对口白"须明白简质,用不得太文字;凡用之、乎、者、也,俱非当家。《浣纱》纯是四六,宁不厌人！又凡"者"字,惟北剧有之,今人用在南曲白中,大非体也。句子长短平仄,须调停得好,令情意宛转,音调铿锵,虽不是曲,却要美听。诸戏曲之工者,白未必佳,其难不下于曲。《玉玦》诸白,洁净文雅,又不深晦,与曲不同,只稍欠波澜。大要多则取厌,少则不远,苏长公有言:"行乎其所当行,止乎其所不得不止。"则作白之法也。

论插科第三十五

插科打诨,须作得极巧,又下得恰好。如善说笑话者,不动声色,而令人绝倒,方妙。大略曲冷不闹场处,得净、丑间插一科,可博人哄堂。亦是剧戏眼目。若略涉安排勉强,使人肌上生粟,不如如安静过去。古戏科诨,皆优人穿插,传授为之,本子上无甚佳者。惟近顾学宪《青衫记》,有一二语咄咄动人,以出之轻俏,不费一毫做造力耳。黄山谷谓:"作诗似作杂剧,临了须打诨,方是出场。"盖在宋时已然矣。

杂论第三十九上（节选）

南、北二调,天若限之。北之沉雄,南之柔婉,可尽地而知也。北人工篇章,南人工句字。工篇章,故以气骨胜;工句字,故以色泽胜。

胡鸿胪言:"元时,台省元臣、郡邑正官,皆其国人为之;中州人每沈抑下僚,志不获展。如关汉卿乃太医院尹,马致远江浙行省务官,宫大用钓台山长,郑德辉杭州路吏,张小山首领官,于是多以有用之才,寓于声歌,以抒其拂郁感慨之怀,所谓不得其平而鸣也。"然其时如贯酸斋、白无咎、杨西庵、胡紫山、卢疏斋、赵松雪、虞邵庵辈,皆昔之宰执贵人也,而未尝不工于词。以今之宰执贵人,与酸斋诸公角而不胜;以今之文人墨士,与汉卿诸君角而又不胜也。盖胜国时,上下成风,皆以词为尚,于是业有专门。今吾辈操管为时文,既无暇染指,迨起家为大官,则不胜功名之念,致仕居乡,又不胜田宅子孙之念,何怪其不能角而胜之也。

曲之尚法固矣,若仅如下算子、书格眼、垛死尸,则赵括之读父书,故不如飞将军之横行匈奴也。当行本色之说,非始于元,亦始于曲,盖本宋严沧浪之说诗。沧浪以禅喻诗,其言:"禅道在妙悟,诗道亦然。惟悟乃为当行,乃为本色。有透彻之悟,有一知半解之悟。"又云:"行有未至,可加工力;路头一差,愈骛愈远。"又云:"须以大乘正法眼为宗,不可令堕入声闻辟支之果。"知此说者,可与语词道矣。

杂论第三十九下(节选)

宋词句有长短,声有次弟矣,亦尚限边幅,未畅人情。至金、元之南北曲,而极之长套,敛之小令,能令听者色飞,触者肠靡,洋洋洒洒,声蔑以加矣! 此岂人事,抑天运之使然哉。

作闺情曲,而多及景语,吾知其窘矣。此在高手,持一"情"字,摸索洗发,方挹之不尽,写之不穷,淋漓渺漫,自有余力,何暇及眼前与我相二之花鸟烟云,俾掩我真性,混我寸管哉。世之曲,咏情者强半,持此律之,品力可立见矣。

古人往矣,吾取古事,丽今声,华衮其贤者,粉墨其慝者,奏之场上,令观者藉为劝惩兴起,甚或扼腕裂眦,涕泗交下而不能已,此方为有关世教文字。若徒取漫言,既已造化在手,而又未必其新奇可喜。亦何贵漫言为耶? 此非腐谈,要是确论。故不关风化,纵好徒然,此《琵琶》持大头脑处,《拜月》只是宣淫,端士所不与也。

《中国古典戏曲论著集成》第四集王骥德《曲律》(节选)
中国戏剧出版社 1959 年版

凡物,以少整,以多乱,故横议繁而一炬至,卷弩杂而五厄乘,人事滥则天概之,必然之势也。近代之最滥者,诗文是已。性不必近,学未有窥,犬吠驴鸣,贻笑寒山之石;病谵梦呓,争投苦海之箱。独词曲一途,窜足者少,岂非以义疑小而不争,窍未凿而幸免乎? 数十年来,此风忽炽,人翻窠臼,家画葫芦,传奇不奇,散套成套。论非关旧,诬曰从先;格喜创新,不思乖体。恒仃自矜其设色,齐东妄附于当行。乃若配调安腔,选声酌韵,或略焉而弗论,或涉焉而而未通。令上帝下清问于周郎,则今日之声歌,其先诗文而受槩也必矣。余早岁曾以《双雄》戏笔,售知于词隐先生。先生丹头秘诀,倾怀指授,而更谆谆为余言王君伯良也。先生所修《南九宫谱》,一意津梁后学;而伯良《曲律》一书,近镌于毛允遂氏,法尤密,论尤奇——厘韵则德清蒙讥,评辞则东嘉领罚。字栉句比,则盈床无合作;敲今击古,则积世少全才。虽有奇颖宿学之士,三复斯编,亦将咋舌而不敢轻谈,韬笔而不敢漫试,洵矣攻词之针砭,几于按曲之申、韩。然自此律设,而天下始知度曲之难;天下知度曲之难,而后之芜词可以勿制,前之哇奏可以勿传。悬完谱以俟当代之真才,庶有兴者。不然,夫安知世俗之不藉口于谱,而滥乃滋甚?且夫滥,一也。世乱则明槩于天,世治则阴槩于人。滥于曲而谱槩之,滥于藉口谱之曲而律槩之,其撰一也。而或者谓:词阃未开,赖谱为接引;词澜既倒,仗律为提防。是犹未知两先生相须之深者矣。抑人有言:指石喻山,破竹杪而识应节之皆虚也。可以槩曲,不可以槩诗文乎哉。吾更愿得工诗、文者补二律以备三章,则请以谋之允遂氏。天启乙丑春二月既望,古吴后学冯梦龙题于葑溪之不改乐庵。

《中国古典戏曲论著集成》第四集冯梦龙《曲律序》
中国戏剧出版社 1959 年版

　　余不谙词法,而酷好词致。犹忆弱冠之年,侍先君子山阴署中,获同王伯良先生研席。先生于谈艺之暇,每及词曲,津津乎有味共言之。余间举古传奇若杂剧中瑕瑜处相质,先生辄颐解首肯,谓可与言曲。先生于此道,故本夙悟,加以精探邃揽,自宫讽以至韵之平仄,声之阴阳,穷其元始,究厥指归,靡不析入三昧。吾邑词隐先生,为词坛盟主,持法之严,鲜所当意,独服膺先生,谓有冥契,诸所著撰,往来商榷。先生尝欲进余堂庑,指授衣钵,余谢未皇。岁癸亥,先生病,入秋忽驰数行,缄一帙来,曰:"吾生平论曲,为子所赏,顾喙也,非笔也。浸久法不传,功令斯湮,正始永绝,吾用大惧。今病且不起。平日所积成是书,曲家三尺具是矣,子其为我行之吴中。"余启读之,则《曲律》也。方在校刻,而讣音随至,兹函盖绝笔耳。先生淹通藻发,其所为诗若古文辞,卓然成一家言,有《方诸馆集》久行于世。遗草多未入梓,独忍死以是编相付。先生尝谓:"吾姑从世界缺陷处一修补之。"此意殊可念。先生旧尝校注古本《西厢》、《琵琶》二传,一洗沉伪,特擅精博,并微余言弁首,犹是属意衣钵狂狷之极思。余卒逡巡未能一领其秘,亦不意其遂为古人,竟以此负先生矣!先生作有《题红记》,及

《男后》、《离魂》、《救友》、《双环》、《招魂》诸剧,脍炙一时;乃最所得意则有《方诸馆乐府》二卷,悉散套与小令,家缮部兄方为厥之金陵。盖先生一生,钟有情癖,故但涉情澜,留连宛转,尽态极妍,令人色飞肠断,尤称擅场,洵是千古绝技。今二书并行,庶不为千古绝学,藉以不终负先生嘉惠之意,其在斯乎!余原不谙曲法,故律中微密不置论,亦不须复论,聊缀数语简後,用纪颠末,以志辍弦之痛。天启阏逢困敦之岁季春上浣五日,松陵友弟毛以遂跋。

蒋毅《中国古典戏曲序跋汇编》卷一毛以遂《曲律跋》
齐鲁书社 1989 年版

王伯良《曲律》,传本甚鲜,诸著录家亦未之及,惟吴江沈君徵《度曲须知》尝引其"论韵"一条。伯良在明季与词隐齐名,所著《题红记》,及《男后》、《离魂》、《救友》、《双环》、《招魂》诸剧,今不尽存;方诸馆校注《西厢》、《琵琶》二记,亦不传。此本为青浦陈东桥先生家旧藏,张君啸山得以视余。观其辨别体格,研究声韵,持论甚严,固不愧"律"之一字。其杂论下篇,载文渊阁藏本《乐府大全》,又名《乐府浑成》,中有字谱,核与《白石道人歌曲》、张叔夏《词源》所列,大同小异。按《齐东野语》:"《混成集》,修内司所刊,巨帙百余,古今歌词之谱,靡不备具;只大曲一类,凡数百解。"而伯良所见《浑成》,止林锺商一调中所载词至二百余阕云,以乐律推之,其书尚多,当得数十本,然则《乐府浑成》,即《混成集》也。伯良又云:"所列凡目有《卜算子》、《浪淘沙》、《鹊桥仙》、《西江月》等,皆长调,又与诗余不同;有《娇木笪》,则元人曲所谓《乔木查》,盖沿其名而误其字。"按:《卜算子》等四词,宋人本有令,有慢。柳耆卿《乐章集》、《卜算子》、《浪淘沙》、《鹊桥仙》三长调下,皆注歇指调,正与《浑成》所云林锺商、隋呼歇指调者相合。伯良娴於曲,而未考于词,故以为异耳。《齐东野语》又言:"太皇最知音,极喜歌。木笪人者,以歌《杏花天木笪》,遂补教坊都管。"亦可与此相证。惜《浑成》全书久佚;明阁本止存林锺商一类,今亦佚去;而载于《曲律》者,仅《俏声谱》及《小品谱》三段,又不全举其目,宋人歌词之法,遂不可复考。余重校刻伯良书,为度曲家圭臬,亦为论词者发深长思也。熙祚。

蒋毅《中国古典戏曲序跋汇编》卷一钱熙祚《曲律跋》
齐鲁书社 1989 年版

一、择其最难,声色启能兼备,但得沙喉响润,发于丹田者,自能耐久。若发口拗劣,尖粗沉郁,自非质料,勿枉费力。

一、初学,先从引发非其声响,次辨别其字面,又次理正其腔调,不可混杂强记,以乱规格。如学《集贤宾》,只唱《集贤宾》;学《桂枝香》,只唱《桂枝香》,久久成熟,移宫换吕,自然贯串。

一、五音以四声为主,四声不得其宜,则五音废矣。平上去入,逐一考究,务得中正,如或苟且舛误,声调自乖,虽具绕梁,终不足取。其或上声扭做平声,去声混作入声,交付不明,皆做腔卖弄之故,知者辨之。

一、生曲贵虚心玩味,如长腔要圆活流动,不可太长;短腔要简径找绝,不可太短。至如过腔接字,乃关锁之地,有迟速不同,要稳重严肃,如见大宾之状。

一、拍,乃一曲之余,全在板眼分明。如迎头板,随字而下;彻板,随腔而下;绝板,腔尽而下。有迎头惯打彻板,绝板,混连下一字迎头者,此皆不能调平仄之故也。

一、曲须要唱出各样曲名理趣,宋元人自有体式。如:《玉芙蓉》、《玉交枝》、《玉山供》、《不是路》要驰骤。《针线箱》、《黄莺儿》、《江头金桂》要规矩。《二郎神》、《集贤宾》、《月云高》、《念奴娇序》、《刷子序》要抑扬。《扑灯蛾》、《红绣鞋》、《麻婆子》虽疾而无腔,然而板眼自在,妙在下得匀净。

一、双叠字,上两字,接上腔,下两字,稍离下腔。如《字字锦》"思思想想,心心念念",又如《素带儿》"他生得齐齐整整,袅袅停停"之类。至单叠字,比双叠字不同,全在顿挫轻便。如《尾犯序》"一旦冷清清"之类,要抑扬。于此演绎,方得意味。

一、清唱,俗语谓之"冷板凳",不比戏场借锣鼓之势。全要闲雅整肃,清俊温润。其有专于模拟腔调,而不顾板眼,又有专主板眼而不审腔调,二者病则一般。惟腔与板两工者,乃为上乘。至如面上发红,喉间筋露,摇头摆足,起立不常,此自关儿器品,虽无与于曲之工拙,然能成此,方为尽善。

一、《琵琶记》乃高则诚所作,虽出于《拜月亭》之后,然自为曲祖,词意高古,音韵精绝,诸词之纲领,不宜取便苟且,须从头至尾,字字句句,须要透彻唱理,方为国工。

一、北曲以遒劲为主,南曲以宛转为主,各有不同。至于北曲之弦索,南曲之鼓板,犹方圆之必资于规矩,其归重一也。故唱北曲而精于《呆骨朵》、《村里迓鼓》、《胡十八》,南曲而精于《二郎神》、《香遍满》、《集贤宾》、《莺啼序》;如打破两重禅关,余皆迎刃而解矣。

一、北曲与南曲,大相悬绝,有磨调、弦索调之分。北曲字多调促,促处见筋,故词情多而声情少。南曲字少而调缓,缓处见眼,故词情少而声情多。北力在弦索,宜和歌,故气易粗。南力在磨调,宜独奏,故气易弱。近有弦索唱作磨调,又有南曲配入弦索,诚为方底圆盖,亦以坐中无周郎耳。

一、曲有三绝:字清为一绝;腔纯为二绝;板正为三绝。

一、曲有两不杂：南曲不可杂北腔；北曲不可杂南字。

一、曲有五不可：不可高；不可低；不可重；不可轻；不可自作主张。

一、曲有五难：开口难；出字难；过腔难；低难；转收入鼻音难。

一、曲有两不辨：不知音者不可与之辨；不好者不可与之辨。

一、听曲不可喧哗，听其吐字、板眼、过腔得宜，方可辨其工拙。不可以喉音清亮，便为击节称赏。大抵矩度既正，巧由熟生，非假师傅，实关天授。

一、丝竹管弦，与人声本自协合，故其音律自有正调，箫管以尺工俪词曲，犹琴之勾剔，以度诗歌也。今人不知探讨其中义理，强相应和，以音之高而凑曲之高，以音之低而凑曲之低，反足淆乱正声，殊为聒矣。陈可琴云："箫管有九不吹，不入调；非作家；唱不定；音不正；常换调；腔不满；字不足；成群唱；人不静；皆不可吹。"正有鉴于此也。

《中国古典戏剧论著集成》第五集魏良辅《曲律》
中国戏剧出版社 1959 年版

昭代填词者，无虑数十百家，矜格律则推词隐，擅才情则推临川。临川胸罗二酉，笔组七襄，《玉茗四种》脍炙词坛，特如龙脯不易入口，宜珍览未宜登歌，以声律未谐也。词隐独追正始，字叶宫商，斤斤罔失尺寸，《九宫谱》爰定章程，良一代宗工哉，特奉行者过当，或不免逢迎白家老妪。求乎雅俗悭心，既惊四筵，亦赏独座，庶几极则。嗟呼盖难言之。作者固难，知音者更自不易。世不乏好事，然手、口或难兼长，腕底解语，正不必舌本生香，一任讴伶自为夏奏，谁复为之订定？予于二者兼愧焉。思既居腕，鲠复在咽，欲强附知音，得乎？然性喜娱耳，每胜朋良会，辄掺耳以从，时遇耳所未然，即退而思，思而考之，知此中意殊深渺。南曲向多坊谱，已略发覆；其北词之被弦索者，无谱可稽，惟师牙后余慧。且北无入声，叶归平、上、去三声，尤难悬解。以吴侬之方言，代中州之雅韵，字理乖张，音义径庭，其为周郎赏者谐耶？不揣固陋，取《中原韵》为楷，凡弦索诸曲，详加厘考，细辨音切，字必求其正声，声必求其本义，庶不失胜国元音而止。若夫按节谐声，潜气内转，清音外激，抑扬变化，此自存乎其人。况予不能词而欲尽词之妙，不能歌而欲穷歌之奥，多见其不知量也。惟是生于吴，习于吴，不啻众楚之咻，聊以是为庄岳假途纠可矣。崇祯己卯夏日，松陵沈宠绥书于虎丘僧舍。

蒋毅《中国古典戏曲序跋汇编》卷一沈宠绥《弦索辨讹自序》
齐鲁书社 1989 年版

一、"南曲不可杂北腔，北曲不可杂南字"，诚哉良辅名语。顾北曲字音，必以周德清《中原韵》为准，非如南字之别遵《洪武韵》也。是集一照周韵详注音切于曲文之下。或一声无叶，仍借叶三声，如"些"字叶"写"平声，"色"字叶"筛"上声是也。且平常易晓字面，亦并故明，毋使览者开卷茫然。

一、闭口、撮口、鼻音，向来曲谱固于文旁点圈记认。然更有开口张唇字面，如花字、把字、话字，初学俱作满口唱；又有穿牙缩舌字面，如追字、楚字、愁字，初学俱照土音唱，又有阴出阳收字面，如和字、回字、弦字，俱作吴、围、言之纯阳实唱，听之殊可喷饭。今闭口、撮口、鼻音，仍旧于文之左旁记之——闭口则▢，撮口则〇、鼻音则△；其开口穿牙、阴出阳收，乃更于文之右旁记之——开口则■、穿牙则●、阴出阳收则▲，庶俾麈杪无差，而宫商咸叶。

一、开口字面，虑作满口，固矣，然有介乎开口、满口之间，如潘字、半字等类，又不可着情牵泥。倘或半字唱"扮"，伴字唱"办"，瞒字唱"蛮"，潘字唱"攀"，暖字唱"赧"，此则反失字面本音，所谓过犹不及也。作家体此，自能出口谐律。

一、《中原韵》字音，间有难从者。如我之叶五、儿之叶时、他止（宜为之）叶拖等类，不敢照韵音切。此则势应通俗，未可胶瑟，而固以遵韵为辞者也。

一、集中字面，有《中原韵》未收者，不敢逞臆音切，皆博考散集，注明书头，仍标所自出。又诸名家参订《西厢》曲文，互相同异，间可并从者，亦标书头，以备参览。

一、南曲板，自有蒋氏《九宫谱》后，迄今无改。惟弦索板，则添减不常，久未遵谱。年来业经几换，继此应难画一，故集中概不定板，以循常套云。

一、是编自《西厢》全部外，其他杂曲止录得近时习弹者十套。余曲虽多名笔，缘非时尚，未敢混选。

一、集中应注字面，有一曲几见者，止于每套之首音注一▢。余可类推，故不重复。

一、集中沙、波、麽三字，俱作语助解；俺、喒、咱三字，俱作我字解；恁是这般，您同你义；您恁二字，往往混誊，兹为厘别。

一、予前后两集，编裁徒凭蠡测，讨印繇来少资。赖同邑张叔贤、茂苑顾阳甫两人邀游名公，广搜邺架，藏帙时开寡味，职司磨较良苦，诚乐府之功臣而声场之酒监也，特表出之。

蒋毅《中国古典戏曲序跋汇编》卷一沈宠绥《弦索辨讹凡例》
齐鲁书社 1989 年版

六律五声八音何昉乎？昉天地之自然也。自然者，为于莫为，行所不得行，古圣因而律吕之,声歌之,格帝感神,宣风导化,象德昭功,非此无藉,故季子观鲁,十五国之风历然,尼父闻齐,千余年之盛如睹,非夫神妙无方,其能尔乎?汉魏以降,道丧乐崩,声音之道荒矣。然《房中》之曲,郊庙之乐,犹存十一于千百,乐府诸篇,盖其遗音乎?自时厥後,变声代作,繁响竞臻,帝王称知音者,唐玄宗、南唐后主、宋道君、金章宗,其班班也。于时伶人乐工,无不极意尽妍,播为新声,然按之鲜不协律者。声之有律,其诸刑法之金科玉条乎?陈隋以前,肇名为曲,王令言听翻调《安公子》曲,惊其往而不返;王右丞见度曲图,知为《霓裳羽衣》第二拍,固繇神解,亦岂非曲有常均耶?特古调不传,今可考者《清平》三调,旗亭四绝,大都即诗为曲,才人一章脱手,乐部即登管弦,居然风雅独绝。嗣乃短长其体,号为诗余,亦称填词,有宋最盛。沿及胜国,遂以制科取士,格律惟严,情才咸集,用以笙簧一代,鼓吹千载,安得不于今为烈哉。院本有南北二种,六宫十一调,初无异格,特南无唱,北无歌,不得不分胡越。吾吴魏良辅,审音而知清浊,引声而得阴阳,爰是引商刻羽,循变合节,判毫杪于奇张,别玄微于高下,海内翕然宗之。顾鸳鸯绣出,金针未度,学者见为然,不知其所以然;习舌拟声,沿流忘初,或声乖于字,或调乖于义,刻意求工者,以过泥失真;师心作解者,以臆断遗理,予有慨焉。小窗多暇,聊一拈出,一字有一字之安全,一声有一声之美好,顿挫起伏,俱轨自然,天壤元音,一线未绝,其在斯乎?其在斯乎!世有秦青薛谭,将无嗤予强作晓事,亦曰消我长夏,公彼同好云尔。崇祯己卯夏杪松陵沈宠绥书于不棹游馆。

蒋毅《中国古典戏曲序跋汇编》卷一沈宠绥《度曲须知自序》
齐鲁书社1989年版

忆乙卯之岁,读书灵鹫山中,戒晋叔先生日夕过从。时先生方有元剧之刻,相对辄亹亹个中,余闪是窥见一斑。后被逸失意,间作一二小曲送愁,从弟君明以能歌擅场,才落纸随付红牙,极尽起末、过度、揾簪、撇落之妙。未几,君明溘然,人琴之痛,遂废置此道。宴坐斗室,皈依白业,诵《法华安乐行品》,知造世俗文笔,讚咏外书,皆非所宜,誓一切断绝。乃时过江上君徵氏,间出女童,清喉宛转,弦索相应,丝竹肉缭绕无端,此时即饮光不免按节,况在凡夫能无口耳奔逸乎?君徵渊静灵慧,于书无所不窥,于象纬青乌诸学,无所不晓,而尤醉心声歌。昔同习静,已尝见其稽韵考谱,津津不置。遇声场胜会,必精神寂寞,领略入微,某音戾,某腔乖,某字吸呼协律,即此中名宿,靡不心愧首肯。迄今推敲久之,成《度曲须知》《弦索辨讹》两书,采前辈诸论,补其未发,厘音榷调,开卷了然,不须更觅导师,始明腔识谱也。昔万宝常善歌,上帝以天授音律之性,使钧天之官,示以玄微之要。君微此种学问,何所自来,其殆有神授耶?从来通于音律者,必精述阴阳,晓明星纬,至薰目为瞽,绝塞众虑,庶几以无累之神,合有道之器,故声音之学,非轻易可言。以王敬夫之填词,不免南北混淆,而以物作护,自非唇舌喉齿间,另具一付炉锤,而欲五音十二律、南之九宫、北之六宫十一调,不烦拟议,一一暗解,得乎?嗟嗟!桃花扇底,二八女娘,才一启齿,便欲销魂,若无沈郎一顾,终是声情不发。余久作沾泥之絮,无复有晓风残月之句,可佐清娱,恨不能起晋叔君明而共质之也。友弟颜俊彦书于莺湖舟次。

蒋毅《中国古典戏曲序跋汇编》卷一颜俊彦《度曲须知序》
齐鲁书社1989年版

声音之学,不由师傅则独悟惟艰哉。然而有口者任歌,有耳者任节,虽吴札、晋旷之能事,胥此萃焉。古者登歌在上,匏竹在下,贵人声焉,耳非是则无以召休祥而感灵祇。后世雅阕凌渐,工师徒记其铿锵鼓舞而不能明其义,儒者又深求之残编遗器而未始审其音,尝考"皇极音韵"之说,其原委不犹皙哉。盖声以律天而主阳,音以吕地而主阴,声有平、上、去、入之辨而禽辟因之,音有开、发、收、闭之辨而清浊分之,总之为十二图,纵三、横四,以字记数,而变不可胜穷。标幼侍先君子侧,闻绪论,每嘅正始沦缺而词曲官调犹存,复古之功,端在于斯。顾北曲九宫十三则,皆总章北里遗音,元人珥笔者多,素娴律吕妙协宫商;南之九宫,原不入调,词人就板牵合尤甚。故厘正以北音为首。恒病摛词者类不解律,而按曲者又不识字,爰著《度曲须知》为词家秉金科,《弦索辨讹》为时师悬玉律。二书成,天下始知有声音之正事,岂微妙哉。先君子读书赏音,雅有神解,尝得樵李陈子《四声经纬图》,为之反覆绅绎,以韵俪母,适得翻切天然谐合之妙,虽为此图者,亦未能洞晓本末至此也。乙酉岁,手著《中原正韵》一书,未竣,会避兵抢攘,赍愤永昔,于乎恨哉。予小子,慧业复短,精微莫究,游遭燹余,手泽仅存,恐久遂湮没,读《礼》之暇,稍稍捃拾散亡,校理前绪,非敢妄赘一词,庶几备陈三箧,并述所闻于简端,用志棘人孺慕之痛云。己丑仲春男沈标百拜谨识。(沈标字廉夫)

蒋毅《中国古典戏曲序跋汇编》卷一沈标《度曲须知续序》
齐鲁书社1989年版

臧懋循

臧懋循(1550—1620),字晋叔,自号顾渚山人,浙江长兴人。据说他"幼绝颖敏",三岁能诵《孝经》《古诗》,九岁操觚,日诵千言。万历八年(1580)赴进士试,中三甲,赐同进士出身,次年授荆州府学教授,官至南京国子监博士。万历十三年(1585)因"沉湎"遭国子监祭酒黄凤翔弹劾去官。曾与曹学佺、陈邦瞻等名士结社金陵,酬唱应和,辑为《金陵社集》传世。

臧懋循博学多才,诗赋、文章、书法俱佳,尤精于音律戏曲。据说他少嗜词曲,"于南北九宫,磐陟诸调,移宫入赚,乐句之节,喇喇能指诸掌"(《南京国子监博士臧顾渚公暨配吴孺人合葬墓志铭》)。其结交甚广,与汤显祖、梅鼎祚、袁宗道等名流文士,皆有应答。

今所见臧懋循编辑的《元曲选》,又名《元人百种曲》共一百卷,分10集,每集10卷。臧氏世代读书,家藏丰盈,又先后从山东王氏、湖北刘氏、福建杨氏等藏书大家处搜集善本元曲,参伍校订,精简其中一百种,先后分两批刻印,第一批甲、乙、丙、丁、戊集,刊于万历四十三年(1615);第二批己、庚、辛、壬、癸集,刊于万历四十四年(1616)。臧懋循编订《元曲选》一方面考虑到保存善本文献的价值,而更主要的是他试图通过收集整理元曲纠正明代戏曲创作中的一些问题。臧懋循认为,戏曲本诸民间演出,音声相合、词语通俗易懂,才能吸引观众。但是到了明代,戏曲创作盛极一时,文人学士都参与到创作队伍中,这就产生了诸如戏曲文本注重文采词华,甚至多用历史掌故、远离日常语言等诸多问题,使原本生动活泼的舞台艺术流于文人把玩的案头文字,这就远离了戏曲的本质。因而臧懋循提倡戏曲创作必须声律和谐,注重本色当行,语言雅俗兼收以表现人物性格、推动情节发展,使戏曲根植于社会生活的土壤,保持其舞台演出的可看性,因此他提出了具体的学习路径,即向"不工而工"、浑然天成的元曲学习。

今人所见元曲有160种左右,多赖臧懋循《元曲选》得以保存至今。其书是元曲研究最重要的文献,今有中华书局1979年刊印本,另中华书局于1959年出版隋树森所辑《元曲选外编》。此外,臧懋循尚有《负苞堂诗文集》。其编选刊刻的其他种类的书籍也相当多,如《玉茗堂四种》、《古本荆钗记》、《南柯记》、《邯郸记》、《六博碎金》、《校刻兵垣四编》、《古诗所》、《唐诗所》等等。

元曲选序二①

今南曲盛行于世,无不人人自谓作者,而不知其去元人远也。元以曲取士,设十有二科②,而关汉卿辈争挟长技自见,至躬践排场③,面傅粉墨,以为我家生活偶倡优而不辞者;或西晋竹林诸贤托杯酒自放之意,予不敢知。所论诗变而词,词变而曲,其源本出于一,而变益下,工益难,何也?词本诗而亦取材于诗,大都妙在夺胎而止矣;曲本词而不尽取材焉,如六经语,子史语,二藏④语,稗官野乘语,无所不供其采掇;而要归断章取义,雅俗兼收,串合无痕,乃悦人耳。此则情词稳称之难。宇内贵贱妍媸幽明离合之故,奚啻千百其状,而填词者必须人习其方言,事肖其本色,境无旁溢,语无外假,此则关目⑤紧凑之难。北曲有十七宫调⑥,而南止九宫,已少其半;至于一曲中有突增数十句者,一句中有衬贴数十字者,尤南所绝无,而北多以是见才。自非精审于字之阴阳,韵之平仄,鲜不劣调;而况以吴侬强效伧父喉吻⑦,焉得不至河汉⑧?此则音律谐叶之难。总之,曲有名家,有行家:名家者,出入乐府,文彩烂然,在淹通闳博之士,皆优为之。行家者,随所妆演,无不摹拟曲尽,宛若身当其处,而几忘其事之乌有;能使人快者掀髯,愤者扼腕,悲者掩泣,羡者色飞,是惟优孟衣冠⑨,然后可与于此。故称曲上乘首曰当行。不然,元何必以十二科限天下士,而天下士亦何必各占一科以应之,岂非兼才之难得而行家之不易工哉？予尝见王元美《艺苑卮言》之论曲，有曰："北曲字多而声调缓，其筋在弦，南曲字少而声调繁，其力在板。"夫北之被弦索，犹南之合箫管，摧藏掩抑，颇足动人，而音亦袅袅与之俱流，反使歌者不能自主，是曲之别调，非其正也。若板以节曲，则南北皆有力焉。如谓北筋在弦，亦谓南力在管可乎⑩？惜哉元美之未知曲也！繇斯以评，新安汪伯玉《高唐》《洛川》四南曲⑪，非不藻丽矣，然纯作绮语，其失也靡。山阴徐文长《祢衡》《玉通》四北曲⑫，非不伉僳矣，然杂出乡语，其失也鄙。豫章汤义仍，庶几近之，而识乏通方之见，学罕协律之功，所下句字，往往乖谬，其失也疏。他虽穷极才情，而面目愈离，按拍者既无绕梁遏云之奇⑬，顾曲者复无辍味忘倦之好⑭，此乃元人所唾弃而庋家⑮畜之者也。予故选杂剧百种，以尽元曲之妙，且使今之为南者，知有所取则云尔。

《元人百种曲》 博古堂藏版

【注释】

①《元曲选》为元人杂剧集，全书收录剧本100种。并按天干甲、乙、丙、丁的顺序厘次为十集。在序言中，臧懋循认为"诗变而词，词变而曲"，本出于同源，而在三者之中唯曲的创作最难。这种难度包括三个方面：其一是"情词稳称之难"，主要指戏曲语言应用上的困难。诗词写作多用雅正之语，词虽为诗余，或略作俗语，亦大体不离妙旨；然而曲在语言上则需要比诗词更为广泛的选取。因为曲为演出所用，故而在创作中"六经语，子史语，二藏语，稗官野乘语，无所不供其采掇"，最终又需将这些各色用语编缀串联，"雅俗兼收，串合无痕"。其二是"观目紧凑之难"，主要指戏曲人物性格设置上的困难。而戏曲除了具体演出时演员的自身发挥外，最主要的便是剧本本身所设计的人物个性。戏曲人物性情各异，情节安排应符合不同的人物，多种人物所使用的语言当然也不尽相同。这就需要作家必须深入地体察生活，"人习其方言，事肖其本色"，做到"境无旁溢，语无外假"。其三是"音律谐叶之难"，主要指音声和谐的困难，这是在语言使用上更高的一层要求。戏曲本身是用来演出的，填词用曲时需要"精审于字之阴阳，韵之平仄"，使得音律和谐。只有克服了这些困难，才能创作出优秀的作品。在臧懋循看来，明代戏曲，特别是南戏所出现的一系列问题正是没

有很好地处理这三个困难所造成的。为此他特地"选杂剧百种,以尽元曲之妙",希望当代作家向元代戏曲学习,以提升作品的艺术价值。

②元以曲取士,设十有二科——明沈德符《万历野获编》卷二十五"杂剧院本"下云:"元人未灭南宋时,以此定士子之优劣,每出一题,任人填曲,如宋宣和画学,出唐诗一句,恣其渲染,选其得画外趣者登高第,以故,宋画、元曲,千古无匹。"然于史无考。十二科是戏剧本事的分类,《太和正音谱》载"杂剧十二科":神化道化,隐居乐道,披袍秉笏,忠臣烈士,孝义廉节,叱奸骂谗,逐臣孤子,钹刀赶棒,风花雪月,悲欢离合,烟花粉黛,神头鬼面。

③排场——王季烈《螾庐曲谈》:"演剧者之上下动作,谓之排场。"

④二藏——指佛教和道教的典籍。

⑤关目——情节。

⑥北曲有十七宫调——六宫即仙侣宫、南吕宫、中吕宫、黄钟宫、正宫、道宫。十一调即大石调、小石调、高平调、般涉调、歇指调、商角调、双调、商调、角调、宫调、越调,合称十七宫调。

⑦以吴侬强效伧父喉吻——吴侬,即吴地的方言。伧父喉吻,六朝时期南方人称北方人为"伧父"讥其粗鄙,在这里用伧父喉吻指代北方方言。

⑧河汉——银河、星汉,原指广阔而漫无边际,在这里指相差很远。

⑨优孟衣冠——《史记·滑稽列传》:"(优孟)为孙叔敖衣冠,抵掌谈语。岁余,像孙叔敖,楚王及左右不能别也。庄王置酒,优孟前为寿。庄王大惊,以为孙叔敖复生也。"后以优孟衣冠指称演戏。

⑩"予尝见王元美《艺苑卮言》之论曲"句 ——王世贞《艺苑卮言》附录:"凡曲,北字多而调促,促处见筋;南字少而调缓,缓处见眼。北则词情多而声情少,南则词情少而声情多。北力在弦,南力在板。北宜和歌,南宜独奏。北气易粗,南气易弱。此吾论曲三昧语。"

⑪新安汪伯玉《高唐》《洛川》四南曲——汪道昆(1525—1593),字伯玉,号南溟、太函,有《太函集》,事见《明史·文苑传》,歙县人。所作杂剧,存有《高堂梦》《五湖游》《远山戏》《洛水悲》四种,合称《大雅堂乐府》。

⑫山阴徐文长《祢衡》《玉通》四北曲——徐文长,即徐渭(1521—1593),其《四声猿》,包括《女状元》、《雌木兰》、《玉禅师》(即《玉通》)、《渔洋弄》(即《祢衡》)四种。

⑬绕梁遏云之奇——《列子·汤问》:"昔韩娥东之齐,匮粮,过雍门,鬻歌假食,既去而余音绕梁,三日不绝。"

⑭顾曲者复无辍味忘倦之好——《三国志·吴志·周瑜传》:"瑜少精意于

音乐,虽三爵之后,其有阙误,瑜必知之,知之必顾,故时人谣曰:'曲有误,周郎顾。'"

⑮戾家——指同"行家"(职业演员)相对的客串演员。

【附录】

世称宋词元曲。夫词在唐,李白、陈后主皆已优为之,何必称宋?惟曲自元始有。南北各十七宫调,而《北西厢》诸杂剧亡逸数百种,南则《幽闺》、《琵琶》二记已耳。或谓元取士有填词科,若今括帖然,取给风檐寸晷之下,故一时名士,虽马致远、乔孟符辈,至第四折往往强弩之末矣。或又谓主司所定题目外,止曲名及韵耳,其宾白则演剧时伶人自为之,故多鄙俚蹈袭之语。或又谓《西厢》亦五杂剧,皆出词人手裁,不可增减一字,故为诸曲之冠。此皆予所不辩。独怪今之为曲者,南与北声调虽异,而过宫下韵一也。自高则成《琵琶》首为不寻宫数调之说,以掩覆其短,今遂藉口谓曲严于北而疏于南,岂不谬乎?大抵元曲妙在不工而工,其精者采之乐府,而粗者杂以方言;自郑若庸《玉玦》,始用类书为之;厥后张伯起之徒,转相祖述为《红拂》等记,则滥觞极矣。曲白不欲多,唯杂剧以四折写传奇故事,其白有累千言者。观《西厢》二十一折,则白少可见,尤不欲多骈偶,如《琵琶》黄门诸篇,业且厌之;而屠长卿《昙花》白终折无一曲,梁伯龙《浣纱》、梅禹金《玉盒》白终本无一散语,其谬弥甚。汤义仍《紫钗》四记,中间北曲,骎骎乎涉其藩矣,独音韵少谐,不无铁绰板唱"大江东去"之病,南曲绝无才情,若出两手,何也?何元朗评施君美《幽闺》远出《琵琶》上,而王元美目为好奇之过。夫《幽闺》大半已杂赝本,不知元朗能辨此否?元美千秋士也,予尝于酒次论及《琵琶梁州序》、《念奴娇序》二曲,不类永嘉口吻,当是后人窜入,元美尚津津称许不置,又恶知所谓《幽闺》者哉?予家藏杂剧多秘本,顷过黄从、刘延伯借得二百种,云录之御戏监,与今坊本不同。因为参伍校订,摘其佳者若干,以甲乙厘成十集,藏之名山而传之通邑大都,必有赏音如元朗氏者。若曰妄加笔削,自附元人功臣,则吾岂取?

臧懋循《负苞堂集》卷三《元曲选序》　古典文学出版社1958年版

临川汤义仍为《牡丹亭》四记,论者曰:"此案头之书,非筵上之曲。"夫既谓之曲矣,而不可奏于筵上,则又安取彼哉?且以临川之才,何必减元人,而犹有不足于曲者何也?当元时所工北剧耳,独施君美《幽闺》、高则诚《琵琶》二记,声调近南,后人遂奉为矩矱,而不知《幽闺》半杂赝本,已失真多矣。即《天不念》、《拜新月》等曲,吴人以供清唱,而调亦不纯,其余曲名莫可考证。故魏良辅止点《琵琶》板而不及《幽闺》,有以也。《琵琶》诸曲,颇为合调,而铺叙无当,如《登程》折、《赐宴》折,用末净丑诸色,皆涉无谓。陈留、洛阳,相距不三舍,而动称万里关山;中郎寄书高堂,直为拐儿所误,何谬戾之甚也。至曲每失韵白,多冗词,又其细矣。今临川生不踏吴门,学未窥音律,艳往哲之声名,逞汗漫之词藻,局故乡之闻见,按亡节之弦歌,几何不为元人所笑乎?

予病后一切图史悉已谢弃,闲取四记,为之反复删订。事必丽情,音必谐曲,使闻者快心而观者亡倦,即与王实甫《西厢》诸剧并传乐府可矣。虽然南曲之盛,无如今日,而讹以延讹,舛以袭舛,无论作者第求一赏音人不可得,此伯牙所以辍弦于子期,而匠人废斤于郢人也。刻既成,抚之三叹。

<small>臧懋循《负苞堂集》卷三《玉茗堂传奇引》　古典文学出版社1958年版</small>

今乐府盛行于世,皆知王大都《西厢》高东嘉《琵琶》为元曲,无敢置左右祖。然予观《琵琶》,多学究语,瑕瑜各半,于曲中三昧,尚隔一头地,而得与《西厢》并称者何也?往游梁,从友人王思延氏得周府所藏《荆钗》秘本,云是丹丘生手笔。构调工而稳,运思婉而匝,用事雅而切,布格圆而整,今坊本大异,循环把玩,几至忘肉。乃知元人所传,总一衣钵,分南北二宗,世人自暗见解,谬相祖述,尊临济而薄曹溪,蔽也久矣。

夫璧有两,色泽皆同而价悬绝特甚,唯识玉者能就其侧而辨之。何况彼此相形,低昂立判者哉!尹夫人一望见邢夫人,心折气沮,直欲自毁其面。於乎!此观《荆钗》、《琵琶》之喻也。

<small>臧懋循《负苞堂集》卷三《荆钗记引》　古典文学出版社1958年版</small>

元曲源流古乐府之体,故方言、常语,沓而成章,着不得一毫故实;即有用者,亦其本色事,如蓝桥、祆庙、阳台、巫山之类。以拗出之为警俊之句。决不直用诗句,非他典故填实者也。一变而为诗余集句,非当可矣,而未可厌也。再变而为诗学大成,群书摘锦,可厌矣,而未村煞也。忽又变而文词说唱,胡诌莲花落,村妇恶声,俗夫亵诨,无一不备矣。今之时行曲,求一语如唱本《山坡羊》《刮地风》《打枣竿》《吴歌》等中一妙句,所必无也。故以藻绩为曲,譬如以排律诸联入《陌上桑》《董妖娆》乐府诸题下,多见其不类;以鄙俚为曲,譬如以三家村学究口号、歪诗,拟《康衢》《击壤》,谓"自我作祖,出口成章",岂不可笑!而又攘臂自命,日新不已,直是有靦而目。

<small>《中国古典戏曲论著集成》第四集凌濛初《谭曲杂札》(节选)
中国戏剧出版社1959年版</small>

袁于令

袁于令(1592—1674),以字行,原名晋,字韫玉,又字令昭,号凫公,晚号箨庵。吴县(今江苏省)人,明生员。入清后任荆州知府,官至陕西按察司使。顺治十年罢官,寄寓南京。年七十,尚勉为少年态,喜谈闺闱事。晚年寓居会稽,忽染疾卒。

袁于令少年时即有才,十九岁作《西楼记》传奇,声名鹊起。自谓当年混迹于名士淑女之间,"歌词一落笔,晨而脱稿,夕遍里巷。过数十日,而海内管弦而歌"。另还创作有传奇《鹔鹴》、《珍珠衫》、《玉符记》、《长生乐》、《瑞玉记》、《合浦珠》、《金锁记》(一说叶宪祖作)等八种和杂剧《双莺传》、《战荆轲》,撰有小说《隋史遗文》。然其传奇流传下来的仅有《西楼》、《金锁》、《鹔鹴》三种,其余皆失传。代表作《西楼记》,曾获其同时代人汤显祖、吴梅村等的赞赏,祁彪佳也在《远山堂曲品》中将之列入"逸品",并赞其:"写情之至,亦极情之变;若出之无意,实亦有意所不能到。传青楼者多矣,自《西楼》一出,而《秀襦》、《霞笺》皆拜下风。"其所撰小说《隋史遗文》采用了野史笔记中的素材及流传于市井闾里的传说,附之以丰富的想象,酣畅的笔触,绘声绘色地刻画出隋唐群豪的"奇情侠气,逸韵英风"。序中谈到这部传奇小说的创作特点时云:"传奇者贵幻,忽焉怒发,忽焉嘻笑,英雄本色,如阳羡书生,恍惚不可方物。"或许正是这种文学观,使其对《西游记》有特殊的偏爱,并在对之评述中,对"极幻之事"、"极幻之理"做了充分的肯定。

袁于令的诗文集传有《及音室稿》、《留砚斋稿》等。

西游记题词①

文不幻②不文,幻不极不幻。是知天下极幻之事,乃极真之事;极幻之理,乃极真之理。故言真不如言幻,言佛不如言魔。魔非他,即我也。我化为佛,未佛皆魔。魔与佛力齐而位逼,丝发之微,关头匪细。摧挫之极,心性不惊。此《西游》之所以作也。说者以为寓五行生克之理,玄门修炼之道。余谓三教已括于一部,能读是书者,于其变化横生之处引而伸之,何境不通?何通不洽?而必问玄机于玉楼③,探禅蕴于龙藏④,乃始有得于心也哉?至于文章之妙,《西游》、《水浒》实并驰中原。今日雕空凿影,画脂镂冰,呕心沥血,断数茎髭而不得惊人只字者,何如此书驾虚游刃,洋洋洒洒数百万言,而不复一境,不离本宗。日见闻之,厌饫⑤不起;日诵读之,颖悟自开也!故闲居之士,不可一日无此书。幔亭过客。

《李卓吾先生批评西游记》卷首　日本广岛大学图书馆藏书业堂刻本

【注释】

①《西游记》全书100回,接受较为广泛的说法认为是明代吴承恩所作。吴承恩,字汝忠,号射阳山人,淮安府山阳县(今江苏淮安)人。明代刊刻的《西游记》有四个版本,现存最早、最完整的刊本是明万历二十年(1592)金陵世德堂《新刻出像官板大字西游记》(简称"世本"),此外还有杨闽斋本、未署刊者《唐僧西游记》,二者较世本略有删节,以上三个版本皆二十卷100回。第四个版本则是《李卓吾先生批判西游记》,不分卷次100回,间有回评批注,袁于令《西游记题词》是这个版本的序言。

袁于令在文中,肯定了神魔小说创作"幻"的特征,它正是神魔小说创作的重要手段和独特的审美质素。神魔小说本不在于追求叙述的真实性,"故言真不如言幻,言佛不如言魔",从而给读者带来广阔的联想乃至幻想的空间。那么真实和艺术的想象夸张之间的界限又是什么,应该如何处理两者之间的关系?这是此类小说创作首要解决的问题。若一味天马行空地讲述奇诡不经之事,则流于荒诞;但是若只言说日常种种所见所得,则又失去了神魔小说吸引读者的特质。故而袁于令指出:"是知天下极幻之事,乃极真之事;极幻之理,乃极真之理。"也就是说,艺术的想象夸张是以现实生活的种种事端为基础的。在《西游记》中"魔非他,即我也。我化为佛,未佛皆魔",言之神魔,实写人生。《西游记》一书"驾虚游刃,洋洋洒洒数百万言,不复一境,不离本宗",正是遵循了神魔小说创作中寓幻于真、幻中见真的创作原则。

袁于令最早开启了《西游记》幻象与真实的讨论,直接影响到后世学者对于《西游记》这部书的批评和理解,即从现实世界的风情事故、现世哲理来考量《西游记》故事本身。

②文不幻不文——幻,艺术的虚构和想象、夸张。
③玉楗——道家之书。
④探禅蕴于龙藏——龙藏,大藏经。
⑤厌饫不起—— 厌饫,吃饱、吃腻、满足。

【附录】

太史公曰:"天道恢恢,岂不大哉!谭言微中,亦可以解纷。"庄子曰:"道在屎溺。"善乎立言!是故"道恶乎往而不存,言恶乎存而不可"。若必以庄雅之言求之,则几乎遗《西游》一书,不知其何人所为。或曰:"出天潢何侯王之国",或曰:"出八公之徒",或曰:"出王自制。"余览其近意,跅弛滑稽之雄,戹言漫衍之为也。旧有叙,余读一过。亦不著其姓氏作者之名。岂嫌其丘里之言与?其叙以为为孙,狲也;以为心之神。马,马也;以为意之驰。八戒,其所八戒也;以为为肝气之木。沙,流沙;以为肾气之水。三藏,藏神藏声藏气之藏;以为郛郭之主。魔,魔;以为口耳鼻舌身意恐怖颠倒幻想之障。故魔以心生,亦以心摄。是故摄心以摄魔,摄魔以还理。还理以归之太初,即心无可摄。书奇之,益俾好事者为之订校,校其卷目梓之,凡二十卷数千万言有余,而乞叙于余。余维太史、漆园之意,道道所存,不欲尽废,况中虑者哉?故聊为缀其轶叙叙之。不欲其志之尽堙,而使后之人有览,得其意忘其言也。或曰:"此东野语,非君子所志。以为史则非信,以为子则非伦,以言道则近诬。吾为吾子之辱。"余曰:"否!否!不然!子以为子之史皆信邪?子之子皆伦邪?子之子此其为道道成耳。此其书直寓言者哉!彼以为大丹丹数也,东生西成,故西以为纪。彼以为浊世不可以庄语也,故委蛇以浮世。委蛇不可以为教也,故微言以中道理。道之言不可以入俗也,故浪谑笑虐以恣肆。笑谑不可以见世也,故流连比类以明意。于是其言始参差而俶诡可观,谬悠荒唐,无端崖涘,而谭言微中,有作者之心傲世之意。夫不可没也。唐光禄既购是。史皆中道邪? 一有非信非伦,则子史之诬均。诬均则去此书则远。余何从而定之?故以大道观,皆非所宜有矣。以天地之大观,何所不有哉?故以彼见非者,非也;以我见非者,非也。人非人之非者,非非人之非;人之非者,又与非者也。是故必兼存之后可。于是兼存焉。"而或者乃亦以信。属梓成,遂书冠之。时壬辰夏念一日也。

《鼎锲京本全像西游记》卷首陈元之《西游记序》
载《日本东京所见小说书目》人民文学出版社 1981 年版

不曰东游,而曰西游,何也?东方无佛无经,西方有佛与经耳。西方何以独有佛与经也?东生方也,心生种种魔生。西灭地也,心灭种种魔灭,魔灭然后有佛,有佛然后有经耳。然则东独无魔乎?曰:已说心生种种魔生矣,生则不灭,所以独有魔无佛耳。无佛则无经可知。记中原立南赡部洲,乃是口舌凶场,是非恶海,如娶孤女,而云挞父翁,无兄而云盗嫂,皆南赡部洲中事也。此非大魔乎?佛亦如之何哉?经亦如之何哉?此所以不曰东游,而曰西游也。批评中,随地而见此意。职须读者具眼耳。或曰:自有东胜神洲,乃以南赡部洲当之,是木火并作一方矣。或丈曰:木生火,举南而东在其中,犹东可概南也。秃老闻之,叹曰:两家都饶舌,且迟他十年看《西游记》可也。

《李卓吾先生批评西游记》卷首李贽《批点西游记序》
日本广岛大学图书馆藏书业堂刻本

  小说野俚诸书,稗官所不载者,虽极幻妄无当,然亦有至理存焉。如《水浒传》无论已。《西游记》曼衍虚诞,而其纵横变化,以猿为心之神,以猪为意之驰,其始之放纵,上天下地,莫能禁制,而归于紧箍一咒,能使心猿驯伏,至死靡他,盖亦求放心之喻,非浪作也。《华光》小说则皆五行生克之理,火之炽也,亦上天下地,莫之扑灭,而真武以水制之,始归正道。其他诸传记之寓言者,亦皆有可采。惟《三国演义》与《残唐记》、《宣和遗事》、《杨六郎》等书,俚而无味矣。何者?事太实则近腐,可以悦里巷小儿,而不足于士君子道也。

《明清小说资料选编》第三编谢肇淛《五杂俎》(节选)
南开大学出版社 2006 年版

  嘉隆之间,雅道大兴,七子力驱而近之古,海内翕然乡风。其气不得靡,故拟者失而粗厉;其格不得逾,故拟者失而拘挛;其蓄不得俭,故拟者失而糅杂;其语不得凡,故拟者失而诡僻。至于今而失弥滋甚,而世遂以罪七子.谓李斯之祸秦,实始荀卿。

  而独山阳吴汝忠不然。汝忠于七子中所谓徐子与者最善,还往倡和最稔。而按其集,独不类七子友,率自胸臆出之,而不染于色泽,舒徐不迫,而亦不至促弦而窘幅。人情物理,即之在耳目之前,而不必尽究其变。盖诗在唐与钱、刘、元、白相上下,而文在宋与庐陵、南丰相出入。至于扭织四六若苏端明,小令新声若《花间》《草堂》,调宫徵而理经纬,可讽可歌,是偏至之长技也。大要汝忠师心匠意,不傍入门户篱落,以钓一时声誉,故所就如此。

昔齐己好韦苏州,即为苏州语以见,苏州不善也。他日进其故草,苏州大相赏,"子奈何舍故吾而似我?"张率年十六,作二千首,虞讷见而诋之。更为诗托之沈约,讷便向之嗟称。人情好名,而酷欲中人之好,从来久矣。天下方驰骛七子,而汝忠之为汝忠自如。以彼其才,仅为邑丞以老,一意独行,无所扳援附丽,岂不贤于人远哉?

汝忠善吾郢人陈玉叔,玉叔行其集,盛有所称引。今勋卿丘公汝洪者,母夫人于汝忠为出礼称离孙。丘公念母,而念母之舅氏,复搜集玉叔所未及录者,已,病其太繁,属不佞校删而为之叙。吴有遗爱于丘,丘所以报吴,久而不忘,皆人伦懿美,出于是集之外。嗟乎! 此不佞所贵于汝忠能自为汝忠者也。

吴承恩《射阳先生存稿》卷首李维桢《吴射阳先生选集序》　万历刻本

三教圣人之书,吾皆得而读之矣。东鲁之书,存心养性之学也;函关之书,修心炼性之功也;西竺之书,明心见性之旨也。此心与性,放之则弥于六合,卷之则退藏于密,其揆一也,而莫奇于佛说。吾尝读《华严》一部而惊焉。一天下也,分而为四;一世界也,界而为小千、中千、大千。天一而已,有忉利、夜摩诸名;地一而已,有欢喜、离垢诸名。且有轮围山,香水海,风轮宝焰,日月云雨,宫殿园林,香花鬘盖,金银琉璃,摩尼之类,无数无量无边,至于不可说,不可说总以一言蔽之曰:一切惟心造而已。后人有《西游记》者,殆《华严》之外篇也。其言虽幻,可以喻大;其事虽奇,可以证真;其意虽游戏三昧,而广大神通具焉。知其说者,三藏即菩萨之化身;行者、八戒、沙僧、龙马,即梵释天王之分体;所遇牛魔、虎力诸物,即阿修罗、迦楼罗、紧那罗、摩睺罗伽之变相。由此观之,十万四千之远,不过一由旬,十四年之久,不过一刹那。八十一难,正五十三参之反对;三十五部,亦四十二字之余文也。盖天下无治妖之法,惟有治心之法。心治则妖治。记西游者,传《华严》之心法也。虽然,吾于此有疑焉。夫西游取经,如来教之也。而世传为丘长春之作。《元史·丘处机传》称,为神仙仙(衍一仙字)宗伯,何慕乎西游。岂空空玄玄有殊涂同归者耶? 然长春微意,引而不发。今有悟一子陈君起而诠解之,于是钩《参同》之机,抉《悟真》之奥,收六通于三宝,运十度于五行,将见修多罗中有炉鼎焉,优昙钵中有梨枣焉,阿阇黎中有婴儿姹女焉。彼家采战,此家烧丹,皆波旬说,非佛说也。佛说如是奇矣,更有奇者,合二氏之妙而通之于《易》,开以乾坤,交以坎离,乘以姤复,终以既济、未济,遂使太极、两仪、四象、八卦、三百八十四爻,皆会归于《西游》一部。一阴一阳,一阖一辟,其为变易也,其为不易也,吾乌乎名之哉?然则奘之名玄也,空、能、静之名悟也,兼佛老之谓也。举夫子之道一以贯之,悟之所以贞夫一也。然老子曰:"道生一。"佛子曰:"万法归一。"一而三,三而一者也。以悟一之书,告之三教圣人,必有相视而笑者。昌黎有云:"老者曰:'孔子吾师之弟子也。'佛者曰:'孔子吾师之弟子也。'"孔子者习闻其说,亦曰吾师亦尝师之云尔。吾师乎,吾不知其为谁者?若悟一者,岂非三教一大弟子乎?吾故曰:能解《西游记》者,圣人之徒也。

陈士斌《西游真诠》卷首尤侗《西游真诠序》　中国人民大学出版1992版

《西游记》者,元初长春邱真君之所著也。其书阐三教一家之理,传性命双修之道。俗语常言中,暗藏天机;戏谑笑谈处,显露心法。古人所不敢道者,真君道之;占人所不敢泄者,真君泄之。一章一篇,皆从身体力行处写来;一辞一意,俱在真履实践中发出。其造化枢纽,修真窍妙,无不详明且备。可谓拔天根而钻鬼窟,开生门而闭死户。实还元返本之源流,归根复命之阶梯。悟之者在儒即可成圣,在释即可成佛,在道即可成仙。不待走十万八千之路,而三藏真经可取;不必遭八十一难之苦,而一觔斗云可过;不必用降魔除怪之法,而一金箍棒可毕。盖西天取经,演《法华》、《金刚》之三昧;四众白马,发《河洛》、《周易》之天机;九九归真,明《参同》、《悟真》之奥妙;千魔百怪,劈外道旁门之妄作;穷历异邦,指脚踏实地之工程。三藏收三徒而到西天,能尽性者必须至命;三徒归三藏而成正果,能了命者更当修性。贞观十三年上西,十四年回东,贞下有还原之秘要;如来造三藏真经,五圣取一藏传世,三五有合一之神功。全部要旨,正在于此。其有裨于圣道,启发乎后学者,岂浅鲜哉?憺(澹)漪道人汪象旭,未达此义,妄议私猜,仅取一叶半简,以心猿意马,毕其兰全旨,且注脚每多戏谑之语,狂妄之词。咦!此解一出,不特埋没作者之苦心,亦且大误后世之志士,使千百世不知《西游》为何书者,皆自汪氏始。

其后蔡、金之辈,亦遵其说而附和解注之。凡此其遗害,尚可言哉?继此或目为顽空,或指为执相,或疑为闺丹,或猜为吞咽。千枝百叶,各出其说,凭心造作,奇奇怪怪,不可枚举。此孔子不得不哭麟,卞和不得不泣玉也。自悟一子陈先生真诠一出,诸伪显然,数百年埋没之《西游》,至此方得释然矣。但其解虽精,其理虽明,而于次第之间,仍未贯通,使当年原旨,不能尽彰,未免尽美而未尽善耳。予今不揣愚鲁,于每回之下,再三推敲,细微解释。有已经悟一子道破者,兹不复赘,即遗而未解,解而未详者,逐节释出,分晰层次,贯串一气。若包藏卦象,引证经书处,无不一一注明。俾有志于性命之学者,原始要终,一目了然,知此《西游》,乃三教一家一理,性命双修之道,庶不惑于邪说淫辞,误入外道旁门之涂,至于文墨之工拙,则非予之所计也。

刘一明《西游原旨》卷首《西游原旨序》　上海古籍出版社 1994 年版

《西游原旨》者,吾师悟元老人之所注也。老人博通典坟,学贯天人,师事龛谷仙,留得先天性命之秘旨,穷流指源,语一该万,忧悯后学,师授罕觏,遂乃著书立说,以上卫正道,而下启后蒙,婆心独切,故著书最多。若《三易注略》、《周易阐真》、《道德会义》、《参悟直指》、《会心集》、《指南针》,或作或述,皆期释惑指迷,故言皆直指先天,不复作譬喻之词,业已付剞劂,而公诸宇内矣。惟《西游原旨》之作,较诸书最早,因卷帙繁多,工费甚巨。同人每有请之者,师都不许。今诸书既竣,而请者愈众,襄事更多。师不获已,乃重加校勘而付之梓。计生平著述,此书最为原起,而授刻独后,所谓以此始,而亦以此终也。吾师之言曰:"丹经自《参同》而后,显揭其旨者,莫过于《悟真篇》为字字归元,诚丹经之宗主,大道之航舆也。彼二书者,或微奥而难通,或火候之未备。惟《西游记》一书,借俗语以演大道,其间性命源流,工程次第,与夫火候口诀,无不详明而且备焉。学者苟有志玩索,超凡入圣,无过此书矣。故《原旨》之作,较诸书更加详慎,殚数十年精力,惟恐古人之书,有一字之未悉,又惟恐注释之义,与古人之旨,有一字之不合者,此原旨之名,所由自表其用心焉耳。考邱祖道成之后,著《西游记》一书,自元迄明,并未有解出真义者。惟我朝山阴悟一子陈先生,获遇真传,闻道之后,取《西游》而为之注释,名曰《真诠》。其注既行,人始知《西游》之作,非谈天雕龙,汗漫成书者比。则凡知《西游》为阐道之书者,大抵自悟一子始。顾其为注,炫于行文,而略于晰(析)理,遂至辞胜于义,俾书中真妙,反掩埋而不彰。此《原旨》之注,真有所不得已也。"礼读《原旨》之注,而有味乎《西游》之本旨,因并读《真诠》之注,而知其《西游》之大旨。然则《原旨》之作,不但有功于《西游》,即悟一子之注,亦足以表其长而补其阙焉。昌黎云:"莫为之前,虽美弗传;莫为之后,虽盛弗彰。"《真诠》之注,得《原旨》之注而益彰,不更为异地同心之良友也哉?礼少从孙韦西夫子游,先生不弃凡陋,帖括之余,微示经籍奥义,心窃慕之。又明告以章句占毕之学,不足以穷经而明理,必从达人正士游,方足资其学问,且戒勿存畛域,以自限于师资。礼用是得谒吾师于金城之栖云山。拜谒之后,师方以愚明柔强相期。不料担荷不力,竟不克终学不至谷之训。驰骛功名,萦心利禄,垂二十载,迄今视衰齿暮,毫无所闻。回思两地师恩,俱极高厚,自用暴弃,辜负实深焉。抑有幸者,礼以乡曲狠鄙之材,从韦西先生游,不数年而俗陋渐化,知亲近于有道矣。自谒吾师而后,教以心地用功,廿年以来,渐能事事认真,不苟且于财利,不震慕乎势位,风波场中,颇能自立,勉强之功,少有可以信于心者,皆秉于师训也,所得于师者多矣!人生得从正士游,而稍知自爱,以不流于匪僻,谓非庸人之大幸也哉?至于理未能明,学无所获,乃自非其人,非师之有所私秘也。今因刻《原旨》既竣,跋以芜辞,一以明师教无隐之公,一以志平日废学之过。惟愿读是言者,知著书之劳,用心之苦,不至轻易读过,则私心且有望焉。大抵性命微旨,窍妙真传,非至人口诀,终未易展卷而获。至于读《原旨》之书,足知先天性命之学,原本《太易》《阴符》《道德》诸经。乃圣人穷理尽性至命之学,绝非世间庸夫俗子、文人学士,误惑旁门,妄猜私议者可比。则此书之有益后学,正复无穷,礼之所及知者此耳,敢以告之同人。

刘一明《西游原旨》卷末樊于礼《读西游原旨跋》
上海古籍出版社 1994 年版

《西游》佛记也,亦魔记也。魔可云佛,佛亦可云魔。是何以故?盖佛以慧显,魔以智降,此魔而可以入佛者也。然则虽举诸佛菩萨三十二相之身、百千万倍之化而魔之,亦奚不可!夫魔之眯佛,亦云是也。乃展转相因,惟由静而有动于心者生也。既能生佛,又能生魔。故空诸一切,以归于无。无者,不动之谛也。若本无可动,何名不动?则甚深微渺之中,包摄具足。种种智相,天人妓乐,华鬘宝首,琉璃金碧,师子神王,游戏神通,断可识矣。中世不悟,实生机心。夫机何妨乎?《南华》有云:"万物皆出于机,入于机。"机也者,抉造化之藏,夺五行之秀。持之极微,发之极险。故曰:"天发杀机,移星易宿;地发杀机,龙蛇起陆;人发杀机,天地翻覆。"又曰:"心生于物,死于物,机在目。"言贵慎用也。夫机者,魔与佛之关捩也。封之则冥,拔之即动。倏而变幻,倏而智巧,倏而意中造意,心内生心。抢抢扰扰,驱神役智。聪明作祟,械牯为缘。烧空凿窍,举体皆魔。而湛寂真空之理,不可问矣。去佛眇末,卒以寻丈颠倒,诞妄了无尽期。机心存于中,则大道畔于外,必至之理也。前记谬悠谲诞,滑稽之雄。大概以心降魔,设七十二种变化,以究心之用。上穷碧落,下极阴幽,三界贤圣,搜罗几尽。杂取丹铅婴姹之说,以求合乎金丹之旨。世多爱而传之。作者犹以荒唐毁亵为忧。兼之机变太熟,扰攘日生,理舛虚无,道乖平等。继撰是编,一归铲削。俾去来各有根因,真幻等诸正觉。起魔摄魔,近在方寸。不烦剿打扑灭,不用彼法劳叨。即经即心,即心即佛。有觉声闻,圆实功行。助登彼岸,还返灵虚。化不净根,解亡涂缚。作者苦心,略见于此。我愿观者,同具人天慧业,得是书而绎之,当作不动地想,毋徒曰骈拇赘疣而胡卢弁髦之也。

《续西游记》卷首真复居士《续西游记序》 岳麓书社 2003 年版

曰:出三界,则情根尽,离声闻缘觉,则妄想空。又曰:出三界,不越三界;离声闻缘觉,不越声闻缘觉;一念着处,即是虚妄。妄生偏,偏生魔,魔生种类。十倍正觉,流浪幻化,弥因弥极,浸淫而别具情想,别转人身,别换区寓,一弹指间事。是以学道未圆,古今同慨。

曰:借光于鉴,借鉴于光,庶几照体尝悬,勘验有自。乃若光影俱无,归根何似,又可慨已。

补《西游》,意言何寄?

作者偶以三调芭蕉扇后,火焰清凉,寓言重言,以见情魔团结,形现无端,随其梦境迷离,一枕子幻出大千世界。

如孙行者牡丹花下扑杀一干男女,从春驹野火中忽入新唐,听见《骊山图》便想借用着"驱山铎",亦似芭蕉扇影子未散,是为"思梦"。

一堕青青世界,必至万镜皆迷。踏空凿天,皆由陈玄奘做杀青大将军一念惊悸而生,是为"噩梦"。

欲见秦始皇,瞥面撞着西楚,甫入古人镜相寻,又是未来;勘问宋丞相秦桧一案,斧钺精严,销数百年来青史内不平怨气,是近"正梦"。

困葛藟宫,散愁峰顶,演戏、弹词,凡所阅历,至险至阻,所云洪波白浪,正好着力。无处着力,是为"惧梦"。

千古情根,最难打破一"色"字。虞美人、西施、丝丝、绿珠、翠绳娘、苹香,空闺谐谑,婉娈近人,艳语飞飚,自招本色,似与"喜梦"相邻。

到得蜜王认行者为父,星稀月朗,大梦将残矣,王旗色乱,便欲出魔,可是"寤梦"。

约言六梦,以尽三世。为佛、为魔、为仙、为凡、为异类种种,所造诸缘,皆从无始以来认定不受轮回,不受劫运者,已是轮回,已是劫运。若自作,若他人作,有何差别?

夫心外心,镜中镜,奚啻石火电光,转眼已尽。今观十六回中,客尘为据,主帅无饭,一叶泛泛,谁为津岸?

夫情觉索情,梦觉索梦者,了不可得尔。阅是补者,暂为火焰中一散清凉,泠然善也。

董说《西游补》卷首嶷如居士《西游补序》 明崇祯间刻本

问:《西游》不阙,何以补也?曰:《西游》之补,盖在火焰芭蕉之后,洗心扫塔之先也。大圣计调芭蕉,清凉火焰,力遏之而已矣。四万八千年俱是情根团结,悟通大道,必先空破情根;空破情根,必先走入情内;走入情内,见得世界情根之虚,然后走出情外,认得道根之实。《西游补》者,情妖也;情妖者,鲭鱼精也。

问:《西游》旧本,妖魔百万,不过欲剖唐僧而俎其肉,子补《西游》,而鲭鱼独迷大圣,何也?曰:孟子曰:"学问之道无他,求其放心而已矣。"

问:古本《西游》,必先说出某妖某怪,此叙情妖,不先晓其为情妖,何也?曰:此正是补《西游》大关键处。情之魔人,无形无声,不识不知,或从悲惨而入;或从逸乐而入;或一念疑摇而入;或从所见闻而而入。其所入境,若不可已,若不可改,若不可忽。若一入而决不可出,知情是魔,便是出头地步。故大圣在鲭鱼肚中,不知鲭鱼;跳出鲭鱼之外,而知鲭鱼也。且跳出鲭鱼不知,顷刻而杀鲭鱼者,仍是大圣。迷人悟人,非有两人也。

问:古人世界,是过去之说矣;未来世界,是未来之说矣。虽然,初唐之日,又安得宋丞相秦桧之魂魄而治之?曰:《西游补》情梦也。譬如正月初三日梦见三月初三与人争斗,手足格伤,及至三月初三果有争斗,目之所见与梦无异。夫正月初三非三月初三也,而梦之见之者,心无所不至;心无所不至,故不可放。

问:大圣在古人世界,为虞美人,何媚也?在未来世界,便为阎罗天子,何威也?曰:心入未来,至险至阻,若非振作精神,必将一败涂地。灭六贼,去邪也;刑秦桧,决趋向也;拜武穆,归正也。此大圣脱出情妖之根本。

问:大圣在青青世界,见唐僧是将军。何也?曰:不须着论,只看"杀青大将军,长老将军"此九字。

问:十三回"关雎殿唐僧堕泪,拨琵琶季女弹词",大有凄风苦雨之致?曰:天下情根不外一"悲"字。

问:大圣忽有夫人男女,何也?曰:梦想颠倒。

问:大圣出情魔时,五色旌旗之乱,何也?曰:《清净经》云:"乱穷返本,情极见性。"

问:大圣遇牡丹,便入情魔,作奔垒先锋,便出情魔,何也?曰:斩情魔,政要一刀两段。

问:天可凿乎?曰:此作者大主意。大圣不遇凿天人,决不走入情魔。

问:古本《西游》,凡诸妖魔,或牛首虎头,或豺声狼视,今《西游补》十五回所记鲭鱼模样,婉变近人,何也?曰:此四字正是万古以来第一妖魔行状。

董说《西游补》卷首静啸斋主人《西游补答问》　明崇祯间刻本

袁宗道

袁宗道(1560—1600),字伯修,号玉蟠,又号石浦,湖广公安人。十九岁中乡举,万历十四年(1586)礼部会试第一,殿试二甲第一,授庶吉士,入翰林院编修。万历二十五年以翰林院修撰充东宫讲官,历春坊中允,至右庶子,因劳累过度而卒于官,终年四十一岁。传见《明史》卷一七六。

袁宗道为"公安派"的领袖之一,与弟宏道、中道并称"三袁"。然公安派之起事实上源于宗道与黄辉等于馆阁期间的思想觉悟。其时复古之作充斥文坛,宗道等目之为"俗学",力求改辙,并专好白居易与苏轼,名其宅为"白苏斋"。牧斋评之曰:"其才或不逮二仲,而公安一脉,实自伯修始之。"宗道在馆阁时原崇尚三一教,后遇焦竑而改信心学与佛学,并将这些思想带给了二弟,引起了宏道与中道的思想转化。其《说书类》文章解释四书多有援佛入儒的倾向,属于当时一种较为典型的文体,崇尚心性,破除陈见。由此出发,其论文主张从心出发,重视主体的见识。袁宗道的诗文创作不事雕琢,率真自然。散体文字以士大夫闲情逸兴及说理谈禅为主。

诗文辑入《白苏斋类集》,有万历间舒承溪写刻本,二十二卷。后有上海古籍出版社1989年钱伯诚整理本《白苏斋类集》,及孟祥荣笺校、湖北人民出版社2003年刊行的《袁宗道集笺校》,后者增三种附录,故也最为详切。

论　文[①]

上

口舌代心者也,文章又代口舌者也。展转隔碍,虽写得畅显,已恐不如口舌矣,况能如心之所存乎?故孔子论文曰:"辞达而已。"②达不达,文不文之辨也。唐、虞、三代之文③,无不达者。今人读古书,不即通晓,辄谓古文奇奥,今人下笔不宜平易。夫时有古今,语言亦有古今。今人所诧谓奇字奥句,安知非古之街谈巷语耶?《方言》谓楚人称知曰党,称慧曰𧪰,称跳曰跡,称取曰挺④。余生长楚国,未闻此言。今语异古,此亦一证。故《史记》五帝三王纪⑤改古语从今字者甚多:"畴"改为"谁","俾"为"使","格奸"为"至奸","厥田厥赋"为"其田其赋",不可胜记。左氏去古不远,然传中字句,未尝肖《书》也。司马去左亦不远,然《史记》句字,亦未尝肖《左》也。至于今日,逆数前汉,不知几千年远矣,自司马不能同于左氏,而今日乃欲兼同左、马,不亦谬乎!中间历晋、唐,经宋、元,文士非乏,未有公然捎扯古文,奄为己有者。昌黎好奇,偶一为之,如《毛颖》等传⑥,一时戏剧,他文不然也。

空同不知⑦,篇篇模拟,亦谓反正。后之文人,遂视为定例,尊若令甲⑧,凡有一语不肖古者,即大怒,骂为野路恶道。不知空同模拟,自一人创之,犹不甚可厌。迨其后以一传百,以讹益讹,愈趋愈下,不足观矣。且空同诸文,尚多己意,纪事述情,往往逼真。其尤可取者,地名官衔,俱用时制。今却嫌时制不稳,取秦、汉名衔以文之。观者若不检《一统志》,几不识为何乡贯矣⑨。且文之佳恶,不在地名官衔也。司马迁之文,其佳处在叙事如画,议论超越。而近说乃云西京以还,封建宫殿,官师郡邑,其名不驯雅,虽子长复出,不能成史⑩。则子长佳处,彼尚未梦见也,而况能肖子长也乎?或曰:"信如子言,古不必学耶?"余曰:"古文贵达,学达即所谓学古也,学其意不必泥其字句也。"今之圆领方袍,所以学古人之缀叶蔽皮也;今之五味煎熬,所以学古人之茹毛饮血也。何也?古人之意期于饱口腹,蔽形体。今人之意亦期于饱口腹,蔽形体,未尝异也。彼摘古字句入己著作者,是无异缀皮叶于衣袂之中,投毛血于殽核之内也。大抵古人之文,专期于达;而今人之文,专期于不达。以不达学达,是可谓学古者乎!

下

爇香者,沉则沉烟,檀则檀气⑪。何也?其性异也。奏乐者钟不藉鼓响,鼓不假钟者,何也?其器殊也。文章亦然。有一派学问,则酿出一种意见。有一种意见,则创出一般言语。无意见则虚浮,虚浮则雷同矣。故大喜者必绝倒,大哀者必号痛,大怒者必叫吼动地,发上指冠。惟戏场中人,心中本无可喜事,而欲强笑;亦无可哀事,而欲强哭。其势不得不假借模拟耳。今之文士,浮浮泛泛,原不曾的然做一项学问,叩其胸中,亦茫然不曾具一丝意见,徒见古人有立言不朽之说⑫,又见前辈有能诗能文之名,亦欲搦管伸纸,入此行市,连篇累牍,图人称扬。夫以茫昧之胸,而妄意鸿钜之裁,自非行乞左、马之侧,募缘残溺,盗窃遗矢,安能写满卷帙乎?试将诸公一编,抹去古语陈句,几不免于曳白矣⑬。其可愧如此,而又号于人曰引古词,传今事,谓之属文。然则二《典》三《谟》,非天下至文乎?而其所引,果何代之词乎?

余少时喜读沧溟、凤洲二先生集⑭。二集佳处,固不可掩,其持论大谬,迷误后学,有不容不辨者。沧溟赠王序,谓"视古修词,宁失诸理"。夫孔子所云辞达者,正达此理耳,无理则所达为何物乎?无论《典》、《谟》、《语》、《孟》,即诸子百氏,谁非谈理者?道家则明清净之理,法家则明赏罚之理,阴阳家则述鬼神之理,墨家则揭俭慈之理,农家则叙耕桑之理,兵家则列奇正变化之理。汉、唐、宋诸名家,如董、贾、韩、柳、欧、苏、曾、王诸公,及国朝阳明、荆川⑮,皆理充于腹而文随之。彼何所见,乃强赖古人失理耶?凤洲《艺苑卮言》,不可具驳,其赠李序曰:"'六经'固理数已尽,不复措语矣。"沧溟强赖古人无理,而凤洲则不许今人有理,何说乎?此一时遁词,聊以解一二识者模拟之嘲,而不知其流毒后学,使人狂醉,至于今不可解喻也。然其病原则不在模拟,而在无识。若使胸中的有所见,苞塞于中,将墨不暇研,笔不暇挥,兔起鹘落,犹恐或逸;况有闲力暇晷,引用古人词句耶?故学者诚能从学生理,从理生文,虽驱之使模,不可得矣。

《白苏斋类集》卷二十　上海古籍出版社 1989 年版

【注释】

① 本文选自《白苏斋类集》,集中以"是可谓学古者乎"为界,分为上下两篇。袁宗道是公安派的开创人物,"三袁"中他最先利用馆阁文臣对文坛的影响作用并结合同馆著名文士黄辉、焦竑的力量,指名道姓、针锋相对地反对后七子的复古主张。而其语言文字因时而异的文学发展观对公安派领袖袁宏道思想有开启之功。

此篇为其时声讨七子派的一篇力作。针对明代前后七子"文必秦汉"的复古主张及其模拟古文字句、晦涩难解的文体,袁宏道特意撰文进行反驳,提出异议。焦竑《与友人论文》从形与实的角度反对复古派在形式上的模拟,此篇则站在更高的层面,并从语言文字发展变化的视角批驳复古派模拟古文字句的错误,非常具体、细致地指出对古文字句的模拟,导致文章奇奥难懂,恰恰偏离了古人作文的精神——辞达。但宗道对七子的批评也不是一概抹杀,主要针对的是七子的理论主张及后学的流弊,至于对李梦阳等的成就依然给予了较高的评价,如以为梦阳自有开辟之功,而"空同诸文,尚多己意,纪事述情,往往逼真。其尤可取者",可谓平心之论。

针对当时文坛由于模拟成风导致的作品雷同现象,袁宗道挖掘了其内在的深层原因,即创作主体缺乏识见,提出"士先器识而后文艺"之说。"有一派学问,则酿出一种意见。有一种意见,则创出一般言语。无意见则虚浮,虚浮则雷同矣。"这和焦竑"古之立言者,皆卓然有所自见,不苟同于人,而惟道之合,故能成一家之言,而有所托以不朽"(《刻苏长公集序》)主张相仿。他们无疑都受到李贽提出的以"识"、"才"、"胆"论人的影响,但三人所用概念和概念所指不尽一致。李贽解释"智者不惑,仁者不忧,勇者不惧"(《论语·子罕》),说"智即识,仁即才,勇即胆",又说"识也,才也,胆也,非但学道为然,举凡出世处世,治国治家,以至于平治天下,总不能舍此矣"。在识、才、胆三者中,"识"、"见识"、"识见"起着关键作用,认为"是才与胆皆因识见而后充者也。空有其才而无其胆,则有所怯而不敢;空有其胆而无其才,则不过冥行妄作之人耳。盖才胆实由识而济,故天下唯识为难"(《焚书》卷四《二十分识》)。李贽所谓"识见"是泛泛而论,学道、治国、齐家都不能缺乏。焦竑之"自见"主要指文中之"实","窃谓君子之学,凡以致道也。道致矣,而性命之深窔与事功之曲折,无不了然于中者"(《与友人论文》),偏重儒家经世致用之道。袁宗道所谓"意见"根植于"学问","今之文士,浮浮泛泛,原不曾的然做一项学问,叩其胸中,亦茫然不曾具一丝意见",指学识修养,就此而论依然还是在朱熹"格物致知"的框架中论说。

虽然如此,但三者都强调了主体意识的作用,这与当时心学的流行有密切的关系。至袁宏道时,此心识又转化为了一种更具内在自主性的心性,摆脱了朱子学的影响,更表现为阳明学所指称的意义。

②"辞达而已。"——出自《论语》。意思是:言辞,足以表达意思就行了。

③唐、虞、三代之文——唐,唐尧。虞,虞舜。三代,夏、商、周。

④《方言》谓楚人称知曰党,称慧曰譕,称跳曰跊,称取曰挻——《方言》,相传为西汉扬雄所著。譕:音 tuó。跊:音 chì。挻:音 shān。

⑤ 故《史记》五帝三王纪——五帝三王纪,指《史记》中《五帝本纪》和唐代司马贞《史记补》中的《三皇本纪》。

⑥昌黎好奇,偶一为之,如《毛颖》等传,一时戏剧——昌黎,唐代文学家韩愈,有《毛颖传》,以笔拟人,为笔作传。

⑦空同不知——空同,李梦阳,号空同子,前七子代表人物。

⑧尊若令甲——令甲,亦作令甲,汉代皇帝颁布法令,按先后分为令甲、令乙、令丙,令甲为法令的首章,也用作法令的通称。

⑨ 观者若不检《一统志》,几不识为何乡贯矣——《一统志》,记载全国地理的书,明代所修的称《大明一统志》。乡贯,犹"籍贯"。

⑩而近说乃云西京以还,封建宫殿,官师郡邑,其名不驯雅,虽子长复出,不能成史——西京,西汉的代称。子长,司马迁,字子长。官师,百官,众官,官以职言,师以道言。

⑪爇香者,沉则沉烟,檀则檀气——爇,点燃,焚烧。沉、檀,沉木、檀木,木材极香。

⑫徒见古人有立言不朽之说——《左传·哀公二十七年》:"大上有立德,其次有立功,其次有立言,虽久不废,此之谓不朽。"

⑬几不免于曳白矣——曳白,意谓白纸上只字未写。

⑭余少时喜读沧溟、凤洲二先生集——沧溟,李攀龙号沧溟。凤洲,王世贞号凤洲。二人为后七子之首领人物。

⑮国朝阳明、荆川——阳明,即王阳明,明代心学的开创者。荆川,唐顺之有《荆川集》,人称荆川先生。

【附录】

夫士戒乎有意耀其才也,有运才之本存焉。有意耀其才,则无论其本拨而神洩于外,而其才亦觑觑趑趑,无纤毫之用于天下。夫人惟杜机葆贞,凝定于渊默之中,即自发其才,卒不得不显。盖其立,其用自不可秘也。今夫花萼蕃郁,人睹木之华,而树木者固未尝先溉其枝叶,而先溉其根;丹艧绀碧,人睹室之华,而治室者固未尝先营其榱栋,而先营其基者,何也?所培在本也。良玉韫于石,不待剖而山自润;明珠含于渊,不待摘而川自媚;莫邪藏于匣,不待操而精光自烁,人不可正睨者,何也?有本在焉,其用自不可秘也。

而挽代文士,未窥厥本,呶呶焉曰私其土苴而诧于人。单辞偶合,辄气志凌厉;片语会意,辄傲睨千古。谓左、屈以外,别无人品;词章以外,别无学问。是故长卿摛藻于《上林》,而聆窃赀之行者汗颊矣。子云苦心于《太玄》,而诵美新之辞者靦颜矣。正平弄笔于《鹦鹉》,而诵江夏之厄者扪舌矣。杨修斗捷于色丝,而悲舐犊之语者惊魄矣。康乐吐奇于春草,而耳其逆叛之谋者秽谭矣。下逮卢、骆、王、杨,亦皆用以负俗而贾祸,此岂其才之不赡哉?本不立也。本不立者,何也?其器诚狭,其识诚卑也。故君子者,口不言文艺,而先植其本。凝神而敛志,回光而内鉴,锷敛而藏声。其器若万斛之舟,无所不载也;若乔岳之屹立,莫撼莫震也;若大海之吐纳百川,弗涸弗盈也。其识若登泰巅而瞭远,尺寸千里也;若镜明水止,纤芥眉须,无留形也;若龟卜蓍筮,今古得失,凶吉修短,无遗策也。故方其韬光养嘿,退然不胜,如田畯野夫之胸无一能。而比其不得已而鸣,则矢口皆经济,吐咳成谟谋;振球琅之音,炳龙虎之文;星日比光,天壤不朽。岂比夫操觚属辞,矜骈丽而夸月露,拟之涂糈土羹,无裨缓急之用者哉!

盖昔者咎、禹、尹、虺、召、毕之徒,皆备明圣显懿之德,其器识深沉浑厚,莫可涯涘。而乃今读其训诰谟典诗歌,抑何尔雅闳伟哉!千古而下,端拜颂哦,不敢以文人目之,而亦争推为万世文章之祖。则吾所谓其本立,其用自不可秘者也。譬之麟之仁,凤之德,日为陆离炳焕之文,是为天下瑞。而长卿以下,有意耀其才者,何异山鸡而凤毛,犬羊而麟趾,人反异而逐之,而或以贾爨,乌睹其文乎!信乎器识文艺,表里相须,而器识猥薄者,即文艺并失之矣。虽然,器识先矣,而识尤要焉。盖识不宏远者,其器必且浮浅;而包罗一世之襟度,固赖有昭晰六合之识见也。大其识者宜何如?曰:豁之以致知,养之以无欲,其庶乎!此又足以补行俭未发之意也。

袁宗道《白苏斋类集》卷七《士先器识而后文艺》
上海古籍出版社 1989 年版

或曰:丘长孺游闲公子也。或曰:长孺非游闲公子,其胸中磊块甚,姑托游闲以耗磨之。余谓前论得丘肉,后论得丘骨矣,尚未及彼焦腑也。盖此人焦腑包络甚密,非饮上池水不可见。不可见,则长孺止一游闲公子,何磊块之有!若余则见长孺之骨矣,又见长孺之焦腑,又见长孺之真于长孺焦腑之外。夫长孺焦腑之外,度长孺且不自知,而其交游又安从知之。以长孺所不自知,及交游无所从知者,而余独悉知之而深言之,则闻者不以为妄,必以为夸,不如姑论其诗。其诗非汉、魏人诗,非六朝人诗,亦非唐初盛中晚人诗,而丘长孺氏之诗也。非丘长孺之诗,丘长孺也。虽然,以此论长孺诗,依此诗论长孺,俱在焦腑之内,犹长孺所能自知者。盖诗固不尽长孺,长孺所能自知,亦不尽长孺也。

袁宗道《白苏斋类集》卷七《北游稿小序》(节选)
上海古籍出版社 1989 年版

《览镜》诸作,绝似元、白。《五泄》六咏,非坡老不能为也。怀弟诸篇俱佳,七言尤胜,"总为儿女谋身易,示有威仪与俗同",新鲜矫警,又为诸句领袖。即日书作简板。读令弟妙什,便可想见第五风神。弟虽不敢望石篑,然令弟则酷类我小修。意欲属和,少酬高雅,然君家兄弟,精锐如林,所谓不战而气亦索矣。

入冬以来,支离枯槁,如鱼去水。幸天怜我寂寞,中郎恰补得京兆授,屈指定有几年相聚。斋头相对,商榷学问,旁及诗文,东语西话,无所不可。山寺射堂,信步游览,无所不宜。足下闻此,得无复动北来兴耶?中郎极不满近时诸公诗,亦自有见。三四年前,太函新刻至燕肆,几成滞货。弟尝检一部付贾人换书。贾人笑曰:"不辞领去,奈何无买主何!"可见摸拟文字,正如书画赝本,决难行世,正不待中郎之喃喃也。弇州才却大,第不奈头领牵掣,不容不入他行市;然自家本色,时时露出,毕竟不是厉下一流人。闻其晚年撰造,颇不为诸词客所赏。词客不赏,安知不是我辈所深赏者乎!前范凝宇有抄本,弟借来看,乃知此老晚年全效坡公,然亦终不似也。坡公自黄州以后,文机一变,天趣横生。此岂应酬心肠,格套口角,所能彷佛之乎?我朝文如荆川、遵岩两公,亦有几篇看得者。比见归震川集,亦可观。若得尽借诸公全集,共吾丈精拣一帙,开后来诗文正眼,亦快事也。

中郎见弟近作,谬相称许,强以灾梨。兄《五泄》诸作殊佳。《别家诗》九章果是八月寄至,谢公归时,匆匆作书,偶忘及之。诸篇俱力敌《五泄》,三言稍未称。中郎又云僧湛然戒力见地,俱可与君家兄弟熟。二兄不出篱落,得此善友,何得更叹离索乎!老卓住城外数月,喜与一二朦瞳人谈兵谈经济,不知是格外机用耶,是老来眼昏耶?兄如相见,当能识之。

袁宗道《白苏斋类集》卷十六《答陶石篑》　上海古籍出版社 1989 年版

口于味,四肢于安逸,性也。然山泽静者,不厌脱粟;而啖肥甘者,必冒寒出入,冲暑拜起之劳人也。何口体二性相妨如此乎?人固好逸,亦复恶饥,未有厚于四肢,而薄于口者。渊明夷犹柳下,高卧窗前,身则逸矣,瓶无储粟,三旬九食,其如口何哉?今考其终始,一为州祭酒,再参建威军,三令彭泽,与世人奔走禄仕,以餍馋吻者等耳。观其自荐之辞曰:"聊欲弦歌,为三径资。"及得公田,亟命种秫,以求一醉。由此观之,渊明岂以藜藿为清,恶肉食而逃之哉?疏粗之骨,不堪拜起;慵惰之性,不惯簿书。虽欲不归而贫,贫而饿,不可得也。子瞻檃括《归去来辞》为《哨遍》,首句云:"为口折腰,囚酒弃官,口体交相累。"可谓亲切矣。譬如好色之人,不幸禀受清羸,一纵辄死,欲热独眠,亦不可得。盖命之急于色也。

渊明解印而归,尚可执杖耘丘,持钵乞食,不至有性命之忧。而长为县令,则韩退之所谓"抑而行之,必发狂疾",未有不丧身失命者也。然则渊明者,但可谓之审缓急,识重轻,见事透彻,去就瞥脱者耳。若萧统、魏鹤山诸公所称,殊为过当。渊明达者,亦不肯受此不近人情之誉也。然自古高士,超人万倍,正在见事透彻,去就瞥脱。何也?见事是识,去就瞥脱是才,其隐识隐才如此,其得时而驾,识与才可推也。若如萧、魏诸公所云,不过恶嚣就静,厌华乐澹之士耳。世亦有禀性孤洁如此者,然非君子所重,何足以拟渊明哉!

袁宗道《白苏斋类集》卷二十《读渊明传》 上海古籍出版社 1989年版

高江束峡七百里,然后雷泻东注于荆、岳、武、黄之间,犹之思澜言泉,停汇膈臆,透咽而出,必成大声。虽尝一声于黄之梦泽,再声于兴国之瓿甄,前后相去,复寥寂数十年,于是蓄极聚声于公安之袁氏昆季。而太史公既以明经大魁天下,更自别启灵窦,别主气格,与中郎、小修独唱互赓,陡辟门户于趁舌应声世界。盖不必以词翰垫名理,不必以名理碍性宗,又不必以词翰宗理规规上合乎秦、汉、唐、宋,而惟毕运我真,用诣万情。情契真,真生新,只见情情新来,笔笔新赴。亦不自知其笔之快于言,言之快于情。而为词翰,为名理,为性宗,种种头头,提人新情,换人新眼,称有明自辟大家也。观此则太史见地,已足自雄,奈何前借白、苏,标其斋集?岂非以白、苏两公其心忠,其学禅,其人达,其官皆曾翰林;而白无儿,苏躁吻,俱足以况邪!但香山、东坡,年各四十四,始承司马、团练之谪,而太史即直肠矢口,品地自严,方官侍从,名位日上,忽焉陨落,年仅四十有二,竟免两公风波地面。然读其仙鹤台榭,鹰准腥膻,及"瞰名多局面,谋国半嗔心"句,使得年到白、苏,则澠江、赤壁,亦应保有此处,此太史生平可得同于白、苏者乎!若江韵言近白,大篇类苏,又非袭人涎沫,自辟门户之意,故读之者,第当呼之曰白苏斋,不当以白、苏诗文看作《白苏斋集》可也。海盐姚士麟叔祥叙。

姚士麟《白苏斋类集》卷首《白苏斋类集序》 上海古籍出版社 1989年版

"道也者,不可须臾离也;可离非道也。"盖上下四方各有定位,之东则离西,之上则离下,此可离也;若无之而非我,无之而非道,恶能离诸? 故以迷悟作辍言者;皆非也。《诗》云:"民之质矣,日用饮食。"夫日用饮食,又岂有作与辍哉? 学者日用不知,不为凝滞所隔,则为聪明所乱,于是身在高堂广厦中,日向他人寻觅住处;又如忘己之头,狂走呼号,别求首领。古先生名为可怜闵者莫大于此。尝记《惟心诀》有言:"全体见前,犹希妙悟。从来具足,仍待功成。"倘知人人寻常日用,无时不见前,无人不具足,又何必钻研故纸,强生支节,如蚕作茧,自苦自缚! 袁先生空野独步,如香象之绝俦;高岸先登,叹小狐之未济,时一过而存予,真大慈之用心也。于其还楚,漫书数言,以志别绪。亭州有卓吾先生在焉,试一往讯之,其有以开予也夫。

焦竑《澹园集》卷二十二《书袁太史卷》　中华书局 1999 年版

先生名宗道,字伯修,楚之公安人也。其上世世为武弁,自蕲、黄徙荆,屯田于邑之长安里。至曾祖处士公,负气,以武勇闻。正德中,天下乱,群盗起湖湘间,公以兵法勒里中子弟自卫,盗贼不敢至。长令壮之,署以贼曹,所擒捕甚伙。后贼盗报雠者数百人突至,公遂之于双田,尽歼之,水为之赤。子左溪公,改其先行,斌斌为退让君子;性慷慨,周人之急,每得橐直,择其赝金掷之,秤金于人,昂则喜。嘉靖中,邑大饥,公出母粟二千石,金子两,以饥尽焚其券,家遂落。明年,予大人七泽公生。有老奴窃叹曰:"活宝出矣!"后娶方伯公女,实为吾母龚孺人,生先生。

初,先生降生之夜,祖母余梦一美人头自天飞来,若今所画天人菩萨之饰,宝络交垂,以襟承之。甫觉,而先生生,实嘉靖庚申二月十六日也。先生生而慧甚,十岁能诗,十二列校。见乡先达祠,曰:"吾终当俎豆其间。"二十举于乡。不第归,益喜读先秦、两汉之书。是时,济南、琅琊之集盛行,先生一阅,悉能熟诵。甫一操觚,即肯其语。弱冠,已有集,自谓此生当以文章名世矣。性犹赏适,文酒之会,夜以继日。逾年,抱奇病,病几死。有道人教以数息静坐之法,有效,始闭门鼻观,弃去文字障,遍阅养生家言。是时海内有谭冲举之事者,先生欣然信之,谓神仙可坐而得也。移家长安里中,栽花薙药,不问世事。癸未,大人强之赴试,行至黄河而返。还至荆门,舍于逆旅,夜半梦有神人语之曰:"公速起!"如是者三,先生醒,复寐。神人又语之曰:"公何不起? 吾老人为公特来,何得不见念也?"微以杖敲共足,足隐隐痛,拥被大呼而出。甫出屋崩,床碎为尘。人以此识先生非常人。然先生亦翻然若有所悟,曰:"吾其以几死之身,修不死之道也!"归而妻死,不复娶。大人强之娶,则娶田家女,曰:"吾求可与偕隐者耳。"

先生习静久，体气愈充。大人谓之曰："昔净名依于忠孝，自古之冲举者，且尽枯槁耶！"先生曰："诺。"时复拈笔为制举义，穷工极变。丙戌，遂举会试第一，年甫二十七耳。

先生官翰院，求道愈切。时同年汪仪部可受，同馆王公图、萧公云举、吴公用宾，皆有志于养生之学，得三教林君艮背行庭之旨，先生勤而行焉。己丑，焦公竑首制科，瞿公汝稷官京师，先生就之问学，共引以顿悟之旨。而僧深有为龙潭高足，数以见性之说启先生，乃遍阅大慧、中锋诸录，得参求之诀。久之，稍有所豁。先生于是研精性命，不复谈长生事矣。是年，先生以册封归里。仲兄与予皆知向学，先生语以心性之说，亦各有省，互相证商。先生精勤之甚，或终夕不寐。逾年，偶于张子韶大慧论格物处有所入，急呼仲兄与语。甫拟开口，仲兄即跃然曰："不必言！"相与大笑而罢。至是，始复读孔孟诸书，乃知至宝原在家内，何必向外寻求。吾试以禅诠儒，使知两家合一之旨。遂著《海蠡篇》。既报命，旋即乞归。七八年间，先生屡悟屡疑。癸巳，走黄州龙潭问学，归而复自研求。

戊戌，再入燕。先生官京师，仲兄亦改官，至予入太学。乃于城西崇国寺蒲桃林结社论学。往来者为潘尚宾士藻、刘尚宾日升、黄太史辉、陶太史望龄、顾太史天峻、李太史胜芳、吴仪部用先、苏中舍惟霖诸公。先生见地愈明，大有开发。当是时，海内谈妙悟之学者日众，多不修行。先生深恶圆顿之学为无忌禅之所托，宿益泯解为修同学者矫枉之过，至食素持珠，先生以为不可，曰："三教圣人根本虽同，至于名相施设，决不可相滥。"子时益悟阳明先生不肯径漏之旨，其学方浸浸乎如川之方至，而先生卒矣！

先生素切归山之志，以东宫讲官不获补，仅得三人。先生曰："当此危疑之际，而拂衣去，吾不忍也。"是时，东宫未立，中外每有烦言。先生闻之，私泣于室，体经病后，遂不堪劳。自丁酉充东宫讲官，鸡鸣而入，塞暑不辍。庚子秋，偶有微恙，强起入直，风色甚厉，归而病始甚。明日，复力疾入讲，竟以惫极而卒。先生为人修洁，生平不妄取人一钱。居官十五年，不以一字干有司。读书中秘，贫甚。时乡人有主铨者，谓所知曰："我知伯修贫，幸主铨，可为地，千金无害也。"所知以语先生，先生笑而谢之。某邑令以三百金交，期为汲引，竟不发函，急还其人。时予偶见，问何令。先生秘之，竟不知为何如人也。生平却百金者累累，或馈遗至十金，则惶愧不受。卒于官，棺木皆门生敛金成之。检囊中，仅得数金。及妻孥归，不能具装，乃尽卖生平书画几砚之类，始得归。归尚无宅可居，其清如此。

然先生为人平恕，亦不以此望人，且自多也。兴致甚高，慕白乐天、苏子瞻为人，所之以"白苏"名斋。居官，省交游，简酬应，萧然栽花种竹，扫地焚香而已。

每有月,则邀同学诸公步至射堂看月,率以为常。躭嗜山水,燕中山刹及城内外精蓝,无不到。远至上方、小西天之属,皆穷其胜。诗清润和雅,文尤婉妙。然性懒不多作,著有《白苏斋集》若干卷。先生得年仅四十一,有两子一女,皆先后卒,竟无子,以予子祈年为嗣。盖寿不如乐天,而无子则似之矣,伤哉!先生与同学友黄公辉交若兄弟,先生死,黄公哭之甚恸。及葬,黄公请告,迂道登垅哭之,为志其墓。逾年,先生旧社友董公其昌视学政,因诸生之请,祠于学宫,卒如其素志云。

中道曰:先生平粹缜密,而遇事烛照。万历丁酉、戊戌间,有东倭关白之警,时议封贡。先生叹曰:"石尚书其不免乎!"李卓吾刻《藏书》成,先生曰:"祸在是矣!"已而皆然。如此者不可枚举,大都量与识皆全者也。天不假以年,未得尽抒其用世之略,惜哉!先生书法遒媚,画山水人物有远致;作小词乐府,依稀辛稼轩、柳七郎风味。旧有传奇二种,置之笥中,为鼠子嚼坏,凤毛龙甲,竟不存于世,可为永叹!

袁中道《珂雪斋集》卷十七《石浦先生传》　上海古籍出版社 1989 年版

袁宏道

袁宏道(1568—1610),字中郎,又字无学,号石公,湖广公安人。与兄宗道、弟中道,并称三袁,为"公安派"的创始者和首领人物。万历十六年(1588)中举人,次年入京赴考,未中。返乡后曾问学李贽,引以为师,自此颇受李贽思想影响。万历二十年中进士,不仕,与兄袁宗道、弟袁中道遍游楚中。万历二十三年选为吴县令,饶有政绩。不久解官去,游览江南名胜。万历二十六年后断续处于宦退之间,年四十二卒。《明史》卷一七六有传。

袁宏道思想深受当时盛行的心学、尤其是禅学的影响,因此强调心性的自立与自发,以破除传统儒教的知识闻见为己任。中郎与伯修早年走访龙湖,李贽一见倾心,评曰:"伯也稳实,仲也英特,皆天下名士也。然至于入微一路,则谆谆望之公,盖因其识力胆力,皆炯绝于世,真英灵男子,可以担荷此一事耳。"也有世称"天纵异才"者。宏道平日喜谈禅净,机锋迅捷,不计毁誉,敢于破立,为晚明时期一典范的"名士"。其诗文理论大致包含有三个方面的主要内容,即识时通变的文学发展观、独抒性灵的文学创作论和追求韵趣的文学审美论,由此而形成系统的观念,对当时心性派文学的推进有很大的影响。袁宏道的散文也极富特色,清新明畅,卓然成家。尺牍简凝活脱,间以诙谐;随笔题材多样,饶有意趣;游记文韵味深远,文笔优美,从而成为"性灵"说在创作中的重要实践。明人张岱说:"古人记山水乎,太上郦道元,其次柳子厚,近时则袁中郎。"诗歌成就不及散文,多书写个人情怀。

袁宏道的诗文集有《敝箧集》、《锦帆集》等多种,今有上海古籍出版社钱伯城整理的合编本《袁宏道集笺校》。

雪涛阁集序①

文之不能不古而今也，时使之也。妍媸之质，不逐目而逐时。是故草木之无情也，而鞓红鹤翎，不能不改观于左紫溪绯②。惟识时之士，为能隐其隙而通其所必变③。夫古有古之时，今有今之时，袭古人语言之迹，而冒以为古，是处严冬而袭夏之葛者也④。《骚》之不袭《雅》也⑤，《雅》之体穷于怨，不《骚》不足以寄也。后之人有拟而为之者，终不肖也，何也？彼直求《骚》于《骚》之中也。至苏、李述别及《十九》等篇⑥，《骚》之音节体致皆变矣，然不谓之真《骚》不可也。古之为诗者，有泛寄之情，无直书之事；而其为文也，有直书之事，无泛寄之情，故诗虚而文实。晋、唐以后，为诗者有赠别，有叙事；为文者有辨说，有论叙。架空而言，不必有其事与其人，是诗之体已不虚，而文之体已不能实矣。古人之法，顾安可概哉！

夫法因于敝而成于过者也。矫六朝骈丽钉饾之习者，以流丽胜，钉饾者固流丽之因也，然其过在轻纤。盛唐诸人，以阔大矫之。已阔矣，又因阔而生莽。是故续盛唐者，以情实矫之。已实矣，又因实而生俚。是故续中唐者，以奇僻矫之。然奇则其境必狭，而僻则务为不根以相胜，故诗之道，至晚唐而益小。有宋欧、苏辈出，大变晚习，于物无所不收，于法无所不有，于情无所不畅，于境无所不取，滔滔莽莽，有若江河。今之人徒见宋之不唐法，而不知宋因唐而有法者也。如淡非浓，而浓实因于淡。然其敝至以文为诗⑦，流而为理学，流而为歌诀，流而为偈诵⑧，诗之弊又有不可胜言者矣。

近代文人，始为复古之说以胜之。夫复古是已，然至以剿袭为复古，句比字拟，务为牵合，弃目前之景，摭腐滥之辞，有才者诎于法，而不敢自伸其才，无之者拾一二浮泛之语，帮凑成诗。智者牵于习，而愚者乐其易，一唱亿和，优人驺子⑨，皆谈雅道。吁，诗至此，抑可羞哉！夫即诗而文之为弊，盖可知矣。

余与进之游吴以来⑩，每会必以诗文相励，务矫今代蹈袭之风。进之才高识远，信腕信口，皆成律度，其言今人之所不能言，与其所不敢言者。或曰："进之文超逸爽朗，言切而旨远，其为一代才人无疑诗穷新极变,物无遁情,然中或有一二语近平近俚近俳,何也?"余曰:"此进之矫枉之作,以为不如是,不足矫浮泛之弊,而阔时人之目也。"然在古亦有之,有以平而传者,如"睫在眼前人不见"之类是也;有以俚而传者,如"一百饶一下,打汝九十九"之类是也;有以俳而传者,如"迫窘诘曲几穷哉"之类是也。古今文人,为诗所困,故逸士辈出,为脱其粘而释其缚。不然,古之才人,何所不足,何至取一二浅易之语,不能自舍,以取世嗤哉? 执是以观,进之诗其为大家无疑矣。诗凡若干卷,文凡若干卷,编成,进之自题曰《雪涛阁集》,而石公袁子为之叙。

《袁宏道集笺校》卷十八　　上海古籍出版社 1981 年版

【注释】

①《雪涛阁集》为袁宏道同年进士、其好友江进之的作品集。江进之中进士后选授长洲知县,与一起选为吴县知县的袁宏道居于同城,交谊甚密,观念接近,并携同作诗,发为新声,力图以清新流利的文风改造文坛旧况,为公安派前期的主要成员。袁宏道借为撰序之际,品评了江进之的诗歌成就,并重申了自己的文学主张。本篇立论有鲜明的针对性,以复古主义文学为批评对象,由于基于一种通达开明的文学发展观,而不是就事论事地反对格调法度,所以其文学主张比袁宗道的显得更为丰富深刻,亦更有说服力,复古派诗论的影响直至袁宏道才明显削弱。

本文首先陈述时代变迁、社会发展、文学流变的必然趋势,指出文学呈现新的面貌是时代向前推进,社会人情物态(文学的内容)、乡语方言(文学的载体)变更带来的必然结果。然后以诗文为例,说明时代发展给不同文体带来的变化,即"古之为诗者,有泛寄之情,无直书之事;而其为文也,有直书之事,无泛寄之情,故诗虚而文实","晋、唐以后……诗之体已不虚,而文之体已不能实矣"。文学的变化也吻合事物发展的一般规律,"夫物始繁者终必简,始晦者终必明,始乱者终必整,始艰者终必流丽痛快。其繁也,晦也,乱也,艰也,文之始也。……人事物态,有时而更,乡语方言,有时而易,事今日之事,则亦文今日之文而已矣"(《与江进之》)。古不能为今,今亦不必摹古,如果强求一样,就如同"处严冬而袭夏之葛者也"。这说明古人作诗作文并没有固定的法度,那么复古派对法式格调的讲求无疑是缘木求鱼。如果一定要追求文学创作的法则,那就是在文学发展变化中表现出来的规律——后代文学变化的产生源于对前代文学弊端的矫正,"夫法因于敝而成于过者也"。

再次,该文直陈复古派给诗文带来的流弊,"以剽袭为复古,句比字拟","智者牵于习,而愚者乐其易",格调法度成了有才者的束缚,给无才者提供模拟的标本,导致诗坛空前荒漠。袁宏道并非反对向古人学习,而是批判当时七子学习古人的方法,他认为"善画者,师物不师人;善学者,师心不师道;善为诗者,师森罗万象,不师先辈。法李唐者,岂谓其机格与字句哉?法其不为汉,不为魏,不为六朝之心而已,是真法也"(《叙竹林集》)。更在《叙小修诗》中提出"独抒性灵,不拘格套"的响亮口号。

针对当时文坛对他与江进之一派的诗歌创作存在着的批评与非议,袁宏道该文也做了辩护。他认为虽然《雪涛阁集》存在"信腕信口"的现象,但其目的是"脱其粘而释其缚";"有一二语近乎近俚近俳",亦为"矫枉之作,以为不如是,不足矫浮泛之弊,而阔时人之目"。这既是为江盈科开脱,也是为公安派辩解,并非朱彝尊所说的讥笑之意:"进之与袁中郎同官吴下,其诗颇近公安派,持论亦以七子为非,特变而不成方者。中郎谓其矫往之过,所谓笑他人之未工,忘己事之已拙,文人通病,大抵然矣。"(《静志居诗话》十六)

钱谦益在《列朝诗集小传》丁集之《袁稽勋宏道》评曰:"万历中年,王、李之学盛行,黄茅白苇,弥望皆是。文长(徐渭)、义仍(汤显祖),崭然有异,沉痼滋蔓,未克芟薙。……中郎之论出,王、李之云雾一扫,天下之文人才士始知疏瀹心灵,搜剔慧性,以荡涤摹拟涂泽之病,其功伟矣。"但钱同时也指出其理论产生的负面影响:"机锋侧出,矫枉过正,于是狂瞽交扇,鄙俚公行,雅故灭裂,风华扫地。"

②鞓红鹤翎,不能不改观于左紫溪绯——鞓(tīng)红,一种牡丹花名。欧阳修《洛阳牡丹记》:"鞓红者,单叶深红花,出青州,亦曰青州红。……其色类腰带鞓,故谓之鞓红。"翎,鸟的羽毛。鹤翎,鹤的羽毛,多为白色。全句大意为:草木无情,深红洁白的花卉(随着时间的推移)不得不被紫色或大红的所取代。

③隤其隩而通其所必变——隩,同"堤",本义为沿江、河、湖、海的边岸修建的挡水建筑物,借以防止洪水泛滥,保障堤内安全,这里活用为动词。隤(tuí),降下,坠落。

④是处严冬而袭夏之葛者也——葛,葛布,也指葛布衣服。韩愈《原道》:"夏葛而冬裘。"

⑤《骚》之不袭《雅》也——《骚》,指《离骚》。《雅》,指《诗经》里的《大雅》、《小雅》。

⑥至苏李述别及《十九》等篇——苏李述别,托名西汉苏武、李陵赠答的五

言古诗,今称"苏李诗",产生年代和《古诗十九首》大体相当,艺术水平、风格亦相近。《十九》,指《古诗十九首》,收录在《文选》卷二十九,代表汉代文人五言诗的最高成就。

⑦ 以文为诗——以为文的方式来写作诗歌。北宋诗人陈师道《后山诗话》:"退之以文为诗,子瞻以诗为词,如教坊雷大使之舞,虽极天下之工,要非本色。"

⑧ 流而为偈诵——偈,偈陀(梵文 Gatha)的简称,义译为"颂",就是佛经中的唱词。诵,诗篇。

⑨ 优人驺子——优人,俳优,优伶,古代以乐舞戏谑为业的艺人的统称。驺,古时掌马的官,也掌驾车,亦谓随马的走卒,这里取后者。优人驺子,泛指地位低下,没有机会接受文化教育的劳动者。

⑩ 余与进之游吴以来——江盈科,字进之,号渌萝山人,桃源(今属湖南)人。万历二十年进士,宏道同年。选授长洲知县,与宏道同时出京赴任。江盈科为公安派健将,袁中道《珂雪斋文集》九有《江盈科传》:"诗多信心为之,或伤率意,至其佳处,清新绝伦,文尤圆妙。可爱可惊之语甚多,中有近于俚语者,无损也,稍为汰之,精光出矣。"有《雪涛阁集》。

【附录】

弟小修诗,散逸者多矣,存者仅此耳。余惧其复逸也,故刻之。弟少也慧,十岁余即著《黄山》、《雪》二赋,几五千余言,虽大不佳,然刻画叮饸,传以相如、太冲之法,视今之文士矜重以垂不朽者,无以异也。然弟自厌薄之,弃去。顾独喜读老子、庄周、列御寇诸家言,皆自作注疏,多言外趣,旁及西方之书,教外之语,备极研究。既长,胆量愈廓,识见愈朗,的然以豪杰自命,而欲与一世之豪杰为友。其视妻子之相聚,如鹿豕之与群而不相属也;其视乡里小儿,如牛马之尾行而不可与一日居也。泛舟西陵,走马塞上,穷览燕赵齐鲁吴越之地,足迹所至,几半行天下,而诗文亦因之以日进。大都独抒性灵,不拘格套,非从自己胸臆流出,不肯下笔。有时情与境会,顷刻千言,如水东注,令人夺魄。其间有佳处,亦有疵处,佳处自不必言,即疵处亦多本色独造语。然予则极喜其疵处;而所谓佳者,尚不能不以粉饰蹈袭为恨,以为未能尽脱近代文人气习故也。

盖诗文至近代而卑极矣,文则必欲准于秦汉,诗则必欲准于盛唐,剿袭模拟,影响步趋,见人有一语不相肖者,则共指以为野狐外道。曾不知文准秦、汉矣,秦、汉人曷尝字字学《六经》欤?诗准盛唐矣,盛唐人曷尝字字学汉、魏欤?秦、汉而学《六经》,岂复有秦、汉之文?盛唐而学汉、魏,岂复有盛唐之诗?唯夫代有升降,而法不相沿,各极其变,各穷其趣,所以可贵,原不可以优劣论也。且夫天下之物,孤行则必不可无,必不可无,虽欲废焉而不能;雷同则可以不有,可以不有,则虽欲存焉而不能。故吾谓今之诗文不传矣。其万一传者,或今闾阎妇人孺子所唱《擘破玉》、《打草竿》之类,犹是无闻无识真人所作,故多真声,不效颦于汉、魏,不学步于盛唐,任性而发,尚能通于人之喜怒哀乐嗜好情欲,是可喜也。

盖弟既不得志于时,多感慨;又性喜豪华,不安贫窘;爱念光景,不受寂寞。百金到手,顷刻都尽,故尝贫;而沈湎嬉戏,不知樽节,故尝病;贫复不任贫,病复不任病,故多愁。愁极则吟,故尝以贫病无聊之苦,发之于诗,每每若哭若骂,不胜其哀生失路之感。予读而悲之。大概情至之语,自能感人,是谓真诗,可传也。而或者犹以太露病之,曾不知情随境变,字逐情生,但恐不达,何露之有?且《离骚》一经,忿怼之极,党人偷乐,众女谣诼,不揆中情,信谗齌怒,皆明示唾骂,安在所谓怨而不伤者乎?穷愁之时,痛苦流涕,颠倒反覆,不暇择音,怨矣,宁有不伤者?且燥湿异地,刚柔异性,若夫劲质而多怼,峭急而多露,是之谓楚风,又何疑焉!

袁宏道《袁宏道集笺校》卷四《叙小修诗》 上海古籍出版社 1981 年版

读来教,一字一语,具见真切,然非不肖本怀。不肖岂习为令者?一处剧邑,如猢狲入笼中,欲出则被主者反扃,欲不出又非其性,东跳西跶,毛爪俱落。主者不得已,怜而放之,仅不得死。习于令者,为若是耶?

至于诗,则不肖聊戏笔耳。信心而出,信口而谈。世人喜唐,仆则曰唐无诗;世人喜秦汉,仆则曰秦汉无文,世人卑宋黜元,仆则曰诗文在宋元诸大家。昔老子欲死圣人,庄生讥毁孔子,然至今其书不废;荀卿言性恶,亦得与孟子同传。何者?见从己出,不曾依傍半个古人,所以他顶天立地。今人虽讥讪得,却是废他不得。不然,粪里嚼渣,顺口接屁,倚势欺良,如今苏州投靠家人一般。记得几个烂熟故事,便曰博识;用得几个见成字眼,亦曰骚人。计谓杜工部,囫札李空同,一个八寸三分帽子,人人戴得。以是言诗,安在而不诗哉!不肖恶之深,所以立言亦自有矫枉之过。

公谓仆诗亦似唐人,此言极是。然要之幼于所取者,皆仆似唐之诗,非仆得意诗也。夫其似唐者见取,则其不取者断断乎非唐诗可知。既非唐诗,安得不谓中郎自有之诗,又安得以幼于之不取,保中郎之不自得意耶?仆求自得而已,他则何敢知。近日湖上诸作,尤觉秽杂,去唐愈远,然愈自得意。昨已为长洲公觅去发刊。然仆逆知幼于之一抹到底,决无一句入眼也。何也?真不似唐也。

不似唐,是干唐律,是大罪人也,安可复谓之诗哉?

袁宏道《袁宏道集笺校》卷十一《与张幼于》(节选)
上海古籍出版社 1981 年版

初一日从无锡发舟,仅抵惠山,今日可到常州矣。越行诸记,描写得甚好。谑语居十之七,庄语居十之三,然无一字不真。把似如今作假事假文章人看,当极其嗔怪,若兄决定绝倒也。

近日作文入兄者绝少,《敝箧》之叙,谨严真实;《锦帆》之叙,流丽标致。大都以审单家书之笔,发以真切不浮之意,比今之抵掌秦汉者,自然不同,所以可贵。《解脱》更乞一叙。

前见汤海若作二虞《溪上落花诗》引子,妙甚,脱尽近日文人蹊径。长孺为弟叙,亦极其诙谐,皆至文也,第不可与俗士观耳。

袁宏道《袁宏道集笺校》卷十一《与江进之》 上海古籍出版社 1981 年版

苏子瞻酷嗜陶令诗,贵其淡而适也。凡物酿之得甘,炙之得苦,唯淡也不可造;不可造,是文之真性灵也。浓者不复薄,甘者不复辛,唯淡也无不可造;无不可造,是文之真变态也。风值水而漪生,日薄山而岚出,虽有顾、吴,不能设色也,淡之至也。元亮以之。东野、长江欲以人力取淡,刻露之极,遂成寒瘦。香山之率也,玉局之放也,而一累于理,一累于学,故皆望岫焉而却,其才非不至也,非淡之本色也。

里呙氏,世有文誉,而遂溪公尤多著述。前后为令,不及数十日,辄自罢去。家甚贫,出处志节,大约似陶令,而诗文之淡亦似之。非似陶令也,公自似也。公之出处,超然甘昧,似公之性;公之性,真率简易,无复雕饰,似公之文若诗。故曰公自似者也。今之学陶者,率如响搨,其勾画是也,而韵致非,故不类。公以身为陶,故信心而言,皆东篱也。余非谓公之才遂超东野诸人,而公实淡之本色,故一往所诣,古人或有至有不至耳。

余束发已知响慕公,近者吴川公梓其家集,始获尽公及呙氏三世之藏。吴川公者,公仲子,高才邃学,先兄庶子之师也。为令以伉直著声,阅数月亦去,遵先辙也。怀公集三十年,出入必俱,今春始成帙,遂以先大父孝廉公三诗赋冠首,而己所著若干卷缀其后。孝廉公之生,甫二十有二岁,才思澎湃,如川之方至。吴川自出机轴,气隽语快,薄于取材而藻于属辞。比之遂溪,盖由淡而造于色态者,所谓秋水芙蓉也。昔陶氏五男,不好纸笔,而遂溪之后,云蔚霞起,岂黄头历齿所敢望哉!王元礼论家门集曰:"史称安平崔氏及汝南应氏,并累叶有文才,所以范蔚宗云:'崔氏雕龙,父子三世。'然未有七叶之中,人人有集如吾门者也。"余邑不能文而耻言文,最为恶习。犹吴氏能世擅其业,噫,彼安知乌衣诸郎,为史所艳称若此也!

袁宏道《袁宏道集笺校》卷三十五《叙吴氏家绳集》
上海古籍出版社 1981 年版

往与伯修过董玄宰。伯修曰:"近代画苑诸名家,如文徵仲、唐伯虎、沈石田辈,颇有古人笔意不?"玄宰曰:"近代高手,无一笔不肖古人者。夫无不肖,即无肖也,谓之无画可也。"余闻之悚然曰:"是见道语也。"故善画者,师物不师人;善学者,师心不师道;善学诗者,师森罗万象,不师先辈。法李唐者,岂谓其机格与字句哉?法其不为汉,不为魏,不为六朝之心而已。是真法者也。是故减竈背水之法,迹而败,未若反而胜也。夫反所以迹也。今之作者,见人一语肖物,目为新诗,取古人一二浮滥之语,句规而字矩之,谬为复古,是迹其法,不迹其胜者也,败之道也。嗟夫!是犹呼傅粉抹墨之人,而直谓之蔡中郎,岂不悖哉!

今夫时文,一末技耳。前有注疏,后有功令,驱天下而不为新奇不可得者,不新则不中程故也。夫士即以中程为古耳,平与奇何暇论哉?王以明先生为余业举师,其为诗能以不法为法,不古为古,故余为叙其意若此。噫,此政可与徐熙诸人道也。

袁宏道《袁宏道集笺校》卷十八《叙竹林集》　上海古籍出版社 1981 年版

苏郡文物,甲于一时。至弘、正间,才艺代出,斌斌称其盛,词林当天下之五。厥后昌谷少变吴歈,元美兄弟继作,高自标誉,务为大声壮语,吴中绮靡之习,因之一变。而剽窃成风,万口一响,诗道寝弱。至于今市贾庸儿,争为讴吟,遁相临摹,见人有一语出格,或句法事实非所曾见者,则极诋之为野路诗。其实一字不观,双眼如漆,眼前几则烂熟故实,雷同繁复,殊可厌秽。故余往在吴,济南一派,极其呵斥,而所赏识,皆吴中前辈诗篇,后生不甚推重者。

高季迪而上无论,有以事功名而诗文清警者,姚少师、徐武功是也。铸辞命意,随所欲言,宁弱无缚者,吴文定、王文恪是也。气高才逸,不就羁维,诗旷而文者,洞庭蔡羽是也。有为王、李所摈斥,而识见议论,卓有可观,一时文人望之不见其崖际者,武进唐荆川是也。文词虽不甚奥古,然自辟户牖,亦能言所欲言者,昆山归震川是也。半趋时,半学古,立意造词,时出己见者,黄五岳、皇甫百泉是也。画苑书法,精绝一时,诗文之长因之而掩者,沈石田、唐伯虎、祝希哲、文徵仲是也。其他不知名,诗文可观者甚多。

大抵庆、历以后,吴中作诗者,人各为诗;人各为诗,故其病止于靡弱,而不害其为可传。庆、历以前,吴中作诗者,共为一诗;共为一诗,此诗家奴仆也,其可传与否,吾不得而知也。间有一二稍自振拔者,每见彼中人士,皆姗笑之。幼学小生,贬驳先辈尤甚。揆厥所由,徐、王二公实为之俑。然二公才亦高,学亦博,使昌谷不中道夭,元美不中于鳞之毒,所就当不止此。今之为诗者,才既绵薄,学复孤陋,中时论之毒,复深于彼,诗安得不愈卑哉!姜、陆二公,皆吴之东洞庭人,以未染庆、历间习气,故所为倡和诗,大有吴先辈风。意兴所至,随事直书,不独与时矩异,而二公亦自异。虽间有靡弱之病,要不害其可传。夫二公皆吴中不甚知名者,而诗之简质若此。余因感诗道昔时之盛,而今之衰,且叹时诗之流毒深也。

袁宏道《袁宏道集笺校》卷十八《叙姜陆二公同适稿》
上海古籍出版社1981年版

余论诗多异时轨,世未有好之者,独宣城梅子与余论合。凡余所摈斥诋毁,俱一时名公巨匠,或梅子旧师友也,梅子泰然以为是。而其所赞叹不容口者,皆近时墨客所不曾齿及之人,梅子读其诗,又切切然痛恨知名之晚也。梅子尝语余曰:"诗道之秽,未有如今日者。其高者为格套所缚,如杀翮之鸟,欲飞不得;而其卑者,剽窃影响,若老妪之傅粉;其能独抒己见,信心而言,寄口于腕者,余所见盖无几也。往余为诗,一时骚士争推毂余,今则皆戟手詈余矣。余思非公莫能评者,今所著稿具在,其有以箴。"余曰:"是公诗进。昔余至吴,乡人有偕来者,饮以天池、虎丘,怒发投诸地曰:'此何异水!'适家人有携安化茶者,出而饮之,其人大喜,立啜四五盏。何也?人情安于所习,故虽至美,亦以至恶掩也。今公出诗以示人,其怒不必诘,其喜大为可戒。惩其所誉而劝其所嗔,公之于诗也几矣。"

袁宏道《袁宏道集笺校》卷十八《叙梅子马王程稿》
上海古籍出版社1981年版

中郎先生,少具慧业,弱冠成进士,即有集行世。其敝箧集,为诸生、孝廉及初登第时作也。《锦帆集》,令吴门时作也。《解脱集》,以病改吴令游吴越诸山水时作也。《广陵集》,去吴客真州时作也。《瓶花集》,为京兆授为太学博士补仪曹时作也。《潇碧堂集》,请告归卧柳浪湖上六年作也。《破砚集》,再补仪曹出使时作也。《华嵩游集》,官铨部典试秦中往返作也。盖自秦中归,移病还山,不数月而先生逝矣。其存者,仍为续集二卷。先生诗文如《锦帆》、《解脱》,意在破人之执缚,故时有游戏语;亦其才高胆大,无心于世之毁誉,聊以抒其意所欲言耳。黄鲁直曰:"老夫之书,本无法也。但观世间万缘,如蚊蚋聚散,未尝有一事横于胸中,故不择笔墨,遇纸则书,纸尽则已,亦不暇计人之品藻讥弹。譬如木人舞中节拍，人称其工，舞罢又萧然矣。"此真先生言前意也。然先生立言，虽不逐世之颦笑，而逸趣仙才，自非世匠所及。即少年所作，或快爽之极，浮而不沉，情景大真，近而不远，而出自灵窍，吐于慧舌，写于铦颖。萧萧冷冷，皆足以荡涤尘情，消除热恼。况学以年变，笔随岁老，故自破砚以后，无一字无来历，无一语不生动；无一篇不警策。健若没石之羽，秀若出水之花。其中有摩诘，有壮陵，有昌黎，有长吉，有元白，而又自有中郎。意有所喜，笔与之会。合众乐以成元音，控八河而无异味。真天授，非人力也。天假以年，不知为后人拓多少心胸，豁多少眼目！恐亦造化妒人，不肯发泄太尽耳。甫四十余而即化去，伤哉！

先是，家有刻不精，吴刻精而不备。近时刻者愈多，杂以狂言等赝书，唐突可恨。予校新安，始取家集，字节句比，稍去其少年未定之语，按年分体，都为一集。嗟乎！自宋元以来，诗文芜（烂），鄙俚杂沓。本朝诸君子，出而矫之，文准秦汉，诗则盛唐，人始知有古法。及其后也，剽窃雷同，如赝鼎伪觚，徒取形似，无关神骨。先生出而振之，甫乃以意役法，不以法役意，一洗应酬格套之习，而诗文之精光始出。如名卉为寒氛所勒，索然枯槁，而杲日一照，竞皆鲜敷。如流泉壅闭，日归腐败，而一加疏瀹，波澜掀舞，淋漓秀润。至于今天下之慧人才士，始知心灵无涯，搜之愈出；相与各呈其奇，而互穷其变，然后人人有一段真面目溢露于楮墨之间。即方圆黑白相反，纯疵错出，而皆各有所长，以垂之不朽，则先生之功于斯为大矣。诸文人学子泥旧习者，或毛举先生少年时二三游戏之语，执为定案，遂谓蔑法自先生始。彼未全读其书，又为赝书所荧，无足怪耳。今全集具在，请胸中先拈却"袁中郎"三字，止作前人未出诗文，偶见于世，从首至尾，亶目力而谛观之，即未深入，亦可浅尝。有法无法，历然自辨。何乃成心不化，甫见标题，即摇头闭目不观，而妄肆讥弹为也！至于一二学语者流，粗知趋向，又取先生少时偶尔率易之语，效颦学步。其究为俚俗，为纤巧，为莽汤，譬之百花开，而棘刺之花亦开，泉水流，而粪壤之水亦流。乌焉三写，必至之弊耳，岂先生之本旨哉！

总之，先生天纵异才，与世人有仙凡之隔。而学问自参悟中来，出其绪余为文字，实真龙一滴之雨，不得其源，而强学之，宜其不似也。要以众目自虚，众心自灵。不美不能强之爱，不爱不能强之传。今美而爱，爱而传者，已大可见矣，亦无俟后来之子云也。先生之学，以暗然退藏为主，其所造莫可涯涘。生平作人，冲粹夷雅，同于元气。若得志，可使万物各得其所。其作用于作令佐铨时，微露其一斑，惜未竟其施，别有纪载，兹下复赘云。

　　袁中道《珂雪斋集》卷十一《中郎先生全集序》　上海古籍出版社 1989 年版

叙陈正甫会心集①

世人所难得者唯趣。趣如山上之色,水中之味,花中之光,女中之态,虽善说者不能下一语,唯会心者知之。今之人慕趣之名,求趣之似,于是有辨说书画,涉猎古董以为清;寄意玄虚,脱迹尘纷以为远;又其下则有如苏州之烧香煮茶者。此等皆趣之皮毛,何关神情?

夫趣得之自然者深,得之学问者浅。当其为童子也,不知有趣,然无往而非趣也。面无端容,目无定睛,口喃喃而欲语,足跳跃而不定,人生之至乐,真无逾于此时者。孟子所谓不失赤子,老子所谓能婴儿②,盖指此也。趣之正等正觉最上乘也③。山林之人,无拘无缚,得自在度日,故虽不求趣而趣近之。愚不肖之近趣也,以无品也④,品愈卑,故所求愈下,或为酒肉,或为声伎,率心而行,无所忌惮,自以为绝望于世,故举世非笑之不顾也,此又一趣也。迨夫年渐长,官渐高,品渐大,有身如梏,有心如棘,毛孔骨节俱为闻见知识所缚,入理愈深,然其去趣愈远矣。

余友陈正甫⑤,深于趣者也,故所述《会心集》若干卷,趣居其多。不然虽介若伯夷,高若严光,不录也⑥。咦,孰谓有品如君,官如君,年之壮如君,而能知趣如此者哉!

《袁宏道集笺校》卷十　上海古籍出版社1981年版

【注释】

① 袁宏道在此篇序言里着重阐述了公安派对文学的审美追求——趣。陆云龙评曰:"自然二字,趣之根荄",可谓中的之言。正是以自然为核心,中郎论童心之自然无碍,山林隐士之自由自在,愚不肖之率性而行,以及高官显宦被道理闻见塞却心灵之拘禁失真——此乃与李贽所言童心为同一旨趣,所不同者为中郎又增加近趣之愚不肖一类,但此显系与童心之无知无识通。可知在中郎的人生观中,趣、自然与童心乃三位一体之物。钱伯诚注:"'性之所安,殆不可强。率性而行,是谓真人。'(《识张幼于箴铭后》)正本文'自然'之注脚。"这里涉及"趣"、"自然"、"真"三个概念的转换问题,但它们三者指向是否完全一致还值得深究。

第一,"趣如山上之色,水中之味,花中之光,女中之态",山色、水味、花光、女态,是四者自然呈现的一种优美的韵致,而"辨说书画,涉猎古董"、"烧香煮茶"此种士大夫所欣赏的风雅之趣有人为的因素和知识的介入,不是他所标榜的"趣"。"虽善说者不能下一语,唯会心者知之。""趣"还有不可言说只能意会的特点。第二,"夫趣得之自然者深,得之学问者浅",他列举"童子"、"山林之人"、"愚不肖之人"三种有趣或近趣的人,其中童子之趣最纯正,此论调看似和"童心说"如出一辙,实则有细微的差别。李贽强调"真",对立面为"假";袁宏道强调"天",对立面是人,或说人世。后者比前者涵盖面广,童子天真无邪,是"自然"之最。山林之人没有尘世道德礼教的拘束,自由自在,也是其"自然"的内涵之一。有时袁宏道也使用"真"这一术语:"吾谓今之诗文不传矣。其万一传者,或今闾阎妇人孺子所唱《擘破玉》《打草竿》之类,犹是无闻无识真人所作,故多真声。不效颦于汉魏,不学步于盛唐,任性而发,尚能通于人之喜怒哀乐嗜好情欲,是可喜也。"(《叙小修诗》)无闻无识真人即山林之人。愚不肖之人,虽有约束但敢于冲破禁忌,无所畏惧,"率心而行,无所忌惮",也是"自然"的内涵之一。据此可见,"趣"的反道德反约束的叛逆色彩更浓。

如总体上看袁宏道的思想,其所说"自然"与"趣"等均不单是一种文艺观,而是与其人生观密切相连,是其人生观的一部分。世曾以"性灵"一语概括袁宏道的文学思想,而此"性灵"概念恰来自于心学与佛学,首先是对人之心性状态的一个基本看法,以之为纯粹自然所具,并可对抗社会化人性即儒教所谓的"性情"论,这点我们可以在袁宏道的系统表达中看出。袁宏道这方面的文章甚多,应该将之结合阅读,以此而可看出晚明思想的一个重要进展。而恰是将其人生观推扩于对文学的认识,才形成了文学思想上的浪漫主义取向,由此而欲克服规则、法度、理念等的限制,以达表述上的无拘与开放。

②孟子所谓不失赤子,老子所谓能婴儿——赤子,指初生的婴儿。见《孟子·离娄下》:"大人者,不失其赤子之心者也。"《老子》第十章:"专气致柔,能婴儿乎?"意指"专精守气,致力柔和,能像无欲的婴儿吗?"

③趣之正等正觉最上乘也——正等正觉,佛家谓证悟一切诸法真正的觉智,成佛即谓成正等正觉。上乘,佛教名词,即大乘,与"下乘"相对。

④愚不肖之近趣也,以无品也——愚不肖,愚钝没有贤能的人。

⑤余友陈正甫——陈正甫,名所学,字正甫,一字志寰,竟陵(今湖北天门)人。万历十一年(1583)进士,官至兵部尚书,此时任徽州知府。

⑥不然虽介若伯夷,高若严光,不录也——介,耿介,正直,孤高、不随俗。伯夷,商末孤竹国君初之子,其父欲立其弟叔齐为君,叔齐让位于兄,伯夷遁去,二人同往归西伯(周文王),周武王伐纣,二人以为不仁,周灭商后,二人逃至首

阳山,耻食周栗,采薇而食,后饿死山中。严光,字子陵,东汉会稽余姚(今属浙江)人,少有高名,与刘秀同窗,后刘秀称帝,改名隐居,秀欲授谏议大夫之职,严光不肯接受,归耕富春山。

【附录】

　　数年闲散甚,惹一场忙在后。如此人置如此地,作如此事,奈之何?嗟夫,电光泡影,后岁知几何时?而奔走尘土,无复生人半刻之乐,名虽作官,实当官耳。尊家道隆崇,百无一阙,岁月如花,乐何可言。然真乐有五,不可不知。目极世间之色,耳极世间之声,身极世间之鲜,口极世间之谭,一快活也。堂前列鼎,堂后度曲,宾客满席,男女交舄,烛气薰天,珠翠委地,金钱不足,继以田土,二快活也。箧中藏万卷书,书皆珍异。宅畔置一馆,馆中约真正同心友十余人,人中立一识见极高,如司马迁、罗贯中、关汉卿者为主,分曹部署,各成一书,远文唐、宋酸儒之陋,近完一代未竟之篇,三快活也。千金买一舟,舟中置鼓吹一部,妓妾数人,游闲数人,泛家浮宅,不知老之将至,四快活也。然人生受用至此,不及十年,家资田地荡尽矣。然后一身狼狈,朝不谋夕,托钵歌妓之院,分餐孤老之盘,往来乡亲,恬不知耻,五快活也。士有此一者,生可无愧,死可不朽矣。若只幽闲无事,挨排度日,此最间不紧要人,不可为训。古来圣贤,公孙朝穆、谢安、孙瑒辈,皆信得此一着,此所以他一生受用。不然,与东邻某子甲蒿目而死者,何异哉!

　　　　袁宏道《袁宏道集笺校》卷五《龚惟长先生》　上海古籍出版社1981年版

　　下走此行,甚不唐捐。自春徂夏,耳目既奇,良朋复多,触思惊心,大获利益。往犹见得此身与世为碍,近日觉与市井屠沽,山鹿野獐,街谈市语,皆同得去,然尚不能合污,亦未免为病。何也?名根未除,犹有好净的意思在。于是有誉之为隽人则喜,毁之为小人则怒;与人作清高事则顺,作秽鄙事则逆。盖同只见得净不妨秽,魔不碍佛,若合则活将个袁中郎抛入东洋大海,大家浑沦作一团去。《维摩经》所谓外道六师,彼所堕者,此亦随堕是已,岂易到哉!大约世人去官易,去名难。夫使官去而名不去,恋名犹恋官也。为名所桎,犹之桎于官也,又安得彻底快活哉?

　　前会陈正甫,比往似觉大进。会间作何语?下走已挈家之真州候船,会晤何时,言之痛切。

　　　　袁宏道《袁宏道集笺校》卷十一《朱司理》　上海古籍出版社1981年版

　　余观古今士君子,如相如窃卓,方朔俳优,中郎醉龙,阮籍母丧酒肉不绝口,若此类者,皆世之所谓放达人也。又如御前数马,省中阁树,不冠入厕,自以为罪,若此类者,皆世之所谓慎密人也。两种若水炭不相入,吾辈宜何居? 袁子曰:两者不相肖也,亦不相笑也,各任其性耳。性之所安,殆不可强,率性而行,是谓真人。今若强放达者而为慎密,强慎密者而为放达,续凫项,断鹤颈,不亦大可叹哉!

夫幼于氏淳谦周密,恂恂规矩,亦其天性然耳。若以此矜持守墨,事柝物比,目为极则,而叹古今高视阔步不矜细行之流,以为不必有,则是拘儒小夫,效颦学步之陋习耳。而以之美幼于,岂真知幼于者欤?

袁宏道《袁宏道集笺校》卷四《识张幼于箴铭后》
上海古籍出版社 1981 年版

读手书,不啻空谷之音,知近造卓然,益信小修向日许可之不谬也。弟观世间学道有四种人:有玩世,有出世,有谐世,有适世。玩世者,子桑、伯子、原壤、庄周、列御寇、阮籍之徒是也。上下几千载,数人而已,已矣,不可复得矣。出世者,达磨、马祖、临济、德山之属皆是。其人一瞻一视,皆具锋刃,以狠毒之心,而行慈悲之事,行虽孤寂,志亦可取。谐世者,司寇以后一派措大,立定脚跟,讲道德仁义者是也。学问亦切近人情,但粘带处多,不能迥脱蹊径之外,所以用世有余,超乘不足。独有适世一种其人,其人甚奇,然亦甚可恨。以为禅也,戒行不足;以为儒,口不道尧、舜、周、孔之学,身不行羞恶辞让之事,于业不擅一能,于世不堪一务,最天下不紧要人。虽于世无所忤违,而贤人君子则斥之惟恐不远矣。弟最喜此一种人,以为自适之极,心窃慕之。除此之外,有种浮泛不切,依凭古人之式样,取润贤圣之余沫,妄自尊大,欺己欺人,弟以为此乃孔门之优孟,衣冠之盗贼,后世有述焉,吾弗为之矣。近见如此,敢以闻之高明,不知高明复何居焉?

袁宏道《袁宏道集笺校》卷五《徐汉明》 上海古籍出版社 1981 年版

徽州治行,卓绝乃尔,往来谈者,称不容舌,足验吾兄道力。《华严经》以事事无碍为极,则往日所谈,皆理也。一行作守,头头是事,那得些子道理。看来世间,毕竟没有理,只是事。一件事是一个活阎罗,若事事无碍,便十方大地,处处无阎罗矣,又有何法可修,何悟可顿耶? 然眼前与人作障,不是事,却是理。良恶丛生,贞淫猬列,有甚么碍? 自学者有惩刁止愚之说,而百姓始为碍矣。一块竹皮,两片夹棒,有甚么碍? 自学者有措刑止辟种种姑息之说,而刑罚始为碍矣。黄者是金,白者是银,有甚么碍? 自学者有廉贪之辨,义利之别,激扬之行,而财货始为碍矣。诸如此类,不可殚述,沉沦百劫,浮荡苦海,皆始于此。虽然,世岂有贪酷不事事,可一日安于民上者乎? 则中郎此言,未免为无忌惮小人增一番口实矣。请急着眼,无事虚谈,有便诲我。

袁宏道《袁宏道集笺校》卷六《陈志寰》　上海古籍出版社1981年版

去岁一秦贾至,曾寄丘郎书,书中言小修被盗事甚悉,长几丈余。来札至,突云无书,丘郎偶忘之耶?抑贾不甘作附书邮邪?可怪!世人无敢不答书者,必如丘郎乃敢不书,然亦真不须书也。何也?他人无书必嗔,嗔必怪,怪必毒,丘郎即不免嗔,然决无毒我理,不须书一。丘郎所喜者,豪侠之客,妖冶之容,山水之胜,病子虽吏吴两载,耳实未闻,眼实未见,口实未谭,顾安得如上事与丘郎描写之,不须书二。所见伊何?案牍比簿也,所闻所谈伊何?扎火囤也,明见万里也,着实打三十竹皮也,丘郎闻之,亦当为我解颐否耶?不须书三。夫以三不须书之丘郎,而遇懒一忙二病三之袁仲子,然则鳞鸿之未便,踪迹之靡定,贾人之浮沉,又可勿论矣。

读来诗,无一字不佳,五七言古及诸绝句,古质苍莽,气韵沉雄,真是作者。当焉诗中第一,见在未来第一。五言律不浮次之,七言律又次之。大抵物真则贵,真则我面不能同君面,而况古人之面貌乎?唐自有诗也,不必《选》体也;初、盛、中、晚自有诗也,不必初、盛也。李、杜、王、岑、钱、刘,下迨元、白、卢、郑,各自有诗也,不必李、杜也。赵宋亦然。陈、欧、苏、黄诸人,有一字袭唐者乎?又有一字相袭者乎?至其不能为唐,殆是气运使然,犹唐之不能为《选》,《选》之不能为汉、魏耳。今之君子,乃欲概天下而唐之,又且以不唐病宋。夫既以不唐病宋矣,何不以不《选》病唐,不汉、魏病《选》,不三百篇病汉,不结绳鸟迹病三百篇耶?果尔,反不如一张白纸,诗灯一派,扫土而尽兵。夫诗之气,一代减一代,故古也厚今也薄。诗之奇之妙之工之无所不极,一代盛一代,故古有不尽之情,今无不写之景。然则古何必高,今何必卑哉?不知此者,决不可观丘郎诗,丘郎亦不须与观之。

弟一病数月,上官已许放归矣。过团风幸出一会,弟先遣人报知。近作颇有得意处,刻成当呈。

袁宏道《袁宏道集笺校》卷六《丘长孺》　上海古籍出版社1981年版

余性疏脱,不耐羁锁,不幸犯东坡、半山之癖,每杜门一日,举身如坐热炉。以故虽霜天黑月,纷庞冗杂,意未尝一刻不在宾客山水。余既病痊,居锡成,门绝履迹,尽日惟以读书为事。然书浅易者,既不足观,艰深者观之复不快人。其它如《史记》、杜诗、《水浒传》、元人杂剧畅心之书,又皆素所属厌,且病余之人,精神眼力几何,焉能兀兀长手一编?邻有朱叟者,善说书,与俗说绝异,听之令人脾健。每看书之暇,则令朱叟登堂,娓娓万言不绝,然久听亦易厌。

余语方子公,此时天气稍暖,登临最佳,而此地去惠山最近。因呼小舟,载儿子开与俱行。茶铛未热,已至山下。山中僧房极精邃,周回曲折,窈若深洞,秋声阁远眺尤佳。眼目之昏瞶,心脾之困结,一时遣尽,流连阁中,信宿始去。始知真愈病者,无逾山水,西湖之兴,吾是益勃勃矣。

袁宏道《袁宏道集笺校》卷十《游惠山记》 上海古籍出版社1981年版

古今文士爱念光景,未尝不感叹于死生之际。故或登高临水,悲陵谷之不长;花晨月夕,嗟露电之易逝。虽当快心适志之时,常若有一段隐忧埋伏胸中,世间功名富贵举不足以消其牢骚不平之气。于是卑者或纵情曲糵,极意声伎;高者或托为文章声歌,以求不朽;或究心仙佛与夫飞升坐化之术。其事不同,其贪生畏死之心一也。独庸夫俗子,耽心势利,不信眼前有死。而一种腐儒,为道理所锢,亦云:"死即死耳,何畏之有!"此其人皆庸下之极,无足言者。夫蒙庄达士,寄喻于藏山;尼父圣人,兴叹于逝水。死如不可畏,圣贤亦何贵于闻道哉?

羲之《兰亭记》,于死生之际,感叹尤深。晋人文字,如此者不可多得。昭明《文选》独遗此篇,而后世学语之流,遂致疑于"丝竹管弦""天朗气清"之语,此等俱无关文理,不知于文何病?昭明,文人之腐者,观其以《闲情赋》为白璧微瑕,其陋可知。夫世果有不好色之人哉?若果有不好色之人,尼父亦不必借之以明不欺矣。

兰亭在乱山中,涧水弯环诘曲,意古人流觞之地即在于此。今择平地砌小渠为之,与人家园亭中物何异哉!

袁宏道《袁宏道集笺校》卷十《兰亭记》 上海古籍出版社1981年版

小陶与一友人论书。陶曰:"公书却带俗气,当从二王入门。"友人曰:"是也。然二王安得俗?"陶曰:"不然。凡学诗者从盛唐入,其流必为白雪楼;学书者从二王人,其流必为停云馆。盖二王妙处,无畦径可入,学者摹之不得,必至圆熟媚软。公看苏、黄诸君,何曾一笔效古人,然精神跃出,与二王并可不朽。昔人有向鲁直道子瞻书但无古法者,鲁直曰:'古人复何法哉?'此言得诗文三昧,不独字学。"余闻之失笑曰:"如公言,奚独诗文?禅宗儒旨,一以贯之矣。"

袁宏道《袁宏道集笺校》卷十《小陶论书》 上海古籍出版社1981年版

仆谓丘、李二兄之病,正病在识上作活计耳,非识不足也。长孺解作墨客及游冶儿,酉卿历官甚老成,此等皆从识上淘汰得出,谓之无识,仆不信也。来书云:"实实有佛,实实有道,实实要学。"甚妙,甚妙。仆谓官与冶客,即佛位也,故曰实实有佛。解作官作客,即佛道也,故曰实实有道。然官之理无尽,冶客荡子之理亦无尽,格套可厌,气习难除,非真正英雄,不能于此出手,所谓"日日新,又日新"者也,岂卤莽灭裂之夫,所能草草承当者哉?故曰实实要学。如此注解,不知可当温陵长水不?

宋儒有腐学而无腐人,今代有腐人而无腐学。宋时讲理学者多腐,而文章事功不腐;今代讲文章事功者腐,而理学独不腐。宋时君子腐,小人不腐;今代君子小人多腐。故仆谓当代可掩前古者,惟阳明一派良知学问而已。其它事功之显赫,若于肃愍、王文成辈;文章之灿烂,若北地、太仓辈,岂曰无才?然尚不敢与有宋诸君子敌,遽敢望汉、唐也?徐文长病与人,仆不能知,独知其诗为近代高手。若开府为文长立传,传其病与人,而仆为叙其诗而传之,为当代增色多矣。

又

仆所谓佛,即官也,即今梅开府客生也。今公求免于佛,亦将求免为客生邪?须知客生无成无免,佛亦无成无免。所谓即者,犹是方便说法,不得已之辞。辟如有人云"大海是水",已是戏论,而丈又欲令海求免于水,可谓戏而又戏矣。

袁宏道《袁宏道集笺校》卷二十一《又答梅客生》
上海古籍出版社 1981 年版

夫幽人韵士,屏绝声色,其嗜好不得不钟于山水花竹。夫山水花竹者,名之所不在,奔竞之所不至也。天下之人,栖止于嚚崖利薮,目眯尘沙,心疲计算,欲有之而有所不暇。故幽人韵士,得以乘间而踞为一日之有。夫幽人韵士者,处于不争之地,而以一切让天下之人者也。惟夫山水花竹,欲以让人,而人未必乐受,故居之也安,而踞之也无祸。嗟夫,此隐者之事,决烈丈夫之所为,余生平企羡而不可必得者也。幸而身居隐见之间,世间可趋可争者既不到,余遂欲欹笠高严,濯缨流水,又为卑官所绊,仅有栽花莳竹一事,可以自乐。而邸居湫隘,迁徙无常,不得已乃以胆瓶贮花,随时插换。京师人家所有名卉,一旦遂为余案头物。无扞剔浇顿之苦,而有味赏之乐,取者不贪,遇者不争,是可述也。噫,此暂时快心事也,无狃以为常,而忘山水之大乐,石公记之。凡瓶中所有品目,条列于后,与诸好事而贫者共焉。

袁宏道《袁宏道集笺校》卷二十四《瓶史引》 上海古籍出版社 1981 年版

兄中郎,长予两岁,少相友爱。儿时同读书村之杜家庄上,讲诵之暇,私相商榷,至今思之,颇多异语。稍长,移居城中,修治城南别业,偕余与四五友人,游息是处。语言奇诡,兴致高逸。每至月明之夜,相对清言,间及生死,泫然欲涕,慷慨唏嘘,坐而达旦。终不欲无所就,乃刻意艺文,计如俗所云不朽者。上自汉魏,下及三唐,随体模拟,无不立肖。自谓非其至者,不深好焉。

公车之后,乃学神仙。偶有异人传示要领,勤行未久,寻亦罢去。及我大兄休沐南归,始相启以无生之学。自是以后,研精道妙,目无邪视,耳无乱听,梦醒相禅,不离参求。每于稠人之中,如癫如狂,如愚如痴。五六年间,大有所契,得广长舌,纵横无碍。偶然执笔,如水东注。既解官吴会,于时尘境乍离,心情甚适。山川之奇,已相发挥;朋友之缘,亦既凑和。游览多暇,一以文字为佛事。山情水性,花容石貌,微言玄旨,嘻语谑辞,口能如心,笔又如口。行间既久,遂以成书。余以濩落,依之真州,相见顷刻,出所吟咏,捧读未竟,大叫欲舞,作而笑曰:高者我不能言,其次我所欲言,格外之论我不敢言。与兄相别未久,胡遽至此!彼文人雕刻剪镂,宁不烂熳,岂知造物天然,色色皆新,春风吹而百草生,阳和至而万卉芳哉!

夫文章之道,本无今昔,但精光不磨,自可垂后。唐宋于今,代有宗匠。隆及弘嘉之间,有缙绅先生倡言复古,用以救近代固陋繁芜之习,未为不可。而剿袭格套,遂成弊端。后有朝官,递为标榜,不求意味,惟仿字句,执意甚狭,立论多矜。后生寡识,互相效尤。如人身怀重宝,有借观者,代之以块。黄茅白苇,遂遍天下。中郎力矫敝习,大格颓风。昔昌黎文起八代之衰,亦非谓八代以内,都无才人;但以辞多意寡,雷同已极。昌黎去肤存骨,荡然一洗,号谓功多。今之整刷,何以异此。中郎位卑名轻,人心不虚,未必能信。昔钟士季年少时,常作一纸书与人,云是阮步兵,便字字生意;既知是钟,谓不足道。又虞讷素轻张率之诗,随作随诋;托言沈约,便相嗟称。耳贵目贱,今古一揆。今篇籍俱在,试虚心读之,非独文苑之梯径,傥亦入道之津梁焉。

袁中道《珂雪斋集》卷九《解脱集序》　上海古籍出版社 1989 年版

诸大家时文序①

今代以文取士,谓之举业,士虽借以取世资,弗贵也,厌其时也。夫以后视今,今犹古也,以文取士,文犹诗也。后千百年,安知不瞿、唐②而卢、骆之③,顾奚必古文词而后不朽哉?且所谓古文者,至今日而敝极矣。何也?优于汉谓之文,不文矣;奴于唐谓之诗,不诗矣。取宋、元诸公之余沫而润色之,谓之词曲诸家,不词曲诸家矣。大约愈古愈近,愈似愈赝,天地间真文澌灭殆尽。独博士家言④,犹有可取。其体无沿袭,其词必极才之所至,其调年变而月不同,手眼各出,机轴亦异,二百年来,上之所以取士,与士子之伸其独往者,仅有此文。而卑今之士,反以为文不类古,至摈斥之,不见齿于词林。嗟夫,彼不知有时也,安知有文!

夫沈之画,祝之字⑤,今也;然有伪为吴兴之笔,永和之书者⑥,不敢与之论高下矣。宣之陶,方之金⑦,今也;然有伪为古钟鼎及哥、柴等窑者⑧,不得与之论轻重矣。何则?贵其真也。今之所谓可传者,大抵皆假骨董赝法帖类也。彼圣人贤者,理虽近腐,而意则常新;词虽近卑,而调则无前。以彼较此,孰传而孰不可传也哉?

《袁宏道集笺校》卷四　上海古籍出版社1981年版

【注释】

①时文即明代科举考试的应试之文,有特定的文体写作规定,也称为八股文。明兴以来,时文的测试被视为朝廷选拔人才的最主要的依据,因此学子趋之如鹜,这一方面导致了对古文辞的漠视,另一方面也使许多博学骋才之士因无法适应科举而受到压抑与排斥。明中期以来,许多有思想的人士都对之提出过激烈的批评,以吴中地区为例,朝廷中有如吴宽、王鏊,廷外则有如文徵明、祝允明等,都在自己的文论中分析过时文的严重弊端,呼吁朝廷与政府通过对古文辞的重视而克服时文之敝。从某种意义上讲,前七子也是在力主恢复古代诗文的意义上提出新的文体主张的,从而引发了一场震惊历史的复古主义运动。在明中期的一个很长阶段中,对时文的批评与抗拒被看做是一种文体解放、思想解放的伴随物。

但另一方面,时文的写作,如果从其内部来看,也不是一成不变的,时文本身也受到外在文学观等的影响,出现了内在的变化。比如李东阳所作弘治十二年的《会试录序》时,就已经意识到时文写作的新变,竟至让人"目眩心动"。这种趋势到了茅坤的时代更有过之,如茅坤《张太学刻洪武以来程文编序》中谈到后来的情况:"隆庆以还,文日以靡,气渐以漓……其所当家,龙骧而虎攫,钩奇钓异,言人人殊"云云,这与袁宏道文中所论"其体无沿袭,其词必极才之所至,其调年变而月不同,手眼各出,机轴亦异",是可以相印证的,时文自身的确处在一种剧烈的变化之中。

然而如何看待这一现象,则取决于文论家的立场与态度。一般而言,学士对待科举文的态度多是将从事古文写作与时文演习分而置之,即将时文作为

"敲门砖",一旦中举以后便弃之不顾,转而将主要的精力放在古文的写作上。但这种情况在晚明时期却发生了变化,像李贽、袁宏道等反过来肯定时文的特殊价值,比如李贽作《时文后序》一文,便声言:"国家名臣辈出,道德功业,文章气节,于今灿然,非时文之选欤!"即将时文看做是人才辈出的一个通道,更其甚者,以为时文所谓"时"也,是合乎于文章变化规律的,如曰:"时文者,今时取士之文也,非古也。然以今视古,古固非今也,由后观今,今复为古。故曰,文章与时高下。"因此时文不但可以取士,也可"行远"。很显然,袁宏道之论是继承李贽以来,对时文的肯定是立足于"时"的概念,由此而为时文申言,为时文辩护。

但袁宏道又更进一层,将对时文的辩护置于对"时"与"古"这一对概念的分析中,由此而将时文与古文做新的对立,由时文之变化来否定古文的不变与返古。在袁宏道看来,时文因其时而处在日新月异的状态之中,时又因之而依据于"真",因真而时。而古文则因其只是形式上的仿古、返古,不但未有变,而且也可判定其为"假"。

由这个基本逻辑可以看出,袁宏道对时文的辩护与推崇,目的是反对古文、古文运动,当然也是真实地看到了时文所发生的一些新变,为之张目。但时文毕竟只是承担某种特定的功利性功用,无法替代更社会化的古文的广泛用途,而且古文在当时事实上也处于各种变化之中,况且李、袁所用以表达时文有益的文章也是用古文所写的。其中,我们自然能够看出这一逻辑在某种意义上的生造与扭曲之处。

在晚明时期,袁宏道的这一观念并非孤立而行,也得到了如汤显祖、钟惺、谭元春等的侧面呼应。但观察角度也还是有差异的,细心的读者不难察知。到天启年后,时文的仿奇好怪已经完全背离了科试代圣人立言的本意,加之时风的大变,从而出现了应社、复社人士如张溥等对之的批评与力矫。

②瞿、唐——瞿,瞿景淳,字师道,常熟人。嘉靖二十三年进士。唐,唐顺之,字应德,武进人,嘉靖八年进士。二人均为嘉靖间时文高手,有所谓"王、钱、唐、瞿"四家之目。

③卢、骆——当指唐诗人卢照邻与骆宾王。杜甫有《戏为六绝句》云:"王杨卢骆当时体,轻薄为文哂未休。尔曹身与名俱灭,不废江河万古流。"意虽初唐四杰在刚出现时,遭到了许多人哂笑,但是却在后来得到了历史的高度认可。袁宏道借此而喻示时文将会获得的命运。

④博士家——汉武帝时设立博士官,置弟子五十人,令郡国选送。唐以后也称科举的生员为博士弟子。

⑤沈之画,祝之字——沈指沈周,明中期吴中著名画家。祝即祝允明,明中

期吴中著名书法家、文学家。

⑥吴兴之笔,永和之书——吴兴,此处指赵孟頫,字子昂,元初著名书画家,为宋室后人,赐第于浙江湖州,故又称为赵吴兴。永和,此处指著名书法家王羲之。因羲之于穆帝永和九年三月三日同谢安等四十一人会于会稽山阴之兰亭,并作《兰亭序》,后遂以之著称。

⑦宣之陶,方之金——宣之陶,即明宣德年间的窑器。方之金,出处不详。

⑧哥、柴等窑者——哥窑,宋代瓷窑名。窑址在浙江龙泉县南七十里华琉山下。柴窑,古代著名的瓷窑之一。相传为五代后周世宗柴荣指令建造,故名,地址在今河南郑州一带。

【附录】

今世禁文体者日益厉,而时文之轨辙日益坏。上之人刻意求平,下之人刻意求奇,所标若此,所趋若彼,岂文体果不足正哉?夫禁士者一人,取士者又一人,士向利则德,故从取不从禁。即不然,令禁士者取士,将一出于平,而平不胜取,不得不求其异者;求其异者,而平者自斥,虽欲自守其禁,不可得也,势为之也。

余谓文之不正,在于士不知学。圣贤之学惟心与性。今试问诸业举者,何谓心,何谓性,如中国人语海外事,茫然莫知所置对矣,焉知学?既不知学,于是圣贤立言本旨,晦而不章,影响响觅,有如射覆。深者胜之以险,丽者夸之以表,诡者张之以贷。义本浅也,而艰深其词,如金夫小人之匿其心以欺人者也,故曰险也。词本芜也,而雕绘其字,如纨袴子弟,目不识丁,徒以衣饰相矜,故曰表也。理本荒也,而剽窃二氏之皮肤,如贫无担石之人,指富家之囷以夸示乡里也,故曰贷也。三者皆由于不知学,智穷能索,又不得不出于此。为主司者既不能详别其真伪,故此辈亦往往有倖中者。后生学子,相与尤而效之,而文体不可复整矣。故士当教之知圣学耳,知学则知文矣,禁何益哉!门人某等留心学问,其为文根理而发,无浮词险语,是可喜也。故识其前,以告都人士之为文者。

袁宏道《袁宏道集笺校》卷十八《叙四子稿》　上海古籍出版社1981年版

举业之用,在乎得隽。不时则不隽,不穷新而极变,则不时。是故虽三令五督,而文之趋不可止也,时为之也。才江之僻也,长吉之幽也,《锦瑟》之荡也,《丁卯》之丽也,非独其才然也。体不更则目不艳,虽李、杜复生,其道不得不出于此也,时为之也。

往余授京兆时,尝以士子文质诸斋矣。余窃叹曰:"是皆嘉、隆间学究饱廪粟者也,恶知文!"评成以属余,则所取者,皆一时新艳之辞,而其所抹勒者,皆芜秽也。余自是始知时艺之趋,非独文家心变,乃监文之目,则亦未始不变也。夫至于监文目变,则其变盖有不可知者,虽欲不殚力之所极,而副时之所趋,何可得哉!故余谓诸公文之极新也,可以观才;不如是,不足以合辙也,可以观时。

袁宏道《袁宏道集笺校》卷十八《时文叙》 上海古籍出版社 1981 年版

僧冷云过柳浪,出茂才张君时艺若干求评。余笑曰:"少而习之,今忘去久矣。"余每见坊间时刻,辄昏昏然如醒者之在枕也。闻儿辈读,如闻三韩语,了不辨。夫唯余衰朽不入时,乃不知彼之佳,若使余以为佳,则彼亦故机老锦,非复入样花缬也。余友潘去华为场屋老手,往年官玺卿,弟小修以文求质,去华闭目摇手曰:"时过矣,恐误君。君以今日之衰生质余,而余以旧日之潘生正君。君所尚者,成周之文,而余所守者,结绳之治,其能误君审矣。"余服膺此言,故凡以举业质者,皆谢却之。而冷云求不已,遂取茂才文读数过。余虽不知文,而其词之清警,理之深长,余犹能知之。夫余之所不知,既不敢的然以为非;则余之所知,又安能必世之我是也。然自余论,则与其不知也,宁为可知,遂喜而识其端。

袁宏道《袁宏道集笺校》卷三十五《张茂才时艺小引》
上海古籍出版社 1981 年版

永嘉项瓯东先生,取本朝会试及两京十三省乡试诸录四书程式之义,择其文词之美而义不诡于传注者,凡数十篇评而著之。凡作者之意所以然,与其体之所宜尔,疏剔阐发,烂然可睹,义之为文,其言不逾数百,而其首末具有定法,宜无所藏其变。由先生之评观之,则其正反开阖,抑扬唱诺,顺逆周折,骋控张歙,其变不穷,而文之情状极矣。不徒使观者悟而知向,思焉而有获,而作者亦复跃然自失,能自为文而不能自言其文之为如此也。噫,何其精也。其文如此,而其义归于不背儒先之训解,以达乎圣贤之旨,而可以为治此业者之法,故名其编曰:义则。先生之学,最为明于朱氏之说,而得乎孔孟之所以言者,其为举子业,洗刷凡近,探抉奥奥,宜所为程文以式后生,而其所守职事与试事不相直,不得用其文于程式,其所自为文,学者别传之耳。先生所至于职事之外,辄有以教学者,而黄生曰煦、孙生振宗,实始从授此编而卒业焉。二生以呈郡博士纪君,博士以呈郡侯方西川公,曰:"不当使治此业者人,挟一编耶。"于是,义则之编刻成。予览其书而序之,曰:射御,小艺也。而泰豆甘绳以名其身而传后世,由得其理也。其视衔辔弓矢,若被服之具,食饮之器,而省释于百步之正,先后乎二十四蹄之间,若食饮而被服,故可以阅壮老而不厌,事物之万方列乎前而不为之变,而衡靮之工苦,马之驽、骏,弓矢筋角笴镞之良恶端袤,可以手揣而知,目逆而辨也。其语人者法也,而所以能得其理者,惟精者然后得之。彼所以习其徒于足目,使之行乎独木之涂,承乎牵挺之椎,而骖骓不陈于侧,侯鹄不设于前,盖其未抚六马而所以驰之者,已具于足,未挥二耦而所以中之者,已存于目。故能总骖骓而不乱,当侯鹄而不失。是编也,亦先生之所以语人者也,是不亦题工苦弩骏之书,而纪良恶端袤之策耶。尤在乎精者自得之耳。然吾闻齐扁之为轮也,行年七十而不舍椎凿,其得之于心而应之于手,非轮也,道也。故其老于斫轮,而不名为艺。有精于是编者,既得之矣,尤宜以是观之。呜呼,是椎凿也,偃师精之以为滛巧,而齐扁以为道。故吾序是编,既患学者之不能精,而尤患其徒精也。呜呼,此不亦先生之心哉!

王慎中《遵岩集》卷九《义则序》　文渊阁《四库全书》本

　　时文者,今时取士之文也,非古也。然以今视古,古固非今;由后观今,今复为古。故曰文章与时高下。高下者,权衡之谓也。权衡定乎一时,精光流于后世,曷可苟也!夫千古同伦,则千古同文,所不同者一时之制耳。故五言兴,则四言为古;唐律兴,则五言又为古。今之近体既以唐为古,则知万世而下当复以我为唐无疑也,而况取士之文乎?彼谓时文可以取士,不可以行远,非但不知文,亦且不知时矣。夫文不可以行远而可以取士,未之有也。国家名臣辈出,道德功业,文章气节,于今烂然,非时文之选欤?故棘闱三日之言,即为其人终身定论。苟行之不远,必言之无文,不可选也。然则大中丞李公所选时文,要以期于行远耳矣。吾愿诸士留意观之。

李贽《焚书》卷三《时文后序》　中华书局1975年版

　　唐人有言,不颠不狂,其名不彰。世奉其言,以视士人文字。苟有委弃绳墨,纵心横意,力成一致之言者,举诧曰,此其沸名己耳。下者非其固有,高者非其诚然。予少病此语。必若所云,张旭之颠、李白之狂,亦谓不如此名不可猝成耶。第曰怪怪奇奇,不可时施,是则然耳。
　　予所友吉州人士最笃。长者义理淳深,少者亦复风气雄远,缓急可为世有。故予每见吉州人士辄喜,实不同余州人也。九月,听榜南州,累累然诵其名,至泰和萧君士玮,则哑然。群叹曰,此名士也。予益为之喜。已乃知为予邑南海叶侯所录。伯玉来谒谢,而同陈大士夕予。燕语冲然,流莅今昔。目中久不见如许客也。明日,得其文字十数首。大致奇发颖竖,离众独绝,绳墨之外,粲然能有所言。非苟为名而已。大士曰:"方岳李公、观察葛公且为伯玉刻此行之。"夫二公者,士所证向闻人也,而已尔,则向所云不可时施者,又不然矣。夫不苟为名而又可以时施,此亦天下之至文也。

汤显祖《汤显祖诗文集》卷三十三《萧伯玉制义题词》
上海古籍出版社 1982 年版

人之爱子甚于爱其身。度其身常智,度其子常愚。此其故何也。予弱冠举于乡,颇引先正钱王之法,自异其伍。已辄流宕词赋间。所知多谓予,何不用法更一幸为南宫首士者,而好自溃败焉。予心感其言,不能用也。庚壬二年间,制义不能盈十。比杭守贰监利姜公奇方迫予明圣湖头,令作艺。已近腊而逾春,卒卒成一第去。久乃悔之。予力与机可为王钱,而远之者,亦非命也。生长子蘧,年孟舒早慧,因以所常悔者望之。取国朝省会诸元作,定为"正清""侧清"之目,示之。儿蘧曰:"何一以清耶。"予曰:"万物惟清者贵。元骨皆清,十之三不能无侧者耳。"此目随蘧亡去。欲更目之,仲大耆曰:"元多时贵人,或以侧为讳。"已之。

时季子开远方学艺,求可为法者。予教之曰:"文字,起伏离合断接而已。极其变,自熟而自知之。父不能得其子也。虽然,尽于法与机耳。法若止而机若行。"钱王远矣,因取汤许二公文字数百篇,为指画以示。汤公止中有行,行而常止。许公行中有止,止而常行。皆所为"正清"者也。不从横气来,不从横袭见;得天高而人深,故法圣而机神。此予之所迁延流离而不能得者也。而以教吾子,此岂不谓之大愚也哉。

汤显祖《汤显祖诗文集》卷三十三《汤许二会元制义点阅题词》
上海古籍出版社 1982 年版

通天下之化者在气机,夺天下之化者亦在气机。化之所至,气必至焉。气之所至,机必至焉。孙策起少年,非有家门积聚之势,朝廷节制之重。然以三千人涉江、淮、吴、会,立有江东。袁、曹胎愕而不敢正视。然竟以蹶。此气胜而机不胜者也。诸葛武侯精其技,至于木牛流马。然中不能出汉中夷陵一步,窥长安许洛者,此机胜而气不胜也。天下文章有类乎是。莽莽者气乎,旋旋者机乎。庄生曰:"万物出乎机,入乎机。"天下有中气,有畸气。中主要而难见,畸挚机而易行。气与机相辅相轧以出。天下事举可得而议也。吾以为二者莫先乎养气。养气有二。子曰:"智者动,仁者静,仁者乐山,而智者乐水。"故有以静养气者,规规环室之中,回回寸管之内,如所云胎胎踵息云者,此其人心深而思完,机寂而转,发为文章,如山岳之凝正,虽川流必溶涓也,故曰仁者之见;有以动养其气者,泠泠物化之间,亹亹事业之际,所谓鼓之舞之云者,此其人心炼而思精,机照而疾,发为文章,如水波之渊沛,虽山立必陂陀也,故曰智者之见。二者皆足以吐纳性情,通极天下之变。下此,百姓文章耳。盖日用饮食而未尝知为者也。

余与懋忠尊人景岳先生学同校、宦同地最久。懋忠因时时过而论业焉。殆数年于兹矣。未尝不以气机二字相属。而近读其所奏文章三十篇,则两者俱来矣。勃律暐晔,其高华之执也。夭绍汪洸,其长广之思也。婕疾倏烁,不伤于法,增积委磊,不伤于神。殆久于山水动静之意,而庶几焉者。懋忠为我言曰:"生意所欲为,固不止是。时时读书,为人间事所废。不然,殆有进而可以当先生者。"然则生之所以养气发机者,得微有偏智之累乎。虽然,执此三十篇者,正正堂堂,与天下智计之士夺蘖而舞,江以东不足为也。

汤显祖《汤显祖诗文集》卷三十一《朱懋忠制义序》
上海古籍出版社 1982 年版

夫以李子而肯为时义,奇矣。以李子为时义,世必以为嵚崎历落,潦倒昌披,似其为人。乃李子顾有时详言安步,喜为儒生诵说,故李子之奇于为时义也,奇在乎不尽出于奇也。使李子必以尽出于奇为时义,则亦李子之常耳。乌在其为李子时义哉?

梅子庾曰:"李子时义胜于诗,谈又胜于时义。"李子有怪才僻骨,其出没起止,大要与世不相蒙。李子年才二十五六,青衿缁钵,辁韦笔墨之径,屡迁易而不为烦,速往返而不为幻。其脚跟面孔,种种兼人。尝戏谓李子得中寿,计无复可著之脚,无复可换之面,应取前段行径,更番数过耳。且世界中又乌得无李子?介乎前者,且有无限不快之人,与不快之事。言之则伤体,忍之则冲喉。李子时以愤谵狂憨之致发之,此时笑哭不得,喜恨俱难。即李子何利为之?徒以谈说,为周慎君子服劳代怨,博旁观者一快。此时觉世界中著一李子不厌其多。

世之不能容李子,与不欲取李子者,大底皆周慎君子。夫周慎君子,又乌得无李子?徒以一言蔽之,曰偏耳。李子而不偏,世亦乌用李子为哉?与其伪也宁偏。然李子又能以儒生诵说为时义,由是则可以尽其怪才僻骨而有所不为,李子安得以偏蔽之?

夫士之为文作事,有绝似其人者,有绝不似其人者。贤者固不可测,当别有一副心眼对之。李子自有《仓腕》、《问剑》二集,有序之者。余不论其人其诗,论其时义。呜呼,又乌知余之论李子时义也,非所以论李子之人之诗也!

钟惺《隐秀轩集》卷一八《李生时义序》 上海古籍出版社 1992 年版

时义非小道也。能至之者不能言,有神存焉;能言之者不能至,有候存焉。不佞平生于斯,目境之所及有之,而足迹实未至也。以此自寻自考,今日之偶收于南宫,而谬辱国士之许,视昔之困顿诸生而不得一众人遇者,其业未敢尺寸有所轻贬,而实未能尺寸有所更进。则昔日十二年诸生,世所目笑疑弃、过而不肯问者,或不佞之微有所窥,而有以自信,或不可知。而今日之见以为有可惊可喜者,正不佞所欲然足迹之未至,而不能满志于斯者也。

钟惺《隐秀轩集》卷一八《隐秀轩时义自序》 上海古籍出版社1992年版

国家以时义取士,士之见取者,不必其皆至也。必皆至而后见取,士之见取者其与有几哉?士之见取也易,而时义之求其至也难。何则?取者命,至者文。然不知命,则其为文亦必不能达其才之所能如此,与其意之所欲如此,以求其所为至。今士之为文以望取者,其文原未至也。一不售,以为吾文已至而不见取,则亦不必其至,相率为苟且卑浅之文以庶几乎一取。呜呼!此无论文也,其为文之意何如哉?文体士习之所以日坏者,大要皆此一念为之也。

吾友萧伯玉,以文名世久矣。丙辰捷南宫,明年壬戌治装入对,寄其所为时义于予,予得观之。欲有所奇于其格,不奇不已;欲有所精于其理,不精不已;欲有所厚于其气,不厚不已;欲有所奥于其词,典于其事,不奥、不典不已。予为文,非惟不能如伯玉之奇、之精、之厚、之奥、之典;即能之,而有所不敢。其不敢者,何也?意亦以为文之至者,不必其见取也云尔。由是虽不敢为苟且卑浅之文,以求其见取,亦不能不调之使和,收之使近。然予之偃蹇诸生,世莫能有过焉。其卒见取者,岂调之使和、收之使近之效哉?其亦曰吾命而已。伯玉之意,以为文之见取者,不必其至,至者亦不必其不取。至而不取,而吾之文自在也。然伯玉之见取也与予同,而其早得过之。伯玉盖读书学道,明乎义命之故,而后能为伯玉之文之至也。夫一时义耳,必读书学道,明乎义命之故而后能为至也,则其至可易言哉?

钟惺《隐秀轩集》卷一八《萧伯玉时义序》 上海古籍出版社1992年版

唐重诗,用以取士。其工者内自快于己,外以有名于世,因而得科名焉,则其赢也。明重时义,亦用以取士。其工者得科名,因而内自快于己,外以有名于世焉,则其赢也。赢者,数外不可必之物,得固欣然,失亦有以自处之谓也。要以科名之在诗,与在时义,皆可以得,而皆不可以必得。至所谓内以自快于己,外以有名于世者,在诗可必,而时义则不可必也。故诗如李、杜,可以布衣终其世。时义如王、唐,而不得科名,则退而无以自处。时义如王、唐而不得科名者,诚未尝确然见其人;然其得之者,固已有不可言者矣。得之者有不可言,世遂疑王、唐之文,反未必得,相戒不敢为王、唐之文,而其文始绝于世。嘻,其甚也!

吾友沈雨若,高才博学,奇趣深心,善诗而工时义。然而恒病,病几不能就试。就试矣,吾为之喜。已而试不中,吾私为之戚;雨若亦若有怏怏者。予为广之曰:"夫时义之工不同。有工而不必得者,深险精核之文是也。有工而不必不得者,高华奇肆之文是也。有工而必不得者,幽寒艰促之文是也。有工而必得者,灵畅温秀之文是也。子之时义,机灵而局畅,气温而色秀,未尝操必不得之具,子何忧焉?子不尝作诗乎?子不以子之穷罪诗,而独怏怏于时义者,何也?世不以诗取士故也。时义之于科名,有可以得之之道,人遂有必得之心,因是以有不得之怨。夫时义之于科名,工者不必不得,怏怏于不得者,不必得而反以不工。譬若以作诗之心作时义,期于工,不期于得。吾见子之文日益工,而卒亦不必不得。观子之文近春夏,而子之意常涉秋冬。夫春夏者,通之象也。秋冬者,塞之象也。养子之为春夏者,以待其通;去子之为秋冬者,以勿疑于塞。为子计者,不亦两得乎?"雨若曰:"吾非怏怏于文之工而不得,退而无以自处也。吾所为怏怏者,念吾幼而孤,倚祖为命,间关教养,集蓼茹蘖。今齿长矣,长此安穷,前后顾影,私心不能无少望。自今以后者,得失一勿敢问,专待子叙以不朽吾文耳。"夫得失一勿敢问,而专待一序以不朽其文,此正吾所谓以作诗之心作时义者也。子得之矣。

钟惺《隐秀轩集》卷一八《沈雨若时义序》　上海古籍出版社 1992 年版

我朝之时艺,若晋人之放达,窥窦脱裈,风俗成矣。其中不乏清言微论,争为第一流者。而乐令之言曰:"名教中自有乐地。"允为古今谈论之宗。阮嗣宗,至放人也,而文帝以为至慎。知至慎之即为至放,吾与之言时艺矣。

善作时艺者,必天下之奇人。未有天下之奇人而肯下堕于近世好奇之习,先持一必为奇文之心,令人可测其奇而耳目之者也。夫奇人之于文,非其自欲为异,乃其人不能同。因其不同而呶呶焉,以为怪物,以为戾气,避之惟恐其晚,予所以中夜徬皇,如有所结者久矣。窃以为轧茁之字句,上下连而不断,浓媚之藻泽,彼此串而不穷,楮幅之后更添楮幅,笔墨之外无复笔墨,似深不深,似远不远。而间有因之前茅者曰:"此敝帚而已,何必不出于此,而向孤檠寒炉之际,寂寂十年。"难乎!既为奇人,安能听之,必且峀然灵光于其间,不清其脉,如圣贤所以云云;不浑其格,如先辈所以云云;不幽其词,如高士所以云云,恐不肯止也,宛哉!其怪物之而戾气之,而避之,而反以苦心之良工为欺人之英雄也哉!

予所最善友孟诞先,奇人也。其制义脉清、格浑而词幽三致意焉。圣贤之旨,先辈之则,高士之趣,久已烟积云埋于手口之外,而无一语堕好奇之习与必为奇之心。而不识者又以为平。以奇人为好奇,与以奇人为平,彼安窥其意思之各有在乎?予往在南中,奇士之海也。如冯宗之之平,马巽甫之奇,予不觉其何平何奇也,见时使我快,别后使我思,或第或不第,不问矣。会此意可以放,可以慎;不会此意,岂惟夷甫、辅之之辈不可为训,即乐令名教一语,恐徒助酸馅者张目耳。

今年家居无事,批点《晋书》,足令此意畅然。寻当与诞先之文,先后行世,以证我朝制科,与晋代清谈,其揆一而已矣。

谭元春《谭元春集》卷三十一《冷光亭制艺序》
上海古籍出版社 1998 年版

士之有文,如女之有色。文之有先辈、时辈,如色之有故人、新人。善论色者曰:"颜色虽相似,手爪不相如。"又曰:"将缣来比素,新人不如故。"知手爪之所以妙,又知素之所以胜。此一人也,岂目挑而心招,倚门而刺绣,可以徼倖于欢侬之交者哉?夫时文中有多数句者,而先辈常少数句,有重后半者,而先辈常重前半;有用过文者,而先辈常用本文。此论色者之及于手爪也。时文中有读之欲笑者,而先辈不苟嬉,有读之欲泣者,而先辈不苟悲;有读之动人心目、快人口齿者,而先辈不苟艳。此论色者之明于缣素也。前辈沦亡,莫究此义,有志之士,多伤心焉。

友人官子以其文投予,予惊而相向,退而告人:此于元词宋曲中,而有人焉,独宗《离骚》者也;此于繁弦急管中,而有人焉,独弹素琴者也。已而掩袂,叹息于官子之前曰:"予不得与倚门者争旦夕之效,正坐此耳。子胡为然哉?孔子曰:'吾未见好德如好色者也。'当此之时,吾亦未见好色者也,悔不盛年时嫁与青楼家。子盛年,子勿贻此悔。"官子曰:"非也。穷达天为,智者不愁。泻水置地,任其所流。"予乃跃然而起。官子之见达矣,所以有官子之文,岂诬哉!

谭元春《谭元春集》卷二十三《官子时文稿序》
上海古籍出版社 1998 年版

袁中道

袁中道(1570—1624),字小修,号凫隐居士,湖广公安人。初随兄宦游京师,结交四方名士,足迹半天下。归而求学于李龙湖,有出世之志。万历三十一年(1603)三十四岁时中举人,万历四十四年(1616)进士,次年授徽州府学教授,升国子监博士,此间他系统地整理、校对、出版了两胞兄及自己的著作,使"三袁"的作品及其文风发扬光大。万历四十八年(1620)升南京礼部主事,天启四年(1624)升南京吏部郎中,卒于官。与兄宗道、宏道并称"三袁"。《明史·袁宏道传》附有其传。

万历之前,王世贞、李攀龙之学盛行,袁中道与其兄反其道而行之,主张崇尚自然,反对模拟、复古。与之同时,又有公安末流效中郎浅易俚俗之语,诗意淘尽,及有以幽深孤峭矫之者,即后之所谓"竟陵派"。小修在"三袁"中过世最晚,看到公安派末流之弊,一方面继续反对模拟,阐释"独抒性灵"之真正含义;一方面提出"天下之文,莫妙于言有尽而意无穷"(《淡成集序》),论诗"以三唐为的",讲求含蓄蕴藉,以补公安理论前期矫枉之过。又把诗歌比作中行(含蓄蕴藉)、狂狷(独抒性灵然发泄太尽)、乡愿(模拟剽袭),提出"不为中行,则为狂狷"。与其兄宗道强调创作主体"器识"不同,小修强调"慧",认为"凡慧则流,流极则趣生"。著述包括诗、文、杂著、游记、书札和日记,以传记文、书札和日记最有价值。

其著作现存的有《珂雪斋前集》、《珂雪斋近集》、《珂雪斋集选》以及《游居柿录》。今有上海古籍出版社钱伯诚整理本《珂雪斋集》(1989)。

刘玄度集句诗序[①]

子瞻与介甫同游蒋山[②]，介甫指案上砚，共集句。子瞻即朗吟曰："巧匠斲山骨。"介甫不能续，乃曰："且趁天色，穷览蒋山之胜，不须作此冷淡生活。"时同游二客背语曰："荆公困人伎俩[③]，今日顿尽。"予谓子瞻亦机锋偶触，令齿牙间得利耳。使有所以应之而复角[④]，吾亦不能保其后如何也。集句政自难。一咄嗟之顷，而倒腹笥[⑤]，以冀一遇，要令宫商合调，如出一手，即子瞻犹难之，况介甫乎？

吾友刘玄度，少时即与予作忘形友。应试入郡，则同寓君章宅畔。每月夜，坐大墀上，谭或至达旦。自是十数年，一遇玄度于稠人之中，甫一戟手[⑥]，即隐隐有谭势。拉至空处，风雨波流，娓娓数百车，遂无一字重者。盖予退而心服玄度之慧也。凡慧则流，流极而趣生焉。天下之趣，未有不自慧生也。山之玲珑而多态，水之涟漪而多姿，花之生动而多致，此皆天地间一种慧黠之气所成，故倍为人所珍玩。至于人，别有一种俊爽机颖之类，同耳目而异心灵，故随其口所出，手所挥，莫不洒洒然而成趣，其可宝为何如者。

予与玄度交二十余年，初聆其谭，久之读其文如其谭，久之读其诗如其文。又久之，而观其滑稽慢戏之词[⑦]，溢于诗文之余者，其天趣正尔横生。今年复出《闺情集句》七十首示予。予曰：此苏子瞻、王介甫所难者也。予与玄度交二十余年，而知玄度不尽乎！

《珂雪斋集》卷十　上海古籍出版社 1989 年版

【注释】

①刘玄度，生平不详。集句，古时作诗方式之一，截取前人一代、一家或数家的诗句，拼集而成一诗。"三袁"中袁中道最后离世，成为"公安派"后期的中流砥柱，其诗论追随依附袁宏道，并多为对其兄诗论的补充和修正。

此篇亦言趣，指出创作客体之趣源于创作主体之慧。袁中道之"趣"和袁宏道所谓"趣"有相合的地方，如本文中"山之玲珑而多态，水之涟漪而多姿，花之生动而多致"之趣，他称赞陶孝若"文章清绮无尘垢气，真有过人之才。而尤有一种清胜之趣，若水光山色，可见而不可即者"（《南北游诗序》）。然本文"趣"之内涵与其兄之"趣"又有不同，此"趣"与"机锋"、"慧"（"慧黠"）紧密相连。

所谓"机锋"出自禅宗,是个比喻,机是箭的弩机,锋是箭锋。弩机一发,锋利无比。佛学教义原本枯燥无味,难以被广大听众所接受,于是佛僧运用以心应心,随问随答,不落迹象,活泼有趣的方式解读。有时直接痛快,有时随机应变,有时含蓄深藏,有时象征暗示,有时比喻联想,有时诡谲机巧。斗机锋对人的机智特别是随机应变、临场发挥的能力要求特别高,所以袁中道说:"凡慧则流,流极而趣生焉。天下之趣,未有不自慧生也。""慧"即后文之"慧黠",亦即《四库全书总目提要》所云"三袁则惟恃聪明。学七子者不过赝古,学三袁者乃至矜其小慧,破律而坏度"之"聪明"、"小慧",亦即机智、"俊爽机颖"之意,表现为明显的对抗性特征,所谓"参话头","斗机锋",常常是晚明文人所热衷的雅集、结社等活动中的重要内容。有时话中有话,语带禅机。明里一盆火,脚下使绊子,双方暗中较着劲,惟有知情者方能会其意,不明就里的人便很难体会其中的奥义、玄机,在智慧的对垒中显示出其人的风采。"慧极而流"之趣在文中表现为"滑稽慢戏之词","以文为戏,坡公不免作俑,而袁中郎为甚"(艾南英《再与周介生论文书》),晚明王思任亦素有"聪明绝世,出言灵巧"(张岱《王谑庵先生传》)之称,常以谑用事。

"性灵"包含性情与灵机,也就是"情性"加"慧性",灵机就是"天机"即"生意",更进一步说,是包含了内在的心性和外在的天机,如果说袁宏道之"独抒性灵"侧重"喜怒哀乐嗜好情欲"之"性",袁中道则更偏重"灵"。袁中道在该文中所言之"趣"当然也会包含那种活泼的审美性,但又更代表了晚明文人对机智谐谑的追求,亦体现了智慧在中国传统德性文化中难得的一次施展。这点在晚明时期的许多小品文中,均能感受到。

②子瞻与介甫同游蒋山——子瞻,苏轼,字子瞻。介甫,王安石,字介甫。

③荆公因人伎俩——荆公,即宋王安石。伎俩,工巧,技能。

④应之而复角——角,角斗、比拼。

⑤一呐嗟之顷,而倒腹笥——呐嗟,一呼一吸之间,即一霎时,顷刻。笥,盛饭食或衣物的竹器,这里借指存储诗文的地方。腹笥,内在的知识等积蓄。

⑥甫一戟手——戟手,徒手屈肘如戟形,指点人或怒骂人时常如此。

⑦慢戏之词——慢戏,轻忽游戏。

【附录】

时义虽云小技,要亦有抒自性灵,不由闻见者。古人云:"一一从自己胸臆中流出,自然盖天盖地。"真得文字三昧。盖剪彩作花,与出水芙蓉,一见即知,不待摸索也。

读元岳兄诸制,无论为奇为平,皆出自胸臆,决不剿袭世人一语。一题中每每自辟天地而造乾坤。予于此道,亦号深入,而不能不心折于元岳,则惟其真耳。予一晤元岳,见其长身伟干,须髯如戟,声如洪钟。与之语,输泄胸怀,毫无城府,已知为天地间奇伟男子,将来事业必能独抒精光,不寄人颔下者,予以其文卜之。夫有真文章,自有真人品,真事功。海控八河,必无异味,予以券元岳矣。

袁中道《珂雪斋集》卷十《成元岳文序》 上海古籍出版社 1989 年版

有一时,即有一时名士,以为眼目,若风麟之菌,为世祥瑞。无其人,则国家之气运,亦觉暗然而无色。夫名士者,固皆有过人之才,能以文章不朽者也。然使其骨不劲,而趣不深,则虽才不足取。昔子瞻兄弟,出为名士领袖,其中若秦、黄、陈、晁辈,皆有才有骨有趣者。而秦之趣尤深。吾观子瞻所与书牍,娓娓千百言,直披肝胆,庄语谑言,无所不备,其敬而爱之若是。想其人必风流蕴藉,如春温,如玉润,不独高才奇气为子瞻所推服已也。予友陶孝若,淡泊自守,甘贫不厌,真有过人之骨。文章清绮无尘垩气,真有过人之才。而尤有一种清胜之趣,若水光山色,可见而不可即者。已故中郎于诸君子中,尤敬而爱之。其诗风味,亦近似中郎,盖染香润露,有不言而喻者。予尝比之于秦太虚,中郎亦以为然。孝若年尚壮,精于举子业,独不肯数入场屋,曰:蓬首垢面,项带竹篓子,如弄蛇儿,容头过身,非丈夫所为。以故至门墙,复行不入者屡屡。最后为广文,自谓尝鼎一脔,非欲充肠,能具八口饘粥,即飘然矣。甚矣,孝若之能自贵也!予今年若不得意,已买得一舟,自拚入舟中,泛泛潇湘、龙茹间。孝若少涉宦途,其急来登予舟以逃名焉。

袁中道《珂雪斋集》卷十《南北游诗序》 上海古籍出版社 1989 年版

古之隐君子,不得志于时,而甘沉冥者,其心超然出尘羁之外矣,而犹必有寄焉然后快。盖其中亦有所不能平,而借所寄者力与之战,仅能胜之而已。或以山水,或以曲糵,或以著述,或以养生,皆寄也。寄也者,物也。借怡于物,以内畅其性灵者,其力微,所谓寒入火室,暖自外生者也。故隐者贵闻道,闻道则其心休矣。惟心休而不假物以适者,隐为真隐。陶元亮之隐也,差适矣,今读其诗,殷忧内结,至于生死迁变之际,每每泫然欲涕,而姑借酒以降之,又安能乐?然则自汉以后,以道隐而自适其穷者,一邵子耳。邵子洞先天之秘,观化于时,一切柴棘,如炉点雪,如火销冰,故能与造物者为友,而游于温和恬适之乡。彼惟不借力于物,而融化于道,斯深于隐者也。后之继著,其惟白沙先生乎?邵子有言:"学不至于乐,不可言学。"白沙之学,近于乐矣。乐生于觉者也。梦中悲欢喜戚,无端纠缠,忽然一觉,而窅莫得其所在。故白沙洞明心地之后,处穷处达,无往而不适。是之谓乐得其道,而内不受物之弊铄,岂待排豁焉。白沙盖邵子以后一人也。

东粤李公,少怀物外之志,始抱异才,唾取轩裳,而竟不得大伸于时,仅就一博士以老。人固以此为公侘傺,而公畅然自若。甫得一官而去之,闭门偃息,泊然无营。或曰此质行长者也,或曰隐君子也,或曰此古达者也。皆非也,公盖学白沙之学者也,其于休心忘累之境,有所遇焉,故终身沦落而无间。死生无变于己,而况人事之倏得倏失者乎!则近时之以道隐者,公又一人焉,而岂若借适于物者流,力战于牢骚不平者哉!虽然,隐,显,迹也。非闻道不能隐,非闻道又岂能显?而能以道隐者,必能以道显者也。特抱道者,啬于用而不及展;而稍稍见诸用者,又矜于气而不化。假令尧夫、明道辈,得伸其用,真儒作用,必大可观。近代文成一出,功施烂焉。性地之所发挥,概可知已。则白沙与公,皆能以道显诸用,而不近显者也。

古之君子,抱此道者,以其真自适,而出其余绪以及天下。当吾世而不及试,则留以俟后之人。后之人有能行吾道者,道在天下,即吾之精神在于天下,又何必身有之。今公之哲嗣,置身镜衡之司,旦暮且陶铸天下。学公之学,行公之志,毕公所未抒之事业,公之隐而未及显者,今且津津乎大显矣,是又邵子与白沙未有之遭也。道德具于生前,而荣华集于身后,赫赫纶绂,下贲泉壤。即不足为公加损,而益以见天之久定,吾道之终亨矣。此予所以乐为述也。

袁中道《珂雪斋集》卷九《赠东粤李封公序》　上海古籍出版社1989年版

不屑少时沉酣于举子业,不自宝惜意根,持锋颖以与造物战,而不胜,始逃之山水间。盖六七年以来,不亲笔砚,亦不知此道当作何语矣。今年入都,逐队操觚,觉断梗枯井,殊无微澜。惟得冶城旧社友马远之文,读之灵潮汩汩自生,始知天地之名理,与人心之灵慧,搜而愈出,取之不既。盖远之为人,有逸韵,饶侠骨,急友朋,爱烟岚,故随笔出之,自仙仙然有异致。所谓一一从肺腑流出,盖天盖地者也。夫画家重逸品,如郭中恕之天外澹澹数峰是也。世眼不知,乃重许道宁辈金碧山水,不亦谬乎!吾观远之之文,盐味胶青,若有若无,比之忠恕之画,气类自同。今欲取合世眼,降格作道宁辈浓腻之笔,吾固知远之不为,亦不愿远之为之也。远之行矣,试以此语商之同调者。

袁中道《珂雪斋集》卷十《马远之碧云篇序》　上海古籍出版社1989年版

日在斋中,猢狲子奔腾之甚,一日忽然斩断,快不可言。偶阅阳明、龙、近二溪诸说话,一一如从自己肺腑流出,方知一向见不亲切,所以时起时倒。顿悟本体一切情念,自然如莲花不着水,驰求不歇而自歇,真庆幸不可言也。自笑一二十年间,虽知有此道,毕竟于此见在一念,不能承当,所以全不受用。一切处全不省力,在计算安排、攀缘图度中过了,平生忙似火烧。而今而后,不堕此坑矣。

进来也不思前,也不想后,便有使得十二时之意,不用纤毫气力,自然如此。自喜已结圣胎,古人之言,不予欺也。兄想久到此田地,如何止隔得一丝毫,便弄人十年二十年也。一向弟亦具正解,但道着悟,便自不肯。今方是过关,真个唤作彻悟无愧色。此处真如哑子吃蘗,更无说处。所以叨叨如此。

又

居署中,青槐绿榆,乔松古柏,屋敞地洁,蝇蚊绝迹,胸中潇潇然,都不得一事,真是快活不可言也。此后动静出处,有何处不乐,吾事不既济矣乎!

袁中道《珂雪斋集》卷二十三《寄中郎》 上海古籍出版社 1989 年版

性善之说,千古未明。以性善而习不善者,非也。今孺子生而怒啼则多嗔,见彩色而喜则多贪,等皆不善类也,何待习?以性之善不可见,而情之善可见,谓性本善者,亦非也。孺子虽知爱父母,亦能挫父母;长虽知敬兄长,亦能凌兄长;见食则争,见色则妒。其善从第一念出,其恶亦从第一念出也。情亦何尝善?有谓义理之性善,而气质之性不善者,亦非也。天下无二性,苟性中有气质之性,则性亦不得谓之善矣。然则性善之说,尚纷纷无定论也。乃予则断之曰:论性者,必以夫子之言,合佛氏之言,而后其说始明。吾求其明而已,即天下万世我罪亦不惜也。

盖人性之初,未有不善者;而习则有善,有不善。吾所谓习,非一生之习也,乃多生之习也。多生习于善,则善。如多生习仁,故生而慈祥;多生习义,故生而正直等是也。多生习恶,则恶。如多生习不仁,故生而刻薄;多生习不义,故生而邪曲等是也。习之重者,不可移。善重而值恶习,恶重而值善习,亦不能迁也,上知下愚是也。习之轻者,可移。善轻而习于恶则恶,恶轻而习于善则善,无不可迁也,中人是也。是善与恶皆习也。即易善易恶,亦习也,于性何欤?性如太虚,至善者也,善恶俱不得有。善如庆云,恶如彤云,皆生灭于天体之中耳。

然则,以何者为性?曰性不可言也。姑言之,言其大,则山河世界,皆性中物也;而指为一身之内者,非也。性如海也,形色如沤也。性之大海,既结为形色之一沤,则一沤之中,而全海隐隐具焉。但去沤之所以凝结者,而海体可复矣。去其填塞此海者而虚,去其郛蔽此海者而灵。虚灵之性圆,而全潮在我矣。曰悟,所以觉之也;曰修,所以纯之也。皆所以复此无善无恶之体者也。无善无恶者,千万世不化之性;而有善有恶者,千万世相沿之习。奈何以习之善,为性之善哉?

袁中道《珂雪斋集》卷二十《论性》 上海古籍出版社 1989 年版

柞林叟不知何许人,遍游天下,至于鄀中,常提一篮,醉游市上,语多颠狂。庚寅春,止于村落野庙。伯修时以予告寓家,入村共访之,扣之,大奇人。再访之,遂不知所在。予髣髴次其语,以传于后。

伯修问圣凡同异之分。叟曰:"不必论圣凡同异,公且指何者为圣,何者为凡?"

予问:"叟遍游天下,目中有何人?"叟笑曰:"我从来不见有一人,果然真正豪杰难得。纵有,也不是彻骨的好汉。"予伫思少许,问曰:"古来如荆轲、田光之流如何?"叟张目曰:"是何等人,可容易说!古人真是爱身惜死,你看荆轲与鲁勾践博,少目摄之便去。本为侠客,睚眦报仇,却乃如此怯懦,方知古人的心肠不同。我又且问诸公,只田光先生一死,为着甚的?"中郎:"定不为太子,疑或是图一段好死耳。"叟曰:"这等说,却冤了田光先生。"予曰:"大段是激怒荆轲。"叟曰:"荆轲岂是不勇的人,何须激怒。古人这等去处,细不可当,只一死,燕太子之事定矣。光知荆轲之杀秦王,易于反掌,只愁他不为人用,看得太子不在眼里。光既已死,则荆轲安得不为太子用,安得不为太子死哉!若然,是献图揕胸,已豫定于田光断气之日了。其中柱天也,非人之所可逆睹也。然则光一死,而太子之愿已遂,事已成。死有重于泰山者,非是之谓乎?予读书到此,便为堕泪。古人的头好不容易掷,人知他极粗处,不知他极细处。"伯修问曰:"从来如临济、德山之流,亦是此等人否?"曰:"正是此等人。公看是何等力量,何等骨头。不论甚么人,便大棍打来,不是大豪杰无此举动。曰:荆轲、田光之流,还须学道否?"曰:"荆轲、田光之流,我还要他学道,我却不要公学道。"伯修惊曰:"若是学道无用矣?"曰:"真无用。"曰:"如是则流入生死去。"曰:"诸佛亦并不曾出生死外。"曰:"何以别于众生?"曰:"何以别于众生?"曰:"有甚众生!"

问六经。曰:"《易经》真是圣贤学脉,《书经》则史官文饰之书,《春秋》则一时褒贬之案。"

问管仲。曰:"他是太公一流人。"

问晏子。曰:"真好汉!伏庄公尸而哭,人自然不敢杀他。我说这等样去处,真是孔子作不得的。"

问留侯。曰:"少年时椎秦皇帝博浪沙中,寻搜不见,一定是幻术,不然躲在何处?凡天下学术,决定破,若破,死必矣。都是险事。所以黄石公不准他。人人有个活机括,取之无尽,用之不穷。"

问韩信。曰:"真可笑!蒯通说得极透彻,尚然不醒。渠解衣推食,为着甚的,不过诱你作他奴才耳。这等岂可唤作恩。可称呆狗!"

问杜甫。曰:"今人徒知杜甫诗之妙,不知甫是甚么样人。当甫从贼中奔行在,千辛万苦,魂尚未定,甫得一官,救妻子之不暇,于时即荐岑参为补阙,你看是何等心肠。如今人困穷投人,不知如何承人颜色。当时甫漂零严武幕下,一日乘醉,忽然张目大言曰:'严挺之乃有此儿!'你看是何等气岸。"予曰:"武当时生杀在手,假令因此言被杀,也无用。"曰:"渠当时也不暇计他杀与不杀,直是胸中豪气不可忍耳,即杀也顾不得。"

问太史公何如人。曰:"天下大侠。当时李陵降虏,陇西之士皆耻出其门下,马迁独救之。非独枯水寒灰,无势位之可附,亦且负不忠不义之名,救之而无以自解于清议者也。无恩无名,而又有不可测之罪,而能挺然救之,此皆激于意气,非后世矜重名义之流可比。"

问何心隐何如人。叟张目曰:"这样人,什么人,好轻易!"予方吐痰,叟笑曰:"渠吐一口痰,也是自家的。"

予问:"夏侯太初临刑,神色不变,于此道有少分否?"曰:"不相干,只是一个有力量人。我昔于法场,见有四人同斩,有两个人恬然不以为意也,只是聪明灵俐人,见得决定是死,啼哭无益。凡聪明灵俐有力量人,遇事都能一眼见到底,也有趣。"

叟谓伯修曰:"公如何只在枝叶上求明白,纵枝叶上十分明白,也只是枝叶。"

伯修问:"学道必须要做豪杰否?"叟曰:"这等便是死路,不是活路。人人各有一段精彩,学既成章,自然是豪杰矣,岂定有豪杰可学邪!"

伯修退,予问曰:"学道还须要根器否?"曰:"如何不要?根器即骨头也,有些骨头者方可学道。当时王阳明不知多少人在门下,彼一见,知其软弱无用者,尽送与湛甘泉,且教之曰:'湛甘泉是大圣人,可去就学。'即甘泉亦自以为推己,而不知阳明实拨去不堪种草之人,寻好汉也。于时王龙溪少年任侠,日日在酒肆博场。王阳明偶见而异之,知其为大乘法器。然龙溪极厌薄讲良知者,绝不肯一会。阳明便日与门弟子陆博、投壶、饮酒。龙溪笑曰:'你们讲学,酸腐之儒也,如何作此事?'答者曰:'我这里日日是如此,即王老师在家亦然,岂有此酸腐之话。'龙溪便惊异求见阳明。阳明一会,龙溪即纳拜矣。阳明得此一人,便是见过于师,可以传授,其余皆土苴也,何用之有?"

伯修问:"学问的人,毕竟要功业否?"叟曰:"治世的事,可以讲求得的,有甚么难。惟大学问乃是自己受用,非言语所能辨析也。"

予问:"学问功业,是一是二?"曰:"岂可二。"曰:"世上亦有不学问而成功业者乎?"曰:"亦是天下事见得分数多。"曰:"亦有有学问而作不得功业者乎?"曰:"这个却少。天下事只怕事理不通,既通矣,何难焉。"

叟问众:"五祖戒是法眼嗣,有甚不得力,却出为东坡。东坡到老也不得了,只讲得几句义理禅,向来面目已失却些子,况添了许多文字业,忧国忧民的业,后便不可知矣。予往抱病,思及此事,真好怕人。"且道:"五祖戒不了在甚么处?"众不能答。予问:"毕竟不了在甚么处?"叟曰:"这里我亦不知。"

伯修问:"学道遂不怕生死否?"曰:"别人怕不怕不可知,我却怕。"伯修曰:"怕亦有根器生定怕者,如我从少年便怕放铳。不知怕生死之怕,与怕放铳之怕,是一是二?"叟曰:"怕从小从自,难道不是一样?"伯修曰:"可见这胆气也是生定,由不得人的。"曰:"然。"中郎曰:"不然。譬如三家村里童子,见人便恐骇;及到闹市,住了二三年,见人都不怕了。可见这胆气,又是充拓得的。"叟笑曰:"人只是一个见识,见识大了,胆自然大。"

伯修问:"作大事业的人,须要杀身而不悔否?"曰:"古今大豪杰作事,都有个着数,不是泛然的。"曰:"直如何心隐如何?"曰:"也死得脱轻易。安有大丈夫为人所弄,如杀一鸡然,可恨!若王伯安则不然,你看是何等作用。"予问:"吾人作用,须是极细极周,乃可言作用否?"叟笑曰:"又有个什么作用!只如何心隐,死也不容怪他作用之不妙。就如王伯安,刘瑾时几死,龙场古庙几死,逃入渔舟几死,功成群奸诬以反几死。假如不幸而死,亦将咎作用之不妙乎?"

伯修问:"自己根性软弱,不得自了,恐终无学道分。"叟曰:"公来得稳,所谓悟遂实悟,参遂实参。"伯修移几近曰:"毕竟要师指示一条路径。"叟作色曰:"这等便龌龊不可当!"

叟问予曰:"你有几分生死心?"予曰:"恰似全无。"叟大笑曰:"难道全无?阎罗王凭你这张嘴,也说得去。只恐要你再来,由你不得。"

袁中道《珂雪斋集》附录《柞林纪谭》(节选)　上海古籍出版社 1989 年版

蔡不瑕诗序[①]

诗以三唐为的,舍唐人而别学诗,皆外道也。国初何、李变宋、元之习[②],渐进唐矣。隆、万七子辈亦效唐者也[③]。然倡始者,不效唐诸家,而效盛唐一二家,若维若颀[④],外有狭不能收之景,内有郁不能畅之情,迫胁情境[⑤],使遏抑不得出,而仅仅矜其觳率[⑥],以为必不可逾越。其后浸成格套,真可厌恶。后之有识者矫之,情无所不写,景无所不收,而又未免舍套而趋于俚矣。

仆束发即知学诗,即不喜为近代七子诗。然破胆惊魂之句,自谓不少,而固陋朴鄙处,未免远离于法。近年始细读盛唐之诗,间有一二语合者。昔吾先兄中郎,其诗得唐人之神,新奇似中唐,溪刻处似晚唐,而盛唐之混含尚未也。自嵩、华归来,始云吾近日稍知作诗。天假以年,盖浸浸乎未有涯也。今人好中郎之诗者忘其疵,而疵中郎之诗者掩其美,皆过矣。近侄子祈年、彭年亦知学诗⑦。予尝谓之曰:若辈当熟读汉、魏及三唐人诗,然后下笔。切莫率自矜臆⑧,便谓不阡不陌,可以名世也。夫情无所不写,而亦有不必写之情;景无所不收,而亦有不必收之景。知此乃可以言诗矣。

　　近日蔡不暇氏,偶至筼筜谷论诗,且出近作相示。不暇清夷恬澹,胸中无半点尘俗气,故其为诗,妍妙春融。不暇年甚少,即未穷其变化,已自具诗人丰骨。山中清寂,取汉、魏、三唐诸诗,细心研入,合而离,离而复合,不效七子诗,亦不效袁氏少年未定诗,而宛然复传盛唐诗之神,则善矣。

《珂雪斋集》卷十　上海古籍出版社 1989 年版

【注释】

　　① 蔡不暇,生平不详。袁中道作为公安派的殿军,对公安派的贡献在于对公安派早期文学思想及创作的总结和反思,继而在坚持"独抒性灵"文学主张的前提下做出相应的修正与调适,其在文学思想史上的价值,亦在于他对公安派文艺思想的继承延续和救弊矫偏。

　　本文首先标举三唐诗歌为写作的典范,肯定了原先被公安派大力批评的七子派诗论;但认为七子在具体操作中出现以少概全的偏颇,导致诗坛格套浸淫,文章更肯定了公安派在破除格套、开拓诗境方面的功绩,同时也指出其矫枉过正的流弊——"舍套而趋于俚"。公安派的文学理论向来很受重视,但对他们的诗歌创作,人们的评价并不很高,袁宏道、袁中道自己都曾自我反省,这里有值得分析的地方。中国古典诗歌发展至明代,已经有相当悠久的历史,取得了很高的成就,但同时也在格式、意境、意象、语汇诸方面形成一定的套路,很难再有大的突破,而且与明中后期社会中形成的活跃、显露、市俗化的生活情感难以相容。换言之,古典诗歌传统在一定程度上已经成为生活抒情需要的束缚。当李梦阳感叹"真诗在民间"时,实际上已经意识到这一点,而唐寅那种口语化的诗作,更意味着对古典传统的轻蔑。公安派试图打破古典的传统格套,以强有力的理论形式提出了这一问题,并广泛地在自己的诗歌创作中进行尝试,从而形成了一个颇有声势的诗歌改革运动,但在实践中亦无法克服诗体之古典与社会之变更这一难以解决的难题。与明中后期活跃的世俗化生活更相适应的还是小说、戏曲等新兴文学样式,它们成为明清文学的杰出代表。

其次,袁中道反省的结论是"楚人之文,发挥有余,蕴藉不足"。袁宏道赞颂宋欧、苏辈"于物无所不收,于法无所不有,于情无所不畅,于境无所不取,滔滔莽莽,有若江河"(《雪涛阁集序》),袁中道则云"夫情无所不写,而亦有不必写之情;景无所不收,而亦有不必收之景。知此乃可以言诗矣",试图以对情和景的淘洗来达到盛唐诗歌含蓄蕴藉的特征,从而矫公安率易俚俗之弊。

然中道实则未放弃对其兄"性灵"说的坚守,此点较为集中地体现在他对中行、狂狷、乡愿的论说中。《淡成集序》一文中,他把诗文分为三类:以浑含蕴藉、"言有尽而意无穷"为中行,以"能言其意之所欲言"为狂狷,"效颦学步"为乡愿,明确表示"不为中行,则为狂狷。效颦学步,是为乡愿耳"。本文所云"不效七子诗,亦不效袁氏少年未定诗",仍是"独抒性灵"的另一个注脚。

②国初何、李变宋、元之习——何、李,何景明、李梦阳,明前七子之领袖人物。

③隆、万七子辈亦效唐者也——隆、万,隆庆、万历,分别为明穆宗和明神宗年号。七子,此处指明后七子,即李攀龙、王世贞、谢榛、吴国伦、宗臣、徐中行、梁有誉一派。

④若维若颀——维,王维。颀,李颀。

⑤迫胁情境——迫胁,狭陋。

⑥而仅仅矜其彀率——彀率,按射中目标的需要把弓拉开的限度。

⑦近侄子祈年、彭年亦知学诗——祈年、彭年,袁宏道之子。

⑧切莫率自肸臆——"肸臆"意不确知,又见之《宋元诗序》,曰:"取裁肸臆。"《月令》为《礼记》篇名,传周公所作,实为秦汉间人抄自《吕氏春秋》十二月纪首章而成。后魏时载入历,以验气序,也有将之扩展为算命八字类书。

【附录】

学古诗者,以离而合为妙。李杜元白,各有其神,非慧眼不能见,非慧心不能写。直以肤色皮毛而已,以之悦俗眼可也。近世学古人诗,离而能合者几人耳,而世反以不似古及唐为恨。昔人疑徐吏部不受右军笔法,而体裁似之;颜太保受右军笔法,而点画不似。解之者曰:徐得右军皮肤眼鼻耳,所以似之;颜得右军筋骨心髓,所以不似也。故曰:恒似是形,时似是神。世眼以貌求,宜嗤其不似古也。

元定诗初学汉魏六朝,字栉句比,置之《选》中,几于乱真。屡变而精光始出,信笔挥洒,乃见诗人之致。予谓天生才不尽,人亦各有所长。元定之才,诸体皆入其藩,而五言古尤为胜场。如《饮酒诗》二十首,天趣横生,离陶而能合陶,庶几得其筋骨心髓者也。唐人既多五言,至七言律体,诸家不多作。今人动为七言,篇章繁芜,殊可厌恶,皆欲工而皆拙,此正今人之病也。用其所长,一门深入,不足以垂世乎?吾与元定交最暱,相知最深。元定之生也,实有所自来,至今不昧。

夫以阮籍、陶潜之达,而于生死之际,无以自解,不得已寄之于酒。杜武库之事业,颜真卿之忠义,终不能忘情于迁化之际,而沉碑刻石,不得已寄之于名。予皆怜其志,而哀其不知解脱之路。元定生而守先人素业,为人恺悌温良,秀美而文。居官日,下帷读书,无异寒士。所之营综,极有方略,此非承愿力而来者欤?今与予相聚,察其意,泠泠有尘外之想,而时时作利刀切泥之叹。故知元定宿愿,定不止于作文章功名之士而已。予于此一窍,稍有所入,虽道未胜习,而仰青天见白日,实不为远。彼此各老大矣,后当挫锐息机,相与究竟此事可也。

袁中道《珂雪斋集》卷九《四牡歌序》　上海古籍出版社 1989 年版

天下无百年不变之文章。有作始,自有末流;有末流,还有作始。其变也,皆若有气行乎其间。创为变者,与受变者,皆不及知。是故性情之发,无所不吐,其势必互异而趋俚。趋于俚,又将变矣。作者始不得不以法律救性情之穷,法律之持,无所不束,其势必互同而趋浮。趋于浮,又将变矣。作者始不得不以性情救法律之穷。夫昔之繁芜,有持法律者救之;今之剽窃,又将有主性情者救之矣。此必变之势也。

袁中道《珂雪斋集》卷十《花雪赋引》(节选)　上海古籍出版社 1989 年版

国朝有功于风雅者,莫如历下。其意以气格高华为主,力塞大历后之窦。于时宋元近代之习,为之一洗。及其后也,学之者浸成格套,以浮响虚声相高;凡胸中所欲言者,皆郁而不能言,而诗道病矣。先兄中郎矫之,其意以发抒性灵为主,始大畅其意所欲言,极其韵致,穷其变化,谢华启秀,耳目为之一新。及其后也,学之者稍入俚易,境无不收,情无不写,未免冲口而发,不复检括,而诗道又将病矣。由此观之,凡学之者,害之者也;变之者,功之者也。中郎已不忍世之害历下也,而力变之,为历下功臣。后之君子,其可不以中郎之功历下者功中郎也哉?每以此语示人,辄至河汉。惟吾友阮集之,深相契合。

集之才甚高,学甚博,下笔为诗,本之以慧心,出之以深心,而尤不肯以轻心慢心掉之,予甚心折焉。大端慧人才子,其始也,惟恐其出之不尽也;其后也,惟恐其出之尽也。集之束发为诗,亦屡变矣。至是虽不为法缚,而亦不为才使。奇而不嚣,新而不纤,是力变近日滥觞之波,而大有功于学中郎之诗者也。夫昔之功历下者,学其气格高华,而力塞后来浮泛之病。今之功中郎者,学其发抒性灵,而力塞后来俚易之习。有作始,自宜有末流;有末流,自宜有鼎革。此千古诗人之脉,所以相禅于无穷者也。予自度不能竟此道也,微集之其谁与归?

袁中道《珂雪斋集》卷十《阮集之诗序》　上海古籍出版社 1989 年版

诗莫盛于唐,一出唐人之手,则览之有色,扣之有声,而嗅之若有香。相去千余年之久,常如发硎之刃,新披之萼。后来宋元诸君子,其才情之所独至,为词为曲,使唐人降格为之,未必能过。而至于诗,则不能无让。如常建《破山寺》"竹径通幽处,禅房花木深"之句,欧公自谓终身拟之不能肖。子瞻乃谓公厌梁肉而嗜螺蛤,非也。文章关乎气运,如此等语,非谓才不如,学不如,直为气运所限,不能强同。故夫汉魏之不"三百篇"也,唐之不汉魏也,与宋元之不唐也,岂人力也哉!然执此遂谓宋元无诗焉,则过矣。古人论诗之妙,如水中盐味,色里胶青,言有尽而意无穷者,即唐已代不数人,人不数首。彼其抒情绘景,以远为近,以离为合,妙在含裹,不在披露。其格高,其气浑,其法严。其取材甚俭,其为途甚狭。无论其势不容不变,为中为晚,即李、杜诸公,已不能不旁畅以极其意之所欲言矣,而又何怪乎宋、元诸君子欤?

宋、元承三唐之后,殚工极巧,天地之英华,几泄尽无余。为诗者处穷而必变之地,宁各出手眼,各为机局,以达其意所欲言,终不肯雷同剿袭,拾他人残唾,死前人语下。于是乎情穷而遂无所不写,景穷而遂无所不收。无所不写,而至写不必写之情;无所不收,而至收不必收之景。甚且为迂为拙,为俚为猥,若倒困倾囊而出之,无暇拣择焉者。总之,取裁眄臆,受法性灵,意动而鸣,意止而寂。即不得与唐争盛,而其精采不可磨灭之处,自当与唐并存于天地之间。此宋元诗所以刻也。

吾观宋、元诸君子,其卓然者,才既高,趣又深,于书无所不读。故命意铸词,其发脉也甚远,即古今异调,而不失为可传。后来学者,才短肠俗,束书不观,拾取唐人风云月露皮肤之语,即目无宋、元诸人,是可笑也。盖近代修词之家,有创谓不宜读宋元人书者。夫读书者,博采之而精收之,五六百年间,才人慧士,各有独至。取其菁华,皆可发人神智;而概从一笔抹杀,不亦冤甚矣哉!自有此说,遂为固陋慵懒者讬逃之薮。书既不必读,斯亦不必存,然则宋元诸集,可遂听其散佚澌灭,而不复问也耶?

当宋初有九僧之诗,其佳语置之唐集中不可辨,自中宋时,已不复存。陆放翁称潘邠老之诗,以为妙不可及,而潘集今亦无从得睹。黄山谷集,极口江陵高荷工于学杜,而志已逸其名。予往往见宋元书画题咏之语,极有佳诗,而或有人无集,或有集无其诗。以此知宋元之诗,其不存者极多。今寻十一于千百之中,自当共宝之,密购之,明揭之,使斯文不终沦丧,而乃作不必读不必存之语何哉?宋元书画,犹有博古好事之家存之,于今不朽;而诗独少表章之者,真成阙典。新安潘氏,苦心购求宋元诸集梓之,欲使两朝文字,与三唐共垂不朽,是数百年来一大快事也,于予心极有合焉。故不辞而僭为之引。

袁中道《珂雪斋集》卷十一《宋元诗序》　上海古籍出版社 1989 年版

天下之文,莫妙于言有尽而意无穷,其次则能言其意之所欲言。《左传》、《檀弓》、《史记》之文,一唱三叹,言外之旨蔼如也。班孟坚辈,其披露亦渐甚矣。苏长公之才,实胜韩柳,而不及韩柳者,发洩太尽故也。诗亦然。"三百篇"及苏李《河梁》、《古诗十九首》,何其沉郁也。陈思王、谢康乐辈出,而英华始渐洩也。杜工部、李青莲之才,实胜王维、李颀,而不及王维、李颀者,亦以发洩太尽故也。举业文字,在成弘间,犹有含蓄有蕴藉。至于今,而才子慧人,菁英吐华,穷其变化,其去言有余而意不尽者远矣。虽然,由含裹而披敷,时也,势也。惟能言其意之所欲言,斯亦足贵已。楚人之文,发挥有余,蕴藉不足。然直摅胸臆处,奇奇怪怪,几与潇湘九派同其吞吐。大丈夫意所欲言,尚患口门狭,手腕迟,而不能尽抒其胸中之奇,安能嗫嗫嚅嚅,如三日新妇为也。不为中行,则为狂狷。效颦学步,是为乡愿耳。

李宗文氏,楚之名士也,採楚名士之文,裒为一集。予得而阅之,大都能言其意之所欲言,皆楚人本色也。近日楚人之诗,不字字效盛唐;楚人之文,不言言法秦汉,而颇能言其意之所欲言。以为拣择太过,迫胁情景,而使之不得舒真,不如倒困倾囊之为快也。本无言外之意,而又不能达意中之言,又何贵于言。楚人之文,不能为文中之中行,而亦必不为文中之乡愿,以真人而为真文。观于宗文氏之所集,可以知楚风矣。

袁中道《珂雪斋集》卷十《淡成集序》　上海古籍出版社 1989 年版

石头初作诗,步趋唐律;已晤中郎,始稍变其故习,任其意之所欲言,而不复兢兢尽守古法。世之誉者半,毁者大半,而石头不屑也。予闻而叹曰:石头真不朽人也。天下之传者,皆有意于传者也,一有意于传,则避世讥弹之念重,而精光不出矣。今石头之集具在,其精光烁人目睛者,岂文人学士所可及耶?彼其视世间之毁誉,如飞蚊之过于前,而不能为之动也。严头云:"一一从自已胸意中流出,盖天盖地。"有旨哉!

记二十年前,与中郎同会石头于维杨,彼此论禅不契,遂大骂而别。今又会于都中,故人零落,伯修、中郎皆下世,昔之骂者,相视而泪数行下矣。嗟乎!石头之学问日进,而予则日以退。石头能不弃而复骂予,予肯作骂会耶?近又读《四悉堂诗》,采中郎之意,而更变化之。予且恶自见其诗,则予之日以退,岂独禅哉?信乎石头可不朽矣,而予亦当附之以传,故述数语于首,使后世知序石头之诗者,公安袁小修名中道也。

袁中道《珂雪斋集》卷十《石头上人诗序》 上海古籍出版社 1989 年版

先兄中郎之诗若文,不取程于世匠,而独抒新意。其实得唐人之神,非另创也。然学之者,往往失之。盖中郎别有灵源,故出之无大无小,皆具泠然之致。近时惟成安吴表海先生,初学历下诸公之诗,无一语不屑也。久而厌之,偶见中郎诗,叹曰:"此实先获我心!"遂弃去旧习,尽抒其意之所欲言,采中郎之意,而变化之。大抒其意之所欲言,亦已至矣。此非诎夫言有尽而意无穷者也。言有尽而意无穷,古人谓水中盐味,色里胶青,决定是有不见其行者,即"三百篇"不多得也,汉魏《十九首》庶几近之。盛唐之合者不数人,人不数首,而况中晚乎?才人致士,情有所必宣,景有所必写,倒困而出之,若决河放溜,犹恨口窄腕迟,而不能尽吾意也。而彳亍,而嗫嚅,以效先人之響步,而博目前庸流之誉,果何为者?予观表海先生郢中诗,及近日捶钩诸作,是真能抒其意所欲言者。顾情境有所必达,亦有所必汰,如江发岷山,万派千流以赴峡;而峡山常束之而堤之,使无旁溢。故先生之诗,虽不尽受法于三唐,而亦不滥觞于宋元,所谓采中郎之意,而变化之者此也。

嗟乎,先生舆中郎之同者,岂独诗哉!中郎神情超卓,不受世之缠纠。而先生亦颉颃于世,独往独来,不与俗为俯仰。此其骨同也。中郎去吴时皆贷而后装,而先生自居官以来,守其素业,其去郢也,萧然无异塞士。此其操同也。中郎少有陵霞之致,虽圭组中,亦恋苍壁清泉。而先生所至,登山临水,飞盖蹑屐,醉墨淋漓。此其趣同也。有此三者,其发源处,已如水乳之合矣,岂独诗哉!天夺中郎,不予之下寿,使之登峰造极;而先生来祉方新。古人云:"人不可以无年。"则先生所造,讵有涯也,予辱先生国士之知,读近作欣然有会于心,故憯为之引。

袁中道《珂雪斋集》卷十《吴表海先生诗序》 上海古籍出版社 1989 年版

袁子曰:六经尚矣,文法秦、汉,古诗法汉、魏,近体法盛唐,此词家三尺也。予敬佩焉,而终不学之;非不学也,不能学也。古之人,意至而法即至焉。吾先有成法据于胸中,势必不能尽达吾意,达吾意而或不能尽合于古之法。合者留,不合者去,则吾之意其可达于言者有几,而吾之言其可传于世者又有几?故吾以为断然不能学也,姑抒吾意所欲言而已矣。抒吾意所欲言,即未敢尽远于法,第欲以意役法,不以法役意。故合于古法者存,不合于古法者亦存。总之,意中勃郁,不可复茹,其势不得不吐,姑倒困出之以自快,而不暇择焉耳。岂诚谓我用我法,而可目无古人为也?

夫古之人岂易言哉?昔宋予京自谓五十后奉诏修唐书,细观古人文字,回看五十年前所作,几愧汗欲死。予自十七八岁即知修词,几三十年矣,每取旧作视之,四五行后,若荆棘列楮墨间,置之惟恐不速。益觉古人千不可及,万不可及,其愧汗欲死,又不啻子京已也。

然吾所以不及古人者有故:少志进取,专攻帖括,中年徇遭滨斥,竭一生精力,以营笺疏。避颦迎笑,至于梦肠呕血。四十以后,始得卑卑一第。博古修词,偷暇为之。本不仗习,何由工巧;浮涉浅尝,安能入微。此其不及古人者一也。古人诗文,皆本之六经,以遡其源;参之子史百家,以衍其派,流溢发满,中弘外肆。吾辈于本业外,惟取涉猎,一经不治,何论余书。或如牖中窥日,或如显处视月。此其不如古人者二也。古人研《京》十年,练《都》一纪,尽绝外缘,为深湛之思。今者虽有制作,率尔成章,如兔起鹘落,决河放溜,发挥有余,淘炼无功。此其不及古人者三也。古人庆吊饯送之文,实情真境,不尚浮夸。作者不以为嫌,受者不以为过。近时献谀进熟,不啻口出,少不称扬,便同讥刺。自惟骨体廉弱,未能免俗,虽抒牲灵,间杂酬应。此其不如古人者四也。少忝闻道,有志出世,至于操瓠,辄怀利刀切泥之叹。尝欲息机韬颖,遁迹烟云。故未仕前,大半居山,所作多偶尔寄兴,模写山容水态之语。而高文大册,寂然无有。此其不如古人者五也。

夫岂惟古人,即本朝诸君子,各有所长,成一家言,敢自谓超乘而上之邪?每思此道,亦自无涯,甫涉其樊,而头骷已不待矣。兼之频岁移徙,中间散佚已多,所存什五,荒野固陋,常欲付之祖龙一炬。而名根未忘,不忍弃掷,谬谓千古词人之于词,亦犹慈父之于子也。子息托体于形气,文章亦受孕于灵腑。才不才各言其子,则工不工亦各言其词。慈父不以子之不皆才也而弃之,词人又岂以辞之不皆工也而废之哉?夫父或溺爱,而以不才为才;或苛责,而以才为不才。文章之道,已憎人爱,已爱人憎。箕毕殊好,未能自定。故贱而梓之,亦不敢有去取也。

嗟乎!吾向者无一事非任也,吾今者无一事非让也。以出世言,已将超悟让之人,退而修香光之业矣;以用世言,已将经济让之人,退而处仕隐之间矣。

至于立言一事，向者虽不能穷其变化，而未常无此志也。今且以经国垂世让之人，不惟不强合古之法，而亦不肯奢用己之意矣。然则此之梓也，岂欲流通，妄冀有述，聊以结向者修词之局，以存过雁之一唳，而使后来不复措意此道已尔。尽释夫不能负不必负之担，而嬉嬉焉为盛世百不思百不能之愚人，以终其天年，吾从此闲矣。吾计定矣，吾愿毕矣！

袁中道《珂雪斋集》卷首《珂雪斋前集自序》 上海古籍出版社 1989 年版

钟　惺

钟惺(1574—1625),字伯敬,号退谷,别号退庵,又称止公居士、晚知居士,湖广竟陵人。万历三十八年(1610)进士,授行人,稍迁工部主事,因党争,自请改南京礼部仪制司主事,升祠祭司郎中,天启元年(1621)升福建提学佥事,以父忧归,卒于家。为人严冷,不喜接俗客,晚年受戒,自起法名断残。传载《明史》卷一七六。

万历三十三年(1605),与同邑谭元春评选唐人之诗为《唐诗归》,又评选隋以前诗为《古诗归》,名满天下,时称"钟、谭",诗歌创作谓之"竟陵体"。此前公安派力矫模拟之习,成效显著,然此时公安主将相继死亡,追随者只知仿效中郎,弊端日显,钟惺希望借此矫七子师古之弊与公安师心之偏,欲合师古、师心于一途。其诗论主张表现为:其一,从"势有穷而必变"的文学规律出发反对模仿,指出:"作诗者之意兴,虑无不代求其高。高者,取异于途径耳。夫途径者,不能不异者也。"(钟惺《诗归序》)其二,主张诗人应抒写"性灵",即所谓"孤怀"、"孤诣"。其三,"期在必厚,厚出于灵",着眼于一字一句的灵动神妙。钟惺企图以灵厚的境界匡救浅率俚俗的诗风,却走入了另一形式主义极端,即遁入内心,追求孤僻境界,顾及字句,忘却篇章,追求奇字险韵,造成一种艰涩隐晦的风格。《明史·文苑传》载:"自宏道矫王、李诗之弊,倡以清真,惺复矫其弊,变而为幽深孤峭。"其记叙、议论散文有一种新奇隽永的风格之美。

著作有《如面潭》、《诗经图史合考》、《毛诗解》、《钟评左传》、《五经纂注》、《史怀》及《合刻五家言》、《名媛诗归》、《周文归》、《宋文归》等。与谭元春合编《诗归》、《明诗归》,合评《诗删》十卷。此外尚有署名钟惺评点、批注的演义小说,一般认为多系别人伪托。今有上海古籍出版社李先耕、崔重庆标校本《隐秀轩集》(1992)。

诗归序①

选古人诗而命曰《诗归》,非谓古人之诗以吾所选为归,庶几见吾所选者以古人为归也。引古人之精神以接后人之心目,使其心目有所止焉,如是而已矣。《昭明》选古诗,人遂以其所选者为古诗,因而名古诗曰"选体"②,唐人之古诗曰"唐选"。呜呼! 非惟古诗亡,几并古诗之名而亡之矣。何者? 人归之也。选者之权力能使人归,又能使古诗之名与实俱徇之,吾其敢易言选哉?

尝试论之,诗文气运,不能不代趋而下;而作诗者之意兴,虑无不代求其高。高者,取异于途径耳。夫途径者,不能不异者也,然其变有穷也。精神者,不能不同者也,然其变无穷也。操其有穷者以求变,而欲以其异与气运争,吾以为能为异而终不能为高。其究途径穷而异者与之俱穷,不亦愈劳而愈远乎? 此不求古人真诗之过也。

今非无学古者,大要取古人之极肤、极狭、极熟,便于口手者,以为古人在是③。使捷者矫之,必于古人外自为一人之诗以为异④;要其异,又皆同乎古人之险且僻者,不则其俚者也;则何以服学古者之心? 无以服其心,而又坚其说以告人曰:"千变万化,不出古人。"问其所为古人,则又向之极其肤、极狭、极熟者也。世真不知有古人矣。

惺与同邑谭子元春忧之。内省诸心,不敢先有所为学古不学古者,而第求古人真诗所在。真诗者,精神所为也。察其幽情单绪,孤行静寄于喧杂之中;而乃以其虚怀定力,独往冥游于寥廓之外。如访者之几于一逢,求者之幸于一获,入者之欣于一至。不敢谓吾之说非即向者之"千变万化、不出古人"之说,而特不敢以肤者、狭者、熟者塞之也。

书成,自古逸至隋⑤,凡十五卷,曰《古诗归》。初唐五卷,盛唐十九卷,中唐八卷,晚唐四卷,凡三十六卷,曰《唐诗归》。取而覆之,见古人诗久传者,反若今人新作诗。见已所评古人语,如看他人语。仓卒中,古今人我,心目为之一易,而茫无所止者,其故何也? 正吾与古人之精神,远近前后于此中,而若使人不得不有所止者也。

《隐秀轩集》卷十六　上海古籍出版社 1992 年版

【注释】

① 本篇是钟惺、谭元春二人合编的《古诗归》与《唐诗归》(合称《诗归》)的序言。明代有影响的诗歌选本,前有高棅《唐诗品汇》,后有李攀龙《古今诗删》,他们都标举格调,钟、谭则"彼取我删,彼删我取"(谭元春《奏记蔡清宪公》),所以《诗归》编成后在当时大受欢迎,朱彝尊在《明诗综》中称:"《诗归》既出,纸贵一时,正如摩登伽女之淫咒,闻者皆为所摄。"钱谦益《列朝诗集》载:"《古今诗归》盛行于世,承学之士,家置一编,奉之如尼父之删定。"但另一方面又受到众多学者们的非难指责,《四库全书总目提要》载:"《诗归》五十一卷,明钟惺、谭元春同编。……是书凡古诗十五卷,唐诗三十六卷,大抵以纤诡幽渺为宗,点逗一二新隽字句,矜为玄妙。又力排选诗惜群之说,于连篇之诗,随意割裂。古来诗法,于是尽亡。至于古诗字句,多随意窜改。"

本文主张向古人学习,"以古人为归也",就此而论,与复古主义的倡导有某种相同之处,但是钟惺却反对七子仅学古人"途径",而舍"精神"。"精神"是唐宋派与公安派所推崇的概念,钟惺也力主之,但他也同时批评公安"必于古人外自为一人之诗以为异",以导向于"险"、"僻"、"俚"。就此而言,竟陵派的诗论旨在吸取七子与公安各自的优点的同时,矫七子复古与公安浅陋之弊。

钟惺的正面主张可归结为几个方面:一是标举"性灵",即其所谓的"精神",精神是竟陵二子的诗论中出现频率最高的一个核心概念,是与性灵的概念二而为一的。二是性灵的特征,表现为灵与厚的一种统一,即其在另处所云:"诗至于厚而无余事矣。然从古未有无灵心而能为诗者。厚出于灵,而灵者不能即厚。"(钟惺《与高孩之观察》)厚本是复古派所标举的境界,所谓汉魏盛唐的高格正是以浑朴蕴藉为其主要特征,而袁宏道却因力斥复古派的模仿说以独抒性灵为目标,产生了刻露有余而浑厚不足的弊端,因此,钟、谭试图长截长补短,将厚作为灵的一种补充,这也同时成为《诗归》评选古诗的一项重要标准。要实现这一目标,(一)要"冥心放怀,期在必厚",即永葆"幽情素韵"的心胸以求厚;(二)要"保此灵心,方可读书养气,以求其厚"(钟惺《与高孩之观察》),即"读书养气"、"求古人真诗"以致厚;(三)要开阔游处之地以入厚。如谭元春所云:"使深敏勤壹之士,先自处于阔之地,日游于阔之乡,而后不觉入于厚中。"(谭元春《徐元叹诗序》)三是"幽深孤峭"的审美旨趣,即其文中所谓"察其幽情单绪,孤行静寄于喧杂之中;而乃以其虚怀定力,独往冥游于寥廓之外",这也是钟、谭最终要通过诗歌体现出来的特色,其中包含了灵与厚两种质素。一般认为这反映了晚明文人的"幽情单绪"、"孤怀"、"孤诣"、不食人间烟火以及他们远离现实、苍白空泛的意识,但"幽深孤峭"的风格也有其深广的思想底蕴和独特的审美价值,蕴涵着对夜气如磐的晚明统治的"发愤不平"之气,反映了古代文人中常见的寄心杳冥,以此作为抗愤浊世的精神寄托。

②《昭明》选古诗,人遂以其所选者为古诗,因而名古诗曰"选体"——昭明,南朝梁武帝萧衍之子萧统谥号,曾被立为太子,也称昭明太子。他编撰《文选》凡六十卷,收录从先秦到梁初一百三十位作家的作品,是我国现存最早的一部诗文总集。选体,文选体的简称。《文选》第十九到三十一卷为古诗,所选这些诗歌的风格体式被称为"选体",因为这些诗歌多为五言古体,也有人称五言古诗为"选体",后也有人将仿照《文选》所录古诗风格的诗称"选体"。

③大要取古人之极肤、极狭、极熟,便于口手者,以为古人在是——只学习古人那些肤浅、褊狭、熟滥、顺口顺手的诗文,以为它们是古人诗文的精华所在。此句指的是明前后七子及其末流。

④使捷者矫之——使走捷径的人来矫正这个弊端。此句指的是公安派"不拘格套,独抒性灵"的创作主张。

⑤自古逸至隋——古逸,先秦时代未被收录之诗。

【附录】

《简远堂近诗》者,谭友夏近诗也。"简远"二字,则予近日所规友夏语,而友夏取而自命其堂者也。友夏居心托意,本自孤迥。予为刻诗南都,而戒予勿乞名人一字为序,此其意何如哉! 近乃颇从事泛爱容众之旨,欲以居厚而免于忌。浮沉周旋,即其心未尝不遥,予乃欲其心迹并耳。

诗,清物也。其体好逸,劳则否;其地喜净,秽则否;其境取幽,杂则否;其味宜澹,浓则否;其游止贵旷,拘则否。之数者,独其心乎哉? 市,至嚣也,而或云如水。朱门,至礼俗也,而或云如蓬户。乃简栖、遥集之夫,必不于市于朱门;而古称名士风流,必曰门庭萧寂,坐鲜杂宾,至以青蝇为吊客,岂非贵心迹之并哉? 夫日取不欲闻之语,不欲见之事,不欲与之人,而以孤衷峭性,勉强应酬,使吾耳目形骸为之用,而欲其性情渊夷,神明恬寂,作比兴风雅之言,其趣不已远乎! 且夫性子而习昵,则违心;意僻而貌就,则谩世;初偕而中疏,则变素;恒亲而时乖,则示隙。

夫诗,清物也。才士为之,或近薄而取忌。违心谩世,薄道也。变素示隙,忌媒也。欲以明厚而反薄,欲免于忌而媒之,非计之得者也。索居自全,挫名用晦,虚心直躬,可以适己,可以行世,可以垂文,何必浮沉周旋,而后无失哉!

古今诗人,最矜局者无如杜审言。同时沈、宋,本其劲敌,而故相轻侮不肯下。想其平日论诗,必有与其痛痒不相中者。友夏少年,才高意广,勇于自信。人所指摘,苟不能相中,虽其言出畏友名师,不能强友夏以必听。而片语去留,待予裁决。友夏亦何私于予! 夫锦绣千尺,善作者不必善裁,善裁者不必善作,世固有不能诗而知诗者。予所裁决,或亦有以相中乎?

钟惺《隐秀轩集》卷十七《简远堂近诗序》　上海古籍出版社 1992 年版

伯孔今年才十九耳,有慧性俊才,奇情孤习。其于诗,不甚刿心唐以上,而于明诗则绝不挂于目与口。其为诗,亦颇肖其性与才、与情、与习。独时时称说袁石公,即不甚刿心,然亦骎骎乎入之矣。其游金陵,欲袖夷门博浪之椎,椎今名下士。予掩其口曰:"勿妄言。"然心实私异之。

夫人之少年壮往,意不可一世者,苟其人真有慧性俊才,奇情孤习,则于世必将有所可,而其中必有所以自见其可者也。世之轻其少者,既不明其所长;而避其壮往之锋者,又不敢直指其所短。以故倔强跳荡之气,一无所出;而时或发于夷门博浪之椎,其无足怪。世遂目为狂躁僻错而弃之、远之,可叹也。

伯孔为《秦淮绝句》百首,不必论其所失处,而其事寄合前人者已十之一二。已出其诸体,不必论其善处,而其口语堕近人者亦十之三四。盖不自知其所至,要以自为伯孔。而予间戏指一二语,曰:"此为石公语。"则泚颡汗颜,曰:"噫,固宜有。小子不为明诗,何以遂有是?"予曰:"然。此固所谓骎骎乎入之者,实子不刿心唐以上之所至也。子从此苦读唐以上诗,精思妙悟,自无此失。"伯孔心开气折,明日与予札,曰:"向闻子言甚善。子细检吾诗,某处为唐,某处为近人。为近人者抹杀之,某处乃为伯孔。子序吾诗,序其为伯孔者而已。"予益奇其言,壮其志。

夫伯孔之欲自为伯孔者,必有所以自见其可。而世莫能明,以故其气欲一有所出之。其心折汗下于予者,所谓意不可一世,于世将必有所可者也。夫夷门博浪之椎,能奋于嗫嚅之将,与鞭笞六王之主;而一贫抱关,与圯上老翁,命之以子弟臣隶之役而不辞者,其人必有以能明其所长与其所短也。伯孔年十九耳,盛气壮往,轻诋高视,固应有之。多读书,厚养气,暇日以修其孝弟忠信,入以事其父兄,出以事其长上,文行君子,其未可量。

吾友谭友夏雅负才性,意不可一世,而差心折于予。今其气纯格定,情深文明,将不愧古名士,所谓肥肠满脑,长当不尔。伯孔许还楚,访我竟陵于予归处,予将以折柬招谭郎,视予言何若?抑予又将有问也:伯孔意每欲自为伯孔,观此识力,已不肯为明人;而口犹有袁石公,心犹有钟子,世将无难子曰:"子诚楚人也。夫不为明人,而为楚人乎?子喜石公诗,用钟子言,则可。为石公、钟子者,则不可。闻石公亦劝人勿学己作诗,有识者不异人意,愿子广之。"伯孔笑不答。

钟惺《隐秀轩集》卷十七《周伯孔诗序》 上海古籍出版社 1992 年版

今称诗不排击李于鳞,则人争异之;犹之嘉、隆间不步趋于鳞者,人争异之也。或以为著论驳之者,自袁石公始。与李氏首难者,楚人也。夫于鳞前无为于鳞者,则人宜步趋之。后于鳞者,人人于鳞也,世岂复有于鳞哉?势有穷而必变,物有孤而为奇。石公恶世之群为于鳞者,使于鳞之精神光焰,不复见于世。李氏功臣,孰有人石公者?今称诗者,遍满世界,化而为石公矣,是岂石公意哉?

吾友王季木,奇情孤诣,所为诗有蹈险经奇,似温、李一派者。乃读其全集,飞霙蕴藉,顿挫沉着,出没幻化,非复一致,要以自成其为季木而已。初不肯如近世效石公一语。使季木舍其为季木者,而以为石公,斯皎然所以初不见许于韦苏州者也,亦乌在其为季木哉?

季木居石公时,不肯为石公;则居于鳞时,亦必不肯为于鳞。季木后于鳞起济南。予与石公皆楚人,石公驳于鳞,而予推重季木,其义一也。假令后于鳞为诗者,人人如季木,石公可以无驳于鳞,以解夫楚人之为济南首难者。

钟惺《隐秀轩集》卷十七《问山亭诗序》 上海古籍出版社 1992 年版

古诗文多无序。非终无序也,未尝身乞人序;非徒不乞人序,而己亦不自作序。凡以诗文者,内自信于心,而上求信于古人在我而已,初非序之所能传也。迨其必可传,而后序兴焉。故有诗文作于数百年之前,而序在数百年后者。传而后有序,非待序而后传也。如其传,则亦不必序矣。

予少于诗文,本无所窥。成一帙,辄刻之,不禁人序,亦时自作序。大要取古人近似者,时一肖之,为人所称许,辄自以为诗文而已矣。侧闻近时君子有教人反古者,又有笑人泥古者,皆不求诸己,而皆舍所学以从之。庚戌以后,乃始平气精心,虚怀独往,外不敢用先人之言,而内自废其中拒之私,务求古人精神所在。虽不能得古人一二,然举其所得之一二以示人,其为人耳目所不经见,及经见而略不厝意者,十固已八九矣。间取己作以覆古人,向所信以为古人确然在是者,觉去古反滋远。有所创获晚出,使人愕然以为悖于古者,古人尝先有之。始悟近时所反之古,及笑人所泥之古,皆与古人原不相蒙,而古人精神别自有在也。乃尽删庚戌以前诗,百不能存一;而庚戌以后,以为与其轻而弃之也,宁勿轻而作之。

甲寅,友人林茂之为予刻之南都。无日不责予序,诺诺至今丙辰矣。视其刻中所存今欲自去者,抑又甚多。盖岌岌乎有不能自存之势矣。于斯时而始为序,不已晚乎?予向者非无刻,刻非无序。今所刻之诗已尽去,而序反无所附,此亦不必乞序于人及自为序之验也。茂之能保刻中所存,使予信于心,信于古,能不至尽去,而此序终有所附乎?虽其不必传,亦请为茂之一自序可也。

钟惺《隐秀轩集》卷十七《隐秀轩集自序》　上海古籍出版社 1992 年版

江令贤者,其诗定是恶道,不堪再读。从此传响逐臭,方当误人不已。才不及中郎,而求与之同调。徒自取狼狈而已。国朝诗无真初、盛者,而有真中、晚,真中、晚实胜假初、盛,然不可多得。若今日要学江令一派诗,便是假中、晚,假宋、元,假陈公甫、庄孔旸耳。学袁、江二公,与学济南诸君子何异?恐学袁、江二公,其弊反有甚于学济南诸君子也。眼见今日牛鬼蛇神,打油定铰,遍满世界,何待异日?慧力人于此尤当紧着眼。大凡诗文,因袭有因袭之流弊,矫枉有矫枉之流弊。前之共趋,即之之偏废;今之独响,即后之同声。此中机捩,密移暗度,贤者不免,明者不知。袁仪部所以极喜进之者,缘其时历诋往哲,遍排时流,四顾无朋,寻伴不得。忽得一江进之。如空谷闻声,不必真有人迹,闻跫然之音而喜。今日空谷已渐为轮蹄之所,不止跫然之音,且不止真有人迹矣!此一时彼一时,不可作矮子观场。

钟惺《隐秀轩集》卷二十八《与王稚恭兄弟》　上海古籍出版社 1992 年版

乙卯闲步,夜寻以明先生,良是奇缘。恨尔时身心犹在三涂中,崎岖一晤,止以风月诗文语了之。今稍知于生死性命作怖畏想,若梦醒观,一念疑悔,求一善友导师不可得。十二年交游,止如不识以明先生面者;识得以明先生面,则已思过半矣。

陶、李、袁诸公学问,来谕犹谓未达"无生"二字,则弟辈何处安身?然不敬久习,不轻新学,正不必以畏难因而退转,失言外之意也。往时溺于诗文,忘却生死。今承屡教,寄示近集《游戏三昧》及慈湖、近溪诸种。甘露之灌,自不必言,乃至新诗,较往时胎骨换尽。盖以明于二事为一,故两得之;弟视为二,故两失之,此自然之理也。待见地稍定,为序以附不朽。

《苏文选》一部,《史怀》一部寄览。小修匆匆言归,倦夜草草不具,容后嗣音。

钟惺《隐秀轩集》卷二十八《与王以明》　上海古籍出版社 1992 年版

向捧读回示,辱谕以惺所评《诗归》,反覆于厚之一字,而下笔多有未厚者,此洞见深中之言,然而有说:

夫所谓反覆于厚之一字者,心知诗中实有此境也;其下笔未能如此者,则所谓知而未蹈,期而未至,望而未之见也。何以言之?诗至于厚而无余事矣。然从古未有无灵心而能为诗者,厚出于灵,而灵者不即能厚。弟尝谓古人诗有两派难入手处:有如元气大化,声臭已绝,此以平而厚者也,《古诗十九首》、苏、李是也;有如高岩峻壑,岸壁无阶,此以险而厚者也,汉《郊祀铙歌》、魏武帝《乐府》是也。非不灵也,厚之极,灵不足以言之也。然必保此灵心,方可读书养气,以求其厚。若夫以顽冥不灵为厚,又岂吾孩之所谓厚哉!

曹能始谓弟与谭友夏诗,清新而未免于痕;又言《诗归》一书,和盘托出,未免有好尽之累。夫所谓有痕与好尽,正不厚之说也。弟心服其言。然和盘托出,亦一片婆心婆舌,为此顽冥不灵之人设。至于痕则未可强融,须由清新入厚以救之。岂有舍其清新而即自谓无痕者哉?何时得相聚,一细论之。

钟惺《隐秀轩集》卷二十八《与高孩之观察》 上海古籍出版社1992年版

放言之说,吾未之前闻也。自孔子目虞仲、夷逸始。放之义何居?胸中真有,故而能言其所欲言,即所谓中伦之言,了然于心,又了然于口与手者是也。苟为无本,而以无忌惮之心出之,则处士横议而已。诐淫邪遁,皆横之属也,遁矣,又乌乎放哉?

袁子著《放言》若干首,读之,心目无主,而皆觉有故。始吾见袁子幼时文,以为有破辕之气。一再交其人,宁静澹朴,似有道者也。惟袁子平心以读书,虚怀以观理,细意定力以应世,然后发而为言,有物有则,确乎其不可夺,沛乎其不穷,斯之谓放。夫言亦岂易放哉?放言即孟子之所谓辨也。辨生于不得已,不得已生于惧。惧者,放之本也。不然,与横议何异焉!

钟惺《隐秀轩集》卷十七《放言小引》 上海古籍出版社1992年版

古诗人曰风人。风之为言,无意也。性情所至,作者不自知其工。诗已传于后,而姓氏或不著焉。今诗人皆文人也。文人为诗,则欲有诗之名。欲有诗之名,则其诗不得不求工者,势也。诗而工矣,世亦何难以名予之。然世所号一代名家,始皆就其习之所近,意之所趋,与其所矫以为诗。其气魄声援,皆足以怵一代之人,予之名而后已。今读其诗何如哉?虚怀自审,岂其作者之笔力,皆出读者目力之下?然其间亦有二一先达,黯然不使世知其为诗者,今其诗反能留一代之真声元气,而足以服读者之心,何也?愚以为名无损益于诗,而盛名之下,能使不善处名者,心为之不虚,而力为之不实。见诗出而名随之,是则诗而已矣。其意常以名之所止,为诗之所止。彼黯然不使世知其为诗者,常欲使吾之诗有余于其名。而吾所以作诗之意与力,又若有余于其诗。如是而求诗之不工,不可得也。吾尝持此意以求夫今之为诗者所以至不至之故,皆不出此。

闽有董崇相先生者，其人朴心而慧识，古貌而深情。所为诗似其为人，非惟不使人知，而若不敢以作诗自处者。庚戌，予始读而选之，见其力之至，巧之中。盖独胜者过于同能，而兼长者逊其专诣。公亦知予不妄，而诗始有集。丙辰，始徵予序，而犹不欲使有闻于世。盖其深心纯气，如偏师探穴、衔枚宵征，业已过之，犹自以为不及，独往不已。宁使诗至而名不能我追，勿使名至而诗追之者也。

吾友蔡敬夫亦名人，其诗、其人皆似公。吾辈为诗，不能有名于世则已，幸而有名于世，念今之世犹有二君子其人者，为之深省内愧焉。于以虚其心而实其力，其亦可也。

钟惺《隐秀轩集》卷十七《董崇相诗序》 上海古籍出版社1992年版

予己酉客白门，已识潘稚恭诗。癸丑，舟泊江上，有持刺逆予而舟已发者，稚恭也。丙辰，与稚恭相见于广陵，又过真州，访之于其家。客白门五载，无岁不相见。是其势宜皆得序稚恭诗，而皆未有间也。今年庚申，稚恭且之燕，始徵予序。值予病，然予病未尝不序人诗也。稚恭之友有戴孝廉元长者，序稚恭诗，忧近时诗道之衰，历举当代名硕，而曰："近得竟陵一脉，情深宛至，力追正始"。竟陵不知所指，或曰：钟子，竟陵人也。予始逡巡踯躅，舌挢而不能举。近相知中有拟钟伯敬体者，予闻而省愆者至今。何则？物之有迹者必敝。有名者必穷。昔北地、信阳、历下、弇州，近之公安诸君子，所以不数传而遗议生者，以其有北地、信阳、历下、公安之目，而诸君子恋之不能舍也。夫言出于爱我誉我者之口，无心而易于警人，传之或遂为口实，元长之论是也。烦稚恭语元长，请为削此竟陵之名与迹。予序子诗以报子。稚恭许诺。

序曰：夫诗必有资，取精用物之谓也。稚恭生新安，居于真州。真州为燕、齐、吴、越、瓯、闽、楚、蜀孔道，不患于咨访之无处。上及台阁，下至韦布，至皆如归，不患于酬唱之无人。自新安山水以及三吴、两浙、八闽之钜丽，杖履无所不到，不患于助发之无地。家有藏书，图史百城，不患于问见之不博。歌儿舞榭，旅进射代，不患于意兴之不酣。而稚恭以少年奇逸，发声成均，祝一第如掇，困顿不偶，有以泄其抑郁不平之气。有儿能读父书，将大其门，有以畅其约结未了之怀。留心边防、漕务、盐铁，讲究已非一日，有以助其感慨忧时之情。凡此者，皆天与人所以交资稚恭，而使其诗不得不工者也。吾愿稚恭富有日新，挫名匿迹，默游于广大清明之域而不知。如今之《嘉树林》，则稚恭之《嘉树林》，不曰新安、真州也。《横山社》则稚恭之《横山社》，不曰新安、真州也。《燕游草》则稚恭之《燕游草》，不曰新安、真州也。予以一帙从稚恭后，请告元长，为削竟陵之名与迹,而日孳孳焉。稚恭许诺。

钟惺《隐秀轩集》卷十七《潘稚恭诗序》 上海古籍出版社 1992 年版

《陪郎草》者,同年魏定如自题其作陪郎时草也。钟子序之曰:夫诗,道性情者也。发而为言,言其心之所不能不有,非谓其事之所不可无,而必欲有言也。以为事之所不可无,而必欲有言者,声誉之言也。不得已而有言,言其心之所不能不有者,性情之言也。今天下无人不诗矣。即自予有知以来,郡邑中不为诗者几人哉?定如于其时,退然不与人争,默然若有所待。及向之为诗者兴尽而返,属厌而自止,定如且成进士,作令,而陪都仪部郎,予适止其地。山水之清丽,花月之绰约,宾朋之婉娈,幽独之闲适,予鲜不与定如俱,而诗随之。始予言诗,定如虚心相听。及定如一语之获,一境之会,而予自愧其言之无当也。

夫诗,以静好柔厚为教者也。今以为气不豪,语不俊,不可以为诗,予虽勉为豪,学为俊,而性不可化,以故诗终不能工。定如,恬朴人也。于世所谓豪与俊之义,皆不相近,而定如诗独工。世固有不必豪,不必俊,而能工诗者,吾请以定如实之。非独如此而已,豪则喧,俊则薄,喧不如静,薄不如厚。定如之诗所以合于静与厚者,正以其不豪不俊也。

今之言诗者,始以为事之所不可无,无故而诗以之兴;终绌于心之所未必有,无故而诗以之自废。其兴其废,不出于性情而出于声誉,于诗何与哉?定如之退然默然也,其诗固久已足于中;其出而为诗,言其心之所不能不有者而已。言其心之所不能不有者,固未有尽而返,属厌而自止之时也。予与定如同里,矢相与以诗老。肯听定如之尽而返、属厌而止哉?然则定如之诗,未可以《陪郎草》量也。其曰《陪郎草》者,自题其作陪郎时草也。

钟惺《隐秀轩集》卷十七《陪郎草序》 上海古籍出版社 1992 年版

《诗》,活物也。游、夏以后,自汉至宋,无不说《诗》者。不必皆有当于《诗》,而皆可以说《诗》。其皆可以说《诗》者,即在不必皆有当于《诗》之中。非说《诗》者之能如是,而《诗》之为物,不能不如是也。何以明之?孔子,亲删《诗》者也。而七十子之徒,亲受《诗》于孔子而学之者也。以至春秋列国大夫,与孔子删《诗》之时,不甚先后,而闻且见之者也。以至韩婴,汉儒之能为《诗》者也。今读孔子及其弟子之所引《诗》,列国盟会聘享之所赋《诗》,与韩氏之所传《诗》者,其事、其文、其义,不有与《诗》之本事、本文、本义,绝不相蒙,而引之、赋之、传之者乎?既引之,既赋之,既传之,又觉与《诗》之事、之文、之义,未尝不合也。其故何也?夫《诗》,取断章者也。断之于彼,而无损于此。此无所予,而彼取之。说《诗》者盈天下,达于后世,屡迁数变,而《诗》不知,而《诗》固已明矣，而《诗》固已行矣。然而《诗》之为《诗》自如也，此《诗》之所以为经也。

今或是汉儒而非宋，是宋而非汉，非汉与宋而是己说，则是其意以为《诗》之指归，尽于汉与宋与己说也，岂不隘且固哉？汉儒说《诗》据小序，每一诗必欲指一人、一事实之。考亭儒者，虚而慎，宁无其人、无其事，而不敢传疑，故尽废小序不用。然考亭所间指为一人、一事者，又未必信也。考亭注有近滞者、近痴者、近疏者、近累者、近肤者、近迂者。考亭之意，非以为《诗》尽于吾之注，即考亭自为说《诗》，恐亦不尽于考亭之注也。凡以为最下者，先分其章句，明其训诂。若曰有进于是者，神而明之，引而伸之，而吾不敢以吾之注画天下之为《诗》者也。故古之制礼者，从极不肖立想，而贤者听之。解经者，从极愚立想，而明者听之。今以其立想之处，遂认为究极之地，可乎？国家立《诗》学官，以考亭注为主。其亦曰有进于是者，神而明之，引而伸之云尔。

予家世受《诗》，暇日，取三百篇正文流览之。意有所得，间拈数语，大抵依考亭所注。稍为之导其滞，醒其痴，补其疏，省其累，奥其肤，径其迂。业已刻之吴兴。再取披一过，而趣以境生，情由日徙，已觉有异于前者。友人沈雨若，今之敦《诗》者也，难予曰：“过此以往，子能更取而新之乎？”予曰：“能。”夫以予一人心目，而前后已不可强同矣。后之视今，犹今之视前，何不能新之有？盖《诗》之为物，能使人至此。而予亦不自知。乃欲使宋之不异于汉，汉之不异于游、夏。游、夏之说《诗》，不异于作《诗》者，不几于刻舟而守株乎？故说《诗》者散为万，而《诗》之体自一；执其一，而《诗》之用且万。噫，此《诗》之所以为经也！

钟惺《隐秀轩集》卷二十三《诗论》 上海古籍出版社 1992 年版

冬春间一月之中，千里之外，得书及诗者三，亲遣使者二，此非寻常交游也。《诗归》一书，自是文人举止，何敢遂言仙佛？然其理亦自深。常愤嘉、隆间名人，自谓学古，徒取古人极肤极狭极套者，利其便于手口，遂以为得古人之精神，且前无古人矣。而近时聪明者矫之，曰：“何古之法？须自出眼光。”不知其至处又不过玉川、玉蟾之唾余耳，此何以服人？而一班护短就易之人得伸其议，曰：“自用非也，千变万化不能出古人之外。”此语似是，最能萦惑耳食之人。何者？彼所谓古人千变万化，则又皆向之极肤极狭极套者也。是以不揆鄙拙，拈出古人精神，曰《诗归》，使其耳目志气归于此耳。其一片老婆心，时下转语，欲以此手口作聋瞽人灯烛舆杖，实于古人本来面目无当。自觉多事，不能置此身庐山之外，然实有所不得已也。自谭生外，又无一慧力人如公者棒喝印正。

来谕所谓去取有可商处，何不暇时标出，乘便寄示？若《诗归》中所取者不必论，至直黜杨炯，一字不录。而滕王阁、长安古意、帝京篇、代悲白头翁、初、盛应制七言律、大明宫唱和、李之清平调、杜之秋兴八首等作多置孙山外,实有一段极核极平之论,足以服其心处,绝无好异相短之习。夫好异者固不足以服人也。古诗中去取亦然。想公所云云,决不指此耳。

恨《诗砭》一卷未成,不能录与公正之。所指示谭生及弟所作佳恶,裁监精当。至致书当事,荐引谭生,而云当事者自应知之,此古心古道,尤弟与谭生所中心藏之者也。前寄《早梅》诗佳甚,偶未能答。而所寄谭生扇头《梅》诗又进于此。与谭生各和一诗,书扇奉寄。三诗似各有一段光景也。二月初入京,声迹渐远也,言之黯然。

钟惺《隐秀轩集》卷二十八《再报蔡敬夫》 上海古籍出版社1992年版

谭元春

谭元春(1586—1637),始名持吉,字友夏,号鹄湾,别号衰翁,亦号寒河,湖广竟陵人。天启七年湖北乡试第一,后屡试不第,五十一岁时病卒于赴考途中。谭元春以诗文见长,与同里钟惺共选《诗归》,一时名声显赫,世称"钟谭"。传载《明史》卷一七六。

谭元春与钟惺的思想皆受到晚明时期新思潮,尤其是公安派的影响,因此无论在创作还是批评上都以抒写性灵为己任,反对从形式与格调上拟古。钱谦益曾述曰:"世之论者曰:钟、谭一出,海内始知性灵二字。"但另一方面,其主张又不同于公安诸人,这主要表现在两个方面:一是认为依然不能放弃对古代作品的研习,为此试图通过再次选古诗,以达对古人精神的理解,"乃与钟子约为古学,冥心放怀,期在必厚"。二是其所谓的性灵,是一种"深心",即所谓的纯怀孤诣、幽情单绪一类。以上这些看法使他们的思想同时与复古派、公安派都拉开了距离,或云是在理论上综合了二派的主张。但从其对心性的规定看,也易导致题材与描绘上的相对狭窄,尽管谭元春试图以其所谓的"阔"去补充钟惺的"厚",但仍遭到后人的激烈抨击,污名其为"诗妖"云云。然而从创作上看,谭元春的山水五言诗仍时有佳作,散文写作也很出色,语言表现力甚强,书牍铭序等洁清隽永,颇具意致,不失为晚明一大家。

著作收入《谭友夏合集》二十三卷。与钟惺合编有《诗归》、《诗删》、《明诗归》。另有《谭子诗归》十卷(此集乃其选本,前有自序),及《庄子南华真经评》、《四六金声》等。今有上海古籍出版社陈杏珍标校本《谭元春集》(1998)。

诗归序[①]

春未壮时,见缀缉为诗者,以为此浮瓜断梗耳,乌足好?然义类不深,口辄无以夺之,乃与钟子约为古学,冥心放怀,期在必厚,亦既入之出之、参之伍之、审之克之矣。

有教春曰:"公等所为创调也,夫变化尽在古矣。"其言似可听,但察其变化,特世所传《文选》《诗删》之类,钟嵘、严沧浪之语[②],瑟瑟然务自雕饰[③],而不暇求于灵迥朴润。抑其心目中别有夙物,而与其所谓灵迥朴润者,不能相关相对欤?夫真有性灵之言,常浮出纸上,决不与众言伍,而自出眼光之人,专其力,一其思,以达于古人,觉古人亦有炯炯双眸,从纸上还瞩人,想亦非苟然而已。古人大矣,往印之辄合,遍散之各足。人咸以其所爱之格,所便之调,所易就之字句,得其滞者、熟者、木者、陋者[④],曰:"我学之古人。"自以为理长味深,而传习之久,反指为大家,为正宗。人之为诗,至于为大家,为正宗,驰海内有余矣,而犹敢有妄者言之乎?呜呼!此所以不信不悟,而有才者至裕以纤与险厌之[⑤],则亦若人之过也。夫滞熟木陋,古人以此数者收混沌之气,今人以此数者丧精神之原,古人不废此数者为藏神奇、藏灵幻之区,今人专借此数者为仇神奇、仇灵幻之物,而甚至以代所得名之一人,与一时所同名之数人,及人所得名之篇,与篇所得名之句,皆坚守庄诵,而不敢飏言之,不过曰:"古今人自有笃论。"夫人有孤怀,有孤诣,其名必孤,行于古今之间,不肯遍满寥廓,而世有一二赏心之人,独为之咨嗟仿皇者,此诗品也。譬如狼烟之上虚空,袅袅然一线耳,风摇之,时散时聚,时断时续,而风定烟接之时,卒以此乱星月而吹四远。彼号为大家者,终其身无异词,终其古无异词,而反以此失独坐静观者之心,所失岂但倍也哉?

今之为是选也,幸而有不徇名之意,若不幸而有必黜名之意,则难矣[⑥];幸而有不畏博之力,若不幸而有必胜博之力,又难矣;幸而有不膈灵之眼,若不幸而有必骛灵之眼,又难矣。法不前定,以笔所至为法;趣不强括,以诣所安为趣;词不准古,以情所迫为词;才不由天,以念所冥为才[⑦]。恬一时之声臭,以动古今之波澜,波澜无穷而光采有主。古人进退焉,虽一字之耀目,一言之从心,必审其轻重深浅而安置之。凡素所得名之人,与素所得名之诗,或有不能违心而例收者,亦必其人之精神止可至今日而不能不落吾手眼,因代获无名之人。人收无名之篇,若今日始新出于纸,而从此诵之将千万口,即不能保其诵之盈千万口,而亦必古人之精神至今日而当一出,古人之诗之神所自为审定安置,而选者不知也⑧。惟春与钟子克虑厥始,惟春克勖厥中,惟钟子克成厥终⑧。诗归哉!

《谭元春集》卷二十三　上海古籍出版社1998年版

【注释】

①本文是谭元春为《诗归》所做的序言,主要陈述编选《诗归》一书遵循的原则,并阐述自己的诗文观。所谓"诗归",也即以古人之选为归,这看起来是一个复古的主张,而不同于完全由自心而出的公安派的主张,但谭元春则依然借此阐述了自己的性灵派主张,将之引向心性论上的归属。

首先,谭元春指出自己与钟惺编选古诗的基本观念与历来的编选有别。前人编选、评定古诗,重在形式,即"务自雕饰",以至于忽视了"灵迥朴润"。这个"灵迥朴润",也即谭元春所谓的"性灵"。今人对待古诗的态度则也与之有相同之处,即所谓"人所得名之篇,与篇所得名之句,皆坚守庄诵,而不敢飏言之",限于词句,由此而丧失了自立的特性,这个特性也就是性灵。从这些言论看,谭元春的论诗又是专门针对七子派的程式与模拟之弊的。

由此看来,在对待古诗的态度,进而延伸到一般诗歌创作的姿态上,最重要的还是看是否能够基于"性灵"。关于此性灵的特征,谭元春首先将之视作独具的个人精神风貌,如其所描绘的"夫真有性灵之言,常浮出纸上,决不与众言伍,而自出眼光之人,专其力,一其思",又谓之而曰:"夫人有孤怀,有孤诣,其名必孤,行于古今之间,不肯遍满寥廓",这一解说与唐宋派主将唐顺之已揭示的那种立于万仞之上、孤立不羁的"精神"是一致的,也与心学与佛学中所主张的心体是一致的。在进一步的描绘中,由性灵而发的心绪,可"譬如狼烟之上虚空,袅袅然一线耳,风摇之,时散时聚,时断时续,而风定烟接之时,卒以此乱星月而吹四远","虚空"、"孤寂"、缥缈不定等,皆与钟惺所云"幽深孤峭"相合,这也是竟陵派对诗歌理想风格的一种归属性论定,或说是他们重新编选古人之作的一个基本甄选标准。在他文中,谭元春论何谓"自然"时也说道:"而文章之道,恒以自然为宗。使非贞笃恬淡之人,讽高历赏,光影相涵,虽甚动心,亦莫得而取之。"(《古文澜编序》)因为将之提升到了"自然"的状态,从而也将此诗论一般化与普遍化了。文中所谓"法不前定,以笔所至为法;趣不强括,以诣所安为趣;词不准古,以情所迫为词;才不由天,以念所冥为才",即又是对此"自然"之说的又一种说明。

由此可知,虽然谭元春希望到古诗中去寻找诗歌的真谛,但却是有极强的主观自选性的,即仍然是要回归到性灵派的见解中。但与公安派之一味取消依傍,由自所出不同,又仍然是认可古人这座桥梁的,由此而证明古今心性之相通。从对待此前复古派与公安派的态度上,谭元春的这个持论似带有明显的折中性,进而于折中之后再导向他们自己指明的诗学路向。

②特世所传《文选》、《诗删》之类,钟嵘、严沧浪之语——《诗删》,即《古今诗删》,李攀龙所编,古体尊汉魏,近体推盛唐,宋元诗一首未选。钟嵘,字仲伟,南朝梁颍川长社人,著有《诗品》,是我国古代第一部诗歌批评专著。严沧浪,严羽,字仪卿,一字丹丘,号沧浪逋客,宋邵武人,有《沧浪诗话》、《沧浪集》,论诗推崇盛唐,讲求妙悟,反对宋诗。

③瑟瑟然务自雕饰——瑟瑟,本意指碧色珠宝,这里引申为珠光宝气、色彩华丽。

④得其滞者、熟者、木者、陋者——滞熟木陋,与"灵迥朴润"相对。

⑤而有才者至裕以纤与险厌之——意谓有才的人因其宽宏的心胸而不喜欢那些轻纤和奇险的诗句。

⑥今之为是选也,幸而有不徇名之意,若不幸而有必黜名之意——是选,指他和钟惺所编选的《古诗归》和《唐诗归》。徇名,依照名声,根据名气。黜,减损。

⑦法不前定,以笔所至为法;趣不强括,以诣所安为趣;词不准古,以情所迫为词;才不由天,以念所冥为才——括,搜求。冥,暗合,默契。这几句介绍他们编选《诗归》的标准和原则,他们认为没有作诗所谓规定的法度,信笔所至也没有超出法度之外;也不用牵强地去搜求所谓的情趣,显示了造诣所到达的境界也不失为情趣;词也不是以古为准则,只要是能完满表达情感的就行;才气并不仅仅看先天的禀赋,只要恰到好处地表达自己的念想就行。

⑧惟春与钟子克虑厥始,惟春克勖厥中,惟钟子克成厥终——克,完成。勖,勉励。厥,其。

【附录】

得读《采葂》、《就删》二稿,兼知其志想之清以深也。早知姑苏有元叹,何以两过虎丘,蒙头不一上也?悔极矣。

尝言诗文之道,不孤不可与托想,不清不可与寄径,不永不可与当机。已孤矣,已清矣,已永矣,曰:如斯而已乎?伯敬以为当人之以厚,仆以为当出之以阔。使深敏勤壹之士,先自处于阔之地,日游于阔之乡,而后不觉入于厚中。一不觉入于厚中,而其孤与清与永日出焉。乃知孤与清与永,非我能使之然也。千金之子,储之有余,用之不惜,而其中有一学道去尘之见,不得不出于蔬食者也,尝就其家而食之,彼有余蓄,不惜用之,两意已散见于清斋之中,各具于食者之心矣,若元叹今日之诗是也。

远村独坐,目无所睹,本不当谈此,然使绝国之人,终日怀思中国声名、文物、衣冠、礼乐之盛,或一念其所缺所需。欲归而言之,元叹者,是我归处也,非斯人,我谁与言?

谭元春《谭元春集》卷三十一《徐元叹诗序》 上海古籍出版社1998年版

古诗人未有无侣者。蔡钟二公在日,每有诗文,率千里封题寄观。记伯敬作家传时,予卧丘园,甫脱稿,淋淋纸湿,辄令童子疾驰送览,旋驰归报,一幅之中,予未尝不乙数字。当此之时,我辈交情,真不负古人也。

数年来,王子六瑞由史氏出为夕郎,益读书深思远想,发为诗文。使吴越,迁关陇,所历登陟吟赋,遥相披对,虑所未安,肃若有待。刘白之交,斯其订焉。或曰:"子所言诗者,多仕宦人,何寡韵也?"予正告之:诗固幽深之器也。然而幽近寒,深近鬼。高流饥病,又求至于寒与鬼而后止,往往堕而不悟,悟而不悔,吾愿示之以六瑞。六瑞枕青柯之白云,弄车箱之松影,而复以钟鼎冠佩、昌昌烨烨之气行之。彼供奉拾遗之间,固反足鄙耶?适六瑞寄《环草》相问,为题其上。

谭元春《谭元春集》卷二十四《环草小引》 上海古籍出版社1998年版

予于金子正希之文,而不敢题为制科义也,真题之曰"文稿"。犹之乎读汉注疏尔,犹之乎观史论尔,犹之乎上下诸子尔,犹之乎名臣奏、大家集,而真理学语录尔,故题为制举义。而有所不可。然于所为经史子集之类,其阔且大者近之,而一言一事之美,可举以为称者,不屑近也;奥则者近之,而其熟滑者不屑近也;质雅者近之,而其茜艳者不屑近也。

呜呼!天下之人,怵于昔人久定之名,动于今人易售之路,而不暇自伸其才力精魄,以争奇人魁士之所不能致,又不暇自理其喧寂歌哭,以挽神鬼人夭之所不能夺,而日夜艰瘁,灯寒蠡苦,从俗所号,为制科之文,毕委心力以求之,究竟命数,所幸所不幸,与此何涉哉?而以予私计之,凡此心力之耗,与人世声色货财,同一苦毒。使其欲为古文字,则将舍此而别有古文,苟真有志性命也,不舍此将无以学道。由此言之,彼耗心力于举业者,其于人世嗜欲,以何分别而独得美名也乎?

谭元春《谭元春集》卷二十三《金正希文稿序》(节选)
上海古籍出版社1998年版

夫诗文之道,非苟然也,其大患有二:朴者无味,灵者有痕。故有志者常精心于二者之间,而验其候,以为浅深。必一句之灵能回一篇之运,一篇之朴能养一篇之神,乃为善作。

谭子曰:古人一语之妙,至于不可思议,而常借前后左右宽裕朴拙之气,使人无可喜而忽喜焉。如心居内,目居外,神光一寸耳,其余皆皮肉肤毛也。若满身皆心,心外皆目,人乃大不祥矣。然前后左右所以藏此一语者,亦必真如古人之宽朴。苟以古人不可思议之语,藏于今人漫无精气之篇,将并其妙语而累之。譬如人怀仙佛之心,而所裹皮肉肤毛,疥癞犹可,岂可市井乎?予进而求诸灵异者十年,退而求诸朴者七八年,于所谓灵与朴者,终隔而不合,而其意亦未尝不思以传也,所谓"名根"也。人不忘名,则自爱名,若有根则不浮。藏诸名山,传之其人,沈碑于水,安知后世不在山巅?所以取之者远,矜之者重,不必亲见名之我归,而宁忍百年之寂寂,以自结于不可知之人,其为根亦良可念矣。尝见迫于求传者不传。避一世之诽,贪众人之誉,究竟不切于后世之好恶,而生前心血光阴付之可惜。又有步趋古人,久淹晚出,以为可传者不传。夫古人所可传之处,未必皆在所传处,而古人所自传之路,岂有复为人可以传之路?虽毫厘相准,苦心有年,然迷于山者渐深渐迷矣。

谭子言至此,悚然丧其所谓名根,曰:灵与朴,吾所不敢忘也。传不传,固亦有数耳。吾何知焉?吾何知焉?

万历己未秋八月一日谭元春书。

谭元春《谭元春集》卷三十《题简远堂诗》 上海古籍出版社1998年版

足下能古文也。愈日日思之,古文之道,莫有讲者,欲不思,足下何可得?然使足下意加虚,神加静,与人处加温克,而又减无用之名,减无用之应接,减似有用、实无用之意气,减可以用、不必即用之经济,至于粗之减声色,精之减笔墨,即其所为止生也一增损焉,古文在是,古人在是矣。

谭元春《谭元春集》卷二十八《与茅止生书》(节选)
上海古籍出版社1998年版

公安袁述之,行其先《中郎续集》,而属予序。其言曰:"先子不可学,学先子者,辱先子者也。子不为先子者,实是先子知己,惟子可以叙先子。"予爱述之,而敬其言,受稿于装,历辰、湘、湖、岳殆遍。目察公之用心,其议不待人发,而其才不难自变;其识已看定天下所必趋之壑,而其力已暗割从来所自快之情。予因思古今真文人何处不自信,亦何尝不后悔。当众波同泻,万家一习之时,而我独有所见,虽雄裁辨口,摇之不能夺其所信。至于众为我转,我更觉进。举世方竞写喧传,而真文人灵机自检,已遁之悔中矣。此不可与钝根浮嚣人言也。

往公之哭江进之也,有"悔其诗文妙理,生前未商"语,后寄黄平倩札,有"悔其《瓶花》诗文,俱有痕迹"语。夫公之妙于悔,何待公言哉!细心读《破砚集》,又似悔《潇碧》矣;细心读《嵩华游稿》,又似悔《破砚》矣。今察公《续稿》,其文章中卓大而坚实者,又似为古今人俱下一悔脚也。杨子悔少作,其意甚美,而观其晚作,又似不知悔不必悔者。予益以此叹公之根器识力有大过乎人者焉。《续集》出,其卓大坚实之文,出自痛快俊颖之手,吾愿学公者从是悟文章之道。若舍其大者不言,而于所为翰墨游戏易于触目者,则赏之不去口,传之不崇朝,而法之不遗力也,又未免令述之累息欷歔,而独以予为知己矣。

谭元春《谭元春集》卷二十二《袁中郎先生续集序》
上海古籍出版社 1998 年版

王闻修先生选《古文澜编》既成,寄声谭子元春属序焉。

元春窃谓古人之文,不可及矣。生其后者,无可附益,不能端居无为,必将穆其瞻瞩,暇其心手,出吾之幽光积气,日与赏延,或不能无去取其间,久之成一书,而是人性情品径,已胎骨于一书之中,因而后之读是选者,皆曰"某氏之书也",则几于取古人之文而奄有之。

夫奄有古人之文而自成一书,其事岂细也哉?徐伟长云:"六籍者,群圣相因之书也。今之学者,勤心以取之,亦足以到昭明而成博达。"斯言诚是矣。吾辈动心,如修漏舟坏屋,必有其处,舍评选无可置力,亦无可与古人游者。且非独吾辈也,尼父《诗》、《书》二经皆从删。删者,选之始也。梁宋而下,有专攻焉,然因于其识,局于其代,使后人望而知为梁宋以下之书,如见其所自著之书焉,如知选书者非后人选古人书,而后人自著书之道也。学者不能勤心以取之,又胜心以居之,如刘舍人所谓会己则嗟讽,异我则沮弃之,往往而然。祖两汉即奴陈隋,尊八家即退群儒,朝庙实用之言,溪山翰墨之致,甚至同年不相为语,亦其势然也。虽然,无是理也。古今文章之道,若水泻地,常窟穴于忠孝人之志、幽素人之怀,是二者皆本乎自然,而文章之道,恒以自然为宗,使非贞笃恬澹之人,讽高历赏,光影相涵,虽甚勤心,亦莫得而取之。

王先生者,固今之贞笃恬澹有道文人也,故其读书,不忘汉初,不轻唐后,不苟经世,不厌寻幽,始乎诏疏,讫于小品,辑为一书。先生日读数篇,辄自喜曰:"吾上下千六百年间古文,不问为海为江、为河为溪、为谷涧为石泉,下水而皆有风生水皱,沄沄然波澜可爱者。吾暇日编之而常自读,授子弟读,授他人读,如泛扁舟入涟漪中,蹴之使碎,又如建一阁一亭于水上,招达者数人,列坐其中,以观其澜之生也。谓余心乐否耶? 且是澜之妙,有时而有,有时而无,有时而安,有时而惊,有时而碧,有时而紫,岂能一端而既厥美耶?"然则读是书者,恍然穷其际,有幽光积气,不知所自来,则皆先生之幽光积气也。谭子曰:"是则王先生所自著之书也。"

　　　　谭元春《谭元春集》卷二十二《古文澜编序》　上海古籍出版社1998年版

　　王先生之为性情也,人惊以为癖,相随而议之,惟春与其里之袁子不觉也。以其不觉者,而求王先生之性情,是亦古人之性情矣。以其所觉而惊,惊而议者,而王先生之性情,于是乎益古人无疑焉。

　　王先生之性情既已如此,而予又与之复述故闻曰:诗以道性情,则本末之路明,而今古之情见矣。嗟乎! 性不审而各为其性,情不审而各为其情。将率天下而同为此各有之性情,以明其不癖,是其于性情也,苟然而已矣。由此而之焉,一步一趾苟然也;由此而笑语焉,苟然也;由此而吟讽焉,苟然也。而彼方自肆曰:"我以道性情,其诗之谓夫?"嗟乎! 竭生平之力,而徒以成一苟然,而又皆果出于天然由中之言,岂不惜哉! 夫性情,近道之物也,近道者,古人所以寄其微婉之思也。自古人远而道不见于天下,理荡而思邪,有一人焉近道,相与惊而癖之者,势也。则今之癖一王先生者,亦自其天然由中之言也。王先生欲以古人之道,安于性情而行于诗,而欲以易乎今之所由中无勉强之物,予忧其将不可得,而王先生听之固已久矣。

　　王先生者,公安人,其人抱素,尚能冥心无生之旨,春与袁子皆称为先生焉。

　　　　谭元春《谭元春集》卷二十三《王先生诗序》　上海古籍出版社1998年版

　　古今劳臣思妇,感而生叹。夫叹之于诗,亦不远矣,何难即形而为诗乎? 尝有一言数语,真笃凄婉,如猿之必啸而后已者,非尽系乎才也,叹所至也。然役或不尽于戍,时或不及于秋,情或不生于梦,体或不限于七言律,数或不至于百篇,一叹而已矣。

　　闽友宋比玉,好奇人也。偶过荒坰垝垣,心动,忽于架上得《秋闺梦戍》七言律百首,为虎关马氏女作。见其中有"芳草无言路不明"之句,惊怪而卒读之。凡秋来风物水月、枕簟衣裳、砧杵钟梵,其清响苦语,一一摇人,而至于英雄之心曲、旧家之乔木、部曲之冻馁、儿女之瓢粒,有悲天悯人、勤王恤私之意焉。其梦中声情步履,不可为状,一若去来于孤灯瘦影间,渔阳之道路夜经,寸肠之车轮朝转,岂止"鹳鸣于垤,妇叹于室"而已乎?

叹者不足以尽其才者也,才者不足以尽其魂者也。谁为题之曰《香魂集》,吾谓如此女郎,而以婉娈待之,但恐不受耳。或伤其太苦,予曰不然。《伯兮》之诗曰:"愿言思伯,甘心首疾。"彼皆愿在愁苦疾痛中求为一快耳。若并禁其愁苦疾痛而不使之有梦,梦余不使之为诗,此妇人乃真太苦矣。嗟乎!岂独妇人也哉?

谭元春《谭元春集》卷二十三《秋闺梦戍诗序》
上海古籍出版社 1998 年版

吾友孟诞先著《诗说》成,秦台梁匠先题为《匡说》,本于鼎来解颐之义。宗诞先者,皆谓齐鲁分门,婴固接迹,诸儒砣砣于前,考亭皇皇于后,丞相衡、老儒耳,特《诗》之一家,而谓足以尽诞先所说之《诗》。诞先说《诗》如悬崖断谷,游者或一到,如木落见星月,不苦遮暗。又如星月在枝叶茂密时,其光露处有,遮处无,取显荣者用。若说冠峩峩,佩垂垂,幽异之士,风雨凄深,鸡犬不鸣吠。知吾说者或嘘或唏,或默或痴。解颐特说《诗》之一快,而谓足以尽孟说之合离,其然,岂其然乎?

寒河生曰:"我知之,我知之。君辈要为知诞先说者。不然,何言之微也?虽然,恐不知解颐。匡不足以尽解颐,而解颐足以尽说《诗》。夫诗自性情外无余物,我中处,上合作者,下合听者,性性情情,自相胎卵,如子闻母声,又如母闻子声。愁伤闷,笑伤喧,悠然深然,微一解颐,是则有之矣。弹琴而鱼不出,说法而石不头点,吾未之闻也。予昔与退谷、元履寻味既久,中间海盐冯宗之、南昌万茂先往复咨嗟,家弟服膺后游先跻,一往便深,皆于诞先所说,为之解颐焉。史称衡说《诗》深美,不知能如诞先否?又不知当时解颐者,有吾辈一二人否?若得吾辈二一人解颐,是名解颐;若老师儒皋比谈经,大丞相金口木舌,即千万人礼拜赞叹,称其深美,与西河并传,吾只以为梦梦也。高子说《诗》而固,孟子说《诗》而逆志,匡之于高,不知其何如?大约固者也。非孟子不能解人颐,解颐无他,其胎卵性情而不自固其意志者也。予观《春秋》诸贤所称引《诗》语,杂见于睹记者,迥出本诗意志之外,因思说《诗》之法,必出本诗意志之外,是名意志。

钟蔡二公往矣,老且闲,尚与诞先幽深究之,姑以《诗触》与《匡说》先焉。《诗触》者,予有触二公所笺而笔之,其视《匡说》三十年苦心,蔑如矣。

谭元春《谭元春集》卷二十三《匡说序》 上海古籍出版社 1998 年版

汪子以抑塞之奇才,闭门十余年,与古人精神相属,与天下士气类相宣。凡一切兴废得失之故,灵蠢喧寂之机,吞吐出没之数,趋舍避就之情,豪圣仙佛之因,拘放歌哭之变,既已深思而熟诣,出有而入无,确于中而幼于外,然后切之以舟车,证之以人物,广之以云水,收之以吟啸,而归之以不主故常,与无有常家之两言。

往与予论诗板桥霜月之中,予乃飔言曰:诗随人皆现,才触情自生。天不以箕笑毕,池不以鲂谢鲤。贤者升降于乐府、古诗之先,不能者周旋于律绝填词之下。周旋志衰,升降力薄。夫作诗者一情独往,万象俱开,口忽然吟,手忽然书。即手口原听我胸中之所流,手口不能测,即胸中原听我手口之所止,胸中不可强,而因以候于造化之毫厘,而或相遇于风水之来去,诗安往哉?

汪子抚予臂大呼曰:"然则子试观予近诗何如也!"

谭元春《谭元春集》卷二十三《汪子戊己诗序》
上海古籍出版社 1998 年版

予年十六学为诗,初无师承,亦不知声病。但家有《文选》本,利其无四声韵可出入,窃取而拟之,殆遍其法,止如其诗题与其长短之数、起止之节,而易其辞,亦自以为拟古也。越三年,始有教之为近体者。是时,亦粗知诗意。有问予拟古诗十九首,及韦孟以下诸诗者,则面发赤。后数年又稍进,并陆士衡之拟古、江文通之代拟诸作,私心亦有所不慊,则遂泛泛焉回翔于古诗、近体之间,盖未有专力,至于今愧之。而要其犹知此中升降,执笔运思,辄有一二字近古者,则亦十六时刻画殆遍,暗暗为我根株也,然而力不专者过也。

予入豫章,万子茂先、陈子士业皆言熊氏伯甘长于乐府、五言古。已而伯甘来,把其诗,则乐府、五言古十之六,合诸体十之四,帙中分数多寡,已可喜。观其乐府,乐府以被管弦为功,今未知何如也,不如取其离者,如《牧童敲莲》、《五祀歌辞》之属,则离者也,离而奇者也。观其五言古,苍以澹者有之,深以淳者有之,比兴犹存,胎骨浑然。吾知其用心,吸其气而上,不摇其波而使下,古诗手也,无不合也。吾犹望其稍离,稍离则上矣,何吸之有乎?观其诸体合离之间也,虽离亦知其从乐府、五言古而来者,庸病乎?

予因而问伯甘,伯甘曰:"书无不阅者,惟不爱阅近代文集耳。"呜呼!得之矣。诗之衰也,衰于读近代之集苦多,而作古体之诗苦少也。近代之集,势处于必降,而吾以心目受其沐浴,宁有升者?子之不阅诚是也。

予尝恨古今为诗之限,何以不讫古体,而止有律焉?雕之因之,又从而减其句之半以绝之,甚矣,其不古也!人生竭岁时,忘昏旦以求之,精力销陨,于是而反以古诗为余,其不知甚者乃反以古诗为易,大郊庙,小田野,将无真声之可存。吾虽衰,尚愿从伯甘而究之,不敢忘读《文选》时也。

谭元春《谭元春集》卷二十三《序操缦草》　上海古籍出版社 1998 年版

友人谭友夏尝叙钟伯敬诗,谓子亦口实历下生耶。不知者河汉其言,而余窃以为独知之契也。轮扁不云乎:古之人与其不可传也死矣,今所读书,古人之糟粕耳。取糟粕而为诗,即三百篇、汉、魏、六朝、三唐清言秀句,皆若残津余沫,而何有于历下? 友夏诗无一不出于古,而读之若古人所未道。夫三百篇未敢轻许人,其近者莫如汉魏,汉人诗传流较三百篇更少,六朝惟晋人去汉魏未远,曹子建谓仲宣数子不能飞骞绝迹,一举千里。晋陆士衡云:"情瞳昽而弥鲜,物昭华而互进。倾群言之沥液,漱六艺之芳润。"又曰:"虽杼柚于予怀,怵他人之我先。苟伤廉而愆义,亦虽爱而必捐。"友夏持论类此,宜其诗之不为今人为古人,不为古人役,而使古人若为受役也。

余欲以宋、齐迄唐人语目友夏,友夏必姑舍是。钟记室品王仲宣在曹、刘间,别构一体;刘公干仗气生奇,动多振绝,真骨凌霜,高风跨俗。卫张两司空道左太冲言不苟华,必经典要,尽而有余,久而更新。殆近之矣。试以质诸伯敬,何如?

谭元春《谭元春集》附录《谭友夏诗序》　上海古籍出版社 1998 年版

欣欣子

欣欣子究竟为何人,学术界莫衷一是。

按照张清吉《〈金瓶梅〉作者丁惟宁考》中的说法,欣欣子即是万历八年(1580)进士,官至工部尚书、殁后赠太子太保的钟羽正。钟羽正(1554—1637),字淑濂,号龙渊,益都(今青州市)钟家庄人,《明史》卷二四一载,钟羽正聪颖过人,二十六岁即进士及第,为官清正,忠直敢言,曾劾罢不法朝廷重臣数人;为人正派,勇于引咎,不慕荣利,在直诤"建储"事件中罢归;学识渊博,著作甚丰,为一代大家。据钟氏遗稿知,钟羽正罢官家居时,青州发生大饥荒,他倾资赈济,救活一千五百余人。使者据实上奏,朝廷赐"代天育物"门匾。是年,吏部尚书郑特上疏,请起用钟羽正。获准,但钟羽正没有到任。天启二年(1622),授佥都御史。到任后连劾方从哲、沈淮等昏官。翌年,拜工部尚书。不久,因群阉闹事而连上三本乞归,获准归里。崇祯十年(1637),八十三岁的钟羽正在青州钟家庄去世,赐太子太保。

《金瓶梅词话序》见于万历四十五年(1617)刻本《新刻金瓶梅词话》。以正统的文学观念审看,小说家言往往被认为是道听途说的稗官野史,为士人所轻,特别是《金瓶梅》之类的作品中充斥着相当篇幅的情欲描写,更为正统文人所不齿,视之为淫书。欣欣子去以为该书是一部"寄意于时俗"的作品,通过讲述追逐情欲最终殒命败亡、乐极生悲之事,达到劝世的作用,肯定了作品的意义和价值。

钟羽正著作甚富,有《厚德录》、《崇雅堂集》、《玉山诗钞》、《玉山诗钞补遗》、《东阳杂录》等。他还编撰了万历《青州府志》。

金瓶梅词话序①

　　窃为兰陵笑笑生作《金瓶梅传》，寄意于时俗，盖有谓也。人有七情，忧郁为甚。上智之士，与化俱生，雾散而冰裂，是故不必言矣。次焉者，亦知以理自排，不使为累。唯下焉者既不出了于心胸，又无诗书道腴②，可以拨遣。然则不致于坐病者几希。吾友笑笑生为此，爰罄平日所蕴者，著斯传，凡一百回。其中语句新奇，脍炙人口，无非明人伦，戒淫奔，分淑慝，化善恶，知盛衰消长之机，取报应轮回之事，如在目前，始终如脉络贯通，如万系迎风而不乱也，使观者庶几可以一哂而忘忧也。其中未免语涉俚俗，气含脂粉。余则曰不然。《关雎》之作，乐而不淫，哀而不伤。富与贵人之所慕也，鲜有不至于淫者。哀与怨人之所恶也，鲜有不至于伤者。吾尝观前代骚人，如卢景晖之《剪灯新话》③，元徽〔微〕之之《莺莺传》，赵君弼之《笑𥳑集》，罗贯中之《水浒传》，丘琼山之《钟情丽集》，卢梅湖之《怀春雅集》，周静轩之《秉烛清谈》，其后《如意传》、《于湖记》，其间语句文确，读者往往不能畅怀，不至终篇而掩弃之矣。此一传者，虽市井之常谈，闺房之碎语，使三尺童子，闻之如饫天浆而拔鲸牙，洞洞然易晓。虽不比古之集，理趣文墨，绰有可观。其他关系世道风化，惩戒善恶，涤虑洗心，无不小补。譬如房中之事，人皆好之，人皆恶之。人非尧、舜圣贤，鲜不为所耽。富贵善良，是以摇动人心，荡其素志。观其高堂大厦，云窗雾阁，何深沉也；金屏绣褥，何美丽也；鬓云斜軃，春酥满胸，何婵娟也；雄凤雌凰迭舞，何殷勤也；锦衣玉食，何侈费也；佳人才子，嘲风咏月，何绸缪也；鸡舌含香，唾圆流玉，何溢度也；一双玉腕缩复缩，两只金莲颠倒颠，何猛浪也！既其乐矣，然乐极必悲生。如离别之机将兴，憔悴之容必见者，所不能免也。折梅逢驿使，尺素寄鱼书，所不能无也。患难迫切之中，颠沛流离之顷，所不能脱也。陷命于刀剑，所不能逃也。阳有王法，幽有鬼神，所不能逭也。至于淫人妻子，祸因恶积，福缘善庆，种种皆不出循环之机。故天有春夏秋冬，人有悲欢离合，莫怪其然也。合天时者，远则子孙悠久，近则安享终身；逆天时者，身名罹丧，祸不旋踵。人之处世，虽不出乎世运代谢，然不经凶祸,不蒙耻辱者,亦幸矣。吾故曰:笑笑生作此传者,盖有所谓也。欣欣子书于明贤里之轩。

《金瓶梅资料汇编》 中华书局1987年版

【注释】

①《金瓶梅》有万历本、崇祯本、张评本三个版本系统,其中万历四十五年(1617)《新刻金瓶梅词话》十卷100回,普遍被认为是《金瓶梅》最早的刻本,称为"万历本"。同其他两个版本相比,万历本前有欣欣子《金瓶梅词话序》一篇,它也是文学批评史上最早讨论《金瓶梅》的文献之一。

《金瓶梅》书中,有大量关于情欲的具体描写,也正因如此,在正统的文学观念下,《金瓶梅》被视作诲淫诲盗之书,后世亦明令禁止,遭到官方的查禁。在明代该书传世之时,已有此类批评意见,如沈德符所说"此等书必遂有人板行,但一刻则家传户到,坏人心术,他日阎罗必诘始祸,何词以对?"(《万历野获编》)薛冈也批评道:"此虽有为之作,天地间岂容有此一种秽书!当急投秦火。"(《天爵堂笔余》)欣欣子虽然承认"其中未免语涉俚俗,气含脂粉",但是他却认为仅仅着眼于此尚未参透书中的寓意。他批评道"富与贵人之所慕也,鲜有不至于淫者。哀与怨人之所恶也,鲜有不至于伤者",即对于富贵美色的追求,都是人性使然,"人非尧、舜圣贤,鲜不为所耽",在一定程度上肯定了人性欲求的合理性。但是若过分沉溺其中,以至于败坏人伦,"淫人妻子",最终将"既其乐矣,然乐极必悲生"。因此,欣欣子将《金瓶梅》视为是一部"明人伦,戒淫奔,分淑慝,化善恶,知盛衰消长之机,取报应轮回之事"的作品,希图借用佛教因果报应的观念,使其发挥"惩戒善恶,涤滤人心"的作用。此后对《金瓶梅》中的性描写应该如何评价以及它到底是不是淫书的讨论,遂成为文学批评史上的一段公案。

②道腴——可理解为某种学说、主张的精髓。

③卢景晖之《剪灯新话》——明代文言短篇小说。作者瞿佑(此处"卢景晖"疑为笔误)。共载传奇小说四卷二十篇,附录一篇,其中有相当一部分作品是描写婚姻爱情的,或是人与人的婚姻,或写人与鬼的爱情,都突出强调了一个"情"字。

【附录】

《金瓶梅》一书,不著作者名代。相传永陵中有金吾戚里,凭怙奢汰,淫纵无度,而其门客病之,采摭日逐行事,汇以成编,而托之西门庆也。书凡数百万言,为卷二十，始末不过数年事耳。其中朝野之政务，官私之晋接，闺闼之媟语，市里之猥谈，与夫势交利合之态，心输背笑之局，桑中濮上之期，尊罍枕席之语，驵侩之机械意智，粉黛之自媚争妍，狎客之从臾逢迎，奴伶之稽唇淬语，穷极境象，駴意快心。譬之范公抟泥，妍媸老少，人鬼万殊，不徒肖其貌，且并其神传之。信稗官之上乘，炉锤之妙手也。其不及《水浒传》者，以其猥琐淫媟，无关名理。而或以为过之者，彼犹机轴相放，而此之面目各别，聚有自来，散有自去，读者意想不到，惟恐意尽。此其可与褒儒俗士见哉？此书向无镂板，抄写流传，参差散失。唯弇州家藏者最为完好。余于袁中郎得其十三，于丘诸城得其十五，稍为厘正，而阙所未备，以俟他日。有嗤余诲淫者，余不敢知。然溱洧之音，圣人不删，则亦中郎帐中必不可无之物也。仿此者，有《玉娇丽》，然则乖彝败度，君子无取焉。

黄霖《金瓶梅资料汇编》卷一谢肇淛《金瓶梅跋》
中华书局 1987 年版

《金瓶梅传》，为世庙时一巨公寓言，盖有所刺也。然曲尽人间丑态，其亦先师不删《郑》、《卫》之旨乎。中间处处埋伏因果，作者亦大慈悲矣。今后流行此书，功德无量矣。不知者竟目为淫书，不惟不知作者之旨，并亦冤却流行者之心矣。特为白之。廿公书。

黄霖《金瓶梅资料汇编》卷一廿公《金瓶梅跋》 中华书局 1987 年版

《金瓶梅》，秽书也。袁石公亟称之，亦自寄其牢骚耳，非有取于《金瓶梅》也。然作者亦自有意，盖为世戒，非为世劝也。如诸妇多矣，而独以潘金莲、李瓶儿、春梅命名者，亦楚《梼杌》之意也。盖金莲以奸死，瓶儿以孽死，春梅以淫死，较诸妇为更惨耳。借西门庆以描画世之大净，应伯爵以描画世之小丑，诸淫妇以描画世之丑婆净婆，令人读之汗下。盖为世戒，非为世劝也。余尝曰："读《金瓶梅》而生怜悯心者，菩萨也；生畏惧心者，君子也；生欢喜心者，小人也；生效法心者，乃禽兽耳。"余友人褚孝秀偕一少年同赴歌舞之筵。衍至霸王夜宴，少年垂涎曰："男儿何可不如此！"孝秀曰："也只为这乌江设此一着耳。"同座闻之，叹为有道之言。若有人识得此意，方许他读《金瓶梅》也。不然，石公几为导淫宣欲之尤矣。奉劝世人，勿为西门之后车可也。

万历丁巳季冬东吴弄珠客漫书于金阊道中。

黄霖《金瓶梅资料汇编》卷一东吴弄珠客《金瓶梅序》
中华书局 1987 年版

《金瓶》一书,传为凤洲门人之作也,或云即凤洲手。然缅缅洋洋一百回内,其细针密线,每令观者望洋而叹。今经张子竹坡一批,不特照出作者金针之细,兼使其粉腻香浓,皆如狐穷秦镜,怪窘温犀,无不洞鉴原形,的是浑《艳异》旧手而出之者,信乎为凤洲作无疑也。然后知《艳异》亦淫,以其异而不显其艳;《金瓶》亦艳,以共不异则止觉其淫。故悬鉴燃犀,遂使雪月风花,瓶罄笛梳,陈茎落叶诸精灵等物,妆娇逞态,以欺世于数百年间,一旦潜形无地,蜂蝶留名,杏梅争色,竹坡其碧眼胡乎?向弄珠客教人生怜悯畏惧心,今后看官睹西门庆等各色幻物,弄影行间,能不怜悯,能不畏惧乎? 其视金莲,当作敝屣观矣。不特作者解颐而谢,觉今天下失一《金瓶梅》,添一《艳异编》,岂不大奇? 时康熙岁次乙亥清明中浣秦中觉天者谢颐题于皋鹤堂。

《第一奇书》卷首谢颐《金瓶梅序》 清刊本

小说始于唐宋,广于元,其体不一。田夫野老能与经史并传者,大抵皆情之所留也。情生则文附焉,不论其藻与俚也。《金瓶梅》旧本言情之书也。情至则易流于败检而荡性。今人观其显不知其隐,见其放不知其止,喜其夸不知其所刺。蛾油自溺,鸩酒自毙,袁石公先叙之矣。作者之难于述者之晦也。今天下小说如林,独推三大奇书曰《水浒》、《西游》、《金瓶梅》者,何以称乎?《西游》阐心而证道于魔,《水浒》戒侠而崇义于盗,《金瓶梅》惩淫而炫情于色:此皆显言之,夸言之,放言之,而其旨则在以隐,以刺,以止之间。唯不知者曰怪,曰暴,曰淫,以为非圣而畔道焉。乌知夫稗官野史足以翼圣而赞经者,正如云门韶濩,不遗夫击壤鼓缶也。夫得道之精者糟粕已具神理,得道之粗者金石亦等瓦砾,顾人之眼力浅深耳。

《续金瓶梅》者惩述者不达作者之意,遵今上圣明颁行《太上感应篇》,以《金瓶梅》为之注脚,本阴阳鬼神以为经,取声色货利以为纬,大而君臣家国,细而闺壶婢仆,兵火之离合,桑海之变迁,生死起灭,幻入风云,果因禅宗,寓言亵昵,于是乎谐言而非蔓,理言而非腐,而其旨一归之劝世。此夫为隐言、显言、放言、正言而以夸、以刺,无不备焉者也。以之翼圣也可,以之赞经也可。

西湖钓叟书于东山云居。

丁耀亢《续金瓶梅》卷首西湖钓叟《续金瓶梅集序》 清顺治刊本

不善读《金瓶梅》者,或云□□戒淫导淫。吴道子画《地狱变相》,反为酷吏增罗织之具。好事不如无矣。五祖续承□□诗说佛祖西来意,频呼温玉少年一段风流光藉,便为上首。紫阳道人以十善菩萨心,别三界苦轮海,经实施□迁恶持善,从礼出□□□出稍正复不灭。读《大智度论》,何曾是小说家言也。《阿含经》云:"人痴故有生死,本从痴中来,今生为人复痴,不念世间苦,不知泥犁中拷治剧。"续编六十四章,忽惊忽疑,如骂如谑,读之可以瞿然而悲,粲然而笑矣。《法华方便品》论云:"儒诗六义,以思无邪为指归,释教平时□佛知见。"是究竟天台智师□生平诗文,未有可以见阎罗老子者,吾将借小说作《感应篇》注,执贽于菩提天焉。知我者其□□□□□。笑曰然。

丁耀亢《续金瓶梅》卷首天隐道人《续金瓶梅序》　　清顺治刊本

天隐道人曰:《续金瓶梅》者,古今未有之奇书也,正书也,大书也。大海蜃楼,空中□□□无形,系风无迹,齐谐志怪,庄列论理,借海天之谈,而作菩提之语:奇莫奇于此。唐人纪事,则藻绮风云;元人说海,则借谈神鬼。虽快尘谈,无裨风化。此则假饮食男女,讲阴阳之报复;因鄙夫邪妇,移世运之生化。涤淫秽而入莲界,披贪欲以返消凉。不堕狐禅,不落理障,褒贤贬佞,崇节诛淫,上朔天道,下阐王章:正莫正于此。以漆园之幻想,阐乾竺之真宗,本曼倩之灰谐,为谈天之炙毂。齐烟九点,须弥一芥。元会恣其笔底,鬼神没于毫端:大莫大于此矣。作者曰:性善兼明性恶,六祖□祖,善恶□□思量,相待义门,强名因果,证穷念绝,何果何因。善读是书,檀郎只要闻声;不善读是书,反怪丰干饶舌尔。供识文字性空,不妨同德山疏抄,一时焚却。是乃《续金瓶梅》六十四章竟。

丁耀亢《续金瓶梅》卷首爱曰老人《续金瓶梅序》　　清顺治刊本

一、兹刻以因果为正论,借《金瓶梅》为戏谈。恐正论而不入。就淫说则乐观。故于每回起首,先将《感应篇》补叙评说,方入本传。客多主少,别是一格。

一、小说以《水浒》、《西游》、《金瓶梅》三大奇书为宗,概不宜用之乎者也等字句。近观时作,半有书柬活套,似失演义正体,故一切不用。间有采用四六等句法,仿唐人小说者,亦即时改入白话,不敢粉饰寒酸。

一、此刻原欲戒淫,中有游戏等品,不免复犯淫语,恐法语之言与前集不合,故借潘金莲、春梅后身说法,每回中略为敷演,旋以正论收结,使人动心而生悔惧。

一、小说类有诗词,前集名为词话,多用旧曲,今因题附以新词,参入正论,较之他作,颇多佳句,不至有直腐鄙俚之病。

一、前集中年月故事或有不对者,如应伯爵已死,今言复生,曾误传其死一句点过。前言孝哥年已十岁.今言七岁离散出家,无非言幼小孤孀,存其意不顾小失也。客中并无前集,迫于时日,故或错说,观者谅之。

一、前集止于西门一家妇女酒色饮食言笑之事,有蔡京、杨提督上本一二段,至末年金兵方入杀周守备,而山东乱矣。此书直接大乱,为南北宋之始,附以朝廷君臣忠俊贞淫大略。如尺水兴波,寸山起霞,劝世苦心,正在题外。

丁耀亢《续金瓶梅》卷首《续金瓶梅凡例》　清顺治刊本

谢肇淛

谢肇淛,生卒年不详,字在杭,福建长乐人,博学能诗文,万历二十年进士,官至广西右布政使。据《列朝诗集小传》所记,谢肇淛以诗名,诗以年进,晚年诗声调宛然,为当时闽派之眉目。"故服膺王、李,已而醉心于王伯毂,风调谐合,不染叫嚣之习,盖得之伯毂者为多。"(《列朝诗集小传》)王伯毂为公安派所称许,可见,谢肇淛与七子派、公安派都有一定的关系。其论诗主张见于《小草斋诗话》。传附《明史》卷二八六《郑善夫传》后。

谢肇淛综合七子派、公安派、竟陵派等各家各派论诗主张和兴衰教训,在晚明追求个性解放和奔放不羁的审美情趣的思潮下,以禅喻诗,论诗推崇严羽、徐祯卿,主张渐悟,无色无着,追求诗作中的天然韵趣,少谈格调,奢谈风神、韵度,提倡一种若即若离、空灵淡远的风格,调和了格调说和神韵说,"假如说谢肇淛的诗论也属于严、徐一脉,为神韵说先驱的话,那么,便是经受了公安派洗礼的声韵说,是晚明时纵谈禅悟、涤荡礼法的社会思潮在神韵说上的反映"(《明代文学批评史》)。其后的陆时雍《诗境总论》则在谢肇淛以神韵论诗的基础上又作了进一步的发挥,论诗独标真素,绝去形容,区分情意,尊情斥意,以为"意死则情活,意迹而情神,意近而情远,意伪而情真"。他明确将韵作为诗歌最基本的艺术特征:"有韵则生,无韵则死;有韵则雅,无韵则俗;有韵则响,无韵则沉;有韵则远,无韵则局",对韵的特点、产生做了深入的认识。总之,如果说胡应麟以"兴象风神"论诗向神韵说转化还有格调说的痕迹,谢肇淛以禅喻诗、主张渐悟,则调和了格调说和神韵说,那么陆时雍吸取公安派自然本真的主张,融合竟陵派以灵动求浑朴的方法,在司空图韵味说和严羽妙悟说的基础上更建立了以神韵为宗的诗论。

《明史·文苑传》与黄虞稷《千顷堂书目》载有谢肇淛著述《小草斋诗集》三十卷,《文集》二十八卷、《续集》二卷。谢肇淛另有方志、志怪类书多种。

小草斋诗话①(节选)

近之学杜者无病而呻吟,学李者未言而号叫,学六朝者男作女吻,学汉魏者少为老态。学之弥肖,去之愈远,则亦效颦之过,而非古人之罪也。

悟之一字,诚为诗家三昧。而今人藉口于悟,动举古人法度而屑越之。不知诗犹学也,圣人生知,亦须好古敏求。

悟之一字,从何着手?从何置念?顿悟不可得矣,即渐悟者穷精殚神,上下古今,发愤苦思,不寝不食,一旦豁然贯通,一彻百彻,虽渐悟亦顿也。

诗境贵虚……诗情贵真……诗意贵寂……诗兴贵适……诗无色,故意语胜象,淡语胜浓;诗无着,故离语胜即,反语胜正。

诗不可太著议论……不可太述时政……不可太艳丽……不可太整齐……不可太铺叙……不可太堆积……故子美《北征》,退之《南山》,乐天《琵琶》、《长恨》②,微之《连昌》③,皆体之变,未可以为法也。

作诗第一对病是道学,何者?酒色放荡,礼法所禁,一也;意象空虚,不踏实地,二也;颠倒议论,非圣非法,三也;议论杳眇,半不可解,四也;触景偶发,非有指譬,五也。

《小草斋诗话》 清刻本

【注释】

①《小草斋诗话》作于万历末年。万历中后期,心学发展,社会普遍追求个性解放,文艺领域也以自由抒发、奔放不羁为审美理想。随之而来的是公安、竟陵派的崛起,风行近百年的明中期文学复古运动遭到猛烈抨击。公安派以性灵

说反对拟古说,在众人一时热烈拥护后又很快被竟陵派深幽孤迥的风格所替代,一时间,流派纷呈,此起彼伏,大有百家争鸣之势。这种速成速灭的现象引起了人们的反思,谢肇淛便是其中一位。他认识到七子派和公安、竟陵派各有利弊,因而试图顺应社会变化、折中各家主张,不在某一点上走极端。明中后期,心学、禅悦之风同时盛行,影响文坛,谢榛提出的"诗家三昧"及"造乎浑沦",胡应麟提出的"兴象风神",均有以禅说诗的痕迹,并开神韵说的端倪。谢肇淛也为神韵说之一支,他论诗承续严羽、徐祯卿,又受《唐诗品汇》影响,以盛唐为归。针对七子派拟议之弊,他言法而不泥法,折合法与悟,主张渐悟,这大抵是针对公安派独抒性灵的浅率而发,进而倡言"以法求悟"、"以学求悟"。谢肇淛往往用禅语论诗,主张无色无着,不拘泥胶着于某一家一派。具体到作诗,便追求一种不粘滞,空灵飞动的风格意境,以为杜甫以史为诗有太过执著之病,而主于"羚羊挂角,无迹可求"的朦胧境界。谢肇淛反对七子派模拟剽窃之病,但不反对师古、言法;反对公安派浅率之病,但不反对性灵颖悟之说。概言之,《小草斋诗话》较多地体现了格调说与神韵说调和的色彩,而稍后的陆时雍《诗境总论》便初步完成了格调说向神韵说的过渡。

②乐天——白居易(772—846),唐代诗人。

③微之——元稹(779—831),唐代文学家,字微之,河南洛阳(今属河南)人。《连昌》为元稹代表作之一,原题为《连昌宫词》。

【附录】

今夫海内鸡坛错峙,则掩甸光郊,牛耳狎执,则连韝接幕,丽璞溷夫腊鼠,荎苨乱乎人参。是以叶公之龙,非应蟠之物;木寓之骥,敩麒麟之材。匪夫极妍穷讨,益以申晰,则朱紫恒至易处,真赝卒之两叕。以余所得,闽在杭谢君则未易言也。在杭冕黼冠族,缃囊世绪,幼而清令,浸长英特,书乃诵可等身。人谓公是卿座,蚤成进士,颇厌时学,屈首司李,逊业董帷,乃抉微灵,祖淹函雅。故褒褒惀惀,为世巨儒,爰自吴兴,量移东郡,倚类托寓,一意著书。发轫射书之圃,驻车历山之麓,厌次吊乎方朔,菑里感乎次卿。任城忆太白之旧,阿曲寻陈思之迹,雪宫留墟乎齐境,屋市亦幻于海潆。不其之书带犹存,成山之琢文垂灭,触时抚景,其能舍旃。抑或讼庭谳虑,积有余闲,寮佐周旋,间成曲燕,山邮揽空馆之蕊,鬼庑借青磷之炬。字劳绝绝,而欣以会心;肤粟手创,而凄然寄慨。凡于此际,文笔乃遒。君喜为诗,诗分科品,靡不窟宅风骚,枕席魏晋,祖初弥盛,沿及厥中,蓦会诸长,极之融液。富滋明秀,则曲渚之芙蓉;适怨清和,则无端之锦瑟。至于出言,天拔绝玄,人匠森然,骨部眉妩。下拜视夫就就,饰其孩嗄欹欸,矜其龋楚,良以径庭矣。若夫文章大业,君更破的,长篇鸿制,步履左班,法度章裁,出诸惬素。平大袪重舌之讳,雄成免碎金之诮。时乎登高授简,则君家希逸之踪也;时乎游戏泚笔,则休文甘焦之致也;时乎杂俎会萃,则义庆新语之嗣也;时乎方言贮录,则子云油素之例也。窃又窥夫,余勇所贾,代斲更仆,英气露于捉刀,灵襟标乎答板,致能洽华簪于上座,联风政于远陬。总之,资禀轶群,才情开敏,投之所向,无不中伦。以斯校条流于吾党,论真赝之所别,求之中壤,在杭其神龙天马与哉!在杭一官拓落,茹菜饭粗,虎犊殊其所如,伧奴绝于常隶,报友输一端之疏缟,娱内足四种之好香,写论将付之,官奴营壁,窃比于宗氏,风期美矣。官何负乎,在杭为余言一昨之日,保旅鸾浔,耳溢者;广陵之箫,目尽者,蒜山之雪,曾何计乎?身之在远,官之复踦也,今来篷羽,太守后飞,謷直指前,廿年者,明经三日,新子妇耳。何日解腰下绶,还头上冠,挚婆安昌之野,追逐萤走之促。大苍出梂,黄棘下兔,笔以干葵,厌之浊酒,真足以乐,而忘死矣。余曰:在杭在杭,旷志如许,是能自作文字,田僧超结撰,那得不佳,在杭大嚎。集署居东,记地也,亦有人风,人之托也夫。

《明文海》卷二四九邢侗《谢在杭居东集序》 中华书局1987年版

古乐府多俚言,然韵甚趣甚。后人视之为粗,古人出之自精,故太巧者若拙。

少陵五古,材力作用,本之汉魏居多。第出手稍钝,苦雕细琢,降为唐音。夫一往而至者,情也;苦摹而出者,意也;若有若无者,情也;必然必不然者,意也。意死而情活,意迹而情神,意近而情远,意伪而情真。情意之分,古今所由判矣。少陵精矣刻矣,高矣卓矣,然而未齐于古人者,以意胜也。假令以《古诗十九首》与少陵作,便是首首皆意。假令以《石壕》诸什与古人作,便是首首皆情。此皆有神往神来,不至而自至之妙。太白则几及之矣。十五国风皆设为其然而实不必然之词,皆情也。晦翁说《诗》,皆以必然之意当之,失其旨矣。数千百年以来,愦愦于中而不觉者众也。

"三百篇"每章无多言。每有一章而三四叠用者,诗人之妙在一叹三咏。其意已传,不必言之繁而绪之纷也。故曰:"诗可以兴。"诗之可以兴人者,以其情也,以其言之韵也。夫献笑而悦,献涕而悲者,情也;闻金鼓而壮,闻丝竹而幽者,声之韵也。是故情欲其真,而韵欲其长也,二言足以尽诗道矣。乃韵生于声,声出于格,故标格欲其高也;韵出为风,风感为事,故风味欲其美也。有韵必有色,故色欲其韶也;韵动而气行,故气欲其清也。此四者,诗之至要也。夫优柔悱恻,诗教也,取其足以感人已矣。而后之言诗者,欲高欲大,欲奇欲异,于是远想以撰之，杂事以罗之，长韵以属之，俶诡以炫之，则骈指矣。此少陵误世，而昌黎复惎其波也。心托少陵之藩，而欲追风雅之奥，岂可得哉？

食肉者，不贵味而贵臭；闻乐者，不闻响而闻音。凡一掇而有物者，非其至者也。诗之所贵者，色与韵而已矣。韦苏州诗，有色有韵，吐秀含芳，不必渊明之深情，康乐之灵悟，而已自佳矣。"白日淇上没，空闺生远愁。寸心不可限，淇水长悠悠。""还应有恨谁能识，月白风清欲堕时。"此语可评其况。

元白以潦倒成家，意必尽言，言必尽兴，然其力足以达之。微之多深着色，乐天多浅着趣。趣近自然，而色亦非貌取也。总皆降格为之，凡意欲其近，体欲其轻，色欲其妍，声欲其脆，此数者格之所由降也。元白偷快意，则纵肆为之矣。

李商隐七言律，气韵香甘。唐季得此，所谓枇杷晚翠。

有韵则生，无韵则死；有韵则雅，无韵则俗；有韵则响，无韵则沈；有韵则远，无韵则局。物色在于点染，意态在于转折，情事在于犹夷，风致在于绰约，语气在于吞吐，体势在于游行，此则韵之所由生矣。

观五言古于唐，此犹求二代之瑚琏于汉世也。古人情深，而唐以意索之，一不得也；古人象远，而唐以景逼之，二不得也；古人法变，而唐以格律之，三不得也；古人色真，而唐以巧绘之，四不得也；古人貌厚，而唐以姣饰之，五不得也；古人气凝，而唐以佻乘之，六不得也；古人言简，而唐以好尽之，七不得也；古人作用盘礴，而唐以径出之，八不得也。虽以子美雄材，亦踏颐于此而不得进矣。庶几者其太白乎？意远寄而不迫，体安雅而不烦，言简要而有归，局卷舒而自得。离合变化，有阮籍之遗踪，寄托深长，有汉魏之委致。然而不能尽为古者，以其有佻处，有浅处，有游浪不根处，有率尔立尽处。然言语之际，亦太利矣。

少陵七言律，蕴藉最深。有余地，有余情。情中有景，景外含情。一咏三讽，味之不尽。

善言情者，吞吐深浅，欲露还藏，便觉此衷无限。善道景者，绝去形容，略加点缀，即真相显然，生韵亦流动矣。此事经不得著做，做则外相胜而天真隐矣，直是不落思议法门。

每事过求，则当前妙境，忽而不领。古人谓眼前景致，口头言语，便是诗家体料。所贵于能诗者，祇善言之耳。总一事也，而巧者绘情，拙者索相。总一言也，而能者动听，不能者忤闻，初非别求一道以当之也。

绝去形容，独标真素，此诗家最上一乘。本欲素而巧出之，此中唐人之所以病也。李端"园林带雪潜生草，桃李虽春未有花"，此语清标绝胜。李嘉佑"野棠自发空流水，江燕初归不见人"，风味最佳。"野棠"举带琢，"江燕"句则真相自然矣。罗隐"秋深雾露侵灯下，夜静鱼龙逼岸行"，此言当与沈佺期王摩诘折证。

陆时雍《诗镜总论》(节选) 《历代诗话续编》下　中华书局1987年版

　　道发声著情,通神达灵,油油接于人而不厌。鸟之关关,鹿之呦呦,未闻其何韵之选,何律之调也?而闻辄欣然,遇之人发声而言,言成文而诗。古称诗千有余篇,而夫子删之,存止三百,亦取其感通之至捷者耳。而后之人必以义断,则郑卫何以并存也?风之来,其枢摇摇,树头草腰,人乘之逍遥,故诗之所感,令人之戾也释,而其捍也消。夫然,而是非之畛,理义之辨,必附性情而后见,而果以知夫子之存郑卫,非导淫也。夫子曰:威仪棣棣,不可选也,无体之礼也。凡民有丧,匍匐救之,无服之丧也。圣人之用诗道若是,其广也。汉兴,柏梁倡歌,苏李迭奏,然诗五言而体直,七言而意放,雕镂至于六代,而古道荡然。故六义远而事类繁,四韵谐而声气隔。古亡于汉,汉亡于六朝,六朝亡于唐,唐亡不可复振。惟夫后之为诗者,哀必欲涕,喜必欲狂,豪必极放,而戚若有亡。然意之所设,而情不与俱,不能强之使人,故闻之者闷焉。古之人一唱而三叹,有余音者矣,载歌而载起,有余味者矣。婴儿语童子歌,鸟之关关,鹿之呦呦,不知其可而不厌,是谓之道。窅窅冥冥,隐隐轰轰,如雷如霆,则声之所起者,微而诗之所托者眇也。或谓鸟之关关,鹿之呦呦,闻辄欣然遇之诗,曷为而为是删者?盖物各类知,使凤听而麟莅,则鸟颔兽颁,必多嚅吟而不进者,是故鹓鹓怪而狐狸妖也。十五国风之不同情也,而言皆可以适道,性受则淫言亦正,情受则正言亦淫,《关雎》可以荡思,而《溱洧》亦能止则,且夫言微而能广用之者,此道是也。夫王通氏之续诗,通之谬也,狐裘而羔袖,有毳焉者矣,取其葛而斸之,其然乎哉。余之为是选也,将以通人之志,而遇之微也。不惟其词而惟其情,不惟其貌而惟其意,使天下闻声而志起,意喻而道行。诗虽亡,有存焉者矣。为是多方以诱之,而极虑以解之,甚矣,余之不得已也。

陆时雍《诗镜·诗镜原序》　清乾隆十年松乔堂刻本

祁彪佳

祁彪佳(1602—1645),字虎子,一字幼文,又字宏吉,号世培。浙江山阴(今浙江绍兴)人,父淡生堂主人祁承㸁系明代著名藏书家,所藏戏曲作品甚多,因得以博览。天启二年(1622)进士,次年任福建兴华府推官。后出任苏、松诸府巡按,后上疏请求退休。弘光乙酉(1645),清军陷南京,潞王监国,彪佳出任苏松总督,亲赴前沿。五月,杭州失陷,潞王降清,彪佳重返故里。清廷以书礼聘,然彪佳却决定以死报国,遂沉水而亡。传见《明史》卷二七六。

所著有《祁忠敏公日记》、《祁忠惠公遗书》,传奇《全节记》及戏曲论著《远山堂曲品》(今存残稿)和《远山堂剧品》两种。祁彪佳在晚明也以文章气节著称,各类奏疏类文,论大势而能纵横排荡,论实务则直逼敢言。小品文章如《寓山注》流丽清隽,性情恬淡,可谓上品。《远山堂剧品》系仅有的一部著录名人杂剧的专书,尤为可贵,共收242种。《远山堂曲品》收传奇剧目467种,另附杂调一类,收弋阳诸腔剧目46种,亦为可贵。祁彪佳的两部曲目增录了许多重要戏曲作家的作品,并改订了以前曲目的错误。两部曲目在每种剧目后都有简短的评论,从中可见祁彪佳的戏曲主张。祁彪佳强调戏曲应当反映尖锐的社会问题,"外御强敌,内除奸佞";而在艺术上则着眼于"词以淡为真,境以幻为实",颇有见地。惟祁彪佳认为民间戏曲不能入品,实为其缺陷之处。

《远山堂曲品》与《远山堂剧品》在明代即有远山堂蓝格原稿本等,1955年上海出版公司印有黄裳校录的《远山堂明曲品剧品校录》本,又见载于《中国古典戏曲论著集成》。

远山堂曲品叙①

予素有顾误之僻②,见吕郁蓝《曲品》而会心焉③。其品所及者,未满二百种;予所见新旧诸本,盖倍是而且过之。欲赘评于其末,惧续貂也,乃更为之,分为六品;不及品者,则以杂调黜焉。品成作而叹曰:词至今日而极盛,至今日而亦极衰。学究、屠沽④,尽传子墨,黄钟、瓦缶杂陈,而莫知其是非。予操三寸不律,为词场董狐⑤,予则予,夺则夺,一人而瑕瑜不相掩,一帙而雅俗不相贷,谁其能幻我以黎丘哉⑥。然《阳春》调寡,巴人之和者众,必且不自安其位,齐起而为楚咻⑦,予舌危,予笔且为南山之移矣。不知夫予之品也,慎名器,未尝不爱人才。韵失矣,进而求其调;调伪矣,进而求其词;词陋矣,又进而求其事。或调有合于韵律,或词有当于本色,或事有关于风教,苟片善之可称,亦无微而不录。故吕以严,予以宽;吕以隘,予以广;吕后词华而先音律,予则赏音律而兼收词华。要亦以执牛耳者⑧代不数人,虑词帜之孤标,不得不奖诩同好耳,世有知者,吾言不与易也。如或罪我,吾亦任之。

《中国古典戏曲论著集成》第六集《远山堂曲品》
中国戏剧出版社 1959 年版

【注释】

①在祁彪佳《远山堂曲品》问世以前,吕天成即已撰有《曲品》。吕天成,浙江余姚人,其《曲品》自序作于明万历三十八年,为现存最早的一部传奇作家略传与目录。记录戏曲作家九十人,散曲作家二十五人,作品一百九十二种,并将作家分为多品。由于吕天成对民间戏曲和某些形式上比较粗糙的作品,采取排斥的态度,《曲品》所收录的作家与作品,数量还不够多,影响了它的价值。而在品评方面,吕天成未能完全摆脱前人偏重声律、探寻故实、衡量文采的窠臼。

《远山堂曲品》是根据吕天成的《曲品》加以扩展并按其体例编成的,共收戏曲作品 466 种。在《曲品叙》中,祁彪佳指出他与吕氏《曲品》的分歧:"故吕以严,予以宽;吕以隘,予以广;吕后词华而先音律,予则赏音律而兼收词华。要亦以执牛耳者代不数人,虑词帜之孤标,不得不奖诩同好耳。"首先表现在选择批评对象"严、隘"与"宽、广"的差异。吕天成把不入选的摈弃不录,祁彪佳则另立"杂调"

加以收录。尤为可贵的是祁彪佳所主张的"宽、广"不仅在于品评著录作品数量之多寡,还包涵着对民间弋阳腔剧本比较注意的因素。其次,所谓"后词华而先音律"与"赏音律而兼收词华"的分歧,祁彪佳主张"赏音律而兼收词华",由此也能将选择的标准放得更宽一些。吕天成在其《曲品》中,强调了他的艺术标准是要讲究本色当行,"进而有宫调之学,类以相从"等,事实上也即是遵从王骥德《曲律》中的规则。就重格律、重形式而言,祁彪佳的批评标准与吕天成并不相左,但他认为任何只重词华或只重音律的主张都是片面、不足取的,如其在《曲品凡例》中说:"如汤清远他作入'妙',《紫钗》独以'艳'称;沈词隐他作入'雅',《四异》独以'逸'称。"从而纠正了吕天成不作分析的偏颇。同时,祁彪佳主张词曲应"天然雅致",若"字雕句镂",则"微少天然之趣";"通本调文,转觉不文",而"能动人者,惟在真切",认为"词曲不能工而美,得一明畅者足矣"。

②顾误之僻——顾误,典出《三国志·吴志·周瑜传》:"瑜少精意于音乐,虽三爵之后,其有阙误,瑜必知之,知之必顾。故时人谣曰:'曲有误,周郎顾。'"后来,欣赏音乐或听歌、听戏,就叫做"顾曲"。

③见吕郁蓝《曲品》而会心焉——吕郁蓝,即吕天成(1580—1618),晚明戏曲理论家、剧作家。原名文,字勤之,号棘津,别号郁蓝生。吕天成的《曲品》是著名的曲学著作,与王骥德的《曲律》并称明代戏曲理论著作的双璧。

④屠沽——亦作"屠酤"。宰牲和卖酒。亦泛指职业微贱的人。《墨子·迎敌祠》:"举屠酤者置厨给事,弟之。"《后汉书·郭太传》:"召公子、许伟康并出屠酤。"

⑤董狐——董狐,春秋晋国太史,亦称史狐。周大史辛有的后裔,因董督典籍,故姓董氏。据说今翼城县东五十里的良狐村,即其故里。董狐秉笔直书的事迹,实开我国史学直笔传统的先河。

⑥谁其能幻我以黎丘哉——黎丘,《吕氏春秋·疑似》:"梁北有黎丘部,有奇鬼焉,喜效人之子侄昆弟之状。邑丈人有之市而醉归者,黎丘之鬼效其子之状扶而道苦之。……丈人智惑于似其子者而杀其真子。"比喻因于假象、不察真情而陷入错误的人。

⑦楚咻——楚咻,即楚人咻。《孟子·滕文公下》:"有楚大夫于此,欲其子之齐语也……一齐人傅之,众楚人咻之,虽日挞而求其齐也,不可得矣。"赵岐注:"咻之者,嚾也。"

⑧执牛耳者——执牛耳,古代诸侯订立盟约,要每人尝一点牲血,主盟的人亲自割牛耳取血,故用"执牛耳"指盟主。后来指在某一方面居领导地位。《左传·哀公十七年》:"诸侯盟,谁执牛耳?"

【附录】

一、品中皆南词，而《西厢》、《西游》、《凌云》三北曲何以入品？盖以全记故也。全记皆入品，无论南北也。

一、文人善变，要不能设一格以待之。有自浓而归淡，自俗而趋雅，自奔逸而就规矩。如汤清远他作入"妙"，《紫钗》独以"艳"称；沈词隐他作入"雅"，《四异》独以"逸"称。必使作者之神情，与评者之藻鉴，相遇而成莫逆之面目耳。

一、吕《品》传奇之不入格者，摈不录，故至具品而止，予则概收之，而别为杂调。工者以供鉴赏，拙者亦以资捧腹也。

一、词曲一经改窜，便与作者为二。有因改而增其美，如李开先之《宝剑》列"能"，陈禹阳之《灵宝刀》列"雅"是也。有因改而失其真，如高则诚之《琵琶》列"妙"，莲池师之《琵琶》列"雅"是也。故凡删改原本数折已上者，别自著评，各为标目。

一、音律之道甚精，解者不易。自东嘉决《中州韵》之藩，而杂韵出矣。自人误认《中州韵》之分三声，而南调亦以入声代上去矣。才如玉茗，尚有拗嗓，况其他乎？故求词于词章，十得一二；求词于音律，百得一二耳。品中虽间取词章，而重律之思，未尝不三致意焉。

一、才人名妓，词坛之所艳称。作者每窃其名以覆短。如庐次梗之《想当然》，韦长宾之《筌筷》，马湘兰之《三生》，梁玉儿之《合元》，考其真姓名而不可得，未能阙疑，姑以从俗。

一、作者如林，大江以南，尤标赤帜。予耳闻既陋，交臂尚寡，故有有姓而无名，有姓名而无别号，有名号而无居地，尚望同志者有所见闻，详以告我。

一、姓字之下系以传奇，皆予所已见者。如顾道行之《风教编》，郑虚舟之《大节》，皆以未见，故不敢雷同吕《品》。且有因传奇湮没，遂不得表著其姓字，可慨矣。是以旁搜广罗，不啻饥渴。

《中国古典戏曲论著集成》第六集祁彪佳《远山堂曲品凡例》
中国戏剧出版社 1959 年版

予舞象时即嗜曲，弱冠好填词。每入市见传奇，必挟之归。笥渐满。初欲建一曲藏，上至前辈才人之结撰，下至腐儒教习之攒簇，悉搜共贮，作山海大观。既而谓："多不胜收。彼攒簇者，收之污吾箧。"稍稍散失矣。壬寅岁，曾著《曲品》，然惟于各传奇下著评，语意不尽，亦多未得当。寻弃之。十余年来，颇为此道所误，深悔之，谢绝词曲，技不复痒。今年春，与吾友方诸生剧谈词学，穷工极变，予兴复不浅，遂趣生撰《曲律》。既成，功令条教，胪列具备，真可谓起八代之衰,厥功伟矣!予谓曰:"曷不举今昔传奇而甲乙焉?"生曰:"褒之则吾爱吾宝,贬之则府怨。且时俗好憎难齐,吾惧不当之故而累全律,故今《曲律》中略举一二而已。"予曰:"传奇侈盛,作者争衡,从无操柄而进退之者。矧今词学大明,妍媸毕照,黄钟、瓦缶,不容并陈,《白雪》、《巴人》,奈何混进?子慎名器,予且作糊涂试官,冬烘头脑,于曲场张曲榜,以快予意,何如?"生笑曰:"此段科场,让子作主司也。"归检旧稿犹在,遂更定之,仿钟嵘《诗品》、庾肩吾《书品》、谢赫《画品》例,各著论评,析为上、下二卷,上卷品作旧传奇者及作新传奇者,下卷品各传奇。其未考姓字者,且以传奇附;其不入格者,摈不录。世有知我,按品取阅,亦已富矣;如有罪我,甘受金谷之罚。虽然,古本多湮,时作纷出,管窥蠡测,何能周知?所望同调者出家藏示茂制以启予,是亦词社之幸也。

万历庚戌嘉平望日,东海郁蓝生书于山阴樛木园之烟鬟阁。

《中国古典戏曲论著集成》第六集吕天成《曲品自序》
中国戏剧出版社 1959 年版

火可画,风不可描;冰可镂,空不可斡。盖神君气母,别有追似之手,庸工不与耳。古今高才,莫高于《易》。《易》者,象也。象也者,像也。其次则五经递广之,此外能言其所像人亦不多。左丘明、宋玉、蒙庄、司马子长、陶渊明、老杜、大苏、罗贯中、王实甫,我明王元美、徐文长、汤若士而已。

汤显祖《汤显祖诗文集》附录王思任《批点玉茗堂牡丹亭叙》(节选)
上海人民出版社 1973 年版

老、庄之学,一变而为申、韩,再变而为孙、吴,三变而为苏、张,四变而为荆、聂。太史公曰"凡此辈虽极惨礉少恩,皆原于道德之意,而老子深远矣。""深远"二字,乃老子一生藏身妙用。而无奈申、韩以后,其意渐趋渐薄,其术愈变愈浅,其于用世,日处危险,后且不可救药矣。

张子房从忠孝起家,其于申、韩之流本欲自异,而博浪一椎,误堕荆、聂,则其学问浅薄,如何克为帝者之师?故黄石老人爱之惜之,乃向圯上教之也。余曾见轶书,张良为老人纳履,老人曰:"孺子可教。"良曰:"愿闻也。"老人曰:"两眉致其美于人,而人卒不可以眉为功,眉无事也。孺子居功,其以眉乎?两手致其伤于人,而人卒不以手为怨,手无心也。孺子处怨,其以手乎?"张良怃然为问曰:"敬受教。"只此数语,已将张子房一生之功业心术倾囊道破。子房得此数语,真如画龙点睛,从此飞腾变化,莫可测识者矣。

余宗兄公琬深得此意,故以博浪椎谱为传奇,总以见子房用气而卒能不为气用,取其深情远识,以提醒英雄豪杰,为功大矣。余向作怒蛙,纯以气性用事,遇越王或在所凭式,遇子房则必望之而却走矣。余故留此一卷床头,以当黄石素书。

张岱《张岱诗文集》卷一《博浪椎传奇序》　上海古籍出版社1992年版

传奇至今日,怪幻极矣!生甫登场,即思异姓;且方出色,便要改妆。兼以非想非因,无头无绪,只求闹热,不论根由,但要出奇,不顾文理。近日作手,要如阮圆海之灵奇,李笠翁之冷隽,盖不可多得者矣。

吾兄近作《合浦珠》,亦犯此病。盖郑生关目,亦甚寻常,而狠求奇怪,故使文昌、武曲、雷公、电母,奔走趋跄,闹热之极,反见凄凉。兄看《琵琶》、《西厢》,有何怪异?布帛菽粟之中,自有许多滋味,咀嚼不尽,传之永远,愈久愈新,愈淡愈远。东坡云:"凡人文字,物使平和知足,余溢为奇怪,盖出于不得已耳。"今人于开场一出,便欲异人,乃妆神扮鬼,作怪兴妖,一番闹热之后,及至正生冲场,引子稍长,便觉可厌矣。兄作《西楼》,只一情字,《讲技》、《错梦》、《抢姬》、《泣试》,皆是情理所有,何尝不闹热,何尝不出奇,何取于节外生枝,屋上起屋耶?总之兄作《西楼》,正是文章入妙处,过此则便思游戏三昧,信手拈来,自亦不觉其熟滑耳。

汤海若初作《紫钗》,尚多痕迹,即作《还魂》,灵奇高妙,已到极处。《蚁梦》、《邯郸》,比之前剧,更能脱化一番,学问较前更进,而词学较前反为削色。盖《紫钗》则不及,而二梦则太过,过犹不及,故总于《还魂》逊美也。今《合浦珠》是兄之二梦,而《西楼记》为兄之《还魂》,二梦虽佳,而《还魂》为终不可及也。承兄下问,故敢尽言,伏望高明,恕弟狂妄。

张岱《张岱诗文集》卷三《答袁箨庵书》　上海古籍出版社1992年版

郑元勋

郑元勋(1604—1645),字超宗,号惠东,安徽歙县人,家江都。天启四年(1624)举人,崇祯十六年(1643)会试第三。历官兵部职方司主事。清兵入关后因内讧遭误杀。工诗善画,为江东名流,复社成员,与如皋冒襄等结社扬州。编有《媚幽阁文娱》,为晚明著名的小品文集。

天启朝,阉党执政,文网甚密,文人不便言时政;另一方面,晚明城市经济文化发展迅猛,士大夫多追求仕女、居室、车马、服饰等享乐。把文学欣赏亦作为娱乐活动的观念应运而生,郑元勋的文学主张即围绕"文娱"展开。他宣扬文学的娱乐功能,迥异于传统"兴、观、群、怨"重社会功用的思想;认为文学创作应满足读者的审美心理规律,"夫人情喜新厌故,喜慧厌拙","文以适情",文学的艺术特征也应为"新"、"慧"、"情"。"新奇"、"慧"、"性情"亦是公安派诗论中的概念,郑元勋的"文娱"说一方面继续把"性灵"说向前推进,另一方面也充实并丰富了"性灵"说。"就诗文批评本身而言,文娱说产生的基础是性灵说。创作上独抒性灵的自适态度,与鉴赏上以美为宗的文娱说是相辅相成的。"(《明代文学批评史》)

郑元勋曾将众文人为其私人花园影园撰写的诗文编为《影园瑶华集》,著有《影园集》。画作有《临沈石田水墨山水》、《八页山水册》等。

媚幽阁文娱自序①

读书不求解,犹訾食不肥体也②,不如勿读。即解以求得,已不胜不解之苦,何如不假钻味,美好盈眸,听乐闻香,矇人亦知称善,斯为快事。予少时好妙赏文,惟此专嗜,进以沉博大章,心非不敬,如对端方之士,峨冠铁面,爱不敌畏矣! 丁卯秋,失怙以来,形神放废,并是文困琼粒,亦梯稗弃之③,不惜抱影衔思,忽忽不知所属。偶于数见不鲜之外,采新获秘,令我初览陶纵,竟读笑啼,不啻饮神浆聆天乐于渴且倦之时也,维结顿解④,回视囊辰所尝,又复听而欲卧。夫人情喜新厌故,喜慧厌拙,率为其常,而新与慧之中,何必非至道所寓? 晏子东方生以谐戏行其谲谏,谁谓其功在碎首剖心之下⑤? 文以适情,未有情不至而文至者。侠客忠臣,骚人逸士,皆能快其臆而显摅之故,能谈欢笑并语怨泣,偕彼有隐约含之不易见者,进则为圣为佛,退则一顽钝者之不及情而已。吾以为文不足供人爱玩,则"六经"之外俱可烧,"六经"者,桑麻菽粟之可衣可食也。文者,奇葩文翼之怡人耳目,悦人性情也。若使不期美好,则天地产衣食生民之物足矣,彼怡悦人者,则何益而并育之? 以为人不得衣食不生,不得怡悦则生亦槁,故两者衡立而不偏绌。然"六经"不可加而诸文可加,犹花鸟非必日用不离而但取怡悦,不无今昔开落之异。若亦代开代落之物,必勿许荐新而去陈,则亦幽滞者之大惑已。爱摘其尤,汇为兹集,密尔怡悦。初不以持赠人,但念昔人放浪之际,每著文章自娱,余愧不能著,聊借是以收其放废,则亦宜以娱名。戊辰冬,过云间,私视眉公先生⑥,若有甚获其心者,爱而欲传,援牍为序曰"人之娱此,当有什伯于子之自娱者,神浆天乐,而子是私之,毋乃不祥乎?"余弟然其言,乃次第订梓,阅二岁,庚午初夏,工始竣。

《媚幽阁文娱》 上海杂志公司民国二十五年版

【注释】

① 在李贽"童心"说、公安"性灵"说的影响下,晚明人表现出对小品文的偏好,这从当时创作的盛况和文集出版的情况可以略窥一二。有以小品命名的专集如陈继儒《晚香堂小品》、王思任《文饭小品》、朱国桢《涌幢小品》、陆云龙编《皇明十六家小品》、华淑辑《闲情小品》等,更多的是不以小品命名,而实则为

小品的专集,如郑元勋所编《媚幽阁文娱》。晚明小品直接继承了李贽"童心"说的精神,强调"独抒性灵",并以此为小品文的内在特征,如陆云龙论小品谓:"文章亦抒其性灵而已。"(《皇明十六家小品·叙袁中郎先生小品》)陆云龙《叙袁中郎先生小品》谓:"率真则性灵现,性灵现则趣生。"

性灵说不仅突出了个性的价值,也强调了以自性为基础的自适与自娱。而将自娱说贯穿在文学创作上,即又有所谓的文娱说。晚明人多以文自娱,李贽说:"大凡我书,皆是求以快乐自己。"(《续焚书》卷一《与袁石浦》)袁中道声称不为"世法应酬之文","惟模写山情水态,以自赏适"(《答蔡观察元履》),蒋如奇、李鼎选《明文致》,也自称是"案头自娱"之物,均是这一观念的反映。闲暇时品读小品,是最好的消遣和精神享受。

郑元勋主张"但以文娱"(陈继儒《〈文娱〉序》),编选时贤小品,即命名《媚幽阁文娱》。本文从理论上阐述"文娱"的价值:"吾以为文不足供人爱玩,则'六经'之外俱可烧。'六经'者,桑麻菽粟之可衣可食也;文者,奇葩,文翼之怡人耳目、悦人性情也……人不得衣食不生,不得怡悦则生亦槁,故两者衡立而不偏废。"郑元勋明确宣扬文学的娱悦作用,将其抬到与儒家经典并列的地位,认为二者不可偏废。他强调超功利和纯审美娱乐,将文学的功能从道、理、事、功中独立出来。这代表了晚明人全新的文学功能观。就读者的审美心理而言,"夫人情喜新厌故,喜慧厌拙,率为其常";从文学鉴赏的角度出发,"文以适情,未有情不至而文至者"。另外该文在"文娱"说的基础上也论及了文学"新"、"慧"、"情"等的特征。

②犹訾食不肥体也——訾,厌恶。《管子·形势》:"訾食者不肥体。"

③并是文困琼粒,亦稊稗弃之——囷,圆形的谷仓。稊,一种形似稗的草,果实如小米。

④絓结顿解——絓,受阻,绊住。絓结,牵挂。《楚辞·九章·哀郢》:"心絓结而不解兮。"

⑤晏子东方生以谐戏行其谲谏,谁谓其功在碎首剖心之下——东方生,即东方朔,以滑稽著名,后人传其异闻甚多,《史记》《汉书》皆有传。"碎首"事见《汉书·杜邺传》:"鄴对曰:'臣闻禽息忧国,碎首不恨;卞和献宝,刖足愿之。'""剖心"事见《史记·殷本纪》等载,比干强谏殷纣,纣王剖其心察之。

⑥戊辰冬,过云间,私视眉公先生——眉公,陈继儒之号,华亭人,著名山人与文学家、小品文作家,画与董其昌其名。通雅事,著有《珍珠船》、《岩栖幽事》、《太平清话》等。云间,古华亭(松江)的另称。

【附录】

今人以经生帖括命之曰时,其诸文词则曰古。余以为经生所阐发而代言者,上古圣贤之秘密,一字不入中古宜曰古,其诸文词则情随世迁,任其传写。一代旂常冕服之盛,与夫山川宅里之变,人物风景之殊,不限往迹,宜曰时。故人于时文弃旧趋新,于古文舍近追远,余独反是。圣贤有不易之理,翼虚驾伪浸失其故,不若先民朴直之言,庶几近之,余则述我见闻,抒其独得,学积而博于前,智浚而灵于昔,经制异而人事新,宜多前人所不备者,故余初集衷举目前之文,而二集复踵其后,不更淩而上之。盖以师古者,师其美,非师其年也。师其美,苟其文焯焯翘翘,益人意智,斯收之于前后乎,何分若?夫所收者,多名理经济节烈之言,即游览谐谑,不失肃括,似于娱之意戾而余之所谓娱者实存乎此也。夫人无所用于世,即自命超然绝俗,皆矫耳。故汉之仙隐,吾取留侯而不取赤松子;三国名士,吾取诸葛君而不取孔北海;晋之风流,吾取羊谢两太傅而不取竹林诸贤;唐之骚雅,吾亦取邺侯卫公,以为不逊李杜。其于考论文词亦若是焉则已矣!司马长卿作赋,穷极淫丽,归本讽喻,奢始而俭终,蔼然将其匡救之意。余小子伏在草莽,独无寄托乎?虽然在宋周成公以大臣奉旨,诠次本代之文,尚多诋诃不服。余何人斯,敢任去取?然而选在前,删在后,则删者重;采在前,选在后,则选者重。余仅司其采焉者而已。此之所弃,不妨为彼所收,故体有所不必备,而人有所不必全。夫选一代之文,上不出兰台石室之藏,下不搜故家大族之积而能止其观者,无有!余仅采其目所偶见,不犹鱼游沼沚,爱其清澜,以为溟渤乎!然而沼沚之澜必归溟渤,今日之分,他日之合,故曰,余仅司其采焉者而已,何功罪乎哉!

郑元勋《媚幽阁文娱二集》卷首《文娱二集序》 《四库禁毁书丛刊》本

往丁卯前,珰网告密,余谓董思翁云:"吾与公此时,不愿为文昌,但愿天聋地哑,庶几免于今之世矣。"郑超宗闻而笑曰:"闭门谢客,但以文自娱,庸何伤?近年缘读《礼》之暇,搜讨时贤杂作小品而题评之,皆茅甲一新,精彩八面,有法外法,味外味,韵外韵,丽典新声,络绎奔会,似亦隆、万以来,气候秀擢之一会也。""往弇州公代兴,雷轰霆鞠,后生辈重跬而从者,几类西昆之宗李义山,江右之宗黄鲁直。楚之袁氏思出而变之,欲以汉帜易赵帜,而人尽服也。然新称代变,作者或孤出,或四起,神鹰掣鞲而擘九霄,天马脱辔而驰万里,即使弇州公见之,亦将感得气之先,发起予之叹。白乐天有云:'天下无正声,悦耳即为娱',岂是之谓耶?"超宗曰:"吾侪草士,岂敢洋洋浮浮,批判先觉。但古豪俊必有寄,如皇甫淫,杜预癖,柱下之五千言,毗耶之四十九年法,即至人累世宿劫,不能断文字缘,而况吾辈乎?尝反复诸贤文,一读之蠲愁,再读之释涕,三读之不觉呻吟疾痛之去体也,其庶几大祥之援琴乎哉?"余曰:"宁唯是。"

开元中,将军裴旻居丧,诣吴道子请画鬼神于东都天官壁,以资冥福。答曰:"将军试为我缠结舞剑一曲,庶因猛厉以通幽冥。"旻唯唯,脱去缞服,装束走马,左旋右转,挥剑入云,高数十丈,若电光下射,旻引手执鞘承之,剑透室而入,观者数千人,无不惊栗。道子于是援毫图壁,飒然风起,为天下之壮观。郑超宗磊落侠丈夫,文章高迈,名流见之皆辟易,出其精鉴,选为《文娱》,斯亦吴道子东都之画壁耳。若康乐娱于清宴,玄晖娱于澄江,未足比于《文娱》之壮观也。

眉道人陈继儒书于砚庐中。

郑元勋《媚幽阁文娱》陈继儒《文娱序》　上海杂志公司民国二十五年版

陈子未老,向九峰白石山营一寿藏,三子负锸随其后,武塘佐之王君寄《圣明小题》入山来,命三子且钼且读,曰:"此所谓人天眼也。"

夫文章如地脉,大势飞跃,沙交水织。然其融结之极妙,在到头一窍。譬如腹背虽大,而神明所尸不敌心目,心与目仅寸许耳,此文之喻也。故庖之刀,僚之丸,聂隐娘、徐夫人之匕首,张僧繇点龙以睛,顾长康增颊以毛,皆在微细毫芒间耳。极之须弥,纳于一芥,虚空生于一沤,龙藏指甲,蜗立国土,微火可以焚邓林,寸肤可以雨天下,穷极变化,非至细之倪哉。知此道者,惟吾友佐之。

佐之于奇书无所不读,才隽而识高,采博而鉴细,此集虽小题,皆透入神窍,譬之古明师,其张子微、吴景鸾其人乎?若以拟唐人诗家,即严沧浪所谓法眼、道眼、天眼,孰能加吾佐之也?因题数语而为之序。

陈继儒《陈眉公全集·圣明小题选序》　上海中央书店民国二十五年版

时文字能于笔墨之外言所欲言者,三人而已。归太仆之长句,诸君燮之绪音,胡天一之奇想。各有其病,天下莫敢望焉。以今观王季重文字,殆其四之,而季重以能为古文词诗歌,故多风人之致,光色犹若可异焉。

大致天之生才,虽不能众,亦不独绝。至为文词,有成有不成者三。儿时多慧,裁识书名,父师迷之以传注括帖,不得见古人纵横浩渺之书。一食其尘,不可复鲜。一也。乃幸为诸生,困未敏达,蹭蹬出没于校试之场。久之,气色渐落,何暇议尺幅之外哉。二也。人虽有才,亦视其所生。生于隐屏,山川人物居室游御、鸿显高壮幽奇怪侠之事,未有睹焉。神明无所练濯,胸腹无所厌余。耳目既窘,手足必蹇。三也。凡此三者,皆能使人才力不已焉。才力顿尽,而可为悲伤者,往往如是也。

若季重者，五岁遍受五经，十岁恣为文章，二十而成进士，盖一代之才也。而天亦若有以异之者。大越之墟，古今冠带之国也，固已受灵气于斯。而世籍都下，往来燕越间。起禹穴、吴山、江海、淮沂，东上岱宗，西迤太行，归乎神都。所游目，天下之股脊喉臆处也。英雄之所躔，美好之所铺，咸在矣。于以豁心神、纡眺听者，必将郁结乎文章。而又少无专门，承学之间，灵心洞脱，孤游皓杳。矧为贵公巨人所赏，闻所未闻。出见少年裘马弓剑，旗亭陌道之间，顾而乐之。此亦文心之所贻佇也。身复蚤达，曾无诸生一日之忧。名字所至，赞叹盈瞩。故其为文字也，高广其心神，亮浏其音节，精华甚充，颜色甚悦。纱焉者，如岭云之媚天霄；绚焉者，如江霞之荡林樾。乍翕乍辟，如崩如兴。不可追视，莫或殚形。大有传疏之所曾遗，著录之所未经者也。嗟夫！以一代之才，而绝三者之累，若此不亦宜乎！其为古文词诗歌又何如也！

虽然，才士而宦业流通，亦无以周世物之容。而既以当涂令高第为郎矣，复抑而命青浦。青浦故屠长卿所治县也。长卿既以此出大越、名天下，而季重书来，乃更以归休读书为怀。夫季重固已读书矣，凡为若谈者，当亦有未尽其才之叹邪！然则天下之于季重，诚若有以异之无已也夫。

汤显祖《汤显祖诗文集》卷三十二《王季重小题文字序》
上海古籍出版社 1982 年版

丈书来，欲取弟长行文字以行。弟平生学为古人文字不满百首，要不足行于世。其大致有五：弟十七八岁时，喜为韵语，已熟骚赋六朝之文。然亦时为举子业所夺，心散而不精。乡举后乃工韵语。三变而力穷，诗赋外无追琢功。不足行一也。我朝文字，宋学士而止。方逊志已弱，李梦阳而下，至琅邪，气力强弱巨细不同，等膺文尔。弟何人能为其真？不真不足行，二也。又其膺者，名位颇显，而家通都要区，卿相故家求文字者道便，其文事关国体，得以冠玉欺人。且多藏书，纂割盈帙，亦借以传。弟既名位沮落，复住临樊僻绝之路。间求文字者，多村翁寒儒小墓铭时文序耳。常自恨不得馆阁典制著记。余皆小文，因自颓废。不足行三也。不得与于馆阁大记，常欲作子书自见。复自循省，必参极天人微窈，世故物情，变化无余，乃可精洞弘丽，成一家言。贫病早衰，终不能尔。时为小文，用以自嬉。不足行四也。元以前文字，除名人外，不可多见。颇得天下郡县志读之，其中文字不让名人者，往往而是。然皆湮没无能为名。名亦命也，如弟薄命，韵语自谓积精焦志，行未可知。韵语行，无容兼取。不行，则故命也。故时有小文，辄不自惜，多随手散去。在者固不足行，五也。嗟夫梦泽，仆非衰病，尚思立言。兹已矣！微君知而好我，谁令言之，谁为听之。极知知爱,无能为报,喟然长叹而已。

汤显祖《汤显祖诗文集》卷四十七《答张梦泽》
上海古籍出版社 1982 年版

世间惟拘儒先生不可与言文。耳多未闻,目多未见,而出其鄙委牵拘之识,相天下文章,宁复有文章乎?余谓文章之妙不在步趋形似之间。自然灵气,恍惚而来,不思而至。怪怪奇奇,莫可名状。非物寻常得以合之。苏子瞻画枯株竹石,绝异古今画格,乃愈奇妙。若以画格程之,几不入格。米家山水人物,不多用意。略施数笔,形象宛然,正使有意为之,亦复不佳。故夫笔墨小技,可以入神而证圣。自非通人,谁与解此。吾乡邱毛伯选海内合奇文止百余篇。奇无所不合。或片纸短幅,寸人豆马;或长河巨浪,汹汹崩屋;或流水孤村,寒鸦古木;或岚烟草树,苍狗白衣;或彝鼎商、周,《丘》、《索》、《坟》、《典》。凡天地间奇伟灵异高朗古荡之气,犹及见于斯编。神矣化矣。夫使笔墨不灵,圣贤灭色,皆浮沉习气为之魔。士有志于千秋,宁为狂狷,毋为乡愿。试取毛伯是编读之。

汤显祖《汤显祖诗文集》卷三十二《合奇序》 上海古籍出版社 1982 年版

夫闲,清福也,上帝之所吝惜,而世俗之所避也。一吝焉而一避焉,所以能闲者绝少。仕宦能闲,可朴长安马头前数斛红尘;平等人闲,亦可了却樱桃篮内几番好梦。盖面上寒暄,胸中冰炭,忙时有之,闲则无也,忙人有之,闲则无也。昔苏子瞻晚年遇异人,呼之曰学士,昔日富贵,一场春梦耳。夫待得梦醒时,已忙却一生矣!名墙利垒,可悲也夫!余今年栖友人山居,泉茗为朋,景况不恶,晨起推窗,红雨乱飞,闲花笑也;绿树有声,闲鸟啼也;烟岚灭没,闲云度也;藻荇可数,闲池静也;风和帘清,林空月印,闲庭悄也。以至山扉昼扃而剥啄每多闲侣,帖括困人而几案每多闲编。绣佛长斋,禅心释谛而念多闲想,语多闲辞,闲中自计,尝欲探闲地数武,构闲屋一椽,额曰"十闲堂",度此闲身,而卒以贫废,亦以好闲而不能致也。长夏草庐,随兴抽检,得古人佳言韵事,复随意摘录,适意而止,聊以伴我闲日,命曰闲情,非经非史,非子非集,自成一种闲书而已。然而庄语足以警世,旷语足以空世,寓言足以玩世,淡言足以醒世。而世无有醒者,必曰"此闲书,不宜续而已",人之避闲也如是哉!然而吾自成其非经非史非子非集之闲书而已。

华淑《闲情小品》卷首《闲情小品序》 万历四十五年刊本

徐文长小品引

文章可以穷达,论可以大小分乎哉。第士当其达,拥高座,列食客,响落蚁承,声蜚蝇和,顺风之呼,自气远而声宏,不韦之书遂悬国门,一字不敢易。若寒士一腔牢骚不平之气,恒欲泄之笔端,为激为憝为诋侮为嘲谑,类与世枘凿,且买名无资,吹誉寡党,无心之水乳可从,主知可券奕世偏不能快同时之嗜,即文长之文未知则拟为荆川,既识其人,则病其后之弱,向使当日幅短而读易竟,读者当北面矣!文无穷达相,世有穷达见,为且奈何。吾因取其短章之佳者,评骘之寄吾悲悼之意。若夫不以穷达易目,使柯亭之残篆流声,子云遂有没世知己。尊之诩之有中郎诸先生在,予亦何必益羽毛于凌霄之翮哉。

汤若士先生小品弁言

垂髫读制举义,知先生已夺瞿唐之席,已读《四梦》,则又扼高王关郑之吭而结其舌。荡乎,才诚海若哉!然使先生不以其才与庐陵临川永丰维列而四,知先生未已也。因取先生集丹黄之,其思玄,其学富,其才宏,似欲翻高深峻洁之窠臼,另以博大瑰丽名。彭蠡之涛,风雷奋而天地浮;匡庐之瀑,珠玑喷而瑶玫落。句饶蕖艳,字带兰芬,不又舍欧阳曾王,别树一帜哉。予谓欧阳转卑弱之气,开雅醇之先,为春;曾王掣敛气多,为秋,为冬;而先生则为夏,当遁王而为君,不与学士骚人争旦夕声也。抑能夏则大,而独取其小,将无不尽其才欤?予曰"芥子须弥,予正欲小中见大"。

叙董太史小品

才兼之难也,以文人而游艺,逸少不能兼绘,摩诘不能兼书。兼之者,为苏长公,又以文掩艺。其他才艺或可称而短于行,则又不堪指数矣!盖造化嫉全,鬼神妒盈,类然也。明兴多才,唯云间董太史。其名则自宫掖衿绅,下及贩夫游子,无不珍之重之,为今之长公而才艺又不相掩。读其文类不作钗脚漏痕、麻皮劈皴,寓奇于平,化拙为巧,融板为逸,飘然如云中鹤,澹然如林着烟,艳冶美人容与林间,萧骚逸士婆娑泉石,谁谓短幅残缣,不与拱璧争价哉!压右军之遗墨,残缣剩幅,一字一金;薄右臣之点染,小碛寒沙,一景一绝,即与长公小品共读,之为一为两,当亦无从辨者。

文太青先生小品短引

子书之藏尽发于子丑,然望紫气而出干将。庚戌诸策,太青先生早已开之先矣,故奇文多奇崛艰奥。一字须作些时解,人诧为扬董复生。太华嶔崎,突兀之灵,龙门溯湃,横溢之气,至是一泄哉。或者病其螯轧不易读,则殷盘、周诰不列于书,汉字秦镌不应珍于世矣!理胜者或不琢于词,才奇者或不束于格,西北沉厚之气机,自不与东南同。世有桓谭,宁令草玄之亭竹迷三径乎?况先生问奇之履日满,又不诧此选名天下也。然一方风气,一代人文,要可于此得之。

陆云龙《皇明十六家小品》(节选) 崇祯六年峥霄馆刊本

游蜀者,不必其入山水也。舟车所至,云烟朝暮,竹柏阴晴,凡高者皆可以为山,深者皆可以为水也。游蜀山水者,不必其山水之胜也。舟车所至,时有眺听,林泉众独,猿鸟悲愉,凡为山者皆可以高,为水者皆可以深。一切高深可以为山水,而山水反不能自为胜。一切山水可以高深,而山水之胜反不能自为名。山水者,有待而名胜者也。曰事,曰诗,曰文,之三者,山水之眼也,而蜀为甚。

吾友曹能始,仕蜀颇久。所著有《蜀中广记》,问其目,为《通释》、为《风俗》、为《方物》、为《著作》、为《仙释》、为《诗话》、为《书苑》、为《宦游》、为《边防》、为《名胜》诸种,予独爱其《名胜记》体例之奇。其书借郡邑为规,而内山水其中;借山水为规,而内事与诗文其中。择其柔嘉,撷其深秀,成一家言。

林茂之,贫士也。好其书,刻之白门,予序焉。辟之弈,郡邑,其局也;山水,局中之道也;事与诗文,道上子也;能使纵横取予,极穿插出没之变,则下子之人也。古今以文字为山水名胜者,非作则述。取能始之慧心,不难于作,其博识,亦不难于述。唯是以作者之才,为述者之事,以述者之迹,寄作者之心。使古人事辞从吾心手,而事辞之出自古人者,其面目又不失焉。于是乎古人若有所不敢尽出其面目,以让能始为述者地。能始有所不敢尽出其心手,以让古人为作者地。理者相生,权实相驭,是为难耳。要以吾与古人之精神,俱化为山水之精神。使山水文字不作两事,好之者不作两人,入无所不取,取无所不得,则经纬开合,其中一往深心,真有出乎述作之外者矣。虽未能始之记,以蜀名胜生,而仍以名胜乎蜀可也。

钟惺《隐秀轩集》卷十六《蜀中名胜记序》　上海古籍出版社 1992 年版

冯梦龙

冯梦龙(1574—1646),字犹龙,一字耳犹,别署龙子犹、顾曲散人、墨憨斋主人、姑苏词奴等,江苏长州县(今吴县)人。崇祯三年贡生,曾为丹徒县训导、福建寿宁知县。在任期间,颇有政绩,主张改革吏治,剪除陋习,其所编著的《寿宁代志》,载录了该段生平经历的许多资料。清兵南侵,刊《甲申纪事》、《中兴伟略》等书,在浙闽一带宣传抗战。逝于顺治三年。

冯梦龙思想受晚明思潮的影响,将视线集中于对通俗文学的关注,毕生从事通俗文学的整理、编纂、创作工作,出版与创作了大量小说、戏曲和民歌等通俗文学作品,著名的有白话小说《喻世明言》、《警世通言》、《醒世恒言》,世称《三言》;改编长篇小说《平妖传》、《新列国志》等;修订汤显祖、李玉、袁于令诸人戏曲作品多种,合称《墨翰斋定本传奇》;搜集整理刊行《挂枝儿》、《山歌》等民歌集。经冯梦龙编辑整理的这些通俗小说情节生动,语言畅白,在当时与后世传播甚广,极大地推进了文学民间化的趋势。

冯梦龙所做的这些工作,与他对民间文学的认识直接有关,他认为民间之作绝非不登大雅之语,而是"天地间自然之文",其特征在于情感的真实,故多真声。借此,不仅可以表性情之则,也可有助于风教,使"乡国天下,蔼然以情相与"。为此他也反对说教之理,而主张情感之理,此即其所提出的"情教"说,认为情感可以成为推动文学发展与社会变化的重要力量。

冯梦龙的批评思想主要载于其为各种通俗文学著作所撰序言。天津古籍出版社于2006年刊有《冯梦龙集笺注》多卷本,另有凤凰出版社2007年出版的18卷本《冯梦龙全集》。

醒世恒言序①

六经国史而外,凡著述皆小说也。而尚理或病于艰深,修词或伤于藻绘,则不足以触里耳②而振恒心。此《醒世恒言》四十种所以继《明言》、《通言》而刻也。明者,取其可以导愚也。通者,取其可以适俗也。恒则习之而不厌,传之而可久。三刻殊名,其意一耳。夫人居恒动作言语不甚相悬,一旦弄酒,则叫号踯躅,视堑如沟,度城如槛,何则?酒浊其神也。然而斟酌有时,虽毕吏部、刘太常③,未有时时如烂泥者。岂非醒者恒而醉者暂乎?繇此推之,惕孺为醒,下石为醉④,却呼为醒,食嗟为醉⑤;剖玉为醒,题石为醉⑥。又推之,忠孝为醒,而悖逆为醉;节俭为醒,而淫荡为醉;耳和目章,口顺心贞为醒,而即聋从昧,与顽用嚚为醉。人之恒心,亦可思已。从恒者吉,背恒者凶。心恒心,言恒言,行恒行,入夫妇而不惊,质天地而无怍。下之巫医可作,而上之善人君子圣人亦可见。恒之时义大矣哉。自昔浊乱之世,谓之天醉。天不自醉人醉之,则天不自醒人醒之。以醒天之权与人,而以醒人之权与言。言恒而人恒,人恒而天亦得其恒。万世太平之福,其可量乎!则兹刻者,虽与《康衢》、《击壤》⑦之歌并传不朽可矣。崇儒之代,不废二教⑧,亦谓导愚适俗,或有藉焉。以二教为儒之辅可也。以《明言》、《通言》、《恒言》为六经国史之辅不亦可乎?若夫淫谈亵语,取快一时,贻秽百世。夫先自醉也,而又以狂药饮人⑨,吾不知视此三言者得失何如也?

《醒世恒言》卷首　人民文学出版社 1979 年版

【注释】

①《醒世恒言》作者原署"可一居士",即疑为冯梦龙。这是冯梦龙编纂的一部话本集,共收话本四十篇,绝大部分是明人作品,部分疑是冯氏拟作,也有少量是宋元旧作。书刊于天启七年。

《醒世恒言序》分两个层次论及自己所为小说,一是将"三言"合论,另一是专门论述了《醒世恒言》的创作主旨。"三言"合论部分实际上谈到的是对自己小说创作的总体认识,其中包括几个方面,一是突出强调了小说的地位,称小说可与"《康衢》、《击壤》之歌并传而不朽",尤其是将小说提高到"为六经国史之辅"的高度,而其推理是因为小说同样也具有圣学的教化功用,这与冯梦龙的"情教"思想是密切相关的,由这点而言,冯梦龙依然是从政治伦理的角度来肯定他自己的小说及小说价值的,并由之而与那些"夫淫谈亵语,取快一时,贻秽百世"之作区别开来。二是三部小说虽然各兼功能,如其所谓"明者,取其可以导愚也。通者,取其可以适俗也。恒则习之而不厌,传之而可久"。但所说的三点实际上也是符合其所有小说的创作认识的,即小说应当具有易风化俗、导愚开聪、适应民众阅读的作用,并在民间持久传诵。从中我们可以看出冯梦龙对小说民间化地位的一种定位,进而则强调了文学的通俗性,群众性。

在专门讨论《醒世恒言》这部小说的文字中,冯梦龙以"醒"与"恒"二字为核心,讲解了寓于其中的作者意图。"醒"与"醉"对,所谓"忠孝为醒,而悖逆为醉;节俭为醒,而淫荡为醉;耳和目章,口顺心贞为醒,而即聋从昧,与顽用嚣为醉",明确地表示了他对传统伦理观的维护。"恒"的意思如其所说:"心恒心,言恒言,行恒行,入夫妇而不惊,质天地而无怍","言恒而人恒,人恒而天亦得其恒。万世太平之福,其可量乎"云云,也就是通过一种不变的伦理来保持社会的稳定。这一方面既透露了作者对儒家伦理的信仰,另一方面也借此再次证明小说具有辅助"六经国史"的重大作用。

②里耳——俚俗之耳,此处比喻日常百姓的欣赏能力。

③毕吏部、刘太常——指西晋名士毕卓和刘伶。毕卓,字茂世,新蔡人。太兴末,为吏部郎,常饮酒废职。刘伶,字伯伦,沛国人,竹林七贤之一,曾著《酒德颂》一篇。二人均以能饮放达著称,事俱见《晋书》本传。

④惕孺为醒,下石为醉——惕孺,即恻隐之心。《孟子·公孙丑上》:"今人乍见孺子将入於井,皆有怵惕恻隐之心。"下石,即落井下石。唐韩愈《柳子厚墓志铭》:"落陷阱,不一引手救,反挤之,又下石焉者,皆是也。"

⑤却呼为醒,食嗟为醉——却呼,指不受折辱。《孟子·告子上》:"呼尔而与之,行道之人弗受。蹴尔而与之,乞人不屑也。"食嗟,即食用嗟来之食。《礼记·檀弓下》:"予唯不食嗟来之食,以至于斯也。"

⑥剖玉为醒,题石为醉——将玉璞剖开是醒,将它称为石头是醉。事见《韩非子·和氏》。

⑦《康衢》、《击壤》——指称颂盛世之歌。《列子·仲尼》:"尧乃微服游于康衢。闻儿童谣曰:'立我蒸民,莫匪尔极。不识不知,顺帝之则。'"汉王充《论衡·艺增》:"击壤者曰:吾日出而作,日入而息,凿井而饮,耕田而食,尧何等力。"

⑧二教——道教和佛教。

⑨狂药饮人——狂药,酒的别称。《晋书·裴楷传》:"足下饮人狂药,责人正礼,不亦乖乎。"

【附录】

史统散文而小说兴。始乎周季,盛于唐,而浸淫于宋。韩非、列御寇诸人,小说之祖也。《吴越春秋》等书,虽出炎汉,然秦火之后,著述犹希。迨开元以降,而文人之笔横矣。若通俗演义,不知何昉?按南宋供奉局,有说话人,如今说书之流。其文必通俗,其作者莫可考。泥马倦勤,以太上享天下之养。仁寿清暇,喜阅话本,命内珰日进一帙,当意,则以金钱厚酬。于是内珰辈广求先代奇迹及闾里新闻,倩人敷演进御,以怡天颜。然一览辄置,卒多浮沉内庭,其传布民间者,什不一二耳。然如《玩江楼》、《双鱼坠记》等类,又皆鄙俚浅薄,齿牙弗馨焉。暨施、罗两公,鼓吹胡元,而《三国志》、《水浒》、《平妖》诸传,遂成巨观。要以韫玉违时,销融岁月,非龙见之日所暇也。

皇明文治既郁,靡流不波;即演义一斑,往往有远过宋人者。而或以为恨乏唐人风致,谬矣。食桃者不费杏,绨縠毳锦,唯时所适。以唐说律宋,将有以汉说律唐,以春秋战国说律汉,不至于尽扫羲圣之一画不止。可若何?大抵唐人选言,入于文心;宋人通俗,谐于里耳。天下之文心少而里耳多,则小说之资于选言者少,而资于通俗者多。试今说话人当场描写,可喜可愕,可悲可泣,可歌可舞;再欲捉刀,再欲下拜,再欲决胆,再欲捐金;怯者勇,淫者贞,薄者敦,顽钝者汗下。虽小诵《孝经》、《论语》,其感人未必如是之捷且深也。噫!不通俗而能之乎?茂苑野史氏,家藏古今通俗小说甚富,因贾人之请,抽其可以嘉惠里耳者,凡四十种,畀为一刻。余顾而乐之,因索笔而弁其首。

冯梦龙(原署绿天馆主人)《冯梦龙集笺注》卷三《古今小说序》
天津古籍出版社 2006 年版

野史尽真乎?曰:不必也。尽赝乎?曰:不必也。然则去其赝而存其真乎?曰:不必也。"六经"、《语》、《孟》,谭者纷如,归于令人为忠臣、为孝子、为贤牧、为良友、为义夫、为节妇、为树德之士、为积善之家,如是而已矣。经书著其理,史传述其事,其揆一也。理著而世不皆切磋之彦,事述而世不皆博雅之儒,于是乎村妇稚子、里妇估儿,以甲是乙非为喜怒,以前因后果为劝惩,以道听途说为学问,而通俗演义一种,遂足以佐经书史传之穷。

而或者曰:村醪市脯不入宾筵,乌用是齐东娓娓者为?呜呼!《大人》、《子虚》,曲终奏雅,顾其旨何如耳。人不必有其事,事不必丽其人。其真者可以补金匮古室之遗,而赝者亦必有一番激扬劝诱、悲歌感慨之意。事真而理不赝,即事赝而理亦真;不害于风化,不谬于圣贤,不戾于诗书经史。若此者,岂可废乎?

里中儿代庖而创其指,不呼痛。或怪之。曰:"吾顷从玄妙观听说《三国志》来,关云长刮骨疗毒,且谈笑自若,我何痛为?"夫能使里中儿顿有刮骨疗毒之勇,推此说孝而孝,说忠而忠,说节义而节义,触性性通,导情情出。视彼切磋之彦,貌而不清;博雅之儒,文而丧质,所得未知孰赝而孰真也。

陇西君海内畸士,与余相遇于栖霞山房,倾盖莫逆,各述旅况。因出其新刻数卷佐酒,且曰:"尚未成书,子盍先为我命名!"余阅之,大抵如僧家因果说法度世之语,譬如村醪市脯,所济者众,遂名之曰《警世通言》,而从臾其成。时天启甲子腊月,豫章无碍居士题。

冯梦龙(原署无碍居士)《冯梦龙集笺注》卷三《警世通言叙》
天津古籍出版社 2006 年版

《石点头》者,生公在虎丘说法故事也。小说家推因及果,劝人作善,开清静方便法门,能使顽夫伥子,积迷顿悟,此与高僧悟石何异。而或谓石者无知之物,言于晋、立于汉、移于宋,是皆有物焉凭之。生公游戏神通,特假此一段灵异,以耸动世人信法之心,岂石真能点头哉?噫!是不然。人有知,则用其知,故闻法而疑;石无知,因生公而有之,故闻法而悟,头不点于人,而点于石,固其宜矣。且夫天生万物,赋质虽判,受气无别,凝则为石,融则为泉,清则为人,浊则为物,人与石兄弟耳。盲人不知视,聋人不知听,粗人不知文,是人亦无知也。月林有光明石,能照人疾,则石而知医;阳州北峡中有文石,人物、溪桥、山林、楼阁毕具,则石而知画;晋平海边有越王石,郡守清廉则见,否则隐,则石而知吏事,是石亦有知也。望夫江郎,登山而化,人未始不为石;金陵三古石,为三举子,向吴太守仲度乞免煨烬,石亦未始不为人。丈人丈人之云,安在石之不如人乎?浪仙氏撰小说十四种,以此名编。若曰生公不可作,吾代为说法,所不点头会意,翻然皈依清静方便法门者,是石之不如者也。古吴龙子犹撰。

冯梦龙《石点头》卷首《石点头序》 《中国文学珍本丛书》本

书契以来,代有歌谣,太史所陈,并称风雅,尚矣。自楚骚唐律,争妍竞畅,而民间性情之响,遂不得列于诗坛,于是别之曰山歌,言田夫野竖矢口寄兴之所为,荐绅学士家不道也。唯诗坛不列,荐绅学士不道,而歌之权愈轻,歌者之心亦愈浅。今所盛行者,皆私情谱耳。虽然,桑间、濮上,国风刺之,尼父录焉,以是为情真而不可废也。山歌虽俚甚矣,独非郑、卫之遗欤?且今虽季世,而但有假诗文,无假山歌,则以山歌不与诗文争名,故不屑假。苟其不屑假,而藉以存真,不亦可乎?抑今人想见上古之陈于太史者如彼,而近代之留于民间者如此,倘亦论世之林云尔。若夫借男女之真情,发名教之伪药,其功于《挂枝儿》等,故录《挂枝词》而次及《山歌》。

冯梦龙《山歌·序山歌》　明崇祯刻本

　　情史,余志也。余少负情痴,遇朋侪必倾赤相与,吉凶同患。闻人有奇穷奇枉,虽不相识,求为之地。或力所不及,则嗟叹累日,中夜展转不寐。见一有情人,辄欲下拜;或无情者,志言相忤,必委曲以情导之,万万不从乃已。尝戏言:我死后不能忘情世人,必当作佛度世,其佛号当云"多情欢喜如来"。有人称赞名号,信心奉持,即有无数喜神前后拥护,虽遇仇敌冤家,悉变欢喜,无有嗔恶妒嫉种种恶念。又尝欲择取古今情事之美者,各著小传,使人知情之可久,于是乎无情化有,私情化公,庶乡国天下,蔼然以情相与,于浇俗冀有更焉。而落魄奔走,砚田尽芜,乃为詹詹外史氏所先,亦快事也。是编分类著断,恢诡非常,虽事专男女,未尽雅驯,而曲终之奏,要归于正。善读者可以广情,不善读者亦不至于导欲。余因为序而作《情偈》以付之。偈曰:
　　天地若无情,不生一切物。一切物无情,不能环相生。生生而不灭,由情不灭故。四大皆幻设,惟情不虚假。有情疏者亲,无情亲者疏。无情与有情,相去不可量。我欲立情教,教诲诸众生。子有情于父,臣有情于君。推之种种相,俱作如是观。万物如散钱,一情为线索。散钱就索穿,天涯成眷属。若有贼害等,则自伤其情。如睹春花发,齐生欢喜意。盗贼必不作,奸宄必不起。佛亦何慈悲,圣亦何仁义。倒却情种子,天地亦混沌。无奈我情多,无奈人情少。愿得有情人,一齐来演法。
　　吴人龙子犹序。

冯梦龙《情史类略》卷首《情史序》　岳麓书社1984年版

　　"六经"皆以情教也。《易》尊夫妇,《诗》首《关雎》,《书》序嫔虞之文,《礼》谨聘奔之别,《春秋》于姬姜之际详然言之,岂非以情始于男女?凡民之所必开者,圣人亦因而导之,俾勿作于凉,于是流注于君臣父子兄弟朋友之间,而汪然有余乎!异端之学,欲人鳏旷,以求清净,其究不至,无君父不止,情之功效亦可知已。
　　是编也,始乎贞,令人慕义;继乎缘,令人知命。私爱以畅其悦,仇憾以伸其气,豪侠以大其胸,灵感以神其事,痴幻以开其悟,秽累以窒其淫,通化以达其类,若非以诬圣贤而疑,亦不敢以诬鬼神。辟诸《诗》云,兴观群怨,多识种种。具足或亦有情者之朗鉴,而无情者之磁石乎?

耳目不广，识见未超。姑就睹记，凭臆成书，甚愧雅裁，仅当谐史，后有作者，吾为裨谌。因题曰"类略"，以俟博雅者择焉。

江南詹詹外史述。

冯梦龙《情史类略》卷首《情史叙》　岳麓书社1984年版

冯子曰："人有智，犹地有水；地无水为焦土，人无智为行尸。智用于人，犹水行于地。地势坳则水满之，人事坳则智满之。周览古今成败得失之林，蔑不由此。何以明之？昔者桀纣愚而汤武智，六国愚而秦智，楚愚而汉智，隋愚而唐智，宋愚而元智，元愚而圣祖智。举大则细可见，斯《智囊》所为述也。"或难之曰："智莫大于舜，而困于顽嚚，亦莫大于孔，而厄于陈蔡。西邻之子，六艺娴习，怀璞不售，鹑衣鷇食。东邻之子，纥字未识，坐享素封，仆从盈百，又安在乎愚失而智得？"冯子笑曰："子不见夫凿井者乎，冬裸而夏裘，绳以入，畚以出，其平地获泉者，智也。若夫土穷而石见，则变也。有种世衡者，屑石出泉，润及万家。是故愚人见石，智者见泉，变能穷智，智复不穷于变。使智非舜、孔，方且灰于廪、泥于井、殍于陈若蔡，何暇琴于床而弦于野。子且未知圣人之智之妙用，而又何以窥吾囊。"或又曰："舜、孔之事则诚然矣，然而'智囊'者，固大夫错所以膏焚于汉市也，子何取焉？"冯子曰："不！不！错不死于智，死于愚，方其坐而谈兵，人主动色，迨七国事起，乃欲使天子将而已居守，一为不智，谗兴身灭，虽然，错愚于卫身，而智于筹国，故身死数千年，人犹痛之，列于名臣。挽斗筲之流，卫身偏智，筹国偏愚，以此较彼，谁妍谁媸？且智囊之名，子知其一未知二也。前乎错，有樗里子焉，后乎错，有鲁匡、支谦、杜预、桓范、王德俭焉；其在皇明，杨文襄公并擅斯号。数君子者迹不一轨，亦多有成功竖勋、身荣道泰，子舍其利而惩其害，是犹睹一人之溺而废舟楫之用，夫亦愈不智矣。"或又曰："子之述《智囊》，将令人学智也。智由性生乎，由纸上乎？"冯子曰："吾向者固言之，智犹水，然藏于地中者性，凿而出之者学。井涧之用，与江河参。吾忧夫人性之锢于土石，而以纸上言为之畚锸，庶于应世有瘳尔。"或又曰："仆闻取法乎上，仅得乎中。子之品智，神奸巨猾或登上乘，鸡鸣狗盗亦备奇闻，囊且秽矣，何以训世？"冯子曰："吾品智，非品人也。不唯其人唯其事，不唯其事唯其智。虽奸猾盗贼，谁非吾药笼中硝戟，吾一以为蛛网而推之可渔，一以为蚕茧而推之可宝。譬之谷王，众水同归，岂其择流而受。"或无以难，遂书其语于篇首。冯子名梦龙，字犹龙，东吴之畸人也。

冯梦龙《智囊全集》卷首《智囊序》　江苏古籍出版社1986年版

一、旧志事多疏漏，全不贯串，兼以率意杜撰，不顾是非。如临潼斗宝等事，犹可喷饭。兹编以《左》、《国》、《史记》为主,参以《孔子家语》、《公羊》、《穀梁》、《晋乘》、《楚梼杌》、《管子》、《晏子》、《韩非子》、《孙武子》、《燕丹子》、《越绝书》、《吴越春秋》、《吕氏春秋》、《韩诗外传》、刘向《说苑》、贾太傅《新书》等书,凡列国大故,一一备载,令始终成败,头绪井如,联络成章,观者无憾。

一、旧志姓名,率多自造,即偶入古人,而不考其世。如尉缭子为始皇谋臣,去孙膑百有余年,而谓缭为鬼谷弟子,载膑入齐,何不稽之甚也。兹编凡有名史册者,俱考订详慎,不敢以张冒李。

一、旧志叙事,或前后颠倒(不可胜举),或详略失宜(如赵梁谏商君、李斯谏逐客,古文俱全录不遗。至秦灭六国,反草草数语而尽。他若五霸之事,有关时事者亦多遗略),兹编一案史传次第敷演,事取其详,文撮其略,其描写摹神处,能令人击节舞;即平铺直叙中,总属血脉筋节,不致有嚼蜡之消。

一、古用车战,至晋荀吴败狄于大卤,始废车崇卒。赵武灵王胡服骑射,始用骑战。旧志但袭《三国志》活套,一概用骑,失其实矣。又都督、经略及公主等号,皆后世所设,列国时未有也。岂得任意撰入?兹编悉按古制,一洗旧套。

一、宣王至周亡,计年五百余岁。始而东迁,继而五霸,又继而十二国、七国,中间兴丧事迹,累牍不尽。一百八回所纂有限,但取血脉联贯,难保搜录无疑。即如高渐离结末,事在始皇中年,应入前汉志内,观者勿以有漏见谪。

一、小说诗词,虽不求工,亦嫌过俚。兹编尽出新裁,旧志胡说,一笔抹尽。

一、古今地名不同,今悉依《一统志》查明分注,以便观览。

冯梦龙《冯梦龙集笺注》卷三《新列国志凡例》
天津古籍出版社 2006 年版

小说者,正史之余也。《庄》、《列》所载化人、伛偻丈人昔事,不列于史。《穆天子》、《四公传》、《吴越春秋》,皆小说之类也。《开元遗事》、《红线》、《无双》、《香丸》、《隐娘》诸传,《睽车》、《夷坚》各志,名为小说,而其文雅驯,间阎罕能道之。优人黄翻绰、敬新磨等,搬演杂剧,隐讽时事,事属乌有,虽通于俗,其本不传。至有宋,孝皇以天下养太上,命侍从访民间奇事,日进一回,谓之说话人;而通俗演义一种,乃始盛行。然事多鄙俚,加以忌讳,读之嚼蜡,殊不足观。元施、罗二公,大畅斯道,《水浒》、《三国》,奇奇正正,河汉无极。论者以二集配《伯喈》、《西厢》传奇,号"四大书",厥观伟矣。迄于皇明,文治聿新,作者竞爽。勿论廊庙鸿编,即稗官野史,卓然复绝千古,说书一家,亦有专门。然《金瓶》书丽,贻讥于海淫;《西游》、《西洋》,逞意于画鬼。无关风化,奚取连篇?

墨憨斋增补《平妖》,穷工极变,不失本末,其技在《水浒》、《三国》之间。至所纂《喻世》、《警世》、《醒世》三言,极摹人情世态之歧,备写悲欢离合之致,可谓钦异拔新,洞心骇目,而曲终奏雅,归于厚俗。即空观主人壶矢代兴,爰有《拍案惊奇》两刻,颇费搜获,足供谈麈。合之共二百种。卷帙浩繁,观览难周,且罗辑取盈,安得事事皆奇?譬如印累累、绶若若,虽公选之世,宁无一二具臣充位?余拟拔其尤百回,重加绣梓,以成巨览;而抱瓮老人先得我心,选刻四十种,名为《今古奇观》。

夫蜃楼海市,焰山火井,观非不奇,然非耳目经见之事,未免为疑冰之虫。故夫天下之真奇,在未有不出于庸常者也。仁义礼智,谓之常心;忠孝节烈,谓之常行;善恶果报,谓之常理;圣贤豪杰,谓之常人。然常心不多葆,常行不多修,常理不多显,常人不多见,则相与惊而道之,闻者或悲或叹,或喜或愕。其善者知劝,而不善者亦有所惭恶悚惕,以共成风化之美。则夫动人以至奇者,乃训人以至常者也。吾安知闾阎之务不通于廊庙,稗秕之语不符于正史?若作吞刀吐火、冬雷夏冰例观,是引人云雾,全无是处。吾以望之善读小说者。姑苏笑花主人漫题。

冯梦龙《冯梦龙集笺注》卷三笑花主人《今古奇观序》
天津古籍出版社 2006 年版

小说如《三国志》、《水浒传》称巨观矣。其有一人一事,足资谈笑者,犹杂剧之于传奇,不可偏废也。本斋购得古今名人演义一百二十种,先以三之一为初刻云。天许斋藏版。

冯梦龙《古今小说》卷首天许斋《古今小说题辞》
文学古籍刊行社 1955 年影印明天许斋刻本

天下山水之秀,宁复有胜于西湖者哉!自昔金牛献瑞以来,水有"明圣"之称,宋仁宗诗有"地有吴山美,东南第一州"之句,白乐天之"余杭形胜四方无",范希文之"西湖胜鉴湖",苏东坡之"西湖比西子",柳耆卿之"桂子荷花",真令人艳心三竺、两峰间也。予揆其致,大约有八:夷犹澹宕,啸傲终日。直闺阁间物,室中单条耳,不闻其有风波之险也;可坐可卧,可舟可舆.水光盈眸,山色接牖,不闻其有车殆马烦之病也;亦有清音,亦有丝竹,绣辔香轮,朱帘画舫,曳冰纨雾縠,而掩映于绿杨芳草之间,所谓"红葉映隔水之妆,紫骝嘶落花之陌"者,触目媚人,不闻其有岑寂之虞也,水香苹洁,菱歌渔唱,莺鸟交啼,野凫戏水,龙井之茶可烹,虎跑之泉可啜,环堤之酒垆可醉,嫩草作裀,轻舟容与,富者适志,贫者惬心,不闻共有荣枯之异也;春则桃李呈芳,夏则芙蕖设色,秋则桂子施香,冬则白雪幻景,其雨既奇,其晴亦好,白日固可游览,夜月尤属幽奇,不闻其有不备之美也;梵宇名蓝,龙宫古刹,金碧辉煌,钟磬相闻,可停游屐,可搜隐迹,寻幽或以竟日,耽胜乃以忘年,不闻其一览即尽、索尔无余也;幽人胜士之场,古佛垂教之地,孤山怀其高踪,法相参其遗蜕,永明寿乃弥陀化身,事事可师,天竺东溟之道德隆重,高皇帝称之为白眉法师。亦有宗泐,称力泐翁,迫以官而不受,高僧哉!高僧哉!是以入道场则利名欲挤,缅高风则火宅晨凉,法身长在,历劫不灰,触处可以醒我之昏迷也;入三潭而唵喎不惊,游断桥、苏堤,而两公之明德如在,以是知鱼鳖咸若存圣世之风,高贤长者留千秋之泽,彼豪暴之吏,亦复何存。盖前人者,后事之师矣。流芳造秽,其尚鉴之哉!况重以吴越王之雄霸百年,宋朝之南渡百五十载,流风遗韵,古迹奇闻,史不胜书,而独未有译为俚语,以劝化世人者。苏长公云:"杭州之有西湖,如人之有眉目也。"而使眉目不修,张敞不画,亦如蔚草之湮塞矣。西湖经长公开浚,而眉目始备;经周子清原之画,而眉目益妩。然则周清原其西湖之功臣也哉!即白、苏赖之矣。

予揽胜四湖而得交周子。其人旷世逸才,胸怀慷慨,朗朗如百间屋;至抵掌而谈古今也,波涛汹涌,雷震霆发,大似项羽破章邯,又如曹植之淡,而我则自愧邯郸生也。快矣乎!余何幸而得此?咄咄清原,西湖之秀气将尽于公矣。乃谓余曰:"子贫不能供客,客至恐斫柱剉荐之不免,用是匿影寒庐,不敢与长者交游。败壁颓垣,星月穿漏,雪霰纷飞,几案为湿,盖原宪之桑枢、范丹之尘釜交集于一身,子亦甘之。而所最不甘者,则司命之厄我过甚,而狐鼠之侮我无端。予是以望苍天而兴叹,抚龙泉而狂叫者也。"余曰:"子毋然。司命会有转局,狐鼠亦有败时;且天不可与问,道不可与谋,子听之而已矣。"清原唯唯而去,逾时而以《两湖说》见示,予读其序而悲之。士怀才不遇,蹭蹬厄穷,而至愿为优伶,手琵琶以求知于世,且愿生生世世为一目不识丁之人,真令人慷慨悲歌、泣数行下也。岂非郡有司之罪乎?夫良玉而题碔砆,则泣下和之血;骏马而驾盐车,则垂伯乐之泪:此亦有心者之所共悲,而有目者之所共悼矣。昔阮嗣宗好游山,车迹所穷,辄恸哭而返。陈子昂诗文不为人知,时有卖胡琴者,索价百万,豪贵无售,子昂突出以千缣市。次日,集宣阳里第,具酒肴群饮,置胡琴抚语曰:"蜀人陈子昂,有文百轴,驰走京师,不为人知,此乐贱工之役,岂足留心?"举而碎之,以其文遍赠座上诸客,声溢都下。唐球好苦吟,拈稿为丸,纳之大瓢中,投于江,曰:"斯文苟不沉没,得者方知我苦心尔。"有识者接得之,曰:"此唐山人诗瓢也。"周子间气所钟,才情浩瀚,博物洽闻,举世无两,不得已而借他人之酒杯,浇自己之磊块,以小说见,其亦嗣宗之恸、子昂之琴、唐山人之诗瓢也哉!观者幸于牝牡骊黄之外索之。湖海士题于玩世居。

周清原《西湖二集》卷首湖海士《西湖二集序》 浙江人民出版社 1981 年版

凌濛初

凌濛初(1580—1644),字玄房,亦名凌波,号初成、即空观主人,浙江乌程(今浙江吴兴)人。凌濛初出身官宦之家,然早年科举不利,数中乡试副榜,其后曾作《绝交举子书》绝意仕途,以刻书为业。崇祯七年(1634)以副贡授上海县丞,崇祯十五年(1642)升任徐州通判。崇祯十七年(1644)房村民变,正月二十日城破呕血而死。

凌濛初交游甚广,与王稚登、冯梦祯、陈继儒、汤显祖、袁宗道等文人名士均有交往。凌濛初以通俗文学写作见长,于晚明文学中占一席之地,其《初刻拍案惊奇》、《二刻拍案惊奇》(简称"二拍")影响最大。其小说创作不以猎奇寻幻为能,笔下之事均取"耳目之内,日用起居"故事,官吏文士、行商坐贾、僧侣娼女、盗徒匪类,无不见诸笔端,对市井生活做全景式的描写。以白话写作,晓畅明快,语多俚近。其下笔处或有所寄托,"意存劝戒,不为风雅罪人"(《二刻拍案惊奇小引》),兼怀劝世之喻。"二拍"同"三言"一样,代表了晚明时期白话短篇小说的最高成就,其价值和影响正如孙楷第所言:"足以移转一世之耳目,故书出即盛行,作者继起,争相仿效,遂开李渔一派之短篇小说,其遗泽至于清初而未斩"(《沧州集》)。

同时,凌濛初又是一位戏曲作家。他认为戏曲创作以高下论之有"天籁"、"地籁"、"人籁"三种,"其古质自然,行家本色为天"(《南音三籁凡例》),并认为"曲始于胡元,大略贵当行不贵藻丽,其当行者曰本色"(《谭曲杂札》)。将当行本色视为戏曲创作的最高标准,因此极斥戏曲创作的骈俪藻袭之风,"糜词如绣阁罗帏,铜壶银箭,黄莺紫燕,浪蝶狂蜂之类,启口即是,千篇一律,喜者僻事,绘隐语,词必累诠释,意如商谜。不惟曲家一种本色语抹尽无余,即人间一种真情话，埋没不露已"。因而提倡戏曲创作中表达真性情的一家之言，使作品达到浑然天成的境界。

凌濛初著述极广，小说、诗文、戏曲无所不有。除了"二拍"之外，有诗文集《国门甲集》《国门乙集》，现存的戏曲作品有《虬髯翁》《北红拂》《宋公明闹元宵》以及戏曲理论著作《谭曲杂札》等。

拍案惊奇序[①]

语有之：少所见，多所怪。今之人但知耳目之外，牛鬼蛇神之为奇，而不知耳目之内，日用起居，其为谲诡幻怪，非可以常理测者固多也。昔华人至异域，异域咤以牛粪金，随诘华之异者，则曰有虫蠕蠕，而吐为采缯锦绮，衣被天下。彼舌拒而不信，乃华人未之或奇也。则所谓必向耳目之外，索谲诡幻怪以为奇，赘矣。宋、元时有小说家一种，多采闾巷新事为宫闱承应谈资，语多俚近，意存劝讽。虽非博雅之派，要亦小道可观。近世承平日久，民佚志淫。一二轻薄恶少，初学拈笔，便思诬蔑世界，广摭诬造，非荒诞不足信，则亵秽不忍闻，得罪名教，种业来生，莫此为甚！而且纸为之贵，无翼飞，不胫走。有识者为世道忧之，以功令厉禁，宜其然也。独龙子犹氏[②]所辑《喻世》等诸言，颇存雅道，时著良规，一破今时陋习，而宋、元旧种，亦被搜括殆尽。肆中人见其行世颇捷，意余当别有秘本，图出而衡之。不知一二遗者，皆其沟中之断芜，略不足陈已。因取古今来杂碎事可新听睹、佐谈谐者，演而唱之，得若干卷。其事之真与饰，名之实与赝，各参半。文不足徵，意殊有属。凡耳目前怪怪奇奇，当亦无所不有，总以言之者无罪，闻之者足以戒，则可谓云尔而矣。若谓此非小史家所奇，则是舍吐丝蚕而问粪金牛，吾恶乎从罔象[③]索之？即空观主人题于浮榑。

《明清小说资料选编》第六编 南开大学出版社2006年版

【注释】

①《初刻拍案惊奇》共40卷，成书于天启七年（1627），次年由尚友堂书坊

刊行。《拍案惊奇序》则是凌濛初为该书自撰的序言。

话本创作始自宋代,是宋元时期民间"说话"艺人的底本,其内容多讲说历史掌故及民间轶事等,故事往往以"奇"制胜,故而颇受市民欢迎。至于明代,文人也自觉地收集整理刊印民间话本,并有意思地模仿创作。

在序文中,凌濛初首先批评了这样当时这样的一种创作弊病,即当这种文体转为一种文人的案头创作之后,故事往往脱离真实"诬蔑世界,广摭诬造",以为"非荒诞不足信"。在凌濛初看来,话本求"奇"本于迎合听众猎奇的心理,无可厚非,其书名称"拍案惊奇"也源自于此。但是这种奇幻情节的安排和故事的设定须有一定的限度,若一味地脱离现实生活,"向耳目之外,索谲诡幻怪以为奇,赘矣"。因而他主张应该从"耳目之内,日用起居"的现实生活场景中发掘新奇的故事,使拟话本的创作根植于社会日常生活之中,杜绝那些天马行空的杜撰。其实,日常生活人人可见,人人熟知,试图在平易之中发现"惊奇"之处,则是对作家本人挖掘素材、提炼生活的能力和水平提出了更高的要求。

其二,在序文中凌濛初也谈到,话本的创作最早来自于宋元时期,"宋、元时有小说家一种,多采闾巷新事为宫闱承应谈资,语多俚近,意存劝讽",凌濛初将"劝讽"视作小说创作自古以来的传统,并将其贯穿在自己的作品之中,希望通过小说人情世故的书写达到"言之者无罪,闻之者足以戒"的目的。在凌濛初有多篇序言都提到过这个问题,如《拍案惊奇凡例》:"是编主于劝戒,故每回之中,三致意焉,观者自可得之,不能一一标出",《二刻拍案惊奇小引》:"意存劝戒,不为风雅罪人"。以当时正统的文学观念来看,小说被视为街谈巷议、小说家言,多为君子所不取,凌濛初对小说社会功能的强调即是对小说本身价值和意义的肯定。同时,他反复提出劝讽世风的主张,也是对市民阶层兴起后所带来的一系列新的社会问题的评价与思考。

②独龙子犹氏——即冯梦龙。

③罔象——罔象,亦作"象罔"。《庄子》寓言中的人物,含无心、无形迹之意。《庄子·天地》:"黄帝游乎赤水之北,登乎昆仑之丘而南望,还归,遗其玄珠。使知索之而不得,使离朱索之而不得,使吃诟索之而不得也。乃使罔象,罔象得之。"一本作"象罔"。王先谦《集解》引宣颖曰:"似有象而实无,盖无心之谓。"后用为典故。

【附录】

一、每回有题。旧小说造句皆妙,故元人即以之为剧。今《太和正音谱》所载剧名,半犹小说句也。近来必欲取两回之不俘者,比而偶之,遂不免窜削旧题,亦是点金成铁。今每回用二句自相对偶,仿《水浒》、《西游》旧例。

一、是编矢不为《风》《雅》罪人。故回中非无语涉风情,然止存其事之有者,蕴藉数语,人自了了。绝不作肉麻秽口,伤风化,损元气。此自笔墨雅道当然,非迂腐道学态也。

一、小说中诗词等类,谓之蒜酪。强半出自新构;间有采用旧者,取一时切景而及之,亦小说家旧例,勿嫌剽窃。

一、事类多近人情日用,不甚及鬼怪虚诞。正以画犬马难,画鬼魅易,不欲为其易而不足徵耳。亦有一二涉于神鬼幽冥,要是切近可信,与一味架空说谎,必无是事者不同。

一、是编主于劝戒,故每回之中,三致意焉。观者目得之,不能一一标出。

崇祯戊辰初冬即空观主人识。

《明清小说资料选编》第六编凌濛初《拍案惊奇凡例》
南开大学出版社 2006 年版

尝记《博物志》云:"汉刘褒画云汉图,见者觉热,又画北风图,见者觉寒。"窃疑画本非真,何缘至是?然犹曰:人之见为之也。甚而僧繇点睛,雷电破壁;吴道玄画殿内五龙,大雨辄生烟雾。是将执画为真则既不可,若云赝也,不已胜于真者乎?然则操觚之家,亦若是焉则已矣。

今小说之行事者,无虑百种,然而失真之病,起于好奇。知奇之为奇,而不知无奇之所以为奇。舍目前可纪之事,而驰骛于不论不议之乡。如画家之不图犬马,而图鬼魅者,曰:吾以骇听而止耳。夫刘越石清啸吹笳,尚能使群胡流涕解围而去。今举物态人情,恣其点染,而不能使人欲歌欲泣于其间,此其奇与非奇,固不待智者而后知之也。则为之解曰:文自南华、冲虚,已多寓言,下至非有先生、冯虚公子,安所得其真者而寻之?不知此以文胜,非以事胜也。至演义一家,幻易而真难,固不可相衡而论矣。有如《西游》一记,怪诞不经,读者皆知其谬。然据其所载,师弟四人,各一性情,各一动止,试摘取其一言一事,遂使暗中摹索,亦知其出自何人,则正以幻中有真,乃为传神阿堵,而已有不如《水浒》之议,岂非真不真之关,固奇不奇之大较也哉!

即空观主人者,其人奇,其文奇,其遇亦奇,因取其抑塞磊落之才,出绪余以为传奇,又降而为演义。此《拍案惊奇》之所以两刻也。其所捃摭,大都真切可据,而间及神天鬼怪。故如史迁纪事,摹写逼真,而龙之蹯腹,蛇之当道,鬼神之礼,远而非无,不妨点缀域外之观,以破俗儒之隅见耳。若夫妖艳风流一种,集中亦所必存。唯诬蔑世界之谈,则戛戛乎其务去。鹿门子常怪宋广平之为人,言其铁心石肠,而为《梅花赋》则轻便艳发,得南朝徐、庾体。由此观之,凡托于 棰陋以眩世,殆有不足信者。夫主人之言固曰:"使世有能得吾说者,以为忠臣孝子无难,而不能者,不至为宣淫而已矣。"此则作者之苦心,又出于平平奇奇之外者也。时剞劂告成,而主人薄游未返,肆中急欲行世,徵言于余。未知搦管,毋乃"刻画无盐,唐突西子"哉!亦曰:"簸之扬之,糠秕在前"云尔。

壬申冬日,睡乡居士题并书。

《明清小说资料选编》第六编睡乡居士《二刻拍案惊奇序》
南开大学出版社2006年版

丁卯之秋,事附肤落毛,失诸正鹄,迟徊白门,偶戏取古今所闻一二奇局可纪者,演而成说,聊舒胸中磊块。非曰行之可远,姑以游戏为快意耳。同侪过从者索阅,一篇竟,必拍案曰:奇哉所闻乎!为书贾所侦,因以梓传请。遂为钞撮成编,得四十种。文言俚说,不足供酱瓿,而翼飞胫走,较撼髡呕血,笔冢砚穿者,售不售反霄壤隔也。嗟乎,文讵有定价乎!贾人一试之而效,谋再试之。余笑谓,一之已甚!顾逸事新语,可佐谭资者,乃先是所罗而未及付之墨。其为柏梁余材,武昌剩竹,颇亦不少,意不能恝,聊复缀为四十则。其间说鬼说梦,亦真亦诞。然意存劝戒,不为风雅罪人,后先一指也。笁乾氏以此等亦为绮语障。作如是观,虽观稗官身为说法,恐维摩居士知贡举又不免驳放耳。

崇祯壬申冬日,即空观主人题于玉光斋中。

《明清小说资料选编》第六编空观主人《二刻拍案惊奇小引》
南开大学出版社2006年版

余尝读未见书,遂拍案叫□□悟古今事迹,非奇则怪。□□□游天台仙府,诣诸名胜,凭吊陈迹,愈觉山河变幻。今春卜室孤山之麓,时梅影横瘦,竹阴展新,斜阳映水,峰际流云。掩关无事,简点废帙,得一二野史。烦倦之顷,偶抽阅之,多忠孝侠烈之事。间有贪淫奸宄数条,观□□□蒙耻败露情状,亦足发人深醒。总之君臣父子夫妇兄弟朋友之理道,宜认得真;贵贱穷达酒色财气之情景,须看得幻。当场热哄,瞬息成虚,止留一善善恶恶影子,为世人所喧传,好事者之敷衍。后世或因芳躅而敬之,或因丑戾而愤之。惊惊愕愕,奇乎不奇乎?今特撮其最奇者数条授梓,非无谓也。客有过而责余曰:"方今四海多故,非苦旱潦,即罹干戈,何不画一策以苏沟壑,建一功以全覆军,而徒哓哓于稗官野史,作不急之务耶?"予不觉叹曰:"子非特不知余,并不知天下事者也!天下之乱,皆从贪生好利,背君亲,负德义,所至变幻如此。焉有兵不讧于内,而刃不横于外者乎?今人孰不以为师旅当息,凶荒宜拯,究不得一济焉。悲夫!既无所济,又何烦余之饶舌也？余策在以此救之，使人睹之，可以理顺，可以正情，可以悟真；觉君父师友自有定分，富贵利达自有大义。今者叙说古人，虽属影响，以之喻俗，实获我心，孰谓无补于世哉？"

《明清小说资料选编》第六编梦觉道人《三刻拍案惊奇序》
南开大学出版社 2006 版

李云翔

李云翔明代人,其他事迹未详。

《封神演义》是一部明代神魔小说,其作者为谁,历来是学界争议的焦点之一。孙楷第《中国通俗小说书目》卷五云:"按《封神演义》作者,明以来有二说:一云许仲琳撰,见明舒载阳刊本《封神演义》卷二,题云'钟山逸叟许仲琳编辑'。鲁迅先生有文记之。仲琳盖南直隶应天府人,始末不详。且全书惟此一卷有题,殊为可疑。一云陆长庚撰,余始于石印本《传奇汇考》发见之。卷七《顺天时》传奇解题云:'《封神传》系元时道士陆长庚所作,未知的否?'张政烺谓'元时'乃'明时'之误,长庚乃陆西星字。其言甚是。按:西星,南直隶兴化县人。诸生。著《南华经副墨》、《方壶外史》等书。明施有为万历中所选《明广陵诗》卷二十二选陆西星诗二十四首。诗有'出世已无家'之语。即《传奇汇考》所云道士陆长庚作《封神传》者也。(明有平湖陆长庚,字元白,万历进士,官至南京通政司使,与《封神演义》无涉)《传奇汇考》,似是清乾隆时巡盐御史伊龄阿奉旨修改戏曲时所撰。当时设局于扬州,入局任校理者多知名之士。此陆西星撰《封神演义》说颇可注意。惜不言所据耳。"章培恒则持许仲琳与李云翔之合作说(章培恒《〈封神演义〉前言》,收录于《封神演义(新整理本)》)。

封神演义序[①]

古今有可信者,经、史、《纲鉴》[②]之书是也。有不可信者,《齐谐》、《虞初》、《山海》之书是也。若可信若不可信者,诸子、小说、阴阳、方技、术数之书是也。迨至结绳以后，仓颉成书，宇宙人始焕，斯文始凿。极天蟠地，无窍不开。其中所以为帝王帅相，人物臧否，如经、史、百家之书，无不假此定其好丑。若所称二帝曰"放勋"，曰"重华"，禹曰"文命敷于四海"，汤曰"顾諟天之明命"，文曰谟，武曰烈，下至曰桀、曰纣、曰幽、曰厉，何在不非史臣亲承之下，揣摹则效之也？孟夫子尚曰"尽信书不如无书"，况三代以来，所谓曰文，曰武，曰孝，曰庄，曰敬，曰神，曰懿，曰徽，曰德，种种美词，不过皆史臣为之粉过饰非，写为一代信史。其中可信不可信明甚。又何怪后儒曰："三代之下无书。"嗟嗟！自《周礼》以小史掌邦国之志，外史掌三皇、五帝之书，至周末德衰，不无紊乱。我夫子为之宪章祖述，删繁芟伪，不可不谓斯文之幸。孰意秦火一烈，尺籍无遗矣。虽历汉、魏、晋于五代以至唐、宋，不无除挟书之令求天下之遗书者，有建石室、兰台、东观、仁寿、崇文、秘阁以藏其典籍者，甚至求录于民间者，可谓盛矣！然而有遭丧乱而焚毁者，有遭迁徙而遗弃者，又有遭运而舟覆于砥柱，航海而尽丧于沧茫，可胜言哉？幸而天启文明，我国家景运洪开。于斯文独盛，真驾轶千古，而内府民间可曰汗牛充栋矣。俗有姜子牙斩将封神之说。从未有缮本，不过传闻于说词者之口，可谓之信史哉？余友舒冲甫自楚中重资购有钟伯敬③先生批阅《封神》一册，尚未竟其业，乃托余终其事。余不愧续貂，删其荒谬，去其鄙俚。而于每回之后，或正词，或反说，或以嘲谑之语以写其忠贞侠烈之品，奸邪顽顿之态，于世道人心不无唤醒耳。语云："生为大（上）柱国，死作阎罗王。"自古及今，何代无之？而至斩将封神之事，目之为迂诞耶？书成，其可信不可信，又在阅者作如何观，余何言哉？

　　邗江李云翔为霖甫撰。

《明清小说资料选编》第三编　南开大学出版社 2006 年版

【注释】

①《封神演义》现存最早刊本，为日本内阁文库所藏明舒载阳刻本，卷首有李云翔所作序文。按照李云翔所述，"余友舒冲甫自楚中重资购有钟伯敬先生批阅《封神》一册，尚未竟其业，乃托余终其事。余不愧续貂，删其荒谬，去其鄙

俚"。由此可知,李云翔参与了《封神演义》一书的整理和润饰,他是该书的编撰者之一,他所作序文也应当是《封神演义》最早的批评文献。

武王伐纣,最早见于《尚书》、《逸周书》等先秦时期的文献,并一直在民间广泛流传,其间掺杂了许多民间传说和神幻故事。到了宋元时期,出现了《武王伐纣平话》之类的说书底本,以及《渡孟津武王伐纣》、《谏纣恶比干剖心》等剧目。到了明代演义小说受到普遍欢迎,武王伐纣故事也被文人改编整理,在《封神演义》之前,余邵鱼《列国志传》、钟惺《有商志传》都用了相当大的篇幅演绎这段故事,《封神演义》正是在此基础上进一步加工整理而成的。

李云翔的序文谈到了三方面的内容:其一,自古以来流传下来的典籍"有可信者"、"有不可信者"、"若可信若不可信者";其二,上古的典籍在流传过程中往往遭遇天灾人祸,"有遭丧乱而焚毁者,有遭迁徙而遗弃者,又有遭运而舟覆于砥柱,航海而尽丧于沧茫",散佚损失无数;其三,姜子牙斩将封神之说源于上古,"从未有缮本,不过传闻于说词者之口",因此作者整理了这段故事。在文章的最后,李云翔虽然略微提到希望这部书能够"于世道人心不无唤醒耳",所论仅寥寥数语,系泛泛之谈,其言说的套路也是明清小说序言的一些惯用笔法,序言最主要的目的还是希望读者去阅读这部书而已。

②《纲鉴》之书是也——《纲鉴》,明、清人参照朱熹《通鉴纲目》而编历代史称《纲鉴》。

③余友舒冲甫自楚中重资购有钟伯敬先生批阅《封神》一册——钟伯敬,即钟惺,明代竟陵派的代表人物之一。

【附录】

古多阴谋,道家所忌。子牙,阴谋之祖也。其佐武王,纯用杀伐,纠纠乎,桓桓乎,岂不自患哉。盖当年本以兵事开国,厥用在金,运数所至,不得已,鹰扬鼓厉,玄鸟之祚忽诸而既也,田和为诸侯,姜氏之族遂如僵禽甚矣,天道恶阴谋也。乃后世谈兵者,率姜子牙。子牙八十老翁,钓于磻溪。其胸中出奇运变,从何搜得?一竿自隐,万象同驱,周家八百年之祚,早于其掌中定之。夫宁无所得而能然欤?闻之先辈,子牙得力,全在五行生克之数。此生彼克,互生互克,其奇变无穷,不可测识。以蠡管之见,从此中探讨,什不得六七也。盖五行各有其事。而以土为君,木为观,职在使民,火为明,职在知人,金为武,职在止乱,水为藏,职在终孝,土居中央,而万物以生。得其性,而文教摽,武卫奋,此盛王之治也。不得其性,而各以变鸣,阴或乘阳,阳或袭阴,水侵木而木冰,木不直矣。火犯金而金飞,火不炎矣。金不从革而火亦燥,水不润下而木亦枯。群天地间皆五行所生克。政失乎此，则变见乎彼，犹景之象形，响之应声也。圣人为君为相，则五行不为灾。木出乎震而万物洁齐。火生于离而万物相见。金役乎兑而万物悦战，水止乎坎而万物成终成始。然俱必以坤为舆也。五行藏于土，万物皆致养焉。貌言视听，总以思为土而宅中。不得其中，何以立万事？而水火金木，亦安从运也？纣将灭，妲己宠冠后宫。或以为坤先乎乾，水火交战，而子牙以金应之，在夷齐以为生乱，在周召则以为止乱也。六韬九略，各有五行。生生克克，奇变存乎中，而莫之或动。何也？阴谋主藏，善藏则善用。纠纠桓桓之士，仍具深藏之气，如山如谷，敌人登城晌之，卒不可得，谋诚阴矣哉！是故天道恶之。后此者，有孙吴为之胤子。妇人行兵，阃闱偶然生此怪想，卒藉孙子以破强楚，威齐晋，所获与爱姬孰多？孙膑学武子兵法，形格势禁，因势利导，刑徒云功名震熠寰宇，能卫国不能卫身。天刑者其智全，人刑者其术深也。涓自以能不及膑，刖其两足，谓终于刑徒已耳。孰意齐辎车中，竟有解乱救斗之人乎？此又涓之阴谋，反杀其身，以杀太子申者。《易》所云："长子帅师，凶也。"乾不升，离不继，以自贻伊戚也。《封神》一帙，张大其武功，而揆厥祸始，亡商者。乃在妲己一妇人。嗟乎！一妇人岂能亡商哉？以阴兆阴，以阴报阴，亡商者子牙也，兴周者妲己也。吾故曰子牙阴谋之祖也。

长洲周之标君建甫题于一线天小兰若。

《明清小说资料选编》第三编周之标《封神演义序》
南开大学出版社 2006 年版

孟子曰："太公辟纣，居东海之滨"，"伯夷辟纣，居北海之滨"。何为乎辟纣哉？辟纣之杀戮忠良也。闻文王善养老，二老俱归周。文王之遇太公，载以后车，尊以宾师。文王薨，武王事之亦然。太公与周公，经理天下，周公以文，太公以武。商纣荒淫日甚，宠妲己亡国之妖，设炮烙以杀谏诤之士，开酒池、肉林以糜费物力，聚鹿台之财，敛巨桥之粟，民不聊生，死亡略尽。太公由是佐武王伐纣，救民于水火之中。纣兵七十二万，非不众，且强也。太公鹰扬燮伐，前徒倒戈；商纣自焚，斩妲己于旗下，其飞廉、恶来之属，又与周公驱而诛之：太公之勋岂不赫奕矣乎！

武王既定天下，分封一千八百国，首封太公于齐，周公于鲁，析圭儋爵，位居五等之上。其伐纣也，为堂堂正正之师，何尝有阴谋诡秘之说，如《封神演义》一书所云者。且"怪、力、乱、神"四者，皆夫子所不语，而书中所载，如哪吒、雷震之流，其人既异；土行、杨戬七十二变之幻，其事更奇。怪诞不经，似当斥于仲尼之门者。

或曰:太公导武王伐纣,是以下杀上也。伯夷叩马,直曰弑君。当时纣恶虽稔,周德虽著,而守关扼塞之臣,怀才挟术之士,群起而与太公抗。此见汤之明德,尚未泯于人心。使商纣苟能痛革前非,卧薪尝胆,况又有比干、闻仲诸贤以佐之,吾未见吕尚之必捷也。子何以右之若是? 余应之曰:叩马之时,武士欲兵之。太公扶而去之曰:"义士也。"伯夷之志,欲全万世君臣之义;太公之志,欲诛一代残贼之夫。志不同而道同也。且周公之治鲁也,尊贤而亲亲;太公之治齐也,尊贤而尚功,治不同而道同也。太公之本末,彰彰如是。此书直与《水浒》、《西游》、《平妖》、《逸史》一般吊诡,以之消长夏、祛睡魔而已。圣门广大,存而不论可也,又何必究其事之有无哉!

时康熙乙亥午月望后十日,长洲褚人获学稼题于四雪草堂。

《明清小说资料选编》第三编褚人获《封神演义序》
南开大学出版社 2006 年版

又论武王伐纣,一戎衣,天下大定。而世俗有《封神传》一书,费如许战争,一切仙佛,皆来助战,究竟何所本? 余曰:"东晋人伪作《武成篇》,有云:'惟尔有神.尚克相予以济兆民。'便有此意。《周书·克殷篇》:'武王遂征四方,凡憝国九十有九国,馘魔亿有十万七千七百七十有九,俘人三亿万有二百三十。'魔与人分别言之,不知所谓魔者何谓也。使易《封神传》为'馘魔传',不亦有典有则乎? 至太公封神之说,相传甚古。《史记·封禅书》:'始皇遂东游海上行礼,祠名山大川及八神,求仙人羡门之属。'八神将自古而有之。或曰:'太公以来作之。'此即太公封神之说所自来。《太公金匮》云:'武王伐纣,都洛邑。明年,阴寒雨雪十余日。甲于平旦,五丈夫乘马车,从两骑,止王门外。尚父曰,"四海之神,与河伯、风伯、雨师耳。"使谒者各以其名召之。五神皆惊。武王曰:"天阴乃远来,何以教之? 皆曰:"天伐殷立周,谨来受命。"'云云。此亦可附会为太公封神之一证也。《汉书·艺文志》有《太公》二百三十七篇,谋八十一篇,言七十一篇,兵八十五篇,是《太公》之书甚多。其间奇怪之事,当必不少。《封神传》所称太公射死赵公明事。考《太公金匮》云:'武王伐纣,丁侯不朝。尚父乃画丁侯于策,三旬射之。丁侯病大剧,问卜者,占云:"祟在周。"丁侯恐惧,乃遣使者诣武王,请举国为臣房。乃以甲乙日拔其头箭,丙丁日拔其目箭,戊己日拔其腹箭,庚辛日拔其股箭,壬癸日拔其足箭。丁侯病愈。四夷闻之皆惧,各以其职来贡。'赵公明事,即本此敷衍也。他如元始天尊为道教之祖,见《隋书·经籍志》。广成子为古仙人,见《庄子·在宥篇》。赤松子见《史记·留侯世家》。赤精子见《汉书·李寻传》。九天元女见《黄帝本纪正义》引《龙鱼河图》。《旧唐书·经籍志》，兵书有《黄帝问元女法》三卷，云元女撰。《元史·舆服志》，有东南西北天王旗，并绘神人，右手执戟，左手奉塔。然则托塔天王亦有本也。哪吒事，疑亦出于佛经。按《夷坚志》'程法师条'云：'值黑物如钟，从林间直出，知为石精，遂持哪吒火球救，俄而火球自身出，与黑块相击。'然则哪吒风火轮，亦必有本也。妲己见《尚书·牧誓枚传》，《史记·殷本纪》固经史明文也。《晋语》云：'殷辛伐有苏，有苏氏以妲己女焉。'韦注曰：'有苏己姓之国，妲其女也。'《史记索隐》亦云：'妲字，己姓也。'是妲己姓己。而袁子才小说，乃妄云：'妲，妇官之号；己者，以十干为次第。'真无稽之言矣。《晋语》云：'黄帝之子青阳与夷鼓，同为己姓。'然则妲己固实贵族之女矣。《代醉篇》引《古今事物考》，谓：'商妲己，狐精也，或曰雉精，犹未变足，以帛裹之，宫中效矣。'委巷之谈，即今演义家所本。考《竹书纪年》云：'帝辛九祀，伐有苏，获妲己以归。'《通鉴前编》，则在八祀。《初学记》引《帝王世纪》曰：'纣二年，纳妲己。'未知其究在何年。至其死也，《艺文类聚》及《御览》等书，引《帝王世纪》曰：'周公为司徒，赐以黄钺，斩纣头，悬于太白之旗。召公为司空，又赐以元钺，斩妲己头，悬于小白旗。'是杀妲己者，召公也。《古今注》云：'武王以黄钺斩纣，故王者以为戒。太公以元钺斩妲己，故妇人以为戒。'则杀妲己者，又太公也。《周公·克殷篇》云：'乃适二女之所，既缢，王又射之，三发，乃右击之以轻吕，斩之以元钺。'孔晁注云：'二女妲己及嬖妾。'《史记》亦云：'已而至纣之二女，二女皆经自杀。'则妲己之外，尚有一人也。《帝王世纪》云：'纣自燔于宣室而死，二嬖妾与妲己亦自杀。'则妲己之外，更有二人也。此固不可考。演义谓妲己有同类姊妹三人，适与故事有合。又论伯邑考事。余曰：《史记·管蔡世家》但云伯邑考，既已前卒矣，不言其所以卒。而《殷本纪正义》引《帝王世纪》云：'纣既囚文王。文王长子曰伯邑考，质于殷，为纣御，纣烹以为羹，赐文王曰："圣人当不食其子羹。"文王得而食之。纣曰："谁谓西伯圣者？食其子羹，尚不知也。"'是伯邑考见烹于纣，其事乃真有之，非小说妄言也。然伯邑考事，亦自有异同。盖《史记》谓之前卒，固先武王而死者。乃《礼记·檀弓篇》：'文王舍伯夷考而立武王。'郑注曰：'权也。'《正义》曰：'文王在殷之世，殷礼自得伯邑考而立武王，而言权者，殷礼若适于死，得立弟。今伯邑考见在而立武王，故云权也。'据此，又似文王之崩，伯邑考未死也。又论小说中多言骊山老母。余曰：骊山老母，实有其人，非乌有也。《史记·秦本纪》：'申侯言于孝王曰："昔我先骊山之女，为戎胥轩妻，生中潏，以亲故归周，保西垂，西垂以其故和睦。"'按：上文颛顼之苗裔孙曰女修，女修生大业，大业生大费，大费生二子：曰大廉，曰若木。大廉元孙曰孟戏中衍，中衍之后，遂世有功。其元孙曰中潏，生蜚廉，蜚廉生恶来。以是言之，戎胥轩为中滽之父,则中衍之曾孙也。郦山女者,申国之女,故申侯曰:'我先郦山女。'申国姜姓,则此女姜氏也。谓之郦山女者,申国之君,娶于郦山而生此女,故以母名女,谓之郦山女,亦犹《左传》颜懿姬、鬷声姬之例也。其后自蜚廉至造父五世,周穆王封之于赵城,春秋时赵氏,其后也。自恶来至非子六世,周孝王封之秦,至始皇而遂有天下,郦山女之遗泽长矣。《汉书·律历志》,载张寿王言,郦山女亦为天子,在殷、周间。考郦山女为戎胥轩妻,正当商、周之间。意其为人,必有非常才艺,为诸侯所摧服。故后世有传闻为天子之事。而唐、宋以后,遂以为女仙,尊曰老母。《神仙感遇传》,载唐少室书生李筌,常游嵩山,得《黄帝阴符经》,遇骊山老母,指授秘要。宋郑所南有《骊山老母磨铁杵欲作绣针图诗》。小说所称,非无自矣。又论太上老君。余曰:太上老君有二说。《旧唐书·经籍志》丙部,有《太上老君玄元皇帝圣经》十卷。唐尊老子为玄元皇帝,则太上老君,即老子也。《隋书·经籍志》曰:'有元始天尊,生于太元之先,禀自然之气,常存不灭。每至天地初开,或在玉京之上,或在穷桑之野,授以秘道,谓之开劫度人。然其开劫,非一度矣。故有延康赤明龙汉开皇,是其年号。其间相去,经四十一亿万岁,所度皆诸天仙上品,有太上老君、太上丈人、天真皇人、五方天帝及诸仙官,转共承授。'据此,则太上老君,又非即老子矣。"

俞樾《春在堂随笔》附录《小浮梅闲活》　江苏古籍出版社2000年版

《封神传》为小说中之最奇诡者。《归田琐记》曰:"林樾亭言:昔有士人罄家所有嫁其长女者,次女有怨色。士人慰之曰:'无忧贫也。'乃因《尚书·武成》篇'惟尔有神,尚克相予'语,演为《封神传》,以稿授女。后其婿梓之,乃大获利。"考《周书·克殷》篇"武王遂征四方,凡憝国九十有九,馘魔亿有十万七千七百七十有九,俘人三亿万有二百三十",魔与人分别言之,虽不知所谓魔者何谓、然亦足证小说之依托。广成子见《庄子》,赤精子见《汉书·李寻传》。托塔天王见《元史·舆服志》,哪吒见《夷坚志》,灌口二郎即杨戬。其说皆不为无据。

一日天暑,余家居苦热,偶出乘凉,见村店上有人燃灯作宣讲状,其下围听数十人。余知为讲演义也,亦就听之。方言姜太公射死赵公明,用七箭书,行法曰十九日,而公明死。窃谓其设想甚奇。后观《小浮梅闲话》,中载《封神传》所称太公射死赵公明事。考《太公金匮》云:"武王伐纣,丁侯不朝,尚父乃画丁侯于策,三旬射之。丁侯病,大剧,问卜,占曰:'祟在周。'丁侯恐惧,乃遣使者诣武王,请举国为臣虏。尚父乃以甲乙日拔其头箭,丙丁日拔其目箭,戊己日拔其腹箭,庚辛日拔其股箭,壬癸日拔其足箭。丁侯病愈。"赵公明事或即脱胎于此。

今乃知文字一道,万不能仓卒将人抹煞。演义且然。何况人之专集?

林纾《铁笛亭笔记·小说杂考》(节选)
据阿英《晚清文学丛钞·小说戏曲研究卷》卷四转录

方玄黄之剖也,混元一气,酝酿开先。天地得之以贞观,日月得之以贞明,星辰得之以贞朗,雷霆得之以发声,霞云电火得之以流光,草木得之以华实,鸟兽得之以为声音毛质,虫鱼得之以为鳞介蠕动。或骞而飞,或委而行,或五色绚耀而八音鸣和,以至龟以善息,历世长存;鹤以藻神,冲霄遐举。非是气孰能使之哉?

然山以是而恒峙,水以是而恒流,而山水时有崩隕溢涸者,以气时有滞郁而不通也。人得是气,并生两间,有以御之,则玄都配极,绛节高居。若失其御,则如丧将之兵,朝霞之雾,委顿枯槁,苶而且死,欲望长生得乎?故曰,共工不触山,娲皇不补天。乃世有号为神仙者,聪明得气之先,玄微穷气之妙。机含化化,浑万象以冥观;道极生生,控六龙而灵矫。觉广劫之大梦,辟群愚之重昏。是以翱翔九有,苦海静滔天之波,容与八埏,疑山息炎昆之火。乘翠风于丹丘,踪神奇而超世;驭斑麟于玄圃,迹希有而越人。朝游圆海,夕宴方渚。绝粒茹芝,后天不老。辟如峰峦岭岛,木耸翠而不凋;苑囿园林,草长荣而秀植也。爰稽赤牒,发金记于五图;夷考紫文,泄丹经于九籥。

有仙湘子,系出昌黎。际唐宪宗之盛时,为韩文公之犹子。术解三真,方明八石,外珍五耀,内守九精。云装解蘙,驯登元人之仙梯;烟驾飞凫,圆证一真之道果。第名不载于家乘,事不列于传记。阅公之文集,有《祭十二郎文》而无其人;参公之题咏,有"云横秦岭"句而虚其目。只以矇师瞽叟,执简高歌,道扮狂讴。一唱三叹。悠悠然慊愚氓村妪之心,洋洋乎入学究蒙童之耳。而章法庞杂舛错,谈词诘屈聱牙。以之当榜客鼓枻之歌,虽听者忘疲;以之登骚卿鉴赏之坛,则观者闭目。今之传湘子者,岂有得于神气之奥,因驾长年之永辙,而托湘子以宣泄其梗概耶?抑果有是湘子,而借其事以吐胸中之奇耶?仿模外史,引用方言,编辑成书,扬榷故实。阅历疏窗,三载搜罗传往迹;标分绮帙,如干目次布新编。文章奇诡,笔纵意宏;识记博洽,锋豪藻振。溯灵毓于雄衡山,源原有自;夺胎气于白鹤侣,化育无穷。脱轮回而名高星相。强合氤而永证无生。洒金桥候城门,头头见道;砍芙蓉化美女,在在传神。真火煆妖魔,知丹烟之能守;牧童识神仙,见道情之动人。点化石狮,祈求瑞雪,显神通之广大;呼招龙圣,足驾祥云,昭变幻之周圆。善养元阳,雪地鼾眠非浪迹;逍遥地宫,情缘摆脱是良因。迎佛骨于禁中,如来显化;渡爱河于半路,美女醒迷。卜身世之吉凶,驱鳄鱼之凶暴。苦修行而有益,归故里以还真。托梦求亲,一枕黄粱犹未熟;假公抉愁,三人成虎竟罹灾。幸主仆之重逢,木公引路;喜姑媳之交勖,金母调情。人熊皈心听命,妖獐脱厄求神。析卓韦沐目之秘文,穷人天水陆之幻境,阐道德性命之奥旨,昭幽冥神鬼之异闻。分合不相牴牾,首尾不为矛盾。有《三国志》之森严,《水浒传》之奇变,无《西游记》之谑虐,《金瓶梅》之亵淫,谓非龙门兰台之遗文不可也。工竟杀青,简堪缥绿,国门悬赏,洛邑蜚声。

烟霞外史《韩湘子全传》卷首《韩湘子全传叙》
中州古籍出版社 1989 年版

陈子龙

陈子龙(1608—1647),字人中,一字卧子,号铁符,晚年又号大樽,松江华亭(一作青浦)人。生于明神宗万历三十六年,卒于永明王永历元年,即清世祖顺治四年,享年四十。崇祯十年(1637)进士,选绍兴推官,擢兵科给事中。见朝廷腐败,辞职回乡。明亡后,在松江起兵,事败后为僧。顺治三年(1646),与夏完淳等结太湖兵欲起义,事露被擒,乘间投水而死。传载《明史》卷一六五。

陈子龙生活在明王朝风雨飘摇之际,讲究经世致用之学,曾与夏允彝组织几社,"几者,绝学有再兴之几,而得几其神之义也"(杜登春《社事始末》),后又为复社主将,并编选《皇明经世文编》五百余卷,多"议兵食,论形势"。诗学发展到陈子龙所处的时代,无论是文学内部,还是当时的社会形势都发生了巨大的变化。陈子龙祖述六经,力返风雅,上绍七子,宗法汉唐,提出自己"情以独至为真,文以范古为美"的诗学主张,这种主张又往往与忠君爱国、事功济世、雅正崇古的精神交织在一起。虽接受前后七子复古理论,但不主张盲目拟古,"以独至为真",贵独创;"先辨其形体之雅俗,然后考其性情之贞邪",遵从古体之形式,也强调内容,重视诗歌忧时托志的社会作用,要求有感而发。子龙不独以风节著,其诗词古文在明亦称大家。《明史》载陈子龙"治诗赋古文,取法汉魏,骈体尤精妙"。词亦有名,王士祯谓其"神韵天然,风味不尽,如瑶台仙子,独立却扇时",开启清词中兴的帷幕。

著有《白云草庐居稿》、《湘真阁稿》、《江蓠槛词》等,并行于世。有《陈忠裕全集》三十卷。

诗　论①

　　称人之美，未有不喜也。言人之非，未有不怒也。为人所喜，未有非谀也。为人所怒，未有弗罪也。呜呼！三代以后②，文章之士，不亦难乎！欲称引盛德赞宣显人，虽典颂衮雅乎③，即何得非谄。其或慷慨陈辞，讥切当世，朝脱于口，暮婴其戮。呜呼！当今之世，其可以有言者鲜矣。我观于诗，而知古者之易易也。国有贤士大夫，其民未尝不歌咏其德。虽其同列，相与称道，不为比周④。至于幽厉之世，监谤拒言⑤，可谓极乱矣。而刺讥之文多于曩时，亦未闻以此见法。岂风俗尚醇而忌伎不作欤！盖古之君子，诚心为善，而无所修饰。古之小人，亦诚心为恶，而不冀善名。今之君子，为善而不能必其后，今之小人，为恶而不欲居其声。是以古者颂刺皆易，而今者善恶难断也。且夫古之时贵有常而善可显，故不藉延誉而无所拘忌。后世之人既沾沾焉务矫声名，又况隆望所趋，诋诬相加，即褒嘉不爽，谀难避矣。人惟无所顾其身，而惟务为恶，则必不顾乎其名。若知其身之可以无患，则虽甚恶，又恶人之名之也。古者是非在人，不可以终欺世也。故虽遇绝痛之言，若曰"我既已知之耳"。后世混杂日甚，虽小人有终其身幸免者矣。而独有人焉，布其隐慝，著为文词，其遭贼祸，不其宜乎！

　　夫居今之世，为颂则伤其行，为讥则杀其身，岂能复如古之诗人哉。虽然颂可已也。事有所不获于心，何能终郁郁耶。我观于诗，虽颂皆刺也。时衰而思古之盛王，《嵩高》之美申，《生民》之誉甫，皆宣王之衰也⑥。至于寄之离人思妇，必有甚深之思，而过情之怨，甚于后世者。故曰皆圣贤发愤之所为作也。后之儒者，则曰忠厚，又曰居下位不言上之非，以自文其缩⑦。然自儒者之言出，而小人以文章杀人也日益甚。

　　　　　　　　　　《陈忠裕全集》卷二十一　　 鞒山草堂本

【注释】

　　①启祯之时，诗坛经历七子宗唐拒宋、公安师心独造、竟陵"幽情单绪"的兔

起鹘落,对于他们论诗、创作实践以及后世于推衍中出现的弊端,陈子龙有比较清醒的认识。因而他虽上绍七子,又显示出一定的变异和深化;虽力排竟陵,又与相关的崇真崇情之说有不谋而合的地方。"情以独至为真,文以范古为美"(《佩月堂诗稿序》)一语,可作为陈子龙的诗学纲领。前一句是对情的要求,着眼于内,以为只有独至之情,才为真情。后一句是对形式的要求,以为着眼于外,即取法于古人的格调法度,才能写出美文佳作。将真与雅、师心与尚古、内容与形式统一起来,是陈子龙诗学追求的目标。

就情志而言,陈子龙所说的"情"承接七子之论而来,七子论情重视儒家的风教传统,而陈子龙所述则更主要的是与家国之念联系在一起,也就是"忧时托志",如他在《六子诗序》中说:"诗之本不在是,盖忧时托志者之所作也。苟比兴道备而褒刺义合,虽涂歌巷语,亦有取焉。""忧时托志"包含两方面的内容,首先是忧时,即谓诗歌要关怀社会现实,要有时代的忧患意识,这与陈子龙所生活的时代有密切关系。其次是托志。在"欲称引盛德赞宣显人,虽典颂哀雅乎,即何得非诣。其或慷慨陈辞,讥切当世,朝脱于口,暮婴其戮"、"其可以有言者鲜矣"的当今乱世,虽然诗人难以表达自己的社会政治情怀,但可以通过曲折的方式来达到相应的目的,比如选文中所述:其一是可通过赞美古代盛世来讥刺当时社会,即"我观于诗,虽颂皆刺也。时衰而思古之盛王,《崧高》之美申,《生民》之誉甫,皆宣王之衰也";另一是通过抒写离人思妇的愁绪来表达对于时代的隐忧,即"至于寄之离人思妇,必有甚深之思,而过情之怨,甚于后世者"。

就形式上的"范古"而言,陈子龙提出了"归趣古典"、"文当规摹两汉,诗必宗趣开元"(《壬申文选凡例》)的主张,论调极似七子。他批评公安派的刻意求新求异,"一时师心诡貌,惟求自别于前人"(《仿佛楼诗稿序》),要求尊重几千年来形成的雍正法度。他认为诗文的形式发展到一定的时候,就会渐趋于一种成熟的格式,如果这种成熟的格式没有对感情的抒发形成障碍,就没有必要改变它,即其谓:"既生于古人之后,其体格之雅,音调之美,此前哲之所已备,无可独造也。"(《皇明诗选序》)在《皇明诗选》的选编过程中,他一直恪守着体、格、声、调四个方面的法度:"揽其色矣,必准绳以关其体;符其格矣,必咏诵以求其音;协其调矣,必渊思以研其旨。"而总结起来,他的选诗标准便是"大较去淫滥而归雅正,合于古者九德六诗之旨,于是郊庙之诗肃以雍,朝廷之诗宏以亮,赠答之诗温以远,山薮之诗深以邃,刺讥之诗微以显,哀悼之诗怆以深"(《皇明诗选序》)。由此提出了"雅正"的概念。这个标准要从内容和形式两个方面来把握。就形式而言,雅正的要求主要是保持体裁的传统性,以古为雅,以今为俗。要求诗歌的语言能够既反对俚、俗、粗鄙,又反对纤、巧、绮靡。作为一种审美境界,它要求审美创作必须意旨超远、高古、古朴、厚重,具有高风远韵、渊深厚实的审美风貌。就内容来说,要求诗歌的创作既要做到心正免俗,又要做到不语怪力乱神,不要在作品中放纵自己的情欲。

明末与陈子龙执论相近者还有如李雯、宋徵舆、张溥等,论文以复古为尚,推崇前后七子,主张诗歌的感时托讽、忧时怨刺的功能等。

②三代以后——三代,古指夏、商、周三个朝代。

③虽典颂衰雅乎——颂,文体名,刘勰《文心雕龙·颂赞》:"原夫颂惟典雅,辞必清铄,敷写似赋,而不入华侈之区;敬慎如铭,而异乎规戒之域。"衰(póu),聚集。

④不为比周——比周,语出《论语·为政》:"君子周而不比,小人比而不周。"周,与人团结;比,与坏人勾结。"比周"连用义同"比",指植党营私。

⑤至于幽厉之世,监谤拒言——幽厉之世,周幽王和周厉王在位的时代。监,监视,督察。谤,指责。

⑥《嵩高》之美申,《生民》之誉甫,皆宣王之衰也——《嵩高》、《生民》,皆见《诗经·大雅》。宣王,即周宣王,在位于前827—前782年。

⑦以自文其缩——文,文饰,掩饰。缩,畏缩。

【附录】

有明御宇,矢文德以洽海内。学士大夫,委蛇酝藉,每以修辞显。自弘治以後,俶傥瑰玮之才间出,继起莫不以风雅自任,考钟伐鼓,以振竦天下,而博依之士,如聚沙而雨之,作者斐然矣。又以承百王之余,徽章淑制,昭兹来許,凡虞歌、殷颂、周雅、楚骚,罔不穷其拟议,巧其追琢,尝以一人之力,兼数家之长。虽作述有殊,然专者易工,该者难合,程其劳逸,未可轻也。是以昭代之诗,较诸前朝称为独盛。作者既多,莫有定论,仁鄙并存,《雅》、《郑》无别。近世以来,浅陋靡薄,浸淫于衰乱矣。子龙不敏,悼元音之寂寥,仰先民之忠厚,与同郡李子、宋子,网罗百家,衡量古昔,攘其芜秽,存其菁英,一篇之收,互为讽咏,一韵之疑,共相推论。揽其色矣,必准绳以观其体。符其格矣,必吟诵以求其音。协其调矣,必渊思以研其义。大较去淫滥而归雅正,合于古者九德六诗之旨,于是郊庙之诗肃以雍,朝廷之诗宏以亮,赠答之诗温以远,山薮之诗深以邃,刺讥之诗微以显,哀悼之诗怆以深。使闻其音而知其德和,省其词而知其志悫,洋洋乎有明之盛风,俪于周汉矣。子龙曰:我于是而知诗之为经也。诗由人心生也,发于哀乐,而止于礼义。故王者以观风俗,知得失,自考正也。世之盛也,君子忠爱以事上,敦厚以取友,是以温柔之音作,而长育之气油然于中,文章足以动耳,音节足以疏神,王者乘之以致其治。其衰也,非辟之心生,而亢厉微末之声著,粗者可逆,细者可没,而兵戎之象见矣。王者识之,以挽其乱,故盛衰之际,作者不可不慎也。或谓诗衰于齐梁而唐振之,衰于宋元而明振之。夫齐梁之衰,雾縠也,唐黼黻之,犹同类也。宋元之衰,沙砾也,明英瑶之,则异物也,功斯迈矣。且唐自贞元以还,无救弊超览之士,故不复振而为风会忧。二三子生于万历之季,而慨然志在删述,追游、夏之业,约于正经以维心术,岂曰能之,国家景运之隆,启迪其意智耳。圣天子方汇中和之极,金声而玉振之,移风易俗,返于醇古,是编也,采在遵人哉。

陈子龙《陈忠裕全集》卷二十五《皇明诗选序》 斡山草堂本

余幼而好诗,颇有张率限日之癖,于今十余年矣。始未尝不见其甚易,而后未尝不见其甚难也。乐府谣诵,调古而旨近,似其音节,侧笔可追,然而太文则弱,太率则俗,太达则肤,太坚则讹,太合则袭,太离则野,此一难也。五言古诗,苏、李而下,潘、陆而上,意存温厚,辞本婉淡,声调上口,便欲揣摩,然集彼常谈,侈为新制,宛然成章,实见少味。至于宗六季者,多组已谢之华;法盛唐者,每溢格外之语,此一难也。七言古诗,初唐四家,极为靡沓。元和而后,亦无足观。所可法者,少陵之雄健低昂,供奉之轻扬飘举,李顾之隽逸婉娈。然学甫者近拙,学白者近俗,学顾者近弱,要之体兼风雅,意主深劲,是为工耳,此一难也。五七言律用意贵隐约而每至露直,使事欲变奥而每至平显,轻与重必均而殊少合作,雄与逸并美而未见兼能,此一难也。五七言绝句,盛唐之妙在于无意可寻而风旨深永,中晚主于警快,亦自斐然。今之法开元者,取谐声貌而无动人之情;学西昆者,颇涉议论而有好尽之累,去宋人一间耳,此一难也。今人但取给便,未尝深求,故自荐绅以至负贩,莫不洋洋授辞。余向不解事,朝歌夕吟,便已自置上坐。研精以来,益自愧不如古人远也。献吉、仲默、于鳞、元美,才气要亦大过人,规摹昔制,不遗余力,若加椎驳,可议甚多。今人之才又不如诸子,而放乎规矩,猥云超乘,后世可尽欺耶!

周、徐辈六子,皆与余同学诗者也。其才情雄骏,用功深微,十倍于余。然览其诗,可以泐独立而俪古人者,人不数篇耳。则甚哉其难言之也。虽然,昔刘知几作《史通》以驳诸史,马、班而下,皆无完人。即使自己操笔,徒自缚耳。予之言诗,无乃类是。然此相勉之辞也。而诗之本不在是,盖忧时托志者之所作也。苟比兴道备,而褒刺义合,虽途歌巷语,亦有取焉。今以六子之所托,大概可睹矣。使得一旦去经生之业,而翱翔庙堂之上,流放山泽之中,其悲喜盛衰,岂复如今日所厉乎。即至于古人,非难也。一人有盛名,余读其诗,谓之曰:"君之诗甚善。"然传之后世,不知君为何代人,奈何?夫作诗而不足以导扬盛美,刺讥当时,托物连类而见其志,则是《风》不必列十五国,而《雅》不必分大小也。虽工而余不好也。

陈子龙《陈忠裕全集》卷二十五《六子诗序》 斡山草堂本

宋子梓其诗成以授予曰:"某雅好之,而未知所尚也,予为我论之。"予读之竟而叹曰:"思深哉其有情也,晔乎其有文也。"《记》有之,情动于中,故形于声;声成文,谓之音。盖古者民间之诗,多出于纴织井臼之余,劳苦怨慕之语,动于情之不容已耳。至其文辞,何其婉丽而隽永也,得非经太史之才,欲以谱之管弦,登之燕享,而有所润饰其间欤。若夫后世之诗,大都出于学士家,宜其易于兼长而不逮古者何也?贵意者率直而抒写则近于鄙朴,工词者黾勉而雕绘则苦于繁缛。盖词非意则无所动荡而盼倩不生;意非词则无所附丽而姿制不立。此如形神既离,则一为游气,一为腐材,均不可用。夫三代以后之作者,情莫深于《十九首》,文莫盛于陈思王,今读其"青青河畔草"、"燕赵多佳人",遂为靡丽之始。至《赠白马王彪》、《弃妇》、《情诗》诸作,凄恻之旨,溢于词调矣。故二者不可偏至也。

若今之言诗者,体象既变,源流复殊。故情以独至为真,文以范古为美。今子之诗,大而悼感世变,细而驰赏闺襟,莫不措思微茫,俯仰深至,其情真矣。上自汉魏,下讫三唐,斟酌摹拟,皆供麈染,其文合矣。卓然为盛明之一家,何疑焉。宋子曰:"虽然,子必有以进我。"予曰:"唯唯。我与若欲以驰艺林之声,雄晚近之内,则庶几乎。若以继风雅应休明,则其道微矣。取材之雅也,辨体之严也,依声之谐也,连类之广也,托兴之永也,此皆我力之所能为者。若乃荡轶而不失其贞,颓怨而不失其厚,寓意远而比物近,发词浅而蓄旨深,其在志气之间乎。今我与若偶流逸焉谐漫轻俊则入于淫,淫则弱;偶振发焉壮健刚激则入于武,武则厉。求其和平而合于大雅,盖其难哉!"宋子曰:"如子言,则是有正而无变也。"予曰:"不然,和平者志也。其不能无正变者,时也。夫子野之乐,即古先王之乐也。奏之而雷霆骤作,风雨大至,岂非时为之乎?我岂曰有静而无慕也,有褒而无刺也。非然,则左徒何为者而曰不淫不怒,乃兼之也。"

陈子龙《陈忠裕全集》卷二十五《佩月堂诗稿序》 斡山草堂本

宋人不知诗而强作诗,其为诗也,言理而不言情,故终宋之世无诗焉。然宋人亦不免于有情也。故凡其欢愉愁怨之致,动于中而不能抑者,类发于诗余,故其所造独工,非后世可及。盖以沉至之思,而出之必浅近,使读之者,骤遇如在耳目之表,久诵而得沉永之趣,则用意难也。以嬛利之词而制之实工练,使篇无累句,句无累字,圆润明密,言如贯珠,则铸调难也。其为体也纤弱,所谓明珠翠羽，尚嫌其重，何况龙鸾，必有鲜妍之姿，而不藉粉泽，则设色难也。其为境也婉媚，虽以警露取妍，实贵含蓄，有余不尽，时在低回唱叹之际，则命篇难也。惟宋人专力事之，篇什既多，触景皆会，天机所启，若出自然，虽高谈大雅，而亦觉其不可废。何则？物有独至，小道可观也。本朝以词名者，如刘伯温、杨用修、王元美。各有短长，大都不能及宋人。

禾中王子介人，示予所著词不下千余首，自前世李、晏、周、秦之徒，未有多于兹者也。其小令长调，动皆擅长，莫不有俊逸之韵，深刻之思，流畅之调，秾丽之态，于前所称四难者，多有合焉。进而与昇元父子、汴京诸公连镳竞逐，即何得有下驷耶？王子真词人也。已而王子示予以诗，则又澹宕庄雅，规摹古人，远非宋代可望，而后知王子深远矣。王子非词人也。

陈子龙《陈卧子先生安雅堂稿》卷二《王介人诗余序》
上海时中书局宣统元年版

丁丑春，陈子举进士观秋官之政，趋曹之暇，间有歌咏。六月除官岭南，行抵莫州，即得先安人讣，忧闷沈溃，继以疹疾，前者一二韵语，亦不复问矣。冬日小定，偶简敝箧，稍为删润，合之得一卷云。

陈子喟然叹曰：文章之道，既以其才，又以其遇，不其然哉。我尝与李子言之矣，诗者，非仅以适己，将以施诸远也。《诗》三百篇，虽愁喜之言不一，而大约必极于治乱盛衰之际，远则怨，怨则爱；近则颂，颂则规；怨之与颂，其文异也。爱之与规，其情均也。夫左徒、陈王之作，凄恻而缠绵，推其大旨，又何衷爱之至乎！长卿、子云，当大汉之隆，宣导盛美，文词玮丽，然而《上林》则曰忘国家之政，贪雉兔之获，仁者不繇也；《甘泉》则曰想西王母欣然而上寿兮，屏玉女而却宓妃。是故怨而不伤，颂而不谀者，君子之事君也。今之为诗者，我惑焉，当其放形山泽之中，意不在远，适境而止，又曰：我恐以言为戮也。一旦历玉阶，登清庙，则详缓其步，坐论公卿，彼柔翰徒滑我神，何益殿最，为如是，则国家之文，安能粲然与三代比隆，而人主何所采风存褒刺哉！或曰曩子之未仕也，与李子辈湛思而雕采，日有程月有稽，盖琅琅焉。今子睹山川都邑之盛，典文礼乐之华，宜有雍容歌颂之业揄扬圣朝，而胡其寂寥也？

陈子曰：主臣是岂鄙人所及。虽然，犹有说也。夫鹈鸪之署，非嘉靖七子所称名之地耶？是时海内乂安，荐绅之家，靡然向于文学，诸子皆久于其官曹，既谳决多暇日又以闻声者，众交相切劘，是以其文颇著，然其时謹咴之者申申起卒，难夺其众且久，故弗胜耳。今仕子束于绳墨，日给不遑，言及西京、建安，未尝不以为狂客，亲爱相勉皆以此等，不宜于官，可亟焚弃。且留京师不过三月，交游期谒损之十九,遂忽忽佐一远郡去矣。既无朋友之助,又无岁月之深,亦何怪其简陋而不文乎?假令大官给笔札而游于承明著作之庭,又得才如李子辈者为之左提右挈,遇郊庙燕享之仪,游畋征伐之役,则奏之管弦,扬之饶吹,以庶几润饰鸿业于万一,其古义也夫。而今非其时也。予故曰:既以其才又以其遇也。然则此寥寥者而集之,何居?曰:存吾志也。其曰《白云草》者,纪官也。

陈子龙《陈忠裕全集》卷二十六《白云草自序》　 幹山草堂本

诗自两汉而后,至陈思王而一变,当其和平淳至,温丽奇逸,足以追风雅而蹑苏、枚。若其绮情繁采,已隐开太康之渐,自后至康乐而大变矣。然而新丽之中,尚存古质,巧密之内,犹徵平典。及明远以诡藻见奇,玄晖以朗秀自喜,虽欲不为唐人之先声,岂能自持哉!在其当时,钟记室之品诗也,于鲍则曰险俗之士多附之,于谢则曰为后进所嗟慕,固已知其流渐矣。夫文采日富,清音更邈,声响愈雄,雅奏弥失,此唐以后古诗所以益难矣。今之为诗者,类多俚浅仄谲,求其涉笔于初盛者,已不可得,何况窥魏晋之藩哉!

宣城蔡大美投予古诗一卷,予受而读之,知非今人之所谓诗也。深而不芜,和而能壮,遒声练色,触手呈露,若其恻隐微慕,比物连类,斐然有小雅、楚骚之志焉。夫今昔同情,而新故异制,异制若衣冠之代易,同情若嗜欲之必齐。代易者一变而难返,必者深造而可得。故予尝谓今之论诗者,先辨其形体之雅俗,然后考其性情之贞邪。假令有人操胡服胡语而前,即有婉娈之情,幽闲之致,不先骇而走哉?夫今之为诗者,何胡服胡语之多也。大美能不惑于流俗,而以体格矜重,可与立矣。矧其志芳而情沈,寄托思怨,引绪遥深,风雅不熄,能无于大美是望乎!

陈子龙《陈卧子先生安雅堂稿》卷二《宣城蔡大美古诗序》
上海时中书局宣统元年版

然而卧子独好与余言诗,方其得意,抚掌竟日。大约以为诗贵沈壮,又须神明。能沈壮而无神明者,如大将军统军刁斗精严,及其鼓角既动,战如风雨而无旌旆悠扬之色。有神明而不能沈壮者,如王夷甫、卫叔宝诸人,握麈谈道,望若神仙,而不可以涉山川冒险难,此所谓英雄之分也。以乐府古诗论之,曹孟德雄而不英,曹子桓英而不雄,子建独兼之。以唐诗言之,则高达夫雄而不英,李颀英而不雄,王右丞则英中之雄,王龙标则雄中之英,而子美独兼之。此卧子之才,纵横间出,凡此诸家,命意即合,而独于二子深有宗尚也。

陈子龙《陈忠裕全集》卷首李雯《属玉堂集序》(节选)　 幹山草堂本

夫诗之为术，郁舒壮发，事异平淡。神仙妇女，荒惑之余事；虫吟鸟思，幽微之下听。而昔之贤人，或有天下之大虑，沈噤而不发者，往往睹秋风而动容，揽春荑以抽怨。驰四海者，措情帷房之中；欺钟鼎者，闲吟澄栖之事。盖游思荡神，荒忽若此之甚也。不如是又何以腾踔文彩，震动胸腹者乎！若夫儒正之流，好经实，寡风尚，高楼织妇，等于《墙茨》之言；《白马》《名都》，以为《狡童》之作。斯则远背风骚，拟迹铭诔矣。乃有雅命达人，屡怀止足。吟格所限，绿葵紫蓼之俦，冲怀所值，布帽绳扉之素。床灶之间，所营六尺；曲茗之具，为乐数端。固不能激越英旨，生其宏丽矣。亦有裙屐之子，腐毫而拟《玉台》；狎客之徒，色飞而作宫体。事穷雕刻，已尽草虫；工劂諔诡，止存烟雾。则靡思弱气，谢于壮夫矣。今兹二子，皆有当世之志，才度英迈，略少当意，而卧子弱年孤露，心多伤悼，遇物缠绵。舒章壮志沉寂，触事所起，增其风调。是以游思流畅，不废儿女之情；深怀孤出，动有风云之气也。

陈子龙《陈忠裕全集》卷首宋存楠《陈李倡和集序》（节选）
幹山草堂本

文集之名，始于阮孝绪《七录》，后代因之。遂列史志。马贵与经籍考，详载集名、人物、爵里、著作、源流，备具左方，览者开卷大意已显。然李唐以上，放轶多矣。周惟屈原、宋玉，汉惟枚乘、董仲舒、刘向、扬雄、蔡邕，魏惟曹植、陈琳、王粲、阮籍、嵇康，晋惟张华、陆机、陆云、刘琨、陶潜，宋惟鲍照、谢惠连，齐惟谢朓、孔珪，梁惟沈约、吴均、江淹、何逊，周惟庾信，陈惟阴铿，千余年间文士辈出，彬彬极盛而卷帙所存不满三十余家，藏书五厄，古今同慨。晋挚仲洽总钞群集，分为流别；梁昭明特标选目，举世称工。澄汰之余，遗亡弥众。至逸书编于豫章，古文钞自会稽，巨源经龛之帙，容斋发故簏之藏。赵宋诸贤，戮力稽古，不能追续坠简，铺扬词苑，亦惟委之时运，抱痛河海而已。余少嗜秦汉文字，苦不能解，既略上口，遍求义类。断自唐前，目成掌录，编次为集，可得百四五十种。近见闽刻七十二家，更服其搜扬苦心，有功作者。两京风雅，光并日月，一字获留，寿且亿万。魏虽改元，承流未远。晋尚清微，宋矜新巧。南齐雅丽擅长，萧梁英华迈俗。总言其概：椎轮大路，不废雕几；月露风云，无伤气骨。江左名流，得与汉朝大手同立天地者，未有不先质后文，吐华含实者也。人但厌陈季之浮薄而毁颜谢，恶周隋之骈衍而罪徐庾，此数家者，斯文具在，岂肯为后人受过哉！余自贾长沙以下，迄隋薛河东，随手次第，先授剞劂，凡百三家，卷帙重大，余谋踵行。古人诗文，不容加点，随俗为之，聊便流涉，无当有亡。评骘之言，惧累前人，何敢复赘？每集叙首本末微，见送疑取难，冀代筵叩尔。别集之外，诸家著书非文体者，概不编入。其他断篇逸句，虽少亦贵,期于毕收。但家无乘书,妄谭远古,滕囊漏挂,宁免讪笑。倘世有蓄文德之别部,大思光之玉海者,则愿负担以从矣。

张溥《汉魏六朝百名家集·序》
江苏广陵古籍刻印社 1990 年版

艾南英

艾南英(1583—1646),字千子,一号天佣,东乡(今属江西)人。少年时即有文名,曾与同郡章世纯、罗万藻、陈际泰致力于八股文的改革,并刻四人所作文章行之于世,世称"豫章四子"或豫章派,为晚明时期影响最大的时文流派。其时,文社蔚起,豫章社与几社、复社鼎足三立,因文章观念上的差异,艾南英屡与他社之间发生论争与冲突,为此而使文学论争进一步激化。清兵南下后,入闽见唐王,陈"十可忧疏",授兵部主事,后改御史,不久逝于延平。《明史》卷一七六有传。

艾南英擅长古文,推崇欧、曾等文,以为可由唐宋诸家而入于秦汉,因此其文论主张大体与唐顺之、归有光等唐宋派相近,与前后七子及几社等的复古主张扞格不入。由之推至于时文写作,则提出"以古文入时文"的主张。其于思想上的另一渊源则与江西理学派有关,试图借助根柢于经史古文及理义充实的作品,以纠正晚明时期时文写作的冗滥。其所提出正文体的主张,首重辨明正途,别裁伪体。为贯彻自己的思想,他手定《古文定》、《明文待》作为学文的楷模。又编选《文剿》、《文妖》、《文腐》、《文冤》、《文戏》等,以示对作文弊病的匡正。所作《四书艾义》,一尊朱熹之注释,间有发明,对当时各种以己意释经、不遵朱注的情况提出了批评。艾南英的时文批评对以李贽、袁宏道、汤显祖等为代表的晚明时文新潮批评具有一定的拨正作用,然所述之理则显然已落入传统正统思想的窠臼。

其著述《天佣子集》有清道光间旧学山房刊本。

答陈人中论文书①

人中足下：

向在娄江舟中，彝仲②示我足下时艺数首，不佞读之，顿觉落想异人，虽中间操纵未纯，然度为此不难。及在舟中见足下，谈古文辄诋毁欧曾诸大家，而独株株守一李于麟、王元美之文③，以为便足千古，其评品他文皆未当。不佞心窃叹。足下少年未曾细读古今之书，而颠倒是非，需之十年后，足下学渐克，心渐细，见古人深处，必当翻然悔悟，目前必不与之诤也。及足下行后，则从友人得见足下所为《悄心赋》，乃始笑足下向往如是耶！此文乃昭明选体④中之至卑至陋，欧、曾大家所视为恶臭而力排之者。不佞十五六岁时颇读《昭明文选》，能效其句字，二十岁后每读少作，便觉羞愧汗颜，而足下乃斤斤师法之，此犹蛆之含粪以为香美耳，故张口骂欧、曾，骂宋景濂，骂震川、荆川⑤。足下所宝持如是，不足怪也。及使者来发足下书，本欲置之不辨，然不佞怜足下之才而又哀足下之未学，悯足下之堕落，则不得不正告足下。

足下书甚冗，然其意乃专指斥欧、曾诸公，以为宋文最近，不足法，当求之古，而其究竟则归重李于麟、王元美二人耳。何足下所志甚大而所师甚卑也？足下谓宋之大家未能超津筏而上，又谓欧曾、苏、王之上有左氏、司马氏⑥，不当舍本而求末。足下不为左氏、司马氏则已，若求真为左氏、司马氏，则舍欧曾诸大家何所由乎？夫秦、汉去今远矣，其名物、器数、职官、地理、方言、里俗，皆与今殊，存其文以见于吾文，能独存其神气耳。役秦、汉之神气而御之者，舍韩、欧奚由？譬之于山，秦、汉则蓬山绝岛也，去今既远，犹之有大海隔之也，则必借舟楫焉而后能至。夫韩、欧者，吾人之文所由以至于秦、汉之舟楫也。由欧、韩而至于秦、汉者，无他，韩、欧得其神气而御之耳。若仅取其名物、器数、职官、地理、方言、里俗，而沾沾然遂以为秦、汉，则足下之所极赏于元美、于鳞者耳。不佞方由韩、欧以师秦、汉，足下乃谓不当舍秦、汉而求韩、欧；不佞方以得秦、汉之神者尊韩、欧，而足下乃以窃秦、汉之句字者尊王、李，不亦左乎？足下曰：舍舟不登，而取舟中之一舣一櫓,濡裳而泳之,曰吾不籍津筏而舟渡也,不可也。以为藉韩、欧而至《史》、《汉》,犹之乎一舣一櫓也,是不然。吾既得其神气而御之矣,何津筏之有?昌黎摹史迁尚有形迹,吾姑不论。足下试取欧阳公碑志之文及《五代史》论赞读之,其于太史公,盖得其气度于长短瘦肥瘠之外矣,犹当谓之有迹乎?犹谓之不能径渡乎?若乃窃《史》、《汉》之字句,自以为《史》、《汉》在是矣,是今之王、李,乃足下所谓一舣一櫓,舟中之一物耳。

足下又曰:宋文好新而法亡,好易而失雅。夫文之法最严,孰过于欧、曾、苏、王者?荆川有言曰:"汉以前之文,未尝无法而未尝有法,法寓于无法之中,故其为法也,密而不可窥;唐与宋之文,不能无法而能毫厘不失乎法,以有法为法,故其为法也,严而不可犯。"⑦予尝三复以为至言,然不佞极推宋大家之文,以其有法;而其稍病宋大家之文,亦因其过于尺寸铢两而毫厘不失乎法。视《史》、《汉》风神,如天衣无缝,为稍差者,以其法太严耳。宋之文由乎法而不至于有迹,而太严者,欧阳子也,故尝推为宋之第一人。不佞方以法太严稍病宋人,而足下谓其无法,足下读古人书潦草如此,不亦可笑乎?若乃王、李之文,徒见夫汉以前之文,似于无法也,窃而效之,决裂以为体,饾饤以为词⑧,尽去自宋以来开阖首尾、经纬错综之法,而别为一种臃肿窘涩浮荡之文,其气离而不属,其意卑,其语涩,乃真无法之至者。而足下以为有法,可乎?足下以赋病宋人,诚是矣,然天下安有兼材?必欲论赋,则奚独宋人?自屈平而后,汉赋已不如矣,楚以下皆可病也。然则足下《悄心赋》何不直登屈氏之堂,而乃甘退处于六朝,排对填事柔靡粉泽如是而讥宋赋,恐宋人不受也。宋之记诚有如赋如文者,然亦其一二耳,以此而病全宋,是犹见燕赵之丑妇而遂谓北方无美女,见吴之粗缯败絮而遂谓江南无美锦等耳。如是而以变乱古法罪宋人,宋人不受也。

足下又引李于鳞之言,曰:宋人惮于修辞,理胜相掩⑨,以为宋文好《易》之证,然予则曰:孔子云"辞达而已矣",未闻辞之碍气也。辞之碍气,为东汉以后骈丽整齐之句言耳。彼以句字为辞,而不知古之所谓辞命辞章者⑩,指其首尾结撰而通谓之辞,非如足下之以矜句饰字为辞也,故曰:辞尚体要,则章旨之谓也⑪。足下必以好《易》病宋,而以文之最者必难,遂谓《易经》时代最上古,其文最难,《诗》、《书》次之,《春秋》又次之,《礼经》出汉儒,故其文最条达,居六经末,以是为经之差等,以是为时代之升降,审如此,足下误矣。足下云《易》修辞最难,时代最古,故文最高,《书经》次之,足下读书梦耶？醉耶？《易》虽自伏羲,然一画耳,未有文字,象爻辞皆文王周公所作⑫,故谓《周易》。《尚书》自尧舜始,次夏,次商,乃至周,去文、周象爻辞乃在千载之前,足下谓《书》在《易》后,时代稍后,文遂稍不难,而次于《易经》,何谬至此也！且《易》之为经,原由象数其体⑬,自与众作异,若果以难为胜,则周公之书如《洛诰》、《召诰》、《大诰》、《多士》、《多方》、《立政》及大小雅、颂等书,当时何不并作爻辞体,尽取初九、初六、潜龙、牝马之说入之耶？

足下又谓:《礼经》出汉人,故文最条达,以为文之高者必难、卑者必易,时代远者必难、近者必易之证。如此则何必汉儒《礼传》也？孔子、孟子可谓条达矣,孟子想足下所不屑,至于孔子,足下宜稍恕之,得无以条达,遂为《论语》病耶？抑足下生平不悦宋儒,遂并孔子《论语》视同宋儒语录,不复论其文耶？抑可谓孔子生春秋时,故其文遂以不及《易经》,不及《书》、《诗》耶？且孔子左丘明同为春秋人,而《论语》条达不同《左传》,何也又不同？后之《公羊》、《穀梁》何也然？且无论《论语》,即《易经》上下系辞传皆出孔子,其语皆条达,不似文、周象爻,则足下亦将抹去孔子系辞不入《易经》,独存文、周象爻辞邪？文各有所主,各有时代。唐、宋之不肯袭秦、汉句字,犹孔子之语必不为《易》、《书》、《诗》也。如此论文,足下必当以扬雄《太玄》、唐樊宗师、宋刘几之文为最矣⑭,无怪足下之贸贸然无所之也。然足下尊奉空同、凤洲乃正、嘉近时人⑮,则似不必远语上古也。

足下又云:唐后于汉,故唐文不及汉；宋后于唐,故宋文不及唐。如此则我明便当不及宋,又何以有陈人中？又何以有人中嘐嘐然所尊奉之王、李耶？宋之诗诚不如唐,若宋之人则唐人未及也。唐独一韩、柳,宋自欧、曾、苏、王外,如贡父、原父、师道、少游、补之、同甫、文潜、少蕴数君子⑯,皆卓卓名家,愿足下闭户十年,尽购宋人书读之,然后议宋人未晚也。

足下又曰江之行滟滪最难,势最奇,至于海,则平易坦直,得金、焦障之,以比功北地、济南⑰,为能与水争顺流反逆之势。呜呼!是何谬邪?夫今之论文者,譬之论水,不必论瞿塘,不必论金、焦,当论其有源耳。江水惟有源,故至瞿塘而能险激,至金、焦而能洄洑,至海而能汪洋浩渺,鱼龙百怪。学之有源者,何不可之有?自北地、济南之文出,学者束书不观,止取《左》、《国》、《史》、《汉》句字名物编类分门,率尔成篇,套格套辞,浮华满纸,如今市肆寿轴祭文文字者。然足下以为北地、济南之文难耶?易耶?与水争势顺流耶?逆流耶?使其势难,其文奇,则不应无限代笔,秀才供应衙门皆能效之也。然则吾将反足下之言而告足下曰:献吉、于麟、元美,譬则儿童也,群从而嬉,甚乐也。父师督责之以诗书,则蹙额相向,何则?束于法也。彼畏宋人首尾开辟抑扬错综之严,而不能为也,畏宋人之古质朴淡,所谓如海外奇香,风水啮蚀,木质将尽,独真液凝结,而不能为也。国无法则乱,家无法则哗,故即以此语劝人中立身立文于圣贤礼义之中而已。

足下又痛诋当代推宋人者,如荆川、震川、遵岩⑱三君子。嗟乎!古文至嘉、隆之间坏乱极矣,三君子当其时,天下之言不归王则归李,而三君子寂寞著书,傲然不屑。受其极口丑诋,不少易志,古文一线,得留天壤,使后生尚知读书者,三君子之力也。足下何故而苛求之?其文纵不能如韩如欧,乃遂不如王、李,受足下一盼耶?且足下于三君子中,稍恕遵岩,谓其少师秦、汉,此言亦谬矣!遵岩少时抄袭秦、汉句字,其后悔之,乃更作古文,其少作今无一字在集中矣,足下何从见之?遵岩以其少作为臭腐,而足下追叹之,然则足下乳臭时更胜足下今日耶?至于宋景濂,佐太祖皇帝定制度,修前史,当时大文字皆出其手,我朝文章大家自应首推其文,或以应制故不甚畅其所言,或一二率尔应酬出自门人编录者,则诚有之,要之师摹欧、曾,不可诬也。足下姑取其序、记、传之佳者读之,可及乎?不可及乎?景濂虽未足尽我明之长,然自今而论之,未见有胜景濂者,而足下又痛诋之,何也?《震川集》愿足下迟迟其论,足下学至震川、文至震川时驳之未晚,今恐尚悬绝。足下之论止此,故答足下亦止此。计足下之病源皆由不知古文二字,业于彝仲书中言古文之详,不再述也。足下骄稚骄养,不能远从明师,足下之乡有娄子柔、陈仲醇两公⑲,虽未得韩、欧之深,然皆能言其本末,足下备质往请为师,得其一言,昼夜思之,思无越畔,然后读书十年,徐徐与不肖论文,未为晚也。

《明文海》卷一五九　中华书局1987年版

【注释】

① 本篇是艾南英给陈子龙的回信。在崇祯年间,艾南英重振唐宋派旗帜,与坚持前后七子主张的陈子龙之间进行了一场文学论争。艾、陈之间的这次论战,就性质而言,其实就是文学宗法之争:艾南英站在维护唐宋派的立场,坚持要通过学习韩愈、欧阳修等唐宋作家进而去学习秦汉文。陈子龙站在维护前后七子派一边,坚持学习秦汉文,对艾南英贬抑王世贞、李攀龙非常不满。艾、陈双方往返辩难,互不相让。《四库全书总目提要》总结道:"明代文章,自前后七子而大变。前七子以李梦阳为冠,何景明附翼之;后七子以攀龙为冠,王世贞应和之。……至万历间,公安袁宏道兄弟始以赝古诋之。天启中,临川艾南英排之尤力。"

据《答陈人中论文书》所记,此前夏允彝曾将陈子龙的几篇时文拿给艾南英看,而后又当面论文,争执不下。陈子龙坚持李攀龙和王世贞的文学主张,而鄙薄宋文,特别是欧阳修、曾巩等人,认为他们"好新而法亡,好易而失雅"。虽然二人争执不下,但他们却有两个共同的认识前提:一是都表示应当学习秦汉文;二是都表示学习秦汉文可以找一个中介。争辩发生在中介应该是谁上:陈子龙主张的是直接学习秦汉的七子派文,艾南英主张的是学习秦、汉得其"神"的唐宋文(以韩愈、欧阳修为代表)。在"法"和"辞"上,他们也针锋相对:艾南英引用唐顺之关于唐宋、秦汉"法"的论述,证明宋文不仅有"法",而且"法严";陈子龙引用李攀龙关于宋人"惮于修辞,理胜相掩"的名言,证明"宋文好易"。在当代人物的评价上,也表现了他们各自心向的宗派:陈子龙心向七子派,因而抨击唐宋派;艾南英心向唐宋派,故而批判七子派。当时双方论争的内容,主要是重申唐宋派与前后七子的文论主张。

艾南英的《答陈人中论文书》长达三千字,它以逐条驳斥的方式全面阐述了与陈子龙的分歧。

首先,艾南英认为学习秦汉应以唐宋作为桥梁。陈子龙主张取法秦汉反对法宋。艾南英则反对文必秦汉的论文主张,对步趋前、后七子者深表不满,主张学宋才能取秦汉神气,将学宋看做学秦汉之"舟楫","不佞方由韩、欧以师秦汉,而足下乃谓不当舍秦汉而求韩、欧,不佞方以得秦汉之神气者尊韩、欧,而足下乃以窃秦汉之句字者尊王、李","夫韩、欧者,吾人之文所由以至于秦汉之舟楫也"。陈子龙认为宋人"好新而法亡",艾南英则认为"文之法最严孰过于欧、曾、苏、王者",并指出宋人之文有的恰恰是由于法过于严以至风貌神情不及《史记》、《汉书》,能够做到法严又有风神的是欧阳修。陈子龙认为宋文"好易而失雅",艾南英则认为作文以"辞达"、"体要"为主,指出古代经书也并不都是艰深古奥的,如《论语》、《孟子》。"孔子、孟子可谓辞达矣……得无以辞达,遂为《论语》病耶?"陈子龙认为文学的发展一代不如一代,推崇前后七子复古之功,贬低唐宋派。艾南英则认为"宋之诗诚不如唐,若宋之文则唐人未及也",并推重唐宋派文人唐顺之、王慎中、归有光的功绩:"古文至嘉、隆之间,坏乱极矣!三君子当其时,天下之言不归王则归李,而三君子寂寞著书,傲然不屑,受其极口丑诋,不少易志。古文一线得留天壤,使后生尚知读书者,三君子之力也。"正是在逐一批驳了陈子龙所维护的前后七子复古主张的基础上,艾南英系统地整理了唐宋派的文论,明确了学秦汉以唐宋为桥梁的道路,突出了从司马迁、韩愈、欧阳修到归有光的散文既成传统,肯定了平易条达的表现方法。

其次,艾南英主张以取"神气"为途径。他认为后来的韩、欧、苏、曾诸大家用自己时代的名物语言、技巧方法来写作,创造了近似秦汉散文的唐宋散文之美,也就保存了秦汉文章之"神"。他一再申说:"役秦汉之神气而御之者,舍韩、欧奚由?"这与唐顺之的持论基本上是一致的,是从强调"神"的角度来批评七子派的秦汉观,并将复古单方面地判断为是仅仅限于文字技巧。

作为论争双方的艾南英与陈子龙,目的都是要矫正明末文坛的弊端,分歧乃在于用什么样的理论和方法,走什么样的道路。他们论争的性质,是明中叶以来力主革新的唐宋派与力主复古的秦汉派(前后七子)之间争论的继续与深化、概括与总结。

②彝仲——彝仲,夏允彝,字彝仲,松江华亭人,与陈子龙既是同乡又是同年。

③而独株株守一李于麟、王元美之文——李于鳞,李攀龙,字于鳞,号沧溟,历城(今属山东)人,有《沧溟集》。王元美,王世贞,字元美,号凤洲,太仓(今属江苏)人,有《弇州山人四部稿》、《续稿》。李、王二人为明代后七子之首领人物,重举复古大旗。

④昭明选体——昭明选体,即指南朝萧统所编《文选》。

⑤骂宋景濂,骂震川、荆川——宋景濂即宋濂,字景濂,号潜溪,有《宋学士

文集》。震川即归有光,字熙甫,人称震川先生,有《震川集》。荆川即唐顺之,字应德,人称荆川先生,有《荆川集》。

⑥左氏、司马氏——左氏,《左氏春秋》的作者左丘明。司马氏,《史记》的作者司马迁。

⑦荆川有言曰:"汉以前之文,未尝无法而未尝有法,法寓于无法之中,故其为法也,密而不可窥;唐与宋之文,不能无法而能毫厘不失乎法,以有法为法,故其为法也,严而不可犯"——语出唐顺之《董中峰侍郎文集序》。

⑧决裂以为体,饾饤以为词——决裂,分割。饾饤,罗列堆砌。

⑨惮于修辞,理胜相掩——语出李攀龙《送王元美序》。

⑩而不知古之所谓辞命辞章者——辞命,古代使节往来,相互应对的言辞。辞章,诗文的总称。

⑪故曰辞尚体要——体要,精要,具体而概括。语出《书·毕命》:"政贵有恒,辞尚体要。"

⑫彖爻辞皆文王周公所作——彖,《易传》中总论各卦基本观念的话,亦称"彖传"、"彖辞"。爻辞,说明《周易》六十四卦中各爻要义的文辞。

⑬原由象数其体——象数,占卜用的术语,象谓灼龟壳成裂纹所显示之象,数谓用蓍草分揲所得之数。《左传·僖公十五年》:"龟,象也;筮,数也。物生而后有象,象而后有滋,滋而后有数。"

⑭以扬雄《太玄》、唐樊宗师、刘几之文为最矣——扬雄,西汉人,字子云,有《太玄》、《法言》、《方言》、《训纂篇》等著。樊宗师,字绍述,河中(今山西永济)人,唐代官吏、学者。诗七百六十九篇。今存一首。力学多通,作文力求古奇,至不可句读。刘几,宋洛阳人,字伯寿,登进士第,知晓音律,召至太常定雅乐。

⑮然足下尊奉空同、凤洲乃正、嘉近时人——空同,即李梦阳,字献吉,号空同子,明代前七子之首。正、嘉,正德、嘉靖,明武宗、明世宗年号。

⑯如贡父、原父、师道、少游、补之、同甫、文潜、少蕴数君子——刘敞(1019—1068),字原父,或作原甫,号公是先生,临江新喻(今江西新余)人,以学问渊博称名当时,有《公是集》七十五卷,已佚。弟刘攽(1023—1089),字贡父,号公非先生。精邃经学、史学,有《彭城集》四十卷。陈师道(1053—1102),字履常,一字无己,号后山,彭城(今江苏徐州)人,有《后山集》、《后山诗话》、《后山谈丛》等。秦观(1049—1100),字太虚、少游,号淮海居士,高邮(今浙江扬州)人,有《淮海集》、《淮海词》、《劝善录》、《逆旅集》等,又辑《扬州诗》、《高邮诗》。晁补之(1053—1110),字无咎,号归来子,济州巨野(今属山东巨野县)人,有《鸡肋集》。陈亮(1143—1194),字同甫,人称龙川先生,婺州永康(今属浙江

人,南宋思想家、文学家。著有《龙川文集》《龙川词》。张耒(1054—1114),字文潜,号柯山.,楚州淮阴(今属江苏)人,有《宛丘集》等。秦少游、黄庭坚、张文潜、晁补之合称"苏门四学士"。叶梦得(1077—1148),字少蕴,苏州吴县(今江苏苏州)人,南宋理学家,今存《建康集》8卷。

⑰以比功北地、济南——北地、济南,李梦阳是庆阳人,今属甘肃,人称"北地"。李攀龙是历城人,为今山东济南,人称"济南"。

⑱遵岩——遵岩即王慎中,字道思,初号遵岩居士,有《遵岩集》。

⑲足下之乡有娄子柔、陈仲醇两公——娄子柔,娄坚,字子柔,苏州府嘉定人,工书法,诗清新,有《吴歈小草》,与唐时升、程嘉燧、李流芳合称嘉定四先生,有合刻诗集《嘉定四先生集》。陈仲醇,陈继儒,字仲醇,号眉公,松江华亭人,工诗善文,书法苏、米,兼能绘事,有《眉公全集》。

【附录】

嗟乎!海内执词盟者不过数人,与兄对谭犹敢含糊不尽乎?弟前书中大约谓海内今日尊崇大士大力者,更不知其浑古高朴,师法《六经》秦汉者何在?而仅抚拾其一二,辅嗣子玄幽渺诡俊之谈,相与雕琢模糊,甚至学繁露者,竟以杜撰为繁露;习郭注者,竟以杜撰为郭注。稍进者,亦仅留心句字,使其俊诡,而先秦西汉高古拙淡之气亡矣!使人冤大士大力为晋魏抄手,犹可言也;使人置"六经"秦汉不道,而降为六朝卑弱纤俊软靡巧俪之文,向时韩欧大家所掷弃不屑而力排之者,今反奉为蓍龟。又见之制举业,则文气之卑,乃自吾辈始之。兄以为此罪将安归乎?善乎兄之言,曰世之将治,其文多仁孝忠厚之言;世之将乱,其文多阴谋诡放之谭。此语非特谤吾辈者不知,即尊奉吾辈者亦不知也。再谕风气之迁,有极有渐极者。势之所畏而渐者,机之所当预防,兄以为今日犹渐而来极乎?向者学我而死,尚在草泽,今皆在三百进贤冠矣。取鼻祖之形而传之,日传一纸,十失其五;日传十纸,非复吾祖矣。鼻祖之形如故也,非吾祖而以为祖,子孙之罪也。不责其子孙而特罪其祖曰是其形故多变也,有甘受其狱者乎?

承示经翼一选,宜早行之。弟当极扬其旨,使我辈之文与三代同风。即弟有文定文待二选,不可以弟故而滞兄之传。盖弟选意在存一代之文,使人得观制艺中后先升降之变;兄以经翼题篇宜简核而精,志在存经不在备选也。接兄札又喜,兄为我觅得沈飞仲,此书久为人所诒,羁阁三年,有飞仲,弟事毕矣。至于兄所谓更有进焉者,此事大有商量。不知兄所论经子史三集已成书否?弟已手订秦汉以来至元文为《历代诗文选》,又订国朝诸公为《皇明古文定》矣。所恨波神妒我,半为所坏。今将复理舟中所失,恨匆匆无暇远游,与兄面订。然弟则谓古文一道，今时士子半为时集所眯，封闭尘腐，无出头之日。虽日告之以先王仁义礼乐之旨，无奈其虚气所至，不能复知妍媸之所在。弟意尝谓告人以古文，人必不能尽知千古文章，独一史迁，史迁而后千有余年，能存史迁之神者，独一欧公。欧公之文，每提耳面命之，人不知也。况欲其遍读古人之书而知好乎？弟于《历代诗文》及《皇明古文定》二书外，又有《文剿》《文妖》《文腐》《文冤》《文戏》五书，以为正告人以古人不能知，取文之无当者告之，则人知避矣。人人知避，必发愤读书，读书然后知古人高深诚拙之所在，不复为浮华补缀无根本之言矣。

《文剿》者，弟尝笑谓《左》《国》《史》《汉》为人生吞活剥，固其当然，然竟不顾义类之所要，往往出自大老，稍举一二。太史公曰："予登箕山，其上盖有许由冢云。盖相去千年，疑其人之有无也。"每见空同、凤洲为人作志铭，辄曰盖闻嘉靖年间有某老先生云，此亦岂千年后疑词耶？先汉兵农婚丧大费皆取给冯翊扶风京兆，今朝廷大事，户工二部寔为之，于大兴宛平无与也，辄曰无以佐县官之急，可乎？不可乎？十行之中，非《左》《国》《史》《汉》不道，我朝一代官名，一部郡县为数公改换，后世竟不知有顺天应天知府知县矣。此《文剿》也。而太仓历下之文为多。《文腐》则古之客难解嘲宾戏七启七发之类，而今时犹众。每笑谓友人京山李本宁，为人作诗序，辄就其人姓氏起首，使此公作我姓艾人诗序，必当笔窘矣。凡此真文腐也。《文妖》则以扬子《太玄》为首，而近日如文翔凤所作古文辞，及他同类者附之，与夫毁谤孔孟之人皆在焉。《文冤》则诸家墓志益美饰非颠倒朝政相为贤不肖之论也。以文为戏，坡公不免作俑，而袁中郎为甚，今皆类成一部。五种出而后天下知古文矣，恨不时同兄面商也。

《明文海》卷一五九艾南英《再与周介生论文书》（节选）
中华书局1987年版

别彝仲三年而会于娄江，又相将入练水舟中，快谈上下数千年。虽间有异同，度其同者，圣人复起不我易也；度其异者，彝仲将来终与我同。目前所异，自彝仲之过，不患彝仲之不我从也。

使来接兄教三，复思之，首尾结意皆在修辞二字，而其究竟一说，则要归于献吉、于麟、元美三子，以为三子皆能修辞，未可非而末后言辞之究竟，则曰句字崇饰而已矣。嗟乎！吾兄何其视古人太轻，视今人太重耶！夫以司马子长、刘向、昌黎、永叔之文，兄舍其根本"六经"，与其法度章脉变化生动雄深古健之大者不论，而曰止于辞，则视古人太轻也。且又取《易》、《诗》、《书》、《春秋三传》，而亦曰是皆古人饰字而为之，则视古圣人又太轻也。因而及于浮华补缀涂东抹西左剽右窃,取《史》、《汉》字句割裂而饾饤之,如今之王、李者,皆得附于圣人修辞之旨,是又视今人太重也。兄以句字崇饰尽修饰之义,则请为兄先言辞之原;而又以划尽辞华归之平淡者为非,则又请与兄言古文之辞,可乎?

子曰"修辞立其诚",未闻以敷华为诚也。又曰"辞达而已矣",未闻以臃肿骈丽为达也。《书》之言曰辞尚体要,有体有要,则今人章旨结构之谓,而非以饾饤剽窃句字为体要也。盖古人之所谓辞命辞章者,指其通篇首尾开阖而言,非以一黄一白一朱一黑俪字骈音而谓之辞。如此则古今文章何必司马迁、刘向?何必昌黎、永叔?只一六朝人可谓辞华之极矣,则兄且铢铢而法之乎?即如太史公,弟与兄所首推者,然每读其文,譬之神龙行天,雷电恍惚而风雨骤至,百昌万物承其汪秽,皆各有生动研泽之意,此岂可以句字求之?今试取《史记》,去其所载《尚书》、《左》、《国》及屈原、长卿骚赋之文,而独取太史公所自为赞论序略者读之,其句字可谓悃质无华矣。太史公岂不能效《易》效《书》效《诗》效《三传》而为之乎?无他,时代各有所至,效昔人而赘其句字,未有不相率归于浮华者。若兄之所谓俚雅,则有分矣。每见六朝及近代王、李崇饰句字者,辄觉其俚;读《史记》及昌黎、永叔古质典重之文,则辄觉其雅。然后知浮华与古质,则俚雅之辨也。百物朝夕所见者,人不注视也,则今日献吉、于麟、元美剽窃成风之谓也。用功深者,收名也远,不为当时所共怪,则必无后世之传,则韩、欧大家与今日有志斯道、力排陈言、不为浮华补缀之谓也。盖所谓陈言,所谓浮华者,韩则指晋、魏、齐、梁而言,欧则指唐季五代而言。今日之君子,则指王、李而言。其为戛戛乎陈言之务去,一也;其为用功深,为当世所共怪,一也;其推尊司马迁、刘向、贾谊、董仲舒者,得其雄深浑健古质而幽远,非若王李之推仕司马迁、刘向,得其皮毛,剽窃涂抹,使十岁竖子皆能赘其辞,窃其字,而遂谓之修辞也。然则兄之所示,乃弟之所以尊韩、欧卑王、李耳,弟之所谓陈言,兄以为修辞,可乎?弟以古质尊《史》、《汉》,兄以浮华尊《史》、《汉》,可乎?

若夫篇不择句,句不选字,饾饤而出之,则王、李是也,古之人未有也。即学韩、欧者,亦未之有也。至于以平淡为非,则兄误矣。夫平淡古质不为浮华者,古文之别称也。兄知古文之所以名乎?今之时,以碑铭序记传为古文,对八股时艺而言耳。古人未有八股时文,所称古文者安在?如以碑铭序记为古,则韩、欧有之,王、杨、卢、骆辈皆有之,欧阳公得旧本韩文乃始知为古文。其序苏子美曰:"子美之齿少于予,而予学古文乃在其后。"盖昔人以东汉末至唐初偶排摘裂填事粉泽鲜丽整齐之文为时文,而反是者为古文。譬之古物器,其艳质必不如今,此古文之所以为名也。若以辞华为古,则韩之先为六朝,欧公之先为五代,皆称古文矣。今之王、李,其文无法,其句甚鲜,其究也甚腐。吾尝取其稿观之,掩卷而观其题,辄能测其中所用官名、所用地志、所起所收若何,什不爽一。后生小子,不必读书,不必作文,但架上有前后《四部稿》,每遇应酬,顷刻裁割便可成篇。骤读之,无不鲜华浓丽绚烂夺目,细按之,一腐套耳。兄以为时文乎?古文乎?韩、欧复生,戛戛乎陈言之务去,必自王、李两人始。世间聪明学问不多,得兄高视阔步,奈何一以耸近自安如斯也。

　　至于以山水平远衢街坦直为文之极者,弟何尝有此语?得毋见拙刻中有平远堂社序,而举其一说以相难乎?此因题发义,且为近日作时文诡僻者论耳,非论古人也。然即就兄论究之,则山之巉巖壁立,絙甸度栈而行,水之怒涛飞沫,此惟一气为万物母者能之,盖元气磅礴,随物赋形,东坡所谓非平淡也,绚烂之极也。此岂崇饰句字所能得?又况乎古所谓辞者,非崇饰句字之所尽乎?元美晚而自伤其文稍进,而兄与人中必言其不然。恐元美有灵亦不以二兄为知己也。此不必细辨,独人中为兄所爱,兄宜教之诲之裁之抑之,使其气静而心细,无徒如泛交者一呼百诺也。

　　　　《明文海》卷一五九艾南英《答夏彝仲论文书》　中华书局1987年版

　　有明文章之盛,莫盛于太祖朝。刘文成、宋文宪、王文忠、陶姑孰辈,不独帷幄议论,佐圣文武,佑启后人之谟烈。而文章一事,亦遂为当代之冠。至于苏平仲、高季迪、解大绅、方希古,或专以诗文,或兼有节义,后先二祖之世,虽由草昧开天士,崇实学,不惑乎流俗苟且之见,亦由唐宋大家之流风余韵典型未远。洪永而后,文章浸衰矣。杨文贞、王文成虽卓然自成一家,而两公以相业事功,不专名文章。风矩所激,后进无由睹其标指,一时文章之权,无所主持。于是弘治之世,邪说始兴,至劝天下士无读唐以后书,又曰"非三代两汉之书不读",骄心盛气,不复考韩欧大家立言之旨,又以所持既狭,中无实学,相率取马迁班固之言,摘其句字,分门纂类,因仍附和。太仓、历下两生持北地之说,而又过之。持之愈坚,流弊愈广。后生相习为腐剿,至于今而未已。天佑斯文,笃生豪杰,南城圭峰罗文肃公,当邪说始兴之时,矫俗自立,力追古大家体裁,当时以为直逼柳州。天下后进读公之集,始知刻厉为文,不袭陈言,不厌薄韩柳,以为可师者,皆公之力也。《易》曰"硕果不食",其公之谓欤?公没且百年,为北地之徒者,日归于腐败,而公之文愈著天下。言文之士由当代而溯韩柳氏者,必以公为小宗,然后知后世之公论,作者之精神,有以致之也。公所为文,在翰林应酬之作为多,较之宋文宪、方希古、苏平仲辈,虽篇幅谨严,稍逊前人之宽博。至其冥思入微,命词遣意,境界一新,其师摹得力,自柳子厚貑诸记而来。即起方、宋于九泉,未敢多让。加以力持风节,尝救言官诤外戚之狱;为吏部侍郎,因群盗窃发,疏请早建储贰,以系属人心;家居却宁庶人馈遗,盖方正学之风节,大庖西封事之遗概,庶几似之。

予既序,选公集列之有明大家,而复因其元孙栗士之请序其全,公集刻盱郡,刻南国子监,此本较二刻稍备。近武进尚书淇澳孙公复有选本,然吾不乐其与北地并推也。

《明文海》卷二五五艾南英《重刻罗文肃公集序》　中华书局 1987 年版

制举业之道,与古文常相表里,故学者之患,患不能以古文为时文,不能以古文为时文,非庸腐者害之也。好夸大而剽猎浮华以为古,其弊亦归于庸腐。古文自周秦而后,莫如太史公迁。迁之文,近代之推拟之者,百千言而未已,而吾以为皆未得其要也。独柳子常序,述其所用心者,而曰本之太史以著其洁。予常因是言以考其书,窃谓迁之文去其所载《尚书》、《左》、《国》,荀卿、屈贾、长卿诸篇而独观其所序次论略者,可谓洁矣。文必洁而后浮气敛,昏气除,情理以之生焉。其驰骤迭宕鸣咽悲慨倏忽变化,皆洁而后至者也。或疑吾信柳子之过,而以一洁尽史迁。及观苏明允之论,以为迁之词淳健简直,盖亦如柳子之所谓洁者,而独病其裂。取"六经"、传记杂于其间,以破碎汩乱其体,明允盖曰:"《尚书》、《左传》、《国语》、《论语》之文,非不善也,杂之则不善也。"由明允之论推之,则洁之为言史迁,尚未之尽也。剽他人之言以足吾之书,虽史迁犹见讥于后世,而况其他乎? 又况其所剽非《尚书》、《左》、《国》者乎?

予尝以是绳今之为古文者,而因并以是绳今之为时文者,阅房书得一人焉,为金正希。正希之文,不悖于古人者多矣。而吾独以洁蔽之,非略正希也。天下方习尚浮腐恒饤经语子语,以日趋于臭败,而正希傲然不屑也。故吾以洁为难,且又谓洁之足以尽正希也。正希之文,浮气敛而昏气除,惟其洁而已矣。其抑之而奥扬之,而明非不种种具善也。然非洁焉无以至。正希自楚而吴越,自越而燕,自燕而白下,所著举子业,亦如之。予考其学问浅深,虽与年俱进,然大约以朴为高,以淡为老者,则未尝有今昔之异也。故从郑超宗索其藏本二百首,既录其尤者,而又是非其次者,以为不洁不足以全正希。惟其庆于洁焉,而因以正告天下,亦正希之志也。虽然,是道也,岂独史迁哉? 韩柳苏曾数君子,其卓然能立言于后世,未有不由于洁者也。嘉隆以来一二崛强剽猎浮华以为古,此明允所谓缔绣之美,寸割而纫之,曾绨缯之不若,是同归于庸腐者耳,而何能为古文乎?

嗟乎! 正希之洁,斤斤见于制艺,而予不能忘情如是,况有人焉? 能按欧曾以来之旨,推其源流,与史迁合而见之古文辞,其人于今日轻重当何如哉?或谓正希善浮屠法,能空生死去来,则予不能知矣。

《明文海》卷三一二艾南英《金正希稿序》　中华书局1987年版